Mystic River

神秘河

〔美〕丹尼斯·勒翰 著

王娟娟 译

南海出版公司

新经典文化股份有限公司
www.readinglife.com
出　品

谨以此书献给我的妻子希拉

他不懂女人。这和酒吧侍者或滑稽演员不懂女人不同，而是像穷人不懂理财一样。你可以天天站在吉拉尔银行大楼外头却从来猜不到里面发生的事。这就是为什么，在他们心里，他们总是更愿意抢劫 7-11。

——皮特·德克斯特《上帝的口袋》

没有哪条街上的石头是不会说话的，没有哪所房子是没有回声的。

——贡戈拉

目 录

沉默的天使

迁居

尾声：平顶吉米的星期天

狼口逃生的男孩

1975

第一章　平顶区与尖顶区

　　西恩·狄文与吉米·马可斯还小的时候,两人的父亲同在柯曼糖果厂工作,下班后也从没忘了把那股甜腻浓郁的巧克力香气一并带回家。这味道总是阴魂不散地跟随着他们,从他们身上穿的衣服、夜里睡的床,到他们车上的人造革椅套。西恩家的厨房闻起来像巧克力牛奶棒冰,浴室闻起来像柯曼嚼嚼棒。西恩与吉米恨透了所有带甜味的东西,两人终其一生非但不曾在咖啡里掺糖掺奶,甚至再也没吃过一口餐后甜点。

　　每逢周六,吉米的父亲总要往狄文家跑,同西恩的父亲喝上一杯啤酒。一杯最后总会变成半打,另外再加上几杯帝瓦牌威士忌。大人喝酒,小孩们在后院玩。除了吉米和西恩,有时大卫·波以尔也会跑来凑一腿。大卫·波以尔是个瘦弱的孩子,眼神闪烁飘忽,拳头像娘儿们似的总握不紧,嘴里老是重复着从他那些叔叔伯伯那里听来的笑话。三人在后院玩,从厨房纱窗的另一面陆陆续续传来大人的动静——啤酒泡沫从易拉罐口窜出来的嘶嘶声,突然爆发的低沉的笑声,狄文先生与马可斯先生点燃幸运牌香烟时打火机的咔嗒声。

　　西恩的父亲职位高一些,是厂里的工长。他体型高大结实,微笑起来总是一副淡然的、漫不经心的模样；西恩不知看过多少次了，这抹微笑硬生生浇熄了他母亲陡然升起的怒火，像是她心中什么开关让人给关上了似的。吉米的父亲是搬运工，专管给卡车上货。他体型矮小，一头深棕色的乱发纠缠着覆盖在额前，眼神中总带着某种不安定的成分。他的动作快得出奇，几乎叫人难以捉摸；你才一眨眼，他就不着痕迹地移动到房间另一头去了。大卫·波以尔只有一堆叔叔伯伯，没有父亲。他仿佛具有某种奇异的天赋，总是像一团棉絮似的紧黏着吉米不放，因此才能在周六凑上这一腿；他总是在吉米要同父亲出门时，瞬间就气喘吁吁地出现在他们的车窗前，眼巴巴地问上一句："你要去哪儿啊，吉米？"

他们全都住在东白金汉。东白金汉紧邻市中心，街边是一间间堆满日用品的小杂货店，还有几块供小孩儿玩耍的空地，再有就是橱窗里大刺刺地垂挂着带血肉块的肉店。那里的酒吧全都有着爱尔兰风情的店名，店前则停放着一辆辆道奇达特汽车。那里的女人全都绑着三角形头巾，不离身的人造革小提包里则放着她们的香烟。一直到几年前，原本在街上游荡的大男孩们一个个被送往战场，像是搭上宇宙飞船似的从街上凭空消失了。他们有的会在一年后被放回来，一个个全都走了样，行尸走肉似的；有的则干脆一去不返。那里的主妇白天全都忙着收集报纸上的特价券，男人们则一入夜就去酒吧报到。在那里，你认识所有人，所有人也都认识你；所有人生老病死都在那里，除了那些大男孩，从未有人离开。

白金汉大道将东白金汉拦腰截成南北两区。吉米与大卫来自南边的平顶区，两人的家就位于州监大沟[1]旁。西恩家虽然不过在十二条街外，但一过白金汉大道就算尖顶区了，而尖顶区的人和平顶区的人可是合不来的。

这并不是说尖顶区的人就有多高贵多富有。尖顶区不过就是尖顶区：一户户蓝领阶层家庭，一排排式样简单的尖顶平房，偶有几幢稍微讲究一点儿的维多利亚风格的小屋，外头则一律停放着雪佛兰或福特或道奇汽车。

---

[1] 在本书中，故事发生地白金汉早年只有一座隶属州政府的监狱，后来依监狱逐渐形成居民区。因此一些地名以"州监"作前缀，如州监大沟、州监公园等。

但尖顶区的人拥有自己的房子。平顶区的人的房子都是租来的。尖顶区的人上教堂做礼拜，敦亲睦邻，每逢选举月还会在街角竖起鼓吹投票的立牌。天知道平顶区的人以什么为生，有的甚至过得像条狗；总之，他们大多住在租来的公寓里，然后拼命把垃圾往街上扔——西恩和他在圣麦可小学的同学都管那几条街叫救济村，听说那里的人全靠失业救济金过日子，那里的大人都在忙着离婚，小孩则全被扔到公立学校自生自灭。所以，当西恩身着笔挺的蓝衬衫、黑领带和黑长裤去圣麦可天主教私立学校时，吉米和大卫便到布莱斯敦街上的路易·杜威学校去。路易·杜威的学生可以穿便服上学，这点倒是蛮酷的，但他们五天里总有三天穿着同一件衣服，这可就酷不起来了。他们身上长年飘散着一股挥之不去的油臭味——油腻腻的头发、皮肤，油腻腻的领口和袖口。那里很多男孩脸上满是坑坑洼洼的青春痘疤，早早地就辍学了。那里还有些女孩会挺着大肚子出席毕业典礼。

所以说，要不是他们的父亲，这三人大概不会有机会成为朋友。他们从不在周末以外的日子碰头，但那些一起度过的周六倒还挺像样的：他们要不就待在后院里玩，要不就跑去哈维街的废土倾倒场闲晃，再不然就随意跳上开往市中心的地铁——倒不是市中心有什么好玩的，他们不过是想乘车穿过幽暗的隧道，听听列车拐弯时发出的刺耳的刹车声，感受那阵晃动和那忽明忽灭的灯光——西恩总感觉这就像是某件大事快要发生前的屏息时刻。跟吉米在一起的时候什么事都可能发生。地铁里有地铁里的规矩，街上有街上的规矩，电影院有电影院的规矩——这是大部分人都能明白的道理，除了吉米。

有一次，他们拿了颗橙色曲棍球在南站的月台上扔着玩，吉米漏接了西恩掷来的球，小球在地上一弹，竟落到轨道上了。西恩还来不及反应呢，吉米已经纵身往月台下的轨道上跳去，低头站在那里，同那些老鼠在一起，同第三号地铁轨道在一起。

月台上的人们一下子全像疯了似的。一伙人拼命朝吉米尖叫。一个女人涨红了脸，屈膝大吼："快上来！你他妈的现在快给我上来！"西恩听到一阵隆隆的低吼，可能是有列车从华盛顿街拐进隧道了，也可能是地面有卡车经过。月台上的其他人也听到了。他们用力挥手，惊惶失措地来回转头寻找地铁驻警。一个男人用前臂遮住了女儿的眼睛。

吉米始终低着头，在月台下那块伸手不见五指的空间搜寻着那颗失落的橙色小球。他找到了。他扯着衣袖，来回擦拭沾满油污的小球，任凭月台上的人跪在黄线前，似乎对一只只死命朝他伸去的手臂视而不见。

大卫用胳膊推推西恩，稍显大声地说了句："好险哪，嗯？"

吉米沿着轨道往月台尽头的台阶走去。隧道就从那里收了口，再往前是一片漆黑。隆隆声再度响起，且愈发低沉清晰，连月台都跟着晃动起来。人们这下真要急疯了，又气又急，频频握拳，拍打自己的大腿。吉米倒是不慌不忙，从容地迈着步子，突然一个回头，迎上了西恩的目光。他咧嘴一笑。

大卫再度开口："他在笑哪。他真的是疯了。你说对不？"

吉米才一脚跨上水泥台阶，几双手就急急忙忙把他整个人扯上了月台。西恩看着吉米双脚腾空，再往左一甩，他的头则朝右歪去，半埋在胸前。被几双成年男人的巨掌攫住的吉米看起来毫无分量，仿佛他身体里净是些稻草；尽管他的两臂让人紧紧地抓住往上拉抬，尽管他的小腿骨让人扯着撞上了月台边缘，他始终把小球紧搂在胸前。西恩感觉到身旁的大卫抖得像一片风中的落叶，早已吓得魂飞魄散。西恩望着那几个忙着把吉米拽上月台的人。他们的脸上不再写着担忧与恐惧，甚至连几分钟前的那种惊惶失措都已消失得无影无踪。他只看到愤怒，一张张五官纠结、狰狞无比的面孔仿佛随时会凑上去，咬下吉米身上一大块肉，然后把他活活殴打至死。

那几个人联手把吉米扯上月台后，手指仍深深地掐住他的肩头，一副不肯罢休，只是等着什么人来告诉他们接下来该怎么办的模样。这时，列车轰然入站，有人放声尖叫，接着又有人大笑出声——尖锐刺耳的咯咯声，西恩一下想到了围在浓烟滚滚的大锅前的巫婆——因为那竟是从另一边月台疾驶而过的北行列车，而吉米抬头直直地往拎着他手臂的那几个人眼底看去，仿佛在说："你看是吧！"

大卫愣愣地站在西恩身边，发出一阵神经质似的尖声痴笑，然后便掩嘴吐了自己满手。

西恩转过头去，一时不知道该怎样来面对这一切。

当晚，西恩的父亲把西恩叫到地下室的工具房谈话。工具房不大，老虎钳与原本装在咖啡罐里的钉子和螺丝四处散放；一张伤痕累累的工作桌将空间一分为二，桌底下则整齐地码放着许多木板；榔头就挂在木匠腰带上，一如手枪躺在枪套里，而锯刀则用挂钩靠墙挂放。西恩的父亲颇有些木工底子，常利用假日帮邻居敲敲打打；这地下室就是他的工作间，他没事就下来钉鸟屋，做钉在窗边供太太养盆景的台架。西恩五岁那年的夏天，天气酷热异常，他父亲就是在这里挥汗锯出无数木板，同朋友在自家后院赶造了一座阳台。他想要图些清静时就会到这里来，或者，西恩知道，他生气时——气西恩，气西恩的母亲，或是气自己在糖果厂的差事时——也会一头钻进这地底的小房间。他亲手做的那些鸟屋——迷你版的都铎风格、殖民时代风格、维多利亚风格，或瑞士农舍风格——全都堆在工具房一角，数量多到他们除非搬到亚马孙河流域，才能找到那么多鸟来住这些鸟屋。

西恩坐在一张老旧的红色高脚椅上，手指不停地探着一把厚重的黑色老虎钳的内侧，感觉着积在那里的陈年机油和锯末，直到他父亲开口制止："西恩，你到底要我跟你说多少遍？"

西恩抽回手指，将上头的油污搓到另一只手的手心。

他父亲拾起散落在工作桌上的几颗铁钉，将它们扔进一个黄色的咖啡罐。"我知道你喜欢吉米·马可斯，但从今天起，你要跟他玩就得待在屋子附近玩。我说的是我们家，不是他家。"

西恩点点头。他父亲一个字一个字说得那么慢，那么清楚，仿佛每个字上都绑了一颗小石子，他知道再怎么争辩也没有用。

"我这么说你都懂了吧？"他父亲把咖啡罐推到右边，低头看着西恩。

西恩点点头。他望着父亲缓缓搓掉沾在指尖的木屑。

"这样要多久？"

他父亲伸手，抹去嵌在天花板上的一个挂钩上的灰尘。他再度搓揉指尖，然后把那一小团棉絮似的灰尘往桌底的垃圾桶里一弹。"这么说吧，要很久很久。还有，西恩？"

"嗯？"

"你也不必找你妈去说这件事了。看你们今天捅的那堆娄子，她根本就不希望你再和吉米一起玩了。"

"其实他本性并不坏啊。他只是……"

"我也没说他坏，他只是野了点儿。你妈这辈子也真是受够了。"

西恩注意到他父亲说出"野"这个字的时候，脸上似乎闪过一道光。他知道在那一刻，他父亲似乎又变回了当年那个比利·狄文。西恩早就从叔叔阿姨们的对话中陆陆续续拼凑出当年那个比利·狄文的模样。"老比利"，他们是这么称呼他的，寇恩叔叔有一次还曾带着满脸微笑称他是"狼小子"；但当年那个老比利早在西恩出生前几年就消失了，由眼前这个沉默谨慎、有着一双做过无数间鸟屋的灵巧大手的男人取而代之。

"今天说过的话你可别忘了。"他父亲说道，然后拍拍西恩的肩膀，示意谈话到此结束。

西恩从椅子上跳下来，缓步走过阴凉的地下室，脑袋里却不住地在想，他喜欢和吉米玩在一起的原因，是否也是他父亲喜欢和马可斯先生混在一起，从周六喝到周日，笑得太用力太突兀的理由；还有，是否这就是他母亲一直害怕的东西。

几个星期后的一个周六早晨，吉米与大卫·波以尔突然出现在狄文家门口。吉米的父亲并没有同行。西恩还在吃早餐，突然听到有人在敲后门。他母亲去开了门，然后用一种礼貌而疏远的口气——通常她在不确定自己到底想不想见到来人时会用这种口气——说道："早安，吉米。早安，大卫。"

吉米今天显得有些沉默。平日那种疯狂的精力暂时不见了踪影，仿佛让人硬生生塞回了他的胸膛，蛰伏在那里。西恩几乎可以感觉到那股精力在吉米的身体里蠢蠢欲动，也感觉得到吉米正在极力按捺。吉米看来更黑更小了，仿佛就等人拿针戳他一下，他立刻就会爆裂开来。西恩不是第一次看到他这副模样。吉米向来就是这样阴晴不定。但西恩始终不明白，始终纳闷不已：吉米到底有没有办法控制自己的情绪，或者，他的脾气就像感冒，或是他母亲那些不请自来的亲戚，要来的时候你赶也赶不走。

每当吉米这副模样的时候，也正是大卫·波以尔最惹人厌的时候。大卫·波以尔似乎把取悦身边的每一个人当成自己的责任，结果却往往适得其反，他愈努力，大家就愈烦他。

不一会儿，三人就并肩站在了狄文家门外的人行道上，试着想出一些打发时间的办法。吉米心事重重，而西恩才睡醒没多久，脑袋里还是一团混沌。眼前是漫长的一天，但西恩家这条街的尽头却是不能跨越的界线。大卫说道："嘿，你们知不知道狗为什么舔睾丸？"

西恩与吉米都没开口。老掉牙的笑话了。

"因为它舔得到呀！"大卫·波以尔一阵尖声怪笑，还捧着肚子，一副笑得肚子疼的模样。

吉米自顾自地往拒马那边走去。市府工人先前重铺了人行道上的水泥砖；他们在未干的水泥周围用黄色的塑料条在四架拒马间围出一个长方形。但吉米却直直地往里头走，硬是把塑料条扯了下来。他蹲在未干的水泥地前，两只帆布鞋稳稳地踩在边缘，然后找来一根树枝，在湿水泥上随意勾了几条曲线。那线条让西恩联想到老人干枯的手指。

"我爸已经不和你爸一起工作了。"

"为什么？"西恩在吉米身旁蹲了下来。他手上没有东西，不过他倒是也想找来一根树枝什么的。吉米做什么他就想做什么，虽然他自己也说不上来是怎么回事，虽然这可能会招来他父亲的一顿鞭子。

吉米耸耸肩。"他比其他人灵光多了。他们都怕他，因为他懂得太多了。"

"懂太多灵光的东西！"大卫·波以尔插嘴道，"对不对，吉米？"

对不对，吉米？对不对，吉米？大卫有时真像只鹦鹉。

西恩不明白一个人能知道多少有关糖果的事情，而这些事情又能有多重要。"懂太多什么？"

"比如说工厂要怎么运作比较好之类的。"看来吉米自己也不太确定。

他再度耸耸肩。"反正就是这些嘛。一些重要的事情。"

"哦。"

"就是工厂要怎么运作的问题嘛。对不对，吉米？"

吉米又用力画了几笔。大卫·波以尔这时也找来一根树枝，跟着蹲在湿水泥前画了一个圆圈。吉米皱了皱眉头，扔掉手上的树枝。大卫见状立刻停笔，转头望着吉米，仿佛在问，我做错什么了吗？

"你知道什么才叫酷吗？"吉米微微抬高了声调，西恩身上的血液跟着一阵骚动。也许是因为吉米定义的"酷"通常迥异于一般人所想的吧。

"什么？"

"开车。"

"嗯。"西恩许久才吭了一声。

"也没什么大不了的嘛，"吉米伸出双手，树枝和湿水泥这时早让他抛到九霄云外去了，"不过就在这附近绕上几圈。"

"在附近绕几圈？"西恩说道。

"这够酷吧，嗯？"吉米咧嘴一笑。

西恩感觉自己脸上也禁不住泛开一个大大的微笑。"是够酷。"

"何止酷，简直是酷毙了。"吉米起身一跃，单脚跳得老高。他对着西恩扬扬眉，又跳了一下。

"是够酷。"西恩已经在想象那种方向盘在握的快感。

"是啊是啊是啊。"吉米对准西恩的肩头送上一拳。

"是啊是啊是啊。"西恩回敬吉米一拳。一阵涟漪从他心底迅速泛开，一圈紧追着一圈。顷刻间，世界变大变亮了。

"是啊是啊是啊。"大卫说道，一拳送出却没击中吉米的肩膀。

有那么一瞬间，西恩几乎忘了大卫的存在。大卫就是那么容易让人抛到脑后。西恩也说不上来是什么原因。

"他妈的过瘾，他妈的酷。"吉米笑道，然后又是纵身一跳。

西恩的脑海里开始构思画面：他和吉米坐在前座（大卫如果在的话也应该是在后座），两个十一岁的小子开车自东白金汉的大小街道呼啸而过，对路过的朋友猛按喇叭，和那些大孩子在邓巴街飙车竞速；车胎摩擦地面，扬起一阵白烟，那白烟自摇下的车窗灌进车内，他几乎可以闻到那个味道，几乎可以感觉到风掠过他的发间。

吉米抬头顺着眼前的街道望过去。"你知道这条街上有谁会把钥匙留在车里吗？"

西恩当然知道。格里芬先生的车钥匙就放在驾驶座下面，朵蒂·费欧瑞通常把钥匙留在前座的置物箱里，而一天到晚喝得醉醺醺还把法兰克·西纳特拉的唱片放得震天响的老头子莫考斯基，则根本就懒得把钥匙从锁孔里拔出来。

但当他顺着吉米的目光望过去，在心中默默挑出那几辆钥匙就留在车里的汽车时，西恩却突然感到自己的眼底闷闷地胀痛起来；沿街车辆的车顶和引擎盖反射过来的阳光格外刺眼，他突然感到整条街每幢屋子，甚至整个尖顶区所有人对他的期望的重量沉沉地压在他身上。他不是那种会偷车的小孩。他将来要上大学，要出落得比工头或是上货工人还要有出息得多。这是他的出路，而西恩也愿意相信，只要他够小心，够有耐性，这出路绝对是行得通的。这就像耐着性子看完一部电影，不管它有多无聊，多叫人看不懂。因为电影总会有结局，真相总会大白；就算真相没有大白，说不定那结局够酷，酷得能让你觉得前面的忍耐都是值得的。

他几乎要对吉米脱口说出自己的这些想法，但吉米早已往前走去，打探着沿街停放的车子里头的动静。大卫一路小跑跟在他身后。

"这辆如何？"吉米把手放在卡尔顿先生那辆贝尔耶大车上。他的声音在干燥的空气中听来分外响亮。

"嘿，吉米，"西恩朝吉米走去，"开车的事就改天吧，嗯？"

吉米一下子拉长了脸。"你这话是什么意思？说今天就今天啊。保证好玩。酷毙了，记得吗？"

"酷毙了。"大卫说道。

"我们不够高，根本看不到路。"

"不够高就垫电话簿啊。"吉米迎着阳光微笑，"你家总有电话簿吧。"

"电话簿，"大卫说道，"没错！"

西恩抓住吉米的双臂。"别这样！"

吉米脸上的微笑一下子僵住了。他铁着脸，盯着西恩的手臂，仿佛想把它们从中间截成两段。"你就不能做点儿好玩的事吗？"他扯扯贝尔耶的车门把手，但车门锁得牢牢的。有一秒钟的时间，吉米两颊的肌肉和下唇各自抽动了一下。接下来，他却只是定定地看着西恩的脸，眼神中透露出某种带着野性的寂寞。西恩心头微微地抽痛。

大卫看看吉米，再看看西恩，突然以一种古怪的姿势挥动拳头，击中了西恩的肩膀。"对啊，这么好玩的事你怎么会不想做呢？"

西恩不敢相信大卫竟然打了他一拳。竟然是大卫！

他挥拳击中大卫的胸口。大卫一下子跌坐在地上。

吉米推了西恩一下。"你他妈的是什么意思？"

"他打我。"西恩答道。

"那哪叫打？"吉米说。

西恩难以置信地瞪大了眼睛，吉米立刻如法炮制。

"他打我。"

"他打我。"吉米捏着嗓子模仿道，然后又推了西恩一下，"呸，他好歹也是我的朋友。"

"我难道就不是吗？"西恩反问道。

"我难道就不是吗？"吉米重复道，"我难道就不是吗我难道就不是吗。"

大卫·波以尔站起身，笑得很开心。

西恩说道："你笑个屁啊！"

"笑个屁啊笑个屁啊笑个屁啊。"吉米又推了一下西恩，这次用力多了，整个掌根陷在西恩的肋骨间，"来啊，要打架就上来啊！"

"要打架就上去啊。"这会儿连大卫都加入了战局。

西恩根本搞不清楚这一切是怎么开始的。他已经忘了什么事情惹得吉米这样生气，也不记得那个蠢大卫怎么会蠢到敢对他动手。他只知道，前一秒他们还都站在车子旁，下一秒却已经在马路上拉拉扯扯了。吉米使劲推他，五官都纠结成一团了，黑色的眼珠深陷在眼眶中；大卫也跟着出手了。

"来啊，要打架就上来啊。"

"我没有……"

西恩胸口又吃了一拳。

"来啊，你这死娘娘腔。"

"吉米，有话好好……"

"不，我不想和你好好说。你说，你是不是一个该死的娘娘腔？你说啊？"

吉米往前迈了一步，正要再度出手，却突然停住了。他看到西恩身后有一辆车缓缓驶近，眼神中那股野性（还有疲倦，西恩突然看清楚了）的寂寞再三挤压着他的五官。

那是一辆棕色的大车，又方又长，就像警察常开的那种，普里茅斯还是什么的。车子在他们旁边停了下来，两个警察隔着挡风玻璃盯着他们三个瞧。路旁，树的影子映在玻璃上，迎风招摇，叫人看不清玻璃后头那两张脸。

西恩突然感到一阵头晕。

坐在驾驶座的那个警察下了车。他看起来就像个警察——金发修剪成短短的平头，红脸，白衬衫，黑黄相间的尼龙领带，啤酒肚像成摞的松饼似的垂在腰带外头。留在车上的那个家伙看起来病恹恹的。他枯瘦如柴，一脸疲倦，满头油腻的黑发，一只手不住地搔弄着头皮。三个男孩往驾驶座那边的门靠过来的时候，他却猛盯着后视镜瞧。

金发胖子对三人勾勾手指，要他们站到他面前。"让我来问你们几个问题。"他挤着那团啤酒肚弯下腰来，硕大的头颅遮住了西恩的视线，"你们这几个小鬼，是谁告诉你们可以在马路中间打架的？"

西恩注意到胖子右侧腰间挂一枚金色的徽章。

"你们说说看。"胖子把一只肥厚的手掌搁在耳后。

"报告警官，没有人。"

"报告警官，没有人。"

"报告警官，没有人。"

"一群无法无天的小鬼，是吧？"他伸出大拇指，朝留在车上的家伙一指，"我和另一位警官，我们受够你们这些东白金汉的小鬼了，游手好闲，只会骚扰附近的善良居民！"

西恩与吉米没有搭腔。

"我知道我们错了。"似乎随时都会哭出来的大卫·波以尔说道。

"你们就住在这条街上吗？"胖警察问道。他的眼光扫过街道左侧的一排房子，一副对周围很熟，由不得三人扯谎的样子。

"没错。"吉米说道，一边作势回头看向西恩家的房子。

"报告警官，是的。"西恩说道。

大卫这会儿倒住口了。

警察低头瞅着他。"你倒是说话啊，小鬼？"

"啊？"大卫望着吉米。

"你不必看他。是我在问你话！"胖警察鼻息浓浊，"你也住在这里吗，小鬼？"

"啊？不是。"

"不是？"警察弯腰朝着大卫，"那你住哪儿？"

"瑞斯特街。"大卫依然看着吉米。

"哼，原来是平顶区的小鬼跑到尖顶区来撒野啊？"胖警察嘴唇一阵蠕动，仿佛在吮棒棒糖似的，"你这就不对啦。"

"嗯？"

"你母亲在家吗？"

"报告警官，在。"大卫再也忍不住了，豆大的泪珠霎时夺眶而出。西恩和吉米转头看向别处。

"嗯，我们得找她好好谈谈，告诉她她的宝贝儿子都干了些什么好事。"

"我……我没有……"大卫抽抽搭搭。

"上车！"警察打开后座车门。西恩突然闻到一阵浓烈的苹果香，那是十月特有的香气。

大卫再次看向吉米。

"上车啊！"警察催促道，"难道你非要我上手铐不成？"

"我……"

"什么？"看来警察是被惹毛了。他用力拍打车门顶部。"你他妈的快给我滚进去！"

大卫放声大哭，依言乖乖爬进后座。

警察伸出一根肥短的手指，指着西恩和吉米。"你们两个回去好好反省，跟你们母亲说清楚你们干了什么好事！还有，别再让我逮到你们又跑到街上来撒野，听到了没有！"

吉米和西恩各自往后退了一步，胖警察上车，摔上车门，随即驾车扬长而去。西恩和吉米看着车子往街角驶去，闪灯准备右转——大卫的头因为距离和树影而变成模糊的黑影，目光却始终盯着他们。然后，街道恢复了原来的宁静，空无一人，仿佛刚才那一记关门声让一切都静止了。吉米和西恩站在原地，低头看着自己的脚，再抬头望望街道两头，就是不肯看着对方。

西恩再次感到一阵头晕，嘴里甚至涌上一阵淡淡的苦味。他感觉自己的肠胃像是被人用汤匙掏空了。

然后吉米开口了。

"都是你！是你先动手的。"

"胡说！是你先动手的。"

"是你。现在可好了。那家伙惨了。他妈脑袋不太正常，天知道她看到儿子被两个警察带回家会有什么反应。"

"又不是我先开始的。"

吉米推了西恩一把，西恩这回还手了。接着，两人双双倒在地上，扭打成一团。

"嘿！"

西恩从吉米身上滚下来，两人一跃而起，站定了，眼看着狄文先生

14

站在前廊台阶上，正朝他们走来。

"你们两个搞什么鬼？"

"没有啊。"

"没有？"西恩的父亲皱皱眉头，在人行道上停下脚步。"通通给我过来！不要站在马路中间。"

于是两人回到人行道上，与西恩的父亲并肩而立。

"你们不是三个人吗？"狄文先生望望街角，"大卫呢？"

"啊？"

"我说大卫跑到哪里去了，"西恩的父亲盯着两人，"大卫不是和你们在一起吗？"

"我们在街上吵架。"

"什么？"

"我们在街上吵架，然后警察就来了。"

"这是什么时候的事？"

"就五分钟前吧。"

"继续说下去。警察来了，然后呢？"

"然后他们就把大卫抓走了。"

西恩的父亲再次望了望街道两头。"他们什么？他们把大卫抓走了？"

"好送他回家啊。我说谎，我跟他们说我住在这里。大卫跟他们说他住在平顶区，结果他们就……"

"等等，你在说些什么啊？西恩，那两个警察长什么样？"

"啊？"

"他们穿制服吗？"

"没有。他们——"

"没穿制服。那你们怎么知道他们是警察？"

"我不知道。他们——"

"他们怎样？"

"他身上佩有徽章，"吉米说道，"就挂在腰带上。"

"什么样的徽章？"

"金色的——"

"好。那徽章上面写了什么？"

"写了什么？"

"字啊。你看到上面写了什么字吗？"

"没有。我不知道。"

"比利？"

三人应声转头，看见西恩的母亲站在前廊上，紧绷的脸上写满疑问。

"啊，亲爱的，你赶快拨个电话到警察局问问看，看他们有没有人逮了一个在街上吵架的男孩。"

"男孩？"

"大卫·波以尔。"

"天哪，他母亲！"

"先别紧张。我们先打电话去警察局问清楚再说，好吗？"

西恩的母亲转身进了屋。西恩回头看他的父亲。他感到有些手足无措，不知道该把手放在哪里。他先是把手插进口袋里，一会儿又抽出来，在裤子上磨蹭。他轻声嘀咕："这下糟了。"然后又朝街角望去，仿佛大卫的身影还在那里盘旋不去——一个在他视线尽头明灭晃动的幻影。

"棕色的。"吉米忽然说道。

"什么？"

"他们开的那辆车子是棕色的，深棕色，普里茅斯吧，我猜。"

"还有呢？"

西恩试着回想刚刚发生的一切，但脑子里却一片空白。他眼前只有一团阻挡住他全部视线的影像，一团巨大而模糊的影像，那影像几乎遮去了雷恩太太前院树篱的下半部和她那辆橙色的福特小车。他什么也看不清了。

"苹果味。那车里飘着一股苹果味。"他脱口而出。

"什么？"

"苹果。那车子闻起来就像苹果。"

"闻起来像苹果？"他父亲说道。

一小时后，两名警员出现在西恩家的厨房里，仔细盘问了西恩与吉米。不一会儿，警方又来了一个带着素描簿的人，根据两人的描述给棕色大车里那两个人画了像。素描簿里的金发大汉比现实中的看来还要凶恶、脸也更大了，但除此之外确实就是他。另一个留在车上、眼睛死盯着后视镜的男人的五官则有些模糊，唯一让人认得出来的是那头黑发。吉米与西恩根本就没看清那人的长相。

吉米的父亲也到了。他带着一脸怒气站在厨房一角，眼神却有些涣散，身子不住地微微摇晃，仿佛晃个不停的是他身后的墙壁似的。他到场后没跟西恩的父亲说过一句话，在场也没人向他开过口。他平日那种敏捷的能力暂时不见了踪影。在西恩眼里，他整个人也因此缩小了些，显得有些不真实，仿佛只要西恩一移开视线，再回过头来时就会发现他已经融入背后的壁纸了。

对事发经过反复推敲了四五遍后，所有人——警员、画素描的人、吉米和他的父亲——便离开了。西恩的母亲转身回到卧室，砰一声关上了门。几分钟后，西恩听到里头传来闷闷的哭声。

西恩走到门外，坐在前廊的一把椅子上。他父亲跟了出来，告诉他，他没有做错任何事，他和吉米没跟着上车是对的。他拍拍西恩的大腿，向他保证，一切都会好起来。大卫今晚就会回来了。等着看吧。

然后，父亲就再没说过一句话，静静地坐在西恩身旁，一口一口啜饮着啤酒。西恩可以感觉到父亲的思绪飘远了，仿佛他的人根本就不在这儿，或许在卧室里同他母亲在一起，或许又回到地下室摆弄他的鸟屋去了。

西恩抬头顺着停放在路旁的车子看过去，看着那被引擎盖反射过来的阳光。他试着告诉自己，这一切最终会真相大白的。事情既然会发生，就总有它的道理，只是他一时还看不出来罢了，他总有一天会明白的。自从大卫上了车，他和吉米在地上扭打成一团，始终流窜于他全身的肾上腺素这时终于消退了，像汗水般从他全身的毛孔蒸发出去。

他望着自己刚刚和吉米以及大卫·波以尔站在贝尔耶大车旁边吵架的那块地方，静静地等待着，等待什么东西来填满肾上腺素退去后在他体内留下的空虚。他等待眼前的一切重新聚合成形，让他能看个清楚。他望着屋前的街道，听着那股若有若无的嗡嗡声，等待着。他等了又等，直到他父亲起身，他才跟着回到屋里。

吉米跟在他父亲身后，往平顶区走去。他父亲的步伐有些蹒跚，边走边把一根根香烟抽到要烧到手了才肯丢掉，嘴里还一边嘟嘟囔囔地自言自语。到家后免不了要挨一顿鞭子了，吉米在心里忖度着，也许不会，这实在很难讲。他父亲丢了糖果厂的差事后，就明令他不准再往狄文家跑。光是冲着这点，他迟早也得付出代价，但也许不是今天。他父亲眼神中飘着那种昏昏欲睡的醉意，照经验判断，他到家后八成只会坐在厨房的桌前重拾酒杯，一直喝到趴在那里昏睡过去为止。

吉米刻意和父亲保持几步距离，以策安全。他边走边把一颗棒球扔得老高，再用从西恩家偷来的手套接住。那手套和球是他刚刚从西恩的房间里摸出来的。那时狄文一家全都忙着送那几名警员出门；他和他父亲默默地从厨房穿过走道往前门走，根本没人搭理他们。西恩卧室的门没关，吉米一眼就瞄见躺在地板上的手套，里头还包着一颗球。他一闪身，拾起手套，然后就跟在父亲身后走出了狄文家的前门。他不知道自己为什么要偷走那个手套。他父亲见到他的举动时曾对他眨了一下眼，眼神中甚至透露出某种惊喜与骄傲。但他为的不是这个。他妈的绝对不是！他这么做是因为西恩打了大卫·波以尔，是因为他说要一起偷车却又临阵退缩，是因为过去一年来的很多事，是因为吉米心里始终有一种感觉，不管西恩送他什么——棒球卡也好、半截巧克力棒也好——他始终感觉那是一种出于怜悯的施舍。

刚把手套捡起来，走出狄文家大门的那一刻，吉米觉得无比兴奋，简直棒极了。但一会儿之后，正当他们要穿过白金汉大道时，每次偷了什么东西后总能感觉到的那种熟悉的困窘和羞耻感突然袭上他的心头，还有那股愤怒——他不知道是什么人或者什么东西让他做出这些事情，但总之他痛恨它们，痛恨它们害他出手做出这些事情。又过了一会儿，当他们沿着弯月街走近平顶区时，他望望前方那堆破烂不堪的三层公寓建筑，再望望手中的球套，一股优越感油然而生。

吉米偷走手套，他感觉糟透了。西恩一定会想念他的手套。吉米偷走手套，他又感觉棒透了。西恩会想念他的手套。他恨西恩。没错，他恨西恩。他之前真是个傻子，竟以为他们可以做朋友。他知道自己将会终身保有这只手套，小心翼翼地呵护它，照顾它，绝不让任何人看到它，也永远不会带它上球场，使用它。他宁死也不愿这么做。

吉米看着父亲跌跌撞撞地走在前头。那老不死的混账看来随时都会倒在地上，化成一摊烂泥。

吉米随父亲走在高架铁路下方，在幽暗中朝弯月街的尽头走去。平顶区豁然出现在他面前，一览无遗。货运火车隆隆驶过老旧破烂的露天电影院，往前方的州监大沟驶去。他知道——在他心里最深的一个角落——他们再也见不到大卫·波以尔了。在吉米住的那条街，瑞斯特街，成天都有人丢东西。吉米四岁的时候丢了三轮车，八岁的时候则换成自行车被人偷走。他父亲也丢过一辆车。连他母亲晒在后院的衣服都有人偷，搞得她最后不得不把衣服晾在家里。东西被偷和一时健忘找不到东西是不同的，那是两种迥然不同的感觉。东西一旦被偷就永远回不来了，你心底总是会有那种一去不回的感觉。他现在就对大卫有这种感觉。也许，西恩现在也正对他的手套有这种感觉；站在他卧室地板上那一小块空地前，无论如何都知道手套一去就永远不会再回来了。

是很糟，因为吉米确实喜欢过大卫，虽然他自己也说不上大卫到底有什么值得他喜欢。但那小子确实有点儿道道，也许是因为他总是在那里，即使多半时候你根本不会注意到他的存在。

第二章　四天

结果证实，吉米错了。

大卫·波以尔失踪四天后便乘着警车回来了。他坐在警车前座，护送他回来的两名警员任他开关警笛，还让他摸了摸锁在置物箱底下的霰弹枪枪托。他们颁给他一个荣誉警徽，而且在他们送他回家那天，瑞斯特街上还挤满了报社和电视台的记者，全都等着捕捉波以尔母子团聚的一幕。临下车时，其中一名警官尤金·库比亚基还特地绕到另一边，把大卫从车里抱出来，先把他举得高高的，然后才让他降落在他那又哭又笑、颤抖不已的母亲面前。

除了记者，瑞斯特街上还挤了一堆旁观的人——有大人、小孩、邮差，以及在瑞斯特街与雪梨街转角开了一家潜艇堡快餐店的长得圆滚滚、绰号"猪排"的两兄弟，甚至连大卫与吉米在路易·杜威的五年级老师鲍尔小姐都赶来了。吉米站在他母亲身边。他母亲拥着他，让他的后脑勺紧贴在她胸前，一只汗湿了的手掌则贴在他额头上，仿佛想借此确定吉米没有染上任何大卫染上的东西。库比亚基警官把大卫高高举起的时候，两人相视而笑，像一对认识多年的老朋友似的，而美丽的鲍尔小姐则忘情地为两人鼓掌——吉米突然感到一股强烈的妒意。

我差点儿也上了那辆车，吉米很想告诉旁边的人。他尤其想告诉鲍尔小姐。鲍尔小姐是个美女，漂亮白皙。她的上排牙齿有一颗长得有些歪，一笑就会露出来；但在吉米眼里，这个小缺陷只会让她看起来更美更迷人。吉米很想告诉她自己也差点儿上了贼车的事，看看能不能让她也用那种表情看着自己，就像她现在看着大卫一样。他还想告诉她，自己无时无刻不在想她。他想象的是年纪大一些的自己，就是大得足以开车的那种年纪，开车载着她四处兜风，让她不住地对着自己微笑；他们还要一起去野餐，而不论他说什么都能逗得她开怀大笑，露出那颗可爱的牙齿，然后还伸手碰碰他的脸。

不过，置身这群人之中的鲍尔小姐却似乎显得有些不自在。吉米看得出来。她对大卫说了几句话，并亲了他的脸颊——她一共亲了他两下——之后，其他人便围了上去，她则退到一旁，站在坑坑洼洼的人行道上，抬头看着四周那堆歪歪斜斜的三层公寓楼，以及上头那些斑驳卷曲的沥青纸和底下暴露出来的木板。在吉米眼中，此时的她看来似乎更年轻，却又更难以接近了；仿佛她突然间变成了修女之类的人物，摸摸头发，检查自己仪容是否整齐合宜，皱皱小鼻子，马上就要吹毛求疵起来似的。

吉米想要再靠近她一点儿，但他母亲却对他的挣扎视若无睹，依然把他紧紧搂在胸前。他眼睁睁看着鲍尔小姐往瑞斯特街与雪梨街的转角走去，对着什么人死命地招手。一个嬉皮士模样的年轻人开着一辆嬉皮车模样的黄色敞篷车往街角驶来，被阳光晒得有些褪色的车门上头还漆着几片紫色的小花瓣；鲍尔小姐上了那辆车，扬长而去。哦，不，吉米心想。

他终于挣脱了母亲的怀抱。他站在路中间，看着围绕在大卫身边的那群人，他希望自己当初也上了那辆车，现在就也能体验到大卫此刻感受到的那种关爱的目光，那种与众不同的感觉了。

瑞斯特街上仿佛正在进行某种节庆宴会，众人忙着四处抢镜头，一心希望能在电视上或明天的报纸上看到自己的身影——是呀，我认识大卫，他是我最好的朋友呢，一起在这儿长大的嘛，唉，真是个不错的孩子，感谢老天让他平安归来。

有人打开消防栓，水柱像一股终于得以释放的叹息，往瑞斯特街猛烈喷洒。孩子们甩掉鞋子，卷起裤腿，在四溅的水花中跳跃奔跑。冰激凌小贩也赶到了，要大卫想吃什么尽管拿，老板请客。连那个死了老婆的怪老头巴基诺——脾气火暴的老家伙，成天只会开窗大吼，要人家他妈的安静一点儿，还会拿 BB 枪打松鼠（要是没大人在场，他连小孩都照射不误）——都打开窗户，把喇叭搬到窗边，接着，狄恩·马丁浑厚的歌声传遍了整条街，《留下回忆》《振翅高飞》，还有一堆吉米平日听了就想吐的怀旧老歌。但今天则不然，今天就适合听这些歌。今天，这些歌就像缤纷的彩带一样，在瑞斯特街上迎风翻飞，与哗哗的水声相互应和。在"猪排"兄弟店后的小房间开设赌场的那些人搬出几张折叠桌与小烤肉架，不久又有人拖来几个装满施利兹牌与纳拉冈塞特牌啤酒的小冰桶，不大工夫，肥滋滋的烤热狗和烤意大利香肠的味道便飘散开来。空气中缭绕的烟雾、呛鼻的烧炭味，还有不绝于耳的开啤酒罐的砰砰声，让吉米不禁想起了芬威棒球场、夏日周末，以及当身边的大人放松心情，变得像个小孩子的时候，那种充满胸怀的喜悦，那种所有人都在笑，所有人看起来都变年轻了，所有人都彼此搭肩谈笑的美妙时刻。

对吉米而言，就是像这样的时刻让一切都变得值得了——即使是在挨了他老爸一顿毒打，或是刚发现他什么心爱的东西被偷走了那种最黑暗的愤恨深渊里，这样的时刻都能让吉米重振精神，重新爱上在平顶区度过的日子。管他多久的积郁、怨恨与不满，管他工作如何操劳，管他亲不近邻不睦，这里的人们似乎总能在瞬间就把一切都抛到九霄云外，喝吧，笑吧，仿佛他们的生命中从来就没发生过任何不美好的事。在圣派崔克节或是白金汉日，有时在国庆节，或者是红袜队在九月的球赛里表现神勇，屡战屡胜，或者在像今天这种失而复得的难得时刻，这里的人们总要抛开一切，全街狂欢，陷入某种疯狂的节庆氛围里。

尖顶区就不是这么回事了。他们当然也有街坊宴会，但那里的人总会在事先精密计划，确定该申请的许可都申请到了，但到时却还提心吊胆，要小孩儿小心往车辆，别踩坏邻居的草坪——哎呀，当心点儿，我刚油漆过那排篱笆哪。

至于在平顶区，反正大半的房屋前根本没有草坪，篱笆也多半年久失修，摇摇欲坠，所以说，妈的，就随它去吧。要开心就尽情开心吧，因为，去他的，就当作是老天欠你的。这样的日子里没有老板上司，没有社会福利调查员，没有高利贷派来的讨债打手。至于警察——现场就有两个警察，玩得可开心了，库比亚基警官手里拿着一根刚下烤架的辣香肠，而他的伙伴则正往裤袋里塞一罐啤酒，等着待会儿解渴用。记者早走光了，太阳也渐渐偏西，整条街都沉浸在晚餐时间特有的温暖光辉里。但今天这条街上的女人不煮饭，所有人都不必回家。

除了大卫。大卫回屋里去了。吉米从消防水柱底下冲出来，拧干裤腿，穿回刚刚脱下的T恤，然后跑到烤架前排队等着领热狗——就是在那时候，他猛然发现大卫不见了。庆祝大卫归来的狂欢会还热闹着，大卫却悄悄进屋去了。他母亲显然也一样。吉米抬头看看位于二楼的大卫家：小窗的窗帘都拉上了。

那几扇紧闭的百叶窗不知怎么了，竟让吉米想起了鲍尔小姐。他想起她爬上那辆嬉皮车的模样，想起自己曾盯着她右边的小腿与脚踝，看着它们弯起，缩进车里，然后车门关上。他突然感到有些自惭形秽，有些落寞悲哀。她要去哪里？她现在是否正在公路上，让风掠过她的发梢，就像乐声飘过瑞斯特街？夜幕是否正要掩住嬉皮车里的两人，随他们往……往哪里去呢？吉米想知道，却又不想知道。他明天还会在学校里见到她——除非学校也打算为庆祝大卫的归来而放假一天——他想趁机问她，但他终究不会开口。

吉米领了热狗，坐在大卫家对面的街边吃了起来。吃到一半的时候，他突然看到对面二楼一扇百叶窗拉起来了，大卫就站在窗边，紧盯着他瞧。吉米举起吃了一半的热狗，朝大卫挥挥手，但大卫毫无反应。吉米又试了一次，大卫依然只是默默地看着他。吉米看不清大卫脸上的表情，但却可以感觉到他的眼神，空洞与责怪。

吉米的母亲朝他走过来，在他身旁坐了下来。大卫一闪身，消失在窗后。吉米的母亲是个瘦小的女人，有着一头颜色淡得不能再淡的淡黄头发。她虽然瘦，肩头却仿佛时时担着千斤重的砖头，总是弓着身子，拖着脚步走路。她还常常叹气，她叹气的方式往往让吉米无法确定，她究竟知不知道那叹息声是从自己身体里发出来的。吉米看过她母亲怀他之前照的相片——相片里的她丰润且年轻多了，像个未满二十岁的少女（吉米后来算过，她当时确实差不多就是那个年纪）。那时的她有着一张圆润的脸，眼角与额头还没有那堆细纹；面对着相机镜头，她笑得灿烂而动人，只是眼神中却隐约藏着一抹恐惧，或者是好奇，不过吉米也说不清。他父亲跟他说过千百次了，说他母亲为了生他差点儿丢了性命，她血流不止，连医生都没把握能止住那来势汹汹的鲜血。他母亲从此就像丢了半条命似的，身体再没好过一天，他父亲这么说。当然，生小孩的事也就到此为止。那种事经历过一次就够了。

她一只手搁在吉米膝上："一切还好吧，我的美国大兵？"他母亲常常用不同的昵称叫他，通常是当场随兴叫出口的，吉米总搞不清楚那名字又是从哪里冒出来的。

他耸耸肩。"还不就那样。"

"你今天还没跟大卫说过话哪。"

"你把我搂得那么紧，我哪有机会。"

他母亲缩回放在他膝上的手，抱紧自己，以抵御随夜幕降临而渐深的寒意。"我是说后来，他还没进屋之前。"

"我明天就会在学校里碰到他了。"

他母亲在牛仔裤口袋里一阵摸索，掏出她的剑牌香烟，点着一根，然后急急地吐出一大口白烟。"我想他明天应该不会去上学。"

吉米吃掉最后一口热狗。"嗯，过几天吧。"

他母亲点点头，又吐了几口烟。她一手托肘，边抽烟边凝望着对面二楼的窗户。"今天在学校还好吧？"她说，看起来并不真的期待吉米回答。

吉米耸耸肩。"还好。"

"我刚刚看到了你们老师。很漂亮。"

吉米没有搭腔。

"真是漂亮。"他母亲对着一团冉冉升空的烟雾轻声说道。

吉米还是没说话。他常常不知道要跟他的父母说些什么。他母亲无论何时看起来都这么疲倦。她的目光幽幽地飘向某个未知的地方，只是一个劲儿地抽她的烟，吉米一句话常常要反复说上好几次她才能听见。他父亲则通常是一副怒气冲天的模样，即使不是，吉米也知道眼前这个几乎称得上是好父亲的家伙随时都可能翻脸，转眼又会变回那个满心苦涩的醉鬼，而吉米便成了他发泄怒气的对象——半小时前还能惹得他哈哈大笑的一句话，半小时后却成了他痛打吉米一顿的理由。吉米还知道，无论他怎么逃避，怎么伪装，他体内确实流着这两人的血液：他兼有他母亲的沉默和他父亲那种突然而至的暴怒。

除了想象自己是鲍尔小姐的男朋友之外，吉米有时也会想象自己如果是鲍尔小姐的儿子，一切又会是何种光景。

他母亲这时却突然盯着他瞧。夹在指间的香烟高举在耳边，眯着双眼，目光在他脸上来回搜寻。

"怎么了？"他说，有些发窘地对他母亲一笑。

"你笑起来真的很好看哪，少年拳王阿里。"她回以一笑。

"是吗？"

"嗯，没错。将来不知道要迷倒多少女孩子哪。"

"啊，那也好。"吉米说道。母子两人相视而笑。

"你可以多开口说点儿话。"他母亲说。

你也是，吉米很想这么告诉她。

"不过也没关系啦。酷一点儿也好，女人就吃这套。"

吉米从母亲的肩头看过去。他父亲步履蹒跚地从屋里走出来，身上的衣服皱巴巴的，一张脸则因刚睡醒或是酒喝多了——更有可能是两者兼有——而显得有些浮肿。他父亲睁着惺忪的双眼，看着眼前热闹的一幕，一脸困惑。

他母亲顺着他的目光看过去，当她终于回过头来时，脸上再度出现了平日那种倦容，刚才那抹微笑消散得无影无踪，几乎让人怀疑她从来就不知道该如何微笑。"嘿，吉姆。"

他最喜欢她这么叫他了——"吉姆"——这让他觉得跟母亲更亲近了。"什么事？"

"我真的很高兴你没上那辆车，宝贝。"她在他额头上轻轻一吻。吉米看到了她眼中闪烁的光芒。接着她站起来，朝其他几个正在聊天的母亲们走过去，始终背对着她的丈夫。

吉米抬头看去。他再度看到大卫静静地站在窗边，凝望着他。他房里的灯亮了，昏黄的灯光从他背后幽幽地向外流淌。这一次，吉米甚至不想再试着朝他挥手了。警察和记者都走光了，没了他们的提醒，街上这群酒酣耳热、玩得正来劲儿的人大概早忘了这宴会原来是为何而起。吉米可以感觉到大卫孤零零地待在那间狭小的公寓里，除了他那半疯的母亲外，就只有一屋子老旧的棕色壁纸和昏黄微弱的灯光陪伴着他。

吉米再度感到庆幸，庆幸自己没上那辆车。

破玩意儿。吉米的父亲昨晚是这么跟他母亲说的："就算那孩子活着被找回来了，八成也已经成了个破玩意儿——早不是原来那个样了。"

大卫突然举起一只手。他把手掌举至齐肩处，却半天都不动。吉米朝他挥手时，突然感到一阵刺骨的悲伤窜进体内，在深处缓缓地蔓延开来。他不知道这股深沉的悲伤究竟因何而起，是因为他的父亲、他的母亲、鲍尔小姐，还是整个这片地方，或者是因为那个站在窗边动也不动、只是痴痴地举着手的大卫；但无论是何者——其中之一或是全部加在一起——他都能确定，这悲伤一旦窜进他体内就再也不会出来了。十一岁的吉米坐在街边，却再也不会觉得自己只有十一岁了。他感觉自己老了。像他父母一样老，像这条街一样老。

破玩意儿，吉米一边想着，一边缓缓放下挥动的手。他看见大卫朝他轻轻点了点头，然后便拉下百叶窗，转身回到那间贴着棕色壁纸的小公寓里去了——那间只有时钟的嘀嗒声会划破一片死寂的小公寓。吉米感到那股悲伤仿佛在他体内找到了温暖的归宿似的，在他心底扎了根。但他甚至不期望它能离开他心底，因为他隐约明白，任何努力都只是徒劳。

吉米站起身，一时间不知道自己要往哪里去。他感到一股熟悉的冲动，像针刺般搔弄着他不安的心。他多想一拳打在什么东西上头，或是去做些真正刺激的事。但他的胃又叫了，他这才想起肚子还没填饱呢，希望还有热狗剩下。吉米举步朝人群走去。

大卫·波以尔足足出了好几天风头，不只在平顶区，几乎全州的人都认识他了。第二天的《美国记事报》头版就用斗大的字体写道："小男孩去而复返"。底下还附了一张照片：大卫坐在他家门前的台阶上，他母亲的双臂从后方拥住他，交叉在他胸前，两人身旁则挤了一堆抢镜头的小鬼，一个个全咧着嘴，笑得很开心。除了大卫的母亲。她脸上的表情看起来像是刚在冷天里错过了一班公交车似的。

大卫回到学校不出一星期，那些当初还在头版上同他笑得很开心的孩子就开始叫他"死怪胎"。大卫在他们脸上看到一股恶意，但他并不确定他们是否真的明白那恶意到底是怎么回事。其实他自己也不明白。大卫的母亲说，他们八成是从父母那里听来一些不干不净的话；你根本不必理会他们，大卫，等他们叫腻了自然就会忘了这一切，明年大家就又是朋友啦。

大卫点点头，却依然不明白，是不是因为他有什么特点，还是他脸上有什么他自己看不到的记号，才会让人总是想欺负他。比如说那辆车上的那两个家伙。他们为什么独独挑上他？他们为什么知道他会跟他们上车，而吉米和西恩就不会？大卫事后回想起来，事情似乎就是这么回事。那两个家伙（大卫其实知道他们的名字，至少是他俩用来称呼彼此的名字，但他根本不想再让那几个字进入他的脑海）事前就知道西恩和吉米不会轻易上他们的车？西恩一定会转身跑回家，搞不好还会大吼大叫，而吉米，他们恐怕得先把吉米敲昏了才能把他弄上车。在连赶了几小时的路后，大肥狼曾这么说过:"你有没有看到那个穿白 T 恤的小鬼?你有没有看到他是怎么死盯着我看的?恶狠狠的,一副天不怕地不怕的死样子。将来谁遇上他谁倒霉,杀人不眨眼的狠角色!"

另一个家伙油头狼微笑着应道:"我就喜欢这种带劲儿的货色。"

大肥狼摇摇头。"想把他弄上车?看他不咬掉你一根大拇指才怪。这小王八蛋就容易多了。"

大肥狼与油头狼——大卫在心里这么称呼他们。大卫宁可不把他们看成人。他们只是两头披着人皮的恶狼,而大卫自己则是故事里的另一个角色——"被狼带走的男孩","自狼口逃生后穿过阴暗树林安全抵达埃索加油站的男孩","始终保持冷静机警等待逃生机会的男孩"。

但在学校同学的眼中,他却只是那个"被人干过的男孩"。他们随心所欲地想象那四天里到底发生了什么事。一天早上,在学校厕所里,一个叫小麦卡菲的七年级男孩逮到大卫站在便池前解手,于是凑过来问道:"他们有没有叫你吸啊?"他那群同在七年级的朋友跟着在一旁讪讪地怪笑,还频频弄出亲吻的吱吱声。

大卫涨红了脸,用颤抖的手指勉强拉上拉链,转头看着小麦卡菲。他努力装出凶狠的表情,但小麦卡菲只是皱了皱眉,然后啪一声甩了他一巴掌。

这一巴掌打得清脆响亮,其中一个七年级学生像个女孩似的倒吸了一口气。

小麦卡菲说道:"死怪胎,你有话想说是吧?嗯?想要我再扁你一拳是吧?你这死同性恋!"

"他哭了。"有人说。

"哎哟,还真是。"小麦卡菲尖声说道。豆大的泪珠沿着大卫两颊滑落下来,他感觉脸上那阵麻麻的感觉渐渐转变成刺痛,但他哭不是为了这个。他从来就不是那么怕痛,也不曾因为痛而哭出来。即使是上回他从自行车上跌下来,脚踝让脚踏板狠狠地划破了,事后在医院足足缝了七针,他都没有哭。是厕所里这群男孩表现出的那种赤裸裸的恶意让他一时招架不住。那种仇恨、厌恶、愤怒与鄙视全都朝他涌来。他不明白，他一生中从不曾刻意去招惹过任何人，但他们就是恨他。这种仇恨让他觉得孤立无援，觉得自己做错了什么事，觉得自己肮脏而渺小。他哭是因为他不想觉得自己就是这样的人。

一伙人全笑了，嘲笑他的眼泪。小麦卡菲在厕所里张牙舞爪地跳来跳去，蹙着一张脸，模仿着这时已哭得不能自已的大卫。当大卫终于稍微平静下来，收起眼泪，但还不住地抽着鼻子时，小麦卡菲却再度甩了他一巴掌。这一巴掌不偏不倚就抽在原来的位置，力道也同样强劲。

"看着我！"小麦卡菲说道。大卫的眼泪再度夺眶而出。

"看着我！"

大卫抬头，泪眼婆娑地看着小麦卡菲，一心期望能在他脸上看到一丝同情，甚至怜悯——怜悯也行。但他只是半愤恨半嘲弄地看着他。

"果然没错，"小麦卡菲说道，"你果然吸过老二。"

他作势要再甩他一巴掌，大卫转过头，缩着脖子。小麦卡菲却领着他那群党羽大笑着扬长而去。

大卫想起了彼得斯先生，他母亲的一个偶尔会来家里过夜的朋友，曾经跟他这么说过："男子汉绝不可忍的侮辱有两种：有人朝你吐口水，还有就是甩你耳光。直接给你一拳就算了，要是有人那样对你，你逮到机会一定要把他宰了。"

大卫坐在厕所地板上，希望自己能有那种勇气——那种杀人的勇气。他会先宰了小麦卡菲，他想，然后是大肥狼和油头狼，如果他们真让他再遇上的话。但事实是，他发觉自己根本就办不到。他不明白为什么有的人就是要对别人那么坏。他不懂，他真的不懂。

这事后来像潮水般在校园里传开了，三年级以上的学生全都听说了小麦卡菲在厕所里对大卫做了什么事。最后，招致非议的竟是大卫当时的反应。大卫不久便发现，即使是那些在他刚返回学校时对他还算友善的同学，现在也开始对他避之犹恐不及。

不是所有人都会趁在走廊与他擦身而过时低声喊上一句"同性恋"，

或者是故意把舌头在两腮之间动来动去。事实上，大部分同学对大卫只是视而不见。但在某种程度上，这种沉默的态度比什么都糟糕。他感觉像是被流放到孤岛的罪犯——孤立无援，求助无门。

如果两人碰巧同时走出家门，吉米·马可斯有时会静静地走在他身边，一言不发地陪他走到学校，因为他要是不这么做反而会显得奇怪。此外，两人如果在学校的走廊上碰到了，或是刚好一起排队准备进教室，吉米会轻轻地对他说声"嗨"。有几次，两人目光偶然交会时，大卫在吉米脸上看到某种混杂着尴尬和怜悯的情绪，仿佛确实有话要跟他说，却怎么也说不出口——吉米本来话就不多，最多就是在他心里又有什么诸如跳下地铁轨道或是偷车之类的疯狂点子在蠢蠢欲动时，他才会多说两句。但无论如何，大卫都觉得两人的友谊（老实说，大卫并不怎么确定他俩曾经是朋友；他感到有些羞愧，却又不得不承认，自己多半不过是个勉强跟在吉米后头的跟屁虫）从大卫爬上那辆车而吉米却定定地站在街边那一刻起，已经永远成为过去了。

最终，吉米在路易·杜威也没能再待多久，上学路上那段沉默的时光也一并消失了。吉米在学校有个形影不离的哥们儿，威尔·萨维奇。此人个头不高，却是学校里人人——包括老师——闻风丧胆的人物；他的脑容量约莫和猩猩不相上下，已经连续留级两次，脾气却火暴得很，动不动就发狂。校园里流传着一则笑话（不过没人敢在威尔面前提起），他们说别人的父母忙着帮子女存大学学费，而威尔的父母光忙着帮他存保释金了。在大卫上那辆车之前，吉米在学校里就已经老是和威尔混在一起了。吉米有时会默许大卫跟在他俩后头，去学校餐厅搜刮零食或是攀爬校舍屋顶，但自从上车事件发生后，大卫就连这项特权都被取消了。大卫有时会恨吉米对他这么无情，有时却又不禁注意到，之前偶尔笼罩在吉米身上的那团乌云现在却无时无刻不在跟着他，像是某种厄运之环。吉米看起来老了好几岁，眼底总有挥之不去的忧伤。

吉米后来果真偷了车。距离他们上回计划在西恩家那条街偷车过去了差不多一年。这件事让他被路易·杜威开除了，从此得搭校车穿过半座城市，到卡佛学校去体会一个来自东白金汉的白人小孩置身于一所几乎全是黑人学生的学校里是什么滋味。当然，他还有威尔为伴。大卫不久后就听说这两人成了卡佛学校里人见人怕的瘟神，两个疯到不知恐惧为何物的白种小鬼。

他们偷的是一辆敞篷跑车。大卫听说车主是某个老师的朋友，不过谣言没说清楚到底是哪个老师。吉米与威尔趁着放学后全校老师和他们的亲友在教员交谊厅参加年终晚会的当儿，从学校停车场把车偷走了。吉米开车载着威尔，在白金汉区绕了好大一圈，一路嚣张地乱按喇叭，对路边的女孩儿用力挥手，还拼命踩油门加速前进，直到招来过路警车的注意，最后终于在罗马盆地附近直直撞上了停放在柴尔斯平价购物广场后头的一辆垃圾车。威尔下车的时候扭伤了脚踝，而原本只要再翻过一面铁网墙就能逃往一片无人空地的吉米却回过头来，企图把威尔救走——大卫总爱把这段情节想象成战争电影里的一幕：在一片枪林弹雨中（大卫当然不太相信警察会为了这种小事开枪，但这么想象确实比较酷），英勇的士兵回头援救受伤的伙伴。警察当场逮捕了这两个偷车小贼，吉米和威尔因此在少年看守所里待了一夜。因为离学年结束也只剩几天了，于是学校让两人回来把六年级读完，只是通知他们的父母尽快帮儿子办理转学。

那之后大卫就很少看到吉米了，一年最多遇到一两次。除了上学，大卫的母亲根本不让他出门。她坚信那两个坏人还在外头，开着那辆弥漫着苹果味的棕色大车，虎视眈眈地等待着，像热追踪导弹一般瞄准大卫不放。

大卫知道事情并非如此。他们毕竟只是两匹猥琐的饿狼，只会在最黑的夜里寻找最近最软弱的猎物。但他们最近确实更频繁地出现在他脑海里，大肥狼和油头狼的模样，以及他们在那四天里对他做的事。这些影像很少侵扰大卫的梦境，而是常常会趁着他待在他母亲这幢死寂的公寓中，试着以看漫画、看电视，或是开窗凝望外头的瑞斯特街打发漫长的沉默时，悄悄窜进他的意识里。它们一朝他袭来，他便闭上眼睛，试着将这些影像驱逐出去，试着忘掉大肥狼的名字叫亨利，油头狼的名字叫乔治。

亨利和乔治——某个声音总会伴随着那些排山倒海而来的影像在他脑海里尖叫着这两个名字。亨利和乔治、亨利和乔治、亨利和乔治；你这小王八蛋！

然后大卫会告诉他脑海里那个声音，他不是小王八蛋。他是那个狼口逃生的男孩。有时，为了赶走那些影像，大卫会在脑海中重复播放自己逃生的经过，巨细靡遗从头至尾一遍又一遍地播放——他注意到地窖门上靠近铰轴处有一道裂缝；他听到大肥狼与油头狼出门买醉时汽车引擎启动的声音；他用一把缺了角的螺丝起子死命地去钻那道裂缝，裂缝愈来愈大，直到锈痕斑斑的铰轴终于整个儿被他撬开，门板随之裂开一个刀形的大洞。这个智斗恶狼的男孩就从那个大洞钻出地窖，头也不回地往树林里跑去，靠着傍晚残余的日光，终于找到一英里外的一家埃索加油站。当那个不等天黑便早早亮起的蓝白相间的圆形招牌映入大卫眼帘时，他几乎不敢相信自己的眼睛。白色的霓虹灯光直直地刺入他眼底，触动了某些东西。就是这感觉让大卫两腿一软，跪坐在林间沙地与老旧的柏油地面交界的地方。加油站的主人朗恩·皮亚洛发现的就是这样一动不动的大卫——双膝着地，双眼紧盯着那块霓虹招牌。朗恩·皮亚洛是个精瘦有力的男人，有一双似乎可以徒手将铅制水管一折两段的大掌；大卫后来常常会不由自主地想象，如果狼口逃生的男孩是电影里的一个角色，那么事情又会怎么发展呢。当然了，他和朗恩会因此发展出一段情谊，朗恩将教会他一切本该由父亲教给儿子的事情，然后他俩会骑着马，背着两管来复枪，展开无尽的冒险之旅。他俩将分享一段永难忘怀的回忆，朗恩与男孩。他们将会成为一对传奇英雄，猎杀过无数在荒野中徘徊的恶狼。

在西恩的梦里，整条街都会动。里面弥漫着苹果气味的大车在他眼前打开车门，脚底的街道紧紧擒住他的双脚，把他往车内推送。大卫就在车里，蜷着身子，瑟缩在后座离车门最远的一角。街道死命把西恩往车内推送，而车内的大卫只是张着嘴，无声地哀号着。梦里的他除了那扇敞开的车门和车子后座的景象什么也看不到。他看不到那个警察模样的男人，看不到他那个坐在前方乘客座的同伙，也看不到吉米，虽然他知道吉米自始至终都在。他只看得到那扇车门、大卫，还有散落在后座地上的垃圾。而这个，他终于意识到，正像他甚至不曾意识到自己已经听到的警铃声——那辆车的后座竟堆满了垃圾。快餐店的包装纸、揉成一团的薯片袋、啤酒和可乐罐、装咖啡的隔热纸杯，还有一件肮脏的绿T恤。西恩在醒来后细细回想梦境时，才赫然意识到，梦里的后座地板上的情形确实是他当时亲眼所见，而他竟始终不曾想起，直到现在。即使在警察来到他家，要求他回想——仔细回想——是否曾遗漏任何细节还未告知警方时，他都不曾想起后座地板上那一团脏乱，因为他当时确实不记得这一切。但这一幕毕竟借着梦境再度回到他头脑中了，而这是何等关键的一幕——它让他在当时便以某种甚至自己都不曾察觉的方式感觉到，这车，这所谓的警察和他所谓的伙伴，确实不太对劲。在现实中，西恩不曾亲眼见过警车后座，但他无论如何都知道，警车后座怎么也不该是这般景象。也许就是在这堆垃圾底下藏着一颗吃剩的苹果核，车里才会弥漫着一股苹果气味。

绑架事件过去一年后的某天，西恩的父亲走进西恩房间，向他宣布了两件事。

第一件事情是拉丁学校接受西恩的入学申请了，他九月上七年级时将转学到那里。他父亲说他和他母亲都以他为荣。这辈子还想有点儿出息的孩子都应该去那里。

至于第二件事情，他父亲正要往房门口走去时，突然止步，以随意的口气告诉了他。

"他们逮到其中一个家伙了。"

"什么？"

"就是那两个绑架大卫的嫌犯中的一个。他们逮到他了。那家伙死了。在狱中自杀的。"

"哦？"

他父亲这才回头看着他。"没错。你总算可以不用再做噩梦了。"

西恩问道："那他的同伙呢？"

"被逮到的那个家伙，"他父亲说，"跟警方说另外那个家伙早在一年前就出车祸死了。这样你安心了吧？"西恩从父亲的眼神中清楚地看出，这将是他们父子间最后一次提到这件事。"好啦，洗洗手准备吃饭了。"

父亲离开后，西恩又在床上坐了一会儿。床垫上搁着一只用厚实的红色橡皮圈紧紧缠绕住的全新的棒球手套，里头躺着一颗全新的棒球。

另一个家伙也死了。车祸死的。西恩希望那家伙当时开的就是那辆弥漫着苹果味的大车，希望他开着那辆车冲下悬崖，直奔地狱而去。

愁眼西纳特拉

2000

第三章　发间的泪水

布兰登·哈里斯疯狂地爱着凯蒂·马可斯。他爱她就像电影里那种爱情，他的胸腔里仿佛有一支交响乐团，乐声随着汩汩的血液奔流过他全身每个角落，在他耳畔噗噗作响。他爱刚起床的她，将入睡的她，他爱她从日出到日落，从早晨到黄昏。即使凯蒂·马可斯又肥又丑，布兰登·哈里斯仍旧会爱她。他无论如何都爱她。即使她脸上长满痘子，胸部扁平，即使她嘴上有浓密的汗毛，即使她口中无牙，即使她秃了头，他也还是爱她。

凯蒂！光是在心中轻轻念一遍这个名字，就足以让布兰登感觉自己四肢一阵酥麻，仿佛刚深深地吸进了一口大麻似的。他感觉自己可以行走在水面上，可以仰卧推举一辆十八轮大卡车，举腻了还可以轻轻松松把它往旁边一扔。

布兰登·哈里斯打心底觉得这世界无处不可爱，因为他爱凯蒂并且凯蒂也爱他。连塞车、满街车辆排出的废气，连工人打钻的声响他都爱。连他那个在他六岁时就抛妻弃子离家出走，从此音讯全无的废物父亲，他也爱。他爱星期一的早晨，爱那些连白痴都逗不笑的电视剧，爱排那永远也排不完的队。他甚至爱他的工作，虽然他从明天起就再也不必去上工了。

布兰登明早将离开家，离开他的母亲，走出那扇破旧的大门，走下那些裂痕斑斑的阶梯，朝那条到处都有车辆随意并排停放、到处都有人闲坐在门前台阶上的宽阔大街前进。他将像布鲁斯·史宾斯汀那样迈着大步——不是唱《内布拉斯加》或《汤姆·乔德的鬼魂》的史宾斯汀，而是唱《生为自由魂》《两心胜一心》《萝莎丽塔今晚约个会吧》的史宾斯汀，那个酷毙了的史宾斯汀。没错，就是那种酷劲。他将以这种酷劲，昂首阔步地走在柏油马路上，管他后头车辆逼近，驾驶员狂按喇叭。他将朝白金汉区阔步前进，迎着他心爱女孩等待的目光，执起她的手，然后他俩将携手远走天涯，将这里的一切抛在脑后。他俩将跳上飞往拉斯维加斯的飞机，十指交缠站在圣坛前，让手持《圣经》的猫王问他"你是否愿意娶凯蒂·马可斯为妻"，而凯蒂也将说出他等待已久的那三个字——我愿意——然后，然后——谁还管然后！他俩将永远离开这里，就只有他和凯蒂，结了婚，开始全新的生活，将过去永远永远抛到脑后，重新洗牌，重新开始。

　　他环顾自己的房间。衣服都已打包。美国运通旅行支票安然地躺在小旅行袋中。高筒球鞋带了。他与凯蒂的合照也带了。随身听，几张CD，还有简单的洗漱用具也都带齐了。

　　他又看了几眼那些留下来的东西。"大鸟"伯德和派瑞许的海报，一九七五年费斯克击出那记著名的再见全垒打时的海报照片，反卷起来的莎朗·斯通海报（他第一次带凯蒂偷溜进房间时就已经把这张海报卷起来收在床底下，不过……）。还有他半数的CD。妈的！算了，反正其中大部分他买来后只听过两次。妈的，还有MC汉默，比利·雷·塞洛斯，老天！此外就是他专为他那套坚森牌音响买来的那对新力牌喇叭。足足两百瓦，酷爆了却也贵死了；他去年在巴比·奥唐诺手下打工，整个夏天都在铺屋顶，换来的就是这对超炫的喇叭。

　　不过他也因此才有机会认识凯蒂，老天，那竟然不过是一年前的事。有时他觉得这一年感觉像是十年，有时却又觉得像一分钟。凯蒂·马可斯，他之前就听过她的名字，这是当然的事；这附近谁没听说过这样一号美人。没错，凯蒂就有那么漂亮。但没什么人真正认识她。美貌就是这么一回事！它会吓退人，叫人只敢远观，不敢亵玩。真实生活中的美丽完全不是电影中描述的那回事；电影镜头把美丽塑造成某种诱人、动人、吸引人接近的东西。而在现实生活中，美貌像一堵围墙，把旁人全挡在外头。

但是凯蒂，老天，从他真正有机会接近她的第一天起，她就一直如此亲切，如此平易近人。那天，巴比·奥唐诺把她带到工地，不久后却领着手下那班喽啰离开了，显然是要去处理什么所谓的"要事"；他像完全忘了凯蒂的存在似的，把她留在原地，同他们这班工人在一起。布兰登在屋顶安装防水板，凯蒂在下头像个哥们儿似的陪他闲聊。她知道他的名字，她还说："像你这么好的人，布兰登，怎么会来巴比·奥唐诺手下做事呢？"布兰登——这名字如此自然地从她口中说出来，仿佛她每天都要说上好几回似的；他跪在屋顶边缘，因满心的喜悦瘫软成一团，差点儿跌落在地。瘫软，没错，她对他就是有这样的魔力。

而明天，只等她打电话来，他俩就要出发，远走高飞。一起离开。永远离开。

布兰登躺在床上，想象凯蒂的脸庞浮现在天花板上。他知道他今晚睡不着了。他太兴奋，太紧张了。少睡点儿不碍事的。他躺在那里，凯蒂则一脸微笑地俯视着他，亮晶晶的双眼在他面前那片黑暗的空间里闪烁着微光。

那晚下班后，吉米同他的小舅子凯文·萨维奇在瓦伦酒吧小酌了一番；他俩坐在靠窗的位子，看着外头街上几个小伙子打曲棍球。他们总共有六个人，在渐暗的天色下勉强追逐着小球，几张小脸模糊不清。瓦伦酒吧位于昔日的屠宰场区，巧妙地隐身于小巷一角；小巷人车罕至，白天是理想的曲棍球场，夜里不成，这边的街灯从十年前就没再亮过了。

凯文是个理想的酒伴，他和吉米一样，都是话不多的人。他俩静静地坐着，啜饮着啤酒，一边聆听着外头断断续续的球鞋胶底刮地声、木质球棍相互碰撞的清脆声响，以及硬胶小球偶尔撞到汽车金属轮框的声音。

三十六岁的吉米·马可斯已然学会享受这种平静的周六夜晚。那些拥挤嘈杂的酒吧，那些酒醉的告白早已引不起他的兴趣了。离他出狱足有十三年的时间了。现在的他，有妻有女——三个女儿——还有一间位于街角的小杂货店；他相信自己已经从当年那个热血小子蜕变成了今天这个懂得享受平稳生活步调的男人：享受一口一口慢慢啜饮的啤酒、早晨的漫步，以及从收音机里传来的球赛转播。

他转头看着窗外。玩球的小伙子这会儿已经走了四个，就剩两人还不肯离去，依然紧握着球棍，在黑暗中搜寻那颗滑溜溜的小球。吉米看不清那两个几乎叫黑暗吞噬的身影，但他可以从一阵阵急切的脚步声与挥棍声中听出蕴藏在两人心中那种狂乱骚动的活力。

总要找个发泄的渠道吧，那种怎么也压抑不住的青春活力。吉米自己还小的时候——妈的，老实说是一直到他二十三岁之前——这股狂躁的活力几乎主导了他的一切行为。然后……然后他终于学会了收敛，他猜想。你迟早要把它放到一边，找个地方藏起来。

他的大女儿凯蒂现在正处于这个阶段。十九岁的黄金年华，又是如此美丽——她体内的荷尔蒙想必如惊涛骇浪般汹涌地翻搅着。但近来他却在她身上嗅到了某种从容优雅的气息。他不知道这到底是打哪儿窜出来的——有的女孩儿就是能从容不迫地蜕变成女人，有的则一辈子都是小女孩儿——但他的凯蒂，却似乎在一夜之间就脱胎换骨，散发出一股沉着优雅，甚至是清澈祥和的气息。

下午在店里，她在吉米颊上轻轻一吻，说了声："待会儿见，爸爸。"然后便离开了。一直到五分钟后，吉米才突然意识到，她的声音竟还在他脑海中幽幽回荡。那是她母亲的声音，他突然惊觉，比她原本的嗓音微微低沉了些，也更自信了些。吉米一下子出了神，回想着她母亲的声音何时在她的声带上落了户，生了根，他之前为何从未注意到？

她母亲的声音。她那十四年前就过世了的亲生母亲，如今却透过他俩的女儿回到吉米身边，轻声说道：她是个女人了，吉米。小女孩终于长大了。

女人。老天，这是什么时候发生的事？

大卫·波以尔那晚压根儿没打算出门。

没错，那是周六的夜晚，是经过漫长而辛苦的一周终于到来的周六夜晚；但大卫已经到了那种对周六和周二感觉差不多的年纪，去酒吧喝酒不会比一人在家独饮好玩到哪儿去。待在家里或许还更好些，至少电视遥控器掌握在你手里。

　　所以后来——一切都已发生的后来——他是这么告诉自己的：命运，一切都是命运作祟。这经不是命运第一次插手大卫·波以尔的生活了——即使不是命运，至少也是运气，但绝大多数都是厄运。但在那个周六夜晚之前，这只插进来的手与其说是帮手，不如说是某种阴晴不定、有点儿暴躁易怒的怪手。命运百无聊赖地坐在云层深处，某个声音跟他说，今儿个没事干哦，命运老兄？命运说，嗯，是有点儿无聊。既然没事就干脆来整整大卫·波以尔吧，寻点儿开心也好，看看能不能让自己心情好一点儿了。

　　所以说，命运到底插没插手，大卫总是一眼就能看出来。

　　也许，在那个周六晚上，命运正在开生日宴会或别的什么，心情大好之余决定放可怜的老大卫一马，让他好好发泄一下而不必承担后果。命运说，去吧去吧，大卫，爱怎么做就怎么做吧，我保证你无后顾之忧。又好比史努比漫画里的露西，哪一天终于大发慈悲，愿意捧稳手中的球，让查理·布朗好好踢一次球。因为发生的一切都只是因缘巧合，都不曾计划过。事后好几个深夜，大卫独坐桌前，摊开双手，仿佛面对着陪审团似的对着空无一人的厨房喃喃说道：真的，你们必须知道，没有人计划过这一切。

　　那晚，他送儿子麦可上床后独自下楼，打算去冰箱拿罐啤酒，却遇到了他老婆瑟莱丝。她告诉他今晚是她的周六聚会夜。

　　"这么快又轮到了？"大卫打开冰箱门。

　　"已经四个礼拜啦。"瑟莱丝以轻快的、半像哼唱的嗓音说道。她这种声音有时会让大卫感觉像是有什么东西在啃噬他的脊椎似的，让他浑身不舒服。

　　"哦。"大卫靠在洗碗机上，一把扯起啤酒拉环。"你们今晚打算看哪一部电影？"

　　"《亲亲小妈》。"瑟莱丝两眼闪闪发亮，合掌说道。

每月一次，瑟莱丝会和她在欧姿玛美发沙龙的三个同事在她和大卫的公寓里举行聚会。四个女人通常就是帮彼此算算塔罗牌，喝一大堆红酒，再挤到厨房里试些新收集的食谱，最后还要看一部傻兮兮的文艺爱情片。剧情不外乎就是一个芳心寂寞的女强人终于在哪个浪子身上找到了真爱；再不然就是两个小马子在经历过一堆所谓的人生风浪后，终于洞悉了人性友情的真谛——这通常发生在其中一人染上了什么致命的恶疾后，而且电影最后一幕八成就是女主角躺在一张广阔如秘鲁的豪华大床上，漂漂亮亮地咽下最后一口气。

　　在这样的周六夜晚，大卫通常有三种选择：他可以待在麦可房间里看着儿子睡觉；或者躲到他和瑟莱丝的卧室里，盯着电视屏幕猛按遥控器；或者干脆出门找一家酒吧图个耳根清净，万一浪子终于觉悟爱情诚可贵但自由价更高，因而决定转身绝尘而去时，那群娘儿们免不了又要一阵抽抽搭搭，吵得他连遥控器都按不下去。

　　大卫多半选择出门。

　　今晚也不例外。他喝光手中的啤酒，在瑟莱丝脸上轻轻亲了一下——她用力回吻他，还伸手在他屁股上捏了一把时，他胃里暖暖地起了一阵小小的涟漪——然后他出门下楼，经过麦卡利先生门前，走进平顶区的周六夜晚。他可以走去巴克酒馆，或者是再多走几步路去瓦伦酒吧。他站在公寓大门口，犹豫了好一会儿，终于还是决定开车。说不定会上尖顶区，瞄几眼那边的大学小姐，还有那堆近来成群进驻尖顶区的死雅痞——尖顶区眼看就要沦陷在那些家伙手里了，平顶区也快要不保了。

　　那群富裕的雅痞已经在平顶区铲平了好几栋老旧的三层公寓，取而代之的是一幢幢安妮女王时代风格的别致建筑。他们在旧公寓四周搭起脚手架，毫不留情地把旧屋连根铲起；然后，在建筑工人日夜进出三个月后，某个穿着名牌休闲服饰的雅痞便会开着他的豪华汽车，停在"安妮女王"门前，从车里搬出一个又一个上头写着"陶仓家饰精品"的纸箱，往屋内走去。轻柔的爵士乐绵延不绝地透过纱窗往外流淌。他们还会在鹰记酒类专卖店买些甜葡萄酒之类的狗屁不通的玩意儿，然后牵着他们那些比老鼠大不了多少的宠物狗在附近溜达。他们恐怕还会请专人来修剪门前那块小不溜丢的草坪。到目前为止，他们只搞掉了盖文街与度湄街交叉口附近的几幢旧公寓，但如果以尖顶区为样板，不久恐怕连平顶区最南边的州监大沟附近都会出现一堆绅宝汽车和精品美食店的购物纸袋。

就在上星期，大卫的房东麦卡利先生故作不经意地跟大卫说道："这附近房价涨得厉害哪。厉害得吓人。"

"您老就等着吧，"大卫边说边回头望了望这幢他住了将近十年的公寓，"等哪天高兴了，再把它给——"

"等哪天高兴了？"麦卡利先生瞅着大卫，"我说大卫啊，光是财产税就快要把我拖垮了。我可是吃死薪水的人哪。你帮我算算看，我要不赶紧把房子脱手，不出两三年，这房子恐怕就要让天杀的国税局查封了。"

"卖了房子你要往哪儿去？"大卫心里想的却是：那我又要往哪儿去？

麦卡利耸耸肩。"天知道。也许会去韦茅斯吧。里欧明斯特那边还住了几个老朋友。"

他说得好像已经打过几通电话，还去那边看过几栋房子似的。

大卫开着他的汽车，边往尖顶区开去边在心里仔细回想，他认识的同年纪或再小一点儿的人里头有谁还住在这边。他在红灯前停下来，瞥见两个身穿紫红色圆领衫和咔叽短裤的雅痞，坐在路边的人行道上，开开心心地捧着一杯冰激凌还是优格，一匙一匙地往嘴里送。那里原来是普里摩比萨店，现在却改成了十分时尚的什么"咖啡共和国"。那两个身强体壮叫人分不清性别的混混伸长了晒成古铜色的长腿，勾着脚踝坐在人行道上，两辆闪闪发光的越野自行车则倚着咖啡馆的橱窗，停放在那抹白色的霓虹灯光下头。

大卫禁不住纳闷起来，万一平顶区真的给雅痞大军攻陷了，他们一家三口又能往哪里去？要是这些酒吧和比萨快餐店真的都变成咖啡馆了，光凭他和瑟莱丝的收入，能申请到一套帕克丘公房的两室公寓就该偷笑了。苦苦排上十八个月的队，为的就是能搬进一套破得不能再破的烂公寓——楼梯间终年弥漫着浓浓的尿骚味，长霉的墙壁里头飘来死老鼠的腐臭味，而邻居中那些毒贩和弹簧刀不离身的彪形大汉则虎视眈眈地等待着，等你他妈的这个臭白种垃圾什么时候才会睡着。

自从上回他和麦可差点儿连车带人让一个来自帕克丘的黑鬼抢了之后，大卫就买了一把 A-22 式手枪藏在驾驶座底下。虽然他从未用过枪，甚至不曾上靶场练习过，但他时常会把枪拿出来玩玩，试着瞄准。他放纵自己想象，那两个穿着情侣装的雅痞从枪管这一头看过去会是什么模样。他不禁微笑了。

不久绿灯就亮了。他却迟迟不动，催促的喇叭声轰然响起。那两个雅痞一脸无辜地抬头，盯着这辆车头给撞进去一大块的小车，想搞清楚他们的新小区里到底发生了什么事。

大卫加速驶过路口，却让两个雅痞的目光，那毫无理由又突如其来的注视，压迫得几乎要喘不过气来。

那晚，凯蒂·马可斯和她两个最好的朋友，黛安·塞斯卓与伊芙·皮金，决意要好好地庆祝一番，庆祝凯蒂在平顶区，或者说是整个白金汉区的最后一晚。就像是刚刚有个吉卜赛占卜师在她们身上撒了金粉，告诉她们一切梦想都将成真，就像是三人刚刚中了刮刮乐彩票或是刚刚用验孕棒验出自己没有怀孕似的。

她们将皮包里的薄荷烟掏出来，啪的一声甩在史派尔酒吧靠里头的一张圆桌上，各自灌下一杯自杀飞机和几杯麦格淡啤酒，然后每当有帅哥往她们这边看过来时，放声尖笑一番。一小时前，她们才在东岸烧烤店大吃了一顿，开车回到白金汉区后，先在停车场点了根大麻烟，轮流猛抽了几口才跨进史派尔酒吧。一切——三人间已经说过听过几百次的老故事，黛安描述她最近挨的一顿揍（施暴者当然还是她那个王八蛋男友），伊芙无故失踪几分钟后脸上突然出现的口红印，那两个晃着一身肥肉在台球桌旁徘徊不去的死胖子——都能引发他们上气不接下气的尖声狂笑。

等吧台前渐渐挤满了周末夜晚买醉的人，光点杯酒就得耗上二十分钟，女孩们决定往下一站——尖顶区的可里傅酒吧前进。她们一上车便点燃了今夜的第二根大麻烟。大麻烟引发的妄想突然朝凯蒂的脑神经发起一阵猛烈的攻击。

"那辆车在跟踪我们。"

伊芙瞄了眼后视镜。"没有的事。"

"我们离开史派尔后它就一直跟在我们后面。"

"妈的,你发神经啊,凯蒂,我们离开史派尔是多久以前的事?嗯,三十秒?"

"哦。"

"哦。"黛安模仿道,又一阵乱笑,然后把大麻烟传回凯蒂手上。

伊芙突然沉着嗓子说道:"外头好安静啊。"

凯蒂识破了伊芙眼底的笑意。"少来!"

"太安静了点儿吧。"黛安追加了一句,忍不住爆出一阵狂笑。

"妈的,两个疯女人。"凯蒂说道,试着板起脸,却没有撑住,咯咯傻笑个不停。她倒在后座椅子上,后脑勺顶在椅垫和扶手之间,脸颊突然感到一阵微微的刺痛,她偶然抽过几次大麻烟,都有这种感觉。咯咯傻笑的狂潮渐渐退去,凯蒂目不转睛地盯着投射在车内顶篷的惨白灯光,心头涌起某种如梦如幻的幸福感。她不停地感受着,啊,就是这个,活着就是为了这个,像个傻子似的和你最要好的傻子朋友,在你要嫁给你心爱的男人的前一晚一同傻笑,傻笑个不停。没错,你只是要私奔去拉斯维加斯,没错,你还将顶着一颗因宿醉而胀痛不已的脑袋站在圣坛前。但没错,这就是你活着的目的。这就是你的梦想。

转了四间酒吧,灌下三杯烈酒,并和别人交换过几个匆匆写在纸巾上的电话号码后,醉得无以自持的凯蒂和黛安终于跳进了麦基酒吧的舞池,也不管点唱机有没有声响,和着伊芙忘情的歌声《棕眼女孩》大跳艳舞——"滑吧,溜吧!"伊芙唱道,凯蒂和黛安奋力地扭腰甩臀,一头长发遮住了各自的脸庞。麦基酒吧里的男客看得目瞪口呆。但二十分钟后,在布朗酒吧门口,三个女孩却连门都进不去。

黛安和凯蒂将醉得站不稳的伊芙架在中间,后者还在开心地放声高唱(曲目这会儿已经换成葛萝莉亚·盖纳的《我会活下去》)——但这还只是其一，其二是这三个女孩摇晃得像三只节拍器似的。

于是她们还来不及踏进布朗酒吧的大门，便让人给撵了出来。这下她们只剩一个选择了：位于平顶区最阴暗一角的雷斯酒吧。那附近就是恶名昭彰、足足绵延三条街口的罪恶渊薮——一身毒瘾的妓女和她们的客人就地进行交易，没有安装防盗系统的车子保证不出两分钟就会不翼而飞。

就是在雷斯酒吧，凯蒂终于让罗曼·法洛给遇上了。罗曼·法洛带着他最新一任女友——罗曼向来喜欢这类身材娇小、金发大眼的辣妹——跨进雷斯酒吧大门。他的出现对店员来说是个好消息，因为他出手阔绰，小费少说也有酒钱的一半；但这对凯蒂来说可是个天大的坏消息，因为罗曼·法洛是巴比·奥唐诺的好朋友。

罗曼说道："你是不是喝多了点儿啊，凯蒂？"

凯蒂送上一脸恐惧的微笑。几乎没有人不怕罗曼·法洛。他是个相貌堂堂的家伙，头脑好反应快，高兴的时候甚至称得上风趣迷人——但他身体里却仿佛只有一个巨大的空洞，没有心没有肝，空洞的眼神里头没有一丝勉强称得上感觉的东西。

"嗯，头是有点儿晕。"凯蒂承认道。

罗曼似乎觉得这个回答很有趣。他匆匆一笑，露出两排洁白无瑕的牙齿，然后啜饮一口他的坦奎利琴酒。"头有点儿晕是吗？我说凯蒂啊，我倒有些问题想问问你，"他语气温和地说道，"你想，你今晚在麦基酒吧发浪发骚出了那场他妈的洋相的消息要是传到巴比耳朵里，他会怎么想呢？他会高兴听到这个消息吗？你觉得呢？"

"大概不会。"

"我想也是。连我听到都不高兴呢，凯蒂。你听懂我的意思了没有？"

"我听懂了。"

罗曼举起一只手，掌心成杯状搁在耳后。"啊？你说什么，我听不到！"

"我说我听懂了。"

罗曼手还是没放下来，只是愈发靠近凯蒂。"不好意思，我还是没听到哪。"

"我现在就回家。"凯蒂终于说道。

罗曼露出满意的微笑。"你确定吗？我真的不想逼你做任何你不想做的事哟。"

"不会不会。我真的喝够了。"

"那就好。嘿，赏个脸，让我帮你们买个单吧。"

"不用麻烦了，真的。我们刚刚付过现金了。"

罗曼往后一躺，伸长手臂搂住身旁的金发肉弹。"那帮你叫辆出租车吧？"

凯蒂差点儿说漏嘴，告诉他自己是开车来的。还好她及时刹住了。"不用啦，真的。这时候外头出租车还多着呢，我们上街随便叫一辆就行了。"

"也对。好吧，就这样吧。那就改天见啰。"

伊芙和黛安等在门口——事实上，打从看到罗曼那一刻起，她俩就已经闪到门边去了。

三人走在人行道上时，黛安率先开口问道："老天。你觉得他真的会打电话通知巴比吗？"

凯蒂摇摇头，虽然她也不是很确定。"不会吧。罗曼那种人，遇事就直接处理，不会去多嘴。"她伸手碰碰两颊。在黑暗中，她感觉自己血液中的酒精渐渐变成了一团沉甸甸的泥浆，沉甸甸的孤单。自从她母亲去世以后，这种孤单的感觉就始终沉甸甸地压在她心头，而她母亲去世已经是很久很久以前的事了。

在停车场，伊芙终于吐了。秽物甚至溅到了凯蒂那辆蓝色丰田小车的一只后轮上。凯蒂在皮包里一阵摸索，摸出一小罐漱口药水，递给吐得差不多了的伊芙。伊芙问道："你开车没问题吧？"

凯蒂点点头。"不过就十四个街口嘛，这么短的距离，没问题。"

车子缓缓驶出停车场时，凯蒂开口说道："也好，又多一个离开的理由。又一个理由要我不得不离开这个天杀的大粪坑。"

黛安勉强抬头应和了一声。"没错。"

凯蒂小心翼翼地扶着方向盘，始终维持着二十五迈的时速，眼睛盯着前方的街道。车子沿着邓巴街走了十二个路口，然后转进更暗、更静的弯月街。她们在平顶区的最南端再度转弯，朝雪梨街上的伊芙家前进。在车上，黛安决定今晚就在伊芙家的沙发上挤一晚，省得要为醉醺醺地去敲男友麦特家的门而招来一顿骂。黛安于是同伊芙一起在雪梨街一盏坏掉的路灯前下了车。天空不久前突然开始飘雨，雨滴轻轻地敲在凯蒂的挡风玻璃上，但黛安与伊芙似乎不曾留意。

她俩弯着腰，从摇下的前座车窗怔怔地看着凯蒂。积累了一小时的苦涩雨水终于从夜空中落下，她俩面颊凹陷，双肩颓然下垂，凝望着喷溅在挡风玻璃上的雨点的凯蒂甚至可以感觉到她俩喷涌而出的悲伤。她感觉得到两人不快乐的未来就在眼前，如乌云般笼罩在她们头顶。她从幼儿园时代就认识了的好友。她最好的朋友。而她可能再也见不到她们了。

"你没问题吧？"黛安抬高声音，强打起精神问道。

凯蒂转头看着她俩，鼓起剩余的气力在脸上撑起一抹微笑。虽然这最后的努力几乎让她的下巴裂成两瓣。"嗯。当然。我会从拉斯维加斯打电话给你们。你们有空也可以来看我。"

"机票便宜得很。"伊芙说道。

"没错，是够便宜的。"

"是够便宜。"黛安的尾音随着她转头望向破烂的人行道地砖而消失得无影无踪。

"好吧，那就这样吧。"凯蒂勉强从喉咙里挤出这几个字。"我要趁大家眼泪还没流下来先走了。"

伊芙和黛安伸出手臂，往车窗内探去。凯蒂重重地握了握好友的手。车外的两人各自往后退了一步。她俩挥挥手。凯蒂也挥挥手，按了按喇叭，然后踩下油门加速离去。

留在人行道上的两个女孩痴痴地望着凯蒂车尾的灯光，看着红色刹车灯亮起，车子沿着雪梨街中段的那个大弯驶去，然后没了踪影。她们感觉心里其实还有话要说。她们终于闻到了雨水的味道，以及从公园另一边的州监大沟飘来的冰冷的腥味。

终其一生，黛安无时无刻不希望自己当初留在车上。她将在一年内生下一个儿子，她趁他还小的时候（趁他还没变成他父亲那种男人，趁他还没变得冷酷无情，趁他还没酒醉驾车在尖顶区撞死一个等着过街的女人）告诉他，她原本该留在那辆车上的，但她还是下了车，而她感觉这个决定改变了一切，在一瞬间扭转了命运前进的方向。她终其一生都背负着这种感觉，她感觉自己一生都只能在远处被动地观看别人的悲剧，看着别人像她当初一样，无力扭转，无力回避。她会趁探监的时候向儿子重复这段话，而她的儿子却只会不安地扭扭身子，换个坐姿，然后说道："我上次叫你带的烟你带来了吗？"

　　伊芙将会嫁给一个电工，然后搬到布莱恩崔的一幢平房里。有时，在深夜里，她会将手掌平贴在丈夫温暖宽阔的胸膛，告诉他一些有关凯蒂的回忆，告诉他那晚的种种；而他则会轻抚她的头发，静静地聆听，却无言以对。有时伊芙只是需要说出好友的名字，听到那两个字从自己嘴里说出来，用自己的舌尖去感觉那两个字的重量。伊芙也会有孩子。她会去看他们踢足球，她会在球场边，偶尔张开嘴，无声地对着四月青翠的草坪对自己念出凯蒂的名字。

　　但那晚她们只是两个喝得醉醺醺的东白金汉女孩。而凯蒂则开着车，在沿着雪梨街的弯道朝家的方向驶去时，望着后视镜中两人渐渐模糊的身影。

　　雪梨街靠近州监公园这段到夜里恍若死城；四年前一场大火几乎烧光了这附近所有住家，只剩下零星几间房屋和一些熏得焦黑的残垣断壁。凯蒂一心只想赶快回到家，爬上床睡几个小时，明早在巴比或是她父亲想到要找她之前，她已经走了，走得远远的。她想要像脱掉让大雨淋湿的衣服一样彻底脱离这里的一切。脱掉它，在掌中揉成一团，扔到远处，再也不回头看它一眼。

　　然后她突然想起了很久不曾想起的一段回忆。她五岁的时候，她母亲曾带着她走路去动物园。这段回忆出现得毫无理由，也许是她脑子里残存的大麻和酒精偶然碰触到了那些储存这段回忆的细胞吧。她母亲握着她的手，沿着哥伦比亚街往动物园走去。凯蒂感觉得到母亲那只枯瘦如柴的手，还有她手腕的皮肤底下传来的微弱颤动。她抬头看着母亲凹陷的脸颊与憔悴的双眼，瘦成鹰钩状的鼻子，还有那尖削的下巴。五岁的凯蒂，好奇而悲伤的凯蒂，对母亲说道："你为什么总是这么累呢？"

她母亲坚硬而紧绷的脸突然像干海绵似的裂开了。她蹲下身子，将凯蒂的小脸捧在两掌间，用布满血丝的双眼定定地看着她。凯蒂以为妈妈生气了，但她只是浅浅地对她一笑，微笑随即从她脸上褪去，只剩下一阵止不住的抽搐。她喃喃说道："哦，宝贝。"然后把凯蒂拥进怀中。她把下巴搁在凯蒂的肩膀上，又说了一遍："哦，宝贝。"然后凯蒂感觉到自己的发间渗入了热热的泪水。

她此刻仿佛能感觉到那点点滴滴的泪水滚落在她发间，一如那丝丝雨线飘落在她眼前的挡风玻璃上。她试着回想母亲眼珠子的颜色，但就在这一瞬间，她突然瞥见前方的街道上躺着一个人。那具身躯像一袋马铃薯似的横躺在她的车轮前，她奋力把方向盘打向右边，却感觉左后方的轮胎像碾过什么东西似的弹跳了一下——哦不，哦老天，求求你，求求你告诉我我没有，求求你，哦老天，哦不！

丰田小车的前轮卡在了右侧人行道的边缘，凯蒂的左脚从离合器踏板上滑下来，车子又往前冲了一下，接着便在一阵激烈的颤动后完全熄了火。

什么人在对她喊话。"嘿，你还好吧？"

凯蒂看到那人朝她走来，那张熟悉而无辜的脸让她松了一口气，直到她看见他手中的那把枪。

凌晨三点，布兰登·哈里斯终于沉沉入睡。

他带着微笑入睡，仿佛还能看到凯蒂飘浮在眼前，告诉他她爱他，喃喃呼唤着他的名字，她温热的气息像温柔的亲吻般轻轻地拂过他的耳边。

第四章　不要再靠近了

大卫·波以尔那晚最后选择了麦基酒吧；他和巨人史丹利并肩坐在吧台一角，观看电视转播的一场红袜队的客场比赛。佩卓·马丁尼兹今晚表现神勇，红袜队势如破竹，打得天使队毫无招架之力；佩卓球速之快、后劲之强，等球飞过本垒板上空时，看起来约莫就只有一颗天杀的普拿疼①大小。第三局的时候，天使队的攻手一个个面有惧色；到了第六局，他们看来倒像豁出去了似的，全都一副只想赶快回家，好趁早盘算一下晚餐要上哪儿吃的模样。最后，当盖瑞·安德森幸运地击出一记在右外野手前方落地的德州安打，勉强冲破了佩卓投出一场无安打比赛的野心时，观看这场以八比零收场的比赛仅剩的些许兴奋之情随之烟消云散。大卫发现自己的目光停驻在现场灯光、球迷，还有安那汉球场上空的时候，竟比关心球赛本身的时候还要多。

他尤其留意的是观众席上那一张张混杂了失望、愤怒与疲倦的脸孔——对比赛的得失，球迷们似乎比休息室里那些球员看得还要重。或许真是如

---

①一种用于止痛解热的药品。

此。那些球迷有的一年大概就只看这么一场现场比赛吧，大卫猜想。他们带着老婆小孩，提着装满停车场野餐要用的啤酒饮料和食物的冰桶，走出家门，走进加州的艳阳下；他们买了五张三十元的便宜球票，替他们的孩子买来一顶二十五元的棒球帽，吃的是一个六元的汉堡、一份四块半的热狗，还有掺了太多冰块的百事可乐，以及滴得两手黏糊糊的棒冰。他们是来这里让自己振奋一下的，大卫知道，让现实生活中难得一见的胜利狂欢为他们洗去一切挫折积累的尘埃。这就是为什么球场总能给人类似教堂的印象——耀眼的强光、喃喃的祈祷声，还有四千颗同步加速跳动、怀抱相同希望的心脏。

就为我赢这一次吧。为我的小孩赢这一次吧。为我的家庭、我的婚姻赢这一次吧。赢吧，好让我在散场后还能继续沉醉在胜利的荣光里，开着车子，带着一家老小，驶向我们注定赢不了的无奈人生。

为我而赢吧！赢吧、赢吧、赢吧！

然而球队一旦输了球，那共同的希望霎时化成碎片，四千人齐心协力的那种团结感也将随之灰飞烟灭。你的球队让你失望了，它的失败等于再次提醒你，世情不外如此。你不试则已，试了注定要失败。你不希望则已，希望了注定要破灭。你呆坐在那里，在那堆汉堡热狗包装纸、落了一地的爆米花和湿透变形的纸杯中间，不得不重新面对自己麻木而破碎的人生，不得不面对那段黑暗漫长的旅程——和数千个带着醉意和怒意的陌生人一起拖着脚步，走过阴暗漫长的通道，走向同样阴暗漫长的停车场，同行的还有喋喋不休地数落着你最新一次败绩的老婆和三个争闹不止的小孩。这漫长旅程的终点竟是你的家，也就是这场比赛原先允诺要将你拯救出来的地方。

大卫·波以尔，登巴斯科高级职业学校棒球队有史以来战绩最为显赫的几年间——一九七八年到一九八二年——的明星游击手，再明白不过了，这世上没有什么比球迷的心还要难以捉摸。他知道个中一切滋味：你怎么爱球迷，怎么恨球迷，怎么苦苦哀求他们再给你一次机会，再为你欢呼一次，还有，在你终于还是伤了他们的心时，你又是怎么觉得羞愧得无地自容。

"你瞧瞧那几个小姐儿，真是够疯的。"巨人史丹利说道。大卫抬头看着那两个突然跳上吧台的女孩，随着下面另一个同伴滑腔走调的《棕眼女孩》忘情地扭腰摆臀，大跳艳舞。右边那个女孩肉嘟嘟的，水汪汪的媚眼里分明写着"来上我吧"；大卫一眼就看出来，她是那种典型的早开早谢型的女人，眼前是很诱人，可惜再诱人恐怕也挺不过六个月。他敢打赌，不出两年，这女孩定会走样得让人无法想象不久前她还能叫人很想同她在床上滚几圈呢——肥胖臃肿，永远穿着同一件宽松的碎花套装，这你从她已然有些松软的下巴不难想象得到。

另一个女孩就不是这么回事了。

大卫几乎可以算是看着她长大的——凯蒂·马可斯，吉米和可怜短命的玛丽塔的女儿，现在则是他老婆的表姐安娜贝丝的继女。但曾几何时，小女孩竟然已经长大了；眼前的凯蒂皮肤紧绷，每一寸曲线都老老实实地抵抗着地心引力。他看着她跳舞，看着她摇摆，转圈，开怀畅笑，看着她的一头金发像面纱似的扫过她的脸庞，然后猛一甩头，露出一截洁白无瑕的美丽颈项；大卫突然感到某种深沉的渴望如燎原之火在他心底熊熊蹿起。这渴望来自凯蒂。它来自凯蒂的体内，由她的指尖直接传送至他的心底——凯蒂认出了台下的大卫，那张汗津津的小脸嫣然一笑，五指远远地刷过大卫胸前，轻轻地搔弄着他的心。

他环顾周遭，酒吧里所有的男客似乎都看傻了眼，恍恍惚惚，仿佛眼前这两个热舞的女孩是来自天外的幻影。大卫在他们脸上看到了那种渴望，那种他刚刚才在天使队球迷脸上看到的渴望。那是一种悲哀的渴望，里头混杂了无奈的接受，接受自己今晚注定要空手而归的事实。他们知道自己今晚只能趁着老婆小孩在楼上睡觉的时候，半夜三更一个人溜进浴室，抚慰一下自己那根无处发泄的阴茎。

大卫看着台上的凯蒂，想起了茉拉·基佛尼裸身躺在他身下的模样。额上覆满汗珠、气喘吁吁、双眼因酒精和欲望而显得迷迷蒙蒙的茉拉·基佛尼。因他——大卫·波以尔，棒坛的明日之星——而起的欲望。大卫·波以尔，平顶区的骄傲，在那短短三年间，再没有人当他是那个十岁时曾遭人绑架的男孩。不，他是平顶区的英雄。他有茉拉躺在他床上，有命运之神站在他这边。

大卫·波以尔。那时的大卫·波以尔完全不曾料到未来竟是如此短暂。近在眼前，却又突然消失得无影无踪，只留下深陷在泥沼般的现在的你——没有惊喜，没有希望的理由，日子无声无息地过去，日复一日，一成不变；又一年来了，你厨房墙上的日历却仍停留在前一年三月那页。

我不再怀抱任何梦想了，你告诉自己。我不会再让自己去经历那种失望和痛苦了。然后你的球队就打进季后赛了，然后你就看到某部电影，看到广告牌上那轮阿鲁巴群岛的金色夕阳，看到某个长得很像你高中初恋情人——某个你曾爱过又失去了的情人——的女孩，在你眼前眨着动人的双眼，忘情地舞动，然后你就告诉自己，去他妈的，就再梦这么一次吧。

一次，萝丝玛丽·萨维奇·沙马柯躺在床上等着自己断气时——那是她等的十次中的第五次——告诉她的女儿瑟莱丝·波以尔："老天为证，我这一生唯一的乐趣就是弹你爸的睾丸，让它们抖得像起风天的湿床单一样。"

瑟莱丝勉强挤出一抹微笑，试着转过头去，她母亲伸出那只患了关节炎却仍像鹰爪般有力的手紧紧扣住了她的手腕。

"你给我听好了，瑟莱丝。我是马上就要断气的人了，我他妈的不是在跟你开玩笑。人这一辈子能够得到的就是这么少得可怜——运气差一点儿的还要落到两手空空的下场。我明天就要死了，死之前我一定要确定我的女儿了解这个道理：你一定要找到一样东西。你听清楚了没有？这辈子你一定要找到一样能给你带来乐趣的东西。我的乐趣就是捏你爸的老二，找到机会就捏，我他妈的一次机会也不会放过！"她眼睛一亮，唾沫沾了满嘴。"相信我。习惯了之后，哼，他爱得很哪！"

瑟莱丝用毛巾为她母亲擦了擦额头。她低头对着母亲浅浅一笑，用温柔的语调说道："妈。"她为母亲拭去嘴角的唾液，轻轻地捏捏她的掌心，自始至终不停地在心里对自己说道，我必须离开这里。离开这幢房子，离开这里的一切，离开这些让贫穷和怨恨蛀烂了脑袋的人，这些他妈的什么也不做，眼睁睁坐以待毙的人！

但她母亲毕竟活下来了。她熬过结肠炎和糖尿病，熬过肾衰竭和两次心肌梗塞，甚至熬过了乳腺癌和结肠癌。她的胰脏曾一度坏死，突然就不运作了，却在一周后奇迹般复原，好端端活生生；那之后医生曾数度请求瑟莱丝日后将她母亲的遗体捐出来给他们做研究。

几次之后，瑟莱丝曾问过他们："你们想研究哪一部分？"

"全部。"

萝丝玛丽·萨维奇·沙马柯有一个反目成仇多年的弟弟还住在平顶区，另外还有两个拒绝跟她有任何往来的妹妹住在佛罗里达；至于她的老公，则因受不住她再三捏弄自己的老二，早早地进了坟墓。瑟莱丝是她流产八次后唯一存活下来的孩子。小时候，瑟莱丝常常会想象她那些无缘的手足化为孤魂野鬼在地狱边缘来回游荡；她在心里默默地想着：你们倒快活，哼！

瑟莱丝十几岁的时候十分确定总有一天会有什么人来把她从这一切之中救走。她自认长得不差，个性也不错，还知道怎么笑。把一切条件加在一起，她私下盘算着，这应该是迟早的事。问题是，几年下来她虽然遇到过几个条件还不错的男孩，但他们都不是那种能让她为之神魂颠倒的类型。他们大多来自白金汉，其中绝大多数是出身尖顶区或平顶区的本地人，另外有几个来自罗马盆地，甚至还有一个出身不错的家伙——是她在布莱恩发型美容学校的同学；不过他是个同性恋，虽然当时连他自己都还搞不清楚。

她母亲的健康保险有等于没有，瑟莱丝不久便发现，自己再怎么辛苦加班，都只能勉强应付那数额大得吓人的医疗账单的每月最低应付款。账单金额大得吓人，她母亲宿疾种类多得吓人，但再怎么吓人也吓不死她的母亲。事实上，她倒挺享受这种局面的。她将每一次从鬼门关前掉头走回来的经验都当成某种胜利王牌，用来参加"看谁的命比我烂比我硬有奖大赛"，大卫是这么形容的。每次电视新闻里出现哭倒在火警现场的母亲，哀号着大火是怎么夺去她的房子和她几个小孩的性命时，萝丝玛丽便会嗤之以鼻，扔下一句话："哼，小孩再生就有了。你倒试试看啊，看你要是同时得了结肠炎和肺衰竭要怎么活下去！"

大卫通常会干笑两声，然后起身再去拿一罐啤酒。

听到厨房传来开冰箱门的声音，萝丝玛丽转头跟瑟莱丝说道："我看你不过是他的情妇罢了。他老婆的名字叫百威啤酒。"

瑟莱丝答道："妈，够了！"

她母亲则会顶回去："什么？"

瑟莱丝最后是（勉强？）和大卫定下来了。他长得不错，也够风趣，而且脾气好得不得了。刚结婚时，大卫在雷神军火公司的收发室当差，算是份很不错的工作；后来虽然因为不景气被裁了，他也很快就在市区的一家饭店找到一份卸货的差事（薪水只有原来的一半），而且从不开口抱怨。事实上，大卫从来就没开口抱怨过任何事情，也几乎从不提起他高中时代以前的往事。瑟莱丝一直到她母亲终于过世那年，才开始觉得这事似乎不太对劲儿。

最后是中风带走了萝丝玛丽。瑟莱丝从超市买完东西回到家，发现她躺在浴缸里，早咽了气。她仰着头，歪着嘴，仿佛刚咬了一口什么太酸的东西似的。

葬礼过后的那几个月，瑟莱丝不断安慰自己，没了她母亲在一旁批评责难或冷言冷语，日子应该会好过得多。但事实并非如此。大卫的薪水和她的差不多，时薪大约都只比麦当劳多一块钱左右；虽然她母亲生前积累的那堆数额惊人的医疗账单最终并没有转嫁到女儿身上，葬礼的费用却是她躲不掉的。瑟莱丝看着眼前这场财务灾难——未清的前债，少得可怜的收入，怎么也省不下来的日常开销，已届学龄的麦可即将带来的一堆新账单，已经没了信用的信用卡——感觉自己这辈子恐怕都得过着连大气都不敢喘一口的日子。虽然电视上每天都有政府官员沾沾自喜地宣称什么失业率下降、全国就业稳定率节节攀高等等，却从来没有人提起过，这些数据主要代表的是那些专业技术工人，或是那些愿意接受没前途、没有医疗保险的临时工作的人们。

有时，瑟莱丝会坐在她发现她母亲尸体的浴缸旁的马桶上，灯也不开，一个人坐在黑暗中。她坐在那里，试着忍住眼泪，试着回想一切，回想自己究竟怎么会把日子过到这步田地。而那天，那个大雨倾盆的周日凌晨三点，瑟莱丝就是坐在那里，浴室门突然被浑身是血的大卫推开了。

他看到她坐在那里，吓了一大跳。她一站起身，他便往后退了一步。

她说道："亲爱的，发生什么事了？"然后试着伸手碰他。

他又往后退了一步，脚后跟不小心撞到了门槛。"我被人划了一刀。"

"什么？"

"我被人划了一刀。"

"大卫，老天！到底出了什么事？"

他掀起衬衫，胸膛上一道长长的、鲜血淋漓的伤口霎时映入瑟莱丝的眼帘。

"我的老天！亲爱的，你得赶紧上医院才行！"

"不，不用了，"他说，"这伤口其实不深，只是血流得多了点儿。"

他说得没错。仔细再看了一眼后，她发现那道伤口应该不到十分之一寸深。只是长了点儿，而且血淋淋的。不过光这道伤口恐怕不足以解释他衬衫和脖子上那一大片血渍。

"是什么人干的？"

"哪个吸毒吸坏脑袋的黑鬼瘪三，"他说道，一边脱掉衬衫，随手扔在水槽里，"亲爱的，我想我这次娄子真的捅大了。"

"你什么？什么娄子？"

他看着她，眼神有些闪烁不定。"那瘪三想要抢我，结果……结果我当然要反抗啊。然后我就被他划了一刀。"

"你反抗？怎么反抗？用刀子吗？"

他拧开水龙头，弯下腰，嘴巴凑上去吞了几口水。"我也不知道自己是怎么回事。我大概是一下子发狂了吧，我想。我当时真的是发狂了，亲爱的。那瘪三被我整惨了。"

"你……"

"我海扁了他一顿，瑟莱丝。我被他划了一刀后，整个人就发狂了。你了解那种情况吧？我把他扳倒在地，然后我整个人就扑上去了，然后……然后我就失去控制了。"

"所以你这算是正当防卫啰？"

他比了一个"大概是吧"的手势。"老实说，事情如果真的闹上法庭，我想陪审团恐怕不会这么认为。"

"这到底是怎么回事啊？"她伸出双手握住他的手腕，"你把事情从头跟我说一遍。"

她直视着他的脸。有一瞬间，她以为自己感觉到他眼底有什么东西在那里虎视眈眈，无比狰狞又有些扬扬得意。她突然感到一阵恶心。

一定是灯光作祟，她这么告诉自己，一定是他头顶那盏便宜的日光灯在作祟。因为，当他低下头去轻轻地抚摸她的手背时，那阵恶心感一下子便退去了，他的脸也恢复了正常的表情——恐惧，但正常。

"我当时正往车子那边走去，"他说道，瑟莱丝坐回马桶盖上，大卫则顺势蹲在她膝前，"那瘪三不知从哪里突然蹿出来，说要跟我借个火。我说我不抽烟，他说他也是。"

"他说他也是？"

大卫点点头。"我当场心跳就加速到两百。因为那附近根本连个鬼影都没有，就我和他两个人。就在那个时候，他突然亮出刀子，跟我说：'要钱要命你自己选，我他妈的随便你。'"

"他是这么说的？"

大卫身子向后一倾，仰着头。"有什么不对吗？"

"没事。"瑟莱丝只是觉得这话听起来有点儿怪怪的，也许是太像电影台词了。不过话又说回来，谁没看过电影啊，尤其在这个时代。所以说，那个歹徒说不定就是从电影里头学来了这段台词，趁深夜站在镜子前反复练习过，直到自己听起来颇有卫斯里·史奈普或者丹佐·华盛顿的架势为止。

"反正……反正后来呢，"大卫接着说道，"后来我就跟他说：'省省吧，老兄,我只想赶快上车赶快回家.'不过我这样说实在够蠢,因为这下他连我的车钥匙都想要了。然后,然后我就真的不知道了,亲爱的,我应该害怕才对啊,可我就是不怕,而且还生气了。八成是酒喝多了,酒壮人胆吧,我真的不知道。总之,我就是不想理他,结果他就往我身上划了一刀。"

"你刚才不是说他先给了你一拳吗?"

"瑟莱丝,你他妈的让我把事情一次讲完可以吗?"

她碰碰他的脸颊,说道:"抱歉,亲爱的。"

他在她掌心轻轻一吻。"反正,他就先把我推倒在车子上,朝我挥了几拳,那几拳我全闪过去了,这瘪三于是亮出家伙往我身上划了一刀。我当时只感觉刀子划破了我的皮肤,然后我整个人就发狂了。我朝他太阳穴猛捶了一拳,那瘪三根本没料到我会来这一招,一下子像是愣住了,我趁机赶紧又出了一拳,这次击中了他的脖子;瘪三手一松,刀子掉落在地上,弹远了。于是我整个人朝他扑过去,然后,然后……"

大卫转头望向浴缸,嘴巴还张着,双唇却微微合拢了。

"然后怎样?"瑟莱丝追问道,脑子里依然在试着想象那一幕,那瘪三一手握拳,一手拿着刀子,刀尖对准了大卫的胸膛。"然后你怎样了?"

大卫回过头来,垂着眼,紧盯着她的膝盖。"然后我就完全发狂了,宝贝。那家伙说不定已经被我打死了。我真的不知道。我抓着他的头去撞停车场的水泥地,一遍又一遍,我还捶他的脸,一拳接一拳,那瘪三的鼻子都被我捶烂了。我真的不知道自己是怎么回事。我不是不害怕,可是我更生气,宝贝;我当时满脑子只有你和麦可,我想着自己很可能没法活着走到车子里,我他妈的只因为这条毒虫瘪三懒得靠自己赚钱,我就他妈的得在这个鸟不拉屎的停车场白白送掉一条命。"他直视着她的眼睛,又说了一遍:"我说不定真的杀了人了,宝贝。"

他看起来如此年轻。眼睛因惶恐而睁得老大,汗津津的脸上没有一丝血色,头发则因方才一场激斗浸透了汗水和——那是血吗?——没错,是血。

艾滋病,她突然想到。万一那歹徒有艾滋病怎么办?

她随即又告诉自己：不，先不要去管那些。先处理好眼前的事再说。

大卫需要她。这是从来没有过的事。一直到这一刻，她才赫然明白，为什么大卫从来不抱怨这件事会困扰她。抱怨其实是一种求助的讯号，你是在要求别人来为你解决那些困扰你的问题。但大卫从不需要她的帮助，所以他不曾向她抱怨过任何事情，不管是在他丢了工作之后，还是在萝丝玛丽还活着的时候。但此刻，他就跪在自己面前，喃喃地告诉她，他可能杀了人了，他需要她向他保证，一切都不会有问题的。

一切都不会有问题的。不是吗？是你他妈的恶向胆边生，竟想抢劫一个善良无辜的老百姓，如今你不过是自食恶果。好，就算你因此丢了命，那也是你应得的报应。瑟莱丝飞快地把事情理过一遍：好吧，很抱歉，但没办法，事情就是如此。你愿赌就要服输。

她在丈夫额上轻轻一吻。"宝贝，"她低声说道，"你先冲个澡，那些沾了血的衣服我来处理好了。"

"这样可以吗？"

"嗯，没问题的。"

"你打算怎么处理？"

她其实也不知道。烧了吗？是可以，不过要在哪里烧？公寓里哪有地方。那就后院吧。但半夜三点跑到后院烧东西一定会招来邻居的注意。事实上，管你什么时候跑到后院烧东西，都很难不引人侧目。

"我先把它们洗一遍，"她脱口而出，"我先把它们洗干净了，装到垃圾袋里，然后再拿出去埋了。"

"埋了？"

"嗯，是不太妥当。那就拿去垃圾堆丢了吧……不，等等，"她嘴巴比脑袋转得还快，"我们先把它藏起来，等到星期二早上再拿出去扔。那天是收垃圾的日子，记得吗？"

"嗯……"他拧开淋浴间的水龙头，目光却仍停驻在她脸上，等待着。他胸前那道血痕颜色变深了。她不禁再度担心起艾滋病——艾滋病或是肝炎，所有那些经由血液传染的致命恶疾。

"我知道垃圾车几点来。七点十五分，分秒不差，每个礼拜都一样。除了六月的第一个星期二；那些回家过暑假的学生总是会清出一大堆垃圾，所以他们那天会稍微晚一点儿，但是……"

"瑟莱丝，亲爱的，重点是……"

"哦，我的意思是说，嗯，我就等垃圾车快要离开的时候匆匆跑下楼去，假装我漏扔了一袋垃圾，然后趁车子刚启动直接扔进车后头那个大型压缩器里头。你觉得这样好不好？"她强迫自己挤出一抹微笑。

他伸手试了试水温，背朝着她。"就这么办吧。嗯，宝贝……"

"怎么了？"

"你还好吧？"

"没问题的。"

A 型、B 型还有 C 型肝炎，她想。埃博拉病毒。隔离禁区。

他再度睁大了眼睛。"真的没问题吗？老天，亲爱的，我可能杀了人了。"

她想再靠近他一点儿，想碰碰他。她想离开这个狭小的浴室。她想揉揉他的颈背，告诉他一切都不会有问题的。她想逃离这里，找一个地方把事情想清楚。

但她只是站在原处。"我现在就去洗衣服。"

"好吧，"他说，"你去吧。"

她在水槽底下找到一副橡胶手套，那是她平常刷马桶的时候戴的。她戴上手套，仔细地检查上头是否有任何裂痕或破洞。等确定手套没有问题后，她方才捡起水槽里的衬衫和地上的牛仔裤。牛仔裤上也有不少暗红色的血迹，因而在白色的瓷砖地板上留下一道血痕。

"怎么会连牛仔裤都沾到了呢？"

"沾到什么？"

"血。"

他看着她手上的裤子。他看看地板。"我跪在他身上。"他耸耸肩，"我不知道。大概是溅上来的吧，跟衬衫一样。"

"哦。"

他迎着她的目光。"嗯，应该就是这样。"

"好吧。"她说。

"好吧。"

"好吧，那我去厨房洗衣服了。"

"嗯。"

"嗯，就这样。"她说道，然后转身离开浴室，留他一个人站在原处，一手放在水龙头底下，等着水变热。

她站在厨房里，将衣服扔进水槽，拧开水龙头，然后怔怔地望着鲜红的血块，还有一点点半透明的肉屑——老天，还有几块像是脑浆的东西——被哗哗流下的自来水冲进了排水管。她始终觉得不可思议，一个人的身体竟可以流出这么多血。他们说一个人体内大约有六品脱的血，但瑟莱丝始终觉得应该不止。她四年级的时候曾有一次和朋友在公园里追着玩，一不小心绊倒在草地上；就在她挣扎着想抓住什么东西稳住身子时，她的手掌却让隐没在草丛间的一只破玻璃瓶划了一个大口子。那次意外截断了她手掌上每一条主要血管，幸好她当时年纪还小，恢复得快，但她四指的指尖却直到她二十岁那年才真正恢复了全部知觉。无论如何，关于那次意外，她记得最清楚的便是血。从她身体里头流出来的血。当她从草丛间把手举起来时，她感觉手肘一阵酥麻，然后便眼睁睁地看着鲜红的血液从她手掌上那个大口子里汩汩地流淌出来。两个玩伴当场失声尖叫。回到家里，就在她母亲打电话叫救护车的几分钟内，她的血便填满了整个水槽。到了救护车上，他们用弹性绷带一圈一圈把她受伤的手捆扎得有如她大腿那般粗，但不出两分钟，绷带便被她的血浸透了。在市立医院里，她躺在白色的急诊室床上，默默地看着鲜血迅速填满了床单上的沟槽，然后往下滴落，在地板上形成一个又一个鲜红色的小水洼。就这样，血不停地流，她母亲终于发现了，放声尖叫，直到一名值班的住院医师不得不让瑟莱丝插队，安排她优先就诊为止。不过是一只手，竟流得出那么多血。

而眼下，不过是一个人的头，竟也流出了这么多血。因为大卫抓着他的头去撞水泥地，因为大卫反复殴打他的脸。歇斯底里，她想，一定是的，恐惧引发的歇斯底里。她将戴着手套的双手伸到水柱底下，再次检查上头是否有破洞。没有。她在衬衫上倒了洗涤精，拿钢刷使劲地搓揉刷洗，然后拧干了，再从头重复一遍这个过程，直到拧出的水从粉红色渐渐变成了无色的清水。就在她打算朝牛仔裤进攻的时候，大卫冲好澡，围着一条浴巾走进了厨房，坐在桌边，一边啜饮着啤酒，一边抽着萝丝玛丽之前藏在柜子里的烟。

"我他妈的真的是搞砸了。"他柔声说道。

她点点头。

"你知道我在说什么吗？"他低声继续说道，"不过就是一个寻常的周六夜晚，你像往常一样出门，要的也很简单，就想轻松一下，结果呢……"他站起身，走到她身边，半倚在炉子上，看着她奋力扭干了牛仔裤左边的裤管。"你为什么不用洗衣机洗呢？"

她抬头看着他，注意到他胸前那道伤痕在他冲过澡后微微有些泛白。她突然生出一股想放声咯咯傻笑的冲动。她忍住了，只是淡淡地开口说道："以免留下证据啊，亲爱的。"

"证据？"

"嗯，其实我也不知道。我只是觉得这些血迹还有……还有那些什么的，可能会比较容易在洗衣机内部留下痕迹。水槽可能会比较好处理。"

他轻轻地吹了声口哨。"证据。"

"证据。"她说道，忍不住露齿一笑，突然感觉自己被扯进了什么危险的阴谋里。危险而刺激的大阴谋。

"妈的，宝贝，"他说道，"你真是个他妈的天才。"

她拧干了裤腿，关掉水龙头，转身浅浅一鞠躬。

凌晨四点，却是她几年来最清醒的一刻。像八岁小孩在圣诞节早上等着拆礼物的那种清醒。仿佛她血管里流的是咖啡因那种清醒。

终其一生，你都在等待这样的事情。不管你承不承认，事实就是如此。你等待着这样的机会，这种被扯入某件充满戏剧性的大事的机会。不是账单未付或是夫妻争吵那种芝麻绿豆大的日常戏码。不。这不是戏。这是真实生活中确确实实已经发生了的事。比真实还要真实。她的丈夫可能杀了人。如果那个坏人真的死了，警方一定会想查清楚是谁干的。而如果他们真的查到大卫头上，他们就会需要证据。

她几乎可以想象他们坐在厨房桌边，摊开记事本，身上依然飘散着早上的咖啡味和前夜酒吧的烟臭与酒味，然后对着她和大卫提出一个又一个问题。他们的口气不至于无礼，但会暗藏威胁。她和大卫将会以礼相待，但依然不为所动。

因为追根究底，办案讲的不外乎证据两字。而证据已经被冲下水槽，通过排水管流到阴暗的下水道里去了。明早，她将把水槽下方的水管也拆开来，用漂白水老老实实地刷洗一遍。她将把那件衬衫和那条牛仔裤装进塑料垃圾袋，藏起来，星期二一早再扔进垃圾车后头那个巨大无比的机器里，让它们和那些腐烂的鸡蛋、发臭的肉屑菜屑及干掉的面包混在一起，搅拌、压缩到谁也认不出来。没错，她将这么做。她将会觉得自己变得更强大也更好了。

"这会让你觉得很孤单。"大卫说道。

"你说什么？"

"伤害人。"他轻轻地说道。

"但你不得不这么做呀。"

他点点头。在深夜阴暗的厨房里，他全身都泛着一层淡淡的灰色。他看起来更年轻了，仿佛刚刚才从娘胎里钻出来。"我知道。我真的知道。但是……但是它就是会让你觉得孤单。它就是会让你觉得……"

她伸手碰触他的脸。他吞了一口口水，喉结随之上下滑动。

"觉得自己和所有人都不一样。"他最终说道。

第五章　橙色窗帘

周日清晨六点，离女儿娜汀初领圣体仪式还有四个半小时，吉米·马可斯接到彼得·基尔包的电话，告诉他店里忙不过来了。

"忙不过来？"吉米从床上坐起来，瞄了一眼闹钟。"妈的，彼得，现在才六点，你和凯蒂连六点都应付不过来，等到八点那群刚从教堂做完礼拜的客人涌进来，你们又打算怎么办？"

"问题就出在这里，吉米。凯蒂晚了。"

"她什么？"吉米掀开被子，下了床。

"她五点半就该到了，我没记错吧？到现在还不见人影。送甜甜圈的货车在后门猛按喇叭，前面柜台咖啡壶空了我一直没时间补⋯⋯"

"嗯。"吉米说道，一边往凯蒂的房间走去。五月的清晨，空气中还残留着三月傍晚的寒气，一阵阵从他的脚底往上蹿。

"一群建筑工人——妈的，看那几张吸饱了安非他命的脸我就知道，昨晚酒吧关门后八成又晃到公园里喝了一整晚——总之他们在五点四十的时候像阵旋风似的冲了进来，柜台上两壶哥伦比亚和法式烘焙咖啡全让他们清光了。熟食柜台就更别提了，一团糟。星期六晚班那几个浑小子你一小时付他们多少钱啊，吉米？"

"嗯。"吉米又哼了一声，轻敲一下后随即推开凯蒂的房门。房间里空无一人，更糟的是，枕头床单铺得整整齐齐的。凯蒂昨晚根本没回家。

"你最好给他们加点儿薪，要不干脆叫那几个没用的懒骨头卷铺盖回家吃自己，"彼得说道，"我接了班还得花上整整一小时帮他们擦屁股，然后才能——哦，早安，卡墨迪太太。咖啡正在煮，马上就好了。"

"我待会儿就到。"吉米说道。

"还有，报纸还堆在那里，我根本没空整理，他妈的，我一个人有几只手啊……"

"我说我马上到。"

"真的？太好了。谢啦，吉米。"

"彼得？你拨通电话给萨尔。他今天是十点的班对吧，你看看他能不能提前到八点半到。"

"哦？"

吉米听到电话里传来一阵急促的喇叭声。"你就他妈的行行好，赶快去帮后门那小伙子开个门吧，他还有一车的甜甜圈要送呢。"

吉米挂了电话，踱回卧室。安娜贝丝这会儿也醒了，坐在床上，哈欠连连。

"店里打来的？"她又打了记哈欠，一边从喉咙底挤出几个字。

他点点头。"凯蒂不知道跑到哪里去了。"

"今天，"安娜贝丝说道，"今天是娜汀的初领圣体仪式呢，她偏偏跑出去了。万一她待会儿没出现在教堂里怎么办？"

"她不会连她妹妹这么重大的日子也错过的。这点我还能确定。"

"我可不像你这么有把握，吉米。她昨晚要是醉得连班都不上了，说不定……"

吉米耸耸肩。一说到凯蒂，安娜贝丝就没啥好商量的了。安娜贝丝对她这个继女态度两极，要不就百般挑剔冷若冰霜，要不就亲昵得仿佛两人是最好的手帕交似的，中间根本没有灰色地带。吉米很清楚，他不无罪恶感地想起，这一切都是因为安娜贝丝出现的时候，七岁的凯蒂不但才刚刚开始认识她的父亲，而且还没从失去母亲的伤恸中恢复过来。对于这么一个女性角色出现在她与父亲同住的这幢冷冰冰的公寓里，凯蒂始终心怀感激，也从不吝于开口表达这份由衷的感激。但丧母之恸伤她甚深——吉米明白，这种伤恸几乎没有复原的可能——于是这十多年来，每当凯蒂心头这道伤口偶然又裂开了，安娜贝丝便首当其冲，成了她发泄的对象。血肉之躯的继母毕竟敌不过生母的幽魂。

"天哪，吉米。"安娜贝丝看着丈夫在充当睡衣的 T 恤外头套了件运动衫，然后四下寻找他的牛仔裤，"你不会是要去店里吧？不会吧？"

"去个一小时就回来，"吉米瞥见挂在床柱上的牛仔裤，"最多两小时。反正萨尔本来十点就该接凯蒂的班。我已经让彼得打电话叫他早点儿来了。"

"萨尔少说也有七十几岁了吧？"

"没错。所以说，要他早点儿到也没错。老人那种膀胱，我看他八成四点就被尿憋醒了，睡不着还不是只能守着电视。"

"妈的。"安娜贝丝一把掀开被子，下了床，"妈的，该死的凯蒂。连今天这种日子也打算捣乱是吧？"

吉米心头一热。"她最近还捣过什么乱吗？"

安娜贝丝跨进浴室，一边举手示意叫吉米别再说了。"你知道她人可能在哪里吗？"

"不是在黛安家就是在伊芙家吧。"吉米说道，依然对安娜贝丝那只举起的手感到有些反感。安娜贝丝，他挚爱的妻子，有时似乎真的不知道自己竟能这么冷酷无情——这显然是萨维奇家族所有成员的特色——她似乎浑然不知自己随便一个厌恶的表情竟能对旁人造成如此大的影响。"再不然就是在男朋友家。"

"是吗？她最近又交了新男朋友吗？"安娜贝丝拧开淋浴间的水龙头，然后退到洗脸台前，等水变热。

"我还以为你比我清楚呢。"

安娜贝丝伸手拿过牙膏，摇摇头。"我只知道她去年十一月和小西泽分手了。我就想知道这个。"

吉米穿上鞋子，忍不住露出微笑。安娜贝丝老喜欢称呼巴比·奥唐诺为"小西泽"，再不然就是一些更加不堪入耳的诨名。这不只是因为巴比·奥唐诺是个装腔耍酷、自以为是什么道上兄弟的小浑球，最主要还是因为他那肉乎乎的五短身材确实颇有几分爱德华·罗宾逊的影子。凯蒂去年夏天开始和他交往后，家里的气氛确实紧张了好一阵子。他那几个大舅子信誓旦旦地跟他保证，要他有必要时说一声，他们很乐意做了那个小兔崽子——吉米不是很确定，萨维奇兄弟这番宣言究竟是因为看不惯自己疼爱的继外甥女竟和这种人渣搞上了，还是因为巴比·奥唐诺渐渐成了气候，威胁到了他们的地盘。

最后是凯蒂自己决定和他分手的。除了一堆半夜三更打来的电话，以及去年圣诞节，巴比和罗曼·法洛出现在马可斯家门前，差点儿掀起一场轩然大波外，这手分得还算平和。

安娜贝丝对巴比·奥唐诺的这种憎恨在吉米眼里颇为有趣。他常常私下臆想，安娜贝丝之所以会对巴比这样深恶痛绝，或许不只是因为他长得像爱德华·罗宾逊，并且睡了她的继女；或许还因为相较于她的哥哥们——尤其是玛丽塔去世前那几年的吉米——这种她眼中真正的"专业"罪犯，巴比不过是个什么也算不上的半吊子罢了。

玛丽塔去世已经是十四年前的事了；当时，吉米正在温斯洛的鹿岛州立监狱服那两年有期徒刑。在一次周六探监时，玛丽塔抱着挣扎不休的五岁的凯蒂，告诉吉米，她手臂上的一颗痣不知怎么颜色变深了，她决定星期一去小区诊所让医生看看。图个安心罢了，她是这么说的。四周后，玛丽塔开始接受化学治疗。她第一次告诉吉米那颗痣的事六个月后，玛丽塔便去世了。在那之前的许多个周六，吉米只能坐在那张到处是烟疤的深色大木桌——那上面累积了超过一世纪的汗液精液和无数罪犯的喊冤或是懊悔之词——后头，看着自己的妻子一周比一周憔悴苍老。到去世前最后一个月，玛丽塔已经病到无法前去探监，甚至无法提笔写信，吉米也只好满足于偶尔的几通电话——但电话中的玛丽塔不是疲倦虚弱到气如游丝，就是因为药物作用思绪紊乱到接不上话，通常是两者兼有。

"你知道我最近一直梦到什么吗？"有一次在电话中，她喃喃说道，"每天都梦到哪。"

"你梦到什么了，宝贝？"

"橙色的窗帘。大大的、厚厚的橙色窗帘……"她咂咂嘴，吉米听到电话那头传来玛丽塔用力吞水的声音。"好多橘红色的窗帘，挂在晾衣绳上，让风吹得啪哒啪哒直响，吉米。飘啊飘。就这样，风一直吹，窗帘一直飘，飘啊飘啊飘。数不清的橙色窗帘，在一片完全看不到边际的田野里，不停地飘啊飘……"

吉米等了一会儿，但玛丽塔却不再作声了。他怕她就这么说着说着就昏睡过去了，像之前很多次那样，于是赶紧开口说道："凯蒂最近乖不乖？"

"啊？"

"我问你凯蒂最近乖不乖，亲爱的。"

"你妈把我们照顾得很好。不过她有些伤心。"

"谁伤心？我妈还是凯蒂？"

"都是。唉，吉米，我要挂电话了。头好晕。好累。"

"好吧，你好好休息吧，宝贝。"

"我爱你。"

"我也爱你。"

"吉米？我们从没有过橙色的窗帘，对不对？"

"对。"

"真怪。"她说道，然后便挂上了电话。

这是她对他说的最后一句话：真怪。

是啊，是很怪。婴儿时期就已经在那里的一颗痣有一天竟会突然变黑，而短短二十四个星期后——那时你几乎已经两年不曾和你的丈夫一起躺在床上，让你俩的脚交缠在一起——你就被放进一个四四方方的长盒子里，而你那上了手铐脚镣的丈夫却只能站在五十码外，让两名武装警卫架着，怔怔地看着你入土。

葬礼后两个月，吉米终于假释出狱。他穿着被捕离家当天穿的衣服站在厨房里，对着已经成了陌生人的女儿微笑。他或许还记得她生命中的前四年，她却浑然不知。她只记得后头那两年，或许再加上一些记忆的片段。她只记得自己每个周六都会被带到那个阴冷潮湿、始终飘着一股恶臭的大房间，隔着一张疲态毕露的长桌，看着这个以前或许曾在家里看到过的男人；那幢建在印第安人的旧坟场上的古老建筑，外头狂风呼啸，里头天花板低垂，四壁渗水发霉。吉米站在厨房里，同女儿远远地互相打量着，有生以来第一次觉得自己这么没用。他蹲下来，满心的无依和恐惧；他轻轻握住女儿的一双小手，突然感觉自己的一部分仿佛飘在半空中，俯视着底下这两个人。飘在半空中的那个他心里想着：老天，多么可怜的一老一小。两个陌生人，站在破烂不堪的厨房里，打量着对方，在心里努力尝试着不去恨她，恨她就这样抛下他们，要他们不得不守着彼此，茫茫然不知道要怎么把日子过下去。

他的女儿——这个活生生的、会呼吸的甚至还没完全成型的小东西——现在就只能靠他了，也不管他或她愿不愿意。

"她在天堂看着我们哪，"吉米告诉凯蒂，"她很为我们感到骄傲。真的。"

凯蒂问道："你还要回去那个地方吗？"

"不，我永远不回去了。"

"那你会去别的地方吗？"

在那一瞬间，吉米真心觉得自己宁愿回到鹿岛那个大粪坑，甚至比那里还糟的地方都没关系；他宁愿再蹲上五六年的苦牢也不愿意待在这里，被迫二十四小时面对这张陌生的小脸，面对一个不知何去何从的未来，面对他这段残余的年轻岁月。

"没事，"他终于说道，"我跟定你了，哪里也不去。"

"我饿了。"

这三个字像道闪电击中了吉米——哦，老天，从今以后这小东西饿了都只能找我。我得喂她养她，一辈子不得脱身。老天。

"嗯，好吧。"他说道，脸上那抹硬撑的微笑似乎随时都会飘散，"我们现在就去弄东西吃。"

吉米在六点半之前便赶到了木屋超市。他接管了收银台和乐透机，好让彼得能腾出手脚把基墨街的葛斯瓦米甜甜圈店送来的甜甜圈，还有东尼·布卡的面包店送来的面包馅饼放上货架。一有空档，吉米便赶紧从店后端来一壶壶煮好的咖啡，倒进柜台上的大型保温壶里，然后拿来刀片，割断捆那几大摞周日版《波士顿环球报》《前锋报》，以及《纽约时报》的麻绳。把该夹入报纸的广告和周日漫画特刊一一弄妥后，他将它们整整齐齐地叠放在结账柜台下头的糖果架前方。

"萨尔说他几点到？"

彼得说："他说他最快也要九点半才能到。他车子坏了，所以得搭地铁。他住得可远了，少说要换两次地铁再加上一段公交车，而且他说他还得换一下衣服。"

"妈的！"

七点十五分左右，店里涌入了一小股人潮。这批顾客多半是刚下大夜班的警察（大部分来自儿区）、圣雷吉娜医院的护士，以及平顶区和罗马盆地附近几家逾时违规营业的夜总会的女招待。他们拖着疲惫的脚步走进店里，神情中却又透露着几许一时还未松懈下来的机警，甚至是某种终于获得解放的兴奋之情，仿佛他们是刚刚步下战场的幸存者，浑身浴血却侥幸全身而退。

做完早场礼拜的人群还有五分钟才会蜂拥而至，吉米趁机拨了通电话给德鲁·皮金，问他是否看到过凯蒂。

"嗯，我猜她在我家。"德鲁说道。

"是吗？"吉米发现自己的口气中透露出一股希望，这才突然意识到自己原先的压抑。

"我猜啦，"德鲁说道，"我再去确定一下。"

"谢啦，德鲁。"

他听着电话里传来德鲁沉重的脚步声，啪哒啪哒敲打在木质地板上，一边递给哈蒙太太两张刮刮乐彩票，收了钱，勉强忍下差点儿被老太太浓浓的风油精味熏出来的眼泪。他听到德鲁由远而近的脚步声，感觉自己心跳微微加速。他找了十五块给哈蒙太太，微笑着挥手送她走出店门。

"吉米？"

"我在。"

"唉，不好意思，我搞错了。睡在伊芙房里地板上的是黛安·塞斯卓，不是凯蒂。"

吉米的心脏漏跳了一拍，仿佛是突然让镊子掐住了。

"嘿，没关系。"

"伊芙说凯蒂昨晚一点左右送她们回来，没交代说要去哪儿。"

"谢啦，德鲁。"吉米强迫自己打起精神来，"我再打几通电话找找看。"

"她有男朋友吗？"

"唉，十九岁的女孩子……男朋友随时都有，只是不知道又换成哪一个了。"

"这倒是真的，"德鲁边说边打了个哈欠，"我们家伊芙还不是，一天到晚都有不同的男孩子打电话来家里，妈的，我就说她恐怕得在电话旁边放一本花名册才搞得清楚谁是谁。"

吉米勉强挤出几声干笑。"总之谢啦，德鲁。"

"没事的，吉米。你多保重。"

吉米挂上电话，目光却不觉死盯着收款机的键盘，仿佛它随时会开口跟他说话似的。这不是凯蒂第一次彻夜不归；老实说，这甚至不是第十次。而且这也不是她第一次无故没来上班。不过她通常会先打电话报信。话又说回来，说不定她是遇上了哪个有着电影明星的外貌和都市男孩的翩翩风度的臭小子……吉米自己还没有老到完全忘了年轻是怎么回事。虽然他怎么也不会在凯蒂面前漏了口风，但他也还不至于假道学到真的去厉声责骂她。

系在店门上的铃铛响了起来，吉米这才回过神来，看着第一拨刚做完礼拜的老头儿老太太们潮水般涌进店里，嘴里还念念有词地埋怨着一早阴冷的天气、神甫让他们不尽满意的布道，还有满街的垃圾。

站在熟食柜台前的彼得应声抬起头来，用抹布迅速擦过手。他把一整盒橡胶手套扔在熟食柜台上，然后便在二号收款机后站定。他转头低声对吉米说道："欢迎来到地狱。"接着，第二拨赶早班的虔诚信徒也冲进了店里，情形比起第一波毫不逊色。

吉米已经有两年多不曾值过周日的早班了，他几乎已经忘了这场面会有多混乱。彼得说得没错。这群在大多数人还沉醉在梦乡里的时候便起床整装、不到七点便塞满了圣西西莉亚教堂的虔诚老人们，拿出他们异于常人的宗教热情横扫吉米这家小店，清光架子上所有的甜甜圈和面包，倒光几大壶热咖啡，喝光冰箱里的牛奶，连柜台下方的报纸都让他们抽掉了至少一半。他们满不在乎地踩过不幸掉落在地上的土豆片和装在成串的塑料小袋里的花生，不顾前头还排了先到的人，一径对着吉米和彼得大声嚷嚷着自己单子上的东西——三明治、乐透彩票、刮刮乐、巴尔摩或者切斯菲尔牌香烟……然后，在终于轮到自己的时候，他们更不会管身后还有多少顶着白发或秃了的人头在攒动，从容地询问着吉米或彼得的家人最近好不好，一边不慌不忙地在皮包里搜寻，非得找出里头每一个粘着棉屑的一分钱钢镚儿不可。最后，他们还要花上好些工夫把一个个装满东西的塑料袋从柜台上拽下来，让路给下一个早已气得开骂的顾客。

吉米自从上回参加过一个酒类饮料无限供应的爱尔兰婚礼后，就再也没看到过这样混乱的场面了。当最后一个白发苍苍的顾客终于跨出店门的时候，他抬头瞄了一眼指着八点四十五分的时钟，方才发现自己穿在运动衫底下的那件T恤已经让汗水浸透了，紧紧地贴在身上。他看着眼前的爆炸案现场，再转头望望彼得，心头突然涌出一股惺惺相惜的情感；他不觉想起了七点十五分那群警察、护士和妓女，他感觉自己和彼得之间的情谊因为两人携手打过周日清晨八点这场混仗，已经瞬间提升到一个全新的层次。那群来势汹汹的银发大军。

彼得面露疲色，对他露齿一笑。"接下来还有半小时可以喘口气。不介意我去后门抽根烟吧？"

吉米开心地笑了，突然对自己亲手建立的这家街角小店感到无比骄傲。"妈的，彼得，你爱抽抽一整包都行！"

他整理了走道货架上的商品，再补满奶制品架。当他正要端出更多馅饼与甜甜圈时，店门上的铃铛再度响起，他看着布兰登·哈里斯领着他那个绰号"沉默的雷伊"的哑巴弟弟晃过柜台，往堆放着面包、洗衣粉、饼干及茶袋的货架那边走去。吉米假意低头忙着整理甜甜圈的包装袋，一边希望彼得不会当真给自己放上一段假。他希望他能立刻滚回店里。

他偷偷往走道那边望了一眼。他注意到布兰登的视线不住地往收银柜台那边飘，一副打算抢劫或是找人的模样。有那么几秒钟，吉米还以为彼得真的不顾他的吓阻在店里卖起大麻来了。但他随即恢复了理智，想起当时彼得曾直视着他的眼睛，发誓永远不会做任何伤害这家店的事。吉米知道他说的是实话；因为，除非是什么骗子之王，否则谁也没办法看着吉米的眼睛说谎。他捕捉得到你所有的眼神，哪怕是极其细微的牵动，他都能看得穿，识得破。吉米从小看着他的酒鬼父亲醉眼蒙眬地许下一个又一个永远不会兑现的承诺——看多了自然也学会辨认了。吉米想起彼得曾直视他的眼底，发誓绝对不会在店里卖大麻；他知道他说的是实话。

那么，布兰登到底想干什么？他不会蠢到想在他店里偷东西吧？吉米认识布兰登的父亲雷伊·哈里斯，他知道这家人血液中确实带着不少愚蠢的因子；但是，有什么蠢蛋会蠢到拖着一个十三岁的哑巴弟弟跑到东白金汉平顶区与尖顶区的交会点来抢一家小店呢？此外，如果说哈里斯一家还有什么头脑清醒的人，吉米不得不承认那八成就是布兰登这小子。他是个话不多的小伙子，长得倒是一表人才，而吉米也早就学会了辨认一个人到底是因为蠢到开口也不知道要说些什么，还是只是生性沉默，喜欢静静地听，静静地看，静静地观察周遭的一切。布兰登绝对是后者；你感觉得到，他或许知道得太多了些。吉米感到有些不安。

他转身朝着吉米，两人的目光终于交会了。布兰登朝吉米紧张而友善地一笑：那笑容夸张了些，仿佛他心里还有什么别的打算似的。

吉米先开口了："找什么东西吗，布兰登？"

"嗯，马可斯先生，也没有啦。只是想帮我妈买些她爱喝的那种爱尔兰茶。"

"巴利牌是吧？"

"嗯，嗯，没错。"

"在隔壁走道的架子上。"

"哦，谢了。"

吉米往收款机柜台后头走去时，彼得恰巧也带着满身烟味回来了。

"你刚说萨尔几点会到？"

"就现在啊，应该随时会到吧。"彼得往后一靠，倚在刮刮乐彩票下方的香烟柜台玻璃拉门上，轻轻地叹了一口气，"他动作真是慢哪，吉米。"

"谁？萨尔吗？"吉米看着布兰登腋下夹了包巴利红茶，与沉默的雷伊站在中间走道中央，迅速地比画着手语，"也难怪啊，他都快八十岁了。"

"我当然知道他动作慢的原因，"彼得说道，"我要说的是，吉米，刚才八点那场混战要是就我和他在的话，老天，我简直不敢想象。"

"所以我向来把他排在人少的时段。总之，刚才不该是你和我，也不该是你和萨尔在。应该是你和凯蒂在才对。"

布兰登和沉默的雷伊站定在柜台前，吉米发现他刚提到女儿的名字时，布兰登脸上闪过一抹不太寻常的神情。

彼得的身子往收银机一靠，问道："就这些吗，布兰登？"

"我……我……我……"布兰登一时竟结巴了起来，他转头看看弟弟。"嗯，应该是吧。我再问问雷伊。"

两人又是一阵飞快的比画。速度之快，吉米以为就算他俩是在用一般的言语沟通，他恐怕也来不及听懂。沉默的雷伊两手像通了电似的飞快地比画着，脸上倒是毫无表情。他向来就是个阴阳怪气的孩子，同他妈一个模子，木然的神情底下隐约透露出某种桀骜不驯。他曾经跟安娜贝丝提过一次，她却指控他歧视残障人士；但他知道事情并不是这样——雷伊那

74

张死寂的脸和无声的嘴后面确实隐藏着某种东西，让人不觉想拿榔头狠狠地把它敲出来。

他俩的比画终于告一段落。布兰登弯下腰去，从糖果架上拿了一根柯曼嚼嚼棒。吉米立刻联想到他的父亲，他在柯曼糖果厂工作那年身上那股甜腻的气味总是挥之不去。

"还有一份《环球报》。"布兰登说道。

"没问题。"彼得又敲了几下键盘。

"嗯……我还以为星期天是凯蒂的班呢。"布兰登递给彼得一张十元纸钞。

彼得扬着眉，咚一声敲开收银机，弹开的现金抽屉直直地抵着他的下腹。"你想找我老板的女儿，哦，布兰登？"

布兰登不敢看吉米。"没有啦，没有的事。"他干笑了几声。"只是觉得有些奇怪啦，她星期天不是通常都在吗？"

"今天是她妹妹的初领圣体仪式。"吉米说道。

"哦，你说娜汀是吧？"布兰登终于看向吉米，眼睛睁得大了些，笑容也夸张了些。

"娜汀，没错，"吉米说道，心里却忍不住有些纳闷，这小子名字记得未免太清楚了点儿吧。"没错。"

"嗯，代我和雷伊向她说声恭喜。"

"当然，布兰登。"

彼得将茶包和糖果棒装进塑料袋的时候，布兰登低头盯着柜台，头还轻点了几下。"嗯，好吧，就这样啰，谢啦。我们走吧，雷伊。"

布兰登说话的时候脸并没有朝着雷伊，但雷伊还是挪动了身子。吉米这才突然想起来，雷伊只是哑，并不聋。人们常常会忘了这档事。毕竟这样的例子并不常见。

两兄弟走出店门后，彼得突然开口："嘿，吉米，我能问你一个问题吗？"

"说吧。"

"你为什么这么讨厌那小子？"

吉米耸耸肩。"我不知道这算不算得上讨厌，说真的。只是……只是你难道不觉得那小兔崽子真的有些说不出的古怪吗？"

　　"哦，他？"彼得说道，"也没错啦，那小子真是有些阴阳怪气的，不说话，光是盯着人看，看得人浑身不舒服。这我没说错吧？不过我不是说他，我是说布兰登。我的意思是，那小子看起来人不错，话不多，很有礼貌，你知道我在说什么吧？你注意到了吗，他其实不必跟他那个哑巴弟弟比手语的，他又不是听不到；不过我想他只是不想让他觉得孤单之类的。这点倒是不错。但是，吉米，你每次盯着他看的模样还真是有些吓人，好像你随时会扑上去，把他的眼珠子挖出来似的。"

　　"我没有吧。"

　　"你就是。"

　　"真的吗？"

　　"他妈的假不了。"

　　吉米的目光越过乐透机，隔着微微蒙尘的橱窗玻璃望向外头静静躺在灰蒙蒙的天空下的白金汉大道。他感觉布兰登那抹该死的微笑还残留在他的血液里，不住地搔弄着他。

　　"嘿，吉米，我随便说说，你可别当真……"

　　"萨尔来了。"吉米说道，依然望着外头。他看着老人步履蹒跚地过了街，朝店里走来。

　　"妈的，也差不多是时候了。"

第六章　因为它折断了

西恩·狄文的星期天——他停职一周后复工的第一天——是由闹钟铃声揭开序幕的。铃声恶狠狠地把他从沉沉的梦境中揪出来，像是胎儿被人从子宫里推挤出来，在朦胧中随即明白，自己再也回不去了。他不太记得自己究竟梦到了什么，只是一些断断续续的画面；他还隐约记得这场梦本来就没有什么逻辑剧情可言，但那种鲜明的感觉却像把剃刀似的抵在他后脑勺上，搞得他整个早上都心神不宁。

他的妻子萝伦曾出现在梦里，他甚至能闻到她皮肤的味道。梦里的她穿着一件打湿了的白色泳装，顶着一头乱糟糟的长发，比现实中的还长，颜色还深，像潮湿的海沙；她一身皮肤让阳光晒得铜中带金，脚踝和脚背上还沾了点儿沙子。她浑身散发着阳光和海洋的味道，坐在西恩腿上，轻吻他的鼻尖，用纤长的手指搔弄他的喉头颈项。他俩坐在一幢海滨小屋的前廊上，西恩听得到海浪声却看不到海洋；原来该是海洋的地方只有一个宽如足球场的巨型空白电视屏幕。西恩记得自己曾转头望向屏幕中央——他只看到自己，不见萝伦的踪影；只有他坐在那里，拥抱着一团空气。

但他掌心传来温暖的感觉。货真价实的温暖。

接下来，他只记得自己站在小屋顶上，怀里的萝伦换成了冰冷的金属风向标。他紧握着它，而他脚下的房屋却裂开了一个大洞，底部停着一艘搁浅的帆船。然后他突然又全身赤裸躺在床上，怀里还躺着一个陌生的女人；梦里的他意识到萝伦就在隔壁房里，从屏幕上观看他与女人的一举一动；一只海鸥冲撞着窗子，冰块似的玻璃碎片散落在床上，而西恩——穿着整齐的西恩——则站在床边，凝望着眼前的一切。

海鸥痛苦地喘息，说道："我脖子好疼！"然后西恩便醒了；他甚至来不及告诉它："那是因为你的脖子折断了。"

他醒了，梦的滋味却仍在他头盖骨底下盘桓，像棉絮，像绒毛，牢牢地黏在他眼皮底下与舌头上。闹钟铃声大作，他却迟迟不肯睁开眼睛，一心希望这铃声只是另一场梦，希望自己不曾醒来，希望这铃声只是他的幻觉。

终于，他还是睁开了眼睛，陌生女人胴体的坚实触感和萝伦皮肤的海的味道却依然弥漫在他的脑细胞间；然后他明白了，这不是一场梦，不是一场电影，甚至不是一首悲歌。

是这些被单，是这间卧室，是这张床。是被遗留在窗台上的空啤酒罐，是直射他双眼的阳光，是床头柜上那个响个不停的闹钟。是那个水滴个不停而他却总是忘了修理的水龙头。是他的生活，是这一切。

他关掉闹钟，却还不肯下床。他甚至不愿移动他的头，因为他不想知道自己是否得为昨晚灌下的那些酒精付出代价。宿醉会让他回去上班的第一天有如两天那么长，而受到停职处分后回去上班的第一天本来就够难挨了——那堆不得不吃的屎，那些针对他的不好笑却又不得不笑的玩笑。

他一动不动地躺在那里，聆听街上传来的喧哗声，聆听隔壁那台电视从半夜开到清晨的哗哗声，聆听天花板吊扇、微波炉、烟雾测试器，还有冰箱传来的嗡嗡声。使用中的电脑嘤嘤作响。手机、掌上电子记事本。从厨房到客厅，从外头的大街到总局办公室，从范尼尔丘的廉价公寓到东白金汉的平顶区，每时每刻都有东西在哗哗哔嗡嗡嗡响个不停。

这年头所有东西都会叫都会响。所有东西都求迅速灵活求动求变。

所有人都加快脚步跟着时代脉搏变化前进。

这他妈的是什么时候开始的事？

他就想知道这个。这世界到底从什么时候开始加快脚步往前冲，独留他在后头遥望着众人渐行渐远的背影？这到底他妈的是什么时候开始的事？

他闭上眼睛。

萝伦离开的时候。

就是从那个时候开始的。

布兰登·哈里斯瞪着电话，仿佛想用意志力命令它响起。他瞄了一眼手表。迟了两个小时了。这其实也不算是什么意料之外的事；凯蒂向来不守时，他其实也早习惯了，但为什么连今天也不能例外？布兰登都快等不下去了。不在店里，那她到底在哪里呢？说好的计划，是凯蒂早上还是去木屋超市上班，从那里打通电话给他，然后去参加她异母妹妹的初领圣体仪式，之后才来和他碰头。但她没去上班，也没打电话。

他不能打电话给她。打从他俩正式交往以来，这大概是最让他扫兴的一点了。凯蒂通常会在三个地方出没——刚开始交往时她还常往巴比·奥唐诺的住处跑，或者是在她和她父亲、继母还有两个异母妹妹共住的那间位于白金汉大道上的公寓里，再不然就是在楼上她那群脑袋严重异于常人的舅舅家里。她那群恶名昭彰的舅舅里头就属尼克和威尔最疯，没人管得了压得住；还有就是她父亲吉米·马可斯。他和凯蒂怎么也猜不出来到底是什么原因，但吉米就是对他恨之入骨。凯蒂稍微懂事以后他就一直把话说得很清楚："离哈里斯一家远一点儿；你要是敢带其中任何一个回家，我就和你断绝父女关系！"

据凯蒂的说法，她父亲通常是个讲理的人；但有一晚，她曾倚在布兰登胸前，豆大的泪珠滚滚而下，喃喃控诉道："他一说到你就发狂，像个疯子似的。我记得有一次，他喝醉了回家，醉得都口齿不清了，却还一直在那边跟我念，说我妈的事，说她有多爱我什么的；然后他就说了：'该死的哈里斯那一家子，全是些人渣。'"

人渣！这两个字像一口浓痰似的哽在布兰登喉咙口。

"'你离他们愈远愈好，听到了没有，凯蒂，我就要求你这一件事。求求你。'"

"所以呢？现在又是怎么回事？"布兰登问道，"你怎么会跟我在一起呢？"

她翻过身子，枕着布兰登的手臂，对他惨然一笑。"你真的不知道？"

这是实话。布兰登确实不知道。凯蒂是一切。是至高无上的女神。而布兰登却只是，嗯，布兰登。

"我真的不知道。"

"因为你很善良。"

"我是吗？"

她点点头。"我看过你对待雷伊和你妈妈的样子，甚至街上随便什么人都一样，你对他们都那么好，布兰登。"

"很多人都对人很好。"

她摇摇头。"对人好和善良是两回事。"

听凯蒂这么一说，布兰登也不得不承认，他确实还没遇到过不喜欢他的人——不是人缘超好超受欢迎那种喜欢，而是"布兰登那小子还算不错"那种喜欢。他不曾树敌，小学毕业后就没再打过架，甚至没听过人家跟他说过一句重话。也许这真是因为他很善良；也许，正如凯蒂所说，这并不常见。或者，这也许只是因为他天生就不是那种会把人惹毛的人。

除了凯蒂的父亲。那是一个谜，但那种情绪却货真价实，不容否认：恨。

半小时前，布兰登刚刚在木屋超市清清楚楚地感受到一股浓浓的仇恨——那股从吉米·马可斯身上散发出来的，压抑而沉默的仇恨，像是某种具有强烈感染力的病毒。他几乎无力招架，连一句话都没法好好说出口。回家的路上他甚至不敢直视雷伊的眼睛；那仇恨叫他不觉惭形秽起来，仿佛他头上爬满虱子，牙齿上全是齿垢似的。虽然，就他的理解，这仇恨来得毫无理由——布兰登从来也没做过什么对不起凯蒂父亲的事，事实上，他根本不算真的认识他——但这层理解并不会降低那股恨意的杀伤力。布兰登明白，如果他身上着了火，吉米·马可斯恐怕连撒泡尿帮他灭火都不肯。

布兰登不能打电话给凯蒂；他担心对方有来电显示，会动手查询来电者身份。数不清有多少次，他几乎就要按下拨号键了，但他只要一想到接电话的人可能是马可斯先生或巴比·奥唐诺或哪个神经分兮的萨维奇兄弟，话筒就会从他汗湿了的手中滑落回座机上。

布兰登不知道到底谁比较可怕。马可斯先生乍看之下并没有任何出奇之处，不过是布兰登从小光顾的杂货店的老板，但他身上却散发着某种东西——不只是对布兰登的痛恨——某种叫人坐立难安的东西，某种足以做出某些事情的能力；虽然布兰登也说不出个所以然来，但那东西就是在那里，叫人一遇上他就不由得降低音量，东闪西躲就是不敢直接迎上他的目光。巴比·奥唐诺则是那种没人知道他到底靠什么维生的人，但你要是在街上远远地看见他走过来了，也会不由得想要过街闪躲。至于那群萨维奇兄弟，平日行径之乖戾火暴，直叫人以为他们是来自另一个星球的人。萨维奇兄弟是平顶区有史以来最疯狂、最暴戾、最莽撞的一群神经病，一个个不但脾气暴躁，而且一触即发；要是把能惹毛他们的事情一一记录下来编成书，少说也有《旧约》的厚度。他们又蠢又变态的父亲和体弱多病、早早便过世了的母亲，生小孩像是某种专门制造不定时炸弹的生产线一般，每隔十一个月便蹦出一个成品。这群兄弟从小就挤在一个大约只有日本制造的收音机大小的房间里一起长大；那房间不但小，而且阴暗，阳光叫当年横跨平顶区的高架铁路遮去了大半（铁路在布兰登小时候被拆掉了）。小公寓的地板向东严重倾斜，一天二十四小时中，总有二十一小时有火车不断轰隆隆地驶过，震得原本就破烂不堪的三层木造公寓楼愈发摇摇欲坠；这群兄弟十天中总有八九天一早就被硬生生震醒，一个个被震落在地板上叠成人肉小山，像一群穷凶极恶的港口老鼠似的以拳头代替晨间咖啡，互殴醒脑兼清掉一肚子隔夜臭屁。

早几年，外人根本分不出来这群兄弟谁是谁——无从分辨也无意分辨；萨维奇兄弟反正就是萨维奇兄弟，同一窝里孵出来的坏蛋，同一棵树上发出来的烂芽，像塔斯马尼亚獾似的总是集体行动，挟带滚滚烟尘由街道这头晃到那头。你要是不幸在街上看到这团烟尘朝你滚来，你总要往旁边退一步，暗自祈祷他们快快找上别人，或是干脆像阵疯狂而盲目的旋风似的呼啸而过，压根儿不曾注意到你的存在。

事实上，虽然布兰登打从出了娘胎就一直待在平顶区，但直到和凯蒂暗中交往以后，他才终于搞清楚他们总共有几个人：身为老大的尼克被判了十年以上有期徒刑，在沃尔波监狱待了六年后才终于假释出狱；威尔是老二，根据凯蒂的说法，个性最好，最宠爱她几个外甥女；再就是查克、卡文、艾尔（外人常常把他和威尔搞混了）、吉拉德（也是刚刚才从沃尔波放出来），最后才是斯科特。斯科特是他们母亲生前最为宠爱的幺儿；他不但是唯一一去上了大学（而且还毕业了）的萨维奇兄弟，也是唯一没有和其他兄弟一起住在这幢三层公寓里的一个——原来住在一楼和三楼的房客被吓得连夜迁往他州后，萨维奇兄弟便成功地霸占了这整幢楼房。

"我知道他们在外头的名声，"凯蒂这么告诉布兰登，"但他们私底下其实都是好人。嗯，除了斯科特。他实在有些难搞。"

斯科特。唯一一还算正常的那个。

布兰登又瞄了一眼手表，然后望了望床头的闹钟。他看着毫无动静的电话。

他看着他的床。那不过是前几夜的事——他撑着愈发沉重的眼皮，痴痴地盯着凯蒂的颈后，数着覆盖在上头的那层细细淡淡的金发；他一只手臂横放在她腰间，掌心正好贴在她暖热的小腹上，她的发香体香中混杂着一丝若有似无的汗味，充塞着他的鼻翼，直到他终于沉沉睡去。

他的目光再度落在电话机上。

响啊，他妈的。快响啊。

几个小孩发现了她的车子。他们打电话通知911，负责讲电话的那个男孩气喘吁吁，显然受了不小的惊吓，嗫嗫嚅嚅地吐出一串话："有一辆车，嗯，里头都是血，门还开着，还有，嗯——"

911的接线员打断他的话，问道："车子现在停在哪里？"

"在平顶区，"男孩说道，"就在州监公园附近。我和我朋友一起看到的。"

"有没有详细地址？"

"雪梨街，"男孩脱口而出，"里头都是血，门还开着。"

"小朋友，你叫什么名字？"

"他想知道她的名字，"男孩告诉身旁的朋友，"还叫我'小朋友'呢。"

"小朋友？"接线员说道，"我是在问你的名字。你叫什么名字？"

"妈的吓死人了，我们要走了，"男孩说道，"你们赶快派人来就对了。"

男孩挂上了电话。接线员从电脑屏幕上看到这通电话来自东白金汉平顶区基墨街与诺沙街转角的一个公共电话亭，离州监公园的雪梨街入口约莫只有半英里远。他将消息转给警方的勤务中心，由他们派遣一组巡逻警员前往雪梨街查看。

不久，其中一名警员便回报勤务中心，要求更多警察以及犯罪现场采证技术人员到场支持，嗯，还有，你们最好也顺便通知一下凶杀组之类的单位。只是一个预感。

"你们找到尸体了吗，三三？完毕。"

"嗯，还没有。"

"三三，没有尸体为什么要求凶杀组到场呢？完毕。"

"就现场的感觉吧，我也说不上来。我有预感，尸体只是暂时还没让我们找到罢了。"

西恩将车子停在弯月街，然后沿着放置在弯月街与雪梨街交叉口附近的蓝色拒马往现场走去，正式开始了停职后复工的第一天。蓝色拒马上头印着波士顿市警局的字样，因为他们是最先到达现场的单位；但根据西恩一路上从警方频道截听来的消息，这案子最后应该会由州警队凶杀组——他隶属的单位——接手。

据他所知，车子虽然是被弃置在雪梨街，属于市警局的辖区，但血迹却一路往州监公园延伸而去，而州监公园是保留地的一部分，因此被归在州警队的管辖范围内。西恩沿着弯月街的公园围墙往前走，首先注意到的是停放在路边的采证小组箱型车。

走近之后，他才看到州警队凶杀组的警官怀迪·包尔斯站在一辆驾驶座车门大开的车子旁边几英尺处；而上星期刚刚升到凶杀组的索萨和康利则手端咖啡，低头搜查着公园入口处附近的草丛。两辆巡逻警车与采证小组的箱型车停放在路边的碎石道上，采证技术人员一边忙着在车子内外采集证据，一边频频以厌恶的眼神望向索萨和康利——那两只菜鸟大剌剌地踩踏草丛，破坏现场不说，手上的外带咖啡竟连盖子也没盖上，随时都可能泼洒出来。

"嘿，坏孩子。"怀迪·包尔斯挑着眉毛，一脸意外，"这么快就收到通知啦？"

"没错，"西恩说道，"不过就我一个人。暂时还没有伙伴，亚道夫请假未归。"

怀迪·包尔斯点点头。"你做错事一被罚，那个没用的德国废物就连声说要请病假。"他将手臂搭在西恩肩上，"上头指示过了，小子，你就暂时跟着我吧。就这段观察期。"

所以说，他们的算盘是这么打的：就让怀迪看着西恩，直到队上的头头们决定西恩的表现是否已达到他们的黄金标准。

"还以为这周末会这么安安静静地过去哩，"怀迪领着西恩看向驾驶门大开的车子，说道，"昨晚整个郡都安静得像条死猫似的。帕克丘有人被捕，布罗姆利－希斯没啥事，奥斯敦区有个大学生被哪里来的醉鬼海扁了一顿；不过全都没闹出人命，而且还都归市警局管，没咱们的事。妈的，听说帕克丘那个家伙可神了，锁骨上方插了一把天杀的牛排刀，竟然还自己走进麻省综合医院的急诊室，劈头就问护士自动售货机在哪里，他都渴死了，想喝一罐可乐。"

"她跟他说了吗？"西恩问道。

怀迪微笑不语。他一直是州警队凶杀组的金童，多的是理由微笑。他穿着运动裤、儿子的曲棍球衣、蓝色塑料夹脚拖鞋，头上反戴着棒球帽，金色的警徽用尼龙绳串着垂挂在胸前——照这身居家装扮来看，他八成是正准备要上班时被电话急召到现场的。

"球衣很炫呢。"西恩调侃道，怀迪则慵懒地报以他的招牌微笑。一只不知名的鸟儿从公园上空朝他们扑来，凄厉的嘎嘎的叫声牢牢地咬进了西恩的脊椎骨里。

"妈的，半小时前我还躺在沙发上逍遥呢。"

"看卡通？"

"摔跤。"怀迪指指草丛和公园，"我猜我们会在那里头找到她。不过现在还言之过早，傅列尔指示过了，找到尸体前就暂时先当失踪案办。"

方才的鸟儿又回来了，低低地掠过两人头顶上空，粗粝刺耳的尖叫声直直钻进西恩的后脑勺，一口一口地拉扯啃啄。

"总之归我们管，是吧？"

怀迪点点头。"除非被害人后来又转头逃出公园，在哪条街上被追上才终于送了命。"

西恩抬头匆匆一瞥。那怪鸟的头奇大无比，两只短脚则缩在白底带浅灰条纹的胸前。他认不出那是什么鸟；不过话说回来，他从来也不是什么大自然的爱好者。"那是什么鸟？"

"带鱼狗。"怀迪说道。

"放狗屁。"

怀迪举起一只手。"我发誓。"

"小时候看了不少《动物王国》之类的节目吧？"

鸟儿再次放声尖叫，西恩真想一枪封了它的嘴。

怀迪言归正传："要不要过来看看车子？"

"你刚刚说'她'？"西恩弯腰穿过封锁现场的黄色塑料带，往车子那边走去。

"采证小组的人在车子的置物箱找到了汽车牌照。车主是个叫凯瑟琳①·马可斯的女孩。"

"他妈的。"西恩脱口而出。

"你认识她？"

"说不定是以前一个朋友的女儿。"

"很熟的朋友吗？"

西恩摇摇头。"不熟。点头之交罢了。"

"确定？"怀迪言下之意是，要是西恩想退出这个案子就趁早。

"确定，"西恩说道，"他妈的确定。"

怀迪指指敞开的驾驶座车门，原本弯腰探头在车内采证的技术人员这时刚好退了出来，反弓着背，十指交缠指向天空，伸着懒腰。"老兄，帮帮忙，只用眼睛看，手不要碰。这案子决定归谁了没？"

怀迪答道："就我。公园是州警队的辖区。"

"但车子是停在市政府的土地上。"

怀迪指指公园入口的草丛。"血迹可是出现在州辖区里。"

"我又不知道。"采证人员叹了口气，说道。

"助理检察官已经在路上了，"怀迪说道，"就由他去伤脑筋吧。在那之前，这案子暂时还是归州警队管。"

西恩看了眼那堆往公园深处蔓延而去的杂草，心知肚明，如果真有尸体，十之八九是在公园里。"说说目前的状况吧。"

采证人员打了个哈欠。"我们到的时候驾驶座车门是开着的，钥匙还插在锁孔里，车灯也还亮着。说来还真巧，我们到场大约十秒后电池就挂了。"

西恩注意到驾驶座车门音箱上方有一片血渍，滴落在音箱上的血滴已经变黑结痂了。他蹲下身子，目光在车内来回搜寻，终于在方向盘上找到另一处也已变黑的血渍。第三道血迹则比前两处宽多了也长多了，沾染在驾驶座的人造皮椅套上头的弹孔周围，位置约莫是人的肩颈附近。西恩再度转动身子，顺着敞开的车门往车子左侧的草丛望去；接着，他身子往

---

① 凯瑟琳昵称为凯蒂。

后一倾，探头检查驾驶座车门外侧：车门上有一处崭新的凹痕。

他抬头看看怀迪，怀迪点点头。"歹徒应该是站在车外。那女孩——如果开车的是她的话——曾经用车门狠狠撞了那家伙一下。那龟孙子开了一枪，击中了她，嗯，我也不确定，应该是肩膀或是上臂附近吧？女孩于是负伤逃跑。"他指了指草丛上几处被人踩倒的地方，"他们穿过草丛，往公园里头跑去。草丛附近我们只发现少许血迹，照这个判断，她的伤势应该不重。"

西恩说道："我们派人进公园搜了吗？"

"目前已经有两组人马在里头。"

采证人员发出一阵不屑的鼻息声。"那两组人马比这两个白痴聪明吗？"

西恩和怀迪顺着她的目光看过去，只看到刚刚不小心把整杯咖啡泼在草丛上的康利站在那里，他一边踢弄着杯子，一边念念有词咒骂个不停。

"嘿，这两个菜鸟，你就饶了他们吧。"

"你们好了没？我指纹还没采完哪。"

西恩退出车外，让路给这个女人。"除了汽车牌照，你们还有找到什么别的证件吗？"

"有。我们在座椅底下找到一只皮夹，里头有一张凯瑟琳·马可斯的驾照。后座地上还有一个背包，比利正在检查里头的东西。"

西恩顺着她下巴挪动的方向移动目光。越过车顶，他看到一个男人跪在车前，他前方的地上躺着一只深蓝色的背包。

怀迪问道："驾照上说她多大了？"

"十九岁。"

"十九岁，"怀迪对着西恩说道，"你说你认识女孩的父亲？妈的，我他妈的都不敢想了。可怜的家伙，就要让雷劈到了，恐怕还浑然不知呢。"

西恩转过头去，看着那只孤鸟一路嘎嘎叫着往州监大沟那头飞去。一道刺眼的阳光霎时穿破了云层。西恩感觉那嘎嘎的叫声刺透他的耳膜，往他脑袋深处窜去——十一岁的吉米·马可斯的脸庞突然浮现在他的脑海，那种带野性的寂寞，就是他们差点儿偷了车那天。西恩终于能体会到那种寂寞了——站在往州监公园延伸而去的这一大片野草前，二十五年的光阴仿佛短暂如电视广告——他感觉得到那种愤怒、挫折、无望的寂寞静静地散布在吉米·马可斯体内，像蛀空了的朽木里头的残渣。为了摆脱这种感觉，西恩强迫自己想起萝伦，今早梦里那个披着一头色如海沙的长发、肌肤飘散着海的味道的萝伦。他想着那个萝伦，只希望自己此刻能穿过梦的通道，回到梦中，消失在梦中。

第七章　在血泊中

娜汀·马可斯——吉米与安娜贝丝的小女儿——周日早晨在东白金汉平顶区的圣西西莉亚教堂初次领受圣体。她双手合十，头戴白纱，身穿纯白套装，像个小新娘或天使似的，和四十个孩子一起，由中央走道向前方的圣坛鱼贯而去——其他孩子的脚步都歪歪扭扭、犹犹豫豫的，只有娜汀的脚步是那么轻盈流畅。

至少在吉米眼里是如此；他或许是少数愿意公开承认的，没错，他就是偏爱自己的孩子，而且偏爱得理直气壮。这一代的孩子普遍奉"只要我喜欢，有什么不可以"为真理，目无尊长，连在父母面前都口无遮拦，脏话连篇，而且眼神往往空洞迷蒙，眼底似乎又蕴藏着某种因为看太多电视或是打游戏玩电脑上瘾而造成的盲目狂热。他们常常让吉米想起弹珠台上的小银珠——这一秒还一副迟缓的模样，下一秒却疯狂加速，弹弹跳跳，一路铿铿锵锵，东冲西撞。他们只要开口要什么东西，通常都能得逞。要是遭到拒绝，他们就更大声地再要求一次；如果答案还是吞吞吐吐的一个"不"字，他们就放声尖叫。而他们的父母——吉米以为他们错就错在一步让就步步让了——通常也就屈服了。

吉米和安娜贝丝对三个女儿当然也是百般宠爱。他们总希望女孩们能快快乐乐无忧无虑，能清清楚楚地感受到父母的爱。但疼爱子女和放任子女为所欲为总还有一线之隔，而吉米总是很清楚地让女孩们知道那条界线在哪里。

就拿此刻正好经过吉米座位的这两个小混账来说吧——两个小子，一路拉拉扯扯，推来推去，任修女怎么嘘他们，依然我行我素，大声笑闹，甚至开始对着人群挤眉弄眼地要宝；更叫人难以置信的是，有的大人竟然还对着他们微笑。要换成以前那个时代，男孩的父母早就站出来，揪着他俩的耳朵让他们离地三英寸，先赏个几巴掌，再小声威胁回家还有得瞧，然后暂时松手让两人落地站好。

吉米当年对他老子恨之入骨，当然明白以前那套也好不到哪去，这是毫无疑问的；但，妈的，这之间总该有个中庸之道可循吧？偏偏现代大部分的父母总是忙不迭地往另一个极端走。小孩子要疼也要管，总要让他们明白，老子疼你爱你并不代表你就可以肆无忌惮，爬到太岁头上动土。老子毕竟还是老子，规定就是规定，大人说不行的时候就是不行；你惹人怜爱并不表示你就可以横行霸道。

当然，你可以恩威并施，用你的中庸之道好好地把子女养大成人，但这却一点儿也不保证他们就不会让你伤心失望。比如说今天，比如说凯蒂。没去店里上班就算了，眼看竟然连她小妹的领圣体礼都要错过了。他怎么也想不通，她脑袋里到底是怎么想的？大概什么也没在想吧，问题就出在这里。

吉米转头看着娜汀一步步往圣坛这头走来，满心的骄傲让他对凯蒂的气（他是气，但愤怒底下却始终隐约藏有一丝忧虑）消了不少，虽然他知道这口气迟早会涌回他的胸口。对出身天主教家庭的孩子来说，初领圣体是件大事——让大人打扮得漂漂亮亮，到教堂接受众人的夸奖赞叹，典礼结束后再被带到恰克起司餐厅大吃一顿——吉米坚持这样的日子就是要让孩子当主角，让他们尽情开心，也算是为他们制造一些难忘的童年回忆。所以他才会对凯蒂的缺席这么生气。好，她是只有十九岁，没错，她小妹的事情或许比不上男孩子或是新衣服或是半夜偷溜进一些证照检查不严的小酒吧等等来得有趣，来得刺激。这些吉米当然了解，所以他向来留给凯蒂不小的自由空间；但想想当年吉米是怎么费心为她经营这样的日子的，她今天竟然这么没心没肺，实在是他妈的够不上道的。

他愈想愈气，心里明白待会儿一见到凯蒂，父女俩免不了又要好好"沟通"（安娜贝丝是这么说的）一下了；过去这几年，他俩这么"沟通"的次数越来越多了。

管他是沟通还是吵架。妈的。

娜汀随行列缓缓前进，眼看已经接近吉米这排座位了。安娜贝丝事前就警告过娜汀，要她不准对着她父亲挤眉弄眼，那样有损仪式庄严，但娜汀还是冒着让母亲臭骂一顿的危险，趁机瞄了吉米一眼，硬是要让父亲知道她有多爱他。除此之外她倒是挺安分的，低着头，不敢多瞧外公希奥和占满吉米后面一整排座位的六个舅舅一眼。吉米对小女儿的懂事感到很欣慰：她母亲把界线划得很清楚；她最多敢在界线前方站上一遭，越界倒不至于。小娜汀低着头，左眼隔着面纱偷偷地往一边瞟，吉米迎上她的目光，用垂放在腰间的右手若有似无地对着她动动三根手指，再无声地对她做出一个夸张的"嗨"的嘴形。

娜汀的微笑诚挚而灿烂，比她那一身白衣白纱白鞋都要洁白纯净，吉米的心底眼底霎时窜过一股热乎乎的暖流。他生命中的这几个女人——安娜贝丝、凯蒂、娜汀，还有莎拉——就是有此等神奇的魔力，随便一个眼神一抹微笑，就足以让他双脚像两团融化的冰激凌似的，站都站不稳了。

娜汀收回目光，绷着一张小脸，企图掩饰方才那抹微笑，但这一幕早就让安娜贝丝看在眼里了。她用手肘顶顶吉米腰间。他转头向她，涨红了脸，勉强应了声："怎么了？"

安娜贝丝丢给他一副"这笔账回家再好好算"的表情，然后便回过头去，抿着嘴直视着前方，嘴角却忍不住微微抽动了几下。吉米知道自己只消故作无辜状问声："有问题吗？"安娜贝丝的脸就绷不住了——教堂就这点儿怪，总叫人忍不住想耸肩傻笑；何况吉米向来就会逗女孩笑，无论何时何地，也无论发生了什么事。

但他之后好一会儿都不曾转头看安娜贝丝，只是静静地看着眼前的仪式，看着孩子们依次自神甫手中领来那片薄薄的圣饼，两手捧在掌心。他将被手汗微微汗湿了的典礼程序手册卷成筒状，不断轻轻拍打自己的大腿；他目不转睛地看着娜汀将掌心的圣饼移到舌头上，然后迅速在胸前画了个十字，低下头去。安娜贝丝靠过来，在他耳畔喃喃道："我们的小宝贝。天啊，吉米，我们的小宝贝！"

吉米展臂拥她入怀，满心希望时间能就此暂停，像照片，让快门就停在这一刻，管他几小时还是几天，直到他们准备好要走出这一刻为止。他转头在安娜贝丝颊上轻轻一吻，她又往他怀里缩了缩，两人的目光始终紧紧锁定在小女儿身上，他们的小天使。

那个手握武士剑的男人背对州监大沟，单脚站立，凭借悬空的那只脚的力道缓缓扭腰转身，长长的剑以某种诡异的角度高举在头顶。西恩、怀迪、索萨和康利悄悄朝他逼近，面面相觑，仿佛在问："这他妈的是怎么回事啊？"男人继续着扭腰转身的动作，对从草坪另一边朝他围过来的四名大汉浑然不觉。他将长剑高举过头，然后再缓缓降至胸前。西恩等四人离他只剩不到二十英尺的距离了，男人却恰恰转了一百八十度，正好背对着他们；西恩看见康利的右手悄悄往腰间探去，解开枪套的皮扣，把手搁在他的克拉克手枪上。

在场面失去控制、什么人动了枪或是那家伙搞起切腹那套之前，西恩抢先清了清喉咙，开口问道："嗯，先生，先生，对不起，请问一下？"

男人的下巴微微地抬了一下，仿佛是听见了，身子却依然在从容地转圈。

"先生，我们得麻烦你将你的武器放在草地上。"

男人悬空的那只脚终于着了地，缓缓转头望向朝他节节逼近的四名大汉；他眼睛一下子睁大了——一、二、三、四，四把枪，枪口全朝着他。他手一扭，刷的一声，剑尖对准了前方的四人，不知是打算刺过来还是要依言弃械。西恩一时也糊涂了。

康利喝道："妈的——你是聋了还是怎样？叫你放在地上没听到吗？"

西恩嘘了他一声，同时在男人前方十英尺处停下脚步，脑子里却满是后方六十码处滴落在慢跑小径上的点点血迹的影像。方才他们四人都看到了那些血迹，也明白它们代表的意思，一抬头却赫然看到"李小龙"在那边舞弄着一把模型飞机那么长的剑。这家伙看来年纪颇轻，大约二十五岁上下，顶着一头深棕色卷发，胡子刮得干干净净，穿着白 T 恤和灰色运动裤。

他呆立在原地，西恩这会儿已经相当确定他是吓呆了，剑锋会朝向他们只是出于本能，至于身体其他部分则早已被吓得不听大脑使唤了。

"先生，"西恩说道，音量之大终于唤醒了这只可怜的呆瓜，让他定睛瞅着西恩，"帮个忙，行吗？把剑放在地上。听我说，你就松开手指，让它掉在地上就可以了。"

"你们他妈的是什么人？"

"我们是警察。"怀迪亮出警徽，"这下你相信了吧？听我说，先生，把剑放在地上。"

"啊，好。"男人说完手一松，长剑直直掉落在他脚边的草地上，发出一记闷闷的巨响。

西恩感觉站在自己左侧的康利再度开始往前逼近，眼看就要扑上去了，赶忙出手制止他。他锁定男人的目光，开口问道："你叫什么名字？"

"啊？哦，肯特。"

"你好，肯特，我是州警队的狄文。我可能要麻烦你再往后退几步，离武器远一点儿。"

"什么武器？"

"就是地上那把剑。麻烦你往后退几步。你姓什么，肯特？"

"布鲁尔。"他说道，往后退了几步，双手高举，十指张开，仿佛已经确定他们随时都会朝他开枪似的。

西恩嘴角泛开一抹笑意，朝怀迪点点头。"嘿，肯特，你刚刚是怎么回事啊？那动作在我看来还挺像芭蕾的。"他耸耸肩，继续说道，"带把剑是有些不配啦，不过……"

肯特怔怔地看着怀迪弯下腰去，用条手帕垫在剑柄上，小心翼翼地捡起了地上的武士剑。

"剑道。"

"那是什么，肯特？"

"剑道，"肯特说道，"武术的一种。我周二、周四上武馆跟着师父学，每天早上就自己练习。我刚刚就是在练剑。就这样，没什么。"

康利叹了一口气。

索萨看着康利。"妈的，你是在诈唬我吗？"

怀迪将长剑递到西恩面前，要他自己看。长长的剑身悉心上过油，白花花亮晶晶的，干净得像是刚刚才打出来的。

"你看。"怀迪用剑锋抵住自己掌心，用力一抽。"妈的，我家的汤匙都比这利！"

"这剑本来就没磨利过啊！"肯特说道。

西恩感觉自己脑子里又响起了尖锐的鸟鸣。"嗯，肯特，你在这边多久了？"

肯特望了望四人身后百码外的停车场。"十五分钟吧，最多。这到底是怎么回事？"他的声音愈来愈有自信了，甚至还带点儿愤愤不平，"在公园练习剑道不犯法吧，警察先生？"

"没错，暂时是这样。"怀迪说道，"还有，是'警官'，不是警察。"

"你能交代一下你昨天深夜和今天一早的行踪吗？"西恩问道。

肯特被这么一问，又紧张起来；他深深地吸了一口气，闭眼片刻，缓缓地把那口气吐出来。"当然当然，呃，我昨晚到朋友家参加一个聚会，然后和女朋友一起回我家。上床的时候差不多是三点。今天早上我和她喝过咖啡后就出门来这里了。"

西恩抓了抓鼻尖，点点头。"我们得暂时留下你的剑，肯特，待会儿还得麻烦你和我们一名警员回营地坐坐，回答几个问题。"

"营地？"

"就是警察局，"西恩说道，"我们给它取的别名。"

"为什么？"

"嗯，肯特，可不可以麻烦你就只跟我们同事走一趟？"

"呃，当然。"

西恩看了怀迪一眼，怀迪扮了个鬼脸。他俩清楚得很，这个叫肯特的家伙看也知道，被吓成这样，谅他没那能耐撒谎；他们也知道，那武士剑送鉴定组铁定是白送，不可能有问题。但规矩就是规矩，他们还是得一步一步照着做，该送去化验的证物就要送，该写的报告一份都不能省。难怪他们桌上永远有堆积如山的待处理档案。

"我快要拿到黑带了。"肯特突然说道。

西恩和怀迪同时回头看了他一眼。"什么？"

"就这周六，"肯特说道，汗津津的脸一下亮了起来，"花了我足足三年时间，呃，不过，嗯，所以我今天才会一大早就跑来这里练习。练功可是每天的事。"

"哦。"西恩说道。

"嘿，我说肯特啊，"怀迪说道，肯特冲他露出一脸微笑，"还真辛苦你了是吧！不过，你以为他妈的谁在乎啊？"

娜汀随其他孩子一起从教堂后门走出去的时候，吉米心里对凯蒂的气已经消了大半，取而代之的是忧虑与担心。不管凯蒂之前怎么瞒着他半夜偷溜出去和男孩子鬼混，她从来没让两个同父异母的妹妹失望过。她们打心底崇拜她，而她则对她俩万般宠爱——带她们去看电影，溜直排轮，吃冰激凌。最近这个礼拜，凯蒂煞有介事地把下周日的游行吹得天花乱坠，仿佛白金汉日是什么与圣派崔克日还有圣诞节同等级的重要节庆似的。她周三晚上还特地提早回家，领着两个妹妹上楼，说是要帮她们挑选周日看游行时要穿的衣服。她坐在床上，任妹妹们忙进忙出，衣服换过一套又一套，七嘴八舌地询问她关于衣服、眼神，还有走路姿态的意见。当然，这场小型发表会开下来，两个女孩共住的那个小房间早已乱得像飓风过境似的，但吉米却一点儿也不在意——凯蒂正在帮两个小妹妹制造回忆，一如他当年为她所做的那样，费心经营，让即使最平凡的日子也变得重要而难忘。

所以说，她怎么可能会错过娜汀的初领圣体礼呢？

也许她喝醉了，醉得不省人事；也许她真的遇到了某个有着电影明星般的俊脸又风度翩翩的臭小子。也许她只是忘了。

吉米起身离座，与安娜贝丝和莎拉一起沿中央走道往教堂外走。安娜贝丝捏捏他的手，从他紧绷的下巴和迷蒙的眼神中看出了他的心思。

"放心，她不会有事的。大不了喝醉闹头疼，就这样，没事的。"

吉米微笑着点点头，回捏了她的手一下。毋庸置疑，安娜贝丝和她那一眼看穿他心思的超能力，她那坚定温柔务实的性格和永远适时出现的掌心一捏，绝对是他生命的基石。她是他的妻子、他的母亲、他最好的朋友、他的姊妹、他的情人和他的告解神甫。没有她，吉米知道，清清楚楚地知道，他恐怕早就被扔回鹿岛，甚至是更加恶名昭彰如诺福克或西杉关之类的高度设防监狱，带着一口烂牙蹲着那暗无天日的苦牢。

他是在出狱一年后、假释期还有两年才满的时候认识安娜贝丝的。那时候，他和凯蒂之间的关系才刚开始加温起飞——她的戒心还在，却似乎愈来愈习惯有他随时在她身边；而吉米也慢慢习惯了那永无止境的疲倦感——他一天工作十小时，还得满市奔波接送凯蒂上下学，在他母亲家和托儿所之间往返。他又倦又怕；这是当时与他形影不离的两种感觉，日子久了他甚至以为它们会跟着他过完一辈子。他常常会在恐惧中惊醒——害怕凯蒂在睡梦中翻身时一个不小心让床单枕头闷死了，害怕经济持续不景气，自己迟早会丢了工作，害怕凯蒂下课时在操场玩时从单杠上摔下来，害怕她会需要什么他负担不起的东西，害怕自己将在这种爱与责任与恐惧与疲倦的交互煎熬中过完这一生。

那天，吉米就是拖着这一身疲倦走进教堂，参加安娜贝丝的哥哥威尔·萨维奇和泰芮丝·西基的婚礼：好一对其貌不扬的新人，同样的五短身材，同样火暴的烂脾气。"早生贵子"是婚礼上老掉牙的贺词了，吉米却只能想象这两个人制造出一窝扁鼻子坏脾气的小杂碎，任谁也分不清哪个是哪个的一窝小浑球，沿着白金汉大道呼啸来去，煽风点火惹是生非。吉米当年还带徒弟的时候，威尔也是他那一伙的成员；对于吉米咬牙挺身代众人去蹲了两年苦牢，出来还有三年的假释期要挨，他自然是感激涕零。事实上，要不是吉米当年硬要娶那个波多黎各裔的马子，否则身材五短、脑容量也大不到哪里去的威尔大概会把吉米当作偶像来崇拜。

玛丽塔过世后，平顶区的街坊邻居纷纷交头接耳：看吧，早说过了，偏偏要娶个外国人，逆道而行注定要落得这样的下场。那个凯蒂，啧啧，倒是个美人胚；混血种十之八九都长得不错。

吉米即将假释出狱的消息一传出来，一堆人便早早排队等着邀揽他入伙。说到闯空门这行，历来多少道上的高手都是出身平顶区，而吉米入狱前更是年轻一辈中的佼佼者，高手中的高手。面对这些热情的邀约，吉米只能再三拒绝：不了，真的承蒙大家看得起，不过我不打算走回头路了，为了孩子嘛，这你们应该能理解吧；但众人却只是一味微笑点头，根本不相信他能撑多久。等你尝到苦头，得在缴汽车贷款和给凯蒂买份像样的圣诞礼物之间做选择时，回头路你会抢着走。

吉米后来的表现却让众人跌破了眼镜。吉米·马可斯，道上传说中的妙手天才，年纪还没大到可以合法走进酒吧就已经出道带徒弟的人物，轰动一时的凯达科技失窃案以及一堆数也数不清的大小窃案背后的主谋，竟然真的金盆洗手，从此退出江湖了；他的意志之坚定，与道上关系了断之干净，直叫人以为他这是在嘲笑他们。妈的，真正吓人的还在后头呢！谣传吉米有意盘下艾尔·第马柯的杂货店，让老人退休养老去，而盘店所需的资金据说来自他当年在凯达科技那一票中暗扣下来没让警方查封的那笔钱。吉米·马可斯要穿上围裙改行当杂货店老板？

在威尔和泰芮丝的婚宴上，吉米邀请安娜贝丝共舞，在场的明眼人一眼就看出来了——两人互拥，随音乐摇摆的身影、凝视彼此的角度，真是再明显不过了。他搂着她，大手掌轻抚过她的腰背，而她则顺着他的动作往他掌心倚去。他俩从小就认识啦，现场有人轻声说道，虽然他是比她大了几岁。姻缘天注定哪，说不定那个波多黎各女人是注定要早死。

那是一首瑞琪·李·琼丝的曲子，吉米自己也说不出个所以然来，但里头的一段歌词总是能深深地打动他。"喏，再会吧，男孩们／我亲爱的男孩们／我的愁眼西纳特拉……"吉米拥着安娜贝丝随歌声起舞，一边看着她的眼睛，唱出这一段歌词。这么多年来，他第一次感到全然的放松平和，当瑞琪·李·琼丝悠悠的吟唱声再度随声响起时，他也再度跟着轻声唱道："再会吧，寂寞大街。"他微笑着望着安娜贝丝那双澄澈晶亮的绿眼，而安娜贝丝则回报以柔柔浅浅的一笑，柔柔浅浅却足以撼动他的心肺。就这样，两人相拥而舞，虽是首度共舞，那默契、那熟稔契合的身形却像之前已经共舞过无数次了。

他俩一直待到最后——他们并肩坐在宽敞的前廊上，抽烟聊天，啜饮淡啤酒，点头微笑送走一批批酒足饭饱的客人，直到夏夜晚风挟带寒意徐徐吹来。吉米脱下外套，披在安娜贝丝肩上，然后继续告诉她关于监狱与凯蒂，关于玛丽塔那个橙色窗帘的梦的种种。而她则对着他娓娓诉说，说自己夹在一群疯狂野蛮的兄弟之间成长的经验，说那年冬天她凭着一身舞技独闯纽约最终黯然而归的故事，说她在护士学校的种种。

终于让准备打烊的餐厅经理轰出前廊后，两人漫步前往萨维奇家，正好赶上目睹威尔和泰芮丝以夫妻身份吵的第一架。于是他们从威尔的冰箱里提走一扎啤酒，一前一后溜出大门，往黑蒙蒙的赫礼汽车电影院走去，在州监大沟旁找了个位子坐下来，在黑暗中静静地聆听沟水缓缓拍岸的声音。赫礼汽车电影院早在四年前就关门了，但近来每天早晨，这附近总有来自公园管理处与交通运输部的挖土机和卡车川流不息地进进出出，把沿着州监大沟延伸开来的这一大片空地翻得体无完肤，到处都是泥土和撬开的水泥块。据说州政府打算把这里改建成公园，但眼前却连个公园的雏形都看不出来，汽车电影院的影子倒还在，污泥和柏油堆出来的棕黑色小山后头，巨大的白色银幕依然隐约可见。

"他们说你的血液里就是有那些因子。"安娜贝丝说道。

"什么因子？"

"偷窃。犯罪。"她耸耸肩,"你知道我在说什么。"

吉米从啤酒罐后头对她露出一抹微笑,举罐又啜饮了一小口。

"是这样吗?"她问道。

"也许吧。"这回换他耸肩了。"我血液里的东西可多了。有那些因子并不表示就一定要做那些事。"

"我不是在对你下评断。相信我。"她的表情模糊难辨,甚至连声音语调也是。吉米无从猜测她到底想听到什么样的回答——他还会去走回头路?还是他已经浪子回头了?他迟早会靠那些旁门左道发笔横财?还是他永远不会再去碰那些东西了?

远远看去,安娜贝丝的脸平静沉着,平凡得几乎叫人过目即忘;但凑近再看,你会发现那层平静的表象下头隐藏着许多复杂难解的东西,仿佛随时都有些东西正在积极地酝酿着。

"我的意思是,比如说你好了,对舞蹈的热情一直都在你的血液里,我没说错吧?"

"我也不知道。应该可以这么说吧。"

"但现实并不允许你再跳下去,于是你也只好放弃了,对不对?这并不容易,但你还是得面对现实。"

"嗯……"

"嗯,"他说道,然后从摆在两人之间的石凳上的烟盒里抽出一根烟来。"所以说,没错,我当年是闯得不错。但我被抓去坐了两年牢,老婆没了,女儿一团糟。"他点着烟,深深地抽了一口,一边思索着要如何把接下来这一段他已经在脑海里想过很多遍的话好好地说出来。"我女儿已经够可怜的了,安娜贝丝,我这样说你听得懂吗?我绝对不会再让她受一样的苦,绝对不会再让她两年见不到爸爸了。我妈身体不好,再撑也没几年了;我要是又去坐牢,她挺不住了,那我女儿呢?让社会工作者带走,然后送去哪里?某座专为小孩子准备的鹿岛监狱?我他妈的绝不允许。这就是现实。所以说,管他血液里血液外,我他妈的是绝对不会再走回头路了。"

吉米牢牢地锁住安娜贝丝的目光,任她探进他的眼底,搜寻一切蛛丝马迹。他知道她正企图找出他这段话的破绽，想知道他究竟是不是在撒谎。他衷心希望自己这番话能说服她。这段话他已经在脑海里反复修改过很多次了，等待的就是这样的时机。而事实上，这段话也几乎全是实话。除了一件事。一个他立誓无论如何要带进坟墓里的秘密。他直视着安娜贝丝的眼睛，等待她做出最后的判决，一边试着抹去那些硬要闯进他脑海里的影像——神秘河畔的深夜，男人双膝落地，下巴沾满横流的唾液，一遍遍尖声求饶——这影像有如电钻钻头，死命地要往他脑袋里钻。

安娜贝丝抽出一根香烟，吉米帮她点着了。她说道："我以前曾经迷恋你迷恋得要命，你知道吗？"

吉米不动声色，虽然那股如释重负的感觉在瞬间冲刷过他全身的血管——他那番九成真的话成功地说服了她。如果和安娜贝丝之间一切顺利的话，他就再也不必去说服别人了。

"不会吧？你对我？"

她点点头。"你以前常常会来家里找威尔，有没有？天啊，我那时才十几岁，十四还是十五？光是听到你的声音从厨房那边传过来，我浑身就忍不住要起鸡皮疙瘩。"

"妈的。"他碰碰她的手臂，"你现在可没事了。"

"谁说的，吉米。谁说的。"

吉米再度感觉到神秘河在远方汩汩奔流，消失在州监大沟混浊漆黑的深处，远离他，朝远方的归处奔流而去。

西恩回到慢跑小径上时，那个来自采证小组的女人已经在那里了。怀迪·包尔斯用对讲机通知现场所有州警队队员，要他们扣留公园内外一切可疑人物，然后往西恩与女人这边靠过来，蹲下。

"血迹往那边去了。"采证小组的女人说道，伸手指向公园深处。小径越过一座小木桥，消失在对岸茂密的树林深处，一路往兀自矗立在公园彼端的废弃的汽车电影院的巨型白幕蜿蜒而去。"这边还有更多血迹。"女人拿着笔顺手一指，西恩和怀迪沿着她手指的方向转头看去，小径另一边，小木桥桥头附近的草丛上果然沾着点点喷溅的血迹；桥头那棵枝繁叶盛的枫树恰巧形成一把天然的保护伞，那血迹才没让昨晚的大雨冲刷殆尽。"我猜她应该曾经试图往桥下跑。"

怀迪的对讲机一阵怪响，他将它凑到唇边。"包尔斯？"

"警官，花园需要你的支持。"

"马上到。"

西恩看着怀迪利落地起身，往小径前方不远的拐弯处的市民花园跑去，他儿子的曲棍球衣的下摆迎风拍打着他的腰侧。

西恩跟着也站起身，放眼四望，无言地感受着公园的广阔，那些高高低低的树丛，那些起起伏伏的土丘，那些大大小小的渠道。他回头望了一眼小木桥：底下是一弯小沟，沟水甚至比州监大沟的水还要黝黑，还要混浊污秽，上头常年漂浮着一层晶亮的油污，夏天更是蚊蝇孳生的绝佳温床。西恩注意到桥下岸边几株正在冒芽的小树间隐约有一个红点；他立刻朝那边走去，采证小组的女人随即跟了上来。

"你叫什么名字？"

"凯伦，"她说道，"凯伦·休斯。"

西恩同她握了下手，然后两人便全神贯注地继续朝红点靠近，甚至不曾注意到怀迪走近的脚步声，直到他终于气喘吁吁地站在桥上，俯视着两人。

"我们找到一只鞋子。"怀迪说道。

"在哪里？"

怀迪指指身后的小径，市民花园就依偎在小径拐弯处后方。"在花园里。一只六号女鞋。"

"叫他们先不要碰。"凯伦·休斯说道。

"还要你说！"怀迪说道，却狠狠地吃了一个白眼——凯伦·休斯一旦板起脸来，那冰冷的目光还真能冻结人心。"啊，不好意思。我是说，还要您说啊。"

西恩转头定睛一看，那红点已不再是个红点了：那是一小块三角形的破布，颤巍巍地挂在一根大约与成人肩膀同高的树枝上。他们三个人怔怔地站在原地，直到凯伦·休斯率先打破沉默，往后退了一步，举起相机从四个不同的角度各拍了几张相片，然后伸手在随身背包里头一阵摸索。

尼龙布，西恩相当确定，也许是从某件外套上扯下来的，上头沾满血渍。

凯伦找出一把镊子，把布块从树枝上小心翼翼地夹下来，凑在眼前端详了一会，然后才放进一只小塑料袋里。

西恩弯下腰去，低头看着黝黑的沟水。接着，他目光往前方一扫，瞥见对岸湿软的泥土地上有一个看似脚后跟印的小凹痕。

他用手肘推推怀迪，引着他往那边看去。凯伦·休斯看到后立即再度举起她那台局里发的尼康相机，连按了几下快门，然后直起腰来，过桥下到对面的河岸上，就近又拍了几张相片。

怀迪突然蹲下来，歪着头，凝视着桥下。"我猜她在桥底下躲了一阵。后来凶手追上来了，她才往对岸跑，继续逃命。"

西恩说："不过她为什么偏偏要往公园里头逃呢？我的意思是，公园到底就是州监大沟了呀。她为什么不干脆回头往入口那边跑呢？"

"也许她根本就搞不清楚方向了。这里头这么暗，何况她还吃了一颗子弹。"

怀迪耸耸肩，然后举起他的无线电对讲机联络勤务中心。

"我是包尔斯警官。照现场情况判断，应该是凶杀案无误。我们需要所有警力支持全面搜索州监公园。如果能联络上潜水员更好。"

"潜水员？"

"对。我们还需要傅列尔副队长以及地检署的执勤检察官即刻到场支持。"

"副队长已经上路。地检署也已经通知过了。就这样吗？"

"正确。完毕。"

西恩再次望向对岸泥地上的脚印，这才注意到脚印左上方似乎还有一些抓痕，应该是被害人挣扎着要爬上河岸时留下的。"怎么样？有想法吗？要不要猜猜看昨晚这里到底他妈的发生了什么事？"

"算了吧，我他妈的连想都不敢想。"怀迪说道。

吉米站在教堂前方最高的台阶上，远处的州监大沟隐约可见。一条暗紫色的带子横亘在高架快速道的另一边，大沟北侧这头就只有紧邻的州监公园还有一丝绿意。吉米眯着眼，分辨出矗立在公园正中央的巨型银幕，白亮亮的，从快速道后方勉强露出顶端一角。汽车电影院申请破产保护后，州政府就以低价收购了这一大片土地，交由公园管理处接管；这么多年了，那古老的银幕侥幸被保留了下来。公园管理处后来花了足足十年时间整理这片土地，清除一根根原来用来支撑音箱的水泥柱，重新铺上草皮，沿着州监大沟修建自行车专用道以及慢跑小径，用篱笆围了个市民花园，甚至盖了幢船屋，还为方便独木舟下水而在岸边铺了斜坡道；问题是，州监大沟不过这么长，独木舟下水没划几下就不得不掉头。物换星移，就是那片银幕始终屹立不倒，让公园管理处从北加州运来的两排成年巨树围了起来，矗立在死胡同的尽头。每年夏天，当地的莎士比亚剧团都会在那里举行公演；他们在白色银幕上画上中世纪街景，手拿道具长剑，在舞台上跳来跳去，出口净是些诸如"且听我道来"或是"果不其然"之类文绉绉、狗屁不通的台词。两年前的夏天，吉米曾经带着全家人去看他们的演出；第一幕都还没结束呢，安娜贝丝、娜汀还有莎拉就全都昏睡过去了。只有凯蒂还醒着，坐在毯子上睁大了眼睛，手肘撑在膝盖上，掌根顶着下巴，看得津津有味，于是吉米也只得陪着她看下去。

那晚上演的是《驯悍记》，吉米根本没看懂——剧情约莫是讲一个家伙怎么驯服他凶悍的未婚妻；吉米搞不懂这样的剧情能有什么看头，但他猜想应该是自己听不懂古英文才会参不透其中的奥妙之处。就凯蒂看得入神，一会儿大笑，一会儿陷入沉思，看完后还跟吉米说这实在是"棒透了"。

吉米实在搞不懂她这话是什么意思，而凯蒂自己也解释不清楚。她宣称这次经验让她有很深的"感触"和"领悟"，之后的半年还常常提到说高中毕业后要搬去意大利长住。

吉米站在高高的台阶上眺望东白金汉平顶区的边缘，心里想着：意大利。

"爸爸，爸爸！"娜汀突破一群朋友的包围，往刚刚走下最后一个台阶的吉米这边狂奔而来，直直撞进他怀里，嘴里还不停地嚷嚷着："爸爸，爸爸！"

吉米把她抱了起来，她浆得笔挺锐利的套装裙摆扫过他的手臂。他用力亲吻她的脸颊。"宝贝，宝贝！"

娜汀用两只手指的指背将面纱往旁边一推，与她母亲常常为她拨去掉落在眼前的头发的动作如出一辙。"这件衣服好刺哦。"

"没错，我也被刺到了，"吉米说道，"这衣服甚至还不是穿在我身上呢。"

"你穿套装一定很好笑，爸爸。"

"合身一点儿应该就不会。"

娜汀翻了个白眼，然后抓着面纱一角搔刮吉米的下巴。"痒不痒？"

吉米越过娜汀的头顶看着站在一旁的安娜贝丝与莎拉，感觉自己的心被某种暖洋洋的东西塞得满满的，满得他说不出话来，仿佛全身的骨头都化成灰了。

一瞬间，他感觉一切都无所谓了，此刻就算有人拿枪扫射他的背后，他也都无所谓了。他很快乐。快乐得无以复加。

呃，几乎无以复加。他怀抱最后一丝希望在人群中搜寻凯蒂的身影，希望她能在最后一刻赶到。然而，他却只看到一辆州警队的巡逻车疾驶过白金汉大道，在街口转了一个九十度的大弯，逆向闯入罗斯克莱街的左侧车道，尖锐刺耳的警笛声狠狠地划破了周日早晨的空气。吉米听到引擎低沉的怒吼声，看着警车继续加速，往罗斯克莱街尽头的州监公园全速前进。几秒钟后，一辆没有悬挂车牌的黑色轿车尾随而至，虽然没有警笛声相随，却不容人误认它的身份；它同样以时速四十迈的高速，在罗斯克莱街街口转了一个九十度的大弯，引擎隆隆低吼。

吉米把娜汀放下来，一个感觉突然窜过他全身的血管。某种冰冷无情的确信，某种一切赫然都说得通了的悲凉感受。他看着两辆警车一前一后从高架道底下呼啸而过，向右转入州监公园。他感觉得到凯蒂在他的血液里，和隆隆的引擎声、尖锐的轮胎磨地声一起，和那些毛细管那些细胞一起。

凯蒂，他几乎脱口而出。我的老天。凯蒂。

第八章 《老麦当劳》

　　瑟莱丝周日早上醒来的时候，脑子里满是各种管线的影像——错综复杂的大小水管，从一般住家，从餐厅，从电影城，从购物中心，一路迤逦而行，从四十层高的办公大楼往下延伸，每经过一层都有更多管线与之会合，再往下，直达城市地底，汇入那无比巨大庞杂的地下网络。比起任何语言，它们让所有人更加密切而亲昵地结合在一起，唯一的目的竟是要带走那些自我们体内、我们的生活、我们的下身及冰箱底层的保鲜盒里排除出去的废物残渣。

　　它们最终去了哪里呢？

　　她相信自己以前就曾想过这个问题，就像很多人都曾想过为什么飞机无须振翼就能浮在半空中那样，不过是种模模糊糊的臆想。但此刻她真的很想知道答案。她起身，坐在空荡荡的床上，大卫和麦可在楼下的前院里玩威浮球的声音一阵阵传上来。她既焦虑又好奇。究竟去了哪里？

　　总该有个地方。那些肥皂洗衣粉洗涤精的泡沫污水，那些用过的卫生纸，那些酒吧马桶里的呕吐物，那些咖啡渍血渍汗渍，那些从长裤折角清出来的积尘、从领口搓下来的污垢，那些从盘底刮下来再冲进处理机绞碎了的冰冷剩菜，那些烟灰烟蒂，那些屎尿，那些从腿上颊上下巴胯间刮下来的毛发胡楂——夜复一夜，它们和成千上万类似甚或相同的东西会合，她想，然后经过那些阴湿污秽的地下通道，往另一个更巨大的地下通道与更多同伴会合，再往……往哪里去？

以前或许是去了海里，但现在应该不能这么做了吧？是这样吗？这样太不环保了吧。她记得自己曾在哪里读过有关污水处理压缩还是净化之类的文章，还是在电影里看到的？如果是电影就算了。电影里头净是些不负责任的胡说八道。总之，如果不是去了海里，又会是哪里？如果真是去了海里，那他们为什么还可以这么做？难道没有更好的方法了吗？想到这里，她脑海里再度浮起那些错综复杂的管线和那些垃圾秽物的影像。她依然没有答案。

她突然听到威浮球的塑料空心球棒敲到球的清脆声响。她听到大卫大叫了一声"哇"，然后是麦可的欢呼，伴随着一阵同刚刚的击球声一样清晰洪亮的狗吠。

瑟莱丝又躺下了，这才想起自己不但赤裸着身子，而且还一觉睡过了十点。自从麦可学会走路后，这两件事就很少发生，如果曾经发生过的话。她感到一阵罪恶感涌上心头，然后沉淀在她的胃里。她想起自己凌晨四点的时候跪在厨房地板上，亲吻着大卫胸前那道伤口周围的肌肤，品尝着从他毛孔里涌出来的恐惧和荷尔蒙的味道；先前那些关于艾滋病和肝炎的忧虑全让另一个突如其来的强烈欲望掩盖住了，她只想品尝他肌肤的味道，只想尽可能地接近他拥抱他。她任由浴袍滑下他的肩头，任由自己的舌头在他胸前滑行搜寻，任由自门外长廊窜进来的寒意袭上她只穿着剪短的 T 恤和黑色短裤的单薄身子，任由它袭上她赤裸的脚踝和膝盖。恐惧让大卫的皮肤沾上了某种苦中带甜的味道，而她只是让自己的舌头自他胸前的伤口往上滑行，直抵他的咽喉；她用双手捧着他昂然勃起的胯间，聆听着他愈发急促的呼吸声。她想尽可能地延长这一刻，他肌肤的味道，她体内突然涌出的力量；她缓缓起身，朝他包围过去。她用舌头急急地朝着他的舌头探去，双手自他脑后紧紧地揪住他的发根，想象自己正在把他体内因为这次事件而造成的苦痛吸吮出来，吞进自己体内。她捧住他的头，身体极力贴住他的身体，直到他褪去她身上仅剩的 T 恤，整颗头埋在她双乳间，而她则用下半身磨蹭挤压他的下腹，要他不住地从喉底释放出阵阵呻吟。她要大卫知道，这就是他们，这两具相互挤压交缠的肉体，这气味这需要这爱，是的，爱，一旦知道自己曾经差点儿就失去他了，她爱他更甚于以往，以前所未有的热情深爱着他。

他咬她的乳房，弄痛了她，死命地吸吮扯拉，她却愈发挺身将自己往他口腔深处推送，迎向更多的疼痛。她甚至不介意他从她身上吸出血来，因为他吸吮着她，他需要她，十指深深地掐进她背后的皮肤，将一切恐惧释放进她的体内。她愿意承受这一切，接收他的痛苦，再为他吐出来，然后他俩将变得更坚强，前所未有的坚强。她对此深信无疑。

她刚刚开始和大卫交往的时候，他俩之间的性爱狂野蛮横；她常常带着一身青紫色的咬痕和抓伤回到她与萝丝玛丽同住的公寓里，一身的伤和彻骨的疲倦——在她的想象中，应该只有吸毒成瘾的人在两次用药之间才感受得到这种刻骨铭心的倦怠。但自从麦可出生后——嗯，应该说是自从萝丝玛丽第一次被诊断出癌症于是搬进来与他们同住后——瑟莱丝和大卫的性生活便渐渐陷入了那种无数喜剧电视不厌其烦再三以之为题的让已婚夫妻索然无味的固定模式。通常不是累得提不起劲来，就是得提心吊胆以防小孩突然闯进来，只好草草了事：敷衍的前戏，或许来段口交，然后便直接切入正题——到后来，这正题甚至也愈来愈不像正题了，最多就是一小段用来打发气象报告和杰·雷诺的深夜脱口秀之间的广告时间的插曲。

但昨夜——昨夜那种迸发的热情却犹胜当年，让她到现在还躺在床上，被那种久违的倦怠感彻底击垮了。

她就这样静静地躺着，直到外头再度传来大卫的声音，要麦可专心一点儿，妈的，你给我专心一点儿，然后她才终于想起那件从刚才——在她想起那些排水管线，想起昨夜厨房地板上的疯狂性爱之前，甚至可能在她今晨终于爬上床之前——便一直在她心底纠缠的事情：大卫在撒谎。

从一开始在浴室里的时候她就已经知道了，但她决定暂时不去想它。

后来，当她躺在厨房的塑料地板上抬高臀部以迎向大卫的冲刺时，她又知道了一次。她看着他那微微蒙着一层雾气的眼睛，任他将她的大腿抬高，要她夹住他的腰臀；就在她迎向他的进入的一刹那，她突然清楚无比地了悟到：他的故事根本说不通。完全不通。

首先，谁说得出"要钱要命你自己选，我他妈的随便你"这种可笑的话啊？这分明是电影里才会出现的台词嘛，她在浴室里刚听到时就这么觉得了。就算歹徒事前真的练习过，临场也不可能说得出来。绝对不可能。瑟莱丝十八九岁的时候曾经在波士顿公园被抢过一次——一个肤色很浅的混血黑人，手腕干瘦，棕色的眼睛目光飘忽不定，在那个阴冷昏暗的傍晚突然从杳无人迹的小路旁跳出来，用一把弹簧刀抵住她的大腿；她只来得及匆匆瞥了一眼那双空洞冷酷的棕色眼睛，便听到他在她耳畔低声说道："把钱拿出来！"

薄暮时分，公园里空荡荡的，除了周遭那些让十二月的寒风剥光了的树外，只有二十码外的铸铁栅栏另一边的碧肯街上有个行色匆匆急着返家的生意人。瑟莱丝感觉抵在自己牛仔裤上的那把小刀又往下陷了一点儿，但年轻的歹徒似乎还无意伤害她，只是加大了手劲；她闻得到从他口鼻呼出来的腐臭味和一股淡淡的巧克力味。她顺从地掏出皮夹，递了过去，却始终避开那游移的目光，一边奋力咽下那股毫不合理的感觉——歹徒似乎有不止两只手臂。那人接过皮夹，顺手往外套口袋一塞，说道："算你运气好，老子今天赶时间。"然后便大摇大摆地往公园街那头晃过去，不慌不忙。

她从许多女性友人那边听到过类似的故事。男人，至少是这个城市的男人，很少听说被抢，除非是自找的；但这对女人来说却是家常便饭。被抢被强暴的阴影随时都在，但无论如何，她从没听说过有哪个歹徒说得出这么完整漂亮的句子来。他们哪有这闲工夫。下手讲究的就是不拖泥带水；迅雷不及掩耳地出手，然后在有人放声尖叫之前扬长而去。

再有就是歹徒一手拿刀一手出拳的问题。这么说吧，不管那歹徒是右撇子还是左撇子，既然要拿刀当然是拿在常用的那只手里；好，问题是，谁会拿不常用的那只手出拳打人啊?

是的，她相信大卫昨夜不幸遇上了那种不是你死就是我活的局面。是的，她也相信他不是那种会故意寻衅惹事的人。但……但他的故事也确实有漏洞，有一些怎么也说不过去的地方。这就有点儿像是要解释你的衬衫里侧为什么会出现口红印一样——就算你真的不曾背叛过你老婆，但你最好还是凑出一个说得过去一点儿的解释，否则叫人有心相信你都难。

她想象两个警察站在他们家的厨房里，问他们一堆问题；在无情的目光和反复的询问下，她很确定大卫一定会崩溃，再也没法自圆其说。就像她当年询问他有关他童年的事一样。她老早就听过那些传闻；平顶区基本上就像是个被包围在大城市里头的小镇，大事小事都会在街坊间口耳相传很久。她那次之所以开口，主要也是想让大卫知道，不论他小时候发生过什么不堪的事情，他总是可以告诉她——他的妻子，他尚未出生的儿子的母亲——让她来为他分担一切。

然而他却露出一副完全被搞糊涂了的模样。"哦，你是说那件事吗？"

"什么事？"

"就是那一天，我和吉米还有另一个玩伴，呃，西恩·狄文，正在一起玩。嗯，你应该知道他嘛。你帮他剪过几次头发，有没有？"

瑟莱丝是有这个印象。他好像是个警察还是警探之类的，不过不是市警局的就是了。他很高，满头卷发，声音低沉，很有威严。他和吉米·马可斯都有那种天生的自信——那种通常只在长得很好看或是甚少为旁人的质疑所动的人身上才看得到的自信。

她无法想象大卫和这两个人在一起，即使是小时候。

"哦。"她说道。

"然后我上了一辆车，几天后就逃出来了。"

"逃出来。"

他点点头。"就这样，没什么大不了的，亲爱的。"

"但是，大卫——"

他伸出一根手指，挡在她唇上。"就是这样而已，可以吗？"

他露出一抹微笑，但瑟莱丝却在他眼底看到某种，呃，某种近似歇斯底里的情绪。

"我的意思是，童年嘛，还有什么好说的——好吧，我记得我以前会玩皮球踢罐子，"大卫说道，"还有每天去路易·杜威上学，挣扎着不在课堂上睡着。我还记得曾经去参加过一些同学的生日派对之类的聚会。唉，反正就是这些事情嘛，大部分时间都无聊得要命。真要说，不如来说说高中那段……"

她没再追问下去，就像后来大卫丢了在美利坚快递服务的差事后，找了个理由搪塞她，她也是就那样让他混过去了（大卫宣称公司因为预算缩减大幅裁员，但瑟莱丝后来发现他们实际上缺人缺得厉害，她还听说很多阿狗阿猫随便走进去就被录用了），或者像他当初跟她说他妈是心脏病突发死的——而事实上，在平顶区，大卫母亲自杀的事尽人皆知。他们说大卫高三那年有天放学回家，发现家里的厨房门紧闭着，门缝还让人用毛巾堵上了；他撞开门，发现里头全是煤气味，他妈坐在炉子旁，早断了气。她后来才慢慢了解到，或许大卫就是需要这些谎言；他就是得这样重写自己的过去，将它们改编成自己可以接受的版本，然后再安安心心地把它们抛到脑后，专心地把眼前的日子过下去。所以说，如果这样能让他成为一个更好的人——一个好丈夫（尽管偶尔稍显冷淡），一个好爸爸——谁又能说这样是不对的呢？

但这次这个谎，瑟莱丝边想边随手套上牛仔裤和大卫的衬衫，却大得足以毁了他。不，还不止。她昨夜帮他洗了血衣血裤，已经算是毁灭证据的同谋了。如果大卫继续坚持下去，不肯跟她说实话，她根本帮不了他。等警察最终找上门来时（这是迟早的事；这不是电视剧，说到犯罪，再笨再酗酒成性的警探都要比他俩聪明多了），大卫的谎言恐怕会像鼓起的气球一样，一戳就破。

大卫的右手痛得要命。指关节肿得足足有原来的两倍大，而最靠近腕部的那几根骨头更像是随时都会戳穿皮肤似的。他大可以此为理由给麦可投些软绵绵的甜球，但他拒绝这么做。如果这孩子连用威浮球投出来的曲球和弹指球都击不中的话，那他将来又怎么可能用十倍重的棒球棍击中速度少说有两倍快的硬球呢？

他七岁的儿子体型比同龄的小孩要小，而且极容易相信人。你可以轻易地从他那张天真无邪的小脸和那双晶亮剔透的蓝眼看出这点。大卫深爱儿子这个特点，同时却又对此深恶痛绝。他不知道自己有没有那个狠劲去为他戳破世上皆好人的假象，但不久他恐怕就不得不这么做了，不然他就得靠自己从被背叛的痛苦中学习成长。他儿子体内那个柔软脆弱的东西是波以尔家家传的诅咒；同样也是这个东西，让大卫都已经三十五岁了却还常常被误认为大学生，出了平顶区想买瓶酒，都得先让人检查过身份证件。他的发线从他还只有麦可的年纪时就没再往后退过一英寸；他脸上连一条皱纹都没有；他那双蓝眼也是同样澄澈无邪。

大卫看着麦可像他教他的那样用脚在地上刨出小坑，空出一只手来稍微调整了一下球帽，然后将球棒稳稳地高举过肩。他微微扭了扭膝盖，松松筋骨——这是个坏习惯，大卫已经跟他说过很多次了，但麦可总是记不住。大卫迅速出手，想以快速球让麦可一下招架不住；他在手臂还没伸直前就让球出了手，不让麦可有机会发现这是一记弹指球，但右手掌心的疼痛让他差点儿晕了过去。

但麦可的反应出奇的快。大卫一有了动静，他立刻停止扭膝的动作，当球飞出去然后在本垒板上方坠落时，将球棒摆平，奋力一挥——仿佛他手中握的是一根三号高尔夫球杆似的。大卫看着麦可脸上绽放出一抹微笑，满怀希望地盯着应声飞出去的小球，仿佛对自己的表现感到有些不可思议似的——在那一瞬间，大卫几乎决定要让球就这么飞过去了，但他终究没有。他纵身一跳，将球拦了下来，然后看着儿子脸上的微笑凝固瓦解；他感觉自己胸口仿佛有什么东西也跟着一起碎掉了。

"嘿，嘿，"大卫说道，决定要让儿子对自己的表现感到好过些，"这球打得不错，小子。"

麦可依然愁眉深锁。"那你为什么还接得住？"

大卫弯腰将球从草地上捡了起来。"我也不知道。会不会是因为我比小联盟里面的任何一个小毛头都高了几英寸？"

　　麦可脸上露出了试探性的微笑，仿佛随时准备再收回来。"是吗？"

　　"我问你——你认识长到五英尺十英寸高的二年级学生吗？"

　　"不认识。"

　　"而且我还要跳起来才接得到。"

　　"是啊。"

　　"没错。要不是我有五英尺十英寸高，肯定是一记安打。"

　　麦可终于笑逐颜开。那是瑟莱丝的招牌笑容。"好吧……"

　　"不过你刚才又扭膝了。"

　　"我知道啦。"

　　"定位后就不应该再乱动了，知道吗？"

　　"但是诺马——"

　　"我知道诺马有这习惯。还有戴瑞克·杰特也是。我知道他们都是你的偶像。等你打进大联盟年薪千万时，你爱怎么扭就怎么扭也不迟。在那之前……"

　　麦可耸耸肩，低头踢弄着草皮。

　　"麦可。在那之前……"

　　麦可叹了一口气。"在那之前，我只管专心练基本功就是了。"

　　大卫露出满意的微笑，将球高高地扔起，然后看也不看地接住。"刚才那球打得真是好。"

　　"真的吗？"

　　"小子，那球要不是让我接住了，眼看着就要飞到尖顶区去了。要往上城去了哟。"

　　"往上城去了。"麦可学舌道，脸上再度泛开一抹和他母亲一模一样的微笑。

　　"谁要去上城？"

　　父子俩同时转头，看见瑟莱丝站在后阳台上，头发随意地扎成马尾，赤着脚，大卫的旧衬衫底下是一件褪了色的牛仔裤。

"嘿，妈妈。"

"嘿，小可爱。你要和你爸爸出去呀？"

麦可望望大卫。这突然变成他们父子间的秘密笑话了；他耸肩窃笑。"没有啦，妈。"

"大卫？"

"是他刚刚打出去的一记球，亲爱的。那球差点儿就要飞往上城去了。"

"啊。原来是在说球啊。"

"打得很高很远哦。爸说要不是他长那么高，也拦不下来。"

即使瑟莱丝的目光正落在麦可身上，大卫还是可以感觉到她一直都在观察他。观察着，等待着，积了一肚子的问题要问他。他记得她昨夜在他耳畔的喃喃细语；他记得她躺在厨房地板上，微微抬高上半身，用双臂攀住他的颈子，将嘴巴凑到他耳边，说道："现在，我是你你是我了。"

大卫根本不知道她这话是什么意思，但他喜欢她说这些话的声音。嘶哑性感，从喉咙底部缓缓挤压出来，几乎让他招架不住，瞬时要往顶峰冲去。

但此刻他察觉到了瑟莱丝的企图。她又想往他脑子里钻，到他脑子里东翻翻西看看。他胸口骤然涌起一股怒气。这他再清楚不过了：他们硬要往你脑子里钻，等到发现实在不喜欢自己看到的东西时，他们便摆出一副避之唯恐不及的模样，争着离你而去。

"有事吗，亲爱的？"

"哦，没事。"虽然早晨的气温蹿升得很快，她却用手臂紧紧地拥住自己。"嘿，麦可，早餐吃过了没？"

"还没呢。"

瑟莱丝对着大卫皱了皱眉头，仿佛没让麦可先扒上几口那甜滋滋的早餐谷片就出来打几棒球是什么罪大恶极的事似的。

"我帮你倒了一碗谷片。牛奶在桌上自己倒。"

"太好了。我饿扁了。"麦可丢下球棒，转头就往楼梯跑去；大卫突然有遭到背叛的感觉。你饿扁了？那，怎么，我刚刚是用胶带把你的嘴封起来了还是怎样？饿不会跟我说啊？妈的。

麦可像阵旋风似的经过他母亲身边，往三楼狂奔而去，仿佛跑慢了阶梯就会消失不见似的。

"不吃早餐吗，大卫？"

"睡到中午喽，瑟莱丝。"

"才十点十五分。"瑟莱丝说道，而大卫可以感觉到，昨晚厨房地板上那疯狂的一幕为他俩的婚姻带来的一丝善意此刻已经烟消云散了。

他强迫自己微笑。只要你微笑得够真诚，任谁也抵挡不住。"喏，有什么事吗，亲爱的？"

瑟莱丝赤脚往草地这边走来。"那把刀呢？"

"什么刀？"

"就那把刀啊。"她压低了声音，还频频回头望向麦卡利先生的卧室窗户。"就劫匪的刀啊。哪里去了，大卫？"

大卫把手里的棒球往头顶一扔，然后从背后接住。"刀扔了。"

"扔了？"她抿抿嘴唇，低头看着草地。"妈的，大卫。"

"什么，亲爱的？"

"扔了，扔去哪里？"

"就扔了啊。"

"你确定。"

大卫确定得很。他微笑着看着她的眼睛。"确定。"

"上头有你的血迹。有你的DNA，大卫。你说刀扔了，有扔得远到永远不会被找到吗？"

大卫无言以对，只能默默地盯着妻子，直到她终于受不了改变了话题。

"早报你看过了吗？"

"看过了。"他说道。

"看到什么了吗？"

"什么什么？"

瑟莱丝低声叱喝道："你还问我？"

"哦……哦。你是说那个呀。"大卫摇摇头，"没有，什么也没看到。早报上什么也没提到。别忘了，亲爱的，那都是后半夜的事了。"

"后半夜又怎样？少来了，社会版那些记者总要等到最后一秒，确定警察那边没有更新的消息进来，才肯把稿子交出去。"

"你在报社上过班吗？"

"你少在那边跟我打哈哈，大卫。"

"没有啦，亲爱的。我只是说，早报上什么也没有。就这样。为什么？我也不知道。待会儿看一下午间新闻好了，看会不会报出来。"

瑟莱丝再度低下头去，盯着草地，自顾自点了几下头。"会报出来吗，大卫？"

大卫往后退了一步。

"什么黑小子在酒吧停车场被人打得只剩半条命的报道……对了，是哪家酒吧？"

"呃，就，嗯，就雷斯酒吧啊。"

"雷斯酒吧？"

"没错，瑟莱丝。"

"嗯，好吧，大卫，"她说道，"没错。"

然后她就转身离开了。她背对着他，径自往楼梯间走去；大卫听到她赤脚踩在楼梯上的声音悠悠传来。

他就知道。事情总是这样。他们总是会离你而去。有时即使人在心也不在了。你最需要他们的时候他们永远不在。连他母亲也不例外。那天早上，警察送他回家后，他母亲只是忙着站在炉前为他张罗早餐，只是不断哼唱着《老麦当劳》，却始终背对着他，偶尔才匆匆回头对他紧张地一笑，仿佛他不过是个她不太熟的房客。

她为他端来几颗半熟的荷包蛋、一条煎得焦黑的培根，还有几片潮湿的吐司，然后问他要不要喝橙汁。

"妈，"他说道，"那些人是谁？他们为什么要……"

"大卫啊，"她说，"你到底要不要橙汁呢？"

"好啊。嗯，妈，我不知道他们为什么要对我——"

"喏。"她为他倒了一杯柳橙汁，然后将杯子推到他面前。"你先把早餐吃了，我还得去……"她伸手往厨房那边随意一挥，根本不知道自己他妈的还有什么事非现在做不可。"我还得去……嗯，对了，我还得去洗一下你的衣服。这样可以吗？对了，大卫啊，我们待会儿去看场电影，你觉得如何？"

大卫看着他的母亲，想在她脸上找到一丝等待的神情，等待他开口告诉她，告诉她那辆车、那幢树林里的小屋，告诉她大肥狼身上散发出的剃须膏的味道。结果他却只看到那抹灿烂的微笑，那种兴高采烈，那种只有她有时星期五晚上挑衣服准备出门时才会表现出的兴高采烈，那种满满的渴望与希望。

大卫颓然低下头去，乖乖地吃掉了盘中的鸡蛋。他听到他母亲一路哼着《老麦当劳》往走道另一头翩然而去。

此刻，站在前院草地上，右手关节传来阵阵钻心的疼痛，他却似乎可以听到那遥远而清晰的歌声。老麦当劳有个农场，咿呀咿呀哟。咿呀咿呀哟，世界多美好。春耕夏作秋收，世界果然他妈的美好。人人和乐融融，连鸡鸭牛羊都一样；谈什么？没什么好谈的呀，什么也没发生，有什么好谈的。秘密？什么秘密？这里都是好人，怎么会有秘密？他妈的，坏人才会有秘密，秘密属于那些不乖乖把早餐吃完的人，秘密属于那些傻傻地跟陌生人爬进一辆弥漫着苹果味的汽车，一失踪就是四天的人——过了四天再回来却发现所有他认识的人也都不见了，取而代之的是一些只会微笑点头的冒牌货；这些长得跟原版一模一样的冒牌货，什么都愿意做，就是不愿意听你说话。就是不愿意听你说话。

第九章　大沟里的蛙人

　　吉米走近罗斯克莱街上的州监公园入口时首先看到的是一辆停放在雪梨街上的箱型车，警方专门用来运送警犬；他看到车子后门打开了，两个警察极力想控制住那六只拴着长长的皮绳的警犬。他抑制住想跑过去的冲动，从教堂门口朝罗斯克莱街这头走过来，在往雪梨街上空延伸而去的高架道旁遇上了一小群围观民众。他们就站在斜坡起点；再往前，罗斯克莱街沿着一段向上的斜坡穿过高架桥下方，然后被州监大沟拦腰截断，大沟彼端已出了白金汉区，进入休穆区，罗斯克莱街也因此更名为瓦伦兹大道。

　　在人们聚集的地点附近，你可以登上那道十五英尺高同时也是雪梨街终点的水泥挡土墙，让锈痕斑斑的护栏顶住你的膝盖，俯视东白金汉平顶区最后一条南北向的道路。护栏往东几码是一座灰紫色的石灰石楼梯；早年他们偶尔会成群携伴到那里约会，坐在阴影中，传递着四十盎司的瓶装美乐啤酒，一边眺望着远方赫礼汽车电影院的白色银幕上那明灭晃动的影像。大卫·波以尔有时也会跟着一起去；这倒不是因为有什么人特别挺他罩他，而是因为那小子几乎看遍了所有电影，有时他们大麻吸多了便会要他配合无声的银幕将台词背诵出来。大卫自己似乎还挺享受这种配音员的工作，常常会随角色不同改变声调语气。但不久后，大卫的棒球天分突然被发掘出来，随即转学到登巴斯科做他的明星游击手去了，于是他们便再也不能把他带在身边充当笑柄了。

　　吉米不知道自己怎么会突然想起这段回忆，就像他也不知道自己怎么会愣在这生锈的围栏边，目不转睛地盯着下方的雪梨街——或许是因为那几条警犬的模样吧：它们一从箱型车上被放出来，便神经兮兮地蹦蹦跳跳，东闻西嗅。其中一个警察握着对讲机，正打算开口，市区上空却突然出现了一架直升机，像只肥嘟嘟的大黄蜂似的直往公园这边扑来，吉米每眨一次眼，那肥黄蜂的影像便愈发清晰。

　　一个菜鸟警员堵在石灰石楼梯出口，两辆巡逻车和几个蓝衣警察则挡在罗斯克莱街转向公园的路口。

　　那些狗像哑了似的闷不作声。吉米一转头，突然明白就是这点让他从刚才就一直觉得这场面有种说不出的诡异。那二十四只狗在柏油路面上又刨又抓，机警而专注地前进、刨抓、再前进，像一群训练有素的士兵。吉米看着它们黝黑潮湿的鼻子和精瘦矫健的腰背，以及迅速而有效的动作；他想象它们纽扣般的眼睛其实是一团团烧得黑里透红的煤球。

　　整条雪梨街弥漫着暴动前夕那种一触即发的紧张感。一街的警察，沿着往公园蔓延而去的草丛缓缓迈步、搜寻、前进。站在这个制高点，吉米可以看见公园的一部分；他看到公园里头同样到处都是警察，绿色的草坪上处处可见蓝制服和土黄色的运动夹克在移动，在州监大沟岸边翻弄，在呼叫彼此。

　　再回到雪梨街上：载运警犬的箱型车占据雪梨街的一头，另一头则有另一群警察围绕在什么东西旁边，几个便衣警探倚着停放在对街的几辆车子，安安静静地啜饮着咖啡，完全不像平日的模样——闲打屁鬼扯淡，唾沫横飞地说些值班时发生的鸟事以飨众人。吉米可以感觉到那种紧绷的气氛：那几条警犬，那些静静地倚着自己的配车的警察，还有那架直升机——肥黄蜂转眼已经变成隆隆作响的庞然大物，低低地掠过雪梨街上空，旋即又消失在州监公园深处那排从加州引进的大树和白色的废弃银幕后头。

"嘿，吉米。"艾德·蒂瓦一边用牙齿扯开一包巧克力，一边用手肘推推他。

"什么事，艾德？"

蒂瓦耸耸肩。"这是今早第二架直升机啦。第一架半小时前老在我家上空打转，我就跟我老婆说啦，咱们什么时候搬到华兹了，怎么都没人通知我？"他倒了满嘴的巧克力，再度耸耸肩。"所以啦，我就跑出来看个究竟，到底是什么大事要吵成这样。"

"你打听到什么了吗？"

蒂瓦两手一摊。"什么也没听说。那些条子的口风比我老娘的钱包还紧。看来他们这回是玩真的了，吉米。妈的，你看他们把整条雪梨街封得滴水不漏，所有路口都有人守着——从弯月街、港景街、苏丹街、朗西街，一路到邓巴街都架了拒马，还有条子守着，我是这么听说的。这几条街的居民根本出不了门，他妈的火大呢。我还听说州监大沟上全是条子的汽艇……对了，老熊杜尔金还打电话过来说他从他家的窗户看到了蛙人……妈的，他们甚至连蛙人都搞来了。"蒂瓦指了指前方，"你看你看，我就说他们这回是玩真的吧！"

吉米顺着蒂瓦手指的方向，看到三个警察拉扯着一个脏兮兮的酒鬼，想把他从雪梨街另一头那些被大火烧得只剩焦黑的骨架的公寓废墟里头赶出来；酒鬼自然不依，挣扎得很凶，终于让其中一个警察一把推得头下脚上栽下阶梯去。吉米眼睛看着这一幕，整颗心却还悬在艾德刚刚说的那两个字上头：蛙人。送蛙人入水通常没有好事。不可能是好事。

"来真的咧。"蒂瓦吹了声口哨，然后转头看着吉米的西装，"你去相亲啊？"

"娜汀今天初领圣体。"吉米看着警察把酒鬼从地上拎起来，再粗鲁地把他往一辆驾驶座那边的车顶上斜顶着一个警笛的草绿色房车里头一推。

"嘿，恭喜啦。"蒂瓦说道。

吉米以微笑表示谢意。

"话说回来，那你跑来这里凑什么热闹啊？"

蒂瓦的目光顺着罗斯克莱街往圣西西莉亚教堂那边看过去，吉米突然觉得自己的举动确实可笑。穿着这一身价值六百块的西装，系着丝质领带，踩着皮鞋走过从护栏底下冒出来的杂草丛——我他妈的是在想什么啊？

凯蒂。他想起来了。

但这依然是个莫名其妙的举动。凯蒂要不就是宿醉睡过了头，要不就是和哪个臭小子厮混得难分难舍，因此错过了她妹妹的初领圣体礼。妈的。老实说谁喜欢上教堂啊？当初为了凯蒂的受洗仪式，他不得不走进教堂，那是十年来头一遭呢。在那之后也一样。直到和安娜贝丝交往后，他才开始固定去报到。或许是因为他刚刚一走出教堂，就看到两辆警车飞也似的往罗斯克莱街冲，心头突然——突然怎样？有了不祥的预感？突然担心起来？这一定是因为他心里一直隐隐担心着凯蒂——担心，而且还生气——所以他一看到那两辆警车，就自然而然地把两者联想在一起了。

而现在呢？现在他只觉得自己蠢。又蠢又穿得像个傻蛋。妈的，刚才他还神经兮兮地叫安娜贝丝带着女孩们先走，他一会儿去恰克起司餐厅和她们会合。安娜贝丝边听他吩咐边盯着他的脸看，自己则是一脸的不解和勉强压抑的愤怒。

吉米转向蒂瓦。"好奇吧，跟大家一样。"他拍拍蒂瓦的肩膀，"不过我要走了。"他说道。下方的雪梨街上，一个警察把一大串钥匙扔给另一个警察，后者接过钥匙，跳上载运警犬的箱型车驾驶座。

"好吧，吉米。保重啦。"

"你也是。"吉米缓缓说道，目光却依然盯着街上。他看着箱型车倒车，停下来换挡，然后车轮向右一偏。那种冰冷无情的确定感再度蹿上他的心头。

你感觉得到，在你的灵魂底层。就在那里，别无他处。你的灵魂感觉得到事实真相——超出一切逻辑——而且那通常就是你最不愿意面对，最无法确定自己是否承担得了的那种事实真相。所以你试着不去理会它，所以你去找心理医生，所以你在酒吧徘徊，所以你花那么多时间在电视前面麻痹自己——你无论如何就是想逃避，逃避你的灵魂早早便体认到的无情而丑陋的事实真相。

吉米感觉那股冰冷的确定感像一根根铁钉穿透他的鞋底，将他固定在那里——不管他有多想转头拔腿狂奔而去，多么不愿站在这里，看着那辆箱型车缓缓驶离原地。冰冷的铁钉找上了他的胸膛，一根根一排排，仿佛射出的炮弹；他想闭上眼睛，但他的眼皮也被钉住了，要他睁大眼睛，看着箱型车驶向街心。吉米看着那辆车。那辆原本被箱型车遮挡住的车。那辆被所有人包围住，用小刷子扫刷，里里外外拍照的车，有人从里头拿出一个又一个装着东西的小塑料袋，传给街上和人行道上的警察。

凯蒂的车！

不只是同款同型。不只是颜色模样相似。那是她的车。前方保险杆右侧有一个小凹痕，右前方车灯少了一块玻璃灯罩。

她的车！

"老天，吉米。吉米？吉米！看着我。你还好吗？"

吉米抬头呆呆地望着艾德·蒂瓦，浑然不知自己怎么会在这里，双手双膝落地，一张张浑圆的爱尔兰脸孔包围着他，低头瞅着他。

"吉米？"蒂瓦向他伸出援手，"你还好吧？"

吉米只是望着那只手，不知道该怎么回答。蛙人，他想。在州监大沟里。

怀迪在木桥前方百码处的树林里找到了西恩。昨夜那场大雨早已把公园里头所有没被树丛遮挡的地面上的血迹和足印冲刷殆尽。

"我们派了警犬在汽车电影院的旧银幕附近搜索。你要不要一起过去看看？"

西恩点点头，但他的对讲机突然响了。

"狄文。"

"我们这边有个家伙——"

"哪边？"

"雪梨街入口这边。"

"继续。"

"他宣称是失踪女孩的父亲。"

"妈的,他怎么会出现在现场?"西恩感觉一股热血冲上脑门,脸上又红又热。

"就刚好吧,我怎么知道。"

"嗯,你先挡挡,不要让他进来。局里的心理医生到了没有?"

"还在路上。"

西恩闭上眼睛。所有人都还在路上。妈的,好像他们全都遇上了同一场天杀的世纪大塞车似的。

"听到没有?你们先挡一下,等心理医生到场再说。处理程序你应该知道。"

"嗯,不过他指名要找你。"

"我?"

"他说他认识你。说是有人跟他说你在现场。"

"不,不,不。听好——"

"他还带了一些人。"

"一些人?"

"一群恶煞。一半矮得像侏儒,模样倒全像是一个模子里出来的。"

萨维奇兄弟。妈的!

"我马上到。"西恩说道。

威尔·萨维奇随时都有可能被逮捕。查克可能也差不多了。萨维奇家的血液原本就很少冷却下来,这会儿简直要沸腾了——两兄弟同仇敌忾指着条子的鼻尖破口大骂,而几个站在封锁线后的条子看起来随时会举起警棍揍个他妈的痛快。

吉米和卡文·萨维奇——他们兄弟中勉强算得上理性的一个——并肩站在封锁线外几码处,看着威尔和查克在前方大吼大叫:你他妈的给我搞清楚,里头那是我们的外甥女,干他妈这些天杀的猪脑王八蛋!

123

吉米感觉自己快要发狂了。此时此刻，他只想不顾一切地爆炸，把脑子炸糊了，然后他就不能也不必再想了。没错，停在十英尺外路边的确实是她的车。没错，她从昨晚到现在都不见人影。没错，他刚刚瞄到驾驶座椅背上的那些污点是血迹。所以说，没错，一切看起来确实很不妙。但，公园里外有那么多警察在那边搜了老半天了，也没看到他们抬出什么尸袋来。所以说，一切还有希望。

吉米看着一个老油条模样的警察点了根烟，他只想一把把烟抢过来，倒着插回他嘴里，让滚烫的烟头烧烂他的一张烂嘴，告诉他，你他妈的给我滚回公园找我女儿去。

他在心中默默地从十倒数回去，这是他在鹿岛学会的把戏——慢慢地数，想象那些数字像一个个灰白的魅影，漂浮在他黑漆漆的脑海里。尖叫只会让他被警察请离现场。任何表现在外的悲恸或焦虑，或如电流般窜过他全身血管的恐惧，也只会导致同样的结果。然后萨维奇兄弟就会发狂，然后他们一群人就会被丢进拘留所的牢房，不能再留在凯蒂最后被看到的这条街上。

"威尔！"他微微提高了音量。

威尔收回直逼那个面无表情的警察鼻尖的手指，回头看着吉米。

吉米摇摇头。"先不必这么激动。"

威尔猛一转身面对着吉米。"他们他妈的跟我们来这套，吉米。他妈的什么都不让我们家属知道！"

"上头安排的他们还能怎么做？"吉米说道。

"妈的，什么叫还能怎么做？他妈的，吉米，死条子除了吃甜甜圈还会做什么？"

"你到底想不想帮忙？"吉米说道。查克侧身挨近他的兄弟；查克几乎有威尔两倍高，凶恶的程度倒只有他的一半——但还是远高于大部分人。

"这是当然的事，"查克接口道，"你只管吩咐。"

"威尔？"吉米说道。

"什么？"威尔目露凶光，气愤填膺，怒不可遏。

"你想不想帮忙？"

"你这是什么话，吉米？我他妈的当然要帮忙！"

"这我知道，"吉米说道，突然感觉一股情绪涌上喉头，"我他妈的当然知道。威尔。里头那是我的女儿。你听到了没，那是我的女儿！"

卡文一手搭上吉米的肩膀，威尔则往后退了一步，低头看了一会儿自己的脚。

"抱歉，吉米。行吗？妈的，我一下子真的是慌了手脚。他妈的。"

吉米终于咽下那股情绪，强迫脑子继续运转。"你和卡文，听好，威尔，你们一起跑一趟德鲁·皮金家。你就跟他说出了什么事。"

"德鲁·皮金？找他干吗？"

"你听我说完。你去找她女儿伊芙，还有黛安·塞斯卓，如果她也在的话。你问她们昨晚最后一次看到凯蒂是什么时候。问清楚到底是几点几分。你问清楚她们昨晚有没有喝酒，凯蒂有没有说之后还要去找谁，还有就是，她最近有没有新交什么男朋友。这你办得到吗，威尔？"吉米问道，却转头看向卡文。他或许还有可能控制住自己和威尔的脾气。

卡文点点头。"没问题，吉米。"

"威尔？"

威尔转头望了一眼那片往公园里头延伸而去的杂草，然后再看看吉米，点头如捣蒜，说道："那有什么问题？"

"这几个女孩子是朋友。你不必对她们来硬的，把事情问清楚就是了。懂吗？"

"懂。"卡文说道，清楚地让吉米知道他会控制住场面。他拍拍哥哥的肩膀。"走吧，威尔。办事去吧。"

吉米看着两人往雪梨街走去，感觉查克站到自己身边，摩拳擦掌，随时准备出手杀人。

"你还好吧？"

"妈的，"查克说道，"我还好。我担心的是你。"

"不必为我担心。我现在还好。不好也不行！"

查克没有回答，吉米则望向雪梨街另一头，越过他女儿的车子，他看到西恩·狄文走出公园，往这边走来，目光始终紧紧锁定在吉米身上。西恩很高，动作也很快，吉米依然在他脸上看到了那种他痛恨的东西，那种自信，那种屌样——西恩就把它挂在脸上，像是某种比他挂在皮带上的警徽还要大还要招摇的标志；他自己或许不曾察觉，但这确实让许多人恨得牙痒痒。

　　"吉米，"西恩说道，然后握了握他的手，"嘿，好久不见。"

　　"嘿，西恩。我听说你在里头。"

　　"嗯。一早就到了。"西恩回头望了一眼，再回过头来看着吉米，"我现在真的没办法跟你说什么，吉米。"

　　"她在里面吗？"吉米听到自己的声音在颤抖。

　　"还不知道，吉米。我们还没有找到她。我只能告诉你这么多。"

　　"那就让我们进去啊，"查克说道，"我们可以帮忙找。电视上不是一天到晚有这种事吗？要民众协寻失踪儿童还是什么鸟的。"

　　西恩的目光依然停在吉米身上，根本不理会查克。"事情没有这么简单，吉米。我们还不能让任何非警方人员进入现场，等我们先彻底搜过一遍才行。"

　　"现场，哪里算现场？"吉米问道。

　　"目前是整个公园范围内。听好，"西恩拍拍吉米的肩膀，"我出来主要是要告诉你们，你们暂时什么也不能做。我很抱歉，真的很抱歉。但事情暂时就是这样。一有什么消息——我他妈的用人格跟你保证，吉米——我们会马上通知你。"

　　吉米点点头，碰了碰西恩的手肘。"借一步说话，可以吗？"

　　"当然。"

　　他们让查克留在原地，往前走了几码。西恩整理好心绪，让自己稍微镇静些：不管吉米打算说什么，他反正公事公办；他用一双警察的眼睛盯着吉米，不曾动摇，也没有一丝同情。

　　"那是我女儿的车子。"吉米说道。

"我知道。我——"

吉米举手阻止他再说下去。"西恩，你听清楚。那是我女儿的车子。车子里头还有血迹。她今天早上没来店里上班，也没来参加她妹妹的初领圣体礼。昨晚到现在都没人看到她。你听清楚了吗？我们说的是我的女儿，西恩。你没有小孩，我不指望你能完全了解，不过，你总能想象一下吧——那是我的女儿！"

西恩的眼睛依然是警察的眼睛，吉米的话并没有造成任何改变。

"你想要我怎么说，吉米？如果你是要告诉我她昨晚和什么人出去了，我马上派人去问话。如果你是要告诉我她和什么人有冤有仇，我马上去把人逮回来。你想要——"

"他们连他妈的警犬都弄进公园去了，妈的，西恩。弄警犬进去找我女儿。警犬，还有蛙人。"

"是，没错。我们还调来了他妈的一半以上的警力，吉米，州警队和波士顿警局都出动了。还有两架直升机和两艘快艇，吉米，他们全部都在找你女儿。我们会找到她的。妈的。但你，现在根本没有什么你能做的事情。没有，暂时没有，你听懂了吗？"

吉米回头看了查克一眼。他死盯着公园入口的草丛，目露凶光，身子微微前倾，看起来随时准备扑过去。

"找我女儿为什么要用到蛙人，西恩？"

"这是标准程序，西恩。搜查范围内有湖有河，我们就得出动蛙人。我们只是照规矩行事。"

"她在水里吗？"

"她目前就只是失踪。就这样。"

吉米转过头去。他根本无法好好思考，脑袋里一片黑暗混沌。他就是想进到公园里去。他想走在那条慢跑小径上，看着凯蒂迎面走向他。他再也无法思考了。他就是想进去。

"你不会想让场面变得很难看吧？"吉米问道，"你不会打算搞到不得不逮捕我，然后让萨维奇兄弟全部发狂，硬冲进公园去找他们心爱的外甥女吧？"

　　吉米一说完就明白自己这番话并无底气，根本只是出于绝望的威胁，起不了任何作用。他更恨的是这点西恩也心知肚明。

　　西恩点点头。"我当然不想让事情发展到那个地步。相信我。但如果我不得不这么做，妈的，吉米，我真的会这么做。"西恩翻开一本记事簿，"听好，你只管告诉我她昨晚和谁出去，又去了哪里，我马上——"

　　西恩的对讲机突然响起时，吉米已经举步打算离开了。他停住脚步，转过身来。西恩将对讲机举到唇边。"我在。"

　　"我们这边有动静，狄文警官。"

　　"麻烦重复一遍。"

　　吉米快步走近西恩，清楚地听到对讲机那头传来的男声带着几乎抑制不住的激动情绪。

　　"我说我们这边有动静了。包尔斯警官说你最好赶快过来。呃，是马上过来。"

　　"你们在哪边？"

　　"就在旧银幕这边。呃，老天，这是他妈的什么场面啊！"

第十章　证据

　　瑟莱丝看着厨台上的电视正在播的十二点新闻。她边看边熨衣服，心想自己大概很容易被误认为五十年代的家庭主妇，趁丈夫拎着铁制便当盒去上班的时候，在家里摸东摸西地打理家务照顾小孩，待会儿还得做好晚餐，等丈夫下班往他手里塞杯酒，然后菜就可以上桌了。但事情不是这样的，真的。大卫缺点或许不少，但是讲到分摊家务他倒是从不推托。掸灰尘擦地和洗碗的工作向来由他负责，瑟莱丝则喜欢洗衣服；她喜欢叠衣服熨衣服，喜欢衣物洗好熨平后那种暖暖的香气。

　　她用的是她母亲的熨斗，来自六十年代早期的遗物。重得像块砖头，不时嘶嘶低吼，还会毫无预警地猛然喷出蒸汽。但是它绝对比瑟莱丝这几年来买过的任何一把熨斗——任何一把售货员口中所谓最新科技产物的新型熨斗——都好用许多倍。她母亲的熨斗熨出来的折线锋利得足以切开法国面包，再深的皱褶也只要熨过一次就能搞定；不像那些塑料外壳的新型熨斗，总得来回熨上六七遍才行。

　　这年头似乎所有的东西——像录像机、汽车、电脑、手机——都是要你买来赶快用坏然后买新的。瑟莱丝想到这儿就一肚子火。拜托，在她父母的时代，东西买来可是要用一辈子的。她和大卫还在用她母亲的熨斗和搅拌器，萝丝玛丽那架矮矮胖胖的黑色转盘式电话也还摆在他们床边。打从她和大卫结婚以来，他们已经扔掉不知道多少怎么说也不该那么短命的家电用品了——显像管炸掉的电视、会冒蓝烟的吸尘器、煮出来的咖啡只比洗澡水热一点儿的咖啡机，等等。好，东西坏了可以修，没错，但修理费却往往高得吓人，几乎不比买新的便宜多少。几乎。所以你自然会选择再多花一点儿钱，买来更新一代的产品，这正中厂商的下怀。有时瑟莱丝得刻意忽略脑子里那个隐约成形的想法：不只是她生活中的那些事物和用品，事实上就连她的生命本身，都注定不会有任何分量，任何久远的影响；她的生命打一开始就注定了，一有机会就会分崩离析，好让少数还堪用的零件被人拿去回收利用，剩下的她则消失不见。

　　她就这样一边熨衣服，一边想着自己该被回收的人生。新闻播了十分钟之后，主播突然神色凝重地盯着镜头，宣布警方正在追查发生在城里一家酒吧外的暴力事件的嫌犯。瑟莱丝凑近电视，拧大音量，主播却正好说到："广告后回来，我们将继续为您报道这则消息，哈维将在下节新闻中为您带来最新气象预报。"接着，屏幕上的影像变为一双指甲修剪得漂漂亮亮的女人的手轻松地刷洗着一只看起来像是在热麦芽糖浆里浸过的烤盘，背后有一个声音在那边吹嘘推销着全新改良配方的洗涤精。瑟莱丝只想放声尖叫。新闻报道在某种程度上就像那些用了就丢的家电用品一样，只会一味地挑逗你蛊惑你，然后转过身去咯咯轻笑，笑你的愚蠢轻信，笑你怎么还愿意相信它真会说到做到。

　　她再次调整音量，抗拒着想要把那个烂旋扭从那台烂电视上头扯下来的冲动，回到熨衣板前。大卫半个小时前带麦可出门去买护膝和捕手面罩，他说他会用车上的收音机收听新闻，瑟莱丝甚至懒得转过头去看他是不是在撒谎。麦可虽然又瘦又小，却是个颇有天分的捕手——"天才"，他的教练艾文斯先生是这么形容他的；他还说，以这个年龄的小孩来说，麦可的臂力堪称强如"弹道导弹"。瑟莱丝想起了以前念书时棒球校队里那些打捕手位置的孩子——一个个全是塌鼻子缺门牙的大块头。她向大卫提出了她的顾虑。

"亲爱的，现在的捕手面罩坚固得像他妈的鲨鱼笼。拿它去砸卡车，我跟你保证报销的不会是面罩。"

她考虑了一天，然后向大卫提出她的条件。只要麦可配备了最好的球具，她愿意让他去做捕手或是打任何一个位置；但大前提是，他只准打棒球，绝对不准加入美式足球队。

大卫自己就从来不踢美式足球，于是只和她草草辩了十分钟就答应了。

所以现在呢，他们父子俩开开心心地出门买球具去了，好让麦可能做他老爸的翻版。瑟莱丝一个人留在家里，目不转睛地守着电视——终于，在一则狗食广告结束后，屏幕上再度出现了主播的面孔。瑟莱丝手里的动作猛地停住了，熨斗稳稳地停在一件棉衫上方几英寸处。

"昨晚在奥斯敦区，"主播说道，瑟莱丝的心也跟着往下沉，"一名波士顿学院二年级学生在这家颇受欢迎的酒吧外遭到两名男子袭击。消息来源指出受害者凯瑞·威塔克遭人以啤酒瓶殴打，伤势严重，有生命危险，现在正在……"

她那时就知道了。她感觉自己胸中仿佛有一团团烂泥滴滴答答地散落。她那时就已经知道，她大概不会看到任何男子在雷斯酒吧外头遭到攻击或是谋杀的报道了。等到他们开始报气象并预告下节的体育新闻时，她更是完完全全地确定了。

此刻他们早该发现那个受伤的劫匪了。如果他已经死了（"我说不定真的杀了人了，宝贝"），记者们也应该会从警局里的消息来源、警方的出勤记录，甚或是从监听警方无线电中得知这个消息。

或许大卫在激愤之余高估了自己加诸那个劫匪身上的伤害了。或许劫匪——或者是别的——在大卫离开后便自己爬到别处舔伤去了。或许她昨晚看到的那团流入排水管的东西不是脑浆。可是那些血又该怎么解释？一个人头流了那么多血怎么可能还活得下来，甚至还能自己离开现场？

她把最后一条裤子熨好，把衣服分别放回各人的衣柜里。她回到厨房，怔怔地站在那里，不知道接下来要做什么。电视正在转播高尔夫球赛，清脆的击球声和消过音的闷闷的掌声暂时安抚了她一上午心中那股骚动。大卫和他那漏洞百出的故事并不是引起她心中这股骚动的唯一原因。还有昨晚那一幕。他浑身是血地走进浴室,那么多血,浸湿他长裤的,滴落在地板瓷砖上的,从他胸前的伤口冒出来的,还有被稀释成粉红色冲下排水管的。

对了,排水管。她差点儿忘记了。昨晚她跟大卫说她会用漂白水把水槽下的排水管内部洗一遍,以彻底消灭一切残留的证据。她立刻行动。她跪在厨房地板上,打开水槽下的柜子,目光在那堆清洁品和抹布间搜寻,终于看到被收在柜子深处的扳手。她伸长手臂,往里面探去,试着不去想她的恐惧症,对于把手伸进水槽下方橱柜里的恐惧——那是一种毫不理性的恐惧,但她就是克制不住地觉得,那堆抹布底下正躲着一只老鼠,嗅着闻着,在空气中捕捉她的气息,从破布堆中抬起它那丑陋的鼻子,胡须抽动着……

她赶紧抽出扳手,故意在破布堆和清洁剂的瓶瓶罐罐间铿铿锵锵地敲,好把老鼠吓跑——她知道这样实在有些可笑,但是她身不由己,因为,嘿,所以这才叫作恐惧症啊。她痛恨把手伸进又低又暗的地方;萝丝玛丽以前怕电梯怕得要死;她父亲有恐高症;大卫每次走进地窖就会冒出一身冷汗。

她在水管接口下方放了一个水桶,准备用来接积存的水。她躺在地上,手往上伸,先用扳手松开栓塞,然后上手去转;一转开,水便哗啦啦地流进塑料水桶里。她突然有点儿担心水桶会不会太小,还好,才一会儿,哗哗的水流便只剩下水滴了;她看着一团纠结的头发和几颗玉米粒跟着最后一点儿水流进了水桶。下一步是要拆掉柜子最里面的一颗螺帽。弄了半天,却怎么也拆不下来,瑟莱丝最后只得用脚抵住柜子底部,奋力将扳手往后拉;她使尽全身的力气,几乎开始怀疑最后一折两段的不是扳手就是她的手腕。终于,螺帽松动了,不过转动不到一英寸便随着一阵刺耳的金属摩擦声再度卡住了。瑟莱丝调整了扳手的角度,继续与螺帽缠斗;这回转动了将近两英寸,螺帽顽强依旧。

几分钟后，整截排水管终于都让她拆下来了。在她面前，一个个零件整齐地躺在厨房地板上。她的头发和衬衫都汗湿了，但她有一种近乎征服的喜悦般的成就感，仿佛她和某种纯属男性的顽强力量打了一场肉搏战，并且光荣地获得了胜利。接着，她在破布堆里找到一件麦可已经穿不了的旧衬衫，扭卷成一根可以通过水管的布棒；她就用这根布棒来回捅擦水管内部，一直到她满意地认定水管里除了老锈以外再没别的东西了，然后才找来一个小塑料袋，将麦可的旧衬衫包进去。她带着水管和一瓶漂白水到后阳台去消毒水管内部，让漂白水从水管另一头流出来，流到一盆盆栽干巴巴的土壤里。那盆植物去年夏天就死了，在后阳台放了一整个冬天，等着被拿去扔掉。

　　一切处理妥当后，她才把水管组装回去，重新装上栓塞；她发现组装比拆卸容易多了。她找出昨晚拿来装大卫衣服的塑料垃圾袋，把装着麦可那件破烂衬衫的袋子也丢进去，然后将塑料水桶里的东西用滤网滤过后再倒进马桶；最后，她拿了张纸巾把滤网擦干净，再将纸巾也丢进了那只垃圾袋。

　　好了，所有的证据都在这里头了。

　　至少所有她能处理的证据都在这里了。如果大卫对她撒谎了——关于那把刀，关于他是否曾在任何地方留下指纹，关于他的——罪行还是自卫，是否有目击证人——她也无能为力。但在她家里的这一部分，她都已经昂然面对并解决了。他从昨晚回来后丢给她的每个问题她都一一解决掉了。她征服了每一项挑战。她再度感到一阵飘飘然的眩晕。她感到强壮，感到精力前所未有的充沛；她突然清清楚楚地确定，自己依然年轻依然强壮，绝对不是也不像一台可以让人随意丢弃的烤面包机或是坏掉的吸尘器。她曾经熬过父母的亡故，熬过多年的经济困境，熬过麦可六个月大时那场肺炎的惊吓和煎熬；显然，这些苦难并没有如她原本以为的那样削弱了她的力量，最多只是让她有些累了倦了——但她现在终于认清自己是什么样的人了，那些疲累倦怠甚至也将一扫而空。她清楚地体会到，自己是那种能够挺身面对挑战的女人；她无畏无惧，挺身迎向挑战，来吧，尽管放马过来吧。我已经准备好了。来吧，我随时奉陪。我不会坐以待毙。所以你给我小心了。

她从地上捡起那只绿色的垃圾袋，反复扭转袋口，直到它看起来像个枯瘦如柴的老头儿的脖子，然后揪紧了，在袋口打了一个死结。她停顿了一下，突然有些诧异，垃圾袋怎么会让她想到老人的脖子：这念头究竟是打哪儿来的？然后她注意到电视的画面消失了。前一分钟"老虎"伍兹正大步跨过果岭，下一分钟屏幕突然陷入一片漆黑。

接着，屏幕上突然跳出一道白线。瑟莱丝暗自立誓，要是这台电视也跟她要起显像管破裂这套，她现在就把它从前廊扔出去。就是现在。管它去死，她就是不想再看到它了。

但不久，白线消失，出现了新闻摄影棚的画面，一脸匆促和困惑的女主播对着镜头说道："现在为您插播一则最新消息。本台记者法乐芮·科拉琵正在东白金汉州监公园外的现场，警方自今晨起针对一名失踪女子在此地展开大规模搜索行动。法乐芮？"

瑟莱丝看着屏幕从摄影棚切换成直升机拍到的画面——晃动中的雪梨街与州监公园的鸟瞰画面。看起来像是一支入侵军队的警方在公园外围跑来跑去。她看到很多蚂蚁般的黑点穿过公园，河道上还有几艘警方的船。她还看到一整队蚂蚁似的人影持续地朝围绕着露天电影院巨型银幕的树丛前进。

直升机与强风搏斗，摄影机的镜头不停地摇晃。有几分钟瑟莱丝还看到河对岸的休穆大道以及夹道延伸而去的工业区。

"现在您看到的画面是东白金汉区。警方自今天清晨起在此处针对一名失踪女子展开大规模搜索，搜索行动目前仍在持续。根据未经证实的消息来源，该名女子遭遗弃的汽车内有迹象显示本案疑似谋杀。现在，薇吉尼亚，这是——不知道你看到……"

直升机镜头突然来了个令人头晕目眩的一百八十度大转弯，将画面调离休穆大道的工业区，转向停在雪梨街上的一辆车门大开、显然遭到遗弃的深蓝色小轿车，旁边还有一辆警方的拖吊车正缓缓倒车接近。

"是的，"记者说道，"您现在所看到的是该名失踪女子的轿车。警方今晨接到报案后随即展开本次搜索行动。薇吉尼亚，目前警方尚未透露这名失踪女子的姓名，以及出动这么庞大的警力的原因。相信您也从画面中看到了。但本台消息来源已经证实，本次搜索行动似乎将集中在旧汽车电影院的巨型银幕周围，也就是市民熟悉的夏日剧团户外公演的舞台附近。但我们可以确定这并不是一场捏造的戏码，这是货真价实的事件。薇吉尼亚？"

瑟莱丝企图从刚听到的消息中理出一点儿头绪。除了警方摆出了仿佛要接管整个东白金汉区的庞大阵势外，她并不确定自己究竟听到了什么。

屏幕上的女主播看来也是一脸困惑，仿佛某人用她听不懂的语言给了她该作结语的提示似的。她匆匆说道："本……本案一有最新发展，我们将随时为您做插播报道。现在请继续收看本台原时段的节目。"

瑟莱丝换了一个又一个频道，但其他电视台似乎都还没注意到这则新闻。她于是转回高尔夫球赛，并顺手把音量调大了。

平顶区有人失踪了。一个女人的车被遗弃在雪梨街。但是警方不会发动这样大规模的行动——这规模十足庞大；她注意到雪梨街上市警局以及州警队的警车都到齐了——除非他们已经掌握了更多的证据，证实这不只是一桩单纯的失踪案。那辆车子一定还有某些迹象，显示车内曾经发生过暴力事件。那个记者是怎么说的？

有迹象显示本案疑似谋杀案。这就是了。

血，她很确定。一定是血。证据。她低头看着自己紧紧揪在手里的塑料袋，心里想着：大卫。

第十一章　血雨

吉米站在黄色的警方封锁线外，面对着一整排警察，西恩则径自穿过草丛往公园里头走，甚至不曾回头看一眼。

"马可斯先生，"一个叫杰弗兹的警察说道，"要不要来杯咖啡还是什么的？"警察的目光始终落在吉米的额头上，一边用拇指指背搔着肚腹。吉米可以从他的目光和姿态中嗅到一丝混杂着轻蔑的同情。西恩刚刚帮两人介绍过；他告诉吉米这位是杰弗兹警官，人很不错，然后告诉杰弗兹，吉米就是，嗯，是那辆遭遗弃的车子车主的父亲，好好照顾他。还有就是待会儿托芭特一到场就赶紧给他们介绍一下。吉米猜想这位托芭特要不就是警方的心理医生，要不就是哪个蓬头垢面、欠了一屁股学生贷款、车子里头闻起来像汉堡王的社会工作人员。

他没有理会杰弗兹，反而朝站在对街的查克·萨维奇走去。

"现在到底是什么情况，吉米？"

吉米摇摇头。他确信，要是他试着把心里的感觉转换成言语，他一定会吐自己和查克一身。

"你带手机了吗？"

"带了。"查克的手在防风夹克底下一阵摸索。吉米接过手机，直接拨了查号台的号码，听到电话里传来录音人声，询问他欲查询电话所在州与城市名。开口前他犹疑了一秒，脑海里浮现一个画面——他的声音沿着铜线走过一英里又一英里，然后倏地被卷入一个无底洞般的旋涡中，再传入一部怪兽般有着闪闪红眼的超巨型计算机内部。

"查哪里？"计算机说道。

"恰克起司餐厅。"吉米突然感到一阵难堪和厌恶，厌恶自己竟然必须站在大街上，在他女儿空荡荡的车子附近，对着话筒说出这样一个可笑至极的名字。他几乎想把这该死的电话塞进嘴里，狠狠地咽下去，想听到它被挤压得支离破碎的声响。

他照着计算机给的号码拨通了电话。接电话的家伙显然没有把听筒挂好，只是随意搁在柜台上；吉米听到他们在呼叫他妻子的名字："安娜贝丝·马可斯？安娜贝丝·马可斯？麻烦请与柜台联络！"吉米听到阵阵寻人的铃声，还听到七八十个小孩子在那边追逐打闹、互相拉扯头发、尖叫，而几个成人则试图盖过他们的声音镇住场面，然后他听到他们又呼叫了一遍安娜贝丝的名字。吉米想象她应声抬头的模样，有些不解，有些疲倦，而刚刚才在圣西西莉亚初领圣体的那群小孩子则在她四周推挤着争食比萨饼。

然后他听到了她的声音，隐隐约约："你们找我吗？"

有那么一瞬间，吉米几乎想挂掉电话。他要跟她说什么？在什么也不确定的情况下，他能跟她说什么？说他的恐惧？说他那些疯狂的念头和想象？让她和女孩们再多享受一会儿无知的平静不是很好吗？

但他知道今天这一早上下来已经够了；他要是不在第一时间通知她，只是自己站在雪梨街上，在凯蒂的车子旁边心急如焚，安娜贝丝一定会很伤心。她日后一旦想起自己和女孩们被蒙在鼓里，在恰克起司餐厅开开心心地吃喝，一定会觉得很不应该，很不堪，甚至会觉得一切开心都是假的。她会因此而恨他。

他再度听到听筒里传来她隐约的声音："这个吗？"然后是一阵窸窸

窣窣的移动声。"喂？"

"宝贝。"在他不得不清喉咙之前，他努力挤出了两个字。

"吉米？"她的声音底下隐藏着一丝愠怒，"你在哪里？"

"我……呃……我在雪梨街。"

"发生什么事了？"

"他们找到她的车了，安娜贝丝。"

"谁的车？"

"凯蒂的车。"

"等等，'他们'？他们是谁？警察吗？"

"嗯。凯蒂她……她失踪了。在州监公园里头。"

"哦，老天。哦，不，不会吧？不，哦不，吉米。"

吉米可以感觉到那些原本让他压抑在心底的东西一下子全都涌上来了——那种恐慌，那种可怕的确定感，那些恐怖的念头。

"现在什么都还不确定。只知道她的车在这里停了一夜，条子——"

"我的老天，吉米！"

"正在公园里搜索。一大堆条子。所以——"

"你在哪里？"

"我在雪梨街上。听好——"

"你他妈的在街上做什么？你为什么没进去？"

"他们不让我进去。"

"他们？去他妈的他们！他们是谁？那是他们的女儿吗？"

"听好，我——"

"你才给我听好——你给我进公园去！老天。她说不定受伤了，孤零零躺在里头什么地方，等着你去救她。"

"这我当然知道，可是他们——"

"我马上到！"

"好。"

"进公园去，吉米。老天。你到底是怎么回事？"

她挂上了电话。

吉米将电话还给查克。他明白安娜贝丝说得没错。她说得一点儿都没错；他一下子醒了过来——他一辈子都会为自己刚刚这四十五分钟的无能后悔不已，永远无法正视这般无能畏缩的自己。曾几何时他竟然变成了这种废物，在心爱的女儿失踪的关头竟然只会缩头缩脑地对着他妈的死条子一味哦，是的，嗯，好，嗯，没问题，嗯您怎么说我怎么做。这是什么时候的事？他什么时候阉了自己的老二，交出来以换取，妈的，换取什么？换取别人的赞许，说你是个他妈的好公民？

他转向查克。"你后备厢备胎底下那把断线钳还在吧？"

查克露出一脸被人逮个正着的表情。"唉，总要混口饭吃嘛，吉米。"

"你车子停在哪里？"

"在前头，道斯街转角那边。"

吉米转身大步向前，查克赶紧跟了上去。"我们是要闯进去，对吗？"

吉米点点头，加快了脚步。

西恩往绕着市民花园围墙迂回而行的那段慢跑小径走去，沿路跟蹲在花丛草丛间采集证据的警察们打着招呼；从其中许多人紧绷的脸上，西恩知道他们也已经知道了。事实上，此刻整个公园都笼罩在某种无比凝重的气氛中——西恩曾几次在凶案现场感受过这种气氛，那是对宿命、对他人命定的不幸的默然接受。

进公园的时候他们就已经知道她是凶多吉少了，但所有人在心中的某个角落，西恩知道，总还怀着那么一丝丝的希望。这就是他们的工作：你来到现场，一切其实早了然于胸，但你就是想花尽可能长的时间去努力，努力证实自己是错的。西恩去年办过一桩婴儿失踪案：一对年轻体面的白人夫妻报警宣称他们的小宝宝失踪了，当时还曾引来不少媒体的注意，但西恩和承办这个案子的每个警察都心知肚明，这对夫妻根本是在诈唬他们，小宝宝其实早就死了。但他们还是得照规矩来，安慰这一对冷血混账，轻声跟他们保证宝宝不会有事的，循线追查那一条条一下就断了的线索。

结果，当天黄昏，他们就在那对夫妻屋里的地下室楼梯下面找到了婴儿的尸体，装在一个装吸尘器的纸袋里，塞进楼梯下面一个不起眼的角落。西恩看到一个菜鸟警察倚在巡逻车旁抖肩抽泣，其他警察看起来虽然愤怒，却似乎一点儿也不意外，仿佛他们前一晚都做了这么个狗屎梦。

所以你就带着这种体会回了家，带着它去了酒吧或是局里的更衣室——某种无奈的接受和体会，体会到人类就是这样他妈的既蠢又坏，还常常坏到了骨子里；他们一开口八成是在说谎，而当他们没来由地同所有人失去联络的时候，八成就是挂了，给人干掉了，甚或更糟。

而最糟的通常不是直接的被害人——他们反正死了挂了，不再有任何感觉了。受苦最深的是那些爱过他们却活了下来的人们。他们通常就此变成行尸走肉，拖着脚步过完这一生，身体里除了血肉与器官外，空无一物；他们将变得刀枪不入，对苦对痛都不再有感觉，因为他们已经学到了一件事：最糟糕最恐怖的噩梦有时确实会变成现实。

比如说吉米吧。西恩不知道自己要怎么看着他的眼睛，告诉他，唉，没错，她死了。你女儿死了，吉米。什么人把她带走了，永远永远不会回来了。吉米，已经经历过一次丧妻之恸的吉米。妈的。嘿，你猜怎样，吉米——上帝说你还欠他一笔，他这回是来收账的。希望这次之后你们就算扯平了，老兄。好吧，改天见。

西恩快步通过那座木板桥，沿着小径走向像一群观众似的围绕着旧银幕的大树。银幕侧面有一道往上通向后台的楼梯，一伙人聚集在楼梯附近。西恩看到凯伦·休斯拿着相机猛按快门，怀迪·包尔斯则靠在楼梯顶端的门边，不时往里头看看，再低头做笔记，而助理法医则跪在凯伦·休斯旁边。另外，还有一大群穿着制服的州警队队员和波士顿市警局的警员在大树间来回穿梭，康利和索萨则低头研究着楼梯上的什么东西，而双方人马的大头头们——市警局的法兰克·柯劳塞与州警队的马汀·傅列尔（西恩的顶头上司）——则稍微离得远了点儿，站在银幕下方的长方形舞台前交头接耳。

如果助理法医判定死者是在公园里断的气，那么这案子就归州警队办，然后这就会变成西恩和怀迪的工作。然后西恩就必须去通知吉米。然后西恩就必须去深入死者的生活，着了迷似的拿着放大镜去感受去想象去看。然后西恩就必须设法把案子破了，好给每个人一个假象，一个事情终于了结的假象。

当然，波士顿警局还是可能会要求接手。因为公园四周毕竟全属于市警局的辖区，因为案子的第一现场是在属市警局管辖的雪梨街上；傅列尔有权决定要不要将这案子交出来。西恩确定这将会是一个引来媒体高度关注的大案子。发生在公园里的凶杀案，死者陈尸地点甚至就在那个正迅速上升为当地流行文化地标的旧银幕附近。目前他们还嗅不出任何明显的动机。当然也没有凶手，除非他现在正躺在凯蒂·马可斯身边——这种可能性很低，否则西恩早就该听说了。毫无疑问，这案子一定会闹得很大；毕竟过去这几年整个波士顿地区都不曾出现过这样耸人听闻的案子。妈的，这下可好，公园里恐怕要挤满流着口水的媒体了。

西恩一点儿也不想接下这个案子；但按照多年来的经验，他一旦有了这样的想法，简直就是事情一定会落到他头上的保证书。他缓缓沿着斜坡往下，朝银幕下方走去，一路紧盯着柯劳塞和傅列尔不放，企图从他俩的身体语言里读出最后的判决。如果里头真是凯蒂·马可斯的话——西恩以为这应该错不了——平顶区一定会爆炸。吉米就算了——他恐怕得过上好一段行尸走肉的日子。但萨维奇兄弟呢？他想都不敢想。光是在重案组，他们每个人的前科资料就已经很他妈的可观了，而这还只是州警队这边的数据。西恩听说市警局那边流传着一个说法，他们说局里没有至少关着一个萨维奇兄弟的周六夜晚简直就像日食一样稀少——有的警察甚至坚持要亲自去牢房那边探探头才肯真的相信。

银幕下方的舞台前，柯劳塞轻点了一下头，而傅列尔则来回张望，直到终于碰上了西恩的目光——西恩明白这意味着这案子确定要由他和怀迪接下了。他看到银幕下方的树丛叶片上沾了少许喷溅的血迹，而通往后台的阶梯上也沾了不少。

始终低头研究着楼梯上的血迹的康利和索萨抬起头来，神色凝重地对西恩点了点下巴，然后继续回去打量台阶之间的缝隙。凯伦·休斯终于挺直腰杆，拇指在相机圆轴上一扳，西恩便听到了底片沙沙卷动的声音。她从袋子里摸出一卷新底片，然后翻开相机的背壳；西恩发现她金黄色头发的两鬓与刘海儿部分的颜色显得尤其深。她面无表情地瞄了西恩一眼，低头取出拍完的胶卷，重新装入一卷。

怀迪跪坐在助理法医身边，西恩听到他微微提高嗓音，轻呼了一声："什么？"

"就我说的那样。"

"你现在就能确定是这样吗？"

"还不敢说百分之百，不过我有把握。"

"妈的。"怀迪转过头，看到西恩往这边走来；他对着他摇摇头，然后伸出一根拇指往助理法医那边画了几下。

西恩跟在两人身后走上楼梯，随着前方两人的肩膀往下一降，他的视野也陡然加宽了。他的目光沿着门廊缓缓前进，终于落在那具蜷着的尸体上——狭长的门廊宽不过三英尺，尸体呈坐姿，背靠在西恩左手边的墙上，膝盖曲起，两脚紧紧抵住他右手边那道墙；这姿态让西恩想起了超音波屏幕上的胚胎。她赤裸的左脚沾满了泥巴，脚踝上挂着几片勉强还看得出来曾经是只袜子的破布。她右脚穿着一只式样简单的黑色平底鞋，同样沾满了已经干掉的泥巴。她虽然在市民花园附近就掉了一只鞋，却设法又逃了这么长一段路，甚至没让另一只鞋也掉了。凶手显然一路紧追，但她却摸进这里来，试图躲避。这意味着她曾一度摆脱凶手；这也就是说，凶手曾一度因为某些原因而减慢了速度。

"索萨。"他唤道。

"什么事？"

"找几个人再仔细搜一遍通往银幕的这段慢跑小径。要他们尤其注意树丛草丛这些小地方，看有没有衣服碎片或者被刮下来的皮肤组织之类的东西。"

"我们已经找人来采脚印了。"

"很好。不过我们需要更多人手。你可以吗？"

"可以。"

西恩再度看向尸体。她穿了件质料柔软的深色长裤，一件海军蓝的宽领上衣，红色外套则被扯破刮破了；这应该是她的周末外出服，西恩判断，平顶区出身的年轻女孩平日不会这么精心打扮。她应该是去了什么不错的地方，也许是去约会。

但她最后却缩在这个狭窄阴暗的走道里，断送了性命。这堵发霉的墙壁或许是她最后看到的东西，这湿冷的霉味或许渗进了她吸进肺里的最后一口空气。

她看来仿佛是到这里躲雨的，躲避某一场猩红的血雨；她的头发、脸颊，还有衣服，全让那红色的雨水泼湿、浸透了。她曲起的膝盖几乎抵在她胸前，她右手握拳，手肘顶在右膝上，紧握的拳头依然掩在耳畔。这姿态再度让西恩想起一个孩子，而不是女人，掩耳蜷缩在角落里，想要赶走那些恼人的噪音。求求你停下来，求求你，这姿势仿佛正在说道。求求你停下来。

怀迪闪开身子，西恩在门廊前蹲下。在她身上与身下的殷红鲜血和墙壁散发的强烈霉味底下，西恩依稀闻到了一丝香水味，淡淡的，有点儿甜，有点儿挑逗；这若有似无的甜香让西恩想起了高中时代那些多半在漆黑的车子里进行的约会——那几乎已经紧张到不听使唤、笨拙地想解开拨开层层衣物的手指，那带电般的接触。在残留的红色雨水底下，西恩看到她手腕、前臂和脚踝附近有多处深紫色的瘀伤。

"她被打了？"西恩说道。

"看起来应该是。看到她脸上这一摊血了没？那是从她头顶的一道裂伤流出来的。伤口很深，王八蛋不知道拿什么打的，不过照这程度看来，那凶器八成也让他打断了。"

尸体再过去的那段走道里塞满了杂物——木板木条，以及一堆像是舞台道具的东西：木帆船、教堂尖顶、一个像是威尼斯凤尾船船首的东西。她根本无路可逃。她一进到这里就完全动弹不得了。一路追杀她的人一旦追进这里，她就只能坐以待毙。而他确实追进来了。

凶手推门进来，她却只能缩着身子，用单薄的四肢紧紧抱住自己，作为唯一的保护。西恩抬起头，端详着那张半掩在紧握的拳头底下的脸庞。也是一片殷红。她的眼睛像她的拳头一样，紧紧地闭上了，试着想象一切只是一场噩梦；当初或许是因为恐惧而紧闭的眼帘，此刻僵硬地永远闭上了。

"是她吗？"怀迪·包尔斯问道。

"呃？"

"凯瑟琳·马可斯，"怀迪说道，"那是她吗？"

"嗯。"西恩说道。她下巴右侧有一道弯弯的疤痕，随时间渐渐褪色变淡，不注意看根本看不出来；但当你在附近街上遇到凯蒂·马可斯的时候，却又很难不去留意那道旧疤，这或许是因为她其他部分是如此完美无瑕。她的脸庞是她那黝黑骨感的母亲的完美翻版，间或掺杂了她父亲那种不羁之气，他那淡色的眼珠和头发。

"百分之百确定吗？"助理法医问道。

"百分之九十九吧。"西恩说道，"还是要请她父亲到停尸间认过尸才能定。不过，嗯，是她，没错。"

"你看到她后脑了吗？"怀迪凑过来，用一支笔撩起披散在她肩上的长发。

西恩探过头去，看到她头盖骨后侧给掀去了一小块，整个后颈全是暗红色的鲜血。

"你是要告诉我她最后是死于枪伤吗？"他转头看着助理法医。

法医点点头。"在我看来应该是枪伤。"

西恩往后一靠，避开那股混杂了香水、血腥、发霉的墙壁以及潮湿的木头的味道的气味。他突然有一股冲动，想要挪开凯蒂·马可斯耳畔那只紧握的拳头，仿佛这样一来她身上那些看得见的和看不见的乌紫和瘀青就会消失无踪，那些暗红的血迹就会挥发掉，而她将会揉着眼睛睡眼惺忪地站起来，走出这个阴暗潮湿的墓穴。

他听到他的右方传来一阵骚动；好几个人同时大叫，然后是窸窸窣窣的跑步声，几只警犬发出愤怒的咆哮。他转过头去，看到吉米·马可斯和查克·萨维奇突破重围穿过树丛，自修剪整齐的青绿色草坪斜坡——那是夏日前来观赏剧团户外公演的人们铺毯子席地而坐的地方——俯冲下来。

至少有八个制服警员和两个便衣警察试图围捕他们，查克果然一下就被拦下来了。但吉米不但动作快，而且无比机灵滑溜；他左一闪右一躲，轻松地冲过了封锁线，把一大群气喘吁吁的警察甩在后头。如果不是斜坡上那一个趔趄，他恐怕会这么一路闯到银幕前，只有原本就站在那里的柯劳塞和傅列尔还有机会阻挡住他。

但他确实踩空了那么一步。他整个身子往前扑倒在湿滑的草地上，下巴着地，继续向下滑行，目光却始终紧咬住西恩不放。一名年轻力壮、体型如高中足球队边锋的州警，一个箭步跟着扑倒在吉米身上，两人就这样又往坡底滑行了几英尺。年轻警察把吉米的右手往后一扳一扭，然后伸手往自己腰际的手铐探去。

西恩赶紧冲到舞台上，出声制止："嘿！嘿！他是被害人的父亲。把他带到封锁线外就可以了。"

警察微微抬头，一脸的不快和污泥。

"把他带出去就行了，"西恩说道，"两个都一样。"

他转过头去，面向银幕。他听到吉米厉声呼喊他的名字，那声音沙哑而破碎，仿佛他脑中那声压抑已久的尖叫终于找到了他的声带，死命地挤压它。"西恩！"

西恩愣在原地，眼角余光正好瞥见傅列尔也在盯着他看。

"看着我，西恩！"

西恩转身，看到被警察压在身下的吉米奋力抬高了上身，他下巴上有一大块污泥，上头还沾着点点草屑。

"你们找到她了对不对？那是她对不对？"吉米大吼，"那是她吗？"

西恩一动不动，只是努力想锁住吉米的目光，但吉米狂乱搜寻的目光终于还是落定了。他终于看到一切都结束了，他最深的恐惧还是成真了。

吉米扯开嗓子，放声长号。又一个警察走下斜坡，而西恩终于转过头去。吉米的号叫低沉而粗哑，不尖不锐，只是一波波送入凝住的空气中，像动物乍然领会悲恸的本能反应。这些年来，西恩听过无数被害人父母的哀号。那里面总带着一份沉重的哀怨，某种切切的哀求，哀求上帝哀求天地，哀求什么人来告诉他们，这一切只是一个迟早会醒来的噩梦。但吉米的号叫声中无哀无怨，有的只是爱和愤怒，同样多的爱和愤怒，惊动了树上的鸟儿，沉沉地回荡在州监大沟黑乎乎的沟水之上。

西恩踱回长廊入口，怔怔地看着凯蒂·马可斯蜷着的尸体。康利，州警队凶杀组的最新成员，不声不响地站到他身边；两人就这样并肩站着，一语不发地看着眼前这被冻结的一幕。吉米·马可斯的长号愈发沙哑破碎，仿佛他吸入的每一口空气中都夹带着无数伤人的玻璃碎片。

西恩俯视着让红雨浸透了身子、一只手紧紧握拳掩在耳畔的凯蒂，然后越过她，看着那堆阻挡了她的逃生之路的木制道具。

他耳畔传来一群警察连拉带扯把吉米拖上坡去的脚步声，伴随着绵延不绝的长号悲鸣。一架直升机轰鸣着掠过树林上空，在前方压低一侧机身，掉过头再往这边飞来。西恩判断那是电视台的直升机。警用直升机的引擎声要再低一些重一些。

康利压低嗓门，愣愣地问道："你看过这样的场面吗？"

西恩耸耸肩。看过没看过早已无关紧要了。当你看得够多的时候，你自然便停止比较了。

"我的意思是，像这样……"康利迟疑了一下，试着找出恰当的字眼。"像这样……"他的目光自尸体上移开了，悠悠地移向远方的树丛；他的眼底还残留着一丝挣扎，想再度开口。

然后他的嘴唇地闭上了。一会儿之后，他终于完全放弃了。

第十二章　你的色彩

西恩倚在银幕下的舞台边，与他的顶头上司，州警队副队长马汀·傅列尔并肩站着，看着怀迪·包尔斯指挥着那辆验尸官的箱型车，引导它缓缓地倒车，沿斜坡往下，接近凯蒂·马可斯陈尸的长廊入口。怀迪自己也一路退着，高举双臂，忽而往左忽而往右，齿缝间不时还会冒出一两记尖锐清脆的哨音。他的目光不停地在几个定点间来回穿梭：两侧的黄色封锁胶带、箱型车的四只轮胎，以及后视镜里司机那双紧张不已的眼睛；他态度之认真，要求之严格，简直像是正在应征一份搬家公司的差事似的。

"再往后退一点儿。方向盘打正。再来，再来。停……就这样。"终于满意了之后，他大步向前，拍拍箱型车的后门。"技术不赖嘛。"

怀迪打开车后门，尽可能地把车门往两侧推，要它们形成一座临时屏风，阻挡掉所有闲杂人等的视线，不让他们看到银幕后方那一幕。西恩有些讶异，他根本没想到要在凯蒂·马可斯的陈尸处前弄出这样一道屏障来；但话说回来，怀迪处理凶案现场的经验比他多多了。这匹经验丰富的老马，西恩还在忙着参加高中舞会，忍着不在舞伴面前挤青春痘的时候，他恐怕就已经出道了。

坐在箱型车前座的两名验尸官助理各自开了门，正要下车的时候，怀迪赶忙出声制止。"嘿，老兄，这不行。你们还是得从后门爬出来。"

两人摔上已经开了一半的车门，从后门爬出来，消失在通往长廊的楼梯尽头，准备将尸体运回去。随着他俩的身影渐渐消失，西恩突然感到某种尘埃落定的确信：从现在开始，这就是他的案子了。其他警察、采证小组的专家、坐在直升机里或是挤在公园四周封锁线外的那堆记者，很快就会找到其他事情去忙去追逐了，而凯蒂·马可斯的死则会变成他和怀迪的责任——将报告归档，准备证人口供；然后，当眼前的众人在烟灰缸堆满烟蒂、空气不流通的臭烘烘的办公室里忙着处理那些交通事故、盗窃案、抢劫案与自杀的时候，他俩依然得面对她的死亡。

马汀·傅列尔两手一撑，两脚晃呀晃地坐上了舞台边缘。他刚刚从乔治莱特高尔夫球场赶过来，一身蓝色 POLO 衫与咔叽裤底下，还隐约闻得到防晒油的味道。他两只脚不停地敲打着舞台侧面，西恩感觉到一丝隐忍的愠怒。

"你以前跟包尔斯警官合作过，对吧？"

"是的。"西恩说道。

"有什么问题吗？"

"没有。"西恩看着怀迪把一个穿着制服的州警队队员拉到一旁，手指着银幕后方的树丛对他交代了些事情。"我去年跟他合作过伊丽莎白·皮特克凶杀案。"

"那个去申请了保护令结果还是让前夫干掉的女人，是吧？"傅列尔说道，"听说她前夫还讲了一句有关保护令的名言？"

"他说：'保护令保她的，不关我的事。'"

"他最后被判了二十年，对吗？"

"二十年，没错。"西恩只希望当初他们给了她一张更有力的保护令。她的孩子最后只能被送到寄养家庭，糊里糊涂地长大，根本搞不清楚发生了什么事；娘死了爹坐牢，他妈的他到底要跟谁？

怀迪终于交代完了。那个州警队队员往树丛走去，一路又招了些伙伴同行。

"听说他爱喝一杯。"傅列尔说着将一条腿抬了上来,曲着膝盖顶在胸前。

"上班的时候没看他喝过就是了。"西恩说道,禁不住纳闷起来,在傅列尔眼中,需要被看管的人究竟是谁,是他还是怀迪。他看着怀迪弯下腰去,低头研究着箱型车后轮附近的草丛,蹲下去之前还细心地将运动裤的裤脚拉高了,仿佛他穿的是一套布鲁克兄弟牌的西装。

"你那伙伴请那什么病假,伤了什么鸟脊椎不能动,非得请长假去一趟佛罗里达,玩玩水上摩托车和拖曳伞当疗养是吧,我是这么听说的。"傅列尔耸耸肩,"包尔斯听说你要回来了,早早就要求和你同组。好啦,现在你回来啦。你上回搞那什么鸟飞机,不会再犯了吧?"

复职第一天免不了要吃些屎,这西恩早有体会,尤其是来自傅列尔的屎。他以充满悔恨之情的声音说道:"报告副队长,那是一时冲动犯的错,不会再犯了。"

"不只一时吧。"傅列尔说道。

"呃,也对。"

"你的私生活一团糟,狄文,这是你自己要处理的问题。我管不着,不要影响到工作就对了。"西恩望向傅列尔,在他眼底看到充饱了电的电极棒似的火光。这不是他第一次看到他这样,也明白这意味着自己此刻只管听讲,连讨论都免了。

妈的,随他吧。西恩吸了口气,再度点点头。

傅列尔丢给他一个冷冷的微笑,然后应声抬头,看着一架来自电视台的直升机掠过银幕上空,飞行高度显然比事前协议好的低了许多。怒气蔓延过傅列尔的脸,看来今天日落之前州警队有人得卷铺盖走人了。

"你认识死者家属吗?"傅列尔说道,目光依然追着直升机不放,"你是这边长大的。"

"呃,我是在尖顶区长大的。"

"就这里,没错。"

"这里是平顶区。不太一样，报告副队长。"

傅列尔不耐烦地挥挥手。"反正你是这里人。你也是第一批赶到现场的警察之一。你还认识这边的人。"他两手一摊，"我说错了吗？"

"说错什么？"

"你侦办本案的能力。"他冲西恩微微一笑，"你是我队上的好手之一，对吗？犯了错也坐过板凳了，已经准备好要回来大展身手了，是这样没错吧？"

"报告长官，是的。"西恩说道，"报告长官，您说的没错。我一定会好好将功赎罪为队上效力的。"

他俩同时将目光移向箱型车。车里头让人扔进了什么重物，车子底盘应声往下一沉，又微微弹回来一些。傅列尔开口评论道："你注意过吗，他们总是扔？"

确实。凯蒂·马可斯终于让人装进那只黑色的塑料尸袋里，拉上拉链，扔进了验尸官的箱型车。她的长发在塑料袋里纠结成一团，体内的器官也因高温而渐渐开始软化了。

"狄文，"傅列尔说道，"你知道，比起十岁的黑人小男孩让他妈的帮派火并的流弹击中，什么样的事能让我更不爽？"

西恩当然知道答案，但他什么也没说。

"十九岁的白人女孩在我的公园里被干掉了。遇到这种事，人们就不再说'哦，人世本无常啊'之类的屁话了。他们甚至来不及感到悲伤哀痛。他们只会感到愤怒，只想赶快在晚间新闻中看到那个王八蛋混账被五花大绑押进警车里。"傅列尔推推西恩，"你懂我的意思吧？"

"懂。"

"这才是他们要的。因为他们就是我们，而我们要的就是这个。"傅列尔一把揪住西恩的肩膀，要他面对着他。

"没错。"西恩规规矩矩地说道，因为此刻傅列尔的眼中闪烁着某种奇异的光芒，只有上帝或是纳斯达克指数或是网络地球村的虔诚信徒眼中才会有那种光芒。傅列尔是那种所谓因信得救的人——西恩并不确定他究竟信了什么，但总之傅列尔似乎在他的工作中重新找到了某些西恩甚至说不出个所以然来的东西，某些能为他带来慰藉的东西，甚或是某种信仰，某种能让他心安理得地走下去的东西。虽然有时西恩不得不承认，他打心底觉得他的上司根本是个蠢蛋，在那边滔滔不绝地扯些狗屁不通的陈腔滥调，什么生啊死的，什么该这样做该那样做的，攻克顽疾，万众一心，要是人人都肯听的话。

但有时傅列尔会让西恩想起他父亲，他那个关在地下室里盖了一座又一座没有鸟的鸟屋的父亲。西恩喜欢他这种感觉。

马汀·傅列尔在州警队第六分队的凶杀组干副队长已经十几年了，但西恩从没听过有人用"马迪"、"伙计"或是"老小子"之类的昵称称呼他。要不知情的路人从外表去猜他的职业，答案恐怕不外乎会计师或是保险公司的理赔核算员之类无趣的工作。他的嗓音和他的外表一样平凡无奇，一头棕发也早已秃成了地中海。他的身型并不高大，以能在州警队一路升到这般职位的人物来说尤其如此，再加上他走路的姿态也毫无出奇之处，混在人群中转眼便没了踪影。傅列尔就是这样一个毫不起眼的中年人：爱太太疼小孩，运动夹克上还别着去年冬天的滑雪缆车搭乘日票，定期出席各种教堂活动，对社会经济永远持保守派观点。

但隐藏在这样平凡无奇的外表底下的却是一颗无比刚毅执着的心——黑白清晰，泾渭分明，行事果决而讲求实际。你吃了熊心豹子胆在马汀·傅列尔的辖区内犯下滔天死罪——听清楚了，是他的辖区，听不懂你就要倒大霉了——他一律当作你是冲着他本人来的。

"我要你敢想敢干，"西恩到凶杀组报到的第一天，他就开门见山地对他说，"我要你义愤填膺，但是在心里，因为愤怒是一种情绪，既是情绪就不该挂在脸上。我要你随时随地都他妈的讨厌：讨厌办公室椅子太硬，讨厌你大学同学都他妈的换了进口车。我要你讨厌那些混账王八蛋竟蠢得以为他们可以在我们的辖区里头胡搞瞎闹。尽管用力地讨厌，狄文，讨厌到你会他妈的留意每一个细节，以免辛苦破的案子一送到检察官手里，就让对方律师用一些他妈的技术性理由——说你没有合理的搜查动机，说你搜查证又怎样不行——翻了案。讨厌到你能破了每个交到你手里的案子，把那些王八蛋混账全关进他妈的牢里，永世不得翻身。"

队上管这叫"傅列尔演说"，每个刚进凶杀组的新手都得在报到的第一天听一遍。就像傅列尔其他说过的话一样，你永远也猜不透其中有多少是他深信不疑的，有多少只是那些哇啦哇啦的执法人员的场面话。但你反正得听，还得用力听进去，否则你就得另谋高就了。

西恩已经在州警队凶杀组待了两年了；在这期间，他是怀迪·包尔斯带领的小组破案率最高的警员，但傅列尔却总是一副不怎么信任他的模样。此刻他就正以这种目光上下打量着西恩，似乎正在判断他到底行不行，够不够资格担起这个案子：有个女孩在他的公园里被谋杀了。

怀迪·包尔斯缓缓地朝这边踱了过来，边走边翻看着手中的记录本，然后抬起头来对傅列尔颔首示意。"副队长。"

"包尔斯警官，"傅列尔说道，"进行得怎么样了？"

"根据法医的初步判断，死亡时间大约是在今天凌晨两点十五分到两点半之间。没有性侵犯的迹象。致命伤应该是脑后的一处枪伤，但我们尚未排除死者是遭钝器殴打致死的可能。枪手应该是右撇子。我们在尸体左侧一块木板上找到一枚弹壳。看来应该是 A-38 式史密斯手枪，但还是要让化验室的人看过才能确定。我已经要潜水员下水寻找凶器了。歹徒行凶后或许顺手把枪或者是他拿来殴打她的钝器——看来应该是某种球棒，或者是木棍之类的东西——丢进了州监大沟里。"

"木棍？"傅列尔说道。

"市警局先前派人在雪梨街沿街询问当地居民，两名警员回报说一名妇女对他们说昨天深夜曾经听到汽车撞到东西然后引擎熄火的声音。时间约莫是一点四十五分，也就是比死亡时间早半小时。"

"现场还采集到什么证据了？"傅列尔问道。

"嗯，昨晚那场大雨把我们整惨了。我们采到几个疑似歹徒留下的脚印，不过模糊得要命，恐怕派不上用场；另外几个属于被害人的脚印倒还好些。我们在银幕后方的门上采到二十五枚指纹——可能是被害人的，可能是歹徒的，也可能是那些半夜跑来这边喝酒聊天或是慢跑经过停下来喘口气的人的。我们在门附近采到一些血迹样本，不过也一样，还说不定是谁的血。大部分应该都是被害人的血。另外，我们也在被害人的车门上采到好几枚指纹。目前为止大致就这样。"

傅列尔点点头。"十分钟二十分钟后检察官打电话来的时候，有什么事是我该先跟他提的吗？"

包尔斯耸耸肩。"就说那场雨他妈的毁了我的现场吧。还有就是，我们会尽全力侦办本案。"

傅列尔打了个哈欠。"还有什么事吗？"

怀迪转头看着那条通往银幕后方长廊的小径。凯蒂·马可斯生前最后踏过的土地。

"没有脚印这件事让我很火大。"

"你刚说是雨……"

怀迪点点头。"但她确实留下了几个还算清楚的脚印——我敢打赌，那些脚印绝对是她的；因为那些脚印都很新，有的地方脚跟部分比较深，有的重心又往前移过，一看就知道是她逃跑的时候留下的。我们找到了三四个这样的脚印。而歹徒呢？什么也没有留下。"

"就你说的啊，"西恩说道，"因为昨晚那场雨。"

"再怎么样我们也找到了她的三枚脚印啊。为什么就是找不到歹徒的？"怀迪的目光在西恩和傅列尔的脸上扫过一遭，然后耸耸肩，"管他的。总之我就是很不爽。"

傅列尔从舞台上跳下来，拍拍手抹去掌心的沙石草屑。"听好：我会指派六名警员供你们差遣。化验室那边我也已经交代过了，有关这个案子的化验工作一律优先处理。州警队队员看你们需要多少人力，尽管交代，他们会全力支持。所以说，包尔斯警官，告诉我你打算怎么利用这些人力资源。"

"我们会先跟死者父亲谈谈，问看他知道多少死者昨晚的行踪，她跟谁在一起，有没有跟什么人结过梁子之类的。然后我们会把这些相关人证都找来谈谈，还会再讯问那个宣称昨晚曾听到雪梨街上有动静的女人。

市警局不是把公园里外的流浪汉都带回去了吗？我们会全部问一遍。再来就是指望化验室那边能找到指纹或是毛发之类的直接证据了。说不定能在死者指甲缝里找到歹徒的皮肤组织。或者在门上找到歹徒的指纹。说不定就是死者男朋友干的，情侣吵架闹大了也有可能。"怀迪再度耸耸肩（这怕是已成了他的招牌动作了），然后踢了踢脚下的杂草。"就这样。"

傅列尔望向西恩。

"我们会逮到凶手的。"

傅列尔露出不满意但也只能接受的表情。他点点头，拍了拍西恩的手肘，然后径自往舞台下走去。法兰克·柯劳塞正和他在波士顿市警局的头头、第六分局局长基里斯站在舞台下的座位前方，所有人都以那种"你他妈的最好不要给我搞砸了"的目光看向西恩与怀迪。

"'我们会逮到凶手的'？"怀迪说道，"念了四年大学，你就只能想得出这样的台词吗？"

西恩的视线再次短暂地与傅列尔交会了。他对着他的副队长坚定地点点头，希望能让他感受到自己的能力与自信。"我是照新入职人员手册上写的说的啊，"他对怀迪说道，"就在'我们会将歹徒绳之以法'那句下面，它的下一句是'赞美主'；你没读到吗？"

怀迪摇摇头。"那天八成请病假。"

验尸官助理砰一声关上了箱型车的后门，往驾驶座走去。西恩和怀迪应声回过头去。

"你心里有底了吗？"西恩说道。

"换作是十年前，"怀迪说道，"我一定直接朝帮派恩怨的方向去办。但现在？妈的。帮派散的散，剩下的也不敢做得这么嚣张了；帮派一散，事情就没那么容易预料了。你呢？"

"就男朋友干的吧。不过这也只是依照统计数字说的话。"

"用球棒把她活活打死？不会吧？除非那家伙有很严重的暴力倾向。"

"会干掉自己女朋友的，哪个没有严重暴力倾向？"

验尸官助理打开驾驶座车门，探出头来看着西恩和怀迪。"听说有人要帮我们开路，是吗？”

　　“就我们。”怀迪说道，“出了公园就换你们走前面……嘿，还有，死者亲属也搭我们的车走，所以你们待会儿可别把尸袋就留在走廊上。你懂我的意思吧？”

　　那家伙点点头，上了车。

　　怀迪和西恩也跟着爬进一辆巡逻警车，怀迪一下把车开到箱型车前方。他们沿着一条条黄色的封锁胶带往斜坡下方前进，西恩从枝叶缝隙间看到太阳已经开始西沉了，余晖染红了树梢，也给黑乎乎的沟水添了些许橙褐色的光彩。西恩在心里想着，这该是他死后还会想念的几样东西之一吧——这些色彩，这些不知来自何处，却总是这样突然出现在他眼前让他惊艳不已的炫目色彩。它们总是让他不由得感到有些哀伤，有些渺小，仿佛自己根本不属于这里。

　　在鹿岛监狱的第一晚，吉米整夜不曾合眼，从晚上九点到清晨六点，只是坐着，等着睡在他上铺的那个家伙对他动手。

　　那家伙名叫伍卓·丹尼尔，原本是个来自新罕布什尔州的飞车党，其夜为了一桩安非他命买卖越过州界，来到麻州，途中进了一家酒吧喝点儿睡前威士忌，结果却用台球杆戳瞎了某个倒霉鬼的眼睛。伍卓·丹尼尔是个超级大块头，浑身上下每一寸皮肤不是刺了青就是爬满刀疤；他看着吉米，从喉咙底挤出一声冷冷的干笑，那笑声像根长长的水管，直直地捅穿了吉米的心脏。

　　“我们待会儿见，”熄灯之前伍卓这么对他说道。“我们待会儿见。”他又重复了一次，然后补上一声沙哑的干笑。

　　于是吉米彻夜未眠，绷紧神经，聆听上铺传来的每一个细微的声响。他知道攻击伍卓的咽喉是他唯一的机会，但他甚至不确定自己到底有没有办法闪过伍卓那粗壮无比的臂膀，直取要害。攻击他的咽喉，他告诉自己。攻击他的咽喉，攻击他的咽喉，攻击他的咽喉！哦老天，他来了……

　　结果伍卓只是在睡梦中翻了个身，沉重的身躯压得弹簧一阵吱嘎惨叫，下陷的床垫在躺在下铺的吉米看来分明像是大象的肚腹。

那晚，在吉米耳中听来，整座监狱就像是某种有生命、会呼吸的怪兽。他听到老鼠以某种疯狂而绝望的刺耳声响不停歇地啃啮、咆哮、尖叫。他听到耳语、呻吟，听到床架和床垫里的弹簧嘎吱哀鸣。他听到水滴声，听到喃喃的梦呓，听到远方警卫的脚步声在长廊四壁间回响。四点整，他听到一声短促的、无比刺耳的尖叫——短促而幽怨，倏乎出现又戛然而止，徒留袅袅余音在吉米的脑海中徘徊不去。就在这一刻，吉米开始考虑抽出枕在脑后的枕头，攀到上铺，用枕头闷死伍卓·丹尼尔。但此刻他一双手掌又湿又滑，可能会失了准头；再说，天知道伍卓·丹尼尔究竟是假睡还是真睡。或许，他根本就对付不来这样一个同他体型相差悬殊的对手——当那双肌肉虬结的巨臂朝他脑门挥来，扯拉扭抓他的脸，从他腕间刨刮下大块血肉，挤压辗碎他的耳壳时，他又如何压制得住那只单薄的枕头？

最难熬的是最后那一小时。一抹灰蒙蒙的光线透过厚厚的玻璃，从高处那扇小窗渗进窄小的牢房，映得一室惨灰凄冷。吉米听到其他牢房开始有人醒来，在自己的小囚室里来回踱步。他听到几声粗嘎刺耳的干咳声。他感觉这部庞大狰狞的机器慢慢地醒来了，冰冷而饥饿，它需要暴力和鲜血作为食物来维持它的运转。

伍卓突然一跃而下，站定在吉米床畔的地板上，速度之快叫他完全措手不及。吉米一动不动，只是眯着眼睛，调整呼吸，数着等着，等伍卓走近了，他会即刻出手朝他咽喉袭去。

但伍卓·丹尼尔甚至没往他这边瞧上一眼。他从洗脸台上方的架子上取下一本书，翻开了用两手捧着，然后便双膝着地，喃喃地开始祷告。

他祷告了一阵，轻声朗读了几段《保罗书信》中的经文，接着又继续祷告。他念念有词，却不时从喉底溢出几声沙哑的干笑——最后，吉米终于明白了，这些他听来深感威胁的干笑根本是一种不自觉的习惯动作，就像小时候他母亲那些长长的叹息一样。恐怕伍卓自己都不曾意识到。

当伍卓结束晨祷，转头询问吉米是否愿意考虑接受基督作为他的救世主时，吉米知道，他一生中最漫长的一夜终于结束了。他在伍卓脸上看到某种光，某种正在寻找救赎之道的戴罪灵魂脸上特有的光。这光是如此显而易见；吉米不明白自己初见伍卓时怎么就没发现。

他几乎不敢相信自己的狗屎运——他让人扔进了狮笼里，结果那狮子竟改信了耶稣。他才不在乎这个陷入宗教狂热的室友信谁咧，耶稣也好，鲍伯·霍伯还是桃乐丝·黛都好，只要这个肌肉贲张的傻大个晚上乖乖躺在自己床上，吃饭的时候乖乖坐在他身边，妈的，要他跟着信谁都行。

"我曾是一只迷途羔羊，"伍卓·丹尼尔对着吉米说道，"但如今，赞美主，我已找到正途。"

吉米几乎忍不住要大声赞和：你他妈的说得对极了，好家伙！

直到今天，吉米都会以在鹿岛监狱度过的第一夜来衡量他不得不面对的各种耐心的考验。他总是会这么告诉自己，在那台活生生的、会呼吸的庞大机器里头，在各种恼人的吱嘎声叹息声老鼠啃咬声和倏乎生灭的尖叫声中熬过那漫长的一夜后，世上再没什么他熬不过去的难关了；为了达成目的，他可以稳坐如山，熬过一夜两夜都行，都没有问题。

直到今天。

吉米和安娜贝丝站在罗斯克莱街上的公园入口处等着。他俩站在州警队拉起的第一道与第二道封锁线之间，几名州警为他们端来咖啡，又张罗来两把折叠椅。州警队队员态度和善，但他们还是只能在这里空等着；每当他们忍不住开口询问是否有最新消息传来时，那几名州警只能板起面孔，语调轻缓地解释道，真的很抱歉，但他们知道的真的不比他们多。

卡文·萨维奇带着娜汀和莎拉先回家去了，安娜贝丝则留了下来。她依然穿着那件为参加娜汀的初领圣体礼而特地穿上的淡紫色套装——娜汀的初领圣体礼，感觉好像是好几个礼拜以前发生的事情了——她坐在吉米身边，一言不发，只是紧紧揪住内心残存的一丝希望。希望吉米解读错西恩脸上的表情了。希望凯蒂遭到遗弃的车子，她的彻夜未归，与穿梭在公园里的那些警察之间其实没有任何关联，一切都只是巧合中的巧合。希望她心底已经了悟到的事实其实只是一个谎言。

吉米说道："要不要我再去端杯咖啡来？"

她丢给他一抹生硬而遥远的微笑。"不用了。我还可以。"

"你确定？"

"嗯。"

只要不见尸体，吉米知道，她就还没有真正死去。从他和查克·萨维奇被一伙警察从舞台斜坡那边硬推出来后，在这漫长的几个小时里，他一直这样告诉自己，一直以此为由呵护心中那抹希望的火苗。或许只是一个长得跟她很像的女孩。或许她只是陷入了昏迷。或许她只是被卡在银幕后方的小室里，一时动弹不得。或许她受伤了，伤得很重，但尚存一息。这就是他仅存的希望——那微渺如婴儿发丝般的希望，那因为最终判决尚未下达而得以苟且偷生的希望。

他知道这样紧咬希望不放只是徒然，但他就是无法放手。

"我的意思是，还没有人跟你确定过任何事，"这场在公园外的漫长等待刚刚开始时，安娜贝丝曾这么说道，"是这样没错吧？"

"还没有任何人跟我确定过任何事。是这样没错。"吉米拍拍她的手，心里明白，条子肯让他俩进封锁线，在封锁线内等待，这件事情本身就已经是一种确认了。

但在他们抬出一具尸体，在他亲眼看过亲口说出"是的，那是她没错。那是凯蒂。那是我的女儿"这几句话之前，那抹希望就是不肯熄灭。

吉米看着那几个站在公园入口处的铸铁拱门下的警察。那道拱门是早年——早在公园出现之前，早在汽车电影院建立之前，甚至早在今日在场的每一个人出生之前——曾矗立在这片土地上的州立监狱留下的唯一遗迹。白金汉原是波士顿市郊的一个小镇，随着州立监狱的兴建运作而诞生的小镇。狱卒带着家人在今日的尖顶区安顿下来，平顶区则聚居着等待狱中亲人刑满归来的家属。等到那些狱卒年纪够大人脉也够广了，因而开始参与地方选举时，小镇也随之被纳入了市区。

站得离拱门最近的一个州警身上的对讲机突然响了起来，他立即将对讲机凑近唇边。

安娜贝丝握紧了吉米的手，紧得骨头与骨头之间几乎没有任何空隙。

"我是包尔斯警官。我们要出来了。"

"收到。"

"马可斯先生和太太还在那边吗？"

州警瞄了吉米一眼，随即垂下眼帘。"在。"

"好。我们马上到。"

安娜贝丝说道："哦，老天，吉米。哦，老天。"

吉米听到一阵轮胎擦地声，接着便看到好几辆轿车和箱型车沿着罗斯克莱街往公园入口处的封锁线冲来。那些箱型车顶上全都架着各种天线和卫星通讯仪，车才停妥，一群又一群记者和摄影师便慌慌张张地跳下车，争先恐后地往前挤，边跑边调整镜头和话筒线。

"把他们轰出去！"站在拱门边的那名州警扯开嗓门大吼，"快！通通赶出去！"

站在第一道封锁线外的警察们，立刻往记者群那边包围过去，嘶吼叫骂声不绝于耳。

拱门前的州警对着对讲机吼道："这里是杜基。包尔斯警官吗？"

"我是。"

"这边的路被媒体堵死了。"

"把路清出来。"

"报告警官，正在清。"

吉米看到，在公园入口道路离拱门约二十码的地方，一辆警车转过弯后突然停了下来。他看到驾驶员将对讲机举在唇边，而西恩·狄文就坐在他旁边的座位上。他瞥见警车后头还跟着另一辆车。他突然感到一阵口干舌燥。

"把他们赶走，杜基。妈的，我不管你怎么赶，他妈的开枪轰烂那些吸血鬼的屁股也行！"

"收到。"

杜基和另外三名州警经过吉米和安娜贝丝身边，继续往公园外跑去。杜基一边跑一边大吼，他伸长手臂指着外头吼道："你们已经侵入封锁区了。

立刻回到你们的车子里！你们无权进入本区。立刻回到车内！"

安娜贝丝轻声哀叫道："哦，天哪！"吉米突然感到一阵强风袭来，继之以震耳欲聋的声响——一架直升机倏地掠过他们头顶。他转头望向停在路尽头的警车。他看到警车驾驶员对着对讲机大吼，接着，一阵阵尖锐刺耳的警笛声猛然爆开，数辆蓝白相间的警车突然从四面八方同时杀人罗斯克莱街，那些记者和摄影师方才一哄而散，抱着机器逃回车内。盘旋不去的直升机也终于掉过头，往公园上空飞去。

"吉米，"安娜贝丝以一种吉米从她嘴里听过的最最悲凉的声音哀叫道。"哦，吉米。求求你。求求你。"

"求什么，亲爱的，"吉米紧紧拥住她，"求什么？"

"哦，求求你，吉米。哦，不要。不要。"

这些声音——这些警笛声、紧急刹车声、叫骂声，以及直升机螺旋桨震耳欲聋的噪音——就是这些声音。这些声音代表着凯蒂，代表着凯蒂的死讯，毫不留情地涌向他们，在他们耳畔一遍又一遍地尖叫着。安娜贝丝瘫软在吉米怀中。

杜基掉头往拱门那边跑去，迅速移开下方的拒马。在吉米意会过来之前，原本停在路尽头的警车便冲了过来，刷一声停在他身边，而后头那辆箱型车车头却猛然往右一偏，超了车，直直往罗斯克莱街驶去，然后在街口一个左转，不见了踪影——但在那之前，吉米已经瞥见了清清楚楚地写在白色车身上头的几个大字：苏福克郡验尸处。他感觉全身的关节——从他的肩膀到膝盖，到脚踝——瞬间崩裂了，化成了汩汩的液体。

"吉米。"

吉米低头望向西恩·狄文的脸。西恩透过摇下的车窗，抬头看着他。

"吉米，来吧。求求你，上车吧。"

西恩下了车，打开后座车门。直升机又回来了，这次飞高了些，但吉米依然感觉得到螺旋桨带来的一阵阵冷风。

"马可斯太太，"西恩说道，"吉米。求求你们，上车吧。"

"她死了吗？"安娜贝丝哀叫道。这几个字穿透吉米的耳膜，化成噬人的酸液，在他体内流窜。

"求求你，马可斯太太，我们先上车再说吧。"

数辆警车在罗斯克莱街上排成两排，形成前导车队，警笛依然疯狂地转着，闪着，叫嚣着。

安娜贝丝厉声叫道："我的女儿——"

吉米手臂一收，将安娜贝丝推入车内。他不能再听到那个字了。他跟在她后头爬进后座，西恩将门一甩，随即回到前座。在最后一扇车门关上的一刹那，油门一踩，同时启动了警笛。警车朝公园外疾驶而去，加入了前导车队——一整队军队似的警车就这样浩浩荡荡沿罗斯克莱街奔驰了一小段，然后转上高架道路，一路任由引擎和警笛狂吼着，划破长空，狂吼，继续狂吼。

她躺在一张金属桌上。

她的眼睛紧闭着，脚上少了一只鞋。

她的皮肤泛着某种深紫近黑的颜色，某种吉米不曾看到过的颜色。

他闻得到她的香水味。隐隐约约，在充斥整个冰冷的房间的福尔马林的恶臭中，他依然闻得到她的香水味。

西恩一手扶在吉米腰后。吉米开口了，不知不觉地开口了。他知道此刻的自己跟躺在他眼前的这具死尸没两样。

"是的，是她，没错。"他说。

"那是凯蒂。"他说，"那是我的女儿。"

第十三章　灯光

"楼上有一家自助餐厅，"西恩对着吉米说道，"去喝杯咖啡吧。"

吉米不为所动，站在原地，在他女儿重新被盖上了一条白床单的尸体旁。他动手掀开床单一角，俯视着她的脸，仿佛那是一张浮现在井底的面孔，而他站在水井旁，一心只想纵身一跳，追随她而去。"停尸间同一栋楼里竟然有餐厅？"

"嗯。这栋大楼里还有很多别的单位。"

"感觉怪怪的，"吉米说道，语调冷淡，不带丝毫情绪，"搞病理解剖的家伙一进餐厅，所有人不都赶紧换座位，离他愈远愈好吗？"

西恩不确定这是不是刚刚受到严重刺激的人都会有的过度反应。"这我就不知道了，吉米。"

"呃，马可斯先生，"怀迪说道，"我知道这时机或许不很恰当，但我们还是有些问题不得不请您回答……"

吉米缓缓将床单盖了回去。他的嘴唇微微地蠕动了一阵，却不曾发出任何声音。他转头看着一手握笔、一手捧着小记事本的怀迪，仿佛很诧异房里还有这么一个人。他转过头去，定睛瞅着西恩。

"你有没有想过，"吉米说道，"一些微不足道的决定往往竟能扭转你整个生命前进的方向？"

西恩迎上他的目光。"怎么说？"

吉米苍白的脸上一片空洞。他眼珠微微往上一翻，仿佛在努力回想自己究竟将车钥匙丢到哪里去了似的。

"我以前听说过，希特勒的母亲怀他的时候，原本是打算去堕胎的，结果却在最后一刻改变了主意。我还听说，他当初之所以离开维也纳，就是因为他一幅画也卖不出去。你想想，如果他那时卖出了一幅画，就一幅画，或者他妈真的去打了胎——你知道我在说什么吗，西恩？或者，比方说吧，有天早上你错过了公交车，于是你趁着等下班车的时间跑去买了第二杯咖啡，再顺手买了张刮刮乐彩票，结果却中奖了。这下可好，你再也不必等公交车了；你买了辆林肯车，每天开着上下班。但最后你却因此死在某场车祸里。想想看，这一切都只是因为你错过了一班公交车。"

西恩望向怀迪。怀迪耸耸肩。

"不，"吉米说道，"不要用那种眼神看我。我没疯。我头脑清醒得很。"

"我知道，吉米。"

"我只是说，我们的生命里有很多线，很多相互交叉牵连的线。你牵一发便要动全身。比方说吧，如果那天达拉斯下了雨，肯尼迪因而取消了乘敞篷车游行的计划。或者斯大林当初就留在神学院了。再或者，就说你和我吧，西恩，如果你和我当初都跟大卫·波以尔一起上了那辆车。"

"车？"怀迪说道，"什么车？"

西恩对他举起一只手，暂时堵住了他的问题，然后对着吉米说道："我听得有点儿糊涂了。"

"是吗？我的意思是说，如果当初我们也上了那辆车，现在恐怕就不是这个模样了。你知道我的前妻玛丽塔，也就是凯蒂的生母。她是个美人，艳惊四座的大美人。你知道有些拉丁女人就是可以美到那种程度吧？就是美，美得几乎叫人不敢接近。而她自己也清楚得很。所以说，要想接近她，最好先回家称称自己几两重再说。我十六岁的时候可酷了，天不怕地不怕——妈的，约个马子出来有什么不敢的。我不但敢，还真的把她约出来了。一年后——妈的，一年后我也不过十七岁，根本还是个天杀的小孩子——我们就结婚了，那时她肚子里已经有了凯蒂。"

吉米缓缓地绕着女儿的尸体走，一圈又一圈。

"我要说的是，西恩——如果当初我们也上了那辆车，让那两个操他妈的变态载到哪个操他妈的地方去做了什么操他妈的事，整整四天——那时我们才几岁？顶多十一岁吧——我不相信我十六岁的时候还会嚣张到那种地步。我敢说我十之八九就给废得差不多了，你懂我的意思吧，妈的，把兴奋剂立得灵拿来当饭吃的那种废物。我敢说我根本不可能有那种胆子，敢去约像玛丽塔那样的女神出去。那样我们就不可能会有凯蒂。今天凯蒂也就不会让人杀死了躺在这里。这一切都是因为当初我们没上那辆车，西恩。这样说你听懂了吧？"

吉米瞪眼望着西恩，像是在等待某种证实或是确定；但他究竟想要他证实还是确定什么，西恩却毫无头绪。他看起来仿佛正在等待什么人来赦免他，赦免他小时候不曾上了那辆车的罪过，赦免他生了一个后来要被人杀死的女儿的罪过。

曾经有几次，西恩慢跑经过加农街时，会停下来，站在路中央，在当初他和吉米还有大卫·波以尔扭打成一团的地方，抬头就会看到那辆车，停在那里，虎视眈眈地等着他们。有几次，西恩感觉自己依然闻得到那股浓浓的苹果味；他还知道，如果自己猛地转头，转得够快的话，他将会看到那辆车驶向街角，他将会隔着后窗玻璃看到大卫·波以尔的脸，怔怔地望着他们，直到距离终于模糊了一切。

曾经有那么一次，在十年前的一次狂饮聚会上，血管里流窜着浓烈的波旁威士忌的西恩在恍惚中突然想到，或许他们其实全都上了那辆车。而过去几年和眼前的一切不过是场梦。他——还有吉米和大卫·波以尔——其实都还是让人关在地窖里的十一岁男孩，在黑暗中想象着自己活着逃出来后可以拥有的人生。

西恩以为这个想法会成为一夜狂饮醒来后一个遥远模糊的记忆，但它没有。它像是卡在鞋垫里的小石子,在西恩脑子里的某个角落找到了一个永久的栖身之所。

所以,西恩有时会发现自己不知不觉又来到加农街,站在旧家前面,任由大卫·波以尔的脸孔闪过他的眼角,然后再慢慢消失,任由那股强烈的苹果味弥漫在他的鼻腔里,心里想着,不,快回来,不要跟他们走。

他迎向吉米渴望的目光。他有话想说。他想告诉他,是的,他也曾想过如果当初他们也上了那辆车,事情又会变成什么样子。他想告诉他,他确实曾经想象过那个与他擦肩而过的人生,而那个想象中的人生从此阴魂不散,在每个转角流连徘徊,像某个回荡在空气中的名字随微风溜进窗子。他想告诉吉米,他有时还是会从同一场噩梦中惊醒,那场脚底下的街道死命要把他往打开的车门里推送的噩梦。他还想告诉他,从那天起他就不再清楚自己这一生到底要做什么,要怎么过了。他想告诉他,他常常感觉不到自己的重量,自己的存在。

但此刻他们毕竟置身停尸间,吉米女儿冰冷的尸体就躺在他们之间那张冰冷的金属桌上。毕竟怀迪还拿着纸笔站在他们身边。于是,面对吉米写满整张脸的渴望和祈求,他只是淡淡地说道:"走吧,吉米。我们上楼去喝杯咖啡。"

安娜贝丝·马可斯在西恩眼里是个天杀的强悍的女人。坐在这个周日夜晚弥漫着一再热过的食物气味的冷冰冰的自助餐厅里,和两个冷冰冰的男人谈论着她那躺在七层楼底下停尸间里的继女,西恩看得出来她内心的煎熬,看得出来这一切正在一点一滴啃噬着她的心肺。但她就是强撑着,怎么也不肯倒下。她始终红着眼眶,但西恩一会儿便明白了,她并不打算让眼泪流出来。她拒绝在他俩面前崩溃悲泣。他妈的绝不。

谈话间,她好几次不得不停下来喘口气。她说着说着喉咙便哽住了,仿佛胸口藏了只拳头,四处出击挤压着她的器官。她举起一只手,狠狠地抵住胸口,嘴巴再撑开了点儿,等着,等着她终于抢到足够的氧气,好继续把话说完。

"她星期六下午四点半左右下班回到家里。"

"下班？马可斯太太？她在哪里上班？"

她指指吉米。"在我先生开的木屋超市。"

"就是东卡提基和白金汉大道转角那家吗？"怀迪说道，"全市最他妈好喝的咖啡就在那里。"

安娜贝丝继续说道："她一回到家就去冲了澡。洗完澡出来，我们就一起吃了晚餐——等等，不，她没和我们一起吃。她上了桌，光和两个妹妹聊天，没动刀叉。她说她和伊芙和黛安约好了要一起出去吃。"

"她后来就是和这两个女孩一起出去的，是吗？"怀迪对着吉米说道。

吉米点点头。

"所以说，她没和你们一起吃晚餐……"怀迪说道。

安娜贝丝说道："但她还是陪着一起上了桌，和两个妹妹聊得很起劲。她们聊下星期的游行，还有娜汀的初领圣体礼。然后她回房去，在房里讲了一会儿电话。然后应该是八点左右吧，她就出门去了。"

"你知道她在和什么人讲电话吗？"

安娜贝丝摇摇头。

"她房里的电话，"怀迪说道，"是她的个人专线吗？"

"是的。"

"你们介意我们向电话公司调阅那通电话的通话记录吗？"

安娜贝丝望向吉米，吉米说道："不。不介意。"

"嗯，所以说，她是八点离开家里的。就你们所知，她是和她那两个朋友伊芙和黛安有约吧？"

"是的。"

"而你当时人还在店里是吗，马可斯先生？"

"嗯。我星期六值午班。从十二点到晚上八点都在店里。"

怀迪翻过一页笔记，对两人露出一抹浅浅的微笑。"很感谢你们的合作。我知道这并不容易。"

安娜贝丝点点头，然后转向吉米。"我打过电话给卡文了。"

"是吗？你和女孩们说过话了吗？"

"只和莎拉。我跟她说我们马上就回家了。就这样，我没跟她多说什么。"

"她问到凯蒂了吗？"

安娜贝丝点点头。

"那你是怎么说的？"

"我就跟她说我们马上就回家了。"安娜贝丝说道。西恩听到她说到"回家"两个字时，声音明显颤抖了起来。

她和吉米同时转头看向怀迪。怀迪再度露出一抹浅浅的带着安抚意味的微笑。

"我在此向两位保证——这决定是一路从市府大头那边传达下来的——这个案子我们绝对最优先处理。我们绝不会犯下任何错误。队上特别指派狄文警官承办本案，因为他是家属的朋友，而队上长官认为这层关系会让他更加全力以赴。他和我将全力合作侦办本案，我们一定会将伤害您爱女的歹徒绳之以法的。"

安娜贝丝一脸疑惑地看着西恩。"家属的朋友？我并不认识你啊。"

怀迪皱着眉，一段精心演说就这样被戳了个大洞。

西恩说道："你先生和我是朋友，马可斯太太。"

"很久以前认识的朋友。"吉米说道。

"我们的父亲曾经同事过。"

安娜贝丝点点头，依然有些半信半疑。

怀迪说道："马可斯先生，你星期六和你女儿共处了大半天，是这样吧？"

"是也不是，"吉米说道，"我大部分时间都在后头忙。凯蒂则负责站柜台。"

"嗯，总之，你有没有注意到任何不寻常的迹象？比如说她举止有些怪异、紧张，或是害怕？还是说她曾经和客人起过冲突什么的？"

"至少我在的时候没有。我可以给你当天和她一起值早班的店员的电话。也许他会记得一些我到之前发生的事。"

"那就谢啦。你再想想看，你在的时候有没有发生过任何值得一提的事？"

"她看起来没有什么不一样的地方。就开开心心的。嗯，也许是有点儿……"

"有点儿什么？"

"没，也没什么。"

"马可斯先生，这时候任何蛛丝马迹都可能会对案情进展有所帮助。"

安娜贝丝身子往前一倾。"吉米？"

吉米一脸的困窘与无奈。"其实也没什么。就是……呃，我坐在后头那张小办公桌前面的时候，曾经偶然抬头，刚好看到凯蒂站在门廊那边。她就站在那里，用吸管啜饮着一罐可乐，静静地盯着我瞧。"

"盯着你瞧？"

"嗯。然后，有那么一瞬间，她脸上的表情跟她五岁的时候像极了——有一次，我把她留在车子里，自己下车去买个东西——她当时的表情。嗯，没错，那次她后来还哭了——我想，那是因为那时她母亲刚去世，我又才出狱不久，所以每次我只要稍微离开她一会儿，哪怕只是一两分钟，她都会以为我这一走就不会再回来了。她那时脸上常常会出现这种表情……呃，不管她最后有没有哭出来，她脸上就是会出现这种表情，好像她正在为永远都不会再看到你做心理准备似的。"吉米清了清喉咙，深深地叹了口气，随即睁大了眼睛。"总之，我好多年没看过那个表情了，七八年总有了吧？但星期六有那么一瞬间，我确实在她脸上看到那种表情了。"

"好像她正在为永远不会再见到你做心理准备似的。"

"嗯。"吉米看着怀迪低头在笔记本上记上这一笔，"嘿，这真的没什么大不了的。不过是一个表情罢了。"

"你放心，马可斯先生。我也没打算要小题大作。这是我职责所在——我搜集一切大小线索，直到其中两三条终于能凑在一起，拼出个样子来为止。你说你坐过牢？"

安娜贝丝轻叹一声："老天！"然后默默地摇摇头。

吉米整个身子往后一靠。"又来了。"

"我只是问问，没别的意思。"怀迪说道。

"是啊，如果我说我十五年前在西尔斯百货上班，你也会有一样的反应是吧？"吉米不屑地冷笑了一声。"我是因为一桩抢劫案坐的牢。两年，在鹿岛。你写好了没？这个线索会有助于你逮到杀害我女儿的凶手吗，警官大人？呃，我也只是问问，没别的意思。"

怀迪冷不防瞅了西恩一眼。

西恩说道："吉米，别这样。大家都没有恶意。这话题到此为止，我们回到正题吧。"

"正题。"吉米说道。

"除了凯蒂看你的表情外，"西恩说道，"你还注意到别的什么不太寻常的迹象吗？"

吉米终于挪开了投在怀迪脸上的挑衅的目光，低头啜饮了一口咖啡。"就这样，没别的了。等等——那小子，布兰登·哈里斯——呃，不，不对，那已经是今天早上的事了。"

"他又是什么人？"

"他就住在附近，有时会来店里买东西，就这样。他今天早上来过店里，还特别问了凯蒂怎么不在，一副跟她有约还是什么的模样。不过他俩根本不认识，顶多打过几次照面罢了。他会这样问是有点儿奇怪，但其实也没什么。"

怀迪还是记下了这个名字。

"他会不会是凯蒂的男朋友之类的？"西恩问道。

"不可能。"

安娜贝丝插嘴道："话不要说得这么满，吉米……"

"我反正就是知道，"吉米说道，"他不可能是她的男朋友。"

"绝对不可能？"西恩说道。

"绝对不可能。"

"你为什么这么确定？"

"嘿，西恩，你这他妈的是在做什么？在拷问我吗？"

"我没有这个意思，吉米。我只是想问你，你为什么这么确定这个叫布兰登·哈里斯的小伙子不可能是凯蒂的男朋友，就这样而已。"

吉米仰头长长地吐了一口气。"这种事，做父亲的总是会知道。这答案你满意了吗？"

西恩决定暂时不再追问下去。他对着怀迪点点头，将发问的工作交还给他。

怀迪说道："嗯，那我换个角度问吧——凯蒂目前有男朋友吗？"

"就我们所知，"安娜贝丝说道，"应该是没有。"

"那前任男友呢？有没有分手分得不愉快，或是什么人被她甩后很不甘心之类的事情？"

安娜贝丝和吉米互望了一眼，西恩感觉得到两人无言的交流：嫌疑犯。

"巴比·奥唐诺。"安娜贝丝终于开口说道。

怀迪放下笔，隔桌望着两人。"你们说的不会就是那个巴比·奥唐诺吧？"

吉米说道："我也不知道你说的是哪个。我们说的就是那个二十七岁上下、专营古柯碱买卖兼拉皮条的巴比·奥唐诺。"

"就是他，"怀迪说道，"这名字我们队上可熟了。过去两年东白金汉一堆他妈的娄子全都是他捅出来的。"

"是啊，那他怎么到今天都还在外头逍遥呢？"

"关于这个，呃，马可斯先生，你得先了解一点，我们是州警队。您女儿这个案子要不是发生在州监公园里，我们也不会在这里。东白金汉大部分属于市警局辖区，我可没那分量替市警局的人说话。"

安娜贝丝说道："好，这我会转告我朋友康妮。巴比·奥唐诺上回带人砸了她的花店。"

"他为什么砸了她的花店？"西恩问道。

"因为她拒绝付钱给他。"安娜贝丝说道。

"付钱给他做什么？"

"付钱给他要他不要砸她的店啊。"安娜贝丝说完又喝了一口咖啡。西恩心里暗忖——这女人确实悍。谁惹她谁就要倒大霉。

"所以说，你女儿和他交往过一阵。"怀迪说道。

安娜贝丝点点头。"交往没多久倒是。就几个月吧，嗯，吉米？他们去年十一月就分手了。"

"巴比·奥唐诺就这样放她走了吗？"怀迪问道。

马可斯夫妇再度交换了下眼神。"是有那么一晚，"吉米说道，"他带了他那只看门狗罗曼·法洛来家里闹过。"

"然后呢？"

"然后我们把话说得很清楚，把他请走了。"

"我们？我们是谁？"

安娜贝丝说道："我几个哥哥就住在我们楼上和楼下的公寓里。他们很疼凯蒂。"

"萨维奇兄弟。"西恩告诉怀迪。

怀迪再度放下笔，用拇指和食指紧摁住眼角。"萨维奇兄弟。"

"没错。有什么问题吗？"

"我无意冒犯，但是，马可斯太太，我确实有些担心这事情要是没处理好，可能会闹得很大。"怀迪低着头，一边按摩自己颈后的肌肉一边说道，"我绝对无意冒犯，但——"

"无意冒犯的意思就是你正打算要冒犯我。"

怀迪猛地抬头，带着一抹诧异的微笑盯着她看。"你这几位哥哥，马可斯太太，无须我明说，你应该也知道他们在外头的名声吧。"

安娜贝丝还之以同样坚定强硬的微笑。"我知道他们是什么样的人，包尔斯警官。你大可不必兜着圈子说话。"

"几个月前，一个重案组的同事跟我提过，巴比·奥唐诺蠢蠢欲动，想要掺和高利贷和海洛因交易——而这两块大饼，据我所知，一直掌控在萨维奇兄弟手里。"

"除了在平顶区。"

"这话怎么说？"

"除了在平顶区，"吉米说道，一只手搭上了她太太的手，"这话的意思是说，他们拒绝在自己家门口做这些生意。"

"这也算敦亲睦邻之道是吧。"怀迪说道，接着便识趣地闭嘴片刻，给众人一些空间消化这句话。"不管怎样，平顶区既没人出头顶下这些生意，活脱脱就是块等着人去咬一口的大饼。这我没说错吧？而这，如果我掌握的消息正确无误的话，正是巴比·奥唐诺垂涎已久的。"

"然后呢？"吉米似乎有些坐不住了。

"然后怎样？"

"这又跟我女儿的死有什么关系？"

"大有关系，"怀迪说道，然后两手一挥，"这关系可大了，马可斯先生，因为他们双方就缺一个理由好正式开战。现在总算让他们等到了。"

吉米摇摇头，嘴角泛开一抹苦涩干硬的冷笑。

"哦，你不这么认为是吧，马可斯先生？"

吉米下巴一扬。"我认为，包尔斯警官，我们所谓的平顶区——或是尖顶区——很快就要消失了。然后一切犯罪活动也会跟着一起消失。而这不会是因为萨维奇兄弟或是巴比·奥唐诺，或是你们终于决定大举扫荡犯罪的缘故。这将会是因为银行利率降低，而房屋税、财产税不断调涨，郊区那些雅痞于是纷纷回心转意，决定搬回市区来住，因为郊区餐厅的饭真是他妈的难吃。而这些新来的居民，相信我，对海洛因或是路边十块钱一次的口交，抑或满街的酒吧，根本没有兴趣。他们有的是大好的前程、稳定的退休基金账户，还有拉风的德国车。所以说，当他们搬进来后——而这已经在进行中了——犯罪活动和一半的本地居民将不得不另谋出路。所以说，我根本不会去担心巴比·奥唐诺要向我老婆的兄弟宣战的事，包尔斯警官。宣战？为什么而战？"

"为眼前而战。"怀迪仍不死心。

吉米说道："你真的认为奥唐诺是杀死我女儿的凶手？"

"我真的认为萨维奇兄弟绝对会把他视为头号嫌疑犯。我还认为有人势必得去跟他们谈谈，打消他们这个念头，好让我们警方有时间做好我们的工作。"

吉米与安娜贝丝并肩坐在桌子另一头，西恩试图解读他俩脸上的表情，却始终一无所获。

"吉米，"西恩说道，"没有这些横生的枝节，我们应该可以很快把这案子破了。"

"是吗？"吉米说道，"你保证吗，西恩？"

"我保证。不但破案，而且破得干净利落，绝对可以顺利将凶手定罪。"

"要多久？"

"什么？"

"还要多久你们才能逮到凶手？"

怀迪突然扬起一只手。"等等——你这是在和我们讨价还价吗，马可斯先生？"

"讨价还价？"吉米脸上再度浮现那种狱中囚犯特有的阴沉之气。

"正是，"怀迪说道，"因为我感受到——"

"你感受到？"

"某种威胁的成分。从你刚才与狄文警官的那番对话里头。"

"是这样吗？"吉米的语气一派无辜，眼底的阴郁却仍未褪去。

"你似乎打算给我们定一个期限。"怀迪说道。

"狄文警官向我保证你们一定会找到杀死我女儿的凶手。我只是问他这大约会发生在什么样的时间范围内罢了。"

"狄文警官，"怀迪说道，"并不主导侦破本案。是我，我才是本案的负责人。我们会彻底将本案调查个水落石出，马可斯先生、夫人，此刻我最不需要的就是，有人把我们对于萨维奇家族与奥唐诺集团之间正面冲突的顾虑当作某种谈判的筹码。要是让我嗅到这样的企图，我马上派人把那两伙人以妨碍公务的罪名通通逮起来丢进牢里，直到事情告一段落再说。"

几名工友端着餐盘经过他们附近，盘中那些湿软黏糊的食物不断冒出白色的蒸汽。西恩感觉弥漫在餐厅里的那股反复加热的食物的气味似乎更浓了，空气中的夜色似乎也愈发聚拢了过来。

"好，我懂了。就这样。"吉米说道，脸上泛开一抹刻意明朗的微笑。

"就怎样？"

"你们只管抓凶手。我不会挡你们的路的。"吉米起身离座，向妻子伸出一只手。"亲爱的？"

怀迪说道："马可斯先生。"

吉米引着妻子起身，一边低头看向怀迪。

"楼下有一名州警会开车送你们回家，"怀迪说道，一只手往皮夹探去，"如果你又想到别的什么事情，随时打电话给我。"

吉米接过怀迪的名片，随手塞进裤袋里。

站起来后，安娜贝丝看来就没那么稳了；她晃晃悠悠地倚着吉米，仿佛她两脚都已化为液体。她将自己和吉米的手都捏得发白了。

"谢谢你们。"她轻声对着西恩和怀迪说道。

西恩看得出来，这一天下来的起伏煎熬终于攀上了她的脸、她的身体，开始沉沉地把她往下扯拉挤压。明晃晃的灯光无情地打在她脸上，西恩以为自己已经看到了她几十年后的模样——人世风浪在她身上同时留下了智慧与伤疤，她依旧傲然挺直背脊，叫人难以忽视。

西恩不知道这些话是从哪儿冒出来的。在他听到自己的声音划破冰冷的空气之前，他甚至不知道自己已经开了口："我们会抓到杀死凯蒂的凶手的，马可斯太太。我们一定会的。"

安娜贝丝的脸瞬间皱成一团，随即又恢复平静。她深深吸了一口气，默默地点点头，倚着丈夫的身子微微晃动了一下。

"嗯，狄文先生，那就麻烦你们了。"

再度开车穿越市区时，手握方向盘的怀迪问道："那什么上车没上车的到底怎么回事？"

西恩说道："什么怎么回事？"

"马可斯说你们小时候差点儿上了什么车的事。"

"我们……"西恩右手往前探去,调整后视镜的角度,直到他可以看到后头成排闪烁的车灯,一个个雾蒙蒙的黄色光点,在迷茫的夜色中明灭跳动。"我们,妈的,呃,那是好久以前的事了。我、吉米,还有那个叫大卫·波以尔的男孩,在我家前面的路边玩。我们那时差不多几岁——十一岁左右吧。总之,后来就来了一辆车,然后大卫·波以尔就被带走了。"

"绑架案吗?"

西恩点点头,目光依然流连在蜿蜒晃动的黄色灯河上头。"那两个家伙假装是警察。大卫被骗上了车,吉米和我没有。大卫失踪了四天,后来自己设法逃了出来。听说现在还住在平顶区。"

"他们后来逮到那两个王八蛋了吗?"

"一个车祸死了,另一个一年后被逮住了,后来没多久就在狱中上吊死了。"

"妈的,"怀迪说道,"我真他妈的希望有这么一座岛,就像那部史蒂夫·麦奎因的老片一样——有没有?里头所有演员说话都带法国腔,就他顶了个法国名字却不那样说话。片尾他用椰子壳绑了个浮筏,从悬崖跳下去逃了出来。看过吗?"

"没看过。"

"真是部好片。总之,我要说的是,他们应该弄座岛,专门关押那些鸡奸犯和恋童癖的王八蛋。完全与世隔绝,人犯只进不出,至于食物饮水就一星期空投个几次算了。第一次?操,照样判个无期徒刑扔到那岛上去。很抱歉,我们就是不能负担把你们放出来再去毒害世人的危险。因为这种病是会传染的,你知道吗?你会这么做通常就是因为当年有人对你这么做。就像麻风病一样,一个传一个,没完没了。所以我认为唯一的解决方法就是把他们都扔到哪个与世隔绝的小岛上,以绝后患。这样一来,社会上这种人就会愈来愈少;几百年后,等那些变态全都死光了,再把整座岛卖了改建成地中海俱乐部之类的度假村就行了。以后的小孩就只会在传说中听到这些人——呃,这些进化前的人类——的故事,就像现在的小孩听鬼故事一样。"

西恩说道："妈的，您老是吃错了药还是怎样，怎么突然变得这么有深度了？"

怀迪扮了个鬼脸，将车子开上了高架快速道。

"你那个老朋友马可斯，"他说道，"我一看到他就知道他一定蹲过牢。你知道吗，蹲过牢的人身上总会有什么部位就是放松不下来。通常是肩膀。不用太久，就两年吧——整整两年，每一天，每一天里面的每一秒，你都战战兢兢提防着有人会从背后偷袭你，成了习惯之后，你这辈子就再也没法真的放松下来了。"

"他刚刚失去一个女儿，你可别忘了。压在他肩膀上的或许是这件事。"

怀迪摇摇头。"不对。这件事现在还在他的胃里。你看见他老是突然皱眉头没有？那是丧女之恸沉淀在他胃里，在那里发酸翻搅。这我看过不知多少次了。可说到肩膀呢，那就一定是蹲过牢没错。"

西恩将目光自后视镜上移开，茫然地望向高架道上对向车道的漫漫车河。一对对子弹似的眼睛朝他们射过来，倏地又与他们擦身而过，没入夜色之中。他感觉这整座城市紧紧地朝他们围过来：那些摩天大楼，那些廉价公寓，那些办公大楼，那些停车塔，那些运动场酒吧夜总会和教堂。他知道没人会在乎这片灯海中偶尔有哪一盏灯突然熄掉。新点上的灯亦然，没人会注意。但它们就是兀自亮着闪着，明明灭灭，摆动着摇晃着，直直地瞪着你，就像此刻——他和怀迪两人栖身于这辆小车内，成了车河中的一组红黄小光点，一路与无数同样的红黄光点交会错开，闪烁摇曳的光束一遍遍划过又一片庸庸碌碌的周日夜空。

往哪里去？

朝着熄灭的灯光，傻子。朝着破碎的玻璃。

午夜过后，安娜贝丝与女孩们终于沉沉睡去，而早些时候一听到消息就赶过来的瑟莱丝——安娜贝丝的表妹——也终于在沙发上躺平了，吉米蹒下楼去，坐在他们与住在同一栋楼里的萨维奇兄弟共享的前廊阶梯上。

他戴着西恩的棒球手套，虽然他的拇指早已塞不进去，勉强套上也只塞得下半只手掌，他还是戴着它，坐在那里，凝望着四车道的白金汉大道，静静地把玩着一颗棒球。皮革摩擦的声响似乎总能安抚他体内的某些东西。

吉米一直都喜欢在夜里独坐于此。对街的一排商家早已熄了灯，灰蒙蒙一片。白天熙攘嘈杂的商店街到了夜里总会笼罩在一片奇异的静默中，某种独特诡异的静默。弥漫在日光下的那些声响从未走远，只是暂时被收起来，仿佛被吸入了某副巨大的肺叶中，而巨人屏息等待，等着天光一开便要将这些声响释放出来。他信任这片静默，也愿意拥抱这片静默，因为他知道，静默只是暂时俘虏了声响，迟早总会将那些熟悉而温暖的声响还诸大街。所以他怎么也无法想象乡间的生活：在那里，静默本身即是一种声响，而寂静是精致的、一碰即碎的东西。

他确实喜欢这片静默，喜欢这种蠢蠢欲动的平静。这一夜到刚才为止始终充满种种声响，种种激烈的声响，他老婆他女儿的嘤嘤啜泣、悲叹与哀号。西恩·狄文派了两名警探，布莱克与罗森塔尔，来家里搜查凯蒂的房间。他俩目光低垂，不断低声道歉，一边仔细地翻查房里的大小抽屉和床底，而吉米只希望他俩能闭嘴，他妈的该做什么就做什么，愈快结束愈好。最后，除了凯蒂内衣抽屉里的七百元现钞，他们并没有找到任何不寻常的东西。他们让吉米看过那叠崭新的钞票，以及她那本印有"已注销"钢印的银行存折——最后一笔存款是在周五下午被取走的。

吉米没有答案。他也很意外。但这一天有太多意外，他已经麻木了。

"我们可以宰了他。"

威尔踱进前廊，顺手递给吉米一罐啤酒。他赤着脚，在吉米身旁坐下。

"你是说奥唐诺吗？"

威尔点点头。"我他妈的乐意极了。"

"你认为是他杀了凯蒂？"

威尔点点头。"不然就是他派人下的手。你以为呢？凯蒂那两个朋友就一点儿也不怀疑。她们说她们昨晚在一家酒吧里让罗曼·法洛遇上了，那王八蛋还威胁凯蒂。"

"威胁她？"

"嗯，反正就是给她吃了顿刺头,好像她还是奥唐诺的女朋友似的。唉，不然你说嘛，吉米，不是他还会是谁？"

吉米说道："这我还不能确定。"

"确定之后呢？你打算怎么做？"

吉米放下手套，扯开啤酒拉环。他缓缓地喝了一大口。"这我也还不知道。"

第十四章　我永远不可能再有这种感觉了

　　他们熬夜工作到早上——西恩、怀迪·包尔斯、索萨和康利、州警队凶杀组另外两名警员布莱克和罗森塔尔、一整团的州警队队员，以及采证小组的技术人员，再加上摄影师和法医——所有人都铆足精神侦办本案。他们合力翻遍了公园里的每一寸土地，决意不放过任何蛛丝马迹。每个人的笔记本里都是密密麻麻的图表和笔记；州警队队员挨家挨户访问了公园四周步行范围内的所有住户。至于他们从公园及雪梨街上那排烧得焦黑的空屋里揪出来的那堆酒鬼流浪汉，则全扔进了箱型车里，准备拉回队上问话。他们把从凯蒂·马可斯车上发现的背包仔细地翻了一遍，里头不过就是些女孩子会随身携带的寻常玩意儿——除了一本拉斯维加斯的旅游手册，和一张抄在笔记纸上的拉斯维加斯旅馆名单。

　　怀迪把小册子拿给西恩看，同时吹了声口哨。"这个呢，"他说道，"干我们这行的都知道，就叫作线索。走吧，该是去找她那两个朋友谈谈的时候了。"

　　伊芙·皮金与黛安·塞斯卓，根据凯蒂·马可斯父亲的说法，应该就是凯蒂遇难前最后在一起的人。她俩坐在那里，像是后脑勺刚刚才狠狠挨过几记闷棍似的，垮着脸扭着唇，泪眼蒙眬。西恩与怀迪只能在一阵阵泪雨间耐心而坚定地引导两人，让她们把凯蒂·马可斯生前最后一晚的行踪照时间先后交代了一遍：她们去过的每一家酒吧的名字，几点到达几点离开等等。但只要一问到有关凯蒂私人的事，两个女孩便显得有所保留，回答问题前不时交换眼神，再不就是含糊其辞、模棱两可一番后才肯吐出稍微肯定些的答案。

"她有男朋友吗？"

"没有，呃，她没有什么固定的男朋友。"

"那不固定的呢？"

"嗯……"

"怎样？"

"这种事她不会每次都跟我们讲的。"

"黛安，伊芙，少来了。你们是打从幼儿园时代就在一起的手帕交吧，她跟谁交往怎么可能不跟你们讲？"

"她就是这么低调的人。"

"是啊，低调。凯蒂就是这样，警官。"

怀迪决定换个角度切入："所以说，昨晚不是什么特别的日子，也没什么值得一提的啰？你们是这个意思吗？"

"没错。"

"凯蒂不是打算离开这里吗？"

"什么？没有啊。"

"没有？黛安，她车子后座有个背包，里头装了本拉斯维加斯的旅游手册。她干吗没事帮别人拎着到处跑啊？"

"可能吧。我不知道。"

伊芙的父亲不住地插嘴道："亲爱的，知道什么就要说啊。都什么时候了，老天，凯蒂死了啊。"

这句话又引来两个女孩一阵泪如雨下，一时像天崩地裂，她们号啕悲泣，展臂拥抱，泪水枯竭的片刻，嘴巴依然无声地张着，颤抖着——这一幕，西恩不知看过多少遍了，马汀·傅列尔称之为决堤一刻。就是在这一刻，人们终于明了，他们心爱的人确实永远不会再回来了。在这一刻，身为警察的他们也只得选择耐心等待或离开，别无其他选择。

他们选择等待。

伊芙·皮金看起来确实有点儿像一只鸟，西恩暗忖。她的脸窄而尖，鼻子削长，整体组合起来却又毫不突兀；某种与生俱来的优雅甚至让她的纤细看起来几乎带着一丝贵气。西恩猜想她应该是那种穿正式衣服会比较好看的女孩。她浑身散发着一种端庄聪慧的气息，西恩以为应该只有正人君子才会受到这种气质的吸引，地痞混混或花花公子则全然不会。

黛安，相对地，更像朵注定早谢的花。西恩瞄到她右眼下方有块褪色的瘀青；她的块头比伊芙大点儿，属于那种多愁善感爱哭爱笑型的。她眼底泛着一种无助渴望的微光，一种只会引来那些予取予求的无赖混账的目光。西恩知道，不出几年，黛安就会变成几通 911 家庭暴力求救电话的主角，然而在警察真正找上门来之前，她眼底那抹渴望恐怕早就让几年来的遭遇消磨殆尽，变成了绝望。

"伊芙，"怀迪在她俩终于停止哭泣后轻声问道，"你得告诉我有关罗曼·法洛的事。"

伊芙点点头，仿佛对这个问题早有准备，但她并没有马上回答。她默默地啃咬着拇指，一味低头凝视着桌上的面包屑。

"就是整天跟在巴比·奥唐诺屁股后面的那个龟孙啊。"德鲁·皮金急急补上一句。

怀迪举手示意他别讲话，然后转头瞥了西恩一眼。

"伊芙。"西恩说道，他心里明白，他们得将火力集中在伊芙身上。她的口风比黛安紧，一旦开口却往往能提供更多更详尽的细节。

伊芙看着西恩。

"如果你担心遭到报复的话，伊芙，这你大可放心。你跟我们讲的所有有关罗曼·法洛或巴比的事，就止于你我。他们永远不会知道是你说出去的。"

黛安说道："那事情闹上法庭后呢？嗯？到时怎么办？"

怀迪丢给西恩一个"你自己看着办吧，我可不管"的表情。

西恩不为所动，依然将注意力集中在伊芙身上。"除非你看到罗曼或巴比把凯蒂拖下车——"

"这倒没有。"

"那么你就可以放心了，伊芙。检察官不会强迫你俩出庭作证的。他或许会问一大堆问题，但他不会强迫你们。"

"你不知道他们是什么样的人。"伊芙说。

"巴比和罗曼？我当然知道他们是什么样的人。巴比当年蹲了九个月的苦牢，就是我在毒品组时的战绩。"西恩伸出一只手放在桌上，距离伊芙的手不到一英寸。"你说啊，他当然对我放了一堆狠话。没错，他和罗曼就是会放狠话，除此就没别的了。"

伊芙咬着嘴唇，对着西恩的手露出一丝冷笑。"放……屁。"她从齿缝间缓缓挤出了两个字。

她父亲说话了："在这间屋子里不准你用这种口气讲话。"

"皮金先生。"怀迪开口道。

"不，"德鲁打断他的话，"家有家规。我不准我的女儿用这种口气讲话，一副那种——"

"是巴比。"伊芙突然说道。黛安猛地倒抽了一口气，瞠目结舌地瞪着她的朋友，觉得她疯了。

西恩看到怀迪扬高了眉毛。

"巴比怎样？"西恩问。

"他是凯蒂的男朋友。是巴比，不是罗曼。"

"这事吉米知道吗？"德鲁问他女儿。

伊芙爱答不理地耸耸肩——西恩发现像伊芙这般年纪的青少年，动不动就会像这样缓缓地抽一下肩膀，一派老子懒得理你，耸个肩都不愿耸清楚的模样。

"伊芙，"德鲁追问，"吉米到底知不知道？"

"他本来知道，但后来又不知道了。"伊芙说。她叹了口气，头往后一仰，一对深色的眼珠无奈地瞪着天花板。"她爸妈以为他们分手了，因为有一阵子她自己以为他们算是分手了。就只有巴比，只有巴比不觉得他们已经分了。他就是不肯接受事实，不停地回头来骚扰凯蒂。有天晚上，他还威胁要把凯蒂从三楼扔下去。"

怀迪问道："这是你亲眼看到的吗？"

她摇摇头。"这是凯蒂告诉我的。应该是六个礼拜还是一个月前吧，巴比在一个聚会上意外遇到凯蒂。他说服凯蒂，要她跟他到外头谈谈。可是那间公寓在三楼，你知道吗？"伊芙举手作势要抹去颊上的泪水，但此刻的她泪水看上去已暂时枯竭了。"凯蒂告诉我，她试图跟巴比解释清楚，他们早已经分手了，可巴比就是不听；最后，他干脆发疯了，一把抓住凯蒂的肩膀，把她举高了顶在阳台栏杆上，让她半个身子都悬在半空中。三层楼高啊，那个神经病！他还说如果凯蒂要跟他分手，他就让她断成两半。他说她是他的马子她就是他的马子，而如果她还是不爽的话，他当场就要他妈的放手让她摔下楼去。"

"天啊，"德鲁·皮金在一阵静默后转头问他女儿，"你认识这帮人？"

怀迪问道："所以说，伊芙，星期六晚上在酒吧，罗曼到底是怎么跟凯蒂说的？"

伊芙沉默了一会儿。

怀迪说："还是换你来跟我们说吧，黛安？"

黛安一副很需要来上一杯的模样。"该说的我们都已经跟威尔说过了。"

"威尔？"怀迪问，"威尔·萨维奇吗？"

黛安说道："他今天下午来过。"

"你肯告诉他罗曼是怎么说的，却不肯告诉我们？"

"他可是凯蒂的舅舅。"黛安顶回去，两手环抱胸前，试图把"去你妈的死条子"几个字清楚地写在脸上。

"我来讲吧，"伊芙说道，"老天。罗曼说，他听说我们喝多了，在酒吧里闹笑话给人看，他说他觉得很不爽，又说消息如果传到巴比耳朵里他一定也会很不爽，所以他建议我们最好赶快回家。"

"所以你们就离开了。"

"你跟罗曼讲过话吗？"她问，"他就是有办法把问题说得像是威胁。"

"所以你们就离开了。"怀迪说道，"出了酒吧之后，你们还有再看到他吗？比如说跟踪你们之类的？"

伊芙摇摇头。

他们又看向黛安。

黛安耸耸肩。"我们喝得蛮醉的。"

"那天晚上你们之中没有谁再跟他讲过话了吧？"

"凯蒂开车送我们回来，"伊芙说道，"我们下车后就再没见过她了。"最后一个字从她齿间迸出来后，她随即咬紧牙关，扭着一张脸，再度仰头瞪着天花板，然后深深地吸了一口气。

西恩问道："她打算和谁一起去拉斯维加斯？和巴比吗？"

伊芙一动不动地仰着头，呼吸却愈来愈急促。"不是巴比。"她终于说道。

"不是巴比是谁，伊芙？"西恩追问道，"她要跟谁去拉斯维加斯？"

"布兰登。"

"布兰登·哈里斯？"怀迪说道。

"布兰登·哈里斯，"她说道，"就是他。"

怀迪和西恩互看了一眼。

"雷伊的大儿子？"德鲁·皮金问道，"那个到哪儿都带着他那哑巴弟弟的小伙子？"

伊芙点点头。德鲁转过身，正对着西恩和怀迪。

"那小子不错。不像是会做坏事的那种人。"

西恩点点头。不会做坏事。哼！

怀迪问道："你有他的地址吗？"

布兰登·哈里斯家没人应门，西恩于是打电话调来两名州警监视这里，一有人回来就立刻通知他们。

再下一站是派尔太太家。老太太端出热茶和已经走味的咖啡、蛋糕招待两人，还把电视开得震天响，搞得一小时后西恩的脑子里还回荡着《天使有约》里头黛拉·芮斯高喊"阿门"和谈论救赎的声音。

派尔太太宣称自己昨晚大约一点半的时候曾经探头往窗外看，她说她看到两个小孩子，都几点了还在街上玩，拿着曲棍球棒在那边追着空罐子跑，嘴里净嚷嚷些不干不净的话。她本来想训训他们的，可是像她这种小老太太还是小心点儿为妙。唉，这年头的小孩子疯得很，要不就开枪扫射学校，要不就穿着那种松松垮垮的衣服，开口闭口全是脏话。再说，那两个小鬼在那里追来追去，最后也跑远了，就让别人去烦恼他们吧。喏，你们倒说说看，这年头的小孩子哪，像话吗？

"麦德罗司警官告诉我们，您说您昨晚大约一点四十五分曾经听到一辆车子的声音？"怀迪问。

派尔太太看着黛拉向萝玛·道宁解释上帝的旨意，萝玛神情庄严，一下便感动得热泪盈眶，心中充满圣恩。派尔太太对着电视频频点头称好，过了一会儿才终于将目光挪回西恩和怀迪身上。

"我听到车子撞到东西的声音。"

"撞到什么？"

"唉，这年头，大家开什么车哪，感谢老天我已经没有驾照了。我可不敢在这种路上开车。你们看看路上那些疯子，我哪敢啊。"

"嗯，派尔太太，"西恩说道，"您刚刚说车子撞到什么，是撞到另一辆车吗？"

"噢，不是。"

"还是撞到人？"怀迪问道。

"老天，车子撞到人会是什么声音哪？唉，我可一点也不想知道。"

"所以说，那个声音不是很大啰？"怀迪说。

"对不起，亲爱的，你说——"

怀迪凑近老太太，把他的问题重复了一遍。

185

"嗯，"派尔太太说道，"我在想，那应该比较像是车子撞到石头或是人行道边缘的声音。之后不久车子就熄火了，然后有人说了声'嗨'。"

"有人说'嗨'？"

"是嗨没错。"派尔太太望向西恩，点点头，"然后车子的什么部位啪的一声，像是爆开了。"

西恩和怀迪互望了一眼。

怀迪说："啪的一声？"

派尔太太顶着一头银发，点头如捣蒜。"我的里欧还活着的时候，有一次我们那辆普利茅斯爆胎了就是这个声音！啪啦！"她的眼睛亮了起来。"啪啦！"她说。"啪啦！"

"那是在您听到有人说'嗨'以后的事。"

她点点头。"嗨然后啪啦！"

"然后您往窗外一看，看到了什么？"

"噢，不，不是这样的，"派尔太太说道，"我没有往窗外看。那时我已经换了睡衣上床了。换了睡衣怎好还站在窗边呢，别人会看到哪。"

"可是十五分钟前，您才——"

"唉，年轻人，十五分钟前我还没换上睡衣啊。我那时才刚看完电视，葛伦·福特演的一出很棒的电影。噢，真希望我能记得片名……"

"所以说，您把电视关掉了，然后——"

"然后我就看到那几个没妈的野孩子在街上，然后我就上楼换上我的睡衣，然后，年轻的警官，我就拉上了窗帘。"

"那个说'嗨'的声音，"怀迪问，"是男的还是女的？"

"女的，我猜，"派尔太太说，"那声音比较高。不像你们两个的声音。"她朗声说道，"你俩的声音都很好听，男人就该是这种声音。你们的母亲一定非常以你们为荣。"

怀迪说："噢，是的，派尔太太。您绝对无法想象。"

他们前脚才跨出派尔太太的屋子，西恩就不觉脱口而出："啪啦！"

怀迪脸上泛开一抹懒懒的微笑。"她可真爱说'啪啦'啊，是不？咱们这位老姑娘可真是精力充沛啊！"

"爆胎，还是枪声？你觉得呢？"

"枪声。"怀迪回答，"让我不解的是那个'嗨'。"

"这可能意味着她认识开枪的人。她跟他打了招呼。"

"可能，但不是绝对。"

下一个察访的对象是女孩们昨晚去过的酒吧。西恩与怀迪忙了半天，问来的却净是一些醉茫茫的模糊记忆——可能有也可能没有看到那几个女孩来过——另外就是几张乱七八糟、不尽周全的客人名单。

最后，当他们终于来到麦基酒吧的时候，怀迪已经蠢蠢欲动，准备发飙了。

"两个小马子——注意啊，是年轻得不得了的小马子啊，等等，她们根本就还不到合法饮酒的年龄啊——跳上吧台在这里大跳艳舞，而你现在却跟我说你不记得这件事了？"

怀迪话还没说完，那店员就已经在那边猛点头了。"噢，你说的是那几个女孩子啊。我记得她们。当然记得。呃，她们一定是弄来了几张几可乱真的假证件，警察先生，放人进来前我们绝对先检查过证件。"

"首先，听好，是'警官'，不是什么'警察先生'。"怀迪缓缓说道，"你一开始说你不太记得她们来过，现在却连检查过她们的证件都想起来了。照这样看来，你应该也还想得起来她们是几点走的吧？还是你的大脑又犯了选择性健忘症了？"

这店员年纪很轻，二头肌大到足以阻断血液流进他的大脑。他愣愣地问道："走？"

"是啊。走，离开，闪人；随你怎么说。"

"我不——"

"她们是在寇思比打破钟之前没多久走的。"一个坐在吧台高脚椅上的男人接口道。

西恩瞥了那家伙一眼——典型酒吧常客，一份《前锋报》摊开在吧台上，两边分别是一瓶百威啤酒和一杯威士忌，面前的烟灰缸上还架了一支抽了一半的烟。

"你当时在场？"西恩问他。

"我当时确实在场。白痴寇思比想开车回家，他几个兄弟于是要没收他的车钥匙。那个蠢蛋，拿着钥匙往他朋友身上扔，人没伤到，钟倒是被砸坏了。"

西恩抬头看了一眼固定在通往厨房的长廊上方的时钟。钟面的玻璃裂了，指针停留在十二点五十二分的位置。

"你说她们是在那之前离开的？"怀迪问道。

"大概早个五分钟吧，"高脚椅上的家伙回答，"钥匙打到时钟的时候我就在想：'那几个女孩子还好已经走了，这种鸟事没看到也好。'"

在车上，怀迪问西恩："你整理出时间顺序了没有？"

西恩点点头，翻了翻他的笔记。"她们九点半离开可里傅酒吧，接着连赶三摊——班喜、狄克杜尔、史派尔，十一点半左右来到麦基酒吧，一点十分人就已经在雷斯酒吧里了。"

"之后再半小时她就撞车了。"

西恩点点头。

"客人名单上你有看到任何熟悉的名字吗？"

西恩低头看着麦基酒吧的店员草草写下的周六晚上的客人名单。

"大卫·波以尔？！"他大声念出这个名字。

"就你小时候那个朋友吗？"

"可能吧。"西恩说。

"这人应该可以找来谈谈，"怀迪说道，"他要是还把你当朋友，就不会拿出一般人对付警察那套来对付我们，口风没由的紧。"

"当然。"

"就把他放到明天的任务清单上吧。"

他们在尖顶区的咖啡共和国里找到罗曼·法洛。他正优哉游哉地啜饮着一杯拿铁，身旁坐了一个模特儿模样的女子——女子枯瘦如柴，膝盖骨和颧骨一样高耸，脸皮像直接贴在骨头上似的绷得死紧，搞得眼睛都显得有些凸了。她穿着一件米色细肩带上衣，枯瘦如柴却又无比性感，这矛盾的组合着实叫西恩想不通；或许是拜她那完美的皮肤散发出来的珍珠般的光泽所赐吧。

罗曼穿了件丝质圆领衫，舒服地塞在一件亚麻老爷裤里，活脱脱像是刚从雷电华电影公司某部以哈瓦那或是基韦斯特岛为背景的老电影的摄影棚里走出来。他一边啜饮着拿铁，一边悠闲地翻阅着报纸：罗曼读着金融版，小马子则在一旁研究着她的时尚消费版。

怀迪拉来一张椅子，在他们身旁一屁股坐下，开口说道："嘿，罗曼，你买这件衣服的地方卖男装吗？"

罗曼头都不抬地继续读着他的报纸，顺手拿起牛角面包往嘴里一送。"嗯，包尔斯警官哪，最近怎么样啊？那辆韩国现代汽车开得还习惯吧？"

怀迪干笑一声，西恩在他身旁坐下。"唉，我说罗曼哪，看到你在这种地方，啧啧，我发誓，你看起来活脱脱是个雅痞，早上刚起床已经准备好在你的苹果电脑上做些股票买卖了。"

"我用的是个人电脑，警官。"罗曼终于合上他的报纸，定睛瞅着怀迪和西恩。"哦，嗨，"他对西恩说道，"我在哪里见过你。"

"西恩·狄文，州警队干员。"

"唉，我就说嘛，"罗曼说道，"没错，我可想起来了。我们在法庭上见过嘛，有没有，就你出庭作证指控我朋友那次。西装不错哦。看来西尔斯百货也开始卖起高档货了哦。嗯，不错不错。"

怀迪将目光移到模特儿身上。"来块牛排还是什么的吧，蜜糖？"

模特儿说道："什么？"

"还是你想吊葡萄糖点滴？我请客。"

罗曼出声了："别这样。我们公事公办。别把不相干的人扯进来。"

模特儿说道："罗曼，我听不懂你们在说什么。"

罗曼微笑着安抚她："没关系，麦珂拉。别理我们。"

"麦珂拉。"怀迪学舌道，"挺梦幻的嘛。"

麦珂拉两眼乖乖地盯着报纸，不为所动。

"什么风把你吹来的啊，警官？"

"烤松饼啊，"怀迪说，"啧啧，我太喜欢这里的烤松饼了。哦，对了，差点儿忘了——罗曼哪，你认识一个叫凯瑟琳·马可斯的女人吗？"

"当然。"罗曼啜了一小口拿铁，从容地拿起餐巾抹抹上唇，再放回膝上。"她死了不是吗？听说了，你们今天下午找到的尸体。"

"是这样。"怀迪说道。

"发生这种事情实在有损本区的名声。"

怀迪双手交叉于胸前，定睛瞅着罗曼。

罗曼又咬下一大块牛角面包，嚼了几下，然后喝了口拿铁。他往后一坐，勾着腿，用餐巾按按嘴角，然后迎上怀迪的目光。又来了，西恩心想，这已经渐渐成为他工作中最令他觉得无聊的事情之一了——这种虚张声势的装傻比赛，你他妈瞪我我他妈瞪回去，比狠比硬，比谁先把谁瞪瞎瞪输了。

"没错，警官，"罗曼终于再度开口，"我是认识凯瑟琳·马可斯，没错。你跑这一趟就是要问这个吗？"

怀迪耸耸肩。

"我是认识她，而且我昨晚还在一家酒吧里看到她了。"

"而且你还跟她讲过话。"怀迪说。

"没错。"罗曼说。

"你们讲了什么？"西恩问。

罗曼依然目不转睛地盯着怀迪，仿佛西恩完全不值得他多搭理一下似的。

"她是我一个朋友的马子。她喝醉了，所以我就叫她别在那边丢人现眼，赶紧跟她那两个朋友回家去。"

"你朋友是谁？"怀迪问。

罗曼冷笑一声。"少来了，警官。你知道是谁。"

"那你就讲啊。"

"巴比·奥唐诺，"罗曼说，"高兴了吧？凯蒂·马可斯是巴比的马子。"

"现任马子吗？"

"嗯？"

"她是他现任马子吗？"怀迪重复道，"她目前还是他的马子，还是她曾经是他的马子？"

"当然是现任。"罗曼回答。

怀迪低头又写了几个字。"呃，这跟我们听到的有点儿出入哪，罗曼。"

"是吗？"

"是啊。我们听说她七个月前就把巴比给甩了，是他还死缠着人家不放。"

"女人嘛，你也知道，警官。"

怀迪摇摇头。"不，我不知道，罗曼，你不妨说来听听。"

罗曼合上他正在看的报纸。"她和巴比分分合合了好几次。她一下宣称他是她今生的最爱，一下又把他晾在一边痴痴空等。"

"在一边痴痴空等，"怀迪对西恩说，"哼，是吗？你觉得这听起来像是你认识的那个巴比·奥唐诺吗？"

"一点儿也不像。"西恩说道。

"一点儿也不像。"怀迪随声附和。

罗曼耸耸肩。"我只是把我所知道的都告诉你了，就这样。"

"好吧。"怀迪再度低头动笔。

"罗曼，昨晚你离开雷斯酒吧后又去了哪里？"

"我们去城里参加一个朋友家的阁楼派对。"

"哇，阁楼派对！"怀迪说道，"我一直都很想参加这种派对，去开开眼界呢。特调毒品，模特儿辣妹，一群白种佬围着听饶舌歌，幻想自己有多酷，多风光……等一等，你说'我们'，这'我们'是指你和这边这位来自异想世界的艾莉瘦干巴小姐吗？"

"麦珂拉，"罗曼说，"是的。麦珂拉·黛芬波，如果你想写下来的话。"

"哦，当然，这我当然得写下来，"怀迪说道，"这是你的本名吗，蜜糖？"

"啊？"

"你的本名，"怀迪说，"是麦珂拉·黛芬波吗？"

"嗯，"麦珂拉的眼睛显得更凸了，"有什么问题吗？"

"你妈生你之前是不是看了很多肥皂剧？"

麦珂拉叫道："罗曼！"

罗曼举起一只手，看着怀迪。"我刚说过了，你我之间的事不必把别人扯进来，你难道没听懂吗？"

"怎么，不高兴了？想跟我来克里斯托弗·华肯那套，耍狠耍刁是吗？好啊，那就来啊。大不了把你铐回队里，铐到我们把你不在场的证明弄清楚了再说。怎么，你明天应该没事吧？"

罗曼的表情一下子全褪去了。西恩看到过很多罪犯在警察耍起狠来时都会出现这样的反应——完全退回自身，几乎叫你以为他们连呼吸都停止了，只剩两眼还盯着你，黑暗，冷漠，畏缩。

"我没有什么好不高兴的，警官。"罗曼说道，声调没有起伏。"我很乐意提供给你所有曾经在派对上看到我的人的名字。另外，雷斯的店员托德·连恩也可以为我作证，我离开雷斯酒吧绝对已经是两点以后的事了。"

"对嘛，这才对嘛。"怀迪说道，"嗯，接着我们来聊聊有关你那好朋友巴比的事吧。他呢？哪里能找到他？"

罗曼的嘴缓缓地咧开了，眼底浮起盈盈笑意。"哦，你会爱死这个的。"

"这怎么说，罗曼？"

"如果你们认定巴比跟凯瑟琳·马可斯的死有关的话，嘿嘿，你真的会爱死这个的。"

罗曼用他深具侵略性的目光往西恩这边一扫。西恩觉得自从听到伊芙·皮金提到巴比和罗曼的名字以来的那股兴奋感倏地一扫而空。

"巴比，巴比，巴比。"罗曼叹了口气，眨眨眼，方才转过头去面对怀迪和西恩。"星期五晚上巴比因为醉酒驾车被警察拦了下来，"罗曼又啜了一口拿铁，然后缓缓地把没说完的话吐出来，"整个周末都被关在牢里哪，警官。"他伸出一只手指，在两人面前晃了晃，"这种事你们不是都会先查一遍吗？"

才一天下来，西恩就已经感觉到那种噬骨的倦怠迅速在他体内扩散开来；但就在这时候，他们却收到州警队的无线电通知：布兰登·哈里斯和他母亲回家了。西恩与怀迪赶到的时候已将近夜里十一点，他俩同布兰登以及他的母亲爱丝特围坐在小公寓的厨房桌边。西恩环顾四周，心里暗忖着，好在没有人再盖这种公寓了，真是谢天谢地。小公寓看起来就像是五十年代电视剧——比如说《蜜月套房》——中的场景；仿佛只有用那种会随电流通过噼啪作响、画面时时如水波摇曳晃动的十三英寸真空显像管黑白电视看，你才有办法真正体会那种感觉。这是一间格局狭长的公寓：一开门进去就是客厅，再往前右手边原本是间小小的餐厅，后来被爱丝特拿来充作卧室，摇摇欲坠的食物储藏柜上头堆着她的梳子、粉刷，还有几样简单的化妆品。餐厅再过去便是布兰登与弟弟雷伊共用的房间。

客厅左边是一条短短的走道，走道右手边是一间浴室，尽头则是那个被塞在屋后一角、一天中只有近黄昏时才勉强晒得到四十五分钟太阳的厨房。小厨房的墙壁和橱柜让人漆成某种油腻腻的奶黄与褪了色的青绿；西恩、怀迪、布兰登与爱丝特围坐在一张小桌前，铁制桌脚与桌面衔接的地方掉了好几个螺丝，摇摇晃晃的。小桌桌面贴着四角都已翻卷起来的黄绿相间的碎花垫纸，中间则龟裂成一块块指甲大小的碎片。

爱丝特看起来倒挺适合这般场景的。她个子矮小，瘦骨嶙峋，叫人捉摸不准年纪，说四十也成，说五十五也像。她浑身散发着廉价肥皂的气味与陈年的烟味，一头暗沉油腻的黑发与狰狞地爬满她前臂和手背的蓝色血管相互呼应。她穿了一件褪了色的粉红色运动衫和一条牛仔裤，脚上则套了一双毛茸茸的拖鞋。她坐在那里，一根接一根地抽着她的百乐门香烟，了无生趣地看着西恩和怀迪跟她儿子说话，看起来像是因为没什么别的地方好去，才会同这些无聊透顶的人枯坐在这里。

"你最后一次看到凯蒂·马可斯是什么时候的事？"怀迪问布兰登。

"巴比杀了她，是不是？"布兰登问。

"巴比·奥唐诺？"怀迪说道。

"嗯。"布兰登不住地用指尖抠抓着桌面。他看起来相当震惊。他说话的声音单调平板，但呼吸却突然间急促起来，右脸跟着一阵抽搐，仿佛眼睛猛地让人戳了一刀。

"你为什么会这么说？"西恩问。

"凯蒂很怕他。她和他交往过一阵。她常说，如果让他发现我们在一起的话，他一定会杀了我们。"

西恩瞄了他母亲一眼，以为这段话总会让她有所反应，但她只是自顾自地抽着她的烟，一阵阵白烟不断自她口鼻中溢出，灰云似的笼罩着整个桌面。

"看来巴比的不在场证明应该假不了，"怀迪说，"那你呢，布兰登？"

"我没有杀她，"布兰登·哈里斯神情木然地说道，"我不可能伤害凯蒂。永远不可能。"

"你还没回答我刚才的问题，"怀迪说道，"你最后一次看到她是什么时候？"

"星期五晚上。"

"几点？"

"呃，差不多八点吧。"

"是'差不多八点'，还是八点，布兰登？"

"我不知道。"布兰登扭着一张脸，即使隔着桌子，西恩都能感受到那股浓浓的焦虑。布兰登十指交错握紧，身子不住地前后摇晃。"嗯，八点，是八点，没错。我们在哈法艾吃了几片比萨，然后……然后她就说她得走了。"

怀迪草草记下"哈法艾，八点，礼拜五"几个字。"她说她得走了……走去哪里？"

"我不知道。"布兰登说。

他母亲想要在堆满烟蒂的烟灰缸里捻灭手上的烟，却意外点燃了一个烟屁股，烟蒂堆中袅袅升起一缕白烟，直直地蹿进西恩右边的鼻孔。爱丝特·哈里斯满不在乎地又点燃一根烟，而西恩脑海里则浮现出她肺叶的影像——一堆纠结的团块，漆黑有如檀木。

"布兰登，你今年多大了？"

"十九。"

"你高中什么时候毕业的？"

"毕业，哼！"爱丝特说。

"我，呃，我去年刚拿到高中同等学力证明。"布兰登说道。

"所以说，布兰登，"怀迪说道，"你完全不知道礼拜五晚上凯蒂跟你在哈法艾分别后去了哪里？"

"嗯，"布兰登轻哼了一声，尾音却哽在喉中，眼睛开始泛红，"她以前和巴比交往过一阵，他占有欲很强，怎么也不肯放过她；然后是她父亲，他不知道为什么就是不喜欢我，所以我们只能偷偷交往。有时候她也不肯跟我明说她要去哪里，我猜那可能是因为她要去找巴比，告诉他他们之间已经结束了。我不知道。但星期五晚上她只说她要回家。"

"吉米·马可斯不喜欢你？"西恩追问，"为什么？"

布兰登耸耸肩。"我不知道。总之他很早以前就警告过凯蒂，要她不准和我交往。"

他母亲突然开口了："什么？那个该死的小偷以为他比我们高尚吗？"

"他不是小偷。"布兰登反驳道。

"他以前是！"他母亲顶了回去，"这你就不知道了吧，哼，同等学力顶个屁用？他年轻的时候是个肮脏的臭贼，专搞妙手空空。他女儿搞不好也带了一样的基因。哼，不死将来也是个祸害。小子，算你走运。"

西恩和怀迪交换了一个眼神。爱丝特·哈里斯恐怕是西恩见过的最可悲的女人。邪恶，无比邪恶。

布兰登·哈里斯张嘴想对他母亲说些什么，随后又颓然住嘴了。

怀迪说："我们在凯蒂的背包里找到拉斯维加斯的旅游简介。我们听说她打算去那里，布兰登，和你一起去？"

"我们……"布兰登低着头，"我们，嗯，我们本来是这样计划的，没错。

我们要去那里结婚。就是今天。"他猛地抬头，西恩看到他眼眶里涌出泪水，在就要夺眶而出的那一瞬间，让他用手背狠狠地抹去了。他吸了口气，继续说道："是的，这就是我们的计划。"

"你原本打算就这样丢下我？"爱丝特·哈里斯说道，"就这样不告而别？"

"妈，我——"

"跟你老子一样？是这样吗？丢下我和你弟弟，不告而别？这就是你的计划吗，布兰登？"

"哈里斯太太，"西恩赶紧说，"麻烦一下，现在先让我们把手头的事情问清楚。待会儿你们还有很多时间把话说清楚。"

她蓦然回头瞪了西恩一眼，西恩曾经在无数职业罪犯和愤世嫉俗的疯子身上看到过相同的凶狠眼神。那眼神清楚地告诉他，她一时还没有工夫理他，但他最好识相点，否则一切后果自己承担。

她将目光移回布兰登身上。"你说，你就是要这样对待我，是吗？"

"听我解释，妈……"

"解释什么？哼，还有什么好解释的。我有做过什么对不起你的事吗？哼，你倒是说说看啊？我是怎么把你养人的，啊？供你吃，供你住，供你穿，圣诞节还散尽老本给你买了那把你到底也没学会吹的萨克斯——你说说看哪，布兰登，说那把萨克斯还在你衣橱里哪。"

"妈——"

"不用再说了。你去把它给我拿来。拿来让这些人看看你有多行有多能。快去啊！"

怀迪望向西恩，一脸的难以置信。

"哈里斯太太，"他劝阻着，"真的不用了。"

她又从烟盒里抽出一根烟，两手却因骤然升起的怒火颤抖得点不着烟。"我尽心尽力地拉扯他长大，"她说道，"供他吃，供他穿……"

"这我能了解，哈里斯太太。"怀迪应道。这时前门突然被推开了，两个十二三岁模样的男孩腋下夹着滑板闪进门来。其中一个男孩的模样与布兰登像极了——同样英挺的五官和深色的头发，但这男孩眼中多了一抹他母亲的影子，某种令人毛骨悚然的涣散与空洞。

"嘿。"他们走进厨房时，另一个孩子打了声招呼。跟布兰登的弟弟一样，他的个头比同龄的孩子矮了些，还不幸长了张长而干瘪的瘦脸；十二岁男孩的身躯上头却顶了张恶毒老头的脸，自一绺绺垂散在眼前的金发后头警觉地窥探着。

布兰登·哈里斯举起一只手。"嘿，钱宁。包尔斯警官，狄文警官，这是我弟弟雷伊，还有他的朋友钱宁·欧谢。"

"嗨，你们好。"怀迪招呼道。

"嗨。"钱宁·欧谢应道。

雷伊对着两人点点头。

"他不会讲话，"他母亲说道，"他老子不知道要闭嘴，他儿子却一辈子到现在还没开过口。哼，是啊，上帝真是他妈的公平！"

雷伊对着布兰登打手语，而布兰登答道："对，他们是为凯蒂的事来的。"

钱宁·欧谢说道："我们想去公园溜滑板，可是他们把公园封起来了。"

"公园明天会重新开放。"怀迪说道。

"气象报告说明天会下雨。"小鬼头语带埋怨，好像在这个非周末的夜晚的十一点他们溜不成滑板都是警察的错。西恩真想知道，这到底是从什么时候开始的事——现在的父母竟会纵容子女到这种无法无天的程度。

怀迪回过头去，面对布兰登。"就你所知，除了巴比·奥唐诺之外，凯蒂还跟什么人有过节？有没有什么人看她不顺眼？"

布兰登摇摇头。"她是个好人，警官。她真的是一个很好很好的人。所有人都喜欢她。我真的不知道还能跟你说些什么。"

那个叫欧谢的小鬼突然插嘴："我们，呃，可以走了吗？"

怀迪对他扬起一边的眉毛。"有人说不行吗？"

于是钱宁·欧谢和雷伊·哈里斯晃出厨房，随手把滑板往客厅地板上一扔，然后走进雷伊和布兰登的房间，在里头一阵乒乒乓乓，就像其他所有十二岁的小孩一样。

怀迪问布兰登:"昨天半夜一点半到三点之间你人在哪里?"

"在我房里睡觉。"

怀迪转头望向他母亲。"你可以证实他在那段时间内确实在家里睡觉吗?"

她耸耸肩。"我可说不准他进了房间后有没有又从窗口溜出去。我只能跟你确定,他昨晚十点就进了房间,之后我再看到他已经是今早九点的事了。"

怀迪伸了个懒腰。"好吧,布兰登,大概就这样了。不过我们可能要请你来队上测个谎,可以吗?"

"你们要逮捕我吗?"

"不。只是测个谎,就这样。"

布兰登耸耸肩。"好啊。随便。"

"嗯,这是我的名片。"

布兰登怔怔地望着手里的名片,喃喃地说道:"我那么爱她。我……我永远不可能再有这种感觉了。我是说,人一生中这样的机会就只有一次,不是吗?"他倏地抬起头来,看着怀迪和西恩。他的眼睛是干的,但里头承载的悲恸却让西恩不忍直视。

"大部分人连一次机会也没有。"怀迪说道。

在布兰登一连通过四次测谎后,他们在一点左右把他送回家。接着,怀迪把西恩也送回公寓,吩咐他好好睡一觉,明天还得早起。西恩走进他空荡荡的公寓,聆听那一片沉寂,感觉咖啡因和快餐凝结在他的血液里,挤压摧残着他的脊柱。他打开冰箱,拿了一罐啤酒,坐在厨台上喝。这一晚经历的噪音与光线在他脑子里砰砰作响,他不禁怀疑自己是不是已经老得不适合干这行了。他已经十分厌倦死亡,厌倦那些愚蠢的动机、愚蠢的罪犯,厌倦那种肮脏龌龊的感觉。

但他厌倦的又何止这些。近来他对一切事物都感到意兴阑珊。厌倦人,厌倦书,厌倦电视及晚间新闻,厌倦收音机里那些千篇一律的歌,每一首听起来都像几年前的一首他从未喜欢过的歌。他厌倦自己的衣着,厌倦自己的发型,也厌倦别人的衣着和别人的发型。他厌倦期望事情有道理可循。厌倦办公室里的权谋,厌倦那些谁在搞谁、谁又跟谁睡了的流言蜚语。他觉得自己已经听过所有人想要针对所有话题发表的所有意见,于是他的日子便成了某种反复聆听同一卷极度无趣的录音带的过程。

或许他纯粹只是厌倦了人生,厌倦了每个该死的早晨都得费那么大劲儿起床出门,只是为了去面对那日复一日月复一月年复一年一成不变的人生。他已经厌倦到甚至无法去在乎一个死去的女孩,关心又怎样,在乎又怎样,反正这一个之后总还会有下一个。然后再下一个。就算把凶手送进牢里——就算他们被判了无期徒刑——也不能为他带来曾经有过的那种满足感了;因为你不过是把他们送回家罢了,他们那愚蠢荒谬的一生自始至终都在朝着那里前进。然后呢?然后死了的还是死了。被抢的被强奸的还是被抢了被强奸了。

西恩想知道所谓临床忧郁症是否就是这样:彻底的麻木,彻底的绝望。

凯蒂·马可斯死了,是的。一桩悲剧。他理智上可以理解,但却无法感受。她只是一具尸体,就像一盏破掉的灯。

他自己那破碎的婚姻又何尝不是如此?老天,他爱她,但是他俩的性格是如此天差地远南辕北辙。萝伦喜欢舞台剧,喜欢书,喜欢那种不论有没有字幕西恩都看不懂的电影。她很健谈,很情绪化,她还喜欢把字符串成令人头晕眼花的字符串,再层层堆叠,往某座高耸入云的语言之塔——西恩在第三层就迷失了方向——忘情攀去。

他第一次看到她是在大学时代的某次舞台剧公演上。她在一出幼稚的闹剧里扮演一个惨遭情人抛弃的女孩;问题是观众中没人相信世上怎么会有人舍得下这样一个神采焕发、对一切事物都充满了无比丰沛的热情与好奇的神奇的女孩。自一开始,他们就是他人眼中万般不搭调的一对——西恩寡言、务实,只有和萝伦在一起的时候才能勉强抛开他惯常的含蓄与沉默;而萝伦却是一对自由派老嬉皮的独生女,从小便跟着加入和平工作团的父母以地球为家,游走四方,她的血液里充满了那种想要去看、去接触、去探索人性光明面的渴求。

在剧场的世界里她始终如鱼得水：先是大学剧团里的演员，然后是地方实验剧场的导演，最后又加入巡回剧团担任舞台经理的工作。然而，她经常性的出差并不是他俩渐行渐远的主要原因。妈的，西恩甚至无法确定他们是怎么走到今天这一步的。但他猜想这一切应该与他的沉默，与那种几乎所有警察都脱离不了的宿命有关——你免不了要对世界失去尊重，对人类失去信心，再无法相信这世上存在任何崇高的动机与利他主义。

她那些朋友曾一度让他颇为折服，但时间一久，他们在他眼中渐渐显得无比幼稚，只是一味陶醉在那些与现实严重脱节的艺术与哲学理论之中。西恩曾花去无数夜晚，在外头那座水泥竞技场中看着人们奸淫掳掠杀人放火，理由无他，不过因为他们就是想这么做。然而到了周末，他却得强忍着熬过一个又一个鸡尾酒会，聆听一群扎马尾的家伙整晚为了人类罪行背后的真正动机进行冗长的辩论（参与者还包括他的妻子）。他妈的动机。再简单不过了——人类就是蠢。像猩猩又比猩猩还糟。猩猩不会为了一张刮刮乐彩票互相残杀。

她说他的想法渐渐变得僵硬死板退化。他无言以对，因为他觉得这并没有什么好争辩的。问题不在于他是否真的变成了如她所说的那样，而在于这样的转变究竟是好还是坏。

然而，他们依然深爱着彼此。他们以各自的方式不断地尝试着——西恩试着挣脱那层保护壳，而萝伦则试着破壳而入。不论将两个人维系在一起的东西究竟是什么，那种天性使然、非与对方在一起不可的渴望和需要他们始终不缺。那需要一直都在。

无论如何，他或许早该看出外遇是迟早的事。或许他是看出来了。或许真正困扰他的不是那场外遇，而是之后萝伦怀孕的事。

妈的。他坐在厨房地板上，孑然一身；两手掌根紧贴着前额，再度试图理清一切——过去这一年中他已经这么试过无数次了——他努力想要看清楚，自己的婚姻究竟是怎么走到这步田地的。但他看不清。他看到的只是片段的画面，散落在他脑海中，像一地的碎玻璃。

电话响了。他知道一定是她。甚至在他拿起厨台上的电话按下通话键之前，他就已经知道了。

"我是西恩。"

他可以听到电话另一端联结车引擎空转的低吼与汽车在高速公路上呼啸而过的声音。他脑海中立刻浮现一幅画面——高速公路旁的休息站，再过去就是加油站，罗伊罗杰斯餐厅和麦当劳之间夹了一整排的公用电话，萝伦站在那里，手握话筒，沉默不语，只是聆听。

"萝伦，"他说，"我知道是你。"

什么人把整串钥匙弄得叮当作响，从公用电话旁走过。

"萝伦！拜托你说说话。"

车子开始启动，引擎的低吼声也跟着变了，随即缓缓驶过停车场。

"她好吗？"他问。"我的女儿好吗？"他几乎脱口而出。但他不知道那是不是他的女儿。他只知道她是萝伦的女儿。于是，他又问了一次："她好吗？"

联结车换到二挡，驶出了休息区，朝公路而去，轮胎摩擦地上沙石的声音也渐渐模糊了。

"这样实在太痛苦了，"西恩说道，"求求你，跟我说话真有那么难吗？"

他想起怀迪对布兰登·哈里斯讲的那句关于爱情的话——"大部分人一生连一次机会也没有"。然后他想象他的妻子站在那儿，目送着汽车离去，电话筒紧贴着她的耳朵而不是她的嘴。她是个高挑纤瘦的女人，有着一头樱桃木色的头发；她笑的时候总会不由自主地以手掩嘴。大学时代曾有一次，他们在大雨中跑过校园，冲进图书馆，在那座拱门下头躲雨。然后她第一次吻了他。她湿冷的手攀上他颈背那一刻，他胸中有某种东西——某种自他有记忆以来便一直在那里，紧揪着他，时时压迫着他，使他喘不过气来的东西——终于缓缓地松动了。她说他的声音是她听过的最美的声音，像威士忌，又像木头燃烧时的浓烟。

自从她离开后，这几乎已经成了他们之间的惯例：她拨通电话，不说话只是听他讲，讲到她决定挂掉为止。她从不开口，她离开后打来的每一通电话都是如此。那一通又一通无声的电话——从路边的休息站打来的，从汽车旅馆打来的,从这里到美墨边界间某条荒芜的公路边的某个满布灰尘的公用电话亭打来的。即便听筒传来的不过是嘶嘶的沉默,他也总是知道那是她打来的。他可以透过电话感觉到她。有时他甚至可以闻到她的味道。

他们的对话——如果这也称得上对话的话——有时甚至可以持续十五分钟之久,只是看他讲些什么。可是今晚西恩已经精疲力竭,因为思念她,思念这个在怀孕七个月时的某个早晨突然不告而别的女人而身心俱疲,也因为他受够了他对她的感觉竟成为他仅存的感觉。

"今晚不行。今晚我没法再这样对你自言自语下去。"他说,"我很累,他妈的累。我很痛苦。而你不在乎,甚至不愿让我听听你的声音。"

站在厨房里,他给了她三十秒,绝望地等候着她的回应。他听到话筒里隐约传来什么人给轮胎打气的声响。

"再见,宝贝。"他终于说道,这几个字几乎让他喉头的痰哽住了,然后他挂上了电话。

他一动不动地站了一会儿,轮胎充气机发出的声响依稀回荡在厨房里刺耳的寂静中,撞击着他的心脏。

这将会折磨他,他知道。这将会折磨他一整晚,直到天明。甚至整个礼拜。他打破了惯例。他挂断了她的电话。万一他这么做的时候,她正缓缓开启双唇,想要唤出他的名字。万一,万一……

老天!

这个影像逼得他不得不往浴室走去,拧开水龙头,让水柱冲去这个顽固的影像。萝伦,站在公用电话旁的萝伦,缓缓地张开了嘴,卡在喉头的几个字终于缓缓地涌上舌尖。

西恩,她或许正要这么告诉他:我要回家了。

沉默的天使

第十五章　完美的男人

　　星期一早晨，瑟莱丝在厨房里陪伴着站在炉前、心无旁骛地为一屋子前来吊唁的亲友烹煮食物的表姐安娜贝丝。刚刚冲完澡的吉米特意探过头来，询问是否有需要帮忙的事。

　　小时候，瑟莱丝与安娜贝丝曾一度情同姊妹。安娜贝丝是来在一堆兄弟中的独生女，而瑟莱丝则是失和的夫妻膝下唯一的子女；自然而然，两个寂寞的小女孩儿一有机会便凑在一起，中学时代甚至每夜互通电话。然而，随着瑟莱丝的母亲与安娜贝丝的父亲之间的关系由亲昵而疏远，乃至反目成仇，表姊妹间的感情也受到了伤害。两人之间从未发生过任何严重的冲突、口角，只是在无形中渐行渐远，到后来，瑟莱丝与安娜贝丝甚至只有在较正式的家庭聚会中——婚礼、受洗礼，以及偶尔的几次圣诞节和复活节——才有机会碰面。最叫瑟莱丝难以接受的是，一段如此亲昵、看似牢不可破的关系竟也会如此轻易地无疾而终，勉强要找出个理由，只能归罪于诸如时间以及上一代恩怨之类的无谓借口。

　　但自从她母亲过世之后，事情却明显出现了转机。去年夏天，她与大卫曾和安娜贝丝与吉米两家出去野餐过一次，接下来那个冬季里也曾一起出去吃过两次饭。表姊妹间相处的气氛一次比一次轻松融洽，瑟莱丝感觉那冻结了十年的冰块，不但渐渐开始融化了，并且也终于有了名字：萝丝玛丽。

萝丝玛丽过世的时候，安娜贝丝曾一连三天，从清晨到夜晚，忠诚地陪在瑟莱丝的身边。她为前来吊唁的亲友下厨，协助瑟莱丝处理葬礼事宜，并在她为了那个生前始终吝于表达一丝亲情爱意但怎么说也还是当了她一辈子母亲的女人黯然落泪时，默默地陪伴在她身边。

而这次轮到瑟莱丝来陪伴安娜贝丝了——虽然，像安娜贝丝这样独立坚毅得几乎叫人望而生畏的人物竟会需要他人的陪伴支持，实在叫包括瑟莱丝在内的所有人难以想象。

但她还是待在她身边陪着她，任她全神贯注地站在炉前，为她自冰箱取出需要的材料，为她接听每一通慰问探询的电话。

然后是吉米。不到二十四小时前才刚刚确认了女儿的死讯，此刻竟站在厨房门外，镇定地询问妻子是否需要帮忙。他顶着一头湿淋淋的乱发，潮湿的衬衫紧贴着他的前胸；他赤着脚，丧女之恸与缺乏睡眠在他两眼下方催化出两片肿胀的阴影。他殷殷探问妻子是否需要协助，而瑟莱丝当下却只能想到，老天，吉米，那你呢？你有没有想过你自己？

此刻屋里的其他人——这些将客厅、餐厅及短短的走道塞得水泄不通、脱下的外套在娜汀和莎拉床上堆成了一座小山的亲友们——却似乎全都不曾想到要为吉米分担些什么，只是一心期待、仰望着他；希望他来为他们解释这个残酷的玩笑到底是怎么回事，希望他来为他们抚平内心的悲愤，希望他在最初的震惊褪去后强撑住他们那让猛然来袭的悲恸冲刷得几乎要瘫倒在地的身子。吉米是那种天生的领袖，浑身散发着某种不费吹灰之力就能在人群中取得领导地位的气质；瑟莱丝不禁想知道，吉米自己到底是否意识到了这点，是否视其为某种不得不背负的重担，尤其是在这样的时刻。

"你说什么？"安娜贝丝头也不抬地问道，两眼依然紧盯着黑色平底锅中正噼啪作响的培根。

"我问你需不需要帮忙，"吉米说，"煎个东西还难不倒我，你知道的。"

安娜贝丝对着炉子露出一抹短暂而虚弱的微笑，然后轻轻地摇摇头。"不用了。我还好。"

吉米转向瑟莱丝，脸上的表情仿佛在问：她真的还好吗？

瑟莱丝点点头。"厨房里有我们两个就可以了，吉米。"

吉米回过头去，继续默默地看着他的妻子；瑟莱丝感觉得到他眼底那抹最最温柔的哀恸。她感觉得到吉米那颗碎裂的心又有那么一小块泪滴大小的碎片落入了他胸口的空洞里。他凑近了，伸出手用食指轻轻为安娜贝丝抹去额上的汗珠，安娜贝丝说道："不要这样。"

"看着我。"吉米低声说。

瑟莱丝感觉自己应该离开厨房，但又害怕自己贸然行动会粉碎掉表姐与她丈夫之间的某种东西，某种紧绷而脆弱的东西。

"我不能，"安娜贝丝说，"如果我看着你，我会崩溃的。屋里这么多人，我不能也不想就这样倒下。你懂我的意思吗，吉米？求求你。"

吉米缩回身子。"我懂，亲爱的，我懂。"

安娜贝丝依然低着头，喃喃说道："我不能也不想就这样倒下。"

"我懂。"

有那么一瞬间，瑟莱丝感觉眼前的两人仿佛赤裸着身子；她感觉自己目睹了一个男人与他妻子最最亲昵的一刻，其亲昵犹胜性爱。

长廊另一端的大门突然打开了：安娜贝丝的父亲希奥·萨维奇两边肩头各扛着一箱啤酒走进了屋子。他是个彪形大汉，宽阔浑厚的两肩各扛着一箱啤酒穿过狭窄的走道往厨房这头走来时，动作却带着某种与他的体型不甚搭调的舞者般的优雅利落。每次想到这点，瑟莱丝总是不由地感到有些不可思议；这个山一般的男人竟会制造出那一堆矮小猥琐的男性后代——萨维奇兄弟中只有卡文和查克勉强继承了他的高度与体型，至于他那种天生的优雅则只能在安娜贝丝身上看到一丝影子。

"嘿，吉米，借过一下。"希奥说道。吉米应声让出空间，而希奥则利落地闪过他，走进了厨房。他在安娜贝丝颊上轻轻吻了一下，低声问了

206

句："还好吧，宝贝？"然后便卸下肩头的啤酒，将它们放在厨房的长桌上。之后，他凑到女儿身后，用双臂环绕住她，下巴则紧紧地贴在她的肩上。

"还撑得住吧，宝贝？"

安娜贝丝说道："没事的，爸爸。"

他轻吻她的颈侧："我的好女儿。"然后转身看着吉米："家里有没有冰桶？我们来把这些啤酒冰一冰吧。"

他们将啤酒装进储藏柜旁边地板上的几只冰桶，而瑟莱丝则回头继续整理那些自一早便不断涌入的食物。那些由前来吊唁的亲友带来的食物五花八门，数量惊人——爱尔兰苏打面包、派饼、牛角面包、松糕、馅饼、三大盆马铃薯色拉、好几袋面包卷、几大盘超市买来的火腿肉拼盘、装在一个特大号陶锅里的瑞典肉丸，以及一只包在锡纸里的巨大的烤火鸡。安娜贝丝根本无须亲自下厨，这点所有人都知道；但所有人也都明白，她必须这么做。她站在炉前，煎出一盘盘培根香肠，做出一盘盘炒蛋，再由瑟莱丝端到餐厅里一张靠墙摆放的长桌上。瑟莱丝忍不住想到，这些堆积如山的食物究竟是为了安慰那些心碎的家属亲友呢，还是所有人潜意识里都想借由吃的动作咀嚼吞咽掉那排山倒海般涌来的悲伤，再将所有感觉随可乐随酒精冲刷入肚，直到饱胀的肚腹终于引发一丝丝睡意。于是，在所有悲伤的聚会中——在那些守灵夜、葬礼、追悼会以及如眼前这种场合，你就只管吃只管喝只管不停地聊，直到你再也吃不下喝不下聊不下去了为止。

穿过人群，她一眼瞥见了坐在客厅一角的大卫。他与卡文·萨维奇并肩坐在一张沙发上，有一搭没一搭地聊着；他俩坐在椅垫边缘，身子往前倾斜得厉害，像是在比赛谁会先从沙发上掉下来似的。瑟莱丝心头一抽，不觉为自己的丈夫感到有些不舍与同情——有时，尤其是身处亲友群中时，大卫总会显得有些格格不入，有些孤立无助。毕竟，这些都是自小就认识他的人；他们都知道他小时候发生过的事。就算他们并不老惦记着那件事，也不会依此来评断他（虽然他们或许有权这么做），但只要有这些自小就认识他的人在场，大卫就怎么也无法放松，无法谈笑自如。但每当他们有机会和一些来自别区的同事或朋友出去吃饭聊天时，大卫总能充满自信地和众人打成一片，反应机敏且自在随和得不得了。（她在欧姿玛美发沙龙的那些同事和他们的老公都特别喜欢大卫。）但在这里，在这个他自小生活和扎根的地方，他的反应却永远慢半拍，永远跟不上对话的速度与众人的脚步，永远是最后一个听懂笑话的人。

她试着迎上他的目光，想给他一个微笑，让他知道只要她也在这里，他就永远不算真的落单。但一小群人突然往隔开客厅与餐厅的拱道走来，瑟莱丝的视线一下被阻断了。

往往就是在人群中，你才会猛然惊觉，原来自己对于自己所爱，甚至每天共处的人竟是如此吝啬，不肯拨出多一点儿时间来与他们好好地相处，好好地说说话。除了周六半夜在厨房地板上那一幕，她这整个星期几乎都不曾与大卫好好地说过话。从昨天傍晚到现在，她甚至只和他匆匆打过几次照面——昨天傍晚六点左右，她接到希奥·萨维奇打来的电话："嘿，亲爱的，坏消息。凯蒂死了。"

瑟莱丝最初的反应是："不，不会吧，希奥舅舅。"

"亲爱的，你知道我要花多少力气才能把这几个字说出口吗……她真的死了。被人杀死的。"

"被人杀死的。"

"在州监公园里头。"

瑟莱丝望向厨台上的小电视。六点新闻的头条说的正是警方已在州监公园里头找到那名失踪女性尸体的事。屏幕上出现了直升机镜头下的现场实况画面，一群警方人员聚集在汽车电影院银幕附近，记者的旁白说明警方尚未公布死者姓名，目前唯一能确定的是死者是一名年轻女性。

不，不会是凯蒂。不，不，不！

瑟莱丝在电话中告诉希奥，她会马上赶到安娜贝丝身边。挂上电话后不久，她就赶到了；除了翌日凌晨三点到六点间曾短暂地回到自己家小睡了几个小时，她始终寸步不离地守在表姐身边。

但她依然无法相信。即使在与安娜贝丝、娜汀和莎拉相拥大哭一场后，她依然无法相信凯蒂真的已经不在了。她曾将不住剧烈抽搐颤抖的安娜贝丝紧压在地上整整五分钟。她还曾撞见吉米一个人站在凯蒂房里，灯也不开，只是紧捧着凯蒂的枕头，将脸深深地埋在里头。他没有哭，没有自言自语，只是一声不响地站在那里。他只是站在那里，脸深深地埋在女儿睡过的枕头里，搜寻着枕上残留的发香体香；一遍又一遍，他的胸膛猛烈地起伏，吸气、吐气，吸气、吐气……

即使发生了这一切，凯蒂的死依然只是一个遥远的想象，怎么也无法在她心底沉淀下来。她依然感觉凯蒂随时都会推开门，蹦蹦跳跳地闪进厨房，从平底锅里拿走一片培根。不！凯蒂不可能死。她不能。

或许这是因为那个毫无逻辑的念头，那个自从她中午在新闻画面中看到凯蒂的车子后便一直死守在她脑海中最偏远的角落里的念头——那个毫无逻辑可言的念头——"血——大卫"。

她可以感觉得到坐在客厅一角的大卫。她感觉得到他的孤立，她还知道她的丈夫绝对是个好人。不无缺点，但绝对是个好人。她爱他，而如果她爱他，那么他就绝对是个好人；而如果他是个好人，那么凯蒂车上的血就绝对与她周六半夜从他衣服上洗掉的血毫无关联。所以说，凯蒂无论如何一定还活着。因为除此之外的任何可能都不堪想象。

不堪想象而且不合逻辑。完完全全地不合逻辑。瑟莱丝感觉自己像吃下了定心丸，回头再往厨房里去端出更多的食物。

她差点儿与正合力把一只装满啤酒的冰桶拖进餐厅的吉米和希奥·萨维奇撞个满怀。希奥·萨维奇在最后一刻侧身一闪，说道："这丫头。你可要小心这丫头哪，吉米。她两脚一直都像装了轮子似的。"

瑟莱丝腼腆一笑，正如希奥舅舅期待女人该有的矜持模样，然后勉强咽下那股每次被希奥舅舅注视时心头总会不由自主涌起的感觉——某种她自十二岁以来便不时产生的感觉——他的目光总是在她身上逗留得太久了些。

翁婿俩拖着那只超大型冰桶与她错身而过。他俩一前一后，身形模样形成一组强烈的对比——希奥红光满面，体型庞大，嗓音洪亮；而吉米则沉默而精瘦，浑身上下没有一丝多余的脂肪，总是一副刚从新兵魔鬼训练营归来的模样。他们经过两三个站在走道上的客人，将冰桶拖到那张靠墙摆放的长桌旁；瑟莱丝注意到人们突然间都安静了下来，默默地注视着他俩的动作，仿佛两人四手合力推拉的重物不再是一只红色塑料大冰桶，而是吉米在一周内就必须亲手下葬的女儿，也就是让他们此刻聚集在这个小公寓里的理由——他们聚在这里，用力地吃喝，等着看自己是否有勇气说出她的名字。

他俩接着又从厨房里抬出另一个冰桶，也在餐桌底下放妥了，然后一路招呼过餐厅和客厅里的亲友——吉米的姿态含蓄而低调，只是不时停下脚步，以双手合握住来客的手，默默地谢过他们；希奥则不改本色，像阵狂风席卷过屋里的客人。几个亲友把这幕看在眼里，不住地评论着，瞧他们翁婿俩这些年下来变得多亲哪，唉，你瞧瞧，几乎像对亲生父子似的。

当初吉米刚和安娜贝丝结婚的时候，没人想象得到会有今天这幕。希奥年轻时不但贪杯，而且好勇斗狠；他白天在出租车行担任调度员，晚上则到酒吧做事贴补家用——做的工作动不动就要见血，希奥却如鱼得水。他表面上称得上爽朗直率，但他的握手不无挑衅的成分，笑声中则隐含着威胁。

吉米，相对而言，从鹿岛回来后便愈发显得沉默而严肃。他待人和善，却往往止于平淡如水的境地，在人多的聚会上总是试图隐身于角落里。但他无论如何就是叫人无法忽视：当他开口说话时，你总得洗耳聆听。问题是他甚少开口，于是你不禁要开始怀疑，他究竟何时——甚至到底会不会——开口说话。

希奥好相处，却未必让人喜欢；吉米让人喜欢，却未必好相处。很难想象这两号天差地远的人物竟会成为朋友。但眼前就是这不相称的一对：希奥一双鹰眼看守着吉米背后，仿佛随时会伸出援手扶住他，不让他就这么倒下；而吉米则不时凑到希奥那对肥厚的大耳旁，低声说些什么。好一对哥们，有人这么说。你瞧瞧，瞧他俩亲的，就像一对好哥们哪。

因为时间已经接近中午——嗯，事实上是十一点，不过也差不多了——后头陆续来访的亲友带来的多半是些酒精与肉类，而非早上的咖啡与各式派饼。在冰箱终于让这些源源不断送来的食物塞满之后，吉米和希奥只得上楼去寻找更多的冰桶与冰块。三楼住的是威尔、查克、卡文，以及尼克的妻子伊莲——伊莲终年身着黑衣，她可能是想要以此表明愿为入狱服刑的尼克守活寡的态度，或者，一如部分亲友指出的，不过是因为她喜欢黑色罢了。

希奥和吉米在烘干机旁的储藏柜里找到了两个冰桶，又在冰箱里挖出好几袋冰块。他们将冰块倒入冰桶，再把塑料袋往垃圾桶里一扔，正当他们要往大门口走去时，希奥却突然开口了："嘿，等等，吉米。"

吉米转头看着他的岳父。

希奥朝厨房里的一把椅子扬了扬下巴。"坐着歇会儿吧。"

吉米照着做了。他将冰桶放在椅子旁，坐定了，等着希奥再度开口。希奥·萨维奇当年就是在这间狭小无比、地板倾斜、各种管线不断隆隆作响的三室公寓里养大了七儿一女。希奥曾向吉米宣称，就冲着这点，他这辈子再也不必为任何事向任何人低头道歉了。"七个小兔崽子，"他这么跟吉米说道，"每只兔崽子相差不过两岁，成天就会在这间他妈的烂公寓里活蹦乱跳地叫嚷。那些臭痞子不是都在那边说什么童年多美好哟多美好吗，哼，呸！我他妈每天下班回家光让这些兔崽子吵都吵死了，他妈的童年的美好！我怎么就他妈的每天只有没完没了的头痛！"

吉米早从安娜贝丝那边听说了，当年希奥每天一回到家，总是匆匆扒口饭，等不及就又出门去了。希奥也跟吉米说过，听人说当父母的睡眠永远不足，他可从来没这问题。他八个小孩里头有七个是男孩，而男孩在希奥眼中可容易养了：你只管把他们喂饱，教会他们打架打球，你这当父亲的就他妈的功德圆满了。需要人亲亲抱抱是吗？去去去，找你妈去。要钱买车还是要人去警察局把你保出来时再来找你老爹。女儿，他告诉吉米，女儿才是让你捧在手掌心里宠的。

"他是这么说的吗？"安娜贝丝听到吉米的转述后不禁想再次确认。

其实，要不是希奥一逮到机会便指着吉米和安娜贝丝的鼻子，说他们又怎样有失为人父母的职责——他通常会先微笑着说自己没有恶意，不过，呃，换成是他才不会让孩子这样撒野——要不是因为这样，吉米才不在乎希奥当年是什么样的父亲呢。

面对他那些不请自来的建议，吉米通常就是点点头，道声谢，然后将其置之脑后。

希奥顺手拉来一张椅子，与吉米面对面地坐定了；就在他故作姿态低下头去看着地板之前，吉米在他眼中瞥见了那抹所谓智慧老人的光彩。果然，他对着从脚下的公寓里传来的阵阵人声脚步声扔出一抹了然的微笑，说道："唉，这人生哪……看来，你总是在婚礼和葬礼上才看得到那么多亲朋好友。你说是不，吉米？"

"嗯。"吉米勉强应着，一边试着抖落那股自昨天下午四点便一直缠着他不放的感觉——他感觉自己一分为二，而真正的他漂浮在半空中，无助地看着自己的躯体，有些惶恐地踩踏着空气，试着找出回到那具躯壳里的方法，以免因为疲倦而放缓脚步，最终像块石头似的沉入幽暗的地心。

希奥两手放在自己的膝盖上，定睛瞅着吉米，直到吉米终于不得不抬起头来，迎上他的目光。"你还好吧？"

吉米耸耸肩。"总感觉这一切不像是真的。"

"到你真的感觉过来时有你痛的，吉米。"

"想象得到。"

"痛到你求生不得求死不能。这我可以向你保证。"

吉米再度耸耸肩，却隐约感觉到一股莫名的情绪——是愤怒吗——自他空荡荡的腹中缓缓上升。是啊，他此刻需要的就是这个：来自希奥·萨维奇的一番以痛苦为题的打气演说。去他妈的。

希奥身子微微前倾。"我的珍妮去世的时候有没有？上帝保佑她的灵魂，吉米，我足足做了六个月的废人。今天她还好端端的在这里，我美丽的妻子，而第二天呢？就这样没啦。"他弹了一下他那肥壮的手指，"不过一天光景，上帝身边多了一个天使，而我却失去了一个圣人。还好那时我那些孩子都已经长大独立了，感谢老天。呃，我的意思是说哪，吉米，我当时负担得起那六个月的时间，只管伤我的心去。但你不能。眼前的形势由不得你那样放任自己。"

希奥的身子靠回椅背上，吉米再度感到那股隐隐窜动的情绪。珍妮·萨维奇十年前去世后，希奥沉浸在酒精里的日子何止六个月。少说也有两年吧。他一辈子反正离不开酒瓶，珍妮去世后他只是更加肆无忌惮，整个儿就泡在酒精里了。不过，当珍妮还在世的时候，希奥分给她的注意力约莫就和分给一条放了一个星期的面包的一样多吧。

吉米忍受希奥，纯然只是因为他不得不这么做，他毕竟是他妻子的父亲。在外人眼里，他俩或许就像一对老朋友。或许希奥也是这么以为的。再者，岁月确实渐渐软化了希奥的一身硬骨，让他终于愿意公开表达对女儿的亲情，愿意公开宠爱他的几个孙女。但，不用一个人过去犯下的错去评断那人是一回事，接受来自那人的建议批评却是另一回事。

"嗯，我这么说你听懂了吗？"希奥说道，"你得搞清楚，吉米，千万不能放任自己沉浸在悲伤里，搞得无力自拔，到头来甚至忘了自己还有别的义务在身。"

"别的义务？"吉米说道。

"是啊。你知道的，你还得照顾我女儿和那两个小女孩。你得搞清楚一切事情的轻重缓急。"

"哦，"吉米说道，"你是觉得我会忘了这件事是吧，希奥？"

"我不是说你一定会，吉米。我只是说这可能会发生。就这样。"

吉米死盯着希奥的左边膝盖，在脑子里幻想着它炸裂成无数猩红的碎片。"希奥！"

"我在听，吉米。"

吉米将目光移向他另一个膝盖，继续幻想那炸裂的画面，然后再往他手肘前进。"你有什么话可不可以改天再说？不要今天。"

"有话要说就趁现在，你说是不？"希奥从喉底释放出一阵低沉的笑声，里头隐含着一丝警告的意味。

"明天吧，就明天再说。"吉米的目光再从希奥的手肘移到双眼。"明天让你说个痛快。你觉得如何呢，希奥？"

"我跟你说过了，趁现在就是趁现在，你听不懂吗，吉米？"希奥有些不耐烦了。希奥体型壮硕，脾气更是出了名的火暴；吉米知道光这两点就足以让很多人对他退避三舍，也知道希奥恐怕早已习惯在路人脸上看到恐惧，多年下来已将那种恐惧误解为尊敬了。"嘿，吉米，你知道我怎么想吗？我想，这些话既然不顺耳，什么时候说都不对，那不如就趁热打铁，既然让我想到了就赶紧说出口吧。就这样。"

"嗯，这我当然懂，"吉米说道，"嘿，就像你说的，要就趁现在。"

"没错。真是个善体人意的小子。"希奥拍拍吉米的膝盖，站了起来。"你会熬过去的，吉米。你没问题的。痛归痛，日子总还是要过下去。你一定行的。因为你是条汉子。唉，你们婚礼那天晚上我就跟安娜贝丝说过啦，我说：'宝贝儿啊，你这会儿真是给自己找了个货真价实的老式硬汉。完美的男人，可以这么说。顶天立地的男人——'"

"就好像他们把她扔进那个袋子里那样。"吉米突然说道。

"什么？"希奥低下头看着他。

"我昨晚去法医那里认尸的时候，凯蒂看起来就像那样，像让什么人扔进一个袋子里，封了口，然后拿水管痛打了一顿。"

"呃，你就别让——"

"连她到底是黄是白还是黑都看不出来了，你知道吗，希奥。可能是黑人，也可能像她妈一样是波多黎各人。也可能是阿拉伯人。反正不像白人就是了。"吉米低头注视着自己两个膝盖间那双十指紧紧交错的手。他突然注意到厨房地板上有不少油污斑点。他左脚边有一块辨不出是什么的棕斑，桌脚一侧则沾了块明显的芥末渍。"珍妮是在睡梦中去世的，希奥。我无意冒犯，也没有恶意。但她走得确实平和，上了床，然后长眠不醒。"

"你不必把珍妮扯进来。"

"而我女儿呢？她是被人杀死的。同样是死，死法却可以差很多。"

片刻之间，小厨房里一片静默——某种嗡嗡作响的静默，某种只会出现在那些楼下正在大开宴会的空屋里的诡异静默——吉米一时有些怀疑，无法确定希奥会不会真的蠢到还不知道要住嘴。来啊，希奥，你他妈不是有话要说吗？说啊。我正好在兴头上呢，肚子里不知道什么东西在作祟，搞得我全身不对劲，正想找个人发泄发泄呢。

希奥终于说道："听好了，这我能了解。"吉米嘴唇紧闭，用鼻子释放出一口长长的气。"我真的能了解。但，吉米，说真的，你实在不必——"

"不必怎样？"吉米喊道，"我实在不必怎样，你说啊？有人拿枪在我女儿的后脑勺轰了个大洞，你却还在这边要我不要忘记——不要忘记什么？——不要忘记我还有什么他妈的鸟义务鸟责任要尽是吗？是吗？告诉我我没说错吧？你他妈的是想站在这里跟我演一家之长那套是吧？"

希奥低头死盯着自己的鞋子，胸口起伏得厉害，双手握紧了拳头。"我并不觉得我值得你这样对待。"

吉米倏地起身，将椅子推回墙边放好。他一把扛起冰桶，眼睛看向公寓大门，说道："我们可以下楼去了吗，希奥？"

"当然。"希奥将椅子留在原地，径自扛起冰桶。他说道："好吧好吧，算我不识相，偏偏要挑今天跟你说这些话。你还没准备好。但是——"

"希奥！不要再说了！就这样，不要再说话了。可以吗？"

吉米扛着冰桶，开始往楼下走。他不知道自己这样说会不会伤了希奥的感情，但最终决定自己才他妈的不在乎呢。管他去死。差不多就是现在吧，法医那边应该开始进行解剖了。吉米感觉自己还闻得到凯蒂婴儿床的淡淡奶香，但在法医的解剖室里，他们正将一把把解剖刀手术刀和胸腔扩张器依序排好，骨锯的插头也插上了。

稍晚，客人走得差不多了，吉米一个人踱到后阳台上，坐在那一排排自周六下午就晒在那里、迎风飘摇的衣服下头。他独坐在那里，在温暖的阳光下，任由娜汀的一件连身牛仔裤来回刷弄着他的头发。安娜贝丝和女孩们昨晚哭了一整晚，小公寓里弥漫着一片呜咽抽泣声，吉米一度以为自己随时会加入她们。但他终究没有。在州监公园的斜坡上，当他看到西恩·狄文的眼神，当西恩告诉他他的女儿已经死了的时候，他曾经放声尖叫。声嘶力竭地尖叫。但除此之外，他什么也感觉不到。于是他一个人坐在这里，等待着眼泪的降临。

　　他试着折磨自己，试着在脑中唤起一幕幕影像——婴儿时期的凯蒂，坐在鹿岛监狱那张饱经风霜的长桌另一头的凯蒂，让出狱已满半年的他搂在怀里哭得精疲力竭，就要沉沉睡去前喃喃地问着妈妈什么时候才会回来的凯蒂。他看到小凯蒂坐在浴缸里扯开嗓门尖叫，看到八岁的凯蒂骑着自行车放学回家。他看到凯蒂微笑，看到凯蒂噘嘴，看到凯蒂愤愤不平地皱着眉头。他看到与他并肩坐在餐桌旁让他跟她详细讲解乘除法的原理时那个一脸迷惑的凯蒂！他看到长大些的凯蒂同伊芙和黛安一起坐在后院的秋千上，懒洋洋地打发掉某个夏日午后；他看到那三个十一二岁的小女孩戴着牙套，前青春期女孩特有的清瘦身子下面是一双成长速度比全身其他部位快许多的长腿。他看到凯蒂趴在床上，任由莎拉和娜汀在她身上打滚嬉闹。他看到盛装打扮正要出发参加高中期末舞会的凯蒂。他看到与他并肩坐在他那辆福特水星侯爵大车里，手扶方向盘，下巴不住微微打战的凯蒂；他看到那个慌慌张张，第一次亲手发动引擎，第一次亲手将车驶离街边的凯蒂。他看到那个在她青春期的几年间常常对着他大吼的叛逆而任性的凯蒂——他常常觉得这时期的凯蒂尤其惹人怜爱，更甚于小时候那个甜美可人的小凯蒂！

　　他不停地看到她再看到她再看到她，但眼泪却始终不来。

　　会来的，他体内一个冷静的声音轻声说道，你现在还处于最初的震惊之中。

　　但这最初的震惊已经开始渐渐退去了啊，他在心中对着那个声音说道。从刚刚在楼下和希奥交过手后，那震惊就已经开始渐渐退去了啊。

　　那很好啊，震惊一旦退去，你的感觉就会回来了。

　　我现在已经有一些感觉了。

　　那是悲恸，声音说道。是哀伤。

　　那不是悲恸，也不是哀伤——那是愤怒。

　　你确实也会感到愤怒。但愤怒终究也会退去的。

　　我不想要它就这样退去。

第十六章 也很高兴见到你

大卫接麦可放学走路回家，过了最后一个转角，看到西恩·狄文和另一个家伙斜倚在一辆停放在波以尔家大门外的黑色轿车的后备厢上。黑色轿车挂着州政府的车牌，后备箱上密密麻麻装了许多足以发射讯号到金星上去的天线。大卫在十五码外就已经看出西恩那位同伴和他一样，也是个警察。他歪下巴的方式是警察特有的，微微上翘又往外突出，连站姿都是标准的警察站姿——重心故作轻松地放在脚后跟，事实上全身戒备，看上去随时都可以往前冲去。如果这样还没泄露他警察的身份的话，一个四十五岁左右的男人顶个海军式平头，脸上还戴了副飞行员式的金边墨镜，则绝对泄了他的底。

大卫紧紧牵着麦可的手，胸口却仿佛有人拿了一把浸过冰水的刀子紧贴着他的心肺。他几乎要停下脚步，双脚仿佛就要在人行道上生根，但一股莫名的力量硬推着他往前走；他勉强定住心神，努力让自己的动作看起来正常流畅。就在这个时候，西恩的头朝他这边转了过来，眼神一开始有些空洞和漫不经心，但随即一亮，迎上了大卫的目光。

他俩脸上同时绽开了笑容，大卫咧着嘴笑得夸张，西恩也毫不逊色。

大卫很惊讶地发现，西恩似乎真的很高兴再见到他。

"大卫·波以尔，"西恩一边说着一边站直了身子朝大卫伸出手去，"多久没见了？"

大卫握住西恩的手，西恩另一只重重地搭上他肩头的手让他再次吓了一跳。

"上次在瓦伦酒吧，"大卫说，"大概有六年了吧？"

"没错，差不多有那么久了。你的气色看起来很不错哦。"

"你呢，西恩？近来好吗？"大卫可以感觉到一股暖流在他体内缓缓蔓延开来，某种他的理智再三警告必须抗拒的感觉。

可是，为什么要抗拒呢？跟他一起长大的那些人中还留在这里的已经没有几个了。他们离开这里，并不光是出于那些老掉牙的因素——坐牢的坐牢，贩毒的贩毒，当警察的当警察。也有不少人举家迁往郊区。更有不少人移居外州。那种想要融入郊区中产阶级风情画的欲望——没事打打高尔夫球，逛逛购物中心，经营点儿小生意，回到家则有个金发老婆可以抱，有台大屏幕电视可以看——也拉走了不少人。

没错，从小一起长大的人还留在这一区的已经所剩无几了。当大卫紧握住西恩的手时，他心头不禁涌起一阵骄傲、快乐与莫名的哀伤。他想起了站在地铁月台上看着吉米跳下轨道的那一天，他想起了那些星期六，那些什么事情都可能发生的星期六。

"我很好。"西恩或许回答得真心，但大卫却在他的笑容中看到了些许缺憾："这位是谁？"

西恩弯下腰来看着麦可。

"这是我儿子，"大卫说道，"麦可。"

"嘿，麦可。很高兴认识你。"

"嗨。"

"我叫西恩，是你爸爸一个很老很老的朋友。"

大卫看着西恩的声音让麦可的眼神一下亮了起来。西恩的声音绝对有种特殊的魔力，就像那个专门替所有电影预告片配旁白的家伙一样。麦可两眼亮晶晶的，仿佛看到了一则传奇——他的父亲和眼前这个高大、充满自信的陌生人曾经也是两个小男孩，就像他和他的那些朋友玩伴一样；他们曾经也在同一条街上玩耍，有过相同的幻想与梦想。

"很高兴认识你。"麦可说道。

"这是我的荣幸，麦可。"西恩和麦可握过手，然后抬头看着大卫，"小帅哥一个，大卫。瑟莱丝好吗？"

"很好，很好。"大卫试着回想西恩的太太的名字，却只依稀记得他俩是在大学时代认识的。劳拉？还是爱伦？

"嘿，代我跟瑟莱丝问声好。"

"当然。你还是在州警队吗？"

云层后方突然绽露一线阳光，映射在黑色公务车的后备厢盖上。大卫让反射的强光晃花了眼睛。

"没错，"西恩应道，"呃，事实上，大卫，这位就是州警队凶杀组的包尔斯警官，我的上司。"

"你好吗？"

"很好。波以尔先生，你呢？"

"还过得去。"

"大卫，"西恩说道，"我们可能要耽搁你几分钟的时间。就几个简单的问题，要麻烦你回答一下。"

"嗯，当然。什么事？"

"波以尔先生，我们可以进去里面谈吗？"包尔斯警官朝大卫家的大门口点了点头。

"嗯，当然。"大卫牵起麦可的手，"跟我来。"

在楼梯间里，一行人经过房东麦卡利家门口时，西恩说："我听说连这里的房租都在涨。"

"没错，连这里都在涨，"大卫也跟着抱怨，"我看这里不久也会变得跟尖顶区一样，每五个街口就有一家天杀的雅痞古董店。"

"尖顶区，是啊，"西恩干笑了一声，"还记得我老爸那幢房子吧？早被拆掉改建成公寓了。"

"不会吧？"大卫说，"那是一幢很漂亮的房子呢。"

"更别说他是在房价飙涨之前就把房子卖掉了。"

"已经被改建成公寓了？"大卫说道，声音让狭窄的楼梯间放大了不少。大卫摇摇头。"你老爸卖掉整幢房子的价钱大概只够那些雅痞们买一个小单元吧。"

"差不多，"西恩说，"但我们又能怎么样呢，对不对？"

"唉，也是啦。不过我有时又会觉得办法是人想出来的；我在想，一定有什么办法可以把那群雅痞和他们该死的手机一起送回他们的老家去。我一个朋友就跟我说过，他说：'咱们这里真正需要的不过就是一波他妈的犯罪潮。'"大卫自顾自地笑了，"我的意思是说，这样一来，这里的房价一定马上就会降回合理的数字，房租也是。你懂我的意思吧？"

包尔斯警官说道："州监公园里面要是再多出现几具少女的尸体，波以尔先生，你的愿望可能就会实现了。"

"嘿，我可没说那是他妈的我的愿望还是什么的。"大卫说道。

包尔斯警官说道："那当然。"

"你在说脏话，爸爸。"麦可说。

"对不起，麦可。爸爸一下说溜了嘴，以后不会了。"大卫回头对着西恩眨了一下眼睛，然后掏出钥匙开了门。

"你太太在家吗，波以尔先生？"包尔斯警官跟着进了门，问道。

"啊？不。不。她不在。嘿，麦可，你先上楼去做功课，可以吗？我们待会儿还得去一下吉米姨父和安娜贝丝姨妈家。"

"可是，我——"

"麦可，"大卫低头看着儿子，"上楼去。我和这两位客人还有话要说。"

麦可脸上浮现出那种所有被赶出大人谈话场合的小孩子脸上都会浮现的表情。他双肩颓然下垂，脚踝像给绑上了两大块冰砖似的，拖着脚步往楼梯走去。他叹了口气，神情与他母亲如出一辙，然后开始不情不愿地往楼上走。

"所有小孩都是这样。"包尔斯警官说道，然后一屁股在客厅的长沙发上坐下。

"都是怎样？"

"那种肩膀往下一垮的动作。我儿子在他这年纪也常会有这个动作；每晚赶他上床睡觉时，他都得来上这么一回。"

大卫说道："是吗？"一边往矮桌另一端的双人沙发走去，也坐下了。

大约有一分钟之久，他们三人就这样面面相觑，挑着眉，等着看谁先开口。

"你听说凯蒂·马可斯的事了吧？"西恩说道。

"当然，"大卫说道，"我今天早上在吉米家待了好一阵，瑟莱丝现在还在那里。老天，该怎么说呢？唉，这真是个天杀的罪行啊。"

"没错。"包尔斯警官说道。

"凶手抓到了吗？"大卫问道，一边用左手搓揉着肿胀的右手，随即又惊觉自己这无意识的动作，住了手，往沙发背上一靠，尽可能自然轻松地将双手插进裤袋里。

"我们正在调查这个案子。相信我，波以尔先生。"

"吉米还挺得住吧？"西恩问道。

"很难说。"大卫看向西恩，很高兴找到机会可以将目光自包尔斯警官脸上移开。那家伙的神情中有某种东西搅得他心里直发毛。也许是他盯着人看的方式吧；总让人觉得他好像看得穿你撒的每一个谎，甚至可以一路追溯到你这该死的一生中撒过的第一个谎。

"你知道吉米的。"大卫说道。

"唉，我现在已经不敢这么说了。"

"嗯，他还是闷葫芦一个，什么事都放在心里，"大卫说道，"没人猜得透他脑子里到底在想些什么。"

西恩点点头。"我们今天来的目的，大卫……"

"我那晚看到过凯蒂，"大卫突然说，"不晓得你们知不知道这件事。"

他看着西恩，而西恩两手一摊，打算让他继续说下去。

"那天晚上，"大卫继续说道，"我想应该就是她遇害当晚，我曾经在麦基酒吧看到过她。"

西恩与包尔斯警官交换过眼神，然后身子往前一倾，友善而坚决地擒住了大卫的目光。"事实上，大卫，这正是我们想要找你谈谈的原因。你的名字出现在麦基酒吧当晚的客人名单上。我们听说凯蒂当晚在那里闹了好一阵。"

大卫点点头。"她和一个朋友跳上吧台跳了一段舞。"

包尔斯警官说道："她们当时已经喝得很醉了吧？"

"应该是吧，不过……"

"不过什么？"

"不过也还不到烂醉如泥的地步。她们只是跳舞，并没有脱衣服还是什么的。唉，怎么说呢，不过就是十九岁的女孩子嘛，你懂我的意思吗？"

"十九岁的女孩子能在酒吧里喝到酒，就表示这家酒吧恐怕会有好一阵子不能卖酒了。"包尔斯警官说。

"难道你没有过吗？"

"没有什么？"

"难道你二十一岁之前真的从来没到酒吧里喝过酒？"

包尔斯警官笑了笑，这微笑给大卫的感觉如同他的眼神，再次让他觉得这家伙身上的每一个细胞都正在窥探着他的一举一动。

"你记得你是几点离开麦基酒吧的吗，波以尔先生？"

大卫耸耸肩。"大概一点左右吧。"

包尔斯警官将笔记本放在大腿上，低头简单写了几个字。

大卫望了望西恩。

西恩说道："嘿，不要误会了，我们只是不想遗漏任何一个细节罢了，大卫。对了，那天晚上你是和史丹利·坎普一起，是吧？巨人史丹利？"

"嗯。"

"顺便问一下，他还好吗？听说他的小孩得了癌症。"

"白血病，"大卫说，"已经是好几年前的事了。他儿子后来还是死了。

死的时候才四岁。"

"老天，"西恩说道，"什么世道啊。妈的。世事难料。就好像这一刻你还在开车兜风兜得正得意正爽，下一刻你不过转了个弯，胸腔里竟然就冒出了什么怪瘤，五个月后干脆就挂了。妈的，这是什么世道啊。"

"什么世道，没错，"大卫应和道，"不过史丹利倒还好，没让这事给击垮了。他在爱迪生那边找到一份不错的差事。每周二和周四晚上的公园联盟篮球赛也还照打。"

"还是篮板下的恐怖分子吗？"西恩自顾自笑开了。

大卫也笑了。"他的确很爱使拐子。"

"你还记得凯蒂和她那两个朋友是几点离开酒吧的吗？"西恩笑声未歇。

"这我就不太清楚了，可能是红袜队的比赛快要结束的时候吧。"

西恩这是在搞什么鬼？他有问题大可直截了当地问，干什么还要先跟他拉关系，假意问了巨人史丹利的事？或者这真的只是他自己多心了？也许他真的只是想到什么就问什么——大卫一下子也拿不定主意。他们在怀疑他吗？他们真的把他当成杀死凯蒂的嫌疑犯了吗？

"我记得那是场晚场球赛，"西恩说，"在加州的球场。"

"哦，十点三十五开始，对了。那几个女孩子大概比我早十五分钟离开吧。"

"所以说应该是十二点四十五分左右。"包尔斯警官说道。

"应该是吧。"

"你知道那几个女孩子之后去了哪里吗？"

大卫摇摇头。"那是我最后一次看到她们。"

"是吗？"包尔斯警官低头又是一阵奋笔疾书。

大卫点点头。"是的。"

包尔斯警官又在本子上写了一阵，笔尖像只小爪子似的窸窸窣窣地搔刮着纸面。

"大卫，你还记得有个家伙拿钥匙丢他的朋友吗？"

"啊？"

"有个喝得烂醉的家伙，"西恩迅速地翻过一页记事簿，"一个叫作，嗯，乔伊·寇思比的家伙。他的朋友担心他开车，想拿走他的车钥匙，他抄起钥匙就往其中一人的头上丢过去。闹了好一阵。你当时在场吗？"

"应该是我离开以后发生的事吧。怎么了？"

"也没什么，"西恩回答，"就挺好笑的一件事。那家伙不肯让人拿走钥匙，结果这样一闹，钥匙还不就从他手中飞出去了。醉鬼的逻辑，是吧？"

"大概吧。"

"那天晚上你还有注意到任何不寻常的事吗？"

"比如说？"

"比如说有没有什么人看那几个女孩子跳舞的时候眼神不怀好意？你知道我在说哪种人吧——那种高中毕业舞会之夜一个人留在家里，胡乱过了十五年的鸟日子后却还在为当年的事生气，一看到年轻女孩子就恨得牙痒痒，好像他们一辈子的失败全都是她们的错似的。你知道那种人吧？"

"当然。还见过几个。"

"那天晚上麦基酒吧里有那种人吗？"

"倒没注意到。嗯，我是说，大部分时间我都在看球赛。事实上，西恩，在那几个女孩跳上吧台之前，我甚至连她们都没注意到。"

西恩点点头。

"那场比赛还不错吧？"包尔斯警官问。

"嗯，"大卫说，"那天是佩卓主投。原本会是场无安打比赛的，都是让第八局那记德州安打破了局。"

"没错。咱们佩卓确实有两下子，不是吗？"

"他是当今最好的投手。"

包尔斯警官转头望向西恩，然后两人同时站了起来。

"就这样？"大卫说道。

"是的，波以尔先生。"他和大卫握握手，"谢谢你的合作。"

"没什么。应该的。"

"哦,妈的,"包尔斯警官说道,"还有个问题忘了问你:你离开麦基酒吧后去了哪里?"

大卫脱口而出:"这里。"

"你是说你就直接回家了?"

"是的。"大卫直视着他,声音沉着平稳。

包尔斯警官再度翻开笔记簿。"一点十五分到家,"他边写边抬头看向大卫,"这样写对吗?"

"差不多吧。"

"好的,就这样了。波以尔先生,再次谢谢你。"

包尔斯警官转身出门下楼,但西恩却在门口停下了脚步。"真的很高兴再见到你,大卫。"

"我也是。"大卫说道,一边努力在心里回想自己当年到底讨厌西恩哪一点。但他怎么也想不起来。

"我们应该找个时间去喝一杯,"西恩说道,"就在附近。"

"没问题。"

"那就先这样了。保重了,大卫。"

他们握了握手。肿胀的伤手被这么一握更是痛不可当,但大卫克制住了缩手的冲动。

"你也是,西恩。"

西恩走下楼,大卫站在楼梯口目送他离开。西恩背对着他,再度举手一挥,大卫也对他挥了挥手,虽然他知道西恩不可能看得到。

大卫决定在去吉米和安娜贝丝家之前先在厨房里来瓶啤酒。他希望麦可不要一听到西恩和那个警察走了就马上跑下楼来。他需要几分钟时间独处,一个人静一静,花点时间整理一下脑子里混乱的思绪。他不是很确定刚才在客厅里到底发生了什么事。他不知道西恩和那个警察究竟是把他当作证人还是嫌疑犯;他们问话的口气始终模棱两可,搞得他无法确定他们真正的来意。这种不确定的感觉总是会给他带来一阵结结实实的他妈的头痛。每当大卫对眼前的形势感到无所适从，每当地面又开始摇晃，他的脑子就像让人拿了把菜刀对准中央一劈，裂成了两半。这种感觉通常会继之以一阵头晕目眩的头痛，有时甚至更糟。

因为有的时候大卫不是大卫。他是那个男孩。那个从狼口逃生的男孩。不光是这样。他是那个从狼口逃生后长大了的男孩。那是个迥异于大卫·波以尔的生物。

那个从狼口逃生后长大了的男孩，属于黑暗的动物，在森林中穿梭潜行，无声无息，难以捉摸。他活在一个外人看不见摸不着甚至从来不知道也从来不想知道它的存在的世界里。这个世界就像一股幽黑的暗流，与我们身处的世界并行。这是一个由蟋蟀和萤火虫组成的世界，外人无从窥视；它偶尔或许会在电光火石的一瞬间自你的眼角一闪而过，当你转过头想看个清楚时，它早已消失得无影无踪。

很多时候，大卫就活在这个世界里。在这里，大卫不再是大卫，而是那个男孩。而这个男孩却不曾好好长大。他变得更愤怒更偏执了，敢做许多现实生活中的大卫连想都不敢想的事。男孩通常只活在大卫的梦里，像只未驯服的野兽，在浓密的树林里狂奔，身影稍纵即逝。但，只要他留在大卫梦中的森林里，他便无法真的伤害到任何人。

然而，打从孩提时代起，大卫就饱尝失眠之苦。失眠会在好几个月的恬静安眠后悄悄找上他，于是突然间他就又回到了那个睡睡醒醒、始终无法真的入睡的狂躁世界。几天下来，大卫的眼前便会开始出现东西——多半是老鼠，飞快地窜过墙角与桌面，有时候则是黑苍蝇，在角落里乱飞一阵后又飞进另一个房间。他面前的空气中会突如其来闪过一阵流星雨般的点点电光。他眼中的每一个人都变成了橡皮人。然后男孩会一脚跨过梦幻森林的边界，进入清醒的世界。大卫通常有办法控制他，但有时男孩会吓到大卫。男孩会在他耳畔厉声尖叫。男孩总是会在不该笑的时候放声狂笑。男孩在大卫体内虎视眈眈，威胁着要撕下大卫始终挂在脸上的面具，让这个世界的人知道他的存在。

大卫已经三天没有好好睡觉了。夜复一夜，他睁大了眼睛躺在床上，看着身旁熟睡的瑟莱丝，感觉男孩在他大脑里那些海绵状的组织上起舞作乐，眼前则不断闪过阵阵流星电光。

"我只是需要让我的脑袋清醒一下。"大卫喃喃自语，然后又啜了一口啤酒。我只是需要让我的脑袋清醒一下，然后一切就都不会有问题了。他一边侧耳聆听着麦可下楼的声音，一边这么告诉自己。我只要再撑一会儿，让一切缓和下来，然后我就可以好好地睡上一觉，然后男孩就会回到他的森林里，然后人们就不再会像橡皮人，然后黑苍蝇便会跟着老鼠回到它们的洞穴里去。

当大卫带着麦可再度回到吉米和安娜贝丝家时，已经过了下午四点。当时一屋子的人已经走了大半，屋内弥漫着混浊陈腐的气息——只剩半盒的蛋糕和甜甜圈，客厅里挥之不去的浓浓烟味，凯蒂的死。从一大早到下午弥漫在屋内的那种肃穆宁静的悲伤与爱已然消散大半，当大卫再度回到这里时，公寓里只剩下人群散去后的冷清寂静，那些椅脚搔刮地板的声响，那些自门廊尽头传来的刻意压低音量的道别声都足以叫人心头一震，浑身的血液几乎要跟着一阵骚动。

根据瑟莱丝的说法，吉米整个下午大部分时间都待在后阳台上。他不时会回到屋里，照看安娜贝丝或是接受新到亲友的吊唁，但不久又会再次踱开，回到后阳台上，坐在那排因长久曝晒而变得又干又硬的衣服下头。大卫询问安娜贝丝有什么需要他帮忙的地方，但安娜贝丝甚至没等他把句子说完便一个劲儿地摇头。大卫知道他这么问其实是多余的。如果安娜贝丝真的需要帮忙，在找上大卫之前，她至少还有十个甚至十五个人可以找。大卫试着提醒自己来这里的目的，不要被安娜贝丝的态度搞得心烦意乱。大卫知道自己从来不是那种能让人求助的对象；有时候他甚至会觉得自己仿佛不存在于这个星球上。虽然心底有着深深的遗憾，但也有几分听天由命的无奈，他也早有觉悟，自己这辈子恐怕就这样过了；他就是这样一个无足轻重，没人真的需要、真的愿意倚重的小人物。

大卫带着这种浑浑噩噩的感觉来到后阳台。吉米背对着他，坐在一张旧凉椅上，头顶有衣服随风翻飞。他听到大卫接近的脚步声，微微扬起了下巴。

"我打扰到你了吗，吉姆？"

"大卫。"吉米对着绕过椅子朝他面前走来的大卫友善地一笑，"没有的事。找个地方坐下吧。"

大卫在吉米面前的一个塑料牛奶箱上坐下了。他可以听到吉米身后的公寓里传来阵阵若有似无的嗡嗡声，偶尔伴随一两记刀叉碗盘碰撞的声音。那些来自日常生活的细碎声响。

"我这一整天都没有机会跟你讲话，"吉米说，"你还好吗？"

"你还好吗？"大卫反问，"妈的。"

吉米双手高举过头伸了个懒腰，再打了个哈欠。"你知道吗，所有人看到我就一直问我好不好——或许吧，或许此时此刻除了这个，他们也不知道还能对我说些什么。"他放下双手，耸耸肩。"怎么说呢，就时好时坏吧。我现在还好。不过随时可能会变得不好。"他再度耸耸肩，然后定睛看着大卫的手。"你的手怎么了？"

大卫低头瞄了一眼自己肿胀的伤手。他有一整天的时间可以编出一套说辞，而他却忘了这件事。"这个？嗯，我去帮一个朋友搬沙发，结果在楼梯间不小心撞到了门框。"

吉米歪着头，看了看大卫指关节间的那片瘀青。"是这样。"

大卫看得出来吉米并不真的相信他的说法。他决定再编个更有说服力的故事好应付下一个问他的人。

"蠢事一件，"大卫说道，"唉，人总有办法做些蠢事把自己搞伤。你懂我的意思吧？"

吉米将目光移到大卫脸上，似乎已经决定将这件无关紧要的事抛到脑后。他静静地瞅着大卫，脸上僵硬的线条软化了不少，"嘿，真的很高兴看到你。"

大卫几乎要脱口而出，真的吗？

在他认识吉米的二十五年里，大卫不记得自己曾有哪一次真心觉得吉米很高兴看到他。至多就是不介意看到他吧，但不介意毕竟不是乐意。在他俩的生活因为分别娶了安娜贝丝和瑟莱丝这对表姐妹而再度有了交叉后，就他记忆所及，吉米从未表示过他俩有一点儿点头之交以外的情谊。一阵子之后，大卫也就接受了吉米只把他当作点头之交的事实。

是啊，他们从来都不是朋友。他们从来不曾一起在瑞斯特街上玩过棍球，从来不曾一起踢过空罐子。在那一整年的时间里，他们不曾每个星期六都和西恩·狄文混在一起，不曾在哈维街旁的沙坑里玩过战争游戏，或是在波普公园附近那排厂房上跳过屋顶；他们从来不曾一起去查尔斯戏院看过《大白鲨》，从来不曾一起被电影吓得抱头尖叫。他们从来不曾一起骑自行车练习大撒把，从来不曾为了谁来扮演《警网双雄》里的史塔斯基和哈奇，或者谁老是被分配到《夜袭者》里的柯查一角而争执不休。他们不曾在一九七五年那场暴风雪过后第一天一起带着雪橇溜上桑莫塞丘，不曾三人一起以神风特工队之姿俯冲直下，不曾一起撞坏雪橇。是的。那辆弥漫着浓浓苹果味的车子从来不曾沿着加农街朝他们驶来。

然而此刻，在他女儿猝死的隔日，吉米·马可斯坐在他的面前，告诉他他真的很高兴看到他，而大卫——一如两个小时前在西恩面前一样——真的能感受得到那份发自内心的诚意。

"我也很高兴看到你，吉米。"

"我们的老婆还好吧？"吉米问道，嘴角那弯笑意几乎就要攀上他的眼底。

"我想，还好吧。娜汀和莎拉呢？怎么没看到人？"

"应该是跟希奥在一起吧。嘿，大卫，记得帮我谢谢瑟莱丝。她今天真的帮了很大的忙。"

"吉米，你不必谢任何人。只要是我们能帮得上忙的，我和瑟莱丝都很乐意去做。"

"我知道。"吉米探出一只手，重重地捏了大卫的上臂几下，"谢谢你。"

在那一刻，大卫甚至愿意为吉米抬起整幢房子；他愿意捧着它，紧紧抵在胸前，直到吉米告诉他要把房子放在哪里。

他差点儿忘了他来后阳台的目的：他必须告诉吉米周六晚上他曾在麦基酒吧看到过凯蒂。他必须赶紧把这件事讲出来，否则他恐怕就会这么一拖再拖，等到他终于决定要开口的时候，吉米大概会觉得奇怪，为什么他不早点儿告诉他。他得在吉米从别人那里听到这件事前先跟他开口。

"你猜我今天见到谁了？"

"谁？"

"西恩·狄文，"大卫说，"还记得他吗？"

"当然，我还留着他的棒球手套呢。"

"什么？"

吉米大手一挥，不愿多作解释。"他后来当了条子。事实上，他正在调查凯蒂的……呃，凯蒂的案子。这案子现在由他负责。"

"嗯，这我知道，"大卫说，"他刚刚才去过我那里。"

"是吗？"吉米说道，"嗯。他找你做什么，大卫？"

大卫试着以最自然随意的口气一口气说出他事先准备好的答案。"我周六晚上去过麦基酒吧。跟凯蒂差不多同时去的。我的名字出现在当晚的客人名单上。"

"凯蒂在那里，"吉米说道，他凝望着前方的街道，两眼渐渐眯了起来，"大卫，你说你周六晚上曾经看到过凯蒂？我的凯蒂？"

"嗯，没错，吉米，我在那里，凯蒂也在那里。然后她就跟她两个朋友走了，然后——"

"黛安和伊芙？"

"应该是吧，就是那两个常常跟她在一起的女孩子。她们后来就一起离开了。就这样。"

"就这样。"吉米重复着，目光再度飘开了。

"呃，我的意思是说，那是我最后一次看到她。可是，你知道的，我也在那张名单上。"

"你也在名单上，没错。"吉米浅浅地笑了，却不是对着大卫，而是对着远方某个只有他才看得到的影像。"那天晚上你跟她讲过话吗？"

"凯蒂？没有，吉姆。我整晚都跟巨人史丹利在看球赛。我只跟凯蒂点过头打过招呼而已。等我再度想到她的时候，她已经离开了。"

吉米静静地坐了一会儿，用力吸了几口气，对着自己点了几下头。最后，他的目光终于再度落定在大卫脸上，对着他露出一抹惨淡的微笑。

"真好。"

"什么？"大卫说道。

"坐在这里。什么也不做，只是坐在这里。真好。"

"是吗？"

"只是坐在这里，看着这个地方，"吉米说道，"你的一生就是忙，整天马不停蹄地到处忙，忙工作，忙小孩，妈的，除了睡觉以外，你几乎没有时间停下来休息一下。即使是今天。即使是在像今天这样不寻常的日子里，我仍得留心关照每一个细节。我得打电话给彼得和萨尔，确定店里没事。我得确定我两个女儿早上起来都刷过牙洗过脸换过衣服。然后我还得不时注意我的老婆，确定她还挺得住，你知道吗？"吉米对着大卫茫然一笑，身子微微摇晃了几下，愈发往前倾，十指紧紧交错，"我得跟人握手，接受人家的慰问吊唁，我得在冰箱里找地方放那些食物和啤酒，我得忍受我的岳父，然后我还得打电话给法医办公室，问他们我到底什么时候才可以领回女儿的遗体，因为我得跟瑞德葬仪社和圣西西莉亚教堂的维拉神甫约时间，然后我还得为守灵会张罗场地安排夜宵，还有——"

"吉米，"大卫说道，"这些事不一定都要你去办。有的你真的可以交给我们办。"

但吉米只是自顾自地说下去，仿佛完全不曾注意到大卫的存在。

"我不能把这事搞砸了，我绝对不能搞砸任何一个他妈的细节。不然她等于再死一次，十年后大家想起她的一生只会记得她的葬礼是一场他妈的灾难，所以我绝对不能搞砸了，我绝对不能让它变成大家对凯蒂仅有的回忆——你懂我的意思吗？——因为凯蒂，老天，因为凯蒂从小，从她六岁开始，你就很难不去注意到她是一个多么爱干净、做事多么有条不紊的女孩子。她的衣服永远都是自己整理得好好的。所以没关系，这样真的很好，没错，来这里只是坐着，只是坐着看着这个地方，试着想出一件关于凯蒂的事，一件终于能让我的眼泪流出来的事。因为，大卫，我发誓，我他妈的快发火了——那是我的女儿哪，死的是我的女儿哪，而我竟然他妈的哭不出来。"

"吉米。"

"什么事？"

"你哭了。"

"真的吗？"

"摸摸你的脸。"

吉米伸手一探，感觉到双颊上一片潮湿。他将沾了泪水的手指举在眼前，静静地端详了好一会儿。

"妈的！"吉米说道。

"你要我离开让你一个人静一静吗？"

"不，大卫。不用了。再陪我多坐一会儿，如果可以的话。"

"没问题，吉姆。当然没问题。"

第十七章　惊鸿一瞥

预定要与马汀·傅列尔开会前一小时，西恩陪着怀迪跑了一趟怀迪的公寓，好让他换下溅上午餐的衬衫。

怀迪与儿子泰瑞一起住在城南的一幢白砖公寓里。小公寓里铺着最常见的那种米白色地毯，墙壁漆成毫无个性的白色，屋里弥漫着通常只有汽车旅馆与医院走廊那种成年累月不开窗通风的空间才会有的味道。他们开门进去的时候，客厅里的电视竟然还开着，ESPN 体育频道对着空荡荡的公寓不断低声放送一拨又一拨某场球赛的最新战况；一堆 Sega 游戏机的各式组件散落在偌大的电视屏幕前的地毯上。电视对面是一张显然实用舒适远胜于外观考虑的两用沙发；至于厨房呢，西恩不用看也知道，不外乎就是一个塞满各式冷冻快餐的冰箱，以及一只装满麦当劳汉堡包装纸的垃圾桶。

"泰瑞呢？"西恩问道。

"玩曲棍球去了吧，我猜，"怀迪说道，"嗯，也可能是棒球。现在毕竟是棒球季。不过曲棍球再怎么说都是他的最爱，全年不分季节。"

西恩见过泰瑞一次。当时十四岁的泰瑞体型就已经庞大得吓人了，西恩简直不敢想象再过两年他的个头会蹿到什么地步，还有他一旦穿上装备、拿着球棍在冰上全速冲撞时，他可怜的对手会有多害怕。

怀迪拥有泰瑞的监护权，因为离婚时妻子根本无意争取。几年前，她抛下怀迪父子俩，跟了一个专打民事赔偿官司的律师；那家伙毒瘾不浅，后来甚至搞得不但被取消了律师资格，还惹来官司缠身。她倒是对那家伙不离不弃，至少西恩是这么听说的，多年来也还和怀迪保持着联络。有时，听怀迪在那边讲些有关他前妻的事时，你不时得提醒自己一下，他们其实早已离婚多年了。

比如说现在。怀迪一边解开衬衫纽扣，一边走进客厅，看着散落一地的 Sega 带，随口感叹道："苏珊说我和泰瑞的这个狗窝简直是所有男人梦想中的快乐天堂……呃，你知道的，边说边翻白眼。哼！我倒觉得她其实忌妒得很。对了，要来罐啤酒吗？"

西恩想起了傅列尔说的那段有关怀迪的酗酒问题的话，然后想象一小时后他要是带着一身薄荷糖也遮不住的酒味走进会议室，那些头头脸上会出现什么样的表情。或者，根据他对怀迪的了解，他这么问说不定只是要试试他罢了。毕竟刚复职的人是他，不是怀迪。

"水就可以了，"他说道，"可乐也不错。"

"不错不错。"怀迪微笑着说，一副刚刚果然是在测验西恩的模样——但西恩注意到他懒洋洋的目光里隐约透露出一丝渴望，他那缓缓划过两侧嘴角的舌尖似乎也正在呼喊着同样的需求。"两瓶可乐马上来。"

怀迪再度从厨房里钻出来时，手里拿着两罐可乐。他递过一罐给西恩。接着他便踱进客厅走道旁的一间小浴室里，西恩听到他窸窸窣窣脱下衬衫，然后拧开水龙头的声音。

"这案子愈看愈不像是有预谋的了，"怀迪在浴室里提高嗓门大声说，"你有没有这种感觉？"

"是有一点儿。"西恩承认。

"法洛和奥唐诺的不在场证明看来应该假不了。"

"但这并不代表人不是他们买凶杀死的。"西恩说道。

"这点我同意。不过你真的这么觉得吗？"

"嗯，这很难说。职业杀手的手法应该会更利落些。"

"总之我们暂时还不能排除这个可能。"

"同意。"

"我们还得再查查那个姓哈里斯的小子，他毕竟没有不在场证明……唉，不过说真的，我实在不觉得他下得了这种手。那小子一看就是一副连蟑螂蚂蚁都不敢杀的模样，你知道我在说什么吧？"

"但你别忘了，他可能会有下手的动机，"西恩说，"呃，比如说吧，他终于受不了凯蒂·马可斯和奥唐诺还一直藕断丝连、牵扯不清之类的。"

怀迪走出浴室，手里还拿着一条毛巾在擦脸；他苍白的肚皮上嵌着一条勋章似的刀疤，像微笑的大嘴似的，从胸腔一侧边缘划到另一侧边缘。

"是没错，不过那小子怎么看都不像是那种料。"怀迪转身向着屋后的卧室走去。

西恩站到走道上。"我也不希望是他。但我们说了不算，总要有证据证明。"

"嗯，还有，照惯例，死者父亲和她那几个疯狗舅舅也得查。不过我已经派人问过附近邻居了，看来应该不是家里的问题。"

西恩倚在墙上，啜饮着他的可乐。"如果这真是临时起意的凶杀案，嗯，妈的，这下可就有的玩了……"

"嗯，是有的玩了。"怀迪走出卧室，肩上披着一件干净的衬衫。"那个老太太派尔，"他边说边扣上纽扣，"倒没提过听到尖叫声。"

"只听到枪声。"

"枪声是我们说的。嗯，不过应该也错不了。但我要说的是，她没有听到尖叫声。"

"说不定死者当时光忙着用车门攻击歹徒，想把他撞倒了好趁机逃跑。"

"这倒说得通。但当她刚刚看到他，看到他朝着她的车子走过来的时候呢？她那时多的是机会尖叫求救。"怀迪说着又往厨房走去。

西恩跟在后头也进了厨房。"嗯，这表示她可能认识他。所以她才会说了那声嗨。"

"嗯。"怀迪点点头。"好，另外一个问题是，她当初又为什么要把车停下来呢？"

"不对。"西恩说道。

"不对？"怀迪半倚在厨台上，定睛瞅着西恩。

"不对，"西恩重复道，"那车子是撞上人行道边缘才停下来的。"

"可是我们在现场并没有看到刹车痕。"

西恩点点头。"或许她当时车速只有十五迈左右，或许是看到路上有什么东西，才会突然把车头往路边一调。"

"看到什么？"

"妈的，我怎么知道？这里你才是老板。"

怀迪微笑着一口喝光了手里的可乐，接着又打开冰箱拿出另一罐。"什么原因会让她刹车也不踩地撞上人行道？"

"路上有什么东西。"西恩说。

怀迪微微举高他的第二罐可乐，做致敬状。"但我们赶到现场的时候，并没有发现路上有任何东西。"

"因为我们赶到现场已经是第二天早上的事了。"

"好，那会是什么东西呢？砖块？还是什么？"

"砖块未免太小了吧，当时天色那么暗。"

"砖块太小，那就空心砖吧。"

"嗯。"

"总之就是路上的某样东西。"怀迪说道。

"某样东西。"西恩同意道。

"她方向盘一打，前轮撞上人行道，她一放离合器，然后车子就熄火了。"

"就在那个时候，歹徒现身了。"

"某个她认识的人。然后呢，怎么，他就上前先跟她打过招呼是吧？"

"然后她就用车门撞他，然后——"

"你被车门撞过吗？"怀迪边说边将衣领立了起来，再将领带绕了上去。

"嗯，目前为止还没那种经验。"

"那力道感觉就跟挨了一拳差不多。假设你站得离车门很近，一个体重一百一十磅上下的女人用她那辆丰田老爷车的车门用力往你这边一撞——老实说，你要是站得够近的话，恐怕根本不会觉得痛，只是被撞得有些不爽罢了。凯伦·休斯说歹徒开第一枪的时候离车子大约只有六英寸。六英寸！"

西恩默默地点点头。"好吧。但如果她是先躺倒，然后才朝车门用力一踢呢？这力道总够大了吧？"

"但那也要车门原本就开着才成。车门要是关上了，她就算躺在那边踢一整天也没用。当然，她必须先用手打开车门，然后再猛力把车门往外一推。所以说，歹徒很可能刚好往后退了一步，根本没想到她会来这招，再不然……"

"再不然就是他体重也很轻。"

怀迪将衣领重新折下来，盖在刚打好的领带上。"这让我想起脚印的问题了。"

"他妈的脚印问题。"西恩说道。

"没错！"怀迪吼道，"他妈的脚印。"他扣上衬衫的第一颗纽扣，将领带抽紧了。"西恩，那家伙追着她跑过整个公园。她死命往前跑，跑得愈快他就愈火大，像头狂怒的猩猩一样死咬着女孩的屁股猛追。我的重点是，他跑过了整个公园。你倒说说看，他到底是怎么办到的，竟然会连一个深一点儿的脚印也没留下？"

"那夜下了一整夜的雨。"

"但我们还是找到了三处她的脚印。少来了，这其中必定他妈的大有文章。"

西恩头往后一倾，靠在储藏柜的门上，试着想象那个画面——凯蒂·马可斯两只手臂疯狂地摆动，自旧银幕前的那片斜坡俯冲下来；她的皮肤让树丛刮伤了，头发让汗水和雨水浸湿了，前胸与手臂上则是一大片迅速扩散的殷红血渍。至于紧追在后的凶手，在西恩的想象中，则是一抹没有面孔的暗影；女孩冲下斜坡几秒后，暗影出现在斜坡顶端，然后迅速跟上了前方猎物的脚步，汩汩鲜血加快了速度，流经他耳畔的血管，如嗜血的暗夜鼓声般催促着他。一抹高大黝黑的暗影，西恩是这么想象的，庞大而骇人。并且聪明。是的，聪明。至少会想到要在路中间放个什么东西，让凯蒂·马可斯的车子失控撞上人行道。至少会挑选雪梨街上这样一个入夜后人迹罕至的地点下手。老太太派尔会听到街上的动静，纯粹是个意外，一个凶手事前无法预料到的意外；因为，就连西恩当初乍听到那排几乎全让大火烧光了的房子附近竟然还住了人，也感到相当意外。除了这个意外，凶手的一切安排确实都很聪明。

"聪明到会回头去处理掉一切痕迹线索？你以为呢？"西恩突然开口道。

"啊？"

"我说凶手。你以为呢？也许他杀了她之后，又回头循着原来的路线把自己的脚印都处理掉了。"

"是有这个可能，但他又怎么会记得自己到底踩过哪片土地呢？别忘了，当时公园里一片漆黑。即使，呃，这么说好了，即使他有手电筒又怎样？公园这么大，他哪有那能耐去找出每一个脚印，然后再一一处理掉？"

"所以我才说是那场大雨呀。"

"嗯。"怀迪叹了一口气，"雨再大，只要脚印够深，一样还是会留下痕迹啊……除非，除非凶手体重很轻。如果凶手体重没超过一百五十磅，那你说脚印全让雨水冲刷掉了我就信。"

"布兰登·哈里斯看起来不会比一百五十磅重多少。"

怀迪呻吟了一声。"你真的相信那小子做得出这种事？"

"不。"

"我也一样。你那个老朋友如何？他看来也差不多就这体重。"

"我哪个老朋友？"

"波以尔啊。"

西恩站直了身子。"我们怎么会扯到他那里去了？"

"我们正要往那里扯。"

"不对不对。等等——"

怀迪举起一只手。"他说他差不多是一点左右离开酒吧的。听他放屁。那个让钥匙砸烂的时钟就停在差十分一点的地方。而凯瑟琳·马可斯则是在十二点四十五分左右离开的。这几个时间我们都已经确认过了。你这老朋友周六晚上的行踪有十五分钟的漏洞，至少就我们目前所知。何况，天知道他后来是几点到家的。我的意思是，真正回到家里？"

西恩笑了。"怀迪，你搞清楚，他不过就是刚好出现在酒吧客人名单上的一个名字罢了。"

"那酒吧正好是死者最后去过的地方。最后一个地方，西恩。话也是你自己说的。"

"什么话？"

"你说凶手说不定是那种毕业舞会之夜一个人躲在家里的可怜虫。"

"我只是——"

"我没打算一口咬定是他干的。我甚至没打算那么想。至少现在还没这打算。但我就是觉得那家伙哪里怪怪的。你听他在那边讲什么他妈的犯罪潮没有？妈的，你看他一脸认真的样子。"

西恩将喝完的可乐空罐放在厨台上。"你垃圾分类吗？"

怀迪的眉头皱了起来。"没有。"

"空罐回收一个五分钱呢。"

"西恩。"

西恩将空罐丢进垃圾桶里。"你现在是在跟我说，你真的认为像大卫·波以尔这样的家伙竟会为了不满雅痞进占小区愤而杀死他老婆的——什么？——她老婆表姐的女儿？妈的怀迪，你可以再他妈的好笑一点儿。"

"我就逮过一个家伙，他亲手干掉了自己老婆，只因为她嫌他做的菜不好吃。"

"但那是婚姻，那是夫妻之间累积了多年的不满与怨恨。你现在说的是，一个平凡无奇的家伙一早醒来突然决定说：'妈的，这房租实在是涨得太不像话了。嗯，看来我得出去杀几个人，直到房租降到原来的水平为止。'"

怀迪被逗笑了。

"怎样？"西恩问道。

"你一定要把话讲成那样吗？"怀迪说道，"好吧，我承认是有点儿可笑。但无可否认，那家伙确实有问题。如果他的行踪没有漏洞，那我就放过他了。如果他没有在她死前一小时见过她，那我也会放过他。问题就出在他的行踪确实交代不清楚，也确实曾在那时候见过她；而且，无论如何我就是觉得他哪里不太对劲。他说他离开酒吧后就直接回家了是吧？那好，我要他老婆亲口证实这件事。我要他楼下邻居证实曾在一点过五分听到他上楼的脚步声。然后我就会把他抛到脑后。对了，你有注意到他的手吗？"

西恩没有说话。

"他的右手肿得起码有他左手的两倍大。那家伙这几天一定和人干过架之类的，这我要一个交代。等我证实他的手是因为在酒吧跟人干架受的伤，那我才会放过他。"

怀迪仰头把第二罐可乐也一饮而尽，然后将空罐往垃圾桶里一扔。

"大卫·波以尔，"西恩说，"看来你是真的跟大卫·波以尔铆上了。"

"也不尽然，"怀迪说，"只是打算多看他一眼，如此而已。"

会议地点是位于地检处三楼的一间由重案与凶杀两组共享的会议室。傅列尔向来喜欢在这里召开会议，因为这里冰冷而严肃，没有任何多余的装饰，椅子是硬的，桌子是黑的，墙壁则漆成了空心砖那种浅灰色。这不是一个让人聊天谈笑说废话的地方。除非必要，平常根本没有人会在这里逗留；会议在这里召开，结束后人人分头散去，去做自己该做的事。

这个下午，会议室里的九张椅子全都坐满了。坐在桌首的是傅列尔。他的右手边坐着苏福克郡地检处凶杀组副组长玛吉·梅森，左手边则是凶杀组另一个小组的小组长罗伯特·波克。怀迪与西恩分坐在长桌两侧，接下来依序是乔伊·索萨与克里斯·康利，以及州警队凶杀组的另外两名警探潘恩·布莱克与席拉·罗森塔尔。每个人面前都堆了一摞原版或复印的调查报告、现场照片、验尸报告、化验小组报告，以及各人的报告夹和笔记本，有的甚至还夹了几张上头记了名字地点的餐巾纸，以及随手画下的现场草图。

怀迪与西恩首先上场报告。他们扼要说明了与几名证人的访谈：伊芙·皮金和黛安·塞斯卓、派尔太太、布兰登·哈里斯、吉米和安娜贝丝·马可斯、罗曼·法洛，以及大卫·波以尔——怀迪只是轻描淡写地将他描述成"其中一位酒吧客人"，西恩对此颇为感激。

接着上场的是布莱克与罗森塔尔。布莱克负责主要的报告，但西恩心知肚明，根据经验，说得多的人做得少；罗森塔尔八成才是跑腿最多的人。

"死者父亲开设的超市里头的其他雇员都有相当明确的不在场证明，并且也都没有明显动机。另外，据死者亲友指出，就他们所知，死者生前未曾与人结怨，无大笔欠款，亦无使用毒品的习惯。我们在死者房间没有发现任何违禁药品，也没有发现任何日记手札，只找到了七百元现款。我们业已比对过死者银行往来资料与薪资收入，其中并无任何异常之处。死者于周五，也就是五号上午，将她个人账户里的存款提空了；这是她的账户唯一一次较为大笔的提款。我们后来在她卧房的抽屉里找到了这笔钱；而根据包尔斯警官的调查，死者原本计划于周日离家前往拉斯维加斯，这笔钱据分析即为旅费。此外，根据我们对邻居的访谈，死者与家人相处和睦，本案应与家庭纠纷无关。"

布莱克兜拢手中资料，再抵着桌面抖一抖，暗示发言已告一段落。傅列尔转而看向索萨与康利。

"我们已经派人分头询问从几名酒吧工作人员处取得的死者遇害当晚的酒吧客人名单。除了包尔斯警官和狄文州警已经询问过的，呃，罗曼·法洛和大卫·波以尔，名单上的七十五名客人中，康利警探和我亲自询问了二十八名；剩余的四十五名业已由休雷、达顿、伍兹、切奇、墨瑞及伊斯曼州警做过初次询问。这批证人的供词，我们都已经明列在刚才发给各位的报告中了。"

"法洛和奥唐诺那边情况如何？"傅列尔转向怀迪问道。

"两人的不在场证明都相当明确。不过我们尚未排除买凶杀人的可能。"

傅列尔往椅背一靠。"我这几年来经手过不少买凶杀人的案子，这案子在我看来并不像职业杀手的手法。"

"如果真是杀手下的手，"玛吉·梅森说道，"为什么不干脆就在车内把人给做了呢？"

"嗯，死者在车内确实挨了一枪。"怀迪说道。

"我想梅森副组长的意思是说，为什么不在那里就把事情一次解决干净呢？"

"说不定是枪卡膛了。"西恩说道。他对着一双双眯起的眼睛继续说道："这点我们之前从没考虑过。枪卡膛了，凯瑟琳·马可斯于是有了反应的机会。她设法把歹徒撞倒了，然后逃跑。"

这段话让会议室里安静了好一会儿，傅列尔目不转睛地凝视着自己用两根食指拼出的尖顶，陷入了沉思。"这不无可能，"他终于开口了，"不无可能。但歹徒后来为什么会改用棍棒攻击她呢？这一点儿也不像是职业杀手会用的手法。"

"法洛与奥唐诺的集团组织里头，应该还没有这样职业级的狠角色，至少就我所知，"怀迪说，"他们说不定只是用一袋高纯度古柯碱和一只打火机为代价，随便找来个瘾君子下的手。"

"但你说那个老女人有听到凯蒂·马可斯跟凶手打招呼。如果迎面朝她车子走来的是个瘾君子，一个正爽得步履蹒跚目露红光的瘾君子，她还会镇定地跟他打招呼吗？"

怀迪的头若有似无地点了一下。"这倒是。"

玛吉·梅森身子往前倾。"我们目前是打算假设死者认识凶手，是这样没错吧？"

西恩和怀迪互瞄了一眼，又一起看向桌首，然后点点头。

"那好。没错，东白金汉多的是毒贩，平顶区尤其不缺——问题是，像凯瑟琳·马可斯这样一个女孩子，怎么会认识这些人呢？"

"这倒也是。"怀迪说道，"没错。"

傅列尔说道："我想在座各位都一样，都希望这是桩买凶杀人案，这样事情确实会简单许多。但死者身上那些钝器殴打伤又该怎么解释？对我而言，这代表了愤怒，代表了失控，这不该是与死者无冤无仇的杀手会有的行为。"

怀迪点点头。"但我们也还无法完全排除这个可能，我想说的只是这个。"

"这我完全同意，包尔斯警官。"

傅列尔终于再度转头望向索萨。索萨看起来对报告被打断一事有些不爽。

他清清喉咙，从容地低头看了一会儿手上的笔记。"总之，我们访谈到一个家伙——一个叫作汤米·莫达那度的家伙——他是雷斯酒吧周六晚上的客人。雷斯酒吧是凯瑟琳·马可斯遇害当晚去过的最后一家酒吧。看起来那家酒吧里就一间厕所；莫达那度宣称差不多就是在三个女孩要离开酒吧的同时，他正好也起身打算去解决一下，却看到厕所门外大排长龙。他于是走到酒吧后门外的停车场，打算在那里就地解决；然而，就在那里，他看到一个家伙，坐在一辆车灯全熄的车子里。莫达那度宣称当时是一点半整，分秒不差——他说他那天戴的是只刚买来的新表，他刚好趁四下一片漆黑检查过新表有没有夜光装置。"

"结果呢？"

"显然是有的。"

"不过，坐在车里的那个家伙，"罗伯特·波克说道，"有可能只是一个喝醉了在车里昏睡过去的酒客罢了。"

"这也是我们最初的反应。但莫达那度宣称，他起初也是这样想，但不，不是，他说那家伙在车里坐得直挺挺的，两眼睁得老大。他还说他本来考虑那家伙会不会是警察，但也不对，因为那家伙开的是辆本田还是速霸路之类的日本小车。"

"还有点儿破烂，"康利补充道，"车头靠乘客座那边被撞凹了一块。"

"没错，"索萨说道，"于是呢，莫达那度便以为那家伙是哪里来的嫖客。那地区入夜后有不少妓女站街倒是真的。但如果真是嫖客的话，他没事又怎么会跑到停车场里枯坐呢？要就去街上挑货啊！"

怀迪说道："嗯，所以说——"

索萨举起一只手。"等等，警官，先让我说完。"他看了康利一眼，两眼亮晶晶的，有些迫不及待，"我们听他这么说后，又到酒吧停车场寻过一遭。血迹。我们在那里发现不少血迹。"

"血迹。"

索萨点点头。"不仔细看的话，你会以为是什么人在那里换过机油。没错，那摊血就有那么浓，那么集中。我们又在附近仔细找过，果然又找到不少不甚明显的血滴，这里一滴，那里一滴，应该是从那一大摊血延伸出去的。后来，我们又在围墙以及酒吧后头的暗巷里找到更多血迹。"

"索萨州警，"傅列尔说道，"你这他妈的到底是想告诉我们什么？"

"同一晚，在雷斯酒吧外头另外还有人受了伤。"

"你怎么知道是同一晚？"怀迪说道。

"化验小组证实过了。当晚稍后有一名夜间巡逻员把车停在那里，刚好遮住了那摊血，血迹因此才没让大雨冲刷得一干二净。总之，不管伤者是谁，伤势必定不轻。动手的人应该也负了伤。化验已经初步证实，那些血迹是两个不同血型的人留下的。我们已经联络过附近医院，也查过几家出租车公司了——伤者说不定是搭车离开现场的。除了血迹，现场还找到部分沾了血的毛发、皮肤组织，以及头盖骨碎片。我们还在等候六家医院急诊室的回音，其余医院已经给了我们否定的答案。但我个人很有信心，迟早会有某家医院回报说，在周六深夜周日凌晨曾有人因为脑部外伤而进了他们急诊室求救。"

西恩举起一只手。"你现在是要告诉我们，凯瑟琳·马可斯走出雷斯酒吧的同一晚，有人在同一家酒吧的停车场里在某人的脑袋瓜上砸了个大洞是吧？"

索萨微笑道："正是。"

康利把话接了过去。"化验结果显示，现场留有两种血型的血迹：大量的 A 型血与少量的 B 型血。我们判断受害人的血型应该是 A 型。"

"而凯瑟琳·马可斯的血型却是 O 型。"怀迪说道。

康利点点头。"毛发纤维另外还证实了受害人应为男性。"

傅列尔说道："推论呢？你们目前有任何推论吗？"

"没有，还没有。我们只知道，在凯瑟琳·马可斯遇害的同一晚，另外有人在她去过的最后一家酒吧外的停车场被人砸破了脑袋。"

玛吉·梅森说道："所以说，那晚有人在酒吧外头干过一架。那又怎样？这是常有的事。"

"当晚的客人没人记得有人干过架。不论是在酒吧里还是酒吧外。在一点半与一点五十分之间，离开酒吧的客人总共就只有凯瑟琳·马可斯和她的两个朋友，以及咱们这位证人莫达那度——他老兄方便后又回酒吧里待了一会儿。此外再没人走进酒吧。莫达那度一点半的时候在停车场里看到那个据他形容'一般长相，约莫三十几岁，深色头发'的怪客，莫达那度一点五十离开酒吧的时候，那家伙连人带车子都已经不在了。"

"而大约就在同时，凯瑟琳·马可斯正狂奔穿过州监公园。"

索萨点点头。"我们无意指出这两起事件必然有关联。两者或许毫无关联也说不定。只是它们发生的时间地点未免巧合得过火了点儿。"

"但我还是得问，"傅列尔说道，"你们的推论呢？"

索萨耸耸肩。

"报告副队长，这我暂时还没把握。这么说吧，就说这真是一起买凶杀人案好了。停车场里那个家伙是负责盯梢的，凯瑟琳·马可斯一离开酒吧，那家伙就打电话通知负责行凶的杀手。杀手就从那里开始接手任务。"

"然后呢？"西恩说道。

"然后他就杀了她。"

"不。我是问停车场里那个家伙，那个负责盯梢的人，他后来又干了什么事？怎么，他后来临时起意，决定拿块石头还是什么的把某个倒霉经过的家伙砸得脑袋开花是吧？就只是为了爽一下？"

"也许是有人先挑衅他的。"

"干什么挑衅他？"怀迪接着说，"看他在车里讲电话看得不爽吗？妈的。我们连这家伙到底和马可斯命案有没有关联都还搞不清楚咧。"

"包尔斯警官，"索萨说道，"不然你觉得呢？就算了是吗？唉，去他妈的，这根本没啥好查的……你是要我们这样吗？"

"我那样说了吗？"

"呃——"

"说啊，我那样说了吗？"怀迪逼问道。

"没有。"

"没有，我没有那样说。我说乔伊啊，你对老兵讲话最好再留心一点儿。不然，你哪天突然被扔回史普林菲尔扫那条安非他命大街，整天就负责和那些又脏又臭、直接从罐头里扒猪油吃的飞车党们厮混，可别到处问人为什么。"

索萨缓缓地吐出一口气，重整阵脚。"我只是觉得两起事件或许会有所关联罢了。就这样，没别的意思。"

"我并没反对你这点，索萨州警。我只是想告诉你，你不能光把事实端到我们面前就两手一摊。免得等我们调派人力下去追查了，最后才赫然发现这根本是两起毫不相干的事件。再者，容我提醒你：雷斯酒吧位于波士顿警局的辖区内。"

"我们已经联络过他们了。"索萨说道。

"他们告诉你这案子归他们管了吧？"

他点点头。

怀迪这才两手一摊。"你瞧你瞧，我就说吧。你反正只管和负责这案子的市警局干员保持联系，有最新发展就随时往队上报；除此之外，这案子暂时不关我们的事。"

傅列尔说道："既然我们都讲到案情推论上了，喏，包尔斯警官，你又有何高见呢？"

怀迪耸耸肩。"我是有一些想法，不过也仅止于想法罢了。凯瑟琳·马可斯死于后脑勺的一记枪伤。至于其他的殴打伤，以及她上臂受的枪伤，都不致命。化验小组指出，她身上那些伤痕应为某种木制钝器所致——可能是木棍或木板之类的东西，他们也说不准。此外，法医已经明确排除了性侵犯一项。而根据我们的查访，她原本计划和布兰登·哈里斯私奔去拉斯维加斯；我们还知道巴比·奥唐诺是她的前任男友，问题是奥唐诺本人还不太能接受'前任'二字。而不论是布兰登·哈里斯还是巴比·奥唐诺，死者父亲反正都看不顺眼就是了。"

"他又为什么不喜欢哈里斯那小子？"

"我们也不知道。"怀迪看了西恩一眼，"这点我们正在调查中。总之，就目前已掌握的证据来看，她原本计划要在周日早上离家私奔。前一晚，她和两个好友外出，算是她的告别单身宴会，结果却在酒吧里让罗曼·法洛遇上了，于是她便开车载她那两个好友回家。雨差不多也是在这个时候愈下愈大，而她的雨刷却早就烂得差不多了，挡风玻璃更是奇脏无比。她要不就是因为视线不清而错估了人行道边缘的位置，要不就是喝多了一时走神，或者是为了避开路上的什么东西——不论是为了什么原因，她的车子反正撞上了人行道。车子熄了火，什么人朝她走来。根据我们那位证人老太太的说法，凯瑟琳·马可斯还跟来人说了一声'嗨'。我们分析歹徒就是在这时候开了第一枪。接下来，她设法用车门撞倒歹徒——或者是歹徒的枪真的卡膛了，这我就不知道了——然后趁机逃脱，往公园奔去。她是那附近长大的，或许她觉得往公园去比较有机会可以甩掉追兵。无论如何，我们总之还无法证实她究竟是因为什么理由选择了这条路线。雪梨街笔直地往两头延伸，但最近的四个街口内却渺无人烟，她求助无门。如果她就沿着雪梨街往下跑，一路空荡荡的根本没有掩体，歹徒可以轻易地开枪射杀她，或是开她的车来冲撞她。最后，她选择了公园。进了公园后，她前进的方向倒相当一致，始终是朝着西南方推进；她穿过市民花园，之后曾经试图躲藏在人行桥下方，后来还是采用了最直接的方式，直直冲下斜坡往旧银幕跑去。她——"

"她逃亡的方向始终是朝着公园深处。"玛吉·梅森说道。

"是的。"

"为什么？"

"为什么？"

"是的，为什么，这就是我的问题，包尔斯警官。"她一把摘下眼镜，放在面前的桌子上。"如果换成是我让人追进了一个地形路线我都很熟悉的公园里，一开始我或许会试图引导对方深入公园，希望对方会因此迷失方向甚或放弃。但一有机会，我绝对会调头往公园外跑。她为什么不转而往北朝罗斯克莱街跑，或是调头再往雪梨街的出口跑呢？她为什么始终坚持往公园深处跑呢？"

"也许是因为惊吓过度。或者是因为恐惧。恐惧会让人忘了如何思考。大家不要忘了，她当时的血液酒精浓度高达零点零九，她喝醉了。"

玛吉·梅森摇摇头。"这还不足以说服我。另外还有一点——马可斯小姐显然跑得比歹徒还快——这是我根据你的报告得出的结论。是这样吗？这可能吗？"

怀迪欲言又止，像是忘了自己接下来想说什么了。

"这是你自己在报告中说的，包尔斯警官。你在报告中指出，至少有两次，马可斯小姐曾试图藏身于某处。一次是在市民花园里，一次则是在人行桥下方。这告诉我两件事——第一，她的脚程确实比歹徒快，稍微拉开距离后她才有时间停下脚步，试图找地方藏身。第二，她虽然跑得比歹徒快，却显然觉得光是这样还不够，所以才会试图躲藏。把这两点和她未曾企图往公园外跑的事实加在一起，我们可以得到什么样的结论？"

会议室内一片沉默。

终于，傅列尔开口了："还是你来告诉我们吧，玛吉。"

"在我看来，这几项事实加在一起只代表了一个可能，那就是她觉得自己被包围了。"

有一分钟之久，西恩感到小房间里的空气仿佛通上了嘶嘶作响的电流。

"所以说，凶手是一群帮派成员之类的了？"怀迪终于说道。

"之类的，"她说道，"这我就不知道了，包尔斯警官。我只是照着你的报告推论而已。我怎么也想不通，这位脚程显然要比歹徒快的马可斯小姐到底因为什么竟然不愿选择往公园外跑——而我唯一想得到的答案是：她感觉腹背受敌，因此才不敢轻举妄动。"

怀迪低着头。"很抱歉，梅森副组长，但我不得不指出一点——如果歹徒真的是一群人的话，那我们早该在现场采得更多证据了。"

"你自己在报告中曾数度归咎于那场大雨。"

"是这样没错，"怀迪说道，"但如果在公园里追着凯瑟琳·马可斯跑的，真的是一群帮派成员——就算只是两个人好了，现场总该会出现更多证据才对。别的不说，就说脚印好了。我们总该会再多找到一些脚印才对。"

玛吉·梅森再度戴上眼镜，低头翻读手中的报告。终于，她开口说道："这只是其中一条推论罢了。根据你的报告得出来的推论。我认为这或许是值得调查的方向，如此而已。"

怀迪依然不愿抬头，但西恩却感受得到他心里渐生的不满与不屑。

"你怎么说呢，包尔斯警官？"傅列尔问道。

怀迪终于抬起头来，对着两名长官露出一脸疲倦至极的微笑。"这一点我会放在心上的。我会的。但本区的帮派活动空前低迷；而如果排除帮派犯罪的话，我们就必须考虑两人联手犯案的可能——而这，就又将我们带回买凶杀人的假设上了。"

"哦……"

"如果这真是一桩买凶杀人案——我在此不得不指出，会议刚开始的时候大家就已经同意这个可能性并不高了——那么，当凯瑟琳·马可斯用车门将第一名歹徒撞倒的时候，第二名歹徒早该开枪了。总之，这一切的一切在我看来只有在一种情况下才能说得通：凶手就只有一个，而被害人则是一个喝醉酒又受到严重惊吓的年轻女孩，持续的失血让她渐渐无法清楚思考。"

"但你还是会将我刚刚提出的想法放在心上是吧，包尔斯警官？"玛吉·梅森脸上浮现一抹苦涩的微笑，眼睛死盯着桌面说道。

"我会的，"怀迪说，"在这关头，我什么都愿意考虑。真的，我以上帝之名发誓。她认识凶手。好。问题是到目前为止有还算合乎逻辑的行凶动机的人都已经被排除掉了。我们多看这案子一眼，这案子就愈发像是临时起意的突发攻击事件。大雨毁掉了我们三分之二的直接证据，而被害人已经没有任何有行凶动机的敌人，没有财务上的秘密，没有毒瘾，更不是任何犯罪案件的秘密证人。至少就我们所知，没有人受惠于她的死亡。"

"除了奥唐诺，"波克说道，"他不希望她离开他。"

"除了他，"怀迪同意道，"但他有滴水不漏的不在场证明，而整起事件看来又不像是出自职业手法。一旦排除他就没有别人了。没有。"

"但她还是死了。"傅列尔说道。

"但她还是死了，"怀迪说，"所以我愈来愈倾向临时起意这一条线。排除掉金钱、感情以及仇恨这些可能的动机后，你手中就几乎没有牌了。所以说还能是谁？是什么样的人？就是某个他妈的疯子，爱她所以要杀她的那种他妈的疯子，杀了她之后说不定还会搞个网站来纪念她的那种疯子。"

傅列尔扬起两道眉毛。

席拉·罗森塔尔适时补充道："这点我们已经上网搜索过了。没有。什么也没有。"

"所以说，你的意思是，你不知道自己在找什么样的人？"傅列尔终于说道。

"哦，我当然知道，"怀迪说道，"我在找某个带枪的家伙。带枪，哦，对了，还有一根木棍。"

第十八章　注定的悲剧

在他的眼睛脸颊终于再度干了后，吉米留下大卫一个人回到屋内，进浴室冲了他今天第二次澡。他感觉得到他体内那股需要，那股流泪的需要，像只不停鼓胀的气球堵塞在他胸口，逼得他几乎要喘不过气来。

他进了浴室，因为他需要独处；现在那股流泪的需要终于全面决堤，不像刚才在大卫面前沿着脸颊缓缓流下几滴，他只想一个人面对。他害怕自己将要被那股需要冲击得溃不成军，在地上化成一摊颤抖的软泥，只是哭泣，像他小时候一个人躲在漆黑的房间里那样，只是哭泣，确信他的出生曾差点儿杀死他的母亲，而他的父亲也将因此永远恨他。

站在浴室的花洒下，他再度感觉到那股古老的悲伤，那股自他有记忆以来便一直萦绕在他心头的古老的悲伤。他知道无论他选择了什么样的人生道路，悲剧总是虎视眈眈地等在前头，像花岗石般沉重的悲剧确定无疑地等在前头。就好像当他还在母亲子宫里的时候，就曾有天使翩然飞来，告诉他他悲剧性的未来；于是，在他终于挣脱娘胎呱呱坠地后，那些字眼便牢牢地镌刻在他脑海深处，他只能感觉得到，却无法化为言语。

吉米仰着头，迎向哗哗喷溅的水柱。他在心里对自己说道：我知道，我无论如何知道我女儿的死与我有关。我不过是暂时还不知道我究竟如何促成了女儿的死亡罢了。

那轻柔冷静的声音再度响起：你会知道的。

告诉我。现在就告诉我。

不。

操你妈。

让我把话说完。

哦。

你终究会知道的。

然后呢？

然后就是你的选择了。

吉米低下头去，黯然想起大卫曾在凯蒂死前不久见过她的事实。喝醉酒的凯蒂。跳舞的凯蒂。无忧无虑开开心心地跳着舞的凯蒂。

就是这个事实——有人的脑海里存有比吉米已有的还新还近的凯蒂的影子——在刚才终于第一次逼出了吉米的眼泪。

吉米最后一次看到凯蒂，是在星期六下午凯蒂结束值班正要离开店里的时候。当时约莫是四点过五分，吉米正忙着打电话补货，而凯蒂凑过来，在他颊上轻轻一吻，说了声："一会儿见，爸爸。"

"一会儿见！"他抬头看着她走出店后的库房。

等等，不。他天杀的没有。他根本没有看着她走。他听到她走了，但他的眼睛却始终盯着桌上的订货单。

所以说，他真正最后一次看到她是当她在他颊上轻轻一吻，然后丢下那句"一会儿见，爸爸"的时候。那时，他曾匆匆瞥见她的侧脸。

一会儿见，爸爸。

吉米明白就是那"一会儿"——当晚再晚些时候，她生命中再晚些那几小时几分几秒——终于像一把匕首直直地刺进了他的心脏。如果他在那里，多和她分享一会儿那再晚些的几小时几分几秒，他也许就能拥有她更新更近的影像。

但他没有。大卫有，伊芙与黛安有，杀死她的凶手也有。

如果你一定得死，吉米想，如果这死亡早已注定，无论如何也避不开，那么我希望你能直视我的脸，在我的怀中死去。眼睁睁看着你死去将伤我至深，这我知道，凯蒂；但至少看着我的眼睛，或许能让你少感到一点点的孤单。

我爱你。我很爱很爱你。我爱你，老天为证，我爱你甚于你母亲，我爱你甚于你两个妹妹，我爱你甚于安娜贝丝。我深爱她们，但我爱你甚于一切。记得我刚出狱那天吗？我和你，坐在那个小厨房里，就我和你，地球上最后两个人。多余的、被遗忘的两个人。你和我一样害怕，一样迷惑，不知何去何从，一样悲惨而绝望。但我们终究站起来了，不是吗？我们亲手建立了我们的生活，美好得足以让我们不再害怕、不再感到悲惨而绝望的新生活。那是因为我和你在一起。没有你，我绝对办不到这一切。绝对！我没有那么坚强。

你原本可以长成一个美丽的女人，甚至是一个美丽的妻子，享受到为人母的神奇滋味。你看到我的恐惧，却不曾因此离我而去。我爱你甚于生命。对你的想念将如癌细胞在我体内扩散，最终将置我于死地。

有那么一瞬间，站在水柱底下的吉米突然感觉到一只温热的手掌紧贴在他背后。他终于想起来了，最后那天在店里，当凯蒂在他颊上留下一吻时，她的一只手掌轻轻地贴在他背后，在他两块肩胛骨中间。她的掌心是温热的。

他站在那里，任由水柱冲刷，背后那温热的触感却始终都在。他感觉那股哭泣的冲动已经过去了，他悲恸依旧，却终于再度拥有了力量。因为他感觉得到女儿，感觉得到女儿对他的爱。

怀迪与西恩在吉米公寓附近的街角找到一个停车位，停好车后两人便沿着白金汉大道往前走去。傍晚的空气中凉意渐深，天色也趋近深蓝；西恩不觉想起了萝伦，想她正在做什么，想她是否正坐在某扇窗边仰望着同一片天空，想她是否也感受得到这渐渐聚拢的寒意。

就在离吉米家所在的那幢楼上楼下分别住着几个萨维奇兄弟与他们的妻子或女朋友的三层公寓几步之遥的地方，西恩与怀迪看见大卫·波以尔弯着腰，整个上半身都没入一辆停在路边的本田汽车的前座里。他打开乘客座前方的置物箱，随即又关上了，然后便退出来，手里捏着一个皮夹。正准备重新锁上车门时，他终于注意到西恩与怀迪，于是转过头来对着他们微笑。

"嗨，又是你们。"

"是啊，我们两个就像流行性感冒一样，"怀迪说，"动不动就会冒出来。"

西恩说道："一切还好吧，大卫？"

"离上次看到你们也才四小时而已，没什么好提的。喏，你们是来找吉米的吗？"

两人点点头。

"嗯，怎么，案情有突破了吗？"

西恩摇摇头。"只是想来致个意，看看是不是一切还好。"

"目前一切大致还算平静。我想他们也实在是累坏了。就我所知，吉米从昨天到现在还没合过眼。安娜贝丝突然想抽烟，我自告奋勇跑这个腿，才想起我的皮夹还留在车里。"他用他那只肿胀不堪的手挥了挥皮夹，然后把它塞进了裤袋里。

怀迪也将两手插进了裤袋，身子微微往后倾，重心全落在脚跟上。他不甚自然地扬了扬嘴角。

西恩说道："你手上那伤一定很痛吧。"

"你说这个？"大卫再度举起伤手，自顾自端详了一阵，"还好，其实没那么痛。"

西恩点点头，勉强撑出一脸紧绷的微笑。他和怀迪就这样站着，注视着大卫，等着。

"这伤是我前几天晚上打台球的时候弄的。"大卫说，"你知道麦基酒吧里头那张台球桌吧，西恩？有一大半紧挨着墙，非要人改用那几支超难用的短球杆不可。"

西恩说道："嗯，这我知道。"

"好，那母球离台面边缘还不到一根头发的宽度，而目标球则远在台子另一头。我右手往后用力一抽，压根忘了后面就是墙壁……就这样，砰一声，我可怜的手差点儿就撞穿那堵该死的墙了。"

"哎哟。"西恩说道。

"结果呢？"怀迪说道。

"啊？"

"结果击中那球了吗？"

大卫皱了皱眉头。"擦过去而已，没中。手被那么一撞后，那局也没啥好打的了。"

"不难想象。"怀迪说道。

"没错，"大卫说，"他妈的，撞到手之前手气本来正顺呢。"

怀迪点点头，转头看向大卫的车子。

"嘿，你的车子有没有跟我那辆雅阁一样的毛病？"

大卫顺着他的目光看过去。"我这辆车挺不错的，从来不闹毛病。"

"妈的。我那辆雅阁不多不少才跑了六万五千英里，就开始抛锚。我另外一个朋友的日本车也是这样。如果要修，花的钱不会比二手车价格指南上头列的价钱少多少。把车卖了恐怕还不够拿去换条正时皮带^①哪，你知道我的意思吧？"

大卫说道："还好，我这车乖得很。"他又回头看了一眼，然后转过头来看着两人。"我得去买烟了。待会儿楼上见。"

"嗯，待会儿见了。"西恩说道，然后对着大卫挥挥手，目送他过街。

怀迪若有所思地凝望着那辆本田小车。"车头撞凹了好大一块哪。"

西恩说道："哎呀，老大，没想到你也注意到了。"

"还有那什么台球杆的故事？"怀迪吹了声口哨，"妈的，听他诈唬——

―――――――――――――――
① 一种汽车发动机皮带。

他打台球杆子是用掌心去顶的吗？"

"但这还是有一个大问题，"西恩一边看着大卫走进对街的鹰记酒类专卖店，一边说道。

"是吗？说来听听吧，超级战警。"

"如果你真的把大卫当成了索萨那个证人在雷斯酒吧停车场里看到的家伙，那么，凯蒂·马可斯让人追着跑过公园的时候，你的大卫可正在停车场里忙着砸什么人的脑袋哪。"

怀迪扮了个故作失望的鬼脸。"是哦？可是其实我不是这样想的。我只是把他当成某个半小时之后就要让人杀死的女孩离开酒吧时正好坐在同一家酒吧停车场里的家伙。我只是把他当成某个不像他自己所宣称的在一点十五分时就回到家里的家伙。"

透过商店的玻璃橱窗，他俩看到大卫站在柜台前，正在跟店员说话。

怀迪正了正神色，说道："采证小组在停车场地上找到的那些血迹，说不定早就在那里好几天了。说不定就是有酒客在那里干过架，目前还没有任何证据显示其他任何可能。好，周六晚上的客人说他们当晚不曾看到有人打架，对吧？那前一晚呢？或当天下午呢？停车场地上的血迹和大卫·波以尔在一点半的时候坐在车子里这个事实之间并没有绝对的关联。但，凯蒂·马可斯离开酒吧的时候他人就在酒吧外头的停车场里，这两件事情之间的关联倒是显而易见。"他说完拍拍西恩的肩膀，"走吧，咱们上楼去。"

西恩最后又回头看了一眼，正好看到大卫掏出现金，递给鹰记的店员。他突然感到一阵油然而生的同情。不论他做了什么事，大卫总能在旁观者心底激发出这种感觉——怜悯，某种粗糙、模糊、甚至有些丑陋，然而却无比锐利清晰、叫人无从错认的怜悯之情。

瑟莱丝坐在凯蒂的床上，清清楚楚地听到一墙之隔的老旧楼梯间里传来的脚步声，两个警察上楼的沉重的脚步声。几分钟前，安娜贝丝派她来凯蒂的房间，找出一件套装，好让吉米待会儿送去葬仪社。安娜贝丝为自己不够坚强、不敢跨进凯蒂的房间而语带歉意。那是一件露肩剪裁的蓝色套装，瑟莱丝还记得，凯蒂穿着它出席卡拉·艾金的婚礼时曾在她因拢高了一头长发而露出的耳畔别了一朵蓝黄相间的小花。那天，凯蒂美得令人屏息；瑟莱丝知道自己一生从来不曾如此美丽过，但凯蒂对自己这般耀眼的美丽似乎毫不知情。所以，刚才当安娜贝丝一提起蓝套装时，瑟莱丝立刻就明白了她说的是哪一件了。

于是她走进了那个房间，昨晚她曾看到吉米站在里头，手捧着凯蒂的枕头努力搜寻残余的一丝气息；她打开窗户，让新鲜空气进来，顺便带走那浓稠陈腐的失落的气味。她一下便在衣橱后方找到了那件封在塑料保护套里的套装，她将它拿了出来，然后静静地在床上坐了一会儿。她听得到楼下和往日一样繁忙的大街上的喧哗——关车门的声音，过往行人断续隐约的谈话声，公交车在弯月街角停下来，油压车门打开时的嘶嘶声——她看着床头小桌上一张装在相框里的凯蒂与她父亲的合照，那是好几年前的照片了：凯蒂坐在父亲的肩膀上，咧开的小嘴里面牙套绷得紧紧的；吉米则紧握着女儿的脚踝，对着镜头，露出一抹灿烂而罕见的微笑。这样的吉米不但罕见，而且叫人很难不感到惊讶——毕竟吉米是这样一个内敛而含蓄的人，他咧开的嘴角就像是他绷紧的外壳上一道不及封起的裂痕；虽然罕见，却灿烂而迷人。

就在她捧起照片的一刹那，她听到刚刚下楼的大卫的声音自打开的窗户传了进来："嗨，又是你们。"

她坐在那里，听着三人的对话，然后是大卫过街买香烟后，西恩·狄文与另一个警察之间的对话。她感觉自己在一点点死去。

有十秒或者十二秒之久，她几乎要呕吐在凯蒂的蓝套装上。她感觉自己的喉头一阵阵紧缩，勉强镇压住那股不停翻涌上来的苦涩酸液。她感觉自己胃里一阵阵激烈的翻搅。她弯着腰，抱住自己的肚腹，沙哑的干呕声不住地自她唇间溢出，但她没有吐。终于，这阵翻搅还是过去了。

但那种头晕想吐的感觉依然还在。她冷汗淋漓，而她的脑子里则像是着了火似的。什么东西在她脑子里猛烈地燃烧着，浓烟充塞在她鼻腔与脑壳底下两眼之间的空间里，她感觉脑袋肿胀抽痛，她的视线渐渐模糊了。

她往后一倒，平躺在床上，隔墙传来西恩与另一个警察上楼的脚步声。

她希望自己被雷击中，希望天花板骤然坍塌，希望能有某种未知的力量将她举起来抛出窗外——她宁愿如此，也不愿面对她此刻不得不面对的一切。但也许他只是在保护某人，也许他是看到了什么不该看的东西因而受到威胁。也许警方找他问话这个事实只意味着他们认为他有嫌疑罢了，而不是，绝对不是，因为她的丈夫杀死了凯蒂·马可斯。

他有关停车场遇袭的那番话全是谎言。她一直都知道。前一阵子，她好几次试着躲避这个看法，在脑子里试着遮住它，阻断它，就像厚厚的云层阻断了阳光。但她还是知道，从他告诉她这个故事的那一夜起，她就知道了。她知道拦路劫匪不会在一手握刀的情况下用另一只手出拳攻击人，她知道他们说不出像"要钱要命自己选，我他妈的随便你"这么花哨的台词。她还知道，他们不可能被像大卫这种人——这种自小学毕业后就没再打过架的人——夺下手中的刀子，然后再痛殴一顿。

如果沾了一身血、带着同一段故事深夜返家的人换成吉米，那就是另一回事了。吉米，精瘦、肌肉并不特别发达的吉米，无论如何总是令人望而生畏。你知道他杀得死你。你知道他拥有这样的能力，只是他早已成熟得超越了那种以拳头、暴力为解决问题必要手段的阶段。但你依然嗅得到危险，嗅得到吉米散发出来的那种毁灭的潜力。

大卫散发出来的则是另一种迥然不同的气息。那是某种来自一个充满秘密的男人的诡异气息，这个男人脑中不时有个晦暗污秽的巨轮在转动，双眼平静无波，叫人无以穿透无以猜测，始终活在自己秘密的幻想世界里。嫁给大卫八年来，她一直在等待他最终对她敞开胸怀，但他没有。大卫活在他脑中那个秘密世界的时间，远超过他活在现实世界的时间。但也许，这两个世界终于彼此渗透了，大卫脑中那片黑暗终于泼洒了出来，溅到了东白金汉的街道上。

杀死凯蒂的人有可能是大卫吗？

他一直都还蛮喜欢她的。不是吗？

还有，追根究底，大卫——她的丈夫——真的有能力下手杀人吗？他真的能一路紧追着他老友的女儿、穿过雨中黑暗的公园吗？他真的能在盈耳的尖叫与哀求声中，任棍棒无情地扬起落下再扬起再落下吗？他真的有能力拿枪抵住她后脑勺，然后扣下扳机吗？

为什么？人为什么会做得出这种事？而如果她愿意接受这个事实、愿意相信有人确实做得出这种事，那么，假设大卫也可以是那种人或就是那个人，会是很不合乎逻辑的推测吗？

是的，她告诉自己，他始终活在他的秘密世界里。是的，因为他小时候发生的那件事，他或许永远也不会是个完整的人。是的，关于停车场遇袭那件事，他是说谎了，但这一切或许终究还是会有个合理的解释的。

解释？什么样的解释？

凯蒂离开雷斯酒吧后，不久便被人杀死在州监公园里。大卫宣称自己曾在同一家酒吧的停车场击退劫匪，他说他离开的时候，那劫匪正不省人事地躺在原地。但理应身受重伤的劫匪却离奇地从停车场消失了。西恩·狄文和他的伙伴曾提到在停车场发现血迹的事。所以说，大卫说的或许一直都是实话。或许。

但她忍不住再三想起所有时间上的巧合。大卫告诉她他那晚去过雷斯酒吧。但显然，他对警察说的却不是这么回事。凯蒂遇害的时间大约是在凌晨两点到三点之间。大卫在三点十分左右走进家门，浑身上下沾满了别人的血，给出的解释却叫她怎么也无法信服。

而所有巧合中以此为最——凯蒂被谋杀了，而大卫返家时浑身浴血。

如果她不是他的妻子，她还会怀疑这个结论吗？

瑟莱丝再度弯下腰去，试着抑制住那股呕吐的冲动，试着忽略那个在她脑子里响个不停的沙哑的声音：大卫杀了凯蒂。老天。大卫杀了凯蒂。

哦，老天。大卫杀了凯蒂，而我只想马上死去。

"所以说，你们已经将巴比与罗曼排除在嫌犯名单之外了？"吉米问道。

西恩摇摇头。"不尽然。我们尚未排除他们出面买凶的可能。"

安娜贝丝说道："但你的表情却告诉我，你并不这么认为。"

"是的，马可斯太太。我确实不这么认为。"

吉米说道："所以呢？目前嫌犯名单上还有其他人吗？"

怀迪和西恩对视了一眼，这时大卫边走边拆掉香烟的透明包装，走进了厨房。"嗯，你的香烟在这里，安娜。"

"谢谢你。"她有些难为情地看向吉米，"烟瘾突然犯了。"

吉米温柔地微笑，拍拍她的手。"此时此刻，亲爱的，你想怎么样都是应该的，都没有问题。"

她一边点烟，一边转头对怀迪和西恩说："我其实十年前就戒烟了。"

"我也是，"西恩说道，"我可以也来一支吗？"

安娜贝丝笑了，叼在嘴里的香烟跟着一阵乱颤。吉米觉得这是他过去二十四小时内听到的最美丽的声音。西恩伸手拿烟时，吉米看着他不住地露齿而笑；他想要为了安娜贝丝那一笑谢谢他。

"真是个不听话的坏孩子啊，狄文州警。"安娜贝丝为他点了烟。

西恩深深一吸，然后仰头吐出一阵白烟。"这话我不是第一次听到了。"

"是啊，上星期才从队上头头那边听过，"怀迪说道，"如果我没记错的话。"

安娜贝丝说道："哦？真的吗？"她对着西恩露出一脸愿闻其详的表情。安娜贝丝是那种很少见的能对自己发言与倾听他人投入同等真诚的热情的人。

西恩脸上的微笑加深了。大卫趁机找了张椅子坐了下来，而吉米感觉小厨房里凝重的空气一下变轻了不少。

"我被州警队勒令停职一周，刚刚才复职，"西恩承认，"呃，事实上，昨天是我复职的第一天。"

"你干了什么好事？"吉米说道，身子向前倾。

西恩说："这是机密。"

"包尔斯警官？"安娜贝丝转而求助于怀迪。

"噢，我们这位狄文州警呢——"

西恩瞅了怀迪一眼。"我也听说过你不少故事哪，包尔斯警官。"

怀迪说道:"呃,好,算你狠。抱歉啦,马可斯太太,在下爱莫能助。"

"噢,别这样小气嘛。"

"真的不行。很抱歉。"

"西恩。"吉米出声了,当西恩应声转过头来时,吉米试着用眼神告诉他,拜托他继续把故事说下去。此刻他们就需要这个。一段与谋杀与死亡与葬礼或失落通通无关的对话。

西恩的脸渐渐软化了,有那么一瞬间,他脸上的表情几乎回到了他十一岁时的模样。他默默地点点头。

他转过头去,对安娜贝丝说道:"我假造交通违规记录,把一个家伙搞惨了。"

"你什么?"安娜贝丝身子往前倾,夹在两指间的香烟举在耳际,睁大的双眼闪亮闪亮的。

西恩仰起头,对着天花板徐徐吐出一阵白色烟雾。"有这么一个家伙,呃,先不要追究原因,我反正就是看他不爽。总之,大约每隔一个月左右吧,我就会把他的车牌数据输入监理处的电脑数据库里,假造违规停车记录。我通常会用各种不同的名目,这个月如果是计时收费车位逾时,下个月就换成违规占用商用车辆专用车位之类的。总之,这家伙有一堆违规记录进了电脑,他自己却毫不知情。"

"因为他从来也没收到这罚单。"安娜贝丝说道。

"没错。于是,每隔二十一天,他的欠款户头里就会被追加每张罚单五元的滞纳金;就这样,罚金总额如雪球般愈滚愈大,直到有一天,他终于收到了法院的传票。"

怀迪插嘴道:"他这才发现自己累计欠了麻州政府一千两百大元。"

"一千一百块,"西恩纠正道,"也差不多啦。总之,那家伙辩称自己根本就没有收到过罚单,但法官才不理他呢。这借口早让人用滥啦。所以说,他除了花钱消灾还能怎么办?他的名字明明就在电脑里,而电脑可是绝对不会说谎的。"

大卫说道:"这实在太酷了。你常这么做吗?"

"没啦！"西恩说道。安娜贝丝与吉米忍不住笑开了。"没有啦，大卫，我真的没有。"

"在叫你大卫了，"吉米说道，"你要小心啦。"

"我就对这么一个家伙做过这么一次。"

"嗯，那你后来又是怎么被抓到的？"

"那家伙有个婶婶还是姨妈，竟然就在监理处做事，"怀迪说道，"你能相信世上真有这么巧的事吗？"

"哦，不会吧。"安娜贝丝说道。

西恩点点头。"谁会料得到啊？那家伙乖乖交了钱，但暗中又叫他姨妈去追踪数据来源，一追就追到我们队上来了。由于我以前就有过与这位先生闹得不甚愉快的记录，队上长官把动机和下手机会加在一起，马上就有了答案，就这样，我就被逮个正着啦。"

"为了这个小玩笑，"吉米说道，"你到底得吃多少屎啊？"

"好几大桶。"西恩承认道。这次，在场其他四人都笑了。"不多不少，足足好几大桶。"西恩瞥见吉米眼底那抹顽皮的笑意，终于也笑开了。

怀迪说道："可怜的老狄文今年可是流年不利哪。"

"你这算运气好的，至少没让那些媒体记者发现。"安娜贝丝说。

"哦，这你就别担心了，对外我们可是很护自己人的，"怀迪说，"打小孩前我们还懂得要先关门。监理处那位姨妈只知道那些记录是从我们队上的电脑上传过去的，至于再进一步的细节她可就没那神通了。最后我们对外是怎么宣称的——什么文书错误，是吧？"

"电脑系统的问题，"西恩说道，"头头要我出足全额赔偿对方，唠唠叨叨劈头盖脸地训我，停职停薪一周，还得再挨三个月的留职察看期。不过老实说，这样的处罚实在不算重。"

"没错，捅这种娄子原本总该降个职什么的。"怀迪说道。

"为什么他们没有这么做？"吉米问。

西恩熄了烟，两手一挥。"因为我是战功彪炳的超级战警啊。你都不看报纸吗，吉米？"

怀迪说道："还是让我来为各位说明一下好了。我们这位狄文州警的意思是说，过去这几个月以来，他亲手结掉了不少颇受各方瞩目的大案，是我组里破案率最高的一位当红炸子鸡。我们得等到他破案率稍微往下降些才能甩得掉他。"

"上回那个争道杀人事件，"大卫说，"我在报上看到你的名字了。"

"瞧，人家大卫可有阅读的好习惯呢。"西恩对着吉米说道。

"可惜漏读了讲台球技术的好书，"怀迪微笑着说，"你的手还好吧？"

吉米的目光一下移转到大卫身上，在大卫低下头去之前短暂地捕捉到他的眼神。吉米突然强烈地感觉到眼前这个大条子铆上了大卫，存心要搞他。吉米从以往的经验中早已学会辨认条子的这种口气，也观察到他打算用大卫的伤做文章。可是这台球什么的又是怎么回事？

大卫张口欲言，却突然让西恩背后的什么东西堵住了嘴巴。吉米顺着他的目光看过去，全身的血液霎时降到了冰点。

西恩跟着也转过头去。他看到瑟莱丝·波以尔手里拿着一件深蓝色的套装站在厨房门口；她拎着衣架，举至齐肩处，长长的套装于是显得空荡荡的，仿佛布料底下藏着一副隐形的躯体。

瑟莱丝看到吉米脸上的表情，开口说道："我可以跑一趟葬仪社，吉米。我真的可以。"

吉米依然僵在那里，一动不动。

安娜贝丝说："这样太麻烦你了。"

"没关系，我也想跑这一趟，"瑟莱丝紧张地一笑，诡异而热切。"真的。我没问题的，我正好想出去透透气。我真的很乐意跑这一趟，安娜。"

"你确定吗？"吉米终于开口了，嗓音沙哑低沉，甚至有些破碎。

"我确定。"瑟莱丝说道。

西恩从来不曾见有人如此绝望地渴望离开一个地方。他站起身，一只手向前探去。

"你好，我们见过几次。我是西恩·狄文。"

"嗯，我记得。"瑟莱丝伸出一只手，迎上西恩。她的掌心一片冰冷湿滑。

"你帮我剪过一次头发。"西恩说道。

"我知道,我记得。"

"嗯……"西恩欲言又止。

"嗯。"

"那我就不耽搁你了。"

瑟莱丝的喉底再度溢出一阵紧张的笑声。"不不,别这么说。嗯,很高兴见到你。不过我真的得走了。"

"那就改天见。"

"嗯,改天见。"

大卫说:"小心开车哪,亲爱的。"但瑟莱丝却像是闻到煤气漏气的味道似的,早已匆匆穿过走道,往大门那边去了。

西恩突然骂了句:"妈的。"然后回头瞅了怀迪一眼。

怀迪问:"又怎么了?"

"我把记事本忘在车里了。"

怀迪说道:"哦,那就赶快去拿回来啊。"

西恩一边往大门走去,一边还听到身后传来大卫的声音:"呃,他就不能先跟你借一页用吗?"

他来不及听到怀迪扯出什么狗屁来堵住大卫的嘴,便急急冲出门,往楼下走去。他走到一楼大门口外的前廊上时,瑟莱丝正好走到她停在路边的车子旁;她掏出钥匙,开了前座车门,接着一只手往后座探去,拉开锁,打开后座车门,小心翼翼地将那件套装放了进去。她甩上车门,一抬头却越过车顶看到西恩跨下前廊台阶,朝她走来。西恩看得到她脸上那种纯粹的恐惧,那种只有在即将被公交车迎面撞上的人脸上才能看到的恐惧。就是现在。

他可以选择迂回而行,也可以直截了当,但她脸上的表情告诉他,开门见山是他能问出任何有用答案的唯一希望。不管她此刻的恐惧所为何来,这确实是一道可以让他乘虚而入的情绪裂缝。

"瑟莱丝,"他说,"我只想问你一个很简单的问题。"

"问我？"

他点点头，又朝车子凑近了些，然后将两手放在车顶上。"大卫周六晚上是几点到家的？"

"啊？"

他重复了一遍问题，两眼直视着她，紧紧锁住了她的目光。

"你为什么会对大卫周六晚上的行踪这么有兴趣？"

"这其实真的没什么大不了的，瑟莱丝。我们今天早些时候曾经找过大卫问话，因为我们知道凯蒂在麦基酒吧的时候大卫刚好也在。大卫的回答里头有几件小事彼此有些矛盾，而我那伙伴包尔斯警官坚持要把事情搞清楚。至于我，我根本就觉得大卫那晚不过是喝多了，所以才会搞混一些细节。但我那伙伴固执起来像头该死的牛一样。所以说呢，我只是想问清楚大卫那晚到底是几点回到家的，几点几分都弄清楚了，我才好跟我的伙伴交代。愈早把这些不相干的枝节处理掉，我们也好赶紧回头专心办案，找出杀死凯蒂的凶手。"

"你认为是大卫干的吗？"

西恩身子往后一倾，微微扬起下巴，目光却依然锁定在瑟莱丝脸上。"我可没这么说，瑟莱丝。老天，我为什么要这么想？"

"嗯，我也不知道。"

"但话却是你说的。"

瑟莱丝说道："啊？我们说到哪里了？我不知道，我什么都不知道。"

西恩极力露出一抹安慰的微笑。"总之，我愈早弄清楚大卫周六晚上到家的时间，我就能愈早打发我那伙伴回到命案的调查上，不要再在这边钻牛角尖，抓住大卫说辞的漏洞不放。"

有那么一瞬间，瑟莱丝看起来随时会往路上一跳，任来往车辆辗压过她。她看起来是如此彷徨无助，如此困惑；西恩看着她，心里突然涌出一股粗糙而本能的同情，就像他常常会同情她丈夫那样。

"瑟莱丝，"他下定了决心——怀迪要是听到他将要说出的这番话，恐怕会在他的留职察看成绩单上狠狠地写下一个不及格的分数。他说道：

"你听好，我真的不认为大卫做了任何事。我以上帝之名发誓。但我的伙伴却不这么想，而他不但是我的伙伴，更是我的顶头上司。他有权决定整个侦办的方向。你告诉我大卫到家的时间，把误会澄清了，一切就到此为止，然后大卫和你就永远不必再被我们打扰了。"

瑟莱丝说道："但你们看到他的车了。"

"什么？"

"我听到你在楼下的对话了。凯蒂遇害那晚有人在雷斯酒吧的停车场里看到一辆车。你的伙伴认为大卫杀了凯蒂。"

妈的。西恩不敢相信自己刚刚听到的话。

"我的伙伴只是说他想再仔细查清楚大卫当晚的行踪，如此而已，这和指控他是凶手绝对是两回事。我们目前还没有任何嫌犯名单，瑟莱丝，你要相信我。我们真的没有。我们唯一有的就是大卫说辞的漏洞。我们赶紧把这些洞补好，把事情澄清了，然后就没事了。"

他差点儿被抢了，瑟莱丝很想告诉西恩。他到家的时候一身都是血，但那只是因为他差点儿被抢了。人不是他杀的。即使我认为是他，另一部分我却总是清楚地知道，大卫绝对不是那种人。我和他做爱。我嫁给了他。而我绝对不会嫁给一个杀人凶手，操你妈的臭条子。

她试着回想当初她计划当警察找上门来时要拿出来应对他们的那种冷静的姿态。那晚，当她清洗着他的血衣血裤的时候，她曾经那么确信自己把一切都计划好了，确信自己有能力处理、面对这一刻。但她当时并不知道凯蒂死了，不知道找上门来的警察想要知道的竟是大卫与凯蒂的死之间的种种牵涉。她根本不可能料到这样的局面。还有，她眼前这个警察，他是如此温文尔雅，如此自信而迷人。他全然不是她料想中那种头发花白、挺了个啤酒肚外加宿醉未醒的形象。他是大卫的老朋友。大卫曾经告诉她，这个男人，西恩·狄文，曾和吉米·马可斯一起站在路边，看着他让那辆车带走。而如今，他已经长成这样一个高大自信的男人，有着让人听上一整夜也不会腻的迷人嗓音，以及足以一层层穿透人心的犀利目光。

老天。她到底要如何面对这一切？她需要时间。她需要时间思考，需要时间一个人慢慢地理清这一切。她不需要一个死去的女孩的套装在后座盯着她看，不需要一个警察隔着车子用他那恶毒而慵懒的目光定定地瞅着她。

她说道："我睡着了。"

"嗯？"

"周六晚上，"她说道，"大卫回到家的时候，我已经睡着了。"

西恩点点头。他的身子再度往前倾，两手放在车顶上。他似乎对这个答案很满意，仿佛他所有的疑问终于都得到解答了。她记得他的头发，很浓很密，一头的浅棕色，头顶附近隐约夹杂着一绺绺太妃糖色的发束。她记得自己曾经想过他大概永远也不必担心头发会随年岁增长日渐稀薄的问题。

"瑟莱丝，"他用他那低沉而迷人的声音说道，"我觉得你很害怕。"

瑟莱丝感觉自己的心脏像被某只肮脏的大手一把揪住了。

"我觉得你很害怕。我觉得你还知道些别的事。我要你知道，我站在你这边。我也站在大卫这边。但我更站在你这边，因为，正如我刚刚说的，你很害怕。"

"我没有在害怕什么啊。"她挣扎着挤出这句话，又挣扎着打开驾驶座车门。

"真的很害怕。"西恩说道，然后往后退了一步，目送她上了车，目送她发动引擎，驾车沿白金汉大道加速离去。

第十九章　他们的计划

　　西恩回到吉米的住处，看到吉米在走廊上拿着无绳电话在打电话。

　　吉米说道："好，我会记得带照片。谢谢你。"然后便挂上了电话。他转头看着西恩。"瑞德葬仪社，"他说，"他们从法医办公室那边领走了凯蒂的遗体，说我可以带一些凯蒂的东西过去。"他耸耸肩，"你知道的，就是敲定葬礼细节之类的事。"

　　西恩点点头。

　　"你拿到你的笔记本了吗？"

　　西恩拍拍他的口袋。"拿到了。"

　　吉米用无线电话在大腿上轻轻敲了几下。"所以，我看我最好赶快去瑞德葬仪社一趟。"

　　"你看起来需要好好地睡上一觉，吉米。"

　　"不，我还好。"

　　"好吧。"

　　当西恩经过吉米身边时，吉米开口说："呃，不知道可不可以请你帮个忙。"

西恩停下脚步。"当然。"

"大卫可能很快就要带麦可回家。我不知道你的行程是怎样，但是我想拜托你留下来陪安娜贝丝一会儿。我不想留她单独一个人，你知道我的意思吧？瑟莱丝可能等一下就回来了，所以应该不会占用你太多时间。我是说，威尔和他的兄弟们带我那两个小女儿去看电影了，所以家里没有别人，而且我知道安娜贝丝还不想跟我去葬仪社，所以我只是，我不知道，我想……"

西恩说："我想我留下来是没问题的，不过我得先会我上司一声，嗯，其实我们的执勤时段两个小时前就结束了。不过我还是得去跟他讲一声。这样可以吗？"

"先谢谢了。"

"不客气。"西恩往厨房走了几步又停下来，转过身来看着吉米。"其实，吉米，有件事情我想问你。"

"请说。"吉米脸上露出坐过牢的人特有的那种小心翼翼的神情。

西恩退回门廊。"我听说你对你今天早上提到的那个小子很有意见，那个布兰登·哈里斯。"

吉米耸耸肩。"我对他没什么意见，真的。我只是不喜欢他。"

"为什么？"

"我不知道。"吉米把无绳电话放进口袋。"有些人就是跟你不对路。你懂我的意思吧？"

西恩走近吉米，一只手搭上了吉米的肩膀。"他是凯蒂的男朋友，吉米。他们两个原本正打算私奔。"

"放屁！"吉米说道，眼睛瞪着地板。

"我们在凯蒂的背包里找到拉斯维加斯的旅游手册，吉米。我们也打了几通电话去查。他们两个确实已经订了环球航空飞拉斯维加斯的机票。布兰登·哈里斯也已经亲口证实了这件事。"

吉米肩膀一抖，甩掉了西恩的手。"他杀了我的女儿吗？"

"不。"

"你百分之百确定？"

"差不多。他大气不喘地通过了测谎，吉米。再说，那个男孩在我看来也不像是下得了这种手的人。他看起来是真的很爱你的女儿。"

"呸！"吉米说。

西恩背靠着墙，打算给吉米一点时间消化他刚才听到的事。

一会儿之后，吉米终于再度开口："你说他们要私奔？"

"嗯，吉米。根据布兰登·哈里斯还有凯蒂那两个朋友的说法，你坚决反对他们两个交往。但我不懂你为什么要反对。那小子在我看来不像个问题少年。他或许软弱了点儿，我不知道，但看起来总还是个不错的小伙子。我真的被搞糊涂了。"

"你被搞糊涂了？"吉米冷笑了一声，"我刚刚才知道我的女儿——你知道的，我那个死去的女儿——原本打算跟人私奔！西恩。"

"我知道。"西恩说道，一边将声音压低到近乎耳语，心里暗暗祈祷吉米也会压低音量，他眼看就要发疯了，程度甚至可能与昨天在公园银幕前不相上下。"我只是好奇而已，呃——为什么你会这么坚决地反对你女儿和那小子交往？"

吉米靠着墙站在西恩旁边，深深地吸了几口气，再缓缓地吐出来。"我认识他老爸。他们管他叫'就是雷伊'。"

"怎么，他是法官？"

吉米摇摇头。"那阵子有好几个家伙都叫雷伊——你知道的，'疯狂雷伊·布察克'和'神经雷伊·多瑞恩'，还有'伍德查克街的雷伊'——雷伊·哈里斯别无选择，只能叫作'就是雷伊'，因为所有比较酷的绰号都有人叫了。"他耸耸肩。"我反正从来就不喜欢那家伙，结果他竟然又在他老婆怀那个哑巴孩子的时候抛家弃子跑掉了，当时布兰登才六岁。嗯，我也不知道啦，我可能只是觉得有其父必有其子吧，总之我就是不想让他跟我女儿交往。"

西恩点点头，虽然他并不相信吉米的说法，从吉米说他从来就不喜欢雷伊·哈里斯的方式——那些出现在不该出现的地方的停顿，西恩知道事情并没有这么单纯。瞎扯的鬼话西恩听多了，所以，无论那些故事听起来有多么合乎逻辑，他总是可以一眼看穿。

"就这样吗？"西恩问，"这就是唯一的理由？"

"就这样。"吉米回答，然后身子一挺，开始往门廊另一头走去。

"我倒觉得这是个好主意。"两人并肩站在吉米家外头的人行道上时，怀迪这么对西恩说道。"跟被害者家人搞熟一点儿，看能不能多打听出一些有用的线索。对了，你刚刚跟波以尔的老婆说了什么？"

"我跟她说她看起来很害怕。"

"她替他丈夫的不在场证明背书了吗？"

西恩摇摇头。"她说她那时已经睡了。"

"那你觉得她是在怕什么？"

西恩抬头看了看吉米家面对街道的那排窗户。他对怀迪比了个手势，下巴往街道另一头扬了扬，示意怀迪跟着他走。怀迪跟着他走到街角。

"她听到我们在讲车子的事。"

"妈的，"怀迪说道，"如果她跑去跟她先生讲，他说不定就干脆逃了。"

"他能逃到哪儿去？他是独子，母亲已经过世，没钱没朋友。我怎么看也不觉得他是那种有本事亡命海外，跑到乌拉圭去定居之类的人物。"

"但这也不表示他一定不会跑掉。"

"老大！"西恩说道，"我们没有掌握任何可以用来起诉他的证据。"

怀迪往后退了一步，看着笼罩在街灯光线下的西恩。"你现在是在跟我要滑头吗，超级战警？"

"我只是不认为事情是他干的，老大。至少，他根本没有动机。"

"他的不在场证明根本就是个屁，狄文。他的故事全是漏洞——妈的，如果他的故事是一艘船，那船恐怕早就沉到海底去了。你说他老婆很害怕。不是觉得被我们骚扰得很烦。而是害怕。"

"好吧，没错。她或许真的是有所隐瞒。"

"所以啦，你想，波以尔回家时她真的已经睡了吗？"

西恩脑海里浮现出他们小时候那一幕，大卫抽抽搭搭地上了那辆车。他看着大卫坐在后座，那张隔窗凝望的脸孔随距离增大渐渐模糊。他想猛力往后一撞，看能不能把那幅该死的画面撞出他的脑海。

"不，我想瑟莱丝知道大卫几点回的家。她听到我们的对话，知道大卫那天晚上也去过雷斯酒吧。所以说，或许她原本就已经知道当天晚上所发生的一些事，只是一直没办法把所有事情拼凑起来——说不定大卫去过雷斯酒吧的事实就是那块失落的拼图。"

"而拼出来的图把她吓了个半死？"

"也许吧，我不知道。"西恩踢弄着墙脚的一颗小石子，"我觉得——"

"什么？"

"我觉得我们掌握了这些线索，却怎么也没法把它们兜在一起。我觉得我们一定是遗漏了什么。"

"你真的不觉得是波以尔干的？"

"我并没有排除这个可能性。我真的没有——问题是动机。"

怀迪往后退了几步，把脚跟靠在电线杆上，定定地瞅着西恩。西恩看过怀迪这种眼神。他专门用来打量可能会在法庭上让对方律师一攻就破的那种证人。

"好吧，"怀迪说道，"动机这档事确实也让我觉得很烦，但是程度有限，西恩。程度有限。我相信一定有什么线索可以把波以尔和整件事连在一起。否则，他妈的，他为什么跟我们扯谎？"

"拜托，"西恩说道，"他为什么跟我们扯谎？嘿，我们是警察啊，跟我们扯谎的人多的是，为的却只是想感受一下对条子扯谎的滋味罢了。雷斯酒吧那一带你清楚得很，一入夜就热闹非凡，妓女、人妖、雏妓，沿街一字排开，活生生是个天杀的马戏团。搞不好大卫当时只是正好钓了个妓女在车里帮他吹喇叭什么的，总之就是一些不好让他老婆知道的勾当。谁知道？无论如何，到目前为止没有任何迹象表明他和凯瑟琳·马可斯的死有关。"

"没有任何迹象，除了他那一堆谎话，还有我的直觉。"

"你的直觉？"西恩说道。

"西恩，"怀迪说道，一边下意识地抠着自己的指甲，"那个家伙忽悠我们，他离开麦基酒吧的时间，还有他到家的时间。被害人离开雷斯酒吧时，他的车子就停在酒吧外头。他去过两家凯蒂当晚去过的酒吧，而且大概在同时，但他却想隐瞒这件事。他的手给搞成那样，而他却跟我们扯了堆屁谎。还有，别忘了，他确实认识被害人——嫌犯认识被害人这点是我们先前就已经达成的共识。妈的，他从头到脚完完全全符合那种纯为追求快感而杀人的凶手的典型特征——白种男人，三十五岁上下，工作只能勉强糊口，甚至，你昨天还告诉我他小时候曾经遭到过性侵犯。你在开什么玩笑，光是把这些条件一字排开就已经足以直接定他的罪了。"

"好，话可是你说的。他曾是儿童性受害案的被害人，但凯瑟琳·马可斯却没有遭到性侵犯的迹象？这样说不通吧，老大。"

"说不定他只有对着尸体自慰。"

"现场没有发现精液残留！"

"别忘了，那天晚上下雨。"

"凯蒂陈尸处是室内。在这类临时起意、追求快感型的杀人事件中，现场百分之九十九点九可以找到精液残留。"

怀迪低着头，用手掌轻轻地敲击着路灯柱。"你和本案被害人的父亲，还有可能的嫌疑犯小时候曾是——"

"哦，拜托！"

"朋友。这一定会影响你的判断力。你不必再跟我否认了。你现在根本就是个他妈的碍手碍脚的绊脚石。"

"我是个——"西恩压低了声音，把已经举到胸口的手放下去。"听着，"他说，"我只是不同意你对凶手背景特征的看法罢了。如果我们能揪出更多大卫·波以尔的重大破绽而不只是目前这几条小辫子，我他妈一定第一个冲过去把他逮回来。问题是如果你现在就拿着这几条少得可怜的线索跑去找地方检察官，你觉得他们能怎么做？"

怀迪加重了手掌敲击灯柱的力量。

"讲真的，"西恩追问，"他们能怎么做？"

怀迪举起手来伸了个懒腰，打了个哈欠。他直视着西恩的眼睛，一脸疲惫地皱了皱眉头。"我懂你的意思。可是，"他竖起一根手指，"可是，你，可是，你这个天才大律师给我听好了，我他妈一定会找到那根棍子或是那把枪或是血衣血裤。我不知道我到底会找到什么，但是我一定会找到的。而证据一旦让我找到了，我会立刻逮捕你的朋友。"

"他不是我的朋友，"西恩说道，"而且，如果事实证明你是对的，我他妈掏手铐一定会掏得比你快。"

怀迪挺直身体，走到西恩面前。"不要让你的判断力受到影响，狄文。你这样会连累到我。而如果你真的连累到我了，我他妈的一定埋了你。我他妈一定设法让你被调去伯克夏之类的鬼地方，成天冒着风雪坐在他妈的摩托雪橇上拿着雷达枪抓超速。"

西恩用手掌揉了揉脸，又抓了抓头发，企图赶走那份深深的倦怠。"弹道分析的结果应该出来了。"他说。

怀迪往后退了一步。"应该吧，我正要回局里看分析结果。指纹档案也应该录入电脑。我这就回去看看，试试运气。你带手机了吗？"

西恩拍拍他的口袋。"带了。"

"我晚一点儿打电话给你。"怀迪转过身往弯月街走去，他们的警车就停在那边。西恩感觉自己让怀迪对他的失望与不满压迫得疲惫不堪，突然清楚地意识到自己还在留队察看期的事实。

西恩举步往白金汉街吉米的住处走去，正好碰到大卫带着麦可沿着门前的台阶走下来。

"要回去了？"

大卫停下来。"嗯。我真不敢相信瑟莱丝竟然还没把车开回来。"

"我相信她不会有事的。"西恩说。

"哦，是啊，"大卫说道，"不过我就得走路回去了。"

西恩笑了。"说得那么严重。不过五个街口罢了，对吗？"

大卫也笑了。"几乎有六条街远哪，如果真要算个清楚的话。"

"赶快回去吧，"西恩说道，"趁天色还没全暗下来。再见了，麦可。"

"再见。"麦可说道。

"保重！"大卫对西恩说道，然后转身带着麦可离去，留下西恩独自站在台阶旁。大卫的脚步有些不稳，应该是在吉米家灌下的那堆酒精的作用，西恩暗忖。如果这案子真是你干的，大卫，你最好赶紧想办法让自己清醒起来。因为，等我和怀迪找上你的时候，你绝对会需要用到你脑袋里的每一个细胞。每一个该死的脑细胞。

入夜后的州监大沟宛若一条银色的带子。太阳已然西沉，但天际仍残留着几抹余晖。公园里的树木已经让夜幕染黑了，露天电影院的银幕则已然变成远方的一个暗影。瑟莱丝把车子停在州监大沟靠修穆区的一岸，坐在车里俯视着下方的河道和公园，以及像座垃圾山般耸立在其后的东白金汉区。从这里望去，平顶区几乎完全被公园遮住了，就几个零星的塔尖和屋顶还依稀可见。再过去就是位于起伏的小丘上的尖顶区，一幢幢房屋整齐地矗立在一条条平整的柏油路旁，居高临下地俯瞰着下方的平顶区。

瑟莱丝甚至不记得自己为什么开车来这里。她将凯蒂的套装交给了布鲁斯·瑞德的儿子。小伙子穿着一套参加葬礼专用的黑色西装，可是他那刮得干干净净的脸颊和那双亮晶晶的眼睛看起来更像是正要出发去参加中学期末舞会的模样。瑟莱丝离开葬仪社后，不知不觉就把车开到了早已歇业的伊萨克铁制品工厂后方的这块空地上。她开车经过一幢幢约有机棚大小但已经荒废得只剩下空壳的厂房，把车子停在这片空地的边缘，车子的保险杠旁就堆着一堆废铁。她的目光一路追随着起起伏伏、朝着外港闸口缓缓流去的河水。

自从她无意间听到那两个警察在谈论大卫的车子——他们的车子，她现在正坐在里头的这辆车子——之后，她的脑袋一直昏昏沉沉的，像喝醉了。但不是那种浑身放松的醺醺然的快感。不，她觉得自己像是刚喝了一整夜的廉价烂酒，回到家里醉得不省人事，醒来后头昏脑涨，口干舌燥，浑身酒臭，整个人麻木迟钝，精神涣散。

"我觉得你很害怕。"那警察说道，几个字就切中了她的要害，于是她只能条件反射性地自卫，只能一路否认到底。"没有，我没有在害怕什么。"她回答得像个孩子似的。没有，我没有在害怕什么。害怕，你害怕。不，没有。害怕，害怕。我知道你害怕，但，我又是什么？

她很害怕。她吓坏了。她觉得自己已经被恐惧化成了一摊烂泥。

她得跟大卫好好谈一谈，她告诉自己。毕竟，他还是大卫。他是个好父亲。她认识他这么多年，他从未打过她，从未显露出任何暴力倾向。他甚至不曾踹过门，捶过墙壁。她很确定自己还是可以跟他谈谈。

她会问，大卫，我那天晚上从你衣服上洗掉的到底是谁的血？

她会问，大卫，周六晚上到底发生了什么事？

你可以跟我说。我是你的妻子。任何事情你都可以跟我说。

她会这么做。她会去跟大卫谈谈。她没有理由怕他。他是大卫。她爱他而他也爱她，所以说没有什么事情是解决不了的。她很确定。

然而，她还是坐在那里，远远地看着州监大沟，废弃的铁制品工厂巨大的暗影使她愈发感到自己渺小无依。这块地最近才刚被开发商买下来，如果河对岸的球场兴建计划最后通过了的话，他们就会把这里改建成停车场。她的目光缓缓扫过视线下方的公园——州监公园，凯蒂·马可斯遇害的地方。她纹丝不动地坐在这里，等着谁来教她如何再次移动她的身体。

吉米和布鲁斯·瑞德的儿子安布罗斯·瑞德面对面坐在老瑞德的办公室里仔细核对葬礼的细节，心里却希望他面对的是布鲁斯本人，而不是这个看起来才刚从大学毕业的小伙子。想象他玩飞盘比想象他抬棺材要容易多了，而吉米甚至更加无法想象那双光滑的、毫无皱纹的手在楼下的尸体保存室里清理触摸过那些尸体。

他把凯蒂的生日和社会安全号码交给安布罗斯。安布罗斯拿着金笔填写一张夹在写字板上的表格，然后用跟他父亲一样低沉稳重的声音对吉米说道："很好，很好。这样就可以了，马可斯先生。嗯，您应该是打算举行传统的天主教丧礼吧？包括守灵会和弥撒？"

"是的。"

"那么我建议我们在礼拜三举行守灵会。"

吉米点点头。"教堂那边会保留礼拜四早上九点的时段给我们用。"

"九点钟，"男孩一边说一边写了下来，"你已经决定好守灵会的时间了吗？"

吉米回答："我们要办两次守灵会。一次是下午三点到五点。另一次是晚上七点到九点。"

"七点到九点，"男孩一边说着，一边把时间写下来，"我看你带了一些照片来。很好，很好。"

吉米看着自己腿上那一摞装在相框里的照片：凯蒂在她的毕业典礼上，凯蒂和她两个妹妹在海滩，凯蒂八岁时和他在木屋超市开张当天的合影，凯蒂和伊芙及黛安，凯蒂、安娜贝丝、吉米、娜汀和莎拉在六旗乐园，凯蒂的十六岁生日。

吉米把照片放到他身旁的椅子上，觉得喉咙里有微微的灼热感，他强迫自己咽下一口口水，驱散那股感觉。

"你想到要用什么样的花布置礼堂了吗？"安布罗斯说道。

"我今天下午已经跟纳佛乐花店订好花了。"吉米说道。

"那讣告呢？"

吉米第一次正眼看着安布罗斯。"讣告？"

"是的。"那小子一边说，一边低头看他的写字板。"登报的讣告要写些什么。我们可以代笔，只要你给我一些基本的资料，让我知道你想在讣告里写些什么，比方说你们希望大家把吊唁的花圈、花篮转捐给慈善机构之类的。"

吉米别过脸去，避开年轻人那充满遗憾与同情的眼神，直直地盯着地板。在他们脚底下，在这栋白色维多利亚式建筑的地下室某处，凯蒂正躺在遗体保存室里。她赤裸裸地躺在布鲁斯·瑞德和眼前这个男孩，以及他的两名兄弟面前，让他们为她净身，修补她，保存她。那几双冰冷的、修得干干净净的手将抚遍她的全身。他们会抬起她身体的某些部分以方便工作。他们会将她的下巴夹在大拇指和食指间，轻轻地转动它。他们会拿梳子梳理她的头发。

他在脑海里想着他的孩子光着毫无血色的身子躺在那里，等着最后一次被这些陌生人碰触，他们也许会小心翼翼地照料她的遗体，但那是一种不带情感的、职业化的碰触与照料。然后，他们会在棺材中放进一只丝缎做的枕头好支撑她的头。她会被推进仪容瞻仰室，带着她如瓷娃娃般僵硬的脸，身上穿着她生前最喜欢的蓝色套装。人们会瞻仰她的遗容，为她祷告，谈论她、哀悼她，最后，终于，安葬她。她的棺木会缓缓地降入由陌生人为她掘好的洞穴里。吉米几乎听得到泥土撒落在棺木上的声音，闷闷的，仿佛他也正躺在棺材里，同凯蒂一起。

之后，她就得躺在黑暗中，在六英尺深的泥土之下，直到她的棺木化为草地和空气，她再也看不到摸不到闻不到感觉不到的草地和空气。她会在那里躺上一千年，听不到来她坟前凭吊她的人的脚步声，听不到她离开的这个世界的任何声音，因为那堆泥土，那堆埋葬了一切可能的泥土。

我会杀了他，凯蒂。我会比警察提前找到他的。然后我会杀了他。我会把他埋进一个洞穴，一个远比你就要被埋进去的洞穴糟糕的黑暗洞穴。我会让他没有尸体可以保存，没有遗体可供哀悼。我会让他完完全全地消失，仿佛他从未存在过。他的名字他的人会像一场梦，短暂地出现在某些人的脑海里，在那些人醒来前便被遗忘殆尽。

我会找到害你躺在楼下桌子上的那个家伙，我会干掉他。他所爱的人——如果他有的话——会比挚爱你的人更伤心更痛苦，凯蒂。因为他们永远无法确切知道他到底发生了什么事。

你不用担心我要怎么办到这一切，宝贝。爸爸办得到。你从来不知道，爸爸杀过人。爸爸会处理好该处理好的事。爸爸会再做一次。

他转过头来看着布鲁斯的儿子。小伙子在这行待得确实还不够久，还是让这段长长的沉默闷慌了手脚。

吉米开口说道："我要讣告上写着'马可斯，凯瑟琳·璜妮塔，詹姆士与亡母玛丽塔挚爱的女儿，安娜贝丝之继女，莎拉和娜汀之长姐……'。"

西恩和安娜贝丝·马可斯一起坐在后阳台上。安娜贝丝一小口一小口地啜饮着一杯白酒。她已经抽了好几根烟，每一根都抽不了几口就捻灭了。她的脸被他们头顶上方黄澄澄的灯泡照得发亮。这是一张坚毅的脸，或许称不上漂亮，却相当引人注目。她一定很习惯被人盯着看，西恩猜想，不过她恐怕不知道人家为什么想要盯着她看。她有点儿让西恩想起吉米的母亲，但她不像她婆婆那样听天由命、畏畏缩缩；她也有点儿像西恩的母亲，具备了那种天生的泰然自若；事实上她在某些方面让他想到吉米。他看得出来安娜贝丝·马可斯是个有趣的女人，但绝不轻浮愚蠢。

"所以，"安娜贝丝对着正在替她点烟的西恩问道，"今天晚上你完成陪伴我的任务之后，接下来要做什么？"

"我不是——"

安娜贝丝挥挥手打断他的话。"我很感激你留下来陪我。所以说，接下来你要干吗？"

"去看我母亲。"

"哦？"

他点点头。"今天是她的生日。我跟我老爸要为她庆祝一下。"

"嗯，"她说道，"你离婚多久了？"

"有这么明显吗？"

"昭然若揭。"

"嗯。分居，事实上。有一年多了。"

"她还住在这附近吗？"

"不。她现在到处旅行。"

"你的口气有点酸：'旅行'。"

"是吗？"他耸耸肩。

安娜贝丝举起一只手。"我很不喜欢自己一直对你这样——利用你来转移自己的注意力。所以如果你不想回答的话，大可不必理会我的问题。

279

我只是爱管闲事，而你偏偏又是个有趣的家伙。"

西恩脸上泛开一抹微笑。"不，我不是。我事实上是个很无趣的人，马可斯太太。去掉我的工作我什么也不是。"

"安娜贝丝，"她说，"叫我安娜贝丝就可以了。"

"好。"

"狄文州警，我很难相信你是个无趣的人。可是你知道吗，有件事我一直想不通。"

"什么事？"

她调整了一下坐姿，转过身来正视着他。"我觉得你不像是那种会假造罚单来搞人的人。"

"哦？"

"因为这种行为很幼稚，"她说，"你看起来不像是个幼稚的人。"

西恩不置可否地耸耸肩。根据他的经验，每个人或多或少都有幼稚的时候。压力一大，狗屎愈堆愈多，任性幼稚的行为就会成为当下最容易的一条出路。

他已经有一年多不曾跟任何人提起萝伦了——不论是跟他的父母，还是他寥寥可数的几个朋友、甚至是队上终于风闻他跟老婆分居的消息后指派给他的心理专家。但是此时此刻的安娜贝丝，这个才刚遭逢丧女之恸的陌生人，西恩可以感觉到她的需要——她需要知道，需要分享他的失落，她需要知道自己并不是唯一一得面对这种生命中不可避免的失落的人。

"我太太是剧团的舞台经理，"西恩淡淡地说道，"巡回剧团，你知道吧？去年《舞王》在全国巡回公演，我太太也跟着在全国跑了一圈。反正就是那一类的事。今年的剧目我不太清楚，《飞燕金枪》吧，也许。老实跟你说，我真的不知道。反正就看他们今年打算把哪一出搬出来重演。这组合够奇怪了吧？我的意思是说，光讲工作就够了，有哪一对夫妻的工作性质比我和我老婆还要南辕北辙？"

"可是你曾经爱过她。"安娜贝丝说道。

西恩点点头。"我现在也还爱着她。"他喘了口气，身子缓缓往后靠回椅背上，"那个被我恶搞的家伙，他是……"西恩顿时觉得口干舌燥，他甩甩头，突然有股想要逃出这个该死的阳台、逃出这幢屋子的强烈冲动。

"他是你的情敌？"安娜贝丝轻声说道。

西恩从烟盒里抽出一根烟，点上了，默默然地点点头。"说得够委婉。也好，我们就这么叫他吧。情敌。当时我和我太太之间早已累积了不少理不清的狗屎，然后我们两人又长时间碰不到面，就算见了面也说不了几句话。而这个，呃，情敌——就在那时候乘虚而入了。"

"然后你就发疯了。"安娜贝丝说道。甚至不是问句，只是一个简单的陈述。

西恩瞅了她一眼。"有谁碰到这种事还能保持风度呢？"

安娜贝丝坚定地回瞪了他一眼，那眼神似乎在暗示，语带讽刺实在有损他的格调，或者她根本就不吃这一套。

"但你还是爱着她。"

"当然。妈的，我想她也还爱我。"西恩熄掉烟蒂。"她常常打电话给我。打过来，然后不讲半句话。"

"等等，她——"

"我知道。"西恩说道。

"打电话给你却不讲话？"

"没错。这个情形已经差不多持续了有八个月之久了吧。"

安娜贝丝朗声笑开了。"恕我冒犯，不过这真是我近来听过的最奇怪的事了。"

"我同意。"西恩看着一只苍蝇扑向那颗光溜溜的灯泡，随即又飞走了。"我想，总有一天，她会开口的。这就是让我一直撑下去的理由。"

他干笑了几声，然后听着自己那尴尬的笑声渐渐没入漆黑的夜色中。他们就这样静静地坐在那里，各自抽着烟，聆听着苍蝇疯狂地扑向灯泡时的振翅声。

"她叫什么名字？"安娜贝丝问道，"你从未提到过她的名字。没有，一次也没有。"

"萝伦，"他说道，"她叫作萝伦。"

她的名字像一条从蛛网上松脱的银丝，在空气中飘飘荡荡。

"你们还是孩子的时候就爱上对方了？"

"大一那年，"西恩说道，"是吧，那时候我们都还算是孩子吧。"

他还记得那场十一月的风雨，他们两个在校园里的一处拱门下第一次接吻，他记得她皮肤上的鸡皮疙瘩，记得那两具颤抖不已的年轻躯体。

"或许问题就出在这里。"安娜贝丝说道。

西恩看着她。"因为我们都不再是小孩子了？"

"至少其中一个已经不是了。"她说道。

西恩没有问是哪一个。

"吉米告诉我，你说凯蒂打算和布兰登·哈里斯私奔。"

西恩点点头。

"你看，这就是了，不是吗？"

西恩挪了挪身子。"什么？"

安娜贝丝朝空荡荡的晒衣绳喷了一口长长的烟。"那些年轻时代的愚蠢梦想。我的意思是说，怎么，凯蒂和布兰登·哈里斯当真可以在拉斯维加斯把他们的日子过下去？他们的小伊甸园可以维持多久？也许他们得在搬过几间一间比一间破烂的拖车屋又生了两个小鬼后才会觉悟过来，但这觉悟迟早要来——人生不是像童话故事中写的那样，从此幸福快乐地生活在一起；不，人生不是永远的花前月下鸟语花香。不，不是的。人生是永无休止的工作。你会爱上根本不值得爱的人。因为没有人值得那样的爱，甚至，根本没有人活该得承受那样沉重的负担。你会失望，你会沮丧，你会失去对人的信任，你会有一堆过不完的烂日子。你失去的永远比你得到的多。你爱他恨他，却还是爱他。但，去他的，你总之还是得卷起袖子，把该做的事情做下去，把该过的日子过下去——因为这就是长大，因为这就是你长大后的世界。"

"安娜贝丝，"西恩说道，"有没有人告诉过你，你是个意志坚强的女人？"

安娜贝丝转头面向西恩，双眼紧闭着，脸上幽幽地泛开一抹微笑。"大家都这么说。"

那天晚上，布兰登·哈里斯回到他的房间里，面对着他床底下那只行李箱。他将行李码放得整整齐齐，里面只有几条短裤、几件夏威夷衫、一件运动外套和两条牛仔裤，没有一件长袖运动衣或羊毛长裤。他只打包了他觉得在拉斯维加斯会穿的衣服，没有一件冬衣，因为他和凯蒂一致同意，他们再也不想面对冬天刺骨的寒风、廉价商场的保暖袜大特卖，或是汽车挡风玻璃上那化了再结结了又化的薄霜。所以，当他打开那只行李箱的时候，映入眼帘的净是活泼轻快的粉嫩色调与花卉图案，那些只属于夏日的美好。

这就是他们的计划。古铜色的皮肤与无尽的悠闲。他们的身体不会再被厚重的靴子和大衣以及人们的期望压得挺不直腰。他们会从高脚杯里啜饮各式各样有着傻兮兮的怪名字的鸡尾酒饮料。他们会在旅馆的游泳池畔度过整个下午，他们的皮肤会闻起来全是防晒油和氯气的味道。他们会在让冷气吹得冰冰凉凉的旅馆床单上做爱，房间里将只有让穿透窗帘的阳光晒到的地方还有一丝暖意。当夜晚降临，整个城市的温度都降下来后，他们会换上体面一些的衣服，在拉斯维加斯大道上散步。他感觉自己仿佛站在好几层楼高的地方，远远地俯瞰着这两个人，这两个沉浸在爱河里的人，漫步在那条让霓虹灯渲染得姹紫嫣红的柏油大道上。他们就在那里——布兰登和凯蒂——悠闲地走在宽敞的拉斯维加斯大道上，道路两旁净是无比宏伟、无比巨大的豪华旅馆，空气中弥漫着从赌场里流泻出来的老虎机叮叮当当的清脆声响。

亲爱的，今晚你想去哪一家？

你选。

不，你选。

不，不要嘛，你选。

好吧。这家如何？

看起来不错哦。

那就这家吧。

我爱你，布兰登。

我也爱你，凯蒂。

然后他们会爬上白色的罗马柱间那道铺了厚厚的地毯的台阶，走进那人声鼎沸、烟雾弥漫的宫殿般的豪华赌场。他们会以夫妻的身份走在那条大道上，在那里开始他们的新生活，虽然其实他们都还只是小孩子。东白金汉将会被他们抛在一百万英里以外的地方，然后再随着他俩前行的每一步愈发飞快地往后退去。

事情原本应该是这样的。

布兰登坐在地板上。他只需要在那里坐一下。只需要一两秒钟。他坐在那里，双膝曲起，脚上那双高筒球鞋的鞋底紧紧地并拢了，像个小男孩似的两手紧握着自己的脚踝。他以这个姿势前后摇晃了一会儿，下巴埋在胸前，闭上了眼睛。他感觉痛苦减轻了一些。黑暗与这反复摇晃的动作终于为他带来了些许慰藉。

然而，这平静的感觉终究还是过去了，凯蒂已经从地球上消失——完完全全消失了——的事实再度回到了他眼前，彻彻底底地击垮了他。

家里有一把枪。他父亲的枪。他母亲一直把它留在食物储藏柜上方那块活动的天花板里面。那是他父亲向来藏枪的地方。你可以坐在食物储藏柜的台面上，伸手往上探，试试那附近的三块天花板，直到你能感觉到那把枪的重量为止；然后你只要稍稍用力，抬高那块板子，手指往里头一探一勾，枪就在那里。打从布兰登有记忆以来，那把枪就一直在那里。他很小的时候曾有一晚，他半夜上完厕所跌跌撞撞地从浴室里走出来，刚好撞见父亲把手从天花板里抽出来。十三岁那年，他曾经把那把枪拿出来给他的朋友杰瑞·迪芬塔看，杰瑞看得瞠目结舌，只是不停地说"把它放回去，把它放回去"。枪身积了一层厚厚的灰尘，很有可能从来不曾发射过任何一颗子弹。但布兰登知道，他只须把它清理干净。只须把它清理干净就可以用了。

他今晚就可以带那把枪出去。他可以去咖啡共和国，罗曼·法洛成天出没的地方，或是去亚特兰大汽车玻璃厂——那是巴比·奥唐诺的地方，根据凯蒂的说法，他大部分时间都待在店后的办公室里处理他的生意。他可以去其中一处——或者更好，两个地方都去——用他父亲的枪指着他们的脸，扣下那该死的扳机，一次又一次，直到弹匣清空了为止，然后罗曼和巴比就再也不能杀死任何一个女人了。

他可以这么做，不是吗？电影上都是这么演的。布鲁斯·威利，老天，如果有人杀了他心爱的女人，他绝对不会坐在地板上，握着自己的脚踝，像个自闭症小孩似的摇晃个不停。他的子弹早就上膛了，不是吗？

布兰登想象着巴比仰着那张脑满肠肥的脸，苦苦地哀求他。不，求求你，布兰登！不要，求求你！

然后布兰登会说几句很酷的话，比如："求这把枪吧，操你妈的王八蛋，下地狱去吧！"

他开始哭泣，身体依然不停地前后摇晃着，双手依然紧握着脚踝，因为他知道自己不是布鲁斯·威利，而且巴比·奥唐诺是个活生生的人，不是电影里的角色，而且这把枪还得清理干净，彻彻底底地清理干净。他甚至不知道枪里面是否还有子弹，因为他根本不知道要怎样打开那把枪。说穿了，难道他的手不会抖个不停？他小时候明白自己逃不掉了，一场架已经不得不打时，总是会恐慌得连拳头都握不紧了。人生不是一部该死的电影，人生是……他妈的人生！人生不是电影剧本，两个小时内分晓立见，好人一定会打赢坏人。布兰登不知道自己能不能扮演那样的英雄角色。他只有十九岁，从来不曾面对过那样的挑战。他不确定自己是否有办法就这样走进敌人的地盘——如果门没上锁而附近又没其他人的话——然后对着一张活生生的脸开枪。他就是不确定。

可是，他思念凯蒂。他是如此思念她，而她不在身边的痛苦——而且是再也不会在他身边了——已经蹿上了他的牙根，让他坐立难安，让他觉得自己应该做些什么，什么都好，只要能够暂时停止这份痛苦，哪怕只是短短的一秒钟也好，他这段刚刚开始的悲惨人生中短短的一秒钟。

好吧，他决定了。好吧。我明天会清理那把枪。我只要把它清理干净，确定里面有子弹。我至少可以做到这件事。我会把枪清理干净。

就在这个时候，雷伊突然溜进房间，脚上仍穿着旱冰鞋，两手握着他新买的曲棍球杆当拐杖使，摇摇晃晃地溜近床边。布兰登倏地站起身，迅速抹去了脸上的泪水。

雷伊脱掉他的旱冰鞋，看着哥哥，然后用手语比画道："你还好吧？"

布兰登说道："不好。"

雷伊比画道："我可以为你做些什么吗？"

布兰登说道："没关系，雷伊。不，你帮不上忙的。不过你不用担心。"

"妈说这样对你比较好。"

布兰登说道："什么？"

雷伊重复了一次手势。

"是吗？"布兰登说道，"她怎么会这样想？"

雷伊飞快地打着手语。"如果你走了，妈会很伤心。"

"过一阵子就不会了。"

"也许会，也许不会。"

布兰登看着弟弟坐在床上，抬头盯着他瞧。

"现在不要惹我，雷伊。可以吗？"他倾身凑近雷伊，心里想着那把枪。"我爱她。"

雷伊瞪着眼睛直视着布兰登，那张毫无表情的脸像是一张橡皮面具。

"你知道爱一个人是什么样的感觉吗？"

雷伊摇摇头。

"那就好像考试的时候，你一坐进座位就知道所有的答案。那就好像你知道你接下来的人生都不会再有问题了。你不会有问题的，你就是屌就是行，你可以松一口气，因为你赢了。"他别过脸去，"这就是爱情。"

雷伊敲敲床柱要布兰登回头看他，然后对他打出手语："你会再恋爱一次的。"

布兰登跪了下来，狠狠地把脸凑到雷伊眼前。"不，我不会！你他妈的听懂了没？不会！"

雷伊把脚缩到床上，退到床角，而布兰登一时只感觉羞愤交加。哑巴就是有这个本事——他们就是会让你觉得讲话是件无比愚蠢的事。雷伊用手语比画出来的每一个字每一句话都是如此简明扼要。那动作是如此干脆、迅速而果断。他从来不知道什么叫作结巴，什么叫作言枯词穷，因为他的手永远比他的脑子动得要快。

布兰登有好多好多话想说，他想要让那些热情洋溢却毫无章法头绪，甚至不尽合理的话语源源不绝地自他口中倾吐出来。他想说她对他有多重要，想说当他们并肩躺在这张床上，当他的鼻子抵在她的颈窝里，是什么样的感觉。他想说当他俩勾单指头当他帮她抹去粘在下巴上的冰激凌当他和她一起坐在车里经过路口时看着她两眼飞快地来回张望当她说话当她睡觉当她轻轻地打鼾时……

他想要一直讲下去，一小时接一小时地讲下去。他想找人倾听他说话，他想要人了解，说话并不只是沟通意见与想法。有时候，说话是为了试着传达生命，传达生命中的一切。虽然这种尝试注定要失败，但重要的是你至少试过了。尝试是你唯一能拥有，唯一能做到的。

然而，雷伊是绝无可能理解这些的。文字对他来说只是一连串手指的动作。雷伊不会浪费文字。沟通对他来说绝不可能打折，绝不可能失败。几个动作说完要说的话，简单明了，如此而已。对着他面无表情的弟弟，慷慨激昂地抒发他最深的悲伤与热情，只会让他感到羞愧。这么做一点儿帮助也没有。

布兰登低头看着他那受到惊吓的弟弟缩在床角，目瞪口呆地瞅着他。他对他伸出一只手。

"对不起，"布兰登说道，他听到自己的声音破碎不堪，"对不起，雷伊。好吗？我不是有意要对你发火。"

雷伊拉着布兰登的手站了起来。

"所以说，没事了？"他比画道，两眼直直地瞪着布兰登，仿佛他已经下定了决心，再发作一次他就要从窗口跳下去。

"没事了，"布兰登比画道，"我想是没事了。"

第二十章　回家

　　西恩的双亲住在温盖园，这是一个大门有警卫驻守的两户连体式住宅小区，位于市区南边三十英里处。这里每二十个单位为一区，每一区有专属的游泳池和娱乐中心，每个星期六晚上，娱乐中心都会举办联谊舞会。住宅区外围有一个高尔夫球场，像一弯新月似的包围着这片住宅区。从每年的晚春到早秋这段时间，空气中总是充斥着高尔夫球车引擎的嗡嗡声。

　　西恩的父亲不打高尔夫球。他老早就打定主意，认定高尔夫球是有钱人的玩意儿，一旦上手便背叛了他的蓝领出身。西恩的母亲倒是打了一阵子，不过后来也不打了，因为她老是觉得她的球友们会在背地里嘲笑她的体型动作、她轻微的爱尔兰土腔，还有她的衣着。

　　于是他们只是静静地住在这里，鲜有什么社交活动。就西恩所知，他父亲在这里只有一个称不上朋友的点头之交，一个同样是爱尔兰裔、身材矮小、名叫莱利的家伙。他在搬来温盖园之前，也是住在城里的某个爱尔兰小区里。此外，莱利也从来不打高尔夫球，只是偶尔会跟西恩的父亲到位于二十八号公路另一边的圆地酒吧喝上一杯。西恩的母亲天生就爱照顾人，这是她的天性，也是她的习惯；搬到温盖园不久，她便将照顾那些老弱的邻居的工作揽为己任。她会开车带他们去药房拿药，或是去看医生，好拿回更多更新的处方笺。她自己其实也年近七十了，开车出门办事总能让她觉得自己还算年轻，依然精力充沛。此外，接受她这种接送服务的多半是些丧偶的独居老人，这事实更让她觉得自己与老伴儿能健健康康地相守到这年纪绝对是上天的恩赐。

"他们就孤零零一个人，"她有一次曾跟西恩谈到她那些病弱的朋友们，"即便医生不曾跟他们明说，但孤单才是不停地吞噬着他们生命的元凶。"

过了小区大门口的警卫室，便是小区的主干道。这条路上每隔十码就有一条漆成黄色的减速脊，总是把西恩的车轴弄得嘎嘎作响。每次他开到这里，浮现在他眼前的总是温盖园这些居民以前在城里住过的街道与小区——那些没有热水、外形如同监狱、无趣冰冷的老旧公寓，那些铁制的防火梯，那些不绝于耳的孩童的嬉闹尖叫声——那些声音和影像以温盖园白色的建筑外墙与翠绿的茂盛草坪为背景，像清晨的薄雾般飘浮在西恩眼前。西恩内心始终藏有一份不理性的罪恶感，他为自己竟然让父母搬进养老院这件事感到愧疚不已。说是不理性，因为温盖园理论上毕竟不是专为六十岁以上的退休老人而设计的小区（虽然，老实说，西恩从来没在这里看见过任何一个六十岁以下的居民），更何况他的父母当初搬来这里完全是出于他们自己的意愿；他们决心将几十年来对城市生活的种种埋怨与不满——那些噪音、居高不下的犯罪率和愈发恶化的交通噩梦——一并抛到脑后，搬到这个西恩父亲口中"深夜走在路上也不用提心吊胆"的市郊小区。

但无论如何西恩始终对父母这个决定感到耿耿于怀，仿佛自己让他们失望了，仿佛他们曾期望他会更努力地尝试把他们留在身边。对西恩来说，温盖园多少代表着死亡，或者至少是迈向死亡途中的一个中转站。此外，他不只是不愿去想他父母住在这里这个事实——在这里等着有一天，换成他们需要别人带他们去拿药看医生——他更不愿面对的另一个事实是，有朝一日他自己或许也得住进温盖园，或是其他类似的地方。他知道自己几乎不可能有其他选择。就拿现在来说好了，他没有小孩，老婆也跑了。他已经三十六岁了，距离六十岁已经过半，而剩下这一半时间显然会比前面那一半过得快许多。

西恩的母亲吹熄了蛋糕上的蜡烛。他们的小餐桌就放在狭小的厨房和宽敞的客厅之间一个凹进去的地方。他们围坐在小餐桌旁，静静地吃着蛋糕，然后配合着墙上时钟的嘀嗒声和空调系统出风口的嗡嗡声的节拍，静静地啜饮着热茶。

等他们都吃完了，西恩的父亲站起来说道："我来洗碗盘。"

"不，我来洗。"

"你坐下。"

"不，我来洗。"

"寿星，你坐下。"

西恩的母亲嘴角泛开一抹浅浅的微笑，坐下了，而他父亲则把碗盘摞起来，拿进厨房。

"小心那些蛋糕屑。"他母亲说道。

"我一直都很小心。"

"如果你不把它们全部冲下排水管，家里就又要闹蚂蚁了。"

"家里也不过就出现过一只蚂蚁。就那么一只。"

"不止一只。"她对着西恩说道。

"而且那还是六个月以前的事。"他父亲隔着哗哗的水声说道。

"还有老鼠。"

"家里从来没有老鼠。"

"范古德太太家有。有过两只。她后来还去买了捕鼠器。"

"我们家没有老鼠。"

"那是因为我每次都会盯着你，不让你把蛋糕屑留在水槽里。"

西恩的母亲喝了一口茶，然后从杯沿上方悄悄地瞅着西恩。

"我从报上剪了篇文章要给萝伦，"她说道，一边把茶杯放回小碟上，"嗯，不知道让我收到哪里去了。"

西恩的母亲老爱从报上剪文章，收好了等他来探望他们时好拿给他；

有时她也会在集了九篇十篇后再一次性邮寄给他。西恩每次打开信封，看到那叠折得整整齐齐的剪报，就会觉得它们仿佛在提醒他上一次去探望二老已经是很久以前的事了。这些剪报的标题包罗万象，但内容却从不脱离家事小偏方与健康自助这几大主题——如何预防棉絮在干洗机里着火，如何避免食物在冰箱里被冻坏了，预立遗嘱的优缺点，出门旅行如何提防扒手，高压力工作一族的健康秘诀。这是他母亲表达爱的方式，西恩知道，就跟他小时候在一月的早晨出门上学前，他母亲总会帮他扣上外套的纽扣、再次调整他的围巾一样。西恩想到萝伦离家前两天他母亲寄来的那份剪报，还是会忍俊不禁——《来管试管婴儿吧！》——他们绝对无法理解，没有小孩是他和萝伦共同的选择。如果还有别的理由的话，就是他们共有的那份恐惧（虽然他们从来不曾讨论过这件事），对于他们会是一对糟糕透顶的父母的恐惧。

萝伦终于还是怀孕后，他俩又因举棋不定，不知道该不该留下这孩子而瞒了西恩的父母好一阵子。毕竟当时他们的婚姻已然濒临破裂，而西恩又刚发现萝伦和那个演员有外遇。更糟的是，西恩竟开始问萝伦："孩子到底是谁的？"而萝伦总是会回他一句："那就去做亲子鉴定啊，如果你真的那么担心的话。"

他们取消了好几次和他父母的晚餐聚会，而当他们老远开车进城来时，他们也总是托词说忙，没办法赶回家和他们见面。西恩觉得自己已经快要被紧紧压在心头的那份恐惧逼疯了——他不但害怕孩子不是他的，更害怕万一孩子真的是他的，而他却并不想要。

萝伦离家出走后，西恩的母亲总是将她的出走轻描淡写地说成"需要一点儿时间把事情想清楚"，也是从那个时候开始，他母亲所有的剪报就都是为萝伦剪的，不再是为他了。她仿佛觉得只要自己一直这样剪下去，等到剪报终于把抽屉塞满了，甚至已经关不上了的时候，他和萝伦就不得不复合，好合力把抽屉推回去。

"你最近跟她讲过话吗？"西恩的父亲站在厨房里问，他的脸让那道漆成薄荷绿的墙挡在后头。

"你是说萝伦吗？"

"当然。"

"唉，不然还会有谁？"他母亲朗声说道，一边埋头在矮柜的抽屉里翻找。

"她打过电话，只是什么都不说。"

"这不难理解啊，总不能一开口就说那些那么严肃的话题，她总——"

"不。爸，我刚刚的意思是说，她在电话里从来不开口。一句话都不讲。"

"一句话都不讲？"

"一句话都不讲。"

"那你怎么知道那是她？"

"我就是知道。"

"可是，你是怎么知道的呢？"

"老天，"西恩说道，"我听得到她的呼吸声，这样可以了吗？"

"那多奇怪啊，"西恩的母亲说道，"那你讲话吗，西恩？"

"有时吧。不过越讲越少了。"

"唉，至少你还有试着跟她沟通。"他母亲说道，一边将最新的剪报推到他面前。"你跟她说我认为她会觉得这篇文章很有意思。"她坐下来，抚平桌布上的一条褶皱。"等她回来以后，"她说道，双眼凝视着那条渐渐消失在她手下的褶皱，"等她回来后。"她低声重复了一次，轻盈而坚定的语调有如修女一般，坚信世间万物乱中自有序。

一个小时后，西恩和父亲坐在圆地酒吧的高脚吧台桌旁喝酒，他对着父亲说道："大卫·波以尔。还记得那次他在我们家门口被带走的事吗？"

西恩的父亲皱了皱眉头，继续专注地将剩下的奇利恩啤酒倒进先在冰箱里冰镇过的啤酒杯。当白色泡沫缓缓逼近杯沿，最后几滴酒也入了杯后，他才开口说道："怎么——旧报纸里找不到相关的报道吗？"

"呃——"

"为什么问我呢？妈的。当时电视上不是一直在报？"

"可是抓到绑架他的人的新闻却不曾出现在电视上。"西恩希望这句话足以让他父亲停止追问为什么他要问这件事，因为西恩自己也没有完整的答案。

他只知道自己需要父亲帮助他把自己放入整起事件的脉络里，帮助他看到事件发生当时的自己，而这是旧报纸与警局档案绝对无法做到的。又或许，他之所以提起这件事，其实只是为了起个头，跟父亲再多聊点儿，而不光只是谈谈每天发生的新闻，或是红袜队的救援投手群里需要一名左投这类无关痛痒的话题。

有时，西恩觉得他和父亲很可能确实曾经聊过一些不那么无关痛痒的话（就如同他和萝伦似乎也曾这样过）。但他不记得究竟是哪些话了。他只是模模糊糊地记得自己曾经年轻过，他害怕记忆中那些与父亲之间的亲密、那些开诚布公的时刻只是出于想象，是岁月让它们获得了虚假的地位，实际上从未发生过。

他父亲是个沉默寡言的人，经常话讲到一半就不了了之。西恩这辈子花了不少时间诠释那些沉默填补那些未完的句子，试着揣摩父亲的原意。而最近他却开始怀疑，自己是否同父亲一样，曾在不知不觉中让沉默取代了话语。他后来也在萝伦身上看到了那种沉默，但他的努力却从来不够，终于，到现在他唯一还拥有的就只有萝伦的沉默。就只有沉默，还有电话中那些嘶嘶的声响。

半晌，他父亲终于再度开口："你为什么又提起这件事？"

"你知道吉米·马可斯的女儿被人谋杀了吗？"

他父亲看着他。"就是在州监公园里发现的那个女孩？"

西恩点点头。

"我看到名字，"他父亲说道，"想过可能是他的亲戚，没想到竟然是他女儿。"

"嗯。"

"他跟你同年，却有个十九岁的女儿？"

"吉米好像，我不确定，十七八岁就生了那个女儿，差不多是在他被关进鹿岛监狱的前两年吧。"

"噢，天哪，"他父亲说道，"可怜的家伙。他老子还在监狱里吗？"

西恩说道："他死了。"

西恩看得出来这个答案伤了他父亲的心，一下将他的思绪拉回到加农街旧家的厨房里，他和吉米的父亲把他和吉米丢在后院玩，自己则优哉游哉地让一罐罐啤酒陪伴他们度过清闲的周六午后，空气中不时爆出两个中年男人的大笑声。

"妈的，"他父亲说道，"他至少是出狱后才死的吧？"

西恩曾考虑说谎，但已经开始摇晃的头让他毫无选择。"死在牢里。沃尔坡监狱。肝硬化。"

"这是什么时候的事？"

"就在你们搬家后不久。大概六七年前吧。"

他父亲张嘴无声地说了"六七年"几个字。他啜了一口啤酒，手背上的老人斑在黄色灯光的映照下愈发明显。"失去消息是如此容易。失去光阴也是。"

"对不起，爸爸。"

他父亲皱了皱眉头。这是他对别人对他表示怜悯或是赞美时的一贯反应。"为什么对不起？又不是你做的。见鬼了，娄子是提姆自己捅的，谁叫他杀了桑尼·托德。"

"是为了一场台球赛，我没记错吧？"

他父亲耸耸肩。"当时他们两个都喝醉了。谁还清楚呢？两个人都喝得醉醺醺的，何况那两个家伙嘴巴都大，脾气也都火暴。就是提姆的脾气可能比桑尼·托德又再火暴了点儿。"他父亲又啜了口啤酒。"所以说，大卫·波以尔被绑架的事跟那个女孩有什么关联——嗯，叫什么名字来着，凯瑟琳吗？凯瑟琳·马可斯？"

"没错。"

"这两者之间有什么关联？"

"我没说两者之间有关联。"

"你也没说没关联。"

西恩脸上禁不住泛开一抹微笑。尽管把那些见多识广、一进审讯室就开口要求律师在场的老资格帮派分子丢给他对付吧，他随时乐意奉陪，也总有办法叫他们乖乖招供。可是碰上他父亲这一辈这种脾气又硬又拗得像根铁钉似的老式硬汉——一个个全都饱经风霜，骄傲而顽固，而且从来不曾把权力放在眼里——你大可以拷问他们一整晚，但他们一旦封了口就是封了口，任你威胁利诱逼问到天亮，所有的问题依然还是无解。

"嘿，就先别管这两件事之间有没有关联吧。"

"为什么？"

西恩举起一只手。"可以吗？就迁就我一次吧。"

"唉，那当然，我活了一辈子就等这一天哪，等着有机会来迁就我儿子一次。"

西恩感觉自己握着啤酒杯的手僵硬了一下。"我查阅过当年那宗绑架案的档案。负责调查这个案子的警官已经过世了。没有其他的人记得这个案子，而上头写明本案尚未侦破。"

"所以呢？"

"我记得大卫遇劫归来后差不多一年吧，有一天你来我房间跟我说'事情结束了。他们抓到了那两个家伙'。"

他父亲耸耸肩。"他们逮到其中一个。"

"所以他们为什么没——"

"在阿尔巴尼，"他父亲说道，"我在报纸上看到照片。那个家伙承认了他在纽约州犯的两起性侵害案，并且宣称他在马萨诸塞和佛蒙特州也干过几件。那家伙后来没把事情交代清楚就在牢里上吊自杀了。不过我记得警察在我们家厨房画的素描，我认得出来那家伙的脸。"

"你确定？"

他父亲点点头。"百分之百确定。调查这个案子的警官——他的名字是，呃——"

"佛林。"西恩说道。

他父亲点点头。"麦克·佛林。没错。我一直跟他保持联系,你知道的,就那段时间。我一在报上看到照片就立刻打电话给他。他说,没错,是同一个家伙。大卫也指认了。"

"哪一个?"

"啊?"

"哪一个家伙?"

"噢。那个,呃,你是怎么描述他的?'看起来油油脏脏的,还一副想睡觉的样子。'"

西恩小时候讲的话如今从他父亲嘴里说出来,听起来怪怪的。"坐在副驾驶座的那个。"

"嗯。"

"他的同党呢?"西恩说道。

他父亲摇摇头。"车祸挂了。至少落网的那个家伙是这么说的。我知道的就这些了,呃,不过你也不必太相信我知道的事。妈的,还得你来告诉我提姆·马可斯已经死了。"

西恩把杯子里剩下的啤酒一饮而尽,指了指他父亲的空杯子。"再来一杯?"

他父亲看着空杯子想了一下。"管他呢。好啊。再来一杯。"

西恩到吧台又要了两瓶啤酒,回来时看到他父亲盯着吧台上方的电视正在无声播放的《益智大挑战》。西恩坐下的时候,他父亲对着电视说:"谁是罗伯特·奥本海默!"

"电视没有声音,"西恩说道,"你又怎么知道你答对了没有?"

"我就是知道,"他父亲说道,一边倒啤酒,眉头因西恩这蠢问题皱了起来,"你们这些人老是这样。我真是搞不懂你们。"

"哪些人老是怎样?"

他父亲用啤酒杯朝他指了指。"你们这个年纪的人。你们问问题之前都不先想过,答案可能非常明显。不过就是先停下来想一下嘛,有那么难吗?"

"噢,"西恩说道,"好吧。"

"就像大卫·波以尔这件事。"他父亲说道，"二十五年前大卫到底出了什么事？到底发生了什么事你心里清楚得很。他让两个有恋童癖的家伙带走了，失踪了四天。到底发生了什么事？就是你想得到的那回事。可是现在你偏偏又旧事重提，因为……"他父亲喝了一口啤酒。"妈的。我怎么知道是因为什么。"

他父亲扔给他一抹困惑的微笑，西恩也对他报以困惑的一笑。

"嘿，老爸。"

"嗯。"

"你敢说你过去从来没有发生过任何事是你不愿去想，却偏偏老是在你脑海里翻腾不已的？"

他父亲叹了口气。"这不是重点。"

"这当然是。"

"不，这不是重点。每个人都会碰到坏事鸟事，西恩，无人能幸免。问题是你们这一代年轻人，你们就是爱扒粪，爱揭人伤疤。你们就是不知道要适可而止。你有证据可以把大卫和凯蒂·马可斯的死扯上关系吗？"

西恩一下子笑开了。这老头振振有词，连"你们这一代年轻人"这套都搬出来了，兜了一大圈却只是想知道大卫和凯蒂的死是否有所关联。

"这样说好了，是有一些间接证据让我们觉得有必要特别留意大卫。"

"这样也算是回答我的问题吗？"

"这样也算是个问题吗？"

他父亲脸上泛开一抹灿烂的笑容，让他看起来足足年轻了十五岁。西恩记得小时候他父亲的这种笑容总是能感染家里的每一个人，让家里的气氛霎时轻松起来。

"所以说，你拿大卫当年那件事来烦了我老半天，就是因为你想知道，当年那两个家伙对大卫做的事是否会让他变成一块杀人犯的料？"

西恩不置可否地耸耸肩。"差不多就是这样吧。"

他父亲一边用手指搅动着桌上那盘花生米，再啜了口啤酒，一边思考着这个问题。"我不这么认为。"

西恩干笑了一声。"你很了解他嘛。"

"不。我只记得他小时候的样子。他不像是下得了这种手的人。"

"很多好孩子长大后做过很多你根本无法相信的事。"

他父亲对他扬起一边的眉毛。"你是想来跟我讲人性吗？"

西恩摇摇头。"只是警察当久了，看的自然也多了。"

他父亲往椅背上一靠，嘴角似笑非笑地牵动了一下，眼睛不住打量着西恩。"来吧。愿闻其详。"

西恩感觉两颊微微地热了起来。"嘿，不是，我只是——"

"讲。"

西恩觉得自己很蠢。他父亲就是拥有这般不可思议的能力。这些话听在西恩认识的大部分人耳里，不过是一段再寻常不过的观察心得；但在他父亲眼里，西恩却只是个装腔作势、一心想要装大人的小男孩——西恩不知道这到底是不是事实，但他父亲就是有办法让他这么觉得。

"嘿，对我有点儿信心嘛。我想我对人性和犯罪多少也有些了解。这毕竟，唉，毕竟是我的工作啊。"

"所以你真的认为大卫杀死了一个十九岁的女孩子吗，西恩？大卫，你小时候一起在后院玩的玩伴。可能吗？"

"我认为任何人都有可能做出任何事。"

"所以啦，有可能是我干的。"他父亲将一只手放到胸前，"也有可能是你妈干的。"

"不可能！"

"你最好查查我们的不在场证明。"

"我可没这么说。拜托。"

"你当然有这么说。你刚刚才说过，任何人都有可能做出任何事。"

"在合理的情况下。"

"哦，"他父亲大声说道，"好吧，这句话我刚才没听到。"

他又来了——这种以子之矛攻子之盾的手法，同西恩在审讯室里和嫌犯玩的游戏如出一辙。难怪西恩擅长审问犯人——名师出高徒哪。

父子俩一下陷入了沉默，过了一会儿，他父亲终于开口说道："嘿，或许你是对的。"

西恩瞅着他父亲，等着他再补上一句来逆转话风。

"或许大卫真的做了那件事。我不知道。我只记得小时候的他。我不认识长大后的大卫。"

西恩想要看清楚父亲眼中的自己究竟是什么样。他想知道，他看到的究竟是个男孩，还是男人。他毕竟是他的儿子。这点或许永远也不可能改变吧。

他还记得他的伯伯们以前是怎样谈论他的父亲的。父亲是这个在他五岁那年自爱尔兰移民来美国的家庭中的老幺，是十一个兄姊下头最小的幺弟；西恩的伯伯们比他父亲大了十二岁到十五岁不等。他父亲五岁的时候，全家从爱尔兰移民来美国。"老比利"，他们常会这么称呼那个西恩出生前的比利·狄文。"狠小子"比利。但一直到现在，西恩才听出他们话里的含义，感觉到老一辈对下一辈那种褒中带贬的态度。

他们现在全部都不在了。他父亲的十一个哥哥姐姐全都早已蒙主宠召。站在西恩面前的这位，是他祖父家里最小的孩子，已经七十有五，蛰居在市郊一个自己永远也用不着的高尔夫球场边。他是家里十二个孩子中剩下来的最后一个，不但是最后一个，而且永远也是最小的一个。因此，只要他在空气中嗅到一丝一毫别人——尤其是他的儿子——屈尊俯就、企图施惠予他的气息，他便会全副武装，在那人有机会察觉到自己的企图甚或有机会开口之前完完全全地挡掉一切。因为有权用那种态度对待他的人都早已离开这个世界了。

他父亲看了西恩的啤酒一眼，然后丢了几张一块的纸钞留在桌上当作小费。

"走吗？"他说道。

他们父子俩散步穿过二十八号公路，回到西恩父母住的小区，走在小区大门内的主干道上，沿路有好几条黄色的减速脊，路两侧有被草坪的洒水系统喷湿的痕迹。

"你知道你妈喜欢什么吗？"他父亲问道。

"什么？"

"你写信给她。你知道的，偶尔没什么特别理由地寄张卡片来。她常说你寄来的卡片都很有趣，而且她喜欢你写东西的情调。你妈把你寄给她的卡片都收在我们卧室的抽屉里。那里头有些甚至是你大学时代寄来的。"

"哦，好吧。"

"没事就写封信来，懂我的意思吗？"

"当然。"

他们走到西恩的车旁，他父亲抬头看了一眼自己的公寓，所有的灯都已经熄了。

"她睡了吗？"西恩问道。

他父亲点点头。"她明天早上还要送窦福林太太去做复诊。"他父亲突然伸出手来，握了握西恩的手，"很高兴看到你。"

"我也很高兴看到你。"

"她会回来吗？"

西恩不用问也知道那个"她"是谁。

"我不知道。我真的不知道。"

他父亲静静地凝视着笼罩在淡黄色街灯下的西恩。有那么一瞬间，西恩可以看出来他父亲对他心疼不已，他知道他的儿子正在受苦，知道他的儿子遭到遗弃，仿佛让人拿汤匙一点一点掏空了心，那种伤害永远也无法平复。

"嗯，"他父亲说道，"你的气色不错。看来你会照顾你自己，有什么狂喝滥饮之类的坏习惯吗？"

西恩摇摇头。"我只有做不完的工作。"

"工作是好事。"他父亲回答。

"是啊。"西恩说道，感觉自己喉头涌出某种苦涩而失落的东西。

"所以……"

"所以。"

他父亲拍了拍西恩的肩头。"所以，就这样啦。别忘了礼拜天打电话给你妈。"他说完便转身大步朝前门走去，健步如飞，有如五十来岁的人。

"您多保重。"西恩对着父亲的背影说道，他父亲举起一只手来示意他听到了。

西恩用遥控器打开车锁，正当他伸手要拉开车门时，他突然听到他父亲的声音自黑暗中传来。"嘿。"

"什么事？"他回过头去，看到他父亲站在门前，上半身没入了柔和的夜色中。

"那天你没有上那辆车是对的。记住这点。"

西恩斜倚在车旁，手掌撑在车顶上，试图在黑暗中辨清他父亲的脸。

"可是我们当初应该保护大卫的。"

"你们当时都还是小孩子，"他父亲说道，"你们不知道事情会变成那样。就算你们当时知道，西恩……"

西恩安静了片刻，玩味着父亲刚刚那句话。他的双手在车顶轻轻地敲打着，两眼直视着黑暗中父亲的眼睛。"我就是这么跟自己说的。"

"所以呢？"

西恩耸耸肩。"我还是觉得我们当初应该知道，无论如何都应该知道。你不觉得吗？"

有整整一分钟的时间，父子俩都没有讲话，西恩几乎可以听到嘶嘶的洒水声中隐约的蟋蟀振翅声。

"晚安，西恩。"他父亲的声音自水声中传来。

"晚安。"西恩说道。他就这样站在车旁，一直等到他父亲进了屋，才坐进车里，往家的方向驶去。

第二十一章　地精

瑟莱丝回到家的时候，大卫正坐在客厅里；他坐在那张裂痕斑斑的皮沙发一头，扶手上则矗立着两座由空啤酒罐堆成的高塔。他手里拿着一罐啤酒，遥控器则放在大腿上，目不转睛地看着一部尖叫声似乎多过台词的电影。

瑟莱丝站在门后，一边脱下外套，一边看着自屏幕进射出来的青光一阵阵扫过大卫的脸，那尖叫声则愈发高亢刺耳，十分骇人，中间还夹杂着桌椅颤摇以及应该是人体内脏遭到挤压破碎的好莱坞特殊音效。

"你在看什么？"她问道。

"一部吸血鬼片，"大卫说着又啜饮了一口百威啤酒，死盯着电视屏幕的目光却不曾转移，"大吸血鬼闯进吸血鬼猎人正在举行的一场宴会，杀光了一屋子的人。那些人都是梵蒂冈专门派来猎杀吸血鬼的。"

"什么人？"

"吸血鬼猎人。妈的，"大卫说道，"他刚刚又把一个人的头活活扭下来了。"

瑟莱丝走进客厅，正好看到屏幕上一个穿得一身黑的家伙刷一声飞过房间，五指大张，揪住一个早已吓得魂飞魄散的女人的脸，啪一声扭断了她的脖子。

"天哪，大卫。"

"不不，这其实蛮酷的。你等着看吧，这下詹姆斯·伍德真的生气了。"

"詹姆斯·伍德演谁？"

"他演吸血鬼猎人的头头。一个狠角色。"

她认出来了——詹姆斯·伍德穿着皮夹克和牛仔裤，随手抄起一把十字弓之类的武器，瞄准了吸血鬼。但吸血鬼动作更快，詹姆斯·伍德像只飞蛾似的让出手更快的吸血鬼打得满房间跑；这时，突然又有一个家伙加入战局，拿了把自动手枪对着吸血鬼连发数枪，但吸血鬼似乎完全不为所动。接下来，剧情却突然逆转，吸血鬼竟眼睁睁地看着两名猎人逃走了，仿佛忘了这两个人的存在似的。

"那个演员叫什么鲍德温是吗？"瑟莱丝说道。她坐在沙发扶手上，紧挨着椅背，头往后靠在墙上。

"应该是吧。"

"是哪个鲍德温？"

"我哪知道。他们兄弟那么多个，我早就搞不清楚谁是谁了。"

她看着屏幕上两名猎人匆匆跑过一个汽车旅馆房间，小房间里横七竖八地躺了一地的尸体，数目之多，瑟莱丝以为根本不可能装进这样一个狭小的空间里。大卫一边注视着屏幕，一边感叹道："这下梵蒂冈那边又得重新训练一批猎人了。"

"梵蒂冈干什么要管吸血鬼的事？"

大卫扬起一张孩子气的脸，微笑着用他那双明亮美丽的眼睛看向他的妻子。"吸血鬼问题可大了，亲爱的。他们是一群恶名昭彰的圣杯贼。"

"圣杯贼？"她回应道，突然感到一股冲动；她想要把手埋在丈夫细细柔柔的发间轻轻地搓揉，让这可怕的一天就在这段傻气的对话中自然地消磨殆尽。"这我倒没听说过。"

"是吗，他们可惹了不少麻烦哪。"大卫说完仰头把罐里剩余的啤酒一饮而尽。这时，詹姆斯·伍德和鲍德温兄弟正和一个显然让人下了不少药的女孩一起开着辆小卡车，沿一条空旷无人的道路呼啸前进，而吸血鬼则飞在后头，紧追不舍。"你去哪里了？"

"我送套装去瑞德葬仪社啊。"

"那是好几个小时以前的事了。"

"嗯，我只是觉得需要一个人静一静，坐下来好好想一想，你懂我的意思吧？"

"想一想，"大卫说道，"当然。"他猛地起身，往厨房走去，一把拉开冰箱门。"要来一罐吗？"

瑟莱丝其实不想要，但她还是说道："嗯，好啊。"

大卫回到客厅里，把啤酒递给她。她通常可以用他是否先为她把拉环拉开来判断他的心情好坏。他确实先帮她把拉环拉开了。但她却看不出他心情是好是坏。她读不懂他的表情。

"喏，所以说，你想了些什么？"他砰一声拉开了自己手上那罐啤酒的拉环，那声响竟比屏幕上小卡车翻车前的紧急刹车声还要响亮，还要刺耳。

"哦，你知道的，就是那些事。"

"不，瑟莱丝，我不知道。"

"就是一些事嘛，"她说完低头啜饮了一口啤酒，"想今天这一天，想凯蒂，想可怜的吉米与安娜贝丝，就这些。"

"就这些是吗？"大卫说道，"那你知道我带着麦可走路回家时，一路又是怎么想的吗，瑟莱丝？我在想，等麦可发现他母亲就这样把车开走了，一去不回，也没跟任何人交代过要去哪里或者什么时候才会回来时，他心里有多难受，有多难为情。嗯，我一路都在想这件事。"

"我刚刚已经跟你解释过了，大卫。"

"跟我解释过什么？"他再度微笑着抬头看她，但刚才那抹孩子气已经不见了。"你跟我解释过什么，瑟莱丝？"

"我说我需要独处，需要时间整理一下思绪。我很抱歉没有先打过电话。但这几天发生了这么多事，我一下子也被冲昏头了。这真的不是我平常的作风。"

"谁又还是原来的自己呢。"

"啊？"

"就说这部电影好了，"他说道，"里头谁也不知道谁才是人，谁又是吸血鬼。这部电影我以前瞄过几段，呃，那个你说是鲍德温兄弟的家伙有没有？他待会儿会爱上那个金发女孩，虽然他知道她已经被吸血鬼咬过了。被咬过就表示她不久也会变成吸血鬼，不过他不在乎。因为他爱她。但她确实是他妈的吸血鬼。她将来也会咬他，吸他的血，把他变成人不人鬼不鬼的行尸走肉。你懂我的意思吧，吸血鬼不就是这么回事吗，瑟莱丝——既不神奇也不特别吸引人，不过就是这样。即使你知道这会杀死你，会让你的灵魂受苦受难永世不得超生，而且你还得花去你所有时间咬人脖子吸血，躲避阳光还有那个，呃，梵蒂冈派来的霹雳搜查小组。也许有一天，你醒来后发现自己已经忘记当一个有血有肉的人是什么滋味了。也许你会发现这个，那么一切就都没问题了。你被下了毒，而如果你终于学会了怎么带着一身毒把日子过下去，那么中毒这档事或许也就没那么糟了。"他将脚搁在沙发前面的矮桌上，从容地灌下一大口啤酒。"总之，这就是我个人的想法。"

瑟莱丝一动不动，挺直了腰杆坐在沙发扶手上，低头看着她的丈夫。"大卫，你在胡说八道些什么啊？"

"吸血鬼啊，亲爱的。吸血鬼，还有狼人。"

"狼人？你愈说愈离谱了。"

"离谱？你认为我杀了凯蒂，瑟莱丝。这样说就不离谱了吧？是吧？"

"我才不……老天，你怎么会有这种想法？"

他将啤酒拉环套在手指上把玩着。"在吉米家的厨房里，你正要离开的时候。你连看都不敢看我一眼。你把凯蒂的套装举得高高的，好像她人还在衣服里面一样，而你连看都不敢看我一眼。于是我就开始想了。我在想，为什么我自己的老婆会突然变得这样怕我？然后我就想通了——西恩。

西恩跟你说了什么，对不对？他和他那个他妈的一副破样的伙伴找你问过话了。"

"你想错了。"

"我想错了？放屁！"

她不喜欢这样镇定平静得出奇的他。有一部分或许是因为酒精的作用。大卫喝多的时候向来不吵不闹。但此刻他的平静却带着某种丑陋邪恶的成分。

"大卫——"

"哦，叫起我的名字来了。"

"我真的什么也没以为。我只是被搞糊涂了。"

他抬头定定地看着她。"那好，那我们就趁机把话好好说开吧，亲爱的。夫妻间没什么比开诚布公的沟通还重要的事情了。"

她银行账户里有一百四十七元；她另外还有一张最高透支额度五百元的信用卡，但大约只剩一半的额度可用。即使她能设法带着麦可离开这里，母子俩大概也走不了多远。最多就是在哪里的汽车旅馆待上两三夜，然后大卫就该找到他们了。他从来也不是个笨蛋。他一定有办法追踪到他们，这点她很确定。

那袋证据。她可以带着那袋证据去找西恩·狄文，她相信他们一定还可以在大卫的衣服上检测出血迹反应。她在媒体上看过很多有关 DNA 检验技术的报道。他们一定能在那堆衣服上验出凯蒂的血，然后逮捕大卫。

"来嘛，"大卫说道，"我们来沟通一下，亲爱的。有什么话就一次说清楚好了。我跟你说真的。我真的很想——呃，他们是怎么说的——对了，就是释放你的恐惧。"

"我并不害怕。"

"可你看起来却不是这么回事。"

"我真的没有。"

"好吧。"他将两脚从矮桌上移开了，"那么亲爱的，告诉我，你到底在烦恼些什么？"

"你喝醉了。"

他点点头。"我是喝醉了。但这并不表示我就不能好好地跟你沟通谈心。"

屏幕上的吸血鬼又扭断了一个人的脖子。这次是一个神甫。

瑟莱丝说道:"西恩不曾找我问过话。你去帮安娜贝丝买香烟的时候,我碰巧偷听到他们的对话。我不知道你当初是怎么跟他们说的,大卫,但他们并不相信你的说辞。他们知道你周六深夜曾出现在雷斯酒吧附近。"

"还有呢?"

"还有就是凯蒂离开雷斯酒吧前后,有人在酒吧外头的停车场里看到了我们的车子。另外,他们也不相信你的手是打台球时弄伤的。"

大卫把伤手举到面前,握成拳又松开。"就这样?"

"我就听到这些。"

"而这段话让你想到了什么?"

她又一次差点儿伸手去碰触他。有几秒钟的时间,充斥在他体内的腾腾恶意似乎全都泄光了,只剩下破灭与挫败。她从他的肩膀和后背看得出来;她想要伸手去碰碰他,但她咽下了这股冲动。

"大卫,我觉得你该把遇到劫匪的事跟他们说清楚。"

"遇到劫匪的事。"

"没错。你之后或许得为这件事上法院,但那又怎样?总比被当成谋杀嫌疑犯好吧?"

就是现在,她想。告诉我不是你。告诉我你没有看到凯蒂离开雷斯酒吧。说吧,就趁现在把话说出口吧,大卫。

但他没有。"哼,我知道你心里是怎么想的。我再清楚不过了。凯蒂被谋杀当晚我弄了一身血回家。人一定就是我杀的没错。"

瑟莱丝脱口而出:"那到底是不是?"

大卫放下手中的啤酒,开始大笑。他捧着肚子,两脚离地,往后翻倒在椅背上。他歇斯底里地大笑不止,笑得上气不接下气,笑得眼泪都出来了,笑得全身不住地颤动。"我……我……我……我……"他没办法把话说完。大笑的冲动占据了他整个身体。他放弃了。他任由笑声自他体内某处源源不断地涌出，任由眼泪沿着他两颊蓄积在他唇上，然后再滴进他合不拢的嘴里。

他终于承认了。瑟莱丝一生中从来没有这样害怕过。

"哈哈哈哈哈……亨利。"他说道，大笑终于缓下来了，只剩阵阵咯咯的轻笑还在他喉底徘徊不去。

"啊？"

"亨利，"他说道，"亨利与乔治，瑟莱丝。他们的名字叫作亨利与乔治。真他妈的好笑吧？那个乔治啊，啧啧，真是个好奇心无比旺盛的家伙。至于亨利呢，他倒还好，他就是纯粹的坏，坏到了骨子里。"

"你到底在胡说些什么啊？"

"亨利与乔治，"他朗声说道，"就是亨利与乔治啊，那两个开车带我去兜风，一兜就是四天的家伙。他们把我丢在一个什么也没有的地窖里，什么也没有，就一片石头地板和一条皱巴巴的睡袋。啧啧，我说瑟莱丝啊，你知道吗，那四天里他俩玩得可他妈开心了。可怜的老大卫，无依无靠。整整四天都没有人冲进来解救他。没有就是没有。于是可怜的老大卫只能假装这一切不是发生在他身上。他必须努力地武装自己，他妈的努力地武装自己，直到他整个人能一分为二。没错，大卫就是这样活下来的——哦不，不对，我说错了。大卫早就死了。那个从地窖里逃出来的男孩，呃，我他妈的根本不知道他是谁——嗯，好吧，其实他就是我——但他总之绝对不是大卫。大卫早就死了。"

瑟莱丝说不出话来。八年来，大卫从来不曾说到这件所有人都知道曾经发生在他身上的事。无论她怎么问怎么暗示，他永远只是轻描淡写，说他有一天跟西恩和吉米在路边玩，然后一辆车把他弄走了，四天后他逃出来了。他从来不曾提过这两个名字。他从来不曾提过那只睡袋。他从来不曾提过这一切。而就在此刻，他们仿佛终于从一场长达八年的沉睡中醒来了，他们那仿佛只存在于睡梦中的婚姻生活。他们终于醒来了，终于被迫面对那些一厢情愿的合理化，那些半真半假的谎言，那些隐藏的自我与压抑的渴望；他们清醒地看着他们那长达八年的婚姻生活，就这样让抛转铁球般的事实无情地击碎了——而事实竟是如此不堪：他们从来也不曾真的认识彼此。只是希望，但从来也不曾真的了解。

"简单说呢，"大卫说道，"整件事情简单说就像我刚刚说的有关吸血鬼的事一样，瑟莱丝。一回事。该死的就是一回事！"

"一回事？"她低声说道。

"那东西一旦进到你身体里，就永远不会再出来了。"他目光直直地对准了面前的矮桌。她感觉得到，他的思绪又渐渐飘远了。

她碰碰他的手臂。"大卫，那东西是什么？你说的一回事又是什么事？"

大卫恶狠狠地看着她的手，仿佛随时会发出一声嗥叫，用他的一嘴利齿用力地咬下去,把它从手腕上狠狠地扯下来。"我不能再信任我自己了，瑟莱丝。我警告你。我已经没有办法再信任我自己了。"

她移开她的手，感觉碰触到他皮肤的部分微微有些刺痛。

大卫猛地站起来，身子摇摇欲坠。他扬起下巴，垂眼打量着她，仿佛眼前是一个完全陌生的人，不知道她怎么会坐在这里，在他的沙发扶手上。他转头瞅了一眼电视：屏幕上的詹姆斯·伍德终于举起他的十字弓，一箭射中了某人的心脏。大卫喃喃说道："杀死他们，猎人。把他们全都杀光！"

然后,他回过头来,对着瑟莱丝露出一抹酒醉的微笑。"我要出去一下。"

"嗯。"她说道。

"我要出去一下，一个人好好想一想。"

"嗯，"瑟莱丝说道，"当然。"

"如果我能把事情想清楚一点儿，我想一切就都没问题了。我只是得去把事情想清楚一点儿。"

瑟莱丝没有问他那究竟是什么事情。

"嗯,好吧,就这样。"他说道,然后摇摇晃晃地往前门走去。他打开门,跨出门槛,转身消失了——然而,下一秒,瑟莱丝却看到他的手又抓住了门框,然后是他的头。

他的头再度探进门来，目光紧盯着瑟莱丝的脸。"哦，对了，差点儿忘记告诉你。我已经处理好那袋垃圾了。"

"啊？"

"那袋垃圾啊，"他说道，"就那袋装了我的衣服什么的垃圾啊，我刚刚已经把它拿出去丢掉了。"

"哦。"她说道，突然感到一阵酸液涌上喉头。

"嗯，好啦。待会儿见啦。"

"嗯，"她应道，然后他的头再度消失在门外，"待会儿见。"

她屏息聆听着他下楼的脚步声，她听到楼下大门吱吱呀呀地打开了，接着是大卫走出前廊下了几级台阶的模糊声响。她急忙往麦可房间走去，隔着门听到里头传来浅浅的鼾声。然后她再也忍不住了：她冲进浴室，呕心掏肺地吐了出来。

他找不到车子。瑟莱丝不知道把车停到哪里去了。有时候，尤其是在下大雪的日子里，你常得老老实实再开过八个街口才找得到一个停车位。这附近停车愈来愈难了。所以说，就算瑟莱丝不得不把车停到尖顶区他都不会觉得意外。不过，他倒是在离家不远的地方就看到了好几个空的停车位。随便啦。反正他也实在是喝得太多了，脑子里一团糨糊。好好走上一段路说不定能让他清醒一点儿。

他沿着弯月街往前走，然后在街角左转进了白金汉大道。他边走边想，不明白自己刚才到底是他妈的怎么想的，怎么会试图跟瑟莱丝解释这一切。老天，他甚至还说出了那两个名字——亨利与乔治。他甚至还提到了狼人。老天！

他的怀疑终于得到了证实——警方确实在怀疑他。他们确实一直在注意着他的一举一动。他也不必再把西恩想成什么失而复得的童年好友了。他想起小时候他一直不喜欢西恩的几件事：他那种对自己拥有的一切感到理所当然的态度，那种天生的自信，就像所有那些运气好——没错，纯然只是因为运气——能拥有父母、漂亮的家、最新最酷的衣服与运动配备的孩子一样。

310

他妈的西恩。操他那双眼睛和那副嗓音。他那副一走进一个地方就能搞得里头所有女人都等不及想为他脱下内裤的烂样！他的道德优越感和他那些又风趣又酷的故事，以及他那副警察特有的鸟样。操他的名字登在报纸上！

大卫也不蠢。一等他把脑子理清楚了，他就要昂首接下这个挑战。他只是需要把脑子里的东西再理清楚一点儿。即使这意味着他必须把头摘下来，重新装回去再拴紧了，他也会设法办到的。

现在最大的问题是那个狼口逃生后长大了的男孩实在是太露脸了。大卫原本希望周六晚上那件事能一次满足他，让他乖乖闭上嘴，滚回大卫脑子里那片黑暗丛林的深处。他想要看到血，那男孩，他想要引起骚乱，想要看到最他妈的纯粹的痛苦，大卫也只得照办。

最初他不过是出了几拳，踢了几脚，但事情最终失去了控制。男孩渐渐取得了主动权，大卫感到那阵盲目的狂怒自他心中某个角落喷涌而出，一发不可收拾。但男孩并不容易满足。在看到迸出的脑浆之前他无法感到满足。

但事情一旦结束了，男孩却又迅速退去，只留下大卫一人在原地收拾残局。大卫也照做了。而且做得干净利落，漂漂亮亮。（或许离他的期望还有点儿距离，当然，但绝对称得上干净利落。）他这么做只有一个原因——他希望男孩能就此满足，好一阵子都不要再出来了。

但男孩哪这么容易善罢甘休。此刻他正疯狂地敲着大卫脑中的某一扇门，告诉他，不论他准备好了没有他都要出来了。咱们还有活要干哪，大卫。

眼前的白金汉大道显得有些模糊，地面看起来甚至有些歪斜，但大卫还是知道雷斯酒吧就在前方不远处。前方就是那个绵延两个街口的大粪坑：那里盘踞着无数毒贩、妓女与一堆天杀的变态，当初大卫让人自身上强行剥夺的东西，他们却无比乐意地在那里等人拿钞票来换。

你走吧，男孩说道。你已经长大了。不要再死缠着我不放了。

最糟的是那些孩子。他们像一群地精。他们会突然自转角自废弃车辆后头跳出来，问你要不要让他们为你吹个喇叭爽一爽。二十元，只要加到二十元就让你操。他们什么都愿意做。

大卫周六晚上看到的最年轻的一个这样的孩子顶多十一岁。他眼眶发黑，皮肤却无比苍白，那一头浓密杂乱的红发让他看起来更容易让人联想到地精。这个年纪的孩子本该待在家里看电视，他却流落街头，等着为那些变态口交换取钞票。

大卫周六深夜一从雷斯酒吧走出来，便看到那个红发男孩嘴里叼着烟，站在对街的路灯下。两人的目光终于对上的那一刹那，大卫便感觉到了。那股骚动。那股想要放手的欲望。去吧，拉着那红发男孩的手，找个安静的角落。放弃吧。放弃一点儿也不难，放弃了就不必再挣扎再受煎熬了。向这股你已经压抑了十多年的欲望投降吧。

是的，男孩说道。去吧。

但（这正是大卫的脑子一分为二的典型时刻）在他灵魂最深处，他清清楚楚地知道这将会是最不可饶恕的罪。他知道他一旦跨过这条线——无论那有多诱人——就永远回不来了。他知道他一旦跨过这条线，他就再也无法感觉完整，而与其如此，当初他或许就该留在那个阴暗污秽的地窖里，同亨利和乔治一起过完这一辈子。每当遭逢诱惑，每当经过校车候车处、公园游乐场、夏日的公共游泳池时，他总会这么告诉自己。他会告诉自己，他绝对不要变成亨利和乔治。他比他们好，比他们强。他深爱他的妻子，深爱他的儿子。他必须坚强。这些年来，他愈来愈常这么告诉自己。

但周六深夜，这些话却再也帮不了他了。那股猛然窜上他心头的欲望是那么强烈，空前的强烈。那倚在路灯下的红发男孩似乎也感觉到这点了。他举着烟，对着大卫浅浅地微笑。大卫感觉到一股无形的力量不断地拉扯着他，要他往对街走去。他感觉自己仿佛是赤脚站在一道铺着绸缎的斜坡上。

然后，一辆车突然在路灯前停下来，交谈片刻后，红发男孩便爬进了那辆车。大卫看着那辆深蓝与乳白的双色凯迪拉克调头往街这边驶来，开进雷斯酒吧的停车场。大卫进了自己的车，而凯迪拉克则在停车场后方那排半倒的围墙边找到一个草木丛生的阴暗角落停妥了。接着，那人关掉了车灯，只留引擎兀自转动着，而男孩在大卫脑子里不断地悄声说道：亨利与乔治、亨利与乔治、亨利与乔治、亨利与乔治……

而今夜，就在离雷斯酒吧几步之遥的地方，大卫止住脚步，毅然回头往来的路上走，任由男孩在他脑子里凄声尖叫着：我是你，我是你，我是你……

而大卫只想哭。他想扶着最近一幢建筑物的墙放声哭泣：因为他知道，男孩说得没错。狼口逃生后长大了的男孩自己也变成了狼。他变成了大卫。

大卫就是狼。

这一定是最近发生的事，因为大卫一点儿也不记得有过任何五脏翻腾掏心剜肺、让他感觉自己的灵魂被赶出躯体好让位给新来的实体的时刻。但这确实发生了。也许是在他睡梦中发生的吧。

但他不能停下脚步。他不能哭。这段街道太危险了；无数毒贩子虎视眈眈盘踞在此，等待着像大卫这种让酒精麻痹了身躯脑袋的下手目标。此刻对街就有一辆车，沿街缓缓地前进，驾驶座上的一双鹰眼紧盯着大卫，只等他泄漏一丝酒醉的模样。

他深吸了一口气，调整了脚步，努力让自己看起来自信而冷漠。他抬头挺胸，试着用两眼释放出"操你妈"的信号，大步朝家的方向前进——虽然他的头脑并没有变得比较清楚。男孩依然在他脑子里不断地尖叫着，但大卫已经决定不去理睬他。这他办得到。他够坚强。他是大卫狼。

男孩的声音终于转弱了。大卫一路穿过平顶区时，他的声音渐渐降至一般对话的音量。

我是你，男孩像个朋友似的说道，我就是你。

瑟莱丝抱着半梦半醒的麦可匆匆走出家门，却发现车子已经让大卫开走了。她在离家半个街口的路边找到那个车位时，简直不敢相信非周末的深夜竟然也有这种好事。但此刻停在那里的却是一辆蓝色的吉普车。

这完全搅乱了她的计划。她原本想的是将麦可放在前座,将几袋简单的行李扔进后座,然后沿着高架道,前往三英里外那家伊克诺汽车旅馆。

"妈的。"她脱口而出,一边试着咽下那股尖叫的冲动。

"妈妈?"麦可喃喃说道。

"没事,麦可,你继续睡吧。"

或许真的会没事,因为当她再度抬起头来时,正好看到一辆空出租车从伯斯夏街转进白金汉大道。瑟莱丝举起那只拎着麦可的换洗衣物的手,出租车随即迅速地停靠在街边。她愿意多花这六块车钱。只要能让她离开这里,就算一百块她也愿意花。只要能让她离这里远远的,一个人冷静地把事情想清楚,而不必一边心惊胆战地注视着门把手,担心大卫随时都会走进来,认定她就是个吸血鬼,必须让人拿木桩刺过心脏,再刷一声把头砍下来。

"去哪儿?"瑟莱丝先把行李推进后座,再抱着麦可坐进去时,司机问道。

哪里都好,她想这么说。只要能离开这里,到哪里都好。

迁居

第二十二章　猎鱼

"你拖了他的车？"西恩问道。

"是他的车被拖走了，"怀迪说道，"这是不一样的两件事。"

当他俩终于自高架道上的上班车潮中脱身，将车子驶下东白金汉大道出口时，西恩说道："你用什么理由让他的车被拖走了？"

"我们接到报告说那辆车被扔在路边。"怀迪说道，随即吹了声口哨，将方向盘一打，转进了罗斯克莱街。

"哪里的路边？"西恩说道，"他家门口的路边吗？"

"哦，不，"怀迪说道，"有人发现那辆车被扔在罗马盆地的公园大道旁。嘿，还真是老天有眼啊，不是吗？那里正好还是州警队的辖区。看来，应该是有人一时开心偷了那辆车，开去兜了几圈，然后就把它扔在路边不管了。常有的事嘛，你又不是不知道。"

西恩今早是从睡梦中突然惊醒的。他梦见自己抱着女儿，还叫了她的名字，虽然现实中的他并不知道女儿的名字，醒来后也已经不记得自己在梦中是怎么叫她的了。这场怪梦搞得他到现在还昏昏沉沉的。

"我们找到了血迹。"怀迪说道。

"在哪里找到的？"

"在大卫·波以尔车子的前座。"

"很多吗？"

怀迪用他的拇指与食指比出约莫一根头发的厚度。"就一点点。后备厢里也有。"

"后备厢里？"西恩说道。

"那里可就不只一点点了。"

"所以呢？"

"所以我们就把血迹样本送去化验啦。"

"不，"西恩说道，"我的意思是说，你在他后备厢里找到血迹又怎样？凯蒂·马可斯又没进过任何人的后备厢。"

"这点倒是挺扫兴的，没错。"

"老大，你非法搜查他的车，弄来的证据到时照样上不了法庭。"

"谁说非法？"

"哦？"

"那辆车被偷走后又被弃置在州警队的辖区内。为了保障车主权益，免得将来与保险公司牵扯不清，我们自然得——"

"自然得搜查该弃置车辆并填写报告归档。"

"啊，不错不错，你果然一点就通。"

车子在大卫·波以尔家门口靠了边，怀迪将车子倒进停车位，熄了火。"我搞来足够的理由，好请他到队上聊一聊。就这样，我暂时也还没有别的想法。"

西恩点点头，明白此刻多说无益。怀迪在州警队一路平步青云，靠的就是这种对于自己的直觉穷追不舍，不到水落石出绝不肯罢休的牛脾气。至于旁人，除了依着他也别无选择。

"弹道分析结果回来了没？"西恩问道。

"这也是怪事一桩，"怀迪坐在驾驶座上，死死地盯着大卫·波以尔的房子瞧，显然一时还不打算下车，"杀死凯瑟琳·马可斯的凶枪一如我们先前所想，是一把 A-38 式史密斯手枪。根据弹道记录，这枪原是一九八一年新罕布什尔州一件弹药商遭窃案中失踪的枪支之一，后来又曾出现在一九八二年发生在白金汉的一桩酒商抢劫案中。"

"在平顶区吗？"

怀迪摇摇头。"在北边的罗马盆地，一家叫鲁尼的酒类专卖店。劫匪据报有两人，当时都戴着橡胶面具。老板拉下前门正打算打烊，劫匪就从后门闯了进去，走在前面那家伙一进去就开了一枪示警，子弹穿过一瓶威士忌后卡在了墙上。之后的案情就没什么出奇之处了，但卡在墙上的弹头从此进了数据库。而弹道比对结果显示，这把枪就是杀死马可斯家女孩的凶枪。"

"嗯，照这样说来，我们目前的侦查方向可能就得再调整了，你觉得呢？"西恩说道，"一九八二年，大卫那年，呃，应该是十七岁，才刚刚开始在雷神做事。我想他不至于会跑去抢酒类专卖店吧。"

"说不定那把枪转了几手后，最后到了他手上。妈的，你知道手枪这东西，常常转手。"怀迪的语调听起来倒已经没昨晚那么自信了，他说道："走吧，咱们去看看那家伙还有什么话要说。"然后猛然推开了车门。

西恩从副驾驶座那边下了车，同怀迪一起往大卫家的大门走，而怀迪一路不住地扳弄着挂在腰后的手铐，似乎正希望能找到一个使用它的理由。

吉米停好车，然后捧着几杯装在外带纸盘里的咖啡和一袋甜甜圈，穿过地面铺设的沥青早已龟裂的停车场，往神秘河走去。他头顶上空的托宾桥上不断传来隆隆的车轮辗压声，而凯蒂则和老雷伊·哈里斯蹲在河边，目不转睛地盯着河水。大卫·波以尔也在，他的伤手已经肿得像拳击手套那般大了。大卫和瑟莱丝与安娜贝丝并排坐在三张沙滩椅上。瑟莱丝嘴上戴着某种有拉链的口罩般的诡异装置，而安娜贝丝则同时抽着两根烟。沙滩椅上的三人全都戴着太阳眼镜，一味仰头看着桥底，全然没有理会吉米；那姿态清清楚楚地说明了他们不想被打扰，你带来的那些东西就留着自己用吧，我们谢谢了。

吉米放下手中的咖啡和甜甜圈，在凯蒂和老雷伊中间蹲了下来。他低头看着水中的倒影。他看到了自己，然后看到凯蒂和老雷伊转头默默地盯着他瞧。他这时才看到老雷伊嘴里叼了一条还兀自挣扎个不停的大红鱼。

凯蒂说道："我的套装掉到河里去了。"

吉米说道："我看不到。"

大鱼终于挣脱了老雷伊的牙齿，掉进河里，扭来扭去挣扎着浮在水面上，顺流愈漂愈远。

凯蒂说道："它会把它抓回来的。它是一条猎鱼。"

"味道好像鸡肉呢。"老雷伊说道。

吉米感到凯蒂温暖的手掌贴在他的背上，然后又感觉到雷伊的手掌凑近了他的颈背，而凯蒂说道："你帮我把它抓回来好不好，爸爸？"

凯蒂与雷伊联手把他推进河里，吉米眼睁睁看着黑色的河水与那条死命挣扎的大鱼向他涌来，他知道自己就要淹死了。他张开嘴巴想喊叫，大鱼却趁机跳进他嘴里，堵住他的气管，阻断了氧气；然后河水就涌上来了，浓浓稠稠的，像黑色的油漆。

他睁开眼睛，转头看见闹钟正指着七点十六分，而他甚至不记得自己是怎么到的床上。但此刻他正躺在床上，在安娜贝丝身边，睁眼醒来面对全新的一天。他跟人约好了，一个多小时后就要去为凯蒂挑选墓碑，然而老雷伊·哈里斯——"就是雷伊"——与神秘河却选在这个时候再度扣上了他的心弦。

成功审讯的秘诀，就是要尽量争取嫌犯开口要求律师到场之前的时间。那些审讯室的常客——毒贩、街头帮派成员、飞车党以及犯罪组织成员——开口第一句话通常就是要求律师到场。你当然还是可以利用律师赶到之前的宝贵时间耍狠扮黑脸，尽量多套出些话来，但这类棘手的案子最后通常还是得靠直接证据才定得了罪。西恩就很少能从这类职业罪犯口中套出多少有用的信息来。

但如果是一般老百姓或是第一次捅下大娄子的喽啰，你通常在审讯室里就能备足上法庭定罪所需的大部分证词。西恩到目前为止的个人事业高峰，"争道杀人事件"一案，就是这样破的案。一晚，在中塞克斯郡，一个家伙在开车回家的路上，他那辆旅行车的右前轮竟在每小时八十迈的高速下突然脱落，掉在高速公路路肩上。车子连续翻滚九次十次后终于停了下来，开车的艾德温·赫卡早已气绝身亡。

调查小组后来发现，旅行车两个前轮的轮毂螺丝都没有拧紧。原本这个案子一直是朝过失杀人的方向去侦办，因为当时几名承办干员都认为整起事件或许只是某个宿醉未醒的修车厂技工一时疏忽闯的大祸，而西恩与他的伙伴亚道夫也发现死者出事前数周确实曾更换过轮胎。但同时，他在旅行车前座置物箱里找到的一张纸条始终萦绕在他心头。纸条上头以潦草的字迹写着一组车牌号码，西恩通过监理处的电脑系统找到了那组车牌号码主人的姓名：艾伦·巴恩斯。他按照登记的地址找上门去，一个男人应了门，西恩问他是不是艾伦·巴恩斯本人。那家伙紧张得像什么一样，回答说是啊，有什么事吗？西恩霎时感到一股直觉冲刷过他全身血管，劈头说道："我想找你谈谈有关几颗轮毂螺丝的事情。"

巴恩斯当场就崩溃了。他站在自家大门口，告诉西恩他在那人车上动的小手脚原意只是想吓吓他；他说他俩一周前在通往机场的隧道口前因为抢道起了冲突，吵到后来他实在气不过，干脆连会也不去开了，直接跟踪艾德温·赫卡回家，在他家外头一直等到屋里的灯全熄了，方才拿出他的轮胎扳手做了手脚。

人就是蠢。为了一些微不足道的理由彼此残杀，然后在现场附近徘徊等着束手就擒，之后又在给了警方足足四页长签过名的口供笔录后，大大方方走进法庭宣称自己无罪。彻底了解人们能蠢到什么地步，就是警察最好的武器。让他们说话。永远先让他们说话。让他们解释。让他们尽量卸下心头重担，而你只管在一旁给他们送来一杯又一杯咖啡，只管让录音带不停地转动。

而当他们要求律师到场时——一般人迟早总是会提出这个要求的——

你就皱着眉头，问他们真的确定要这么做吗，然后让整个小房间里弥漫开一股不甚友善的气氛，直到他们终于决定他们真正想要的是你们三个人能好好当朋友，于是在律师终于出现，破坏一切心情气氛前，他们或许还会再多说一些好弥补你。

但大卫却始终不曾要求律师到场。他坐在一张摇摇晃晃、人重心一往后移就会一阵吱嘎乱叫的旧椅子上，一脸宿醉未醒，既不耐烦又不爽——尤其是冲着西恩——的表情。但除此之外，他看起来既不害怕也不紧张，而西恩感觉得到这点已经渐渐成了怀迪的痛处了。

"听好，波以尔先生，"怀迪说道，"我们知道你离开麦基酒吧的时间比你自己宣称的要早。我们还知道半小时后你曾出现在雷斯酒吧的停车场里，当时凯瑟琳·马可斯正要离开那里。我们更他妈的确定你的手绝对不是打台球弄伤的。"

大卫低低地呻吟了一声，说道："嘿，我口渴，来罐雪碧还是什么的吧？"

"马上。"怀迪说道。这已经是他们进入审讯室半小时来他第四次这么说了。"告诉我们那晚到底发生了什么事，波以尔先生。"

"我已经跟你们说过了。"

"你并没有说实话。"

大卫耸耸肩。"你要这样想我也没办法。"

"不，"怀迪说道，"这是事实。你对于你离开麦基酒吧的时间没有说实话。酒吧里头那个他妈的蠢钟给人砸烂了，这你总没料到吧，波以尔先生，比你宣称你离开那儿的时间早了五分钟。"

"整整五分钟？"

"你当我是在说笑话是吧？"

大卫身子往后靠在椅背上，西恩等着听到椅子下陷前发出的哀鸣，但大卫只是将它逼到极限，然后便停在那里。

"不，包尔斯警官，我没当你是在说笑话。我很累。我宿醉头痛。我的车还让人偷走了，而现在你竟又告诉我你还不打算把车子还给我。你说我离开麦基酒吧的时间比我原本说的早了五分钟？"

“至少五分钟。”

“那好。你说了算。也许是我记错了。我毕竟不像你们有那种常常看表对时的好习惯。如果你说我离开麦基酒吧的时间是一点差十分而不是一点差五分，那好，没问题。也许是我记错了。那又怎样？之后我就直接回家去了。我没再去过其他地方。”

“有目击证人看到你后来又出现在——”

“不对不对，”大卫说道，“目击证人看到的是一辆车头被撞凹一块的本田轿车。这我没说错吧？你们知道整个波士顿地区有多少辆本田轿车吗？”

“问题是其中又有多少辆车头被撞凹了一块，波以尔先生，就在和你的车一模一样的位置上？”

大卫耸耸肩。“不少吧，我猜。”

怀迪看了西恩一眼。西恩感觉得到在这场审讯中他们渐渐处在了下风。大卫说得没错——他们或许可以找到二十辆同样也是乘客座那侧的车头被撞凹了一块的本田轿车。少说也有二十辆。而如果连大卫都想得到这点，那他的律师就更不用说了。

怀迪踱到大卫的椅子后方，说道：“告诉我们你的车子里的血又是从哪里来的。”

“什么血？”

“你车子前座的血。就先从这里说起好了。”

大卫说道：“我要的雪碧呢，西恩？”

西恩说道：“马上来。”

大卫露出微笑。“我懂了。这里你负责扮白脸是吧？那好，你去拿雪碧的时候就顺便帮我张罗个肉馅三明治吧，如何？”

原本已经离座的西恩又坐下了。“我他妈不是供你使唤的用人，大卫。看来你得再等上一会儿了。”

“不供我使唤供别人使唤是吧，西恩？”大卫从牙缝间吐出这句话的时候眼底闪过一抹狰狞的红光，某种睥睨一切的疯狂，而西恩不禁开始怀疑怀迪或许一直都是对的。他怀疑，如果他父亲看到此刻的大卫·波以尔，是否还会坚持他昨晚对他的看法。

西恩说道："你前座的血迹，大卫。你还没回答包尔斯警官的问题。"

大卫转过头去面对着怀迪。"我家后院有一道钢丝网围墙。你知道那种围墙吧，就是那种菱形钢丝网，顶上有些钢丝会突出来，有没有？有一天我在后院处理一些杂活。我房东年纪大，做不动粗活，一些事我就帮他做了，他房租也就不跟我算得太离谱。他在围墙旁边种了一堆像竹子一样的东西，那天我就是在帮他——"

怀迪叹了一口气，但大卫却似乎不以为意。

"修剪那丛东西的时候，我滑了一跤。当时我手里还拿着一把电动铁剪，要掉在地上可不得了，所以我脚一滑，整个人就撞到那钢丝网墙上去了，弄得我满身是伤。"他拍拍自己胸口，"就这里。伤口其实都不深，只是流血流得跟什么似的。差不多十分钟后吧，我就得去棒球场接我儿子回家。我猜那时血可能还没止住，于是就滴了一些在座椅上。就这样，我只能想到这个可能。"

怀迪说道："所以你的意思是说，前座上沾到的是你的血？"

"我刚刚说过了——我就只想到这个可能。"

"你什么血型？"

"B 型，RH 阴性。"

怀迪慢慢踱开，绕到桌前，一跃坐在了桌上，咧开嘴笑了。"挺巧啊，我们在前座找到的就是那个血型的血。"

大卫两手一摊。"你瞧，这不就对了吗。"

怀迪模仿大卫的动作。"也不尽然啦。你能不能顺便也解释一下后备厢里的血又是怎么来的？那可不是 B 型 RH 阴性血呢。"

"我完全不知道我后备厢里怎么会出现血迹。"

怀迪干笑了一声。"你完全不知道足足半品脱的血怎么会跑到你后备厢去？是这样吗？"

"是的，我完全不知道。"大卫说道。

怀迪身子往前一倾，拍了拍大卫的肩膀。"我是不介意提醒你一下啦，波以尔先生，这个说法对你实在有害无益。你觉得呢，上法庭宣称你完全不知道那一大摊血——等等，还是别人的血——怎么会跑到你的车子里，你觉得这听起来像话吗？"

"我觉得这听起来没什么不对的啊。"

"哦？是吗？"

大卫再度往后一靠，怀迪的手于是自他肩头滑落。"那报告还是你自己填的呢，包尔斯警官。"

"什么报告？"怀迪说道。

西恩猛然想通了，却也只能在心里暗自诅咒：哦，妈的，这下难看了。

"车辆遭窃的报告啊。"大卫说道。

"所以呢？"

"所以呢，"大卫说道，"车子既然昨晚就让人偷走了，那我怎么知道那些偷车贼把我的车子开去干了什么好事呢？嗯，我觉得你最好仔细追查一下，这事看起来实在不太妙呢。"

足足有三十秒之久，怀迪就僵在那里，一动不动，而西恩能感觉到，他终于渐渐领悟到了一个事实——他聪明反被聪明误，这下被大卫反过来将了一军。他们在他车上找到的一切证物到时根本进不了法庭，因为他的律师一定会宣称那些东西是偷车贼的杰作，根本与大卫无关。

"那些血迹看起来在那里也有些时间了，波以尔先生。至少不是几个小时前才弄上去的。"

"是吗？"大卫说道，"这你能证实吗？我是说，完全确定、毫无疑问地证实，包尔斯警官。你确定那不会只是因为干得快吗？嗯，昨晚天气感觉还蛮干爽的呢。"

"这我们会想办法证实的。"怀迪说道，但西恩听得出他声音里头的怀疑。他相信大卫应该也听出来了。

怀迪从桌上跳下来，背对着大卫。他用一只手半捂着嘴，几根指头不住地轻轻敲着上唇，沿着长桌往西恩那头走去，目光却始终落在地板上。

"怎么，我的雪碧有着落了没？"大卫说道。

"我已经派人去把索萨那个证人带回来了，那个在停车场里看到那辆本田轿车的证人，叫什么汤米，呃——"

"莫达那度。"西恩说道。

"没错，就是他。"怀迪点点头；他的声音有些单薄，一脸心思无法集中的模样。他看起来就像一个突然被人抽走椅子、一屁股跌在地上的人，一脸茫然地坐在那里，想不通刚刚到底发生了什么事。"我们，呃，我们待会儿就让那个莫达那度去指认一下，看他认不认得出大卫·波以尔的脸来。"

"嗯，这也是个办法。"西恩说道。

怀迪倚着走道的墙站着，一个秘书刚巧走过去，她身上擦的香水和萝伦以前常用的是同一个牌子，西恩突然开始考虑或许自己该拨通电话给她，她的手机号码应该还是那一个；他想问问她今天好不好，想知道自己主动拨了电话，是否她就会愿意开口了。

怀迪说道："他实在冷静得有些过火了。第一次给人关进审讯室，他竟然连眉头都没皱过一下？"

西恩说道："老大，眼前这形势看来实在不太妙哪。"

"我他妈的当然知道。"

"呃，我的意思是说，就算没让他抓到我们拖走他车的小辫子，他车里的血也不是凯蒂·马可斯留下的。我们根本没有任何直接证据把他和这案子扯在一起。"

怀迪回头看了眼审讯室的门。"我他妈一定有办法叫他说出来。"

"刚才那一回合我们可算是全军覆没哪。"西恩说道。

"我刚才连热身都还称不上呢，哼。"

但怀迪的脸上已经透露出怀疑，西恩看得出来，他对于自己最初的直觉的信心已经开始有些动摇了。怀迪是那种一旦确认自己直觉无误，就绝对会穷追猛打的人；但另一方面，他也还不至于固执到让直觉频频牵着他的鼻子去撞墙，还死不肯改变方向。

"我看就这样吧，"西恩说道，"我们就让他一个人在里面多待一会儿，看他到底还能撑多久。"

"他可自在得很呢。"

"再过一会儿可就说不定了。我们就让他一个人在里头好好想想吧。"

怀迪再度回头狠狠地剜了木门一眼，一副恨不得烧了它的模样。"也许吧。"

"我看还是走手枪这条线吧，"西恩说道，"从这条线切入或许会更快。"

怀迪轻咬了一阵两颊内侧，终于点了点头。"这条线也该去追一下。你可以吧？"

"酒类专卖店老板换过人了吗？"

怀迪说道："这就不知道了。我手上有的是一九八二年的旧档案，当时的老板是一个叫罗尔·鲁尼的家伙。"

西恩被这名字逗笑了。"这名字还真是好记啊。"

怀迪说道："你就趁现在跑一趟吧。我打算留在这里，隔着玻璃跟这王八蛋好好地耗一耗。看看他待会儿会不会终于忍不住寂寞，来跟我说个有关公园里的女孩之死的故事。"

罗尔·鲁尼算来也该有八十高龄了，但看他身手矫捷的模样，西恩甚至不确定自己能不能在百米赛跑中跑赢他。他穿着一件印有"波特健身房"字样的橙色 T 恤，下身是一件蓝色滚白条的运动裤和一双崭新的锐跑球鞋。他动作利落地在店里穿梭，西恩相信，如果真有需要，他恐怕会亲自跳起来为客人拿下放在柜子最上排的酒。

"喏，就在那边，"他对西恩说道，手指着柜台后方一排半品脱装的烈酒，"子弹穿过一只酒瓶，然后就嵌在了那面墙上。"

西恩说道："当时场面一定很惊险吧？"

老人耸耸肩。"还好吧，跟其他几次比起来，那次实在称不上惊险。十年前有一次，一个疯子拿把霰弹枪抵在我脸上，那不要命的小子根本是条疯狗，目露红光，满头大汗，眼睛还眨巴个不停。要说惊险，那次才叫作惊险哪。至于那两个把子弹射进墙里的家伙，他们可是职业劫匪。职业劫匪就容易多了，我还应付得来。他们不过就是要钱罢了，既不疯也不会觉得全世界都对不起他。"

"你说那两个家伙……"

"那两个家伙是从后门进来的，"罗尔·鲁尼说道，一边健步如飞地走到柜台另一端，手指着一块充作门帘的黑布，"这后头就是仓库，仓库后面还有一扇门，是平常上下货进出的地方。我当时雇了个浑小子在店里兼差，每次要他去丢个垃圾，他都会顺便在后头的暗巷里抽几口大麻才回来。问题是十次里头他总会有五次忘了把门带上。依我看，要不就是他和那两个劫匪是一伙的，要不就是劫匪靠自己观察得知那小子根本没脑子。总之呢，那晚他们就从没有上锁的后门闪了进来，一进来就先开枪示警，要我不准去碰我那把藏在柜台下面的家伙，他们钱到手后也没多废话，随即开溜。"

"你那次损失了多少钱？"

"六千吧。"

西恩说道："哇，当年你店里平常都会放那么多现金吗？"

"周四，"罗尔说道，"我当年还兼做点儿让人拿支票换现金的小生意，周四是我营业的日子。我早洗手不干啦，可那两个家伙真是蠢。因为，如果他们消息再灵通点儿的话，早上就该来抢了，到晚上现金早让人换去了大半。"他耸耸肩。"我说他们是职业劫匪，可没说他们是最灵光的职业劫匪。"

"当年在你店里打工的小子？"西恩说道。

"马文·埃里斯，"罗尔说道，"唉，谁知道，说不定他真的是跟劫匪一伙的。被抢的第二天我就把他开了。事实就是，劫匪之所以一进门二话不说就先开枪，一定是因为他们知道我柜台下头也放了家伙。而这可不是什么尽人皆知的马路新闻。所以说，如果不是马文跟他们说的，就是那两个劫匪之中有人曾经在我店里做过事。"

"你当时跟警方提过这些事吗？"

"噢，当然。"老人挥了挥手，"他们跟我要了店里历年来的员工记录，把所有人都找去问过话了。至少他们是这么跟我说的。不过最后也没看到他们逮捕任何人。呃，你说这同一把枪又牵扯到别的案子了，是吗？"

"是的，"西恩说道，"鲁尼先生——"

"唉，拜托，叫我罗尔就可以了。"

"罗尔，"西恩说道，"你以前那些员工的数据还在吗？"

　　大卫盯着审讯室墙上的大镜子。他知道西恩那个伙伴，或许也包括西恩，正在镜子另一面盯着他看。

　　很好。

　　怎么？我一个人在这里享受我的雪碧，正爽着呢。对了，他们加在雪碧里头那东西叫什么来着？柠檬精。没错，就这东西。报告包尔斯警官，我正在享受我的柠檬精呢。嗯嗯嗯，好好喝哪。是的警官。等不及要再来一罐了呢。

　　大卫坐在长桌另一头，双眼直视着那面大镜子正中央，感觉棒极了。没错，他不知道瑟莱丝把麦可带到哪里去了，随之而来的焦虑比昨晚那十七八罐啤酒更严重地扰乱了他的脑子。但她会回来的，这是迟早的事。他依稀记得自己昨晚可能是吓到她了，他知道自己大概语无伦次，胡乱说了些什么吸血鬼啊，什么有的东西一旦进到体内就永远出不来了之类的，她八成是吓坏了。

　　这真的不能怪她，这其实是他的错，竟让男孩完全占据了他的身体，让那张无比丑陋狰狞的脸孔浮出了水面。

　　但除了瑟莱丝和麦可暂时失踪了这件事，他觉得棒极了。他感觉自己无所不能。过去这几天来那种有什么事情悬而未决，那种无所适从的感觉全都一扫而空。妈的，他昨晚甚至还设法好好地睡了六小时呢。今早醒来的时候，他感觉自己一嘴苦涩的恶臭，后脑勺像给人压了块花岗石在上头似的，但他脑袋里却前所未有的清晰透彻。

　　他知道他是谁了。他还知道自己做得一点儿也没错。一旦想清楚后，杀人（而大卫再也不能把这事归到男孩头上了；是他——是大卫杀了人）便给了他他一直都需要的力量。他曾经听说过，在某些古老的文化中，杀人者必须吃下被他们杀死的人的心脏。他们必须吃下死者的心脏，然后死者的力量得以进入他们体内。然后他们便能拥有双倍的力量和双倍的意志。大卫此刻就有这种感觉。不，他没有吃下任何人的心脏，他还没疯到那个程度。但他感觉得到那种专属于胜利者的荣光。他杀了人了。而他做得一点儿都没错。他终于压制住了他体内那头怪兽，那头渴望着年轻男孩的抚摸和躯体的变态野兽。

那头该死的野兽终于走了，他妈的走得远远的了。和大卫杀死的那个人一起下地狱了。在他杀人的同时，他也杀死了自己最脆弱的一部分，杀死了那头自他十一岁便一直潜伏在他体内的怪兽。那怪兽曾站在窗边，看着楼下瑞斯特街上正在为他的安全归来而举行的狂欢宴会。在那个庆祝会上，他感觉自己是如此脆弱，如此赤裸而不堪一击。他感觉人们都在背地里嘲笑他，感觉那些成人的微笑无比虚假，他甚至看得到那一张张笑脸后头的光景——他们只是同情他，惧怕他，讨厌他，恨他。所以他不得不匆匆逃离那里，那恨意只会让他感觉自己像路边一摊污黄的尿。

但现在，来自他人的恨意只能让他变得更强，因为现在他已经有了新的秘密，一个比他那个让人交头接耳了这么多年的旧秘密好很多很多倍的新秘密。旧秘密让他渺小，而现在，新秘密却只会让他变得更强大。

来吧，再走近一点儿，他想对人这么说，我有一个没有人知道的秘密。来吧，再靠近一点儿，让我在你耳畔偷偷告诉你：我杀人了。

大卫的目光锁定在镜子背后那个该死的臭条子身上：我杀人了。而你没有任何证据可以证实我确实杀人了。说呀，再说一遍，不堪一击的人是谁啊？

在可以隔着双向镜监看第三审讯室的小办公室里，西恩找到了怀迪。怀迪站在那里，一脚踩在一张破旧的皮椅的椅垫上，一边啜饮咖啡一边看着审讯室里的大卫。

"证人来指认过了吗？"

"还没有。"怀迪说道。

西恩在怀迪身旁站定了。审讯室里的大卫正直视着镜子，仿佛也看得到他们似的，与怀迪四目相交，紧紧锁住了彼此的目光。然而，更诡异的是，大卫正在微笑。那微笑隐隐约约，但确实在那里。

西恩说道："还是没啥进展是吧？"

怀迪转头瞅了他一眼。"这不难看出来吧。"

西恩点点头。

怀迪拿着咖啡杯在西恩鼻尖下晃了两下。"你这小子。你有话要说对吧？我他妈一眼就看出来了。有屁快放吧。"

西恩原本想多折磨怀迪一下，让他再多等一会儿，但他终究没那么狠心。

"我在鲁尼店里历年员工名单上看到了一个你可能也会感兴趣的名字。"

怀迪将咖啡杯放在身后的小桌上，踩在皮椅上的脚也放下来了。"谁？"

"雷伊·哈里斯。"

"雷伊……"

西恩感觉自己忍不住咧开嘴笑了。"布兰登·哈里斯的父亲。并且他还有一长串精彩无比的前科记录。"

第二十三章　小文斯

怀迪坐在西恩对面的空桌上，手里拿着一本翻开的缓刑报告。"雷伊·马修·哈里斯——一九五五年九月六日生。老家地址是东白金汉平顶区的梅休街十二号。母亲狄洛丝，家庭主妇；父亲西马斯，工人，一九六七年离家。接下来就很老套了：父亲西马斯一九七三年于康涅狄格州桥港市因偷窃罪被捕，继之以一连串酒醉驾车及扰乱治安之类的狗屎，一九七九年因冠状动脉栓塞死于桥港市。同年，雷伊娶了爱丝特·史坎诺——这死杂种走狗屎运啦——并进入麻省海湾运输局做了地铁驾驶员。一九八一年长子布兰登·哈里斯出生。同年稍后，雷伊被控侵占价值两万元的地铁代币；运输局开除雷伊后撤销了起诉。雷伊后来陆续做过几份短期杂工：装潢工人、鲁尼酒类专卖店仓库管理员、店员，以及起重机操作员。在担任起重机操作员期间，他再度被控侵占，但旧事重演，雇主亦在开除雷伊后撤销了起诉。一九八二年曾因鲁尼酒类专卖店抢劫案被警方带回问话，后因证据不足获释。同年，中塞克斯的布兰查酒商遭抢，雷伊再度被警方带回，后来也是因为证据不足而遭到驳回。"

"不过到这里他也该渐渐闯出名号了吧。"西恩说道。

"没错，"怀迪同意道，"他的一个同伙，一个叫埃德蒙·芮斯的家伙，于一九八三年向警方指控雷伊曾参与当年一桩漫画书收藏交易商抢劫案——"

"漫画书？"西恩忍不住笑了，"真他妈有一套啊，老雷伊。"

"哪里，那批漫画书是他妈的稀有珍品，总市价在十五万块上下。"怀迪说道。

"天，算我孤陋寡闻吧。"

"咱们老雷伊后来完璧归赵，于是只判了四个月有期徒刑外加一年缓刑，结果，他牢饭才吃了两个月就被假释出来了。问题是，在那两个月进修期间，老雷伊不巧染上了一点点小毒瘾。"

"哎呀。"

"还赶时髦呢，吃的正是八十年代当红的古柯碱；老雷伊从此声名鹊起，前景一片看好。总之，他也算有办法，古柯碱可不是谁都消费得起的昂贵毒品哪，老小子竟然还平安无事地过了好一阵子；可惜，千不该万不该，咱们老雷伊上街买药时竟然让缉毒组逮个正着，这下可违反了假释规定，他只好乖乖回牢里把那一年刑期给蹲满啦。"

"他于是在牢里好好地面壁思过了一整年。"

"呃，一年的时间显然还不够他把事情想清楚。才出来没多久，老小子就因为运输赃物穿越州界而让州警队重案组和联邦调查局联手逮回来了。啧啧，你一定会喜欢这个。猜猜看，咱们老雷伊这回又偷了什么好东西。提示：当时是一九八四年。"

"提示就这样？"

"用你的直觉。"

"照相机。"

怀迪瞪了西恩一眼。"去他妈的还照相机！去去去，去帮我倒杯咖啡来，你已经没有资格当警察了。"

"不然是什么？"

"八十年代家庭必备益智棋盘游戏'打破砂锅问到底'。"怀迪说道。"想不到吧？"

"漫画书和益智棋盘游戏，咱们老雷伊果然品位超凡！"

"他有的何止是品位，他还有一箩筐狗屎等着他去吃呢。这老小子在罗得岛弄走那辆装满'打破砂锅问到底'的大卡车，一路越过州界，开进麻省。"

"于是才会惹上联邦调查局。"

"于是，"怀迪又瞪了西恩一眼，"基本上，老雷伊这回本来注定要吃不完兜着走了。但奇迹发生了，他竟然连一天牢都没蹲。"

西恩稍微坐正了些，放下了原本跷在桌上的二郎腿。"他跟警方交换条件？"

"交换条件——出卖同伙，看来应该是这样，"怀迪说道，"而这也是他前科清单上最后一件案子。根据他的假释官在这上头写的，到他一九八六年底假释期满前，雷伊一直都会准时到假释官办公室报到。他的就业记录是怎么写的？"怀迪望向西恩手中的档案夹。

西恩说道："哦，我又可以说话了是吗？"他打开档案夹。"就业记录、国税局记录、社会安全金缴纳记录——通通都只到一九八七年八月。那之后就什么都没有了。就这样，咱们的老雷伊人间蒸发了。"

"联邦那边的记录呢？"

"报告长官，已经请人去查了。"

"你觉得呢？"

西恩再度把脚跷到桌上，整个人往后靠在椅背上。"我觉得有三种可能：一，他死了；二，他进了证人保护计划；三，他瞒过所有人过了这些年，突然又溜回来拿了他的枪，干掉了他儿子十九岁的小女朋友。"

怀迪把手中的档案夹刷一声扔在空无一物的桌上。"我们甚至还不能确定那真的是他的枪。我们他妈的什么都不知道。我们到底在这里干什么啊，狄文？"

"我们正在热身等好戏上场啊，老大。不要这样嘛，不要这么早就对我失去信心嘛。这家伙是十八年前一桩持械抢劫案的主要嫌疑人，劫匪用的枪正好是十八年后这桩命案的凶枪。老家伙的儿子是命案被害人的男朋友。老家伙还有一长串洋洋洒洒的前科记录。我打算好好地查查他，好好地查查他儿子。别忘了，老家伙的儿子是本案唯一没有不在场证明的相关涉案人。"

"你也别忘了他一连通过四次测谎，别忘了你我都同意他怎么看都不像是下得了这种手的货色。"

"也许我们都看错人了。"

怀迪用掌根用力地搓揉眼睛。"妈的，我已经错得腻味了，错得他妈的烦了。"

"呃，你是在说你终于承认你看错大卫·波以尔了吗？"

怀迪摇摇头，两手却仍遮着眼睛。"我才没那意思咧。我还是觉得那家伙根本就是一坨屎，至于他到底是不是杀死凯瑟琳·马可斯的凶手，那就是另一回事了。"他终于放下手，原本就浮肿的眼袋这下全让他揉红了，"但雷伊·哈里斯这个方向看起来也一样通不到哪里去。好，我们再把儿子找来问一遍话。好，我们想办法追查老子的下落。然后呢？"

"然后我们再设法找出凶枪和其中一人的关联。"西恩说道。

"那枪现在说不定已经躺在海底了。要我就会这么做。"

西恩凑过去。"要真换成是你，十八年前干了酒类专卖店那一票后就这么做啦。"

"这倒是真的。"

"老家伙显然不这么想。这意味着……"

"这意味着他没我聪明。"怀迪说道。

"也没我聪明。"

"难说哪。"

西恩坐在椅子上伸着懒腰，十指交缠，双臂高举过头指向天花板，直到他觉得筋骨都让他拉松了些为止。他打了个破碎的哈欠，这才把手放下来。"怀迪。"他说道。这问题他放在心里一早上了，明明知道迟早得问出口，却总想尽可能地拖延。

“什么？”

“你手上的资料里有他以前合作过的同伙的名单吗？”

怀迪拾起刚刚让他丢在桌上的档案夹，打开匆匆翻过前头几页。“‘已知犯罪同伙，’”他念道，“‘雷吉诺·尼尔，又名雷吉公爵，派崔克·摩拉罕，凯文·神经病·塞拉其，尼克拉斯·萨维奇’——嗯——‘安东尼·瓦克斯曼，’”他悠悠抬头看了西恩一眼，西恩立刻明白接下来会出现哪个名字了。“‘詹姆士·马可斯，’”怀迪念道，“‘又名平顶吉米，为犯罪集团瑞斯特街男孩帮首脑。’”怀迪合上档案夹。

西恩说道：“巧合真是接二连三哪，你说是不是？”

吉米最后选定的是一块式样简单的白色墓碑。卖墓碑的家伙说话声音低沉而庄重，一副万分不愿面对这种不幸的场合的模样，但言谈间却还在不断试图推销那些价格更高、刻了小天使和玫瑰花的精美大理石墓碑。“要不要刻个塞尔特十字呢，”卖墓碑的家伙说道，“这款式向来很受——”

吉米等着他说出“你们这些爱尔兰人的欢迎”，但那家伙最终还是及时住嘴了，愣了一下后只是简单地补上两个字：“走好。”

再多的钱吉米都愿意花，甚至要盖个豪华陵墓都行，只要他认为凯蒂会喜欢，什么样的钱他都愿意花。但他知道他的女儿从来不喜欢那些过度装饰、华而不实的玩意儿。她的穿着向来简单，常戴的首饰就那几样，除非去特殊场合，否则也很少化妆。凯蒂喜欢式样简单、风格含蓄的东西，所以吉米才会选择白色，并指定上头镌刻的字体要用书写体。卖墓碑的家伙警告选择这种字体雕刻费要多上一倍，而吉米只是转过头来，一言不发地看着这个猥琐贪婪的家伙，逼得他往后退了几步，用颤巍巍的声音说道：“请问付现款还是开支票？”

吉米是请威尔开车载他过来的。一切处理妥当后，他再度钻进了威尔那辆三菱跑车的副驾驶座。他不禁再次——严格算来应该至少是第十次了吧——怀疑，一个年纪坐三望四的男人还开这种年轻人耍酷专用的跑车，难道真的不觉得自己蠢得过分了点儿吗？

"接下来去哪里，吉米？"

"去买杯咖啡吧。"

威尔的车上放的通常是那些狗屁不通的饶舌音乐，几对重音喇叭把有色的车窗玻璃轰得呜呜共振，任由哪个中产阶级家庭出身的黑小子或白种垃圾冒牌货在那边唱些什么婊子妓女亮出你的家伙，动不动就提到吉米以为指的应该是 MTV 台那些娘娘腔的名号——他还是因为曾经偷听到凯蒂在电话中和朋友聊过，才会知道这些狗屁倒灶的东西。但今早威尔倒是没开音响，吉米对此感激不已。吉米痛恨饶舌音乐倒不是因为它来自黑人贫民区——拜托，一些超酷的 P-Funk、灵魂还有蓝调音乐也都来自黑人小区——而是因为他怎么努力也听不出来这其中有任何才气可言。不过是把一堆油腔滑调、《南塔克特来的男人》式的接龙打油诗串成一长串，然后由 DJ 把几张唱片转过来刮回去，再恶狠狠地挺胸咬住麦克风鬼吼鬼叫一番罢了。哦，是啊，这够原始够赤裸够风光，这是原汁原味的街头真相，操！是啊，用你滚烫的热尿在雪地上写出你的名字。吉米有一次曾在广播上听到一个智障音乐评论家头头是道地评论取样合成也是一种"艺术形式"；吉米虽然不懂艺术，但他当场就想一拳打穿喇叭，掐住那个显然是白人、显然是读书读坏了脑袋、显然没鸡巴的猪脑评论家的颈子，他妈的用力摔他几下看能不能把他摔醒！好，如果取样也是一种艺术形式，那他认识了大半辈子的那群鼠窃狗盗不就全都成了艺术家了？哼，这倒是个连他们自己都不知道的新闻。

也许这只是因为他老了。他知道音乐是最好的指针；听不懂年轻一辈的音乐，通常就是你这一辈人大势已去的第一个征兆。但在内心深处，他却又万分确定不是这么回事。饶舌音乐就是逊，这是个简单明了的事实，如此而已；而威尔之所以爱听饶舌音乐，就跟他开这辆跑车的原因一样，不过就是想抓住一些从头就不值得抓住的东西罢了。

他们在唐先生甜甜圈店买了两杯咖啡，走出店门时顺手把杯盖往垃圾桶里一扔，然后靠在威尔的三菱跑车后头啜饮着热腾腾的咖啡。

威尔说道："我们昨晚照你吩咐的到街上绕了一圈，打探消息。"

吉米轻轻碰了一下威尔的拳头。"嘿，谢啦。"

威尔也轻轻地回敬了他一拳。"这不只是因为你当年代我蹲了两年牢，吉米。也不是因为我怀念那段有你带队的日子。妈的，凯蒂是我的外甥女啊。"

"我知道。"

"虽然不是亲外甥女，但我真的很爱她。"

吉米点点头。"你们一直是她最亲爱的舅舅。"

"真的？"

"真的。"

威尔又啜饮了一口咖啡，然后好一会儿都没吭声。"嗯，根据我们打听来的消息，关于奥唐诺和法洛的事，条子这回应该没搞错。奥唐诺确实让人在郡立看守所里关了一晚。至于法洛呢，我们亲自问过当晚和他在同一个派对上的客人，呃，我们大概问了九个人吧，全都指证历历。"

"确定吗？"

"至少一半都拍胸脯保证过了，"威尔说道，"我们也去打探过了，大家都说好一阵子没听过有人要买凶干掉什么人了。老实说，吉米，我上回听到这种事已经是一年半以前的事了。你知道我的意思吧？"

吉米点点头，又喝了一口咖啡。

"条子这回看来也是玩真的了，"威尔说道，"我们找来的每个妓女、每个店员，还有当晚去过麦基和雷斯两家酒吧的每个阿猫阿狗，全都先被条子找去问过话了。妈的，看来条子这回真他妈的打算玩大执法那套了，吉米。所以说，话早就传出去了，大家都在捧着脑筋看能不能再想起些什么。"

"有谁已经想到什么了吗？"

威尔一边喝咖啡，一边竖起了两根手指头。"有个叫汤米·莫达那度的家伙，你听说过吗？"

吉米摇摇头。

"罗马盆地那边长大的。油漆工。总之，他宣称差不多就在凯蒂要离开的时候，他在雷斯酒吧的停车场里看到一个鬼鬼祟祟的家伙。他说他很确定那家伙不是正在盯梢的条子。开了辆乘客座那边车头被撞凹了一大块的日本车。”

“嗯。”

“另外一件怪事则是，呃，我跟珊蒂·格林说过话了。你还记得她吗？你以前在路易·杜威好像还跟她同班过嘛。”

吉米一下子想起了珊蒂·格林坐在教室里的模样。棕色长发胡乱扎成细细的马尾，满口烂牙，老是坐在那里闷不吭声地啃铅笔，常常啃到铅笔就在她嘴里啪一声断成两截，叫她不得不把笔芯吐出来。

“嗯，我记得她。她现在在做什么？”

“做妓女，”威尔说道，“她看来真是他妈的一团糟。我记得她年纪跟我们差不多，是不是？我妈躺在棺材里的气色看起来都比她好。总之，她的老巢就在雷斯酒吧附近，在那站街站了很多年了。她说她认识一个小男孩，平常还挺罩他的。一个逃跑了的小男孩，也是在那附近街上卖的。”

“小男孩？”

“嗯，就十一二岁吧。”

“老天。”

“嘿，现实就是这样啊。总之，那男孩，珊蒂说他的本名应该是文森特，但除了珊蒂之外，街上的人都叫他‘小文斯’。她说他本人比较喜欢文森特这个名字。咱们这位文森特可比十二岁老多啦，你知道我的意思吧？出来混很多年了，算是老鸟级的人物了。珊蒂说这孩子不好惹，说他在表带底下藏了剃须刀片之类的，谁惹他谁就要倒大霉。她说他一个礼拜总有六天晚上会出来卖，一直到上周六为止。”

“上周六发生什么事了？”

“细节没人知道。但他就是不见了。珊蒂说他有时候会去她那边睡沙发。她周天早上回到家的时候，发现他留在她那边的东西通通不见了。小子显然是卷铺盖滚蛋了。”

“嗯，所以他是离开了。这好啊，也许他终于决心要脱离这种生活了。”

"我也是这么跟珊蒂说的。珊蒂却说才怪，那小子在街上讨生活还挺如鱼得水的。她说她觉得他将来一定不得了，八成会是个人见人怕的瘟神，你知道我的意思吧？他现在年纪还小，所以也只能卖。她说他如果真的是闪人了，那就只有一个可能：恐惧。珊蒂觉得他应该是看到什么了，什么事情把他吓坏了；她还说不管那是什么事，一定是可怕到不能再可怕，因为小文斯见多识广，没那么容易害怕。"

"你放话出去了吧？"

"嗯，当然。不过我看要找到小文斯恐怕不是件容易的事。你知道的，这些小男妓个个都是独行侠，没啥组织。他们反正就是在街上讨生活，有活就干有钱就赚，爽就留不爽就走。不过我还是放话出去了。如果我们真能找到这小子的话，我猜他很可能知道雷斯酒吧停车场里那个家伙的事，说不定他真的看到了，呃，凯蒂被杀死的事。"

"如果凯蒂的死真的跟停车场里那家伙有关的话——"

"莫达那度说那家伙鬼鬼祟祟的，让他有很不好的预感。他说当时天色虽然很暗，他也看不清楚那家伙的长相，不过他觉得那家伙和那辆车就是给他一种很不好的预感。"

预感，吉米心想。是啊，这消息真的很有用。

"你说这是凯蒂正要离开的时候发生的事？"

"嗯，就在她离开前不久。哦，对了，条子周一早上还封了那停车场，好像是在地上找到了什么东西的样子。"

吉米点点头。"所以说停车场里真的发生过什么事。"

"没错。不过这我就有点儿想不通了。凯蒂发生事情是在雪梨街上哪，离那里少说也有十个街口吧。"

吉米仰头干掉了那杯咖啡。"如果她后来又回去了呢？"

"啊？"

"回去雷斯酒吧那边。我知道条子那边目前的推论是，凯蒂先送伊芙和黛安回家，让她们下车后她就转进了雪梨街，然后在那里遇上了歹徒。但如果她让她们下车后又回头去了雷斯酒吧呢？她回去那里，在停车场里遇上了歹徒。他就在那里连人带车挟持了她，命令她把车子开往州监公园，然后事情才又照条子推测的那样继续下去了，如果是这样呢？"

威尔用两手把玩着空咖啡杯。"这倒不无可能。但她为什么又要回去雷斯酒吧呢？"

"这我就不知道了。"两人起身往路边的垃圾桶走去，扔掉手中的纸杯。吉米说道："'就是雷伊'的儿子那边呢？你们探听到什么消息没？"

"我们问过一些人对他的印象。所有人的说法都差不多，那孩子根本像只老鼠似的，安静得很，从来也没听说惹过什么麻烦。依我看，他要不是长了那张帅脸，很多人恐怕都不会记得看到过他。伊芙和黛安都说他真的很爱她。吉米。很爱很爱，像一生只有一次那种爱。不过，如果你坚持，我还是可以把他逮来问问话。"

"不用了，暂时就先这样吧，"吉米说道，"我们先按兵不动，看事情接下来会不会再扯到他身上去。先把那个叫文森特的小子找出来倒是真的。"

"嗯，知道了。"

吉米打开前乘客座的车门，却瞥见威尔隔着车顶瞅着他瞧。他心里显然还有话，正在拿捏要怎么说出来。

"怎么？"

威尔让阳光晒眯了眼，微笑着应了一声："啊？"

"你还有话要说。到底什么事？"

威尔收了收下巴，躲过部分阳光，然后将两手张开摁在车顶上。"我今天早上刚听说一件事。就我们出门前不久才听说的。"

"哦？"

"嗯，"威尔说道，目光一时又飘回甜甜圈店门口，"我听说那两个条子又回去找大卫·波以尔了。你知道那两个条子嘛，就尖顶区出身的西恩·狄文和他那个胖胖的伙伴。"

吉米说道："大卫那晚刚好也在麦基酒吧。他们说不定是有什么问题忘了问，所以才又回去找他。"

威尔收回漫游的目光，盯着吉米的脸。"不。不只这样。他们把他带走了，吉米。你知道我的意思吧？他们把他塞进车后座，带走了。"

马歇·波登在午餐时间走进了州警队凶杀组的办公室，一边推开接待柜台旁的活动小门，一边高声叫唤着怀迪的名字。"就是你们在找我是吧？"

怀迪说道："正是。来吧，这边坐。"

马歇·波登再过一年就在队上服务满三十年了，而他看起来确实也像是个干了二十九年的警察。他有一双不得不看过太多人世及自己的人才会有的疲倦而混浊的眼睛；他身型高大，双肩却颓然下垂，一步步跨得不情不愿，仿佛他的四肢正在和他的脑子争辩，而他的脑子什么也不想，就想逃离这一切。过去七年来，他一直都是在证物室坐柜台；但在那之前，他曾经是整个州警队最受瞩目的明日之星中的一位，从缉毒组到凶杀组再转调重案组，一路平步青云，直到有一天——队上是这么传说的——他突然害怕起来。这症状在警界并不算罕见，但通常只会发生在卧底警探或是公路警察身上——就是突然害怕起来，而且怕得要死，怎么也不敢再拦下任何一辆车，无论如何就是深信下一辆车的驾驶者正拿着枪在等他，等着和他拼命。但马歇·波登总之就是染上了。他开始推任务，开始临阵退缩，开始会在众人沿着楼梯埋头往上冲的时候软了脚，怎么也动不了。

他在西恩桌旁的空位上坐定了，双肩依然下垂，整个人就像一只已经开始腐烂的水果。他随手抓过西恩桌上的《运动新闻》桌上日历，低头翻看。那日历从三月起就没再撕过一页了。

"你就是狄文？"他头也不抬地说道。

"没错，"西恩说道，"很高兴见到你。我们在警校里读过不少你以前经手的案例。"

马歇耸耸肩，仿佛对过去的自己感到有些难为情似的。他又翻了几页日历。"怎么，找我有什么事？我只有半小时的午休时间。"

怀迪两脚一划，连人带椅溜到马歇·波登身边。"你曾经在八十年代初期和联邦调查局合作办过一个案子，对吧？"

波登点点头。

"你那次亲手逮捕了一个叫雷伊·哈里斯的小贼。那家伙从罗得岛克伦斯顿市附近的休息站干走了一辆满载'打破砂锅问到底'的大卡车。"

波登对着日历上一段尤基·贝拉的名言发出了会心的微笑。"是有这么件事没错。那卡车司机下车撒尿,根本不知道自己早让人盯上了。哈里斯把车一溜烟开走了,但卡车司机随即报了案,消息马上就上了警网,我们很快就在尼德罕附近把他拦了下来。"

"但哈里斯后来被无罪开释了。"西恩说道。

波登终于第一次抬头看他,西恩看到他那双混浊的眼睛里盛满苦涩的仇恨与恐惧。不管他是染上了什么,西恩都希望自己永远不会招惹到同样的东西。

"那不算无罪开释,"波登说道,"他跟警方交换条件。他给了我们雇他抢卡车的家伙的名字,如果我没记错的话,应该是一个叫史迪生的家伙。嗯,没错,就是梅尔·史迪生。"

西恩之前就听说过波登有着惊人的记忆力——过目不忘,传言是这么说的——但亲眼看到他竟然能在瞬间穿越十八年的记忆迷雾,正确无误地挖出一个名字,仿佛他昨天才刚说过这个人似的,依然让西恩震撼不已,感到既敬畏又微微有些酸楚。老天,这家伙本该是一号能在警界呼风唤雨的人物。

"就这样?他供出了一个名字,然后就拍拍屁股走人了?"怀迪说道。

波登皱了皱眉头。"哈里斯有一长串的前科哪。事情哪会这么简单,随便给了他老板的名字就能走人了?门都没有。不,不。当时波士顿警局反帮派小组突然介入,把人弄去问了另一个案子的事。哈里斯也招了。"

"这次他又招了谁?"

"瑞斯特街男孩帮的首脑人物,吉米·马可斯。"

怀迪猛然转头看着西恩,一边眉头高高扬起。

"这是会计室抢劫案发生之后的事了,对吧?"西恩说道。

"什么会计室抢劫案?"怀迪问道。

"吉米就是因为这个案子坐的牢。"西恩说道。

波登点点头。"他带了一个手下,在一个周五的晚上抢了运输局的会计室。从闯进去到得手撤退,不过两分钟光景。他们完全掌握了警卫换班及现金装袋的时间。他们另外还派了两个人守在外面,借故阻挠运钞车进入。这帮人不但手脚利落,而且消息灵通得让我们确定,要不是运输局里有内贼,就是劫匪之中有人过去一两年间在地铁处上过班。"

"雷伊·哈里斯。"怀迪说道。

"正是。他跟我们招了史迪生,再跟波士顿警局招了瑞斯特街男孩帮。"

"他招了整整一帮人?"

马歇摇摇头。"不,他只招了马可斯一个人。但这也就够了。头头落网,下头的人还能怎么办?市警局在圣派崔克大游行那天早上在一座仓库的门口把他带走了。那天原本是他们预定分赃的日子,马可斯被逮的时候手里正拎着一个装满现金的皮箱。"

"等等,"西恩说道,"雷伊·哈里斯后来有上法庭公开作证吗?"

"没有。马可斯到案后一下就跟检察官谈条件认罪了。他一个人吃下所有罪名,其余他就一个字也不肯多招。至于其他那些尽人皆知也是他带的这帮人做下的案子,因为缺乏证据,市警局也拿他没辙。他当时才几岁?十九?最多二十?这位马可斯出道可早了,十七岁就带着一帮人四处作案,在这之前却连一次被逮的记录也没有。检察官用两年有期徒刑外加三年缓刑跟他谈好了认罪条件,因为地检处那边也清楚得很,这案子若真上了法庭恐怕也很难定罪。我听说反帮派小组的人听到这消息后个个暴跳如雷,但气归气,他们又能拿他怎么样?"

"所以说,吉米·马可斯始终不知道是雷伊·哈里斯出卖的他?"

波登再度从日历上移开目光,用他那双迷蒙的眼睛略带轻蔑地盯着西恩看。"在短短三年间,马可斯至少干下了十六件大型抢劫案。有一次,没错,他闯进华盛顿街上的珠宝交易中心,一次抢了十二个珠宝商。直到今天也没人想明白他到底是怎么办到的。他总共必须避开将近二十个警报器——那些警报器有的连着电话线,有的甚至连着卫星,还有的连的是堪称当时最新科技的移动电话。而马可斯当时几岁？十八。你能相信吗？才十八岁他就能破了那些四十几岁的惯偷都未必破得了的警报系统。凯达科技那案子你们还记得吧？他带人从屋顶进去，先切断消防联机，然后故意触动自动洒水灭火系统。接下来呢，根据我们当时的猜测，他们应该是设法把自己吊在天花板上，直到洒水系统废了红外线行动探测器为止。这家伙是个他妈的天才。如果他当初进了太空总署做事，哼，我跟你们保证，他早就带着妻儿上冥王星度假去了。所以说，你们觉得这样一个绝顶聪明的家伙会想不出来是谁出卖了他？马可斯出狱两个月后，雷伊·哈里斯就人间蒸发了。你们觉得呢？"

西恩说道："我觉得你认为吉米·马可斯杀了雷伊·哈里斯。"

"或者他是让那个侏儒威尔·萨维奇下的手。听好，拨通电话给七分局的艾德·弗伦。他现在已经干到分局长了，但当年也是反帮派小组的成员。你们想知道什么有关吉米·马可斯和雷伊·哈里斯的事情，他通通可以告诉你。事实上，任何一个八十年代曾经在东白金汉待过的警察都可以告诉你同样的事。如果吉米·马可斯没杀了雷伊·哈里斯，哼，我他妈就下地狱去！"他一把推开日历，站起身，然后拉拉裤头，"吃饭去了。就这样。你们就自己看着办吧。"

他穿过办公室往大门走去，一路不住地张望：他或许是看到了那张他曾经坐过的办公桌，或是那块曾写着他的名字与承办案件的大白板，或许是看到了以前那个人，他后来沦落到证物室，日复一日只是等待着终于能打下最后一次卡，搬到某个再没有人记得他原本可以成为什么样的人的地方。

怀迪转头看向西恩。"他妈的下地狱，嗯？"

在这冰冷的房间里那张晃来晃去的椅子上多坐一分钟，大卫就愈发了解到，他之前以为的宿醉的感觉原来只是从昨晚延续下来的醉意。真正的宿醉在正午左右才终于像密密麻麻的白蚁兵团般朝他袭来，窜入他的血管，随血液循环爬遍他全身，挤压着他的心脏，啃噬着他的大脑。他口干舌燥，头发全让冷汗浸湿了，他甚至闻得到酒精不停地自他浑身上下的毛细孔往外渗透的味道。他感觉自己四肢都化成了一摊烂泥。他胸口疼痛不已。一股深沉的沮丧感像瀑布般倏地冲刷过他的大脑，再沉淀在他眼窝底部。

他不再感到勇敢。他不再感到坚强。两个小时前曾经如疤痕般坚定地镌刻在他脑子里的那种明确和清澈也不见了，某种他这辈子从未体验过的恐慌与焦虑此时已占满了那个空洞。他感觉自己即将死去，死得无比凄凉惨烈。也许他即将中风倒地，让地板在他脑壳上敲出一个大洞，而他却只能躺在那里，任由全身猛烈抽搐，任由眼底渗血，任由自己咬断舌头吞下肚去。或者是心肌梗塞。他感觉自己的心脏像一只被关在铁笼里的老鼠，正死命地撞击着他的胸腔壁。或者，等他们终于愿意放他走了，他一走到街上，后头的车子就将一路喇叭狂鸣着撞上来，而他将躺在地上，感觉巴士那厚重的轮胎轧上他的脸，辗过他的颧骨，再一路向下。

瑟莱丝到底跑到哪里去了？她知道他让警察带走了吗？她会在乎吗？麦可呢？他会想念他的父亲吗？关于死亡最糟的一件事，就是瑟莱丝和麦可最终还是会把日子过下去。哦，当然，他们当然还是会难过上一阵子，短短一段时间，然后他们便把过去的一切抛在脑后，重新开始一段新的人生，因为人世不过如此，每天都有人正在这么做。至于哀恸逾恒，为亲人、爱人的死亡冻结了人生，有如一只坏掉的时钟这码事，是只有在电影里才会出现的情节。在现实生活中，你的死不过是世间常态，对于除了你自己以外的其他人而言，不过是一件很快就会被淡忘的往事。

大卫常会想，不知道那些死去的人会不会站在云端俯瞰人世，因为看到他们所爱之人竟如此轻易地把没有他们的日子过了下去而嘤嘤哭泣。比如说巨人史丹利的儿子尤金好了，他是否曾经顶着那颗小光头，穿着医院的白袍，在天外某处俯瞰着他那在酒吧里寻欢作乐的父亲，心里想着，嘿，爸爸，那我呢？你还记得我吗？我也曾经存在过啊。

麦可会有新的爸爸。他将来也许会去上大学，也许某天会突然想起来，然后告诉身边的女孩有关那个教会他打棒球然而他却几乎已经记不起模样的父亲的事。那是好久以前的事了，他也许会这么说。好久好久以前。

毫无疑问，瑟莱丝还够年轻，够有魅力，可以再给自己找个男人。她不得不。寂寞哪，她会这么告诉她的朋友。我不得不承认。而且他是个好人，对麦可也是好得没话说。她的朋友更是会毫不考虑地就背叛他。她们会说，哎呀，亲爱的，这对你来说是件好事呢。这才对嘛。就当是摔了一跤，你总是要爬起来接着走下去呀。

而大卫则会和小尤金一起站在云端，怔怔地看着这一切，以没有人能听得见的声音徒劳地呼唤着他们心爱的人。

老天。大卫想要缩到角落里，紧紧地抱住自己。他知道自己撑不下去了。他知道那些警察若在此刻走进来，他就再也撑不下去了。他什么都愿意说，他愿意告诉他们所有他们想知道的，只要他们能分给他一丝丝温暖，只要他们能再递给他一罐雪碧。

就在这个时候，审讯室的门突然被推开了。大卫带着一身的焦虑和无助，以及对人性温暖的渴望，看着那个穿着全套制服的州警队队员走了进来。他年轻而强壮，目光却冰冷而傲慢，一如所有警察。

"波以尔先生，麻烦您跟我来一下。"

大卫从椅子上爬了起来，往门边走去。残存在他体内的酒精逼得他双手不住地微微颤抖着。

"去哪里？"他问道。

"去让人指认，波以尔先生。有证人要来指认你了。"

汤米·莫达那度穿着牛仔裤与绿T恤，上头沾了点点油漆。他棕色的卷发和米黄色的工作靴上也都沾了油漆。油漆无所不在，甚至连他脸上那副厚重的眼镜都难逃一劫。

西恩担心的是那副眼镜。对辩方律师来说，目击证人戴着眼镜走进法庭，还不如直接在胸前挂个箭靶算了。至于陪审团就更不必说了，一个个都看多了《虎父虎女》和《律师本色》之类的法庭影集，早已成了此类情况的专家。在他们眼中，戴眼镜的目击证人的证词的可靠性大约和毒枭、没戴领带的黑人，以及一心等着和检察官谈条件以换取减刑的惯偷的差不了多少。

莫达那度鼻尖紧贴着指认室的玻璃，眯眼扫视过隔壁房里一字排开的五个男人。"从正面我实在认不太出来。可以请他们向左转让我看一下侧面吗？"

怀迪扳下他面前的控制台上的一个开关，对着麦克风说道："全部人员向左转。"

五个男人应声照办。

莫达那度这会儿连两只手掌都贴上了玻璃，眼睛则眯得更厉害了。"二号。二号看起来有点儿像。可以请他再往前站一点儿吗？"

"二号？"西恩说道。

莫达那度回头看了他一眼，点点头。

二号是来自诺福克郡分队缉毒组的一个名叫斯科特·佩内尔的警探。

"二号，"怀迪无可奈何地再度对着麦克风说道，"往前走两步。"

斯科特·佩内尔体型矮胖，蓄须且秃头。他外形和大卫·波以尔相近的程度大约和怀迪差不多。他转身面朝他们，往前走了两步，莫达那度说道："没错，没错。就是他。"

"你确定？"

"百分之九十五确定，"他说道，"当时是半夜，停车场里又没有灯，还有，嗯，我喝得也实在是有点儿醉了。但除此之外，我相当确定我看到的就是二号。"

"你上回给我们的描述没提到胡子啊。"西恩说道。

"呃，是这样没错啦，不过我现在仔细想想，应该可能是有胡子才对。"

怀迪说道："除了二号真的就没有了吗？"

"没啦，"他说道，"其他就都差远啦。那些人是从哪里叫来的——警察吗？"

怀迪低着头，对着控制台低声诅咒道："我当初一定是他妈的昏了头才会选了干这行。"

莫达那度望向西恩。"怎么了？现在又怎么了？"

西恩打开他们背后的门。"谢谢你跑这趟，莫达那度先生。有需要我们会再和你联络。"

"我表现得还好吧？是吧？呃，我是说，我没指错人吧？"

"当然当然，"怀迪说道，"我们会请快递把荣誉状感谢信给你送去。"

西恩对着莫达那度微笑点头，等他一跨出门槛就摔上了门。

"这下连目击证人也没有啦。"西恩说道。

"妈的。"

"车子里化验出来的血迹证据恐怕也上不了法庭。"

"还要你说。"

西恩看着大卫举手半遮着额头，让灯光照眯了眼睛。一副已经一个月没睡过觉的模样。

"老大，别这样嘛。"

怀迪转过头来，定睛看着西恩。他看起来也是一脸疲惫，眼白的部分明显泛着血丝。

"他妈的，"他说道，"把他放了吧。"

第二十四章　被放逐的族群

瑟莱丝坐在隔着白金汉大道与马可斯家相望的奈特南西咖啡厅的窗边，看着威尔·萨维奇将他那辆跑车停在半条街外的路边，然后和吉米一起下了车，回头往这边走来。

如果她要这么做，真的要这么做，那么她此刻就该起身，离开这张椅子，迎上他们。她摇摇晃晃地站了起来，一只手不小心撞上了桌底。她低头看去。她的两只手不住地颤抖着，一只手的拇指让桌底刮出了长长一道血痕。她本能地将手举至唇边，然后往咖啡厅大门踱去。她不知道自己到底能否办得到，不知道那些她在旅馆房间里准备了一整个早上的话能否说得出口。她决定只告诉吉米她所知道的事实——大卫自周日凌晨以来的所有举动反应——只有单纯的描述，没有任何猜测或结论；她决定让吉米自己去判断。没了大卫当晚穿回家的血衣，去报警恐怕也没多大用处了。她这么告诉自己。她这么告诉自己，是因为她不确定警方能否保护得了她。毕竟她就住在这里，哪里也去不了。发生在这里的事只有这里的人才解决得了，才保护得了她。事情一旦让吉米知道了，那么不止吉米，还包括萨维奇兄弟，便将在她周围形成一道大卫绝对无法跨越的保护壕沟。

她在吉米和威尔离公寓台阶只剩几步的时候走出咖啡厅。她举起那只还在隐隐作痛的伤手，一边高声叫唤吉米的名字，一边走下人行道；她知道自己看起来就像个疯女人——一头乱发，浮肿的双眼下方还有两片因恐惧而愈发浓重的阴影。

"嘿，吉米！威尔！"

他俩在台阶前方停下了脚步，应声转过头来。吉米给了她一抹含蓄而略带困惑的微笑，而瑟莱丝再度注意到吉米的微笑永远是这么开朗而迷人，这么自然真诚而温暖人心。那微笑仿佛在说："嘿，我是你朋友哪，瑟莱丝。有什么事需要我帮忙吗？"

她一踏上对街的人行道，威尔便迎上来，在她颊上轻轻一吻。"嘿，小表妹。"

"嘿，威尔。"

吉米也在她颊上轻轻一吻，那温热的感觉穿透了她的皮肤，沉淀在她喉咙底部，在那里微微地颤动着。

他说道："安娜贝丝找了你一个早上了。可是你既不在家也没去上班。"

瑟莱丝点点头。"我，呃，我……"她将目光从也正好奇地瞅着她的威尔脸上移开了。"呃，吉米，我可以私下跟你谈一谈吗？"

吉米说道："当然。"他脸上再度出现了那抹困惑的微笑。他转向威尔。"刚刚那件事我们待会儿再找时间谈，可以吗？"

"没问题。待会儿见啦，表妹。"

"不好意思了，威尔。"

威尔进了屋。吉米在第三级台阶上坐定了，为瑟莱丝在身边留了空位。她也坐下了，一边抚弄着伤手，一边试着开口。吉米静静地瞅了她一会儿，等着，然后才终于意会过来，她怕是哽住了，一时恐怕也说不出话来了。

他轻声说道："你知道我前几天刚好想起了什么事吗？"

瑟莱丝摇摇头。

"那时我正好站在雪梨街尽头那排旧台阶上——嗯，你还记得那里吧？以前我们常常会跑去那里看电影，抽大麻，有没有？"

瑟莱丝笑了。"你那时的女朋友是——"

"哦，天哪，不要说出那个名字。"

"大肉弹杰茜卡·鲁岑，而我正和达基·库珀打得火热。"

"没错，"吉米说道，"老天，你后来还听说过他的事吗？"

"我听说他后来加入海军陆战队，派驻海外的时候染上了什么皮肤怪病，现在住在加州。"

"嗯。"吉米下巴一扬，目光飘忽，回到了半辈子之前。突然间，瑟莱丝仿佛又看到了十八年前那个发色比现在要淡点儿的吉米，那个比现在疯狂的吉米，那个会在暴风雨中爬上电线杆、任由女孩们在下面疯了似的为他祈祷的吉米。然而，即使在那些最疯狂的岁月里，吉米脸上也常常会出现这样的表情——下巴一扬，目光突然间定住了，整个人似乎在瞬间陷入了某种深沉的思绪中，仿佛除了自己这一身皮肉外，他已经把一切都仔细地考虑算计过了。

他转过头来，用手背在瑟莱丝膝上轻轻一拍。"别说这些了。唉，你看起来实在有些，呃……"

"你就直说吧，没关系。"

"啊？没啦，我只是想说你看起来实在有点儿累哪。"他身子往后一靠，叹了口气，"妈的，还说你。大家不都一样。"

"我在汽车旅馆里住了一晚。麦可也和我一起。"

吉米两眼定定地直视着前方。"嗯。"

"我不知道，吉米。我说不定就这样离开大卫，不会再回去了。"

她注意到吉米脸上的表情出现了某种微妙的变化。也许是下巴绷紧了。她突然有种感觉，她感觉吉米似乎早就知道她接下来要说的话了。

"你离开大卫。"他的声音没有任何起伏，他的目光锁定在前面的街道上。

"嗯。他最近的举动，呃……他最近的举动很怪，很诡异。像变了个人似的，一点儿也不像平日的他。他甚至开始吓到我了。"

吉米转头看着她，他脸上那抹冰冷的微笑几乎让她想一掌掴过去。

在他的眼底，她似乎又看到了当年那个在风雨中爬上电线杆的疯狂少年。

"你就从头说起吧，"他说道，"从大卫举动变得怪异的时候开始说。"

"你知道些什么，吉米？"

"知道？"

"你显然已经知道一些事了。你对我的话并不感到惊讶。"

那抹微笑自吉米脸上退去了，他身子往前一倾，十指交缠搁在大腿上。"我知道他今天早上被警察带走了。我知道他开了一辆车头被撞凹一块的日本车。我知道关于他真是怎么弄伤手的，他跟我说的是一套，跟警察说的是另一套。我知道他当晚曾经见过凯蒂，但他却一直等到警察都找上门来后才跟我提起。"他两手一摊，"我不知道这一切到底是怎么回事，但，没错，我确实已经开始觉得事情不太对劲了。"

瑟莱丝心头突然涌过一阵同情。她想象她可怜的丈夫坐在审讯室里，两手说不定还给铐在桌上了，明晃晃的灯光打在他原本就苍白的脸上。然后她又想起昨晚，想起大卫的头突然又出现在门边，一脸狰狞与疯狂，恶狠狠地瞅着她；然后恐惧便取代了同情。

她深深地吸了一口气，终于开了口。"大卫周日凌晨三点回到家的时候，全身上下都是血，别人的血。"

就这样，她说出口了。简单几个字从她口中冒出，进入大气之中，倏地在她与吉米前方形成了一道墙，往上然后向下延伸；就这样，简单的几个句子将她和吉米与整个世界隔离开来，关入一个无形的牢笼里。刹那间，街上的噪音淡出了，徐徐微风也暂停了；除了吉米淡淡的古龙水味和五月的艳阳晒在水泥台阶上的味道，瑟莱丝什么也听不到，闻不到，感觉不到了。

吉米终于再度出声时，他的声音听起来就像让一只巨掌攫住了喉头似的。"他是怎么解释自己身上的血的？"

她跟他说了。她什么都跟他说了，从凌晨那幕一直说到昨晚的吸血鬼。她眼睁睁地看着他听进自己说出的每一个字，看着他挣扎着想闪躲。从她口中吐出的每一个字都像燃烧的箭头，直直地射进他的身体，烧得他五脏俱焚。他双唇扭曲，目光僵硬瑟缩，脸上的皮肤失去了血色，她几乎看得见那薄薄的皮肤底下的骨骸。她脑中倏地闪过一个画面——吉米变成了棺材里的一具干尸，十指枯瘦如鹰爪，颚骨决然地撑着，光秃秃的头盖骨上只剩小蛇般蔓延的苔藓……她的体温霎时降到冰点。

当滚滚热泪无声地沿着他两颊落下时，她强忍住冲动，没有拥他入怀，感觉他滚烫的泪水浸湿了她的上衣，再沿着她背脊往下流去。

她到底没有住嘴。因为她知道她一旦停下来，就永远不会再开口了。所以她不能停。她必须把这些话说出来，让人知道，为什么她会离开她的丈夫，那个她曾发誓要生死相守的男人，也是她儿子的父亲，那个会说笑话逗她笑、会轻抚她的手、会提供自己的胸膛让她枕着安然入睡的男人，那个从不抱怨、从不曾对她拳脚相向、一直都是个好父亲好丈夫的男人。她必须把这一切说出来，让人知道她有多么困惑不解，为什么她所熟悉的那个男人竟会消失了，仿佛她所熟悉的那张脸不过是个面具，而如今面具终于黯然落地，她眼前只剩一个面目狰狞的畸形怪物，虎视眈眈地盯着她。

终于，她把话说完了。"我还是不知道他到底做了什么事，吉米。我还是不知道那到底是谁的血。我不知道。我无法确定。我就是不知道。我只知道我好害怕好害怕。"

吉米微微调整了一下坐姿，让他的上半身倚着台阶的铁栏杆。他脸上的泪水已经干了，而他的嘴巴仍因震惊而微张着。他半眯着眼，注视着瑟莱丝，那专注而锐利的目光仿佛穿透了她的身体，锁定在几条街外某个别人看不到的东西上头。

瑟莱丝说道："吉米。"但他只是挥挥手，颓然闭上了眼睛。他低着头，轻轻地喘息着。

那几堵无形的墙突然间又消散得无影无踪了。瑟莱丝对着路过的乔安妮·汉弥顿点头致意，她则以某种同情中又依稀带着怀疑的目光匆匆瞥了两人一眼，咔嗒咔嗒走远了。那些淡出的噪音一下子全都回来了：那些哗哗声，那些门开开关关的吱嘎声，呼唤那些遥远的名字的声音。

当瑟莱丝再度回头看着吉米时，在刹那间让他的眼神震慑住了。他两眼明亮清澈，双唇紧闭，膝盖紧紧并拢，贴在胸前。他的两条手臂搁在膝上，她能感觉到他脑子里奔流着一股强烈的、侵略性的智慧，他的脑子显然正以大多数人穷尽一生精力都难以望其项背的质量飞快地运转着。

"他当晚穿的衣服都已经被他处理掉了。"他说道。

她点点头。"我检查过了。是这样，没错。"

他低着头，一边脸颊半贴在膝盖上。"老实说，瑟莱丝，你有多害怕？"

她清清喉咙。"昨晚，吉米，我真的以为他就要扑上来咬我了。我感觉他一咬就不会再松口了。"

吉米偏过头来，换成左边的脸颊贴在膝头。他闭上了眼睛。"瑟莱丝。"他低声唤道，"嗯？"

"你认为是大卫杀了凯蒂吗？"

瑟莱丝霎时感觉到那潜藏在她心底的答案就这样不可抑制地翻涌了上来。她感觉那两个字像两只滚烫的脚狠狠地践踏过她的心脏。

"是的。"她说道。

吉米的眼睛倏地睁开了。

瑟莱丝说道："吉米？哦，老天，吉米！"

西恩注视着坐在桌子另一边的布兰登·哈里斯。他看起来困惑，疲倦，恐惧不已。很好，他就是想要他这样。他派了两名州警去他家把他带回队上，然后便让他枯坐在他办公桌另一边，自己则从容地研究着电脑里他从各方调来的有关他父亲的资料，完全把他丢在一边，这令他愈发手足无措。

他将目光移回电脑屏幕上，纯粹为增强效果，用铅笔嗒嗒地敲着键盘上的向下键。"跟我说说你的父亲吧，布兰登。"

"啊？"

"你的父亲。老雷伊·哈里斯。你总还记得他吧？"

"只有一些很模糊的记忆。他抛下我们离家的时候，我大概才六岁吧。"

"所以说，你根本不记得这个人了。"

布兰登耸耸肩。"就记得一些小事吧。他喝醉酒回家的时候会边走边唱歌。他带我们去过一次坎诺比湖滨公园，还买了棉花糖给我吃；后来去游乐园坐咖啡杯的时候，我把吃下去的半根棉花糖都吐了出来。他基本上很少在家，这我倒是还有印象。你为什么会问起他？"

西恩的目光再度回到电脑屏幕上。"你还记得别的吗？"

"差不多就这些吧。我记得他身上常常飘着施利兹啤酒和丹提恩牌口香糖的味道。他——"

西恩在布兰登的声音中察觉到一丝笑意，于是抬起头来，恰好捕捉到那抹笑意缓缓地泛过他年轻的脸庞。"他怎样，布兰登？"

布兰登挪了挪身子，目光定定地落在某个根本不在眼前这个时空里的东西上。"他常常会带一大堆硬币回家。那些硬币就装在他的裤袋里，沉沉的一大袋，他一走起路来就会叮叮当当地响个不停。我小时候常常会趁下午跑去坐在客厅里——我说的不是现在这套房子。以前我们住的房子要好得多。通常在五点左右吧，我会坐在客厅里，闭上眼睛，专心地等着；一听到街尾传来叮叮当当的硬币撞击声，我就马上冲出门去。他通常会让我猜猜他一边裤袋里有多少枚硬币，如果我猜得还算接近的话——其实只要不太离谱就行了——他就会把硬币通通都给我。"布兰登的微笑泛得更开了，但他随即摇摇头。"他身上随时都有好多硬币。"

"枪呢？"西恩说道，"你父亲有枪吗？"

布兰登脸上的微笑一下子僵住了。他转头看着西恩，眉头紧皱，仿佛听不懂他说的是哪一国的语言似的。"什么？"

"你父亲有枪吗？"

"没有。"

西恩点点头，说道："他离家的时候你不是才六岁吗？这会儿怎么突然又记得这么清楚了？"

就在这个时候，康利突然抱着一整箱的档案走进办公室。他将箱子砰一声放在怀迪的桌上。

"这是什么？"西恩问道。

"就一堆报告，"康利说道，又瞄了一眼纸箱，"采证小组报告、弹道化验报告、指纹分析，还有911的报案录音带，就一堆报告。"

"这你说过了。指纹比对得怎么样了？"

"没有结果。电脑档案里找不到相符的指纹记录。"

"全国数据库里头的档案也比对过了吗？"

康利说道："我连国际刑警组织那边的档案都比对过了。什么也没有。我们在门把上采到一枚完美无缺的拇指指纹。如果真是凶手留下的，那这凶手个子还真是不高咧。"

"不高？"西恩说道。

"没错，那枚拇指指纹是个矮子留下的。不过也未必就是凶手的。我们在现场总共采到六枚还算完整的指纹，却连一枚也没比对出结果来。"

"911的录音带你听过了吗？"

"还没。我应该听吗？"

"康利，妈的，所有只要是和这案子有关的东西，你都得看过读过听过。这难道还要我教你吗？"

康利点点头。"你也要听吗？"

西恩说道："事情都让我做光了，那你做什么？"他重新转头看向布兰登·哈里斯："你父亲的枪的事我们还没说完。"

布兰登说道："我父亲没有枪。"

"确定？"

"确定。"

"哦，"西恩说道，"那可能是我们这边搞错了吧。对了，顺便问一下：你父亲打过电话回家吗？"

布兰登摇摇头。"从来没有。我六岁的时候，有一天，他说要出门和朋友喝一杯，然后就一去不回，扔下我和我妈。我妈那时肚子里还怀着我弟呢。"

西恩点点头，一副心有戚戚焉的模样。"但你母亲从来不曾报警备案。"

"那是因为他没有失踪啊，"布兰登说道，眼中浮起了一抹愤愤不平的神色，"他跟我妈说他根本不爱她，说她除了唠叨他之外什么也不会。两天之后，他就一去不回了。"

"她难道没有试过把他找回来吗？"

"没有。反正他还知道要寄钱回来。这就够了。其余的管他去死。"

西恩终于放下了手中的铅笔。他定睛瞅着布兰登·哈里斯，试着解读他的表情。但他脸上除了一丝沮丧不满以及一点点残存的愤怒外，就什么也没有了。

"他会寄钱给你们？"

布兰登点点头。"按月寄，准时得很。"

"从哪里？"

"啊？"

"信封上的寄件人地址。钱是从哪里寄出来的？"

"纽约。"

"一直都是纽约？"

"嗯。"

"都是现金吗？"

"没错。一个月五百块。圣诞节的时候会多寄些。"

西恩说道："他信里面有附过纸条之类的吗？"

"没有。"

"那你们怎么知道是他寄的？"

"除了他还有谁会按月寄钱给我们？那是他的罪恶感在作祟。我妈说他以前就一直是那个样子——他干下一些偷鸡摸狗的坏事，之后又会觉得良心不安，不过他认为这种不安的感觉本身就是一种惩罚，于是他就又觉得一切都没问题了。你懂我的意思吧？"

西恩说道："我想看看那些信封。"

"我妈早就都扔了。"

西恩说道："妈的。"然后顺手将电脑屏幕一推，转离了他的视线。这案子的一切都在困扰着他——大卫·波以尔是嫌疑犯，吉米·马可斯是被害人的父亲，凶器为被害人男友父亲所有，然后他又想起了另一件让他百思不得其解的事，虽然这件事和这案子没有任何直接的关联。

"布兰登，"他说道，"既然你父亲在你母亲怀孕的时候就抛家弃子出走了，她为什么还会用他的名字为你刚出生的弟弟命名呢？"

布兰登的目光一下子又飘远了。"我妈的想法和一般人不太一样。你知道我的意思吧？她也不是没试过，但……"

"这我懂……"

"她说她就是要给我弟也取名雷伊，好提醒自己。"

"提醒她什么？"

"男人。"他耸耸肩，"男人就是这样贱。只要你傻到愿给他们半点儿机会，他们就会想尽办法糟蹋你，目的只是为了证明：老子就是可以这样做。"

"结果当她发现你弟弟不会说话时，她又有什么感想？"

"生气呗。"布兰登说道，嘴角却不禁微微上扬，"不过这也算是证明了她的话。至少她是这么想的。"他碰碰西恩桌子边缘的一盘回形针，然后那抹若有似无的微笑便完全消失了。

"你为什么一直问我我父亲有没有枪？"

西恩突然间失去了耐性。他不想再玩游戏兜圈子了。"这你自己心里明白，小子。"

"不，"布兰登说道，"我不明白。"

西恩身子猛然往前一倾，差点儿克制不住起身扑过去一把掐住布兰登·哈里斯的颈子的强烈冲动。"杀死你女朋友的凶枪，布兰登，正是你父亲十八年前犯下一桩酒类专卖店抢劫案时用的那把枪。怎么，改变主意了没？现在你有话要和我说了吗？"

"我父亲没有枪。"他坚持道，但西恩看得出来，这小子的脑袋里已经开始发生某些变化了。

"没有？放屁！"他用力拍了一下桌子，力道之大，几乎把布兰登震离椅子，"你说你深爱凯蒂·马可斯是吧？妈的，让我来告诉你我爱什么好了，布兰登。我爱我的破案率，我爱我自己在案发七十二小时内破案的能力。结果你却在这边跟我他妈的漫天撒谎！"

"没有，我没有。"

"你有，我说你有你就是有。你知道你老子是个贼吗？"

"他是地铁——"

"他是个他妈的臭贼。他和吉米·马可斯是一伙的。没错，他以前也是个他妈的臭贼。结果现在呢？吉米的女儿让你老子的枪给干掉了！"

"我父亲没有枪。"

"去你妈的没有枪！"西恩咆哮道。康利被吓得从椅子上跳了起来，怔怔地盯着两人看。

"你喜欢放屁，小子？那好，我就让你到牢笼里尽情地放个痛快吧！"

西恩从腰带上解下一串钥匙，越过布兰登的头顶扔给了康利。

"把这个小杂种给我带去关起来！"

布兰登站起身。"我什么也没做。"

西恩看着康利蹑着脚一步一步接近布兰登。

"你没有不在场证明，布兰登，而且你与死者熟识，凶器甚至还是你老子的手枪。除非有更好的人选出现，不然我也只好先委屈你了。你进去好好休息一下，仔细想想你刚刚跟我说的话。"

"你没有权力关我。"布兰登转头看了康利一眼，"你们也没有权力这么做！"

康利望向西恩，一脸无助，因为布兰登说得没错。严格来说，除非他们已经决定要逮捕他了，否则他们就无权拘留他。而他们此刻根本没有理由逮捕他。根据麻省的法律，单纯的怀疑不能构成逮捕的条件。

但布兰登并不知道这一切，西恩于是对康利使了个眼色，试图用眼神告诉他：欢迎来到凶杀组的世界，小菜鸟。

布兰登张口欲言，西恩看到某种赫然觉醒的东西像一条鳗鱼般倏地窜过他的身体。他终于摇摇头，闭上了嘴。

"一级谋杀嫌疑犯，"西恩对康利说道，"把这小混账押下去关了。"

大卫在下午两三点的时候回到空荡荡的家里，一进门便毫不迟疑地打开冰箱拿啤酒。他很久不曾进食了，干瘪的胃里只有不停翻腾的空气在作怪。这不是什么喝酒的好时机，但大卫就是需要一点儿酒精来软化他僵硬的脑子和紧绷的后颈。他需要一点儿酒精来安抚他那颗疯狂跳动的心脏。

他一边在无人的公寓里随意漫步，一边轻易地干掉了回家后的第一罐啤酒。瑟莱丝说不定已经在他不在的时候回过家，然后又回去上班了。他考虑拨通电话去欧姿玛美发沙龙，看看她在不在那里，一如往常为客人剪头发，和女同事们聊八卦，和她那个叫保罗的同性恋同事有一搭没一搭地打情骂俏。或者，他也可以直接去麦可的学校接他放学，隔着老远就对他挥手，再给他一个大大的拥抱，回家的路上父子俩还可以顺道去喝杯巧克力牛奶。

但麦可不在学校，瑟莱丝也不在发廊。大卫不必亲自去查看也知道。他知道他们正在躲他。他于是坐在厨房桌边干掉了第二罐啤酒，感觉酒精终于开始发生作用，开始镇定每一条不安的神经，开始让他眼前的空气变得像一团迷蒙回旋的银色雾气。

他早该告诉她的。打从一开始，他就该把发生的一切原原本本地告诉他的妻子。他早该信任她的。没有几个妻子会愿意如此忠诚地守着他这么个窝囊丈夫：小时候让人绑架鸡奸过，高中时代打棒球风光过一阵后就没了下文，出社会后又三天两头换工作。但瑟莱丝愿意，也真的做到了。只想想她那晚站在水槽边，奋力地搓揉着他沾了血的衣裤，告诉他她会把一切证据都处理掉——老天，真是个不可多得的好女人！他怎么会差点儿忘了这点呢？人为什么可以盲目到这种地步，只因为日夜相处久了，便对身边的人渐渐视而不见了？

大卫从冰箱里拿出第三罐也是最后一罐啤酒，一边啜饮，一边在小公寓里随意漫步。他感觉自己体内涨满了对妻儿的爱意。他想要依偎在妻子的裸体旁，随她身体的曲线弓着身子，让她抚弄着他的头发，对她娓娓道来，说他坐在那间冰冷的审讯室里那张破烂的椅子上的时候有多么想念她。几小时前他曾以为自己渴望人性的温暖，但事实却是，他渴望的只是瑟莱丝的温暖。他想要依偎在她身边，感觉两人的身体缠绕在一起；他想要逗她笑，想要吻她的睫毛她的眼皮，想要轻抚她的背脊，想要把自己深深地埋进她怀里。

现在还不太迟，等她回家后，他会把一切通通告诉她。我的脑袋最近不过是牵错线了，全都堵住了，一时转不过来。我手中这罐啤酒虽然无济于事，这我知道，但在你回到我身边之前，我就是需要一点点酒精来让自己好过些。然后我就会戒酒。我不但要戒酒，还要去上计算机课，去学点儿东西，然后找份像样的办公室工作。国民警卫队有提供在职免费进修的计划，我可以去参加。为了你和麦可，一个月抽出一个周末，夏天再利用假期去上几周的密集课程，这于我没什么办不到的。为了我的家人，我无论如何都要做到。这会帮助我重整生活，抛开那圈喝出来的啤酒肚，将脑袋理清楚。然后，一等我找到那份白领工作，我就带着你们搬离这里，远离这里飞涨的房租，远离那个劳什子球场计划，远离这批入侵的雅痞大军。何苦抵抗呢？再在这里勉强支撑又有什么意思呢？这群金光闪闪的雅痞迟早都会把我们逼走的。他们总得先把我们逼走了，才好在这里从容地按照克莱与贝洛家饰精品的精美目录营造出一个完美无瑕的雅痞世界，才好在他们的雅痞咖啡屋和雅痞天然有机食品专卖店的走道里忘情讨论他们的夏日别墅等等。

我们会搬去一个好地方，他将这么告诉瑟莱丝。我会找到一个干干净净、适合孩子长大的好地方。我们会找到一个新地方，重新来过。然后我会告诉你那晚究竟发生了什么事，瑟莱丝。事情并不漂亮，但也没你想的那么糟。我会把一切都告诉你，告诉你我的脑子里确实有些黑暗而骇人的东西，但我会寻求帮助，我愿意找人谈。我心里确实藏了一些让我自己都忍不住要作呕的欲望，但我正在努力，亲爱的瑟莱丝。我正在努力试着当一个好人。我正试着埋葬那个狼口逃生的男孩。或者至少教会他什么叫悲悯，什么叫同情。

也许，坐在那辆凯迪拉克里的男人真正想要的就是这个吧——一点点的了解与同情。但在那个周六的深夜里，狼口逃生的男孩才不管什么他妈的了解与同情咧。他手里拿着枪，从打开的驾驶座窗户伸手进去，用枪托一下敲得那家伙头破血流；乘客座上的红发男孩吓得一下子跳起来，仓皇打开车门跳下车，却又不肯离去，只是站在那里，瞠目结舌地看着大卫的拳头不停地扬起再落下，扬起再落下。大卫拉开车门，揪着男人的头发把他扯下来，但那家伙并不像他外表看起来那般无助；他朝大卫胸前猛地击出一拳，大卫倏地感到一阵刺痛，这才看清他手中原来还握着一把弹簧刀。他那一刀挥得虚软无力，但却已经在他胸前划出一道长长的血痕。大卫随即反应过来，膝盖猛地往那家伙腕间一顶，将他的两条手臂固定在车门上，然后将掉落在地上的小刀一脚踢到车子底下。

红发男孩面露惧色，却又掩不住兴奋，而此刻的大卫已经让愤怒蒙蔽了一切理性：他手握着枪，高高挥起再重重落下，一拳劈在那家伙的脑门上，力道大得连枪托都裂了。男人不支，蜷曲着身子倒在地上；大卫顺势扑上去，骑在他背上——他感觉得到他体内那匹恶狼，他满心只有仇恨，恨这个男人，这个禽兽，这个他妈的有恋童癖的变态人渣。他抓住他的头发，紧紧地抓牢了，然后把他的头往后一扳，再重重地撞在停车场的水泥地面上。他停不了手，一次又一次地撞，再撞，去死吧，看我砸烂你的脸，去死吧亨利，去死吧乔治，去死吧——哦，老天——大卫。

去死吧，你这他妈的人渣。去死吧去死吧去死吧。

红发男孩终于转身跑掉了。大卫转头一看，突然发觉那狰狞的诅咒声竟来自于自己的喉头。"去死吧，去死吧，去死吧，去死吧，去死吧。"大卫看着男孩朝停车场另一头狂奔而去，于是不顾自己两手沾满了那家伙的血，踉踉跄跄地追了上去。他想告诉那红发男孩，他这么做都是为了他。他救了他。他还要告诉他，如果有需要，他愿意一辈子保护他。

他气喘吁吁地站在雷斯酒吧后方的暗巷里，明白那孩子早已跑远了。他仰头看着夜空，问道："为什么？"

为什么把我放在这里？为什么给我这样的人生？为什么让我染上这种病，这种我厌恶它鄙视它甚于任何人的病？为什么要让我断断续续瞥见那抹温柔那种美好，感受到对妻儿的爱——为什么要让我瞥见那个我原本可以拥有的人生，在那辆车开上加农街把我带走前我原本该拥有的人生？为什么？

回答我！求求你回答我。求求你，求求你。

夜空无语。阒寂的暗巷里只有排水沟里隐约传来潺潺的水声，此外就只有这场愈下愈大的雨。

几分钟后，他从暗巷里走了出来，发现那男人倒在他的车子旁。

啊，大卫心想。我杀死他了。

但，就在这个时候，男人突然蠕动了一下，像条离水的鱼般痛苦地喘着气。男人有一头金发，单薄的骨架上顶着一圈不甚相称的啤酒肚。大卫试着回想男人原来的脸孔。他只记得他的嘴唇似乎太红太宽太厚了点儿。

那张脸总之已经不在了。剩下的只是一团像是给绞烂了的模糊血肉。大卫看着那团猩红的烂肉在那边挣扎着嘶嘶地喘气，突然感到一阵恶心。

男人似乎不曾意识到大卫就站在他身边。他挣扎着翻过身去，开始往前爬。他挣扎着往车子后方的树丛爬去。他爬上小土墩，两手甚至攀上了那道用来隔开停车场与另一边的废铁处理厂的铁丝网墙。大卫脱下自己那件原本套在 T 恤外头的法兰绒衬衫。他用衬衫层层裹住手上的枪，然后举步朝那个没有脸的怪物走去。

没有脸的怪物两手紧抓着铁丝网，勉强又往上攀了一格，然后再也撑不下去了。他跌落在地，身子往右一倾，整个人就这样背抵着铁丝网墙，瘫坐在那里。他双腿扭曲成某种古怪的角度，顶着那张没有脸的脸怔怔地看着大卫朝他走来。

"不，"他喃喃说道，"不！"

但大卫知道他不是这个意思。他知道他像他一样，早已对这样的自己感到无比厌倦，不想再挣扎下去了。

狼口逃生的男孩蹲下身去，将那团法兰绒衬衫紧紧地抵在男人的胸口，而大卫则漂浮在半空中，低头看着下方的一切。

"求求你！"男人哑声说道。

"嘘。"大卫说道，然后男孩便扣下了扳机。

没有脸的怪物的身体猛然抽搐了一下，踢中了大卫的腋窝，接着便咽下了最后一口气。

男孩说道，很好。

大卫直到花了好一番工夫，把男人推进他的本田汽车的后备厢后，才突然想到自己根本不必这么做。他该让他躺在他自己那辆凯迪拉克里的。他已经用法兰绒衬衫将凯迪拉克里外他碰过的地方都擦拭过一遍，并且熄了引擎，也关上了所有的车门车窗。但载着尸体到处找地方弃尸根本是舍近求远的做法。答案就在他眼前。

于是，大卫将他的本田汽车倒进了停车场，停在凯迪拉克旁边，眼睛则不时注意着雷斯酒吧的侧门。好一阵子都没人进出了。他打开本田与凯迪拉克的后备厢盖，然后将尸体移了过去。他关上两边的后备厢盖，把弹簧刀和手枪一起用法兰绒衬衫包好，扔进本田车的前座，然后上了车，油门一踩，离开了现场。

经过罗斯克莱桥时，他将用衬衫包着的弹簧刀和手枪一起扔进了桥下的州监大沟里。事后回想起来，那差不多也就是凯蒂·马可斯正在桥下的公园里仓皇奔向死亡的时候。之后他就直接回了家，心里万般确定那辆后备厢藏了尸体的凯迪拉克随时都会被人发现。

周日傍晚的时候，他开车经过雷斯酒吧。当时停车场里空荡荡的，但凯迪拉克旁边倒是停了一辆车。他认出那是雷吉·达蒙——雷斯酒吧的几名店员之一——的车子。同一天再晚一点儿的时候，他再度经过那里，却发现凯迪拉克不见了。他几乎当场心脏病发。稍微镇定下来后，他考虑了一下，决定自己不能就这样跑进酒吧里，即使只是故作轻松地丢下一句："嘿，雷吉啊，车子要是在你们停车场里停太久，你们都会叫人来拖走吗？"他又想了一下，终于确定自己应该不会有事了。不管那辆车现在在哪里，所有证据都已经被他处理掉了，事情怎么也扯不到他身上来。

唯一剩下的就是目击证人。那个红发男孩。

但经过这几天的平静，大卫终于也明白了，虽然当时男孩脸上不无惧色，但他显然也对那血腥的一幕感到很兴奋很满意。他是站在大卫这一边的。他根本无须担心他。

所以说现在在警察手上已经没有牌了。他们没有证人，没有任何进得了法庭的证据。所以大卫可以安心了。他可以向瑟莱丝坦承一切，把堆积在心头的秘密全盘向她托出，只希望她还能接受他，接受他这样一个有瑕疵有缺陷但正努力试着改变的人，一个为了个好理由却做了件坏事的好人，一个宁愿拼上性命也要杀死寄居在自己灵魂中的吸血鬼的人。

我不会再刻意开车经过公园游乐场和公共游泳池了，大卫边这样告诉自己边干掉了第三罐啤酒。我甚至不会再喝酒了。

但不是今天。今天他已经喝下了三罐啤酒，而且，管他的，瑟莱丝看来一时也还不会回家。也许明天吧。这样也好。让他们两人都多一点儿时间空间去疗伤去复原。当她终于回到家的时候，她面对的将会是一个全新的男人。一个更好的、不再有任何秘密的大卫。

"因为秘密是毒药。"他站在厨房里，他最后一次和妻子做爱的地方，大声说道，"秘密是墙壁。"最后，他咧开嘴笑了："然后我没有啤酒了。"

他一路往鹰记酒类专卖店走去时，感觉棒极了，几乎忍不住要大声笑出来。下午的阳光温暖耀眼，毫不吝啬地给街道铺满了金光。在他小时候，高架铁路还没拆掉，直直地穿过整个平顶区，将弯月街截成两半；整日不断隆隆驶过的火车让空气里满是煤烟，遮去了大半天空。当时的平顶区在一般人的印象中，不过是一个让浓烟织成的黑袍笼罩着的阴暗角落，住在里头的人们就像是某个遭世人放逐的族群，只要他们乖乖地待着，世人也乐得让他们在那里自生自灭。

后来，高架铁路拆掉了，而平顶区也终于再度出现在阳光底下。一开始他们觉得这是一件再好不过的事了：空气变干净了，阳光变多了，人们的模样也变好变健康了。但没了黑袍的保护，任何人都可以走进来窥探他们，而他们那一排排模样纯朴的砖造老屋、州监大沟的景色，以及邻近市区的便利交通，终于引来了一双双觊觎的眼睛。突然间，他们不再是遭到放逐的地下族群了。他们成了房地产开发商最新发掘出来的抢手货。

大卫在心里盘算着。他可以抱着他的一打装啤酒，回家坐在沙发上把这些事情好好想一遍。或者，他也可以在这个艳阳天里走进一家阴暗的酒吧，点足汉堡，坐在吧台边和店员聊个痛快，说不定还能聊出个什么结论来，看看他们的平顶区，到底是从什么时候开始沦陷在那些雅痞手里；到底是从什么时候开始，外头的世界竟然就在他们眼前变了样。

就这么决定吧。有何不可呢？在桃花心木吧台边找张皮制高脚椅坐下，优哉游哉地消磨掉整个下午。他已经计划好他的未来了。他已经计划好他一家人的未来了。他已经想好每一种可以弥补他们的方式。谁知道呢，经过了漫长而艰难的一天后，三罐啤酒竟然能有这么神奇的效果。大卫上坡走向白金汉大道的时候，那三罐啤酒就像他最亲密的好朋友，一路拉着他的手往前走，对他说道，嘿，你瞧，有我们不是很好吗？我们没骗你吧，这一点儿也不难嘛，不过就是揭开一页新的人生，丢掉那些发酸发臭的秘密，做好准备重新对你所爱的人立誓，成为你一直都知道你可以成为的那种人。啧啧，这感觉棒极了吧？

哎，瞧瞧前面是谁，坐在他那辆拉风的跑车里，在街角那边闲晃呢。他正在对我们微笑呢。那是威尔·萨维奇，一个劲地在对我们挥手微笑呢。走吧，咱们就过去跟他打声招呼吧。

"大卫·波以尔，好家伙，"威尔对着朝跑车走来的大卫说道，"今天怎么样啊？还好吧？"

"好，好得很哪。"大卫说道，然后弯下腰去，将两只手肘架在跑车的窗框上，低头看着驾驶座上的威尔，"怎么，有事吗？"

威尔耸耸肩。"没什么事，闲得很哪。本来是想找人去喝两杯，吃点儿东西。"

大卫简直不敢相信。他刚刚正在想同样的事哪。"是吗？"

"是啊。你怎么样啊？有兴致陪我去喝几杯吗，说不定再打场台球之类的？"

"当然。"

大卫其实有些意外。他和吉米还有威尔的弟弟卡文，甚至是查克，都还算处得来，但在他记忆中，威尔似乎从来不曾主动找他说过话。他甚至很少注意到他的存在。一定是凯蒂，他想。她的死亡让所有人都更亲近了。一场共同的悲剧像条无形的锁链，将所有得去承担它的人牢牢地凝聚在一起。

　　"上车吧，"威尔说道，"我打算带你去的那家酒吧有点儿远，不过地方很不错，是我一个老朋友开的。"

　　"有点儿远？"大卫回头看了一眼他背后那条空旷的街道，"嗯，那我待会儿要怎么回家？"

　　"我会带你去当然就会送你回来，"威尔说道，"看你要去哪我都送你去。废话少说，上车吧。咱们就趁下午去喝他几杯，管他天黑没黑，哥们儿开心要紧！"

　　这主意让大卫发出了会心的微笑。他带着这抹微笑，绕过车头，往副驾驶车门那边走去。哥们儿开心要紧。说得好。他想要的就是这个。就他和威尔，像两个老哥们儿似的尽情喝酒聊天。像平顶区这样的地方就是这点好——过往种种最终都会让人摆在一边；或许是随着时间过去，或许是随着人年龄的增长，或许是因为你终于了解到世界不停地在变，而唯一始终不曾改变的就是那些和你一起长大的人，还有你出生的地方。愿这一切永存，大卫心想，一边拉开了车门。哪怕只是在我们心中。

第二十五章　后备厢男孩

怀迪和西恩很晚才去帕特餐厅吃午餐。帕特餐厅离州警队不远，就在高速公路的下一个出口。这家餐厅从二次世界大战时就开始营业了，长久以来一直是州警队的据点之一。帕特餐厅与州警队渊源之深，帕特三世常常夸口说，他的餐厅恐怕是餐厅世家里唯一连续三代不曾被抢过的奇葩。

怀迪吞下一大块汉堡，接着又灌下一大口汽水。"你打从一开始就不认为是布兰登那小子干的，对不对？"

西恩咬了一口他的鲔鱼三明治。"我知道他对我说谎了。我认为他知道一些关于那把枪的事。而且我认为——我是现在才想到的——他老子可能还活着。"

怀迪拿了一个洋葱圈去蘸大豆酱。"是因为每个月从纽约寄来的那五百块钱吗？"

"没错。你知道这些年下来那是多少钱吗？将近八万块。除了他老子还有谁会干这种事？"

怀迪拿起餐巾擦擦嘴，又低头狠狠啃下一大块汉堡。西恩不禁疑惑，这老家伙到目前为止是用什么办法躲过心脏病的，以他这种吃喝的方式，遇上棘手的案子时还干脆一个礼拜工作七十个小时。

"我们就先假设雷伊·哈里斯还活着好了。"怀迪说。

"好。"

"那这一切是怎么回事——老雷伊为了某个我们现在还看不出来的原因，卧薪尝胆、忍气吞声整整十三年，在十三年后突然冒出来，以干掉他女儿的方式来报复吉米·马可斯？怎么，你当我们是在演电影吗？"

西恩干笑了一声。"那你觉得谁可以来演你？"

怀迪用吸管猛吸他的汽水，吸得杯子都见底了，就剩冰块在那边让他玩得哗啦响。"嘿，我常常在想，这是很有可能的事哪。这案子一破，马上就被拿去拍成什么超级战警、纽约特警之类的狗屁电影。我就不相信你从来没这样想过。到时候你就等着看吧，哼，布莱恩·丹尼希一定极力争取演出我这个角色。"

西恩低头沉思片刻。"他来演你应该不会太离谱。"西恩终于说道，一边疑惑自己以前怎么从来不曾这样联想过。"你没有他那么高，老大，不过你确实有那种屌样。"

怀迪点点头，推了面前的餐盘。"我觉得《六人行》那群娘娘腔里头随便一个都可以来演你。你知道吗，就是那种每天早上都要花上一个小时剪鼻毛和修眉毛，每星期还要去修一次脚趾甲的娘娘腔？没错，那里头随便哪一个都行。"

"你忌妒心作祟。"

"可是，问题就在这里，"怀迪说，"雷伊·哈里斯这条线实在说不太通。至于它的可能性呢，嗯，我给它六分。"

"满分十分？"

"满分一千分。好，咱们从头推一遍。雷伊·哈里斯出卖吉米·马可斯。这事被马可斯发现了，出狱之后就想办法要做掉雷伊。没想到雷伊福大命大，竟逃过一劫，之后就赶紧夹着尾巴躲到纽约去了，之后还在那里找了份够稳定的工作，让他有办法在接下来的十三年里，按月寄五百大元回家。然后，十三年后的某天早上，他一觉醒来，突然就决定了——

'好，报仇的时间到了。'——然后便跳上巴士，回到这里，开枪干掉了凯瑟琳·马可斯。等等，他这两枪开得还不是挺干脆的吗？我们在公园里看到的那一幕，清清楚楚，可是变态狂怒下的牺牲品。然后咱们的老雷伊——我强调是真的老，他少说也有四十五岁了吧，一路追着她跑过了整个公园——之后还能从从容容地带着他的枪，跳上巴士扬长而去？纽约那边你查过了吗？"

西恩点点头。"没有找到和他的社会安全号码相符的人，没有信用卡登记在他的名下，社会局的就业记录也没有找到年龄相符的雷伊·哈里斯。纽约市警局也从来没有抓到过任何和他的指纹相符的犯人。"

"可你还是认为人就是他杀的。"

西恩摇摇头。"不。我的意思是，我还没有排除这个可能。我甚至不能确定他是不是真的还活着。我只是觉得这不无可能。何况凶器很可能就是他的枪。我认为布兰登知道一些事，而且我们根本找不到人可以证明案发当时他确实正在家里睡大觉。我现在正指望那间牢房能松了他的口风。"

怀迪打了个响彻云霄的大嗝。

"您真是风度翩翩啊，老大。"

怀迪耸耸肩。"事实就是，我们什么也不能确定。我们不能确定十八年前抢了那家酒类专卖店的是不是雷伊·哈里斯。我们不能确定那把枪到底是不是他的。这些全都只是我们的臆测；勉强说是间接证据好了，就算上了法庭也照样站不住脚。妈的，基本上地检处那边根本不可能找得到人愿意接下这个案子。"

"说的也是，可是感觉很对。"

"感觉？"这时候，西恩背后的餐厅大门突然被人推开了，怀迪顺势看过去。"噢，天啊，白痴二人组来了。"

索萨与康利一前一后往他们的桌子这边走来。

"你还说那没什么呢，包尔斯警官。"

怀迪把一只手搁在耳后，抬头看着索萨。"你说什么，小子？老人家听力不好，你也是知道的。"

"我们查了从雷斯酒吧的停车场拖走的车的记录。"索萨说。

"那个是波士顿警局的辖区，"怀迪回答，"我不是跟你讲过了吗？"

"我们找到一辆还没有人出面认领的车。"

"所以呢？"

"我们打电话请管理员去替我们确认一下。他去看过后回来跟我们说，那辆车的后备厢里不知道装了什么，正在漏东西。"

"漏什么？"

"不知道，不过他说那味道让人闻了就想吐。"

这是一辆双色凯迪拉克，白色的车顶，深蓝色的车身。怀迪弯腰站在乘客座一侧的车门旁，两手遮在眉毛上方，紧贴着车窗往里头瞧。"我说啊，驾驶座车门上那条棕色的污渍看起来相当可疑。"

站在后备厢旁的康利说："天啊，你们闻到了没有？这简直跟他妈的沃拉斯敦河退潮时的河岸一样臭。"

怀迪绕到后备厢那边，正好拖吊场的管理员拿来一根开锁撬棍，递给西恩。

西恩站到康利身旁，示意他最好先闪到一边，随口又交代了一句："用你的领带。"

"什么？"

"用你的领带遮住口鼻，老兄。用你的领带。"

"那你怎么不用？"

怀迪指了指自己嘴唇上方那一片油光。"我们来的路上就先抹过凡士林了。不好意思啦，两位，凡士林刚好用完了。"

西恩把开锁撬棍的末端对准了凯迪拉克后备厢锁的钢圈，顺势一卡，再用力往内推，直到铁撬棍紧紧地扣住了锁心。

"进去了吗？"怀迪问道，"一试就成了吗？"

"进去了。"西恩奋力往后一扳，把整副锁从后备厢盖上拔了出来，他匆匆瞟了一眼锁心拔出来后留下的空洞，接着后备厢盖的闩棍咔嚓一声松开了，整个后备厢盖随即缓缓地弹了起来，那股退潮的恶臭刷地就让另一股更可怕的味道取代了——像沼气，又像另外还混合了煮熟的肉并加上一大堆炒蛋一起在高温下腐烂多日的恶臭。

"老天！"康利用领带紧紧地掩住脸，一连往后退了几步。

怀迪说道："有人要来一份肉片夹瑞士起司三明治吗？"康利的脸色一下子变得更绿了。

索萨倒还挺镇静的。他走到后备厢跟前，一手捏着鼻子说道："这家伙的脸呢？"

"那就是他的脸。"西恩答道。

男人的身体蜷曲成胎儿姿势，趴在那里，就一张脸还仰着，歪倒在一边，颈子像是折断了。他身上穿的西装和皮鞋的质料和样式看起来都是高档货，西恩根据男人还算完好的手和发线推测他的年龄大概在五十岁上下。他注意到男人西装背后有个洞，于是用手上的笔把外套挑了起来。底下的白衬衫上有一大片黄色的汗渍，西恩在衬衫上也找到了一个洞，就在上背部，伤口边缘的一圈衬衫布料微微陷进了肉里。

"找到子弹穿出口了，老大。这绝对是枪伤。"西恩的目光在后备厢里搜寻了一阵。"问题是弹壳不在这里。"

怀迪转身面对脚步已经有些不稳的康利。"你现在马上赶去雷斯酒吧的停车场。记得，一到现场就先通知波士顿警局，我他妈的没那时间精力为了地盘的事跟他们瞎耗。就从血迹最密集的地方开始往外找。子弹很有可能还留在那附近。康利，你听清楚我的话了吗？"

康利点点头，一边挣扎着调整呼吸。

西恩说道："子弹自胸腔下沿射穿胸骨，几乎是命中要害。"

怀迪对着康利继续说道："把采证小组和所有你调得到的州警队队员全都叫去雷斯酒吧的停车场，但招子放亮点儿，别把波士顿警局的人惹毛了。找到子弹后，听好，你就亲自把它护送回队上的化验室。"

西恩把头探进后备厢里，仔细地研究了一下那张血肉模糊的脸。"伤口沾有大量沙粒。照这样看来,凶手应该曾经抓着他的脸对着水泥地面猛撞,一直撞到他手酸了为止。"

怀迪一只手搭上了康利的肩膀。"跟波士顿警局说,他们可能需要派一整组凶杀组的人员到现场——采证小组、摄影师、执勤助理地方检察官,还有法医。告诉他们包尔斯警官要求一名能在现场验出血型的技术人员到场。就这样。去吧。"

康利求之不得。他一路小跑冲进车里,以迅雷不及掩耳的速度启动、换挡、调头,不到一分钟,车便冲出了拖吊场。

怀迪用了一整卷底片将车子外面四周都仔细拍照存证,然后对索萨点点头。索萨随即戴上一副医用手套,用一根开锁用的铁丝打开了乘客座的车门。

"你找到什么身份证件了吗?"怀迪问西恩。

西恩说道:"皮夹在他裤子后面的口袋里。你先拍几张照片,给我一点儿时间戴手套。"

怀迪走到车后面,对着尸体拍了几张照片,然后把相机挂在脖子上,拿着他的笔记本,迅速地画了一张现场草图。

西恩从死者裤袋里抽出一只皮夹,正要翻开查看,前座传来了索萨的声音:"行车执照上面登记的名字是奥古斯特·拉森,地址是卫斯顿市沙松街三百二十三号。"

西恩低头看了一眼手上的驾照。"同一个人,没错。"

怀迪回头看西恩。"他皮夹里有没有器官捐赠卡之类的东西?"

西恩把皮夹里面的卡全部拿出来翻了一遍——信用卡、录像带出租店会员卡、健身俱乐部会员证、美国汽车驾驶协会会员卡,最后终于找到一张健保卡。西恩拿着健保卡,朝怀迪挥了挥手。

"血型:A。"

"索萨!"怀迪喊道,"联络勤务中心。要他们通知所有在线警力协助追缉大卫·波以尔,地址是东白金汉弯月街十五号。白种,男性,棕发,蓝眼,五英尺十英寸,一百六十五磅。据判嫌犯可能携有枪械,并具有相当的危险性。"

"携械且危险？"西恩说道，"有这么严重吗，老大？"

怀迪答道："你去跟我们的后备厢男孩说啊。"

波士顿警局总部离拖吊场只有八条街，所以在康利离开五分钟后，大批来自市警局的警车便开进了拖吊场，后面紧跟着一辆法医处的箱型车，以及一辆采证小组的卡车。一看到市警局的大军开到，西恩即刻脱下手套，往后退了几步。接下来的事就由市警局接手了。他们有问题要问他，可以；但除此之外，他就打算拍拍手走人了。

第一个从那辆米黄色的福特维多利亚皇冠下来的凶杀组干员是伯特·柯瑞根。他是和怀迪同一辈的老战马了，同样也有过几次失败的婚姻和糟得不能再糟的饮食习惯。他和怀迪握了手，打了招呼。他俩都是佛利酒吧周四夜晚的常客，而且还同属一个飞镖竞赛联盟。

伯特对着西恩说道："罚单开过了没？还是你想等到葬礼之后再开？"

"这个笑话点子不错，"西恩应道，"最近是谁在替你写剧本啊，伯特？"

伯特拍了拍西恩肩膀，往车后走去。他朝后备厢里瞄了一眼，嗅了嗅，丢下一句："挺难闻的。"

怀迪走到后备厢跟前。"我们认为本案的第一现场是东白金汉雷斯酒吧的停车场，时间则是周日凌晨。"

伯特点点头。"我们周一下午不是派过一组鉴识人员去那里和你们会合吗？"

怀迪点点头。"同一个案子。你今天有再派人过去吗？"

"有，就在几分钟前。应该是要跟一个叫康利的州警碰头，说是要找一颗弹头，是吧？"

"没错。"

"我刚刚也收到无线电通知了。你要求协寻一个家伙对吧？"

"大卫·波以尔。"怀迪答道。

伯特凑近看了一下死者的脸。"我们需要你这边所有关于本案的记录，怀迪。"

"没问题。我会再多留一会儿，看看有没有什么需要我帮忙的地方。"

"你今天洗过澡了吗？"

"一早就洗过了。"

"好吧。"他转头看着西恩，"那你呢？"

西恩说道："刚扣了一个家伙，还在等我回去问话。这里就交给你们了。我先带索萨回队上了。"

怀迪点点头，陪西恩往车子那边走去。"我们先用这些证据让波以尔招了这个案子，说不定他会连马可斯的命案也一起招了，来个一石二鸟大满贯。"

西恩说道："相隔十条街的双尸命案？"

"或许她从酒吧出来时正好撞见波以尔做掉这家伙。"

西恩摇摇头。"时间根本连不上嘛。如果这家伙真的是大卫·波以尔干掉的，那他就是在一点三十分到一点五十五分之间干的。之后他还得再开过十条街，赶在一点四十五分的时候在雪梨街上堵到凯蒂·马可斯的车。这怎么可能？"

怀迪半倚在车上。"也是。这怎么可能？"

"再说，你看到那家伙背上的弹孔没？蛮小的，怎么看也不像是 A-38 式手枪干的。所以说，如果你问我的话：不同的枪，不同的凶手。"

怀迪点点头，低头瞅着自己的鞋子。"你还要回去再和哈里斯那小子干一回合？"

"所有线索最后总是又绕回他老子的枪上头。"

"要不要去弄张他老子的档案相片来？找人用计算机加个几岁，弄张图发出去，看看是不是有人见过他。"

索萨这时也走近了，一把拉开乘客座的车门。"我跟你走吗，西恩？"

西恩点点头，转身面对怀迪。"一定是件小事。"

"什么小事？"

"某件被我们遗漏掉的小事。一定是某个微不足道的细节。只要让我想到了，这案子就破了。"

怀迪脸上泛开一抹微笑。"上一个没让你破了的凶杀案是多久以前的事，小子？"

西恩脱口而出。"艾琳·菲尔德。八个月前。"

"世上哪有百发百中这回事，"怀迪说道，一边起身往凯迪拉克那边走去，"懂我的意思吗？"

布兰登被关在拘留所里的时间并不好过。他的身子看起来愈发单薄，年纪甚至更显小了，但他的眼底却出现了一抹隐约的凶光，仿佛他在那间小牢房里看到了一些他宁可永远不知道的事。但西恩之前还曾经特别关照过，要他们派给他一间空牢房，以免那些人渣毒虫骚扰他；因此，西恩不了解到底是什么事让布兰登身上发生了这些转变，除非他真的非常害怕独处。

"你父亲人在哪里？"西恩问。

布兰登低头啃着指甲，耸耸肩。"纽约吧。"

"你们一直都没见过面吗？"

布兰登换了一只手指，继续啃咬。"我六岁之后就没见过了。"

"你杀了凯瑟琳·马可斯吗？"

布兰登终于放下手，瞪着西恩。

"回答我的问题！"

"没有。"

"你父亲的枪在哪里？"

"我根本不知道我父亲有枪。"

这回布兰登的眼睛连眨都没有眨一下。他紧盯着西恩的眼睛，丝毫不闪躲。他的眼底流露出某种颓然的疲倦、冷漠和残忍。西恩首先感觉到可能潜伏在这孩子体内的暴力倾向。

小牢房里到底发生过什么事？

西恩问道："为什么你父亲会想要杀死凯蒂·马可斯？"

"我父亲，"布兰登说道，"没有杀死任何人。"

"你知道些什么，布兰登。但你不肯告诉我。我看这样，咱们去看看测谎仪现在有没有人在用。我还有几个问题想要问你。"

布兰登回答："我要跟律师谈。"

"再等一下。咱们先——"

布兰登重复了一次。"我要跟律师谈。现在就要。"

西恩试着保持语调平稳。"行。你有认识的律师吗？"

"我妈认识一个。我知道我有权利打一通电话。"

西恩说道："听着，布兰登——"

"我现在就要打。"布兰登说道。

西恩叹了一口气，把电话推到布兰登面前。"先拨九。"

布兰登的律师是个爱尔兰裔的老油条。他是那种打救护车还是马车的时代起就已经跟在救护车后头找客户的律师。不过他在这一行打滚的时间也算够久了，至少还知道西恩光凭没有不在场证明这一点无权拘留布兰登。

西恩说道："你说我关他？"

"你把我的当事人关在牢房里。"老家伙说道。

"那牢房又没上锁，"西恩说道，"是那小子自己说想看看牢房长什么样。"

那个律师露出一副对西恩竟然只扯得出这般蹩脚的谎话感到很失望的模样，带着布兰登头也不回地走了。他们走后，西恩随手翻了几个档案，发现自己根本看不进去。他合上档案夹，往椅背上一靠，闭上眼睛，脑海中浮现他梦中的萝伦，以及他那不曾谋面的孩子。他能闻到她们身上散发出来的淡淡幽香。他真的能闻到。

西恩翻开他的皮夹，从里面抽出一张写着萝伦手机号码的纸条。他把纸条放到桌上，轻轻地抚平上面的折痕。他从来就不想要小孩。除了在机场可以优先登机，他实在是看不出生小孩有其他好处。小孩子只会占据你全部的生活，让你活在永无止境的恐惧与疲惫之中。有的人把小孩看作是上天的恩赐，谈起他们的小孩的时候，口气无比恭敬虔诚，拜拜祷告也不过如此。问题是，说穿了，大家可别忘了，每一个在路上超你的车、大摇大摆在街上横行霸道、在酒吧里叫嚣、把音乐开得太大声、抢你的钱、剥削你、卖你烂车的浑蛋也都曾经是个小孩子。小孩子不是奇迹，更不是什么神圣不可亵渎的东西。

更何况，他甚至不确定孩子是不是他的。他没去做亲子鉴定。他的自尊不允许他这么做。去他妈的，叫人来帮我鉴定一下我是不是我老婆孩子的父亲？世上还有比这更尊严扫地的事吗？呃，对不起，可不可以麻烦你帮我抽点儿血验验看，呃，因为我老婆跟别人上床，还搞大了肚子。

去他妈的，没什么好不承认的。没错，他是想念她。没错，他还是爱她。而且，没错，他是梦到抱着他的孩子。那又怎样？萝伦背叛了他，丢下他，还在离家出走的这段时间里生下了那个孩子；而就算事情已经到了这个地步，她也从来没有道过歉。她从来没有说过一句，西恩，我错了，我很抱歉伤了你的心。

那西恩有没有伤了她的心呢？有，当然有。当他第一次发现萝伦有外遇时，他几乎就要动手了，只是在最后一刻终究还是克制住了自己的拳头，硬生生地把它缩回裤袋里。可是萝伦已经看到他脸上那种狰狞的恶意了。还有他脱口而出的那些难听的话。天啊。

但是，他的愤怒，他将她拒于千里之外都是正常反应。他才是受伤害最深的人。不是她。

是吗？他又用几秒钟的时间再次确认了一遍：是的。

他将纸条收回皮夹里，再度闭上眼睛，坐在椅子上，陷入了自己的思绪里。走廊上的脚步声猛地将他拉回现实中；他睁开眼睛，正好看到怀迪旋风似的进了办公室。西恩在闻到他身上扑鼻的酒气前，就已经在他眼底看见浓浓的酒意了。怀迪跌坐进他的椅子里，两脚往桌上一放，正好踢到康利下午拿过来的那箱零星证物。

"妈的，真是漫长的一天。"怀迪说。

"找到人了吗？"

"波以尔？"怀迪摇摇头，"没有。房东说他大概是三点左右出的门，之后就没回去过了。他还说他也好一阵子没听到他老婆小孩的动静了。我们也打电话去他上班的地方问过了。他轮的是星期三到星期天的班,所以那边也没他的消息。"怀迪打了个嗝,"他迟早会出现的。"

"子弹的事有着落吗?"

"我们在雷斯酒吧停车场里找到一颗。问题是,子弹打穿那家伙后又打到一根铁柱。弹道分析室的人说,他们还不能确定是不是比对得出来。"怀迪耸耸肩,"哈里斯那小子呢?"

"终于还是搬出律师来啦。"

"哦?"

西恩踱到怀迪桌旁,拿起证物箱里的东西一样一样地看过。"没有脚印,"西恩说道,"档案里也找不到指纹记录。凶枪上回出现是在十八年前的一桩抢劫案里。妈的,这他妈的到底是怎么回事啊?"他把弹道分析报告丢回纸箱里,"唯一没有不在场证明的人却是我唯一不怀疑的人。"

"回家去吧,"怀迪说道,"我说真的。"

"好啦,好啦。"西恩从箱子里拿出那盘911的报案电话录音带。

"那是什么?"怀迪问。

"史努比狗狗的专辑。"

"我以为他死了。"

"死的是图帕克。"

"谁记得这些事啊。"

西恩把录音带放进他桌上的录音机里,然后按下"开始"键。

"九一一报案中心。"

怀迪拿了条橡皮筋朝吊扇射过去。

"有一辆车,里头都是血,还有,嗯,门是开着的,还有,嗯——"

"车子现在停在哪里?"

"在平顶区。就在州监公园附近。我和我朋友一起看到的。"

"有没有详细地址?"

怀迪用拳头半遮着嘴,打了一个哈欠,伸手又拿了一条橡皮筋。西恩站起来伸了个懒腰,心里一边盘算着他冰箱里还有什么可以拿来当晚餐。

"雪梨街。里头都是血,门是开着的。"

"你叫什么名字,小朋友?"

"他想知道她的名字。还叫我'小朋友'呢。"

"小朋友?我是问你的名字。你叫什么名字?"

"妈的吓死人了,我们要走了,你们赶快派人来就对了。"

然后电话就挂掉了。录音机里接着传来接线生联络中央勤务中心的通话声。西恩关掉了录音机。

"我还以为图帕克比较强调节奏咧。"怀迪说。

"那是史努比狗狗。刚刚才跟你讲过的。"

怀迪又打了个哈欠。"回家去吧,小子。"

西恩点点头,把录音带从录音机里拿出来,装回盒子里,然后把它从怀迪头顶丢过去,让它掉进那只证物箱里。他从他桌子的第一个抽屉拿出他的克拉克手枪与枪套,再把枪套扣在皮带上。

"她的。"西恩说道。

"什么?"怀迪转头看着他。

"录音带里那个小鬼。他说'她的名字','他想知道她的名字'。"

"有什么不对吗,"怀迪说道,"死掉的是个女孩子,当然要用'她'啊。"

"问题是他怎么知道?"

"谁?"

"打电话的那个小鬼。他怎么知道车子里的血是女人的血?"

怀迪把脚从桌上放下来,注视着那只箱子。他手一探,拿出那盘录音带,抛给西恩。西恩接住了。

"再听一次。"怀迪说道。

第二十六章　消失在太空中

　　大卫和威尔开车穿越市区，过了神秘河，来到位于切尔西区的一家小酒吧。这里的啤酒便宜又冰凉，够劲儿，客人也不多，只有几个看起来已经在码头讨了一辈子生活的酒吧常客，还有四个建筑工人模样的家伙，在那边热切地讨论着一个名叫贝蒂的显然有着一副好奶子但脾气却不怎么样的小马子。酒吧位于托宾桥下一个隐秘的角落里，屋后紧临神秘河，看起来仿佛已经在那里好几十年了。店里所有客人都认识威尔，也都跟他打了招呼。老板名叫修伊，枯瘦如柴，顶着一头黑得不能再黑的黑发，肤色却惨白如纸；他也充当店里的店员，二话不说就请了他们两轮的酒。

　　大卫和威尔玩了一会儿台球，然后便捧着一壶啤酒和两杯威士忌，找了张桌子坐下了。酒吧临街一边的墙上开了几扇方形小窗，不久前的金黄这会儿已经让愈发加深的靛蓝给取代了；夜色以迅雷不及掩耳之势悄然来袭，大卫甚至有点儿像是被欺负了的感觉。花点儿时间认识后，威尔其实还算是个蛮好相处的人。他有一肚子关于监狱和作案失风的故事可以说，其中有些人物情节其实还挺吓人的，但威尔总有办法把它们说得轻松好笑。大卫忍不住想，像威尔这样一个天不怕地不怕、自信满满的人，竟然配了一副五短身材，不知道他自己对这样矛盾的搭配做何感想？

"有一次，嗯，那是好久以前的事了；那时吉米刚让警察抓去坐牢，而我们一伙人还没搞清楚状况，还想靠自己闯下去——妈的，我们那时根本还没觉悟到，我们之所以还配称贼，靠的就是吉米那颗脑袋。我们只管听命行事，他反正会帮我们把一切都计划好。没了他，我们根本只是一群白痴。总之，我们那次是抢了个邮票收藏交易商。好啦，是轻松得手啦，于是我们就把那家伙绑一绑，扔在他的办公室里，我和我弟弟尼克，还有一个叫卡森·拉佛瑞的白痴——那小子白得厉害，你要是不示范给他看，他就连他妈的鞋带都不会系——总之我们三个人就从从容容地搭了电梯下楼，想说一切还挺顺利的嘛，我们全都穿着西装，模样都还挺不赖的，应该不会被怀疑。结果呢，电梯门突然开了，一个女士一走进来就倒抽了一大口气。动作超夸张。我们根本不知道这到底是怎么回事。我们看起来不都很像守法的良民吗？我转头看着尼克，而尼克则睁大了眼睛看着卡森·拉佛瑞——你猜怎样？那个他妈的大弱智竟然还戴着面具！"威尔用力拍了一下桌子，自顾自笑得乐不可支。"你能相信吗？他就这样戴着个里根面具一路走进了电梯！你知道那种面具吧，以前流行过一阵的，就咱们里根总统咧嘴笑得很开心的那种橡胶面具。那白痴竟然还戴着它！"

"你们难道都没注意到吗？"

"没错，这就讲到重点啦，"威尔说道，"我们一得手，一走出那间办公室，我和尼克就把面具摘下来了，谁会想到那白痴竟然连这个都要人教。这类鸟事简直防不胜防。因为你又紧张又蠢，一心只想赶快得手走人，于是你常常就会忽略掉一些很明显的细节。事情就在你眼前瞪着你，而你却视而不见。"他咯咯干笑几声，仰头干掉了自己那杯威士忌。"所以我们才会那么想念吉米。他事先就会设想一切情况，注意到一切细节。人家不是说，一个好的四分卫，要能掌握场上一切动静吗？没错，吉米就像那样。他看得到所有细节，所有可能会出差错的小地方。那家伙是个他妈的天才！"

"但是他洗手不干了。"

"没错，"威尔说着点燃了一根烟，"为了凯蒂。后来又为了安娜贝丝。

哎，这事你听着就好，不要说出去：我觉得他根本不是真的想这样做。可是你又能怎么样呢？有时候人就是得长大。我第一任老婆就是这样说我的——她说我的问题就在于我拒绝长大。可总得等到太阳下山真正的乐子才能开始嘛。白天原本就该用来睡觉啊。"

"我一直以为那感觉应该会很不一样。"大卫说道。

"什么？"

"长大。感觉应该会很不一样吧？你感觉自己长大了，是个真正的男人了。"

"你没有这种感觉吗？"

大卫浅浅地笑了。"有时候吧。一阵一阵的。但老实说，大部分时候，我真的觉得自己的感觉和十八岁的时候根本没啥差别。我常常一早睁开眼睛，突然想到自己竟然已经是有老婆有孩子的人了，一下子还反应不过来，简直不敢相信。妈的，这是什么时候发生的事啊？"大卫感觉自己的舌头因为酒精而变得有些不听使唤，他的头则因为胃里空着而有些轻飘飘的。他感觉自己有必要解释，好让威尔多了解自己一点儿，多喜欢自己一点儿。"我想，我一直都以为，那种长大的感觉应该是一来就不会再走了才对。你知道我在说什么吗？嗯，就是呢，有一天你一早醒来突然就感觉自己长大了。感觉自己就像五六十年代的电视剧里的那种父亲一样，那种一家之主的感觉。"

"比如说瓦德·克利佛吗？"威尔说道。

"没错。或者甚至是电视上那些警长，有没有，就是詹姆士·阿尼斯之类的人物。他们是男人。永远的男人。"

威尔点点头，又喝了一口啤酒。"以前在监狱里曾经有个家伙跟我说过一句话。他说：'快乐总是一阵一阵的，来了然后又走了。下回再来可能是好几年后的事了。而悲伤呢，'"威尔眨了眨眼睛，"'悲伤来了就不会走了。'"他熄掉手上的烟。"我还蛮喜欢那家伙的。他常常会说一些这种还蛮有道理的话。哎，我要再去弄杯威士忌来。你呢？"威尔站了起来。

大卫摇摇头。"我等这杯喝完再说吧。"

"哎，争气点儿嘛，"威尔说道，"人生苦短哪。"

大卫看着威尔那张五官挤成一团的笑脸，说道："呃，好吧。"

"这才像话嘛。"威尔拍拍他的肩膀，然后转身往吧台走去。

大卫看着他站在吧台前，一边等酒一边和一个码头工人聊天。大卫暗自忖度着，这里放眼望去每个人都知道当一个男人是什么滋味。真正的男人。没有任何疑虑，从来不曾怀疑自己的所作所为，从来不曾对这世界感到困惑，从来不曾看不清自己的角色任务。

应该是恐惧吧，他猜想。他和他们之间最大的差别应该就是恐惧造成的吧。恐惧在他还很小很小的时候就在他心里生了根，就像威尔那个狱友关于悲伤的说法，来了就永远不会走了。恐惧在大卫心里落了地，生了根，从此不曾离开；于是他害怕一切。他害怕犯错，害怕搞砸一切，害怕自己不够聪明，害怕自己不是好丈夫好父亲，害怕自己不是个像样的男人。这么多年下来，恐惧几乎已经成了他的一部分，他几乎已经记不得没有恐惧的日子是什么滋味了。

酒吧的门突然被推开了。外头正好有车经过，白晃晃的车灯刷地扫过大卫脸上；他连眨了几下眼睛，还是只能依稀辨出刚走进门来的那个男人逆光的身影。男人骨架粗大，似乎穿了一件皮夹克。他的模样有点儿像吉米，不过壮了些，肩膀也宽了些厚了些。

事实上那确实是吉米。门被关上，酒吧里恢复原先的幽暗后，大卫才终于看清楚了。确实是吉米，穿着一件深色套头毛衣和咔叽裤，外头罩着一件黑色皮夹克。他对大卫点点头，然后朝吧台前的威尔走去。他凑过身子，在威尔耳边说了些什么，而威尔则回头瞄了大卫一眼，又跟吉米说了些什么。

大卫突然感到一阵头晕。应该是空荡荡的胃里的酒精在作祟，他确定。不过这突如其来的感觉却又似乎跟吉米脱不了关系——他朝他点头的模样，还有他那张没有表情却又仿佛暗藏着某种决断的脸。还有，他是怎么回事，看起来像是一夜之间长了十磅似的？明天就是他女儿的守灵夜，他还大老远跑来切尔西这边做什么?

吉米朝桌子这边走了过来,坐进了威尔之前的位子,与大卫隔桌相望。他说道:"还好吧?"

"有点醉了,"大卫承认道,"你最近是不是长胖了?"

吉米丢给他一抹诡异的微笑。"没有。"

"你看起来变壮了。"

吉米耸耸肩。

"你怎么会来这里?"大卫问道。

"这里我常来。我和威尔和修伊是很多年的老朋友了。你把那杯威士忌给干了吧,别一直放着。"

大卫举起桌上的杯子。"我实在是,已经有点儿不行了。"

"不行就让他不行啊。"吉米说道,而大卫这时才注意到吉米手中也拿了一杯酒。他举杯,轻轻碰了一下大卫的杯子。"敬我们的孩子。"吉米说道。

"敬我们的孩子。"大卫挣扎着应和了一句。他这下真的感觉全身不太对劲了。他感觉自己仿佛在朦胧中让人硬生生从白天拉进夜里,再滑进梦中,而梦中所有人的面孔都离他太近,声音却遥远而模糊,像是从地底的下水道传上来的。

大卫将手中那杯威士忌一饮而尽,喉头猛然涌上来的烧灼感让他脸上不禁一阵扭曲。这时威尔也回来了,他滑进大卫身旁的座位,一手搭上他的肩膀,直接从酒壶边缘啜饮了一口啤酒。"唉,我一直都很喜欢这个地方。"

"这是家好酒吧,"吉米说道,"没人会来烦你。"

"这点倒是挺重要的,"威尔说道,"各人过各人的,谁也不要去烦谁。谁也不要去搞谁的家人爱人和朋友。你说我说得对不对啊,大卫?"

大卫说道:"千真万确。"

"这家伙果然上道,"威尔说道,"真是个他妈的好酒伴。"

吉米说道:"是吗?"

"是啊,当然是啊,"威尔说道,然后在大卫肩上狠狠捏了几下,"好家伙,大卫。"

瑟莱丝坐在汽车旅馆的床边,而麦可则在一旁看电视看得正起劲。她一动不动地坐在那里,腿上放着电话,一手紧紧地压在话筒上。

她和麦可在旅馆的小游泳池畔那几张锈痕斑斑的凉椅上坐了一下午。在那段时间,她渐渐感觉自己空洞、虚弱而渺小,她感觉自己正从半空中俯视着下头的自己,那个看起来孤单愚蠢而且——是的——不忠的她。

她的丈夫。她背叛了她的丈夫。

也许大卫真的杀了凯蒂。也许。但她怎么会,她到底是怎么想的,竟然会去找吉米,偏偏就找上了吉米,把发生过的一切都告诉了他?为什么她不再多等些时候,再多花点儿时间把事情想清楚呢?为什么她没考虑过其他选择呢?因为她害怕大卫?

但她过去几天来看到的那个大卫并不是真的大卫。那是被巨大的压力压迫得变了形的大卫。

也许凯蒂根本不是他杀的。也许。

重点是,她至少应该给他机会,让时间去澄清或证明一切。她应该再给他也再给自己一点儿时间的。在这段等待的时间,她或许暂时无法再跟大卫共处一室,她不能让麦可也跟着冒这个险;但她现在知道了,她该去找警察的,她怎么也不该找上吉米·马可斯。

难道她潜意识里就是想伤害大卫吗?难道当她看着吉米的眼睛告诉他她的怀疑时,她心底其实还藏别的期待吗?如果是这样,那又是什么样的期待?茫茫人海中,她为什么偏偏挑上了吉米?

这问题有太多可能的答案,而她一个也无法面对。她终于下定决心,举起话筒,拨通了吉米家的电话。她两手不住地猛烈颤抖着。谁都好,求求你,求求你快接电话吧。求求你。

吉米脸上的微笑愈发叫人捉摸不定,一会儿上,一会儿下,一会儿这边，一会儿又跑到那边去了。大卫试着把目光聚焦在他身后的吧台上，但吧台这会儿竟也摇晃了起来，仿佛这整间酒吧都让人移到了船上，下头是风雨中的大海。

"记得我们把雷伊·哈里斯带来这里的那回吗？"威尔说道。

"当然，"吉米说道，"咱们的好兄弟老雷伊。"

"这雷伊啊，"威尔说道，一边猛然拍了一下大卫面前的桌子。"真是个他妈的有意思的老家伙。"

"没错，"吉米淡淡地说道，"雷伊说故事挺有一套的。老是能把人逗得哈哈大笑。"

"外头的人都叫他'就是雷伊'，"威尔说道，而大卫还在挣扎着试图想起他们说的到底是谁，"但是我都叫他'叮当雷伊'。"

吉米弹了一下手指，指着威尔说道："没错没错。因为他口袋里老是装着一堆硬币。"

威尔朝大卫倾过身子，在他耳边说道："这家伙呀，裤子口袋里随时都装着少说十块的零钱。没人知道为什么。总之他就是随时随地都带着这么一把零钱在身上，以免他临时想要打电话去利比亚还是什么鸟不生蛋的鬼地方吧，我猜。妈的，谁知道呢？反正他整天就装着那两大裤袋的硬币到处跑，两手还不时伸到里头搅和，一路叮叮当当响得可起劲了。拜托，这家伙是个贼哪，搞了那堆硬币在口袋里简直是在说：'嘿，小心喽，小毛贼雷伊来喽！'不过还好，真正有活要干的时候，他倒还知道要把硬币留在家里。"威尔叹了口气。"那家伙真是有意思。"

威尔移开放在大卫肩膀上的手，又点了一根烟。袅袅升起的白烟爬上了大卫的脸，他感觉白烟在他颊骨上爬窜，然后钻进了他的头发里。隔着雾蒙蒙的白烟，他看到吉米正以那种断然而空洞的眼神注视着他。他在吉米眼底看到了某种熟悉的神情，某种他从来不曾喜欢过的神情。

警察的眼神，他突然意识到。包尔斯警官。他的眼神总是带着那种窥探的意图，企图看穿他，看进他的脑海里。那抹流窜的微笑突然又回到吉米的脸上了，像一艘小艇似的，起伏不定，大卫感觉自己那个空荡荡的胃似乎也跟着弹跳晃动了起来，仿佛也在海上。

他连着咽下好几口口水，然后用嘴巴深深地吸了一口气。

"你还好吧？"威尔问道。

大卫举起一只手。只要所有人暂时都闭嘴不要说话我就没事了。"嗯。"

"你确定吗？"吉米说道，"你脸色都发青了哪。"

胃里那股酸液倏地随着一阵痉挛往上冲，他感觉自己的喉头瞬间锁住了，接着又蓦然大张，无数汗珠霎时自他额上的毛细孔里蹿出来。"妈的。"

"大卫。"

"我不行了。"他说道，感觉又一股酸液正蓄势待发，"真的。"

威尔说道："好，好。"然后便溜下座位，让路给大卫。"从后门出去。修伊不喜欢人家把马桶吐得乱七八糟的。知道吗？"

大卫跌跌撞撞地下了桌，威尔一把揪住他的肩膀，让他转了个方向，引导他看清楚台球桌后方的那扇门。

大卫往门那边摸去，一路挣扎着踩稳脚步，左脚然后右脚，左脚然后右脚；但门却依然像长了脚似的，忽而在左忽而在右。那是一扇不起眼的深色木门，橡木上头原本漆了黑色的油漆，却早已让岁月撞出了不少沧桑的坑疤。大卫突然感觉室内燠热不堪。他一路摇摇晃晃地往后门摸去，一屋子黏湿浓浊的热气不停地朝他袭来；终于，他摸到了黄铜门把，冰凉的金属给他带来些许慰藉。他转动门把，推开了门。

第一个映入他眼帘的东西是杂草。然后是河水。他勉强往前走了几步，一时无法适应眼前这片无尽的黑暗；然后，像是事先安排好的似的，门上的一盏小灯突然亮了，昏黄的灯光悠悠地照亮了他脚下一块裂痕斑斑的沥青地。他听到从头顶上空的托宾桥上不断传来车子驶过的隆隆声与喇叭声，突然间，那阵恶心欲吐的感觉消失了。或许他没有自己想的那么不舒服。他深深地吸进一口冰凉的夜间空气，举目四望。在他左手边的空地上，有人在那里堆了许多已经腐烂得差不多了的木板和几只生锈的捕虾笼；其中几只捕虾笼上有好些狰狞的大洞，仿佛曾遭到过鲨鱼攻击似的。大卫有些纳闷，在离出海口这么远的河岸上怎么会出现捕虾笼，但他随即确定凭自己这颗醉醺醺的脑袋根本不可能想出个所以然来。木板堆再过去不远处是一道铁丝网墙，生锈的程度和捕虾笼不相上下，一格格的铁丝倒成了野草攀爬蔓生的天堂。至于他的右手边则是一大片长得比人还高的杂草，沿着那条破旧龟裂的砾石道足足蔓延了有二十码之远。

　　大卫的胃部再度一阵痉挛，这最新一波上涌的酸液来势汹汹，瞬间便涌上了他的喉头。他跌跌撞撞地往河边冲，还来不及站稳，胃里积压了一天的恐惧、雪碧与啤酒便一股脑地冲口而出，哗哗地泼进了油腻腻的河水里。全都是液体。他胃里除了这些液体别无他物。他甚至不记得自己上次进食是什么时候的事。但在这些发酸的液体终于离开他的身体落进水里后，他感觉好多了。他感觉夜晚渐深的凉意窜上了他的发际。一阵轻柔的微风自河面升起，徐徐往岸上吹过来。他跪在那里，等着下一波痉挛来袭；但他其实知道大概就是这样了。他感觉自己体内一切秽物都已然被他排出体外。

　　他抬头看着漆黑的桥底。桥上一片车水马龙，有人要出城，有人要进城，但所有人都一致行色匆匆，焦躁不耐。也许他们或多或少都明白，自己就算披荆斩棘赶回家里，家里也未必能让他们觉得好过些。其中半数的人回到家后注定还是得出门——或许是去超市买样先前漏买的东西，或许是去酒吧，去录像带出租店，去餐厅外头再度加入人龙，排那永远也排不完的队。而这一切究竟是为了什么？排队是为了什么？我们到底在期待些什么，期待要往哪里去？为什么我们到了目的地后，却又总是不如先前预期的那般快乐满足呢？

　　大卫注意到他右手方向靠岸停放着一艘有舷外马达的小船，让人绑在一块狭小寒酸得实在没有资格称作码头的破旧木板上。应该是修伊的船吧，他想，突然让脑海中浮起的画面逗弯了嘴角——顶着一头漆黑的乱发、瘦得活像具骷髅似的修伊驾着这艘小船，在油腻腻的河水上载浮载沉。

　　他举目四望，再度回头观察了一下那些木板和丛生的杂草。难怪失态的酒客会选择来这里呕吐。这是个完全与世隔绝的角落。除非拿着双筒望远镜站在河对岸，否则从其他方向根本无从窥见这里的动静。而且这里还静得出奇。桥上隆隆的声音遥远而模糊，齐人高的杂草过滤掉一切多余的声响，只剩海鸥的嘎嘎哀鸣与淙淙的水声。如果修伊够聪明的话，就该把握时机，把店后这片临水的空地整理一下，找木匠盖个露台，定叫近来纷纷入驻艾米罗丘的雅痞们趋之若鹜——雅痞大军一旦攻陷东白金汉，切尔西区显然将会是他们下一个目标。

　　大卫又连吐了几口痰，然后用手背抹了抹嘴角。他挺腰站直了，决定待会儿要跟吉米和威尔说清楚，他一定得先吃点儿东西才能继续喝下去。他并不挑食，只要是能先垫垫肚子的东西都行。他一转身，却看到他们就站在那扇黑木门前，威尔在左，吉米在右，两人身后的门紧紧关上了。他俩的表情看起来实在有些好笑，大卫心想，像两个按地址送来一车家具的工人，一下却让眼前这片蔓生的草丛搞糊涂了，不知道该把东西卸到哪里去。

　　大卫说道："嘿，你们两个是怕我栽进河里去了，特地出来看看的吧？"

　　吉米举步朝他走来，门上那盏小灯突然间又熄灭了。吉米的身影一下消失在黑暗中，只剩从桥上投射下来的灯光偶尔扫过他的脸。他缓缓前进的身影就这样一路在光与影中穿梭。

　　"让我来跟你说说雷伊·哈里斯的事吧。"吉米说道；他的声音低沉柔和，大卫不禁往前倾过身子。"雷伊·哈里斯是我的好兄弟，大卫。我坐牢的时候他不时会来探监。他甚至常常会去探望玛丽塔、凯蒂和我的母亲，看看她们有没有什么需要他帮忙的地方。他这么做是想要让我把他当作朋友，但真正的原因却是罪恶感。他捅娄子让警察逮住了，却出卖我以求自保。所以他有罪恶感。他觉得很对不起我。但就在他不时来探监几个月后，一件很奇怪的事情发生了。"吉米在大卫面前停下脚步，下巴微微扬起，定定地瞅着大卫的脸。"我发现我喜欢雷伊。我发现自己真心喜欢他的陪伴。我们什么都能聊，我们聊棒球、聊足球、聊上帝、聊书、聊我们的妻子家人，聊政治，只要你说得上来的我们都能聊。雷伊就是那种什么都能聊的家伙。他对什么事情都有兴趣，真正的兴趣。这真的很少见。然后玛丽塔死了。你知道吗，她死了，而他们不过就派了个狱卒到我牢房里，丢下一句：'嘿，某某号囚犯，很抱歉，你太太昨天晚上八点十五分的时候过世了。她死啦。'——可是你知道吗，大卫，你知道关于她的死真正让我痛不欲生的是哪一点吗？那就是，她不得不一个人孤零零地走。我知道你心里一定在想：谁不是一个人孤零零地走啊？话说得没错。在你真正咽气的那一刹那，没错，你是一个人，那一程谁也没法陪你。但我的妻子得了皮肤癌。她花了六个月的时间慢慢地死去。而我原本该在她身边陪着她的。这一程我还能陪着她走。陪着她慢慢死去。结果我却不在她身边。雷伊，一个我还蛮喜欢的家伙，从我和我妻子身上夺走了这一切。"

大卫在吉米的瞳仁中看到一弯被桥上的灯光映亮的墨蓝色河水。他说道："你为什么要跟我说这些事呢，吉米？"

吉米举起一只手臂，指着大卫左后方的河岸。"我让雷伊跪在那里，然后对着他开了两枪。一枪在胸部，一枪在喉咙。"

威尔这时也缓缓踱离那扇门，朝大卫左侧走来。大卫感觉自己喉头一紧，全身的血液霎时冻结了。

大卫说道："嘿，吉米，我不知道——"

吉米说道："雷伊苦苦哀求。他说我们是朋友。他说他有儿子。他说他有妻子。他说他妻子还怀有身孕。他说他愿意搬走。他说他永远不会再来打扰我。他求我让他活下去，求我看在他第二个小孩将要出生的分上。他说他知道我，他知道我是好人，他说他知道我并不想这么做。"吉米抬头仰望桥底，"我想回答他。我想告诉他我爱我的妻子，而她却死了，而我认为他应该要负责。我还想告诉他，他早该知道，在道上混若还想长命百岁，就不该出卖自己的朋友。但我什么也没跟他说，大卫。我什么也没说。我当时泪流满面，什么话也说不出口。是的，当时的情况就是这么的可悲可笑。他哭了，我也哭了。我哭得几乎看不清他的脸。"

"那你为什么还要杀他？"大卫说道。他的声音中明显带着热切的渴望和绝望。

"我刚刚已经说过了，"吉米说道，仿佛他正试着把道理解释给一个四岁的幼童听，"这是原则问题。我是一个二十二岁的鳏夫，还带着一个五岁的女儿。我错过了我妻子生命中最后两年的岁月。而他妈的雷伊，他妈的早该知道做我们这一行的基本原则——绝对不能出卖朋友。"

大卫说道："你认为我做了什么事，吉米？告诉我你认为我做了什么事。"

"当我杀死雷伊的时候，"吉米说道，"我觉得，我不知道，我觉得我好像不是我自己了。我觉得当我在他身上绑上水泥砖，然后把他推进河里去的时候，上帝正在看着我。而他也只是摇摇头。他只是无奈地摇着头，并不真的感到生气。他只是很厌恶我所做的事，但不真的感到意外，我猜，大约就像是你看到小狗在你的地毯上撒了泡尿时的感觉。我当时就站在你背后这个位置，眼睁睁地看着雷伊慢慢地沉入水中。他的身体先沉下去，然后才是他的脑袋。然后我就想起我小的时候。我小时候曾经以为，如果你潜到水底，触底后再继续往下钻，就会钻进太空。你懂我的意思吗？我小时候想象中的地球就是这个模样。所以说，我想象自己一头栽进太空中，身旁是黑蒙蒙的天空和一堆星星，然后我整个身体不停地往下沉。我想象自己飘浮在太空中，在那片漆黑寒冷的空间中飘浮游荡了一百万年。当雷伊的头终于消失在水中时，我心里想的就是这件事。我想象他会不停地往下沉，直到穿过地心的洞，在太空中流浪一百万年。"

大卫说道："我知道你是怎么想的，吉米，但是你想错了。你以为我杀了凯蒂，对不对？你是不是这样想的？"

吉米说道："不要讲话，大卫。"

"不、不、不，"大卫说道，赫然注意到威尔手中拿着一把枪，"我跟凯蒂的死毫无关系。"

他们打算要杀我，大卫终于明白了。哦，老天，不要。这是一件你必须能有所准备的事。你不该只是走出一间酒吧，到河边呕吐，回过头来却发现这就是你生命的尽头。不，我应该回家的。我应该向瑟莱丝坦承一切，重新把日子好好过下去。我应该去吃我刚刚打算吃的那顿饭。

吉米一只手往外套里面伸去，摸出了一把刀。他的手微微颤抖着，将刀锋弹了开来。大卫发现，他的上唇和下巴也在不住地颤抖。所以说一切还有希望。不，不要让你的脑子僵住了。一切还有希望。

"凯蒂被杀死的那个晚上，你半夜回到家里的时候浑身是血，大卫。你编了两套不同的故事解释你手上的瘀青。凯蒂离开雷斯酒吧前后，有人在那里看到你的车。你跟条子撒谎了，你跟所有人都撒谎了。"

"看着我，吉米。求求你看着我。"

吉米的目光依然定定地落在地上。

"吉米，我那晚身上都是血，没错。但那是因为我痛扁了某人一顿，吉米。狠狠地痛扁了一顿。"

"你是说那个劫匪，是吧？"吉米说道。

"不。不是劫匪，是一个有恋童癖的人渣。他正在车里和一个孩子乱来。他是吸血鬼。他正在对那个孩子下毒。"

"哦，好，我懂了，不是抢劫，是一个，呃，一个有恋童癖的人渣。当然了，大卫，当然。所以说，怎么，你把那个人渣干掉了吗？"

"是的。嗯，我……我，还有男孩。"

大卫不知道自己为什么要这么说。他从来不曾跟任何人提过那个狼口逃生的男孩的事。你不该说的。说了也没人能了解的。也许是因为恐惧吧。也许他只是想让吉米看到他的内心，想让他了解，是的，他心里头一团乱，但睁开眼看清楚我，吉米。你会看到的。你会明白我绝对不是那种能对无辜的人下得了手的人。

"呃，好，所以说你和车子里的男孩——"

"不。"大卫说道。

"不？刚刚是你自己说你和那男孩——"

"不，不是这样的。算了。我的脑袋有时候就会这样乱得连话都说不清楚。我说——"

"好，"吉米说道，"所以说，你干掉了一个有恋童癖的人渣。而这事你愿意告诉我，却不愿意告诉你老婆？我还以为你第一个就会跟她说呢，大卫。尤其是昨晚，当她告诉你她根本不相信那套抢劫犯的故事之后。我的意思是说，你有什么理由不跟她说呢？谁会在意一个有恋童癖的人渣被干掉了呢，大卫？你老婆以为你杀了我的女儿哪。而你现在是想要我相信，你宁可让她这样想，也不愿意让她知道你干掉了一个有恋童癖的人渣？这事你可得好好跟我解释一下了，大卫。"

大卫很想告诉他，我杀了他是因为我害怕我会变成他。如果我吃掉他的心脏，我就能吞噬消灭掉他的灵魂。但我不能大声说出来。我不能说出这个事实。我知道我今天才刚立誓不再隐藏任何秘密了。但，我能怎么办呢？这个秘密无论如何也不能说出来——无论我得为了它撒多少谎。无论如何我就是不能说出来。

于是大卫脱口而出他所能提供的最好的答案："我不知道。"

"你不知道。好，所以说在你这个神话故事里，你和男孩——唉，该怎么称呼这男孩呢？童年的你？童年的大卫——你和他一起——"

"只有我，"大卫说道，"我一个人杀死了那个没有脸的怪物。"

"你杀了一个操他妈的什么？"威尔说道。

"那个男人。那个有恋童癖的人渣。我杀了他。我。就我一个人。在雷斯酒吧的停车场。"

吉米说道："我没听说那附近有人发现什么尸体。"然后转头看着威尔。

威尔说道："你让这个王八蛋解释做什么？吉米？你有没有搞错啊？"

"不不，这是真的，我说的都是实话，"大卫说道，"我用我儿子发誓。我把尸体塞到他自己的后备厢里去了。我不知道那辆车后来怎样了，但是我发誓，我说的都是真的。我还想见到我老婆，吉米。我想要把我的日子过下去。"大卫抬头看着一片漆黑的桥底。他听到车子川流不息地驶过，一对对黄色的光束全都朝着回家的方向。"吉米？求求你。不要夺走这一切。"

吉米的目光终于落在大卫脸上，而大卫却在他眼底看到了自己的死亡。像狼，寄生在吉米的体内。大卫多么希望自己能面对这一切。但他不能。他不能面对死亡。他站在这里——此时此刻他站在这里，双脚踩在这河边的土地上，心脏怦怦跳动着，大脑不断向他的神经他的肌肉他的五脏器官送出种种讯息，他的脉搏全力跳动着——然而下一秒，很可能就是下一秒，锐利无比的刀锋将刺入他的胸膛。随着那阵尖锐的刺痛而来的将是某种再无法逆转的结果：他的生命，他的视觉听觉，他的吃他的睡他的性爱他的哭笑他的触觉嗅觉都将不再了。他不够勇敢。他无法面对这样的结果。他愿意哀求。什么都好，他什么都愿意做。只要他们能放过他，不要杀他。

"你二十五年前上了那辆车，大卫，我认为被送回来的已经不是原来的你了。我认为你的脑袋已经他妈的坏掉了。"吉米说道，"她只有十九岁哪，你知道吗？她只有十九岁，而且她从来不曾对你做过任何事。她甚至还蛮喜欢你的。而你对她做了什么事？你他妈的杀了她。为什么？因为你痛恨自己这条烂命？因为你见不得任何美好的东西？因为我当年不曾跟你一起上了那辆车？告诉我，大卫。告诉我为什么。告诉我你为什么要杀她，"吉米说道，"然后我就让你活下去。"

"他妈的才怪，"威尔说道，"吉米？你他妈的疯了是不是？不要跟我说你竟然同情起这坨他妈的狗屎来了！听好——"

"闭上你的嘴，威尔，"吉米说道，伸手指着他的鼻尖，"我入狱前把好好一队人马交到你手中，结果，你却领着一伙人去撞墙。我什么都给你都教你，结果呢？结果你他妈的还是只会在那边逞勇斗狠，还他妈的贩毒？我不必听你说教，威尔！你他妈的想都别想！"

威尔转过头去，踢弄着脚下的杂草，嘴里念念有词。

"告诉我，大卫。但那堆狗屁不通的谎话我一句都不想再听了。可以吗？我只想听实话。跟我说实话。如果你再跟我扯一句谎，我就他妈的一刀捅穿你。"

吉米喘了几口气。他拿着刀子，刀尖抵着大卫的脸，然后他终于松了手，将刀子插回他右臀上方的腰带底下。他两手一摊。"大卫，我愿意把你的命还给你。只要你告诉我你为什么要杀她。你会去坐牢。我他妈的不跟你啰唆。但你毕竟可以活着去坐牢。你可以活下去。"

大卫感激涕零，几乎要双膝落地，大声地感谢上帝。他想要拥抱吉米。短短三十秒之前，他还深陷在最黑暗的绝望之中。他已经准备好要为自己的一条生路下跪哀求，他要告诉吉米他不想死。他还没有准备好。他还没有准备好要走。他不知道死后的世界是什么样。他认为自己没有资格上天堂。他认为那不会是任何与美好光明有关的境地。他认为那会是一条黑暗寒冷漫长的无底隧道。就像你想象中的地心一样，吉米。我一点儿也不想身处那片绝对的孤寂中，永无止境的孤寂，永无止境的寒冷。我不想只有我一颗孤寂的心飘浮在那片无尽的冰冷之中。什么也没有，只有无尽的孤寂，孤寂，孤寂。

他可以活下去了。只要他愿意说谎。只要他能忍痛开口对吉米说出他想听到的话。他将遭受他的憎恨与谩骂，他甚至可能遭到一顿痛打。但他可以活下去。他在吉米眼底看到了希望。吉米不是那种会说谎的人。他体内的那匹狼消失了，他看得出来，此刻站在他眼前的不过是个手里拿着刀、迫切地想要得到一个答案的男人。他让想要知晓真相的焦虑和因为再无法将女儿搂入怀中而生的悲恸淹得几乎要没顶了。

我可以回家，回到你身边了，瑟莱丝。我们将会拥有全新的生活。我们一定会的。在那之后，我保证，再不会有任何谎言和秘密了。但此刻我还有最后一个谎要撒——我生命中最后也是最丑陋的一个谎言，因为我怎么也无法说出我生命中最丑陋的一个真相。我宁可让他以为我杀死了他的女儿，也不愿让他知道我杀死那个人渣的真正原因。但这将是一个出于善意的谎言，瑟莱丝。它将为我们换来一段新的人生。

"告诉我！"吉米说道。

大卫尽可能照着事实说。"那晚，我在麦基酒吧里看到她，她让我想起了我曾经有过的一个梦。"

"什么样的梦？"吉米说道。他神情凄凉，声音破碎。

"青春。"大卫说道。

吉米倏地低下头去。

"我不记得自己曾经享受过一天青春，"大卫说道，"而她却活生生就是一个梦，是那梦想的化身。于是我再也受不了了。我当下就垮了。"

大卫几乎不忍说出这些话，看着它们无情地撕裂了吉米的心肺。但大卫只想回家，只想把脑子理清楚，只想看到他亲爱的家人；而如果这就是他必须付出的代价，那么他义无反顾。在这之后他会开始一段新的人生。

而一年后，当真正的凶手终于被绳之以法后，吉米将明白他今日的牺牲。

"一部分的我，"他说道，"从那时起就一直留在那辆车上了，吉米。就像你说的那样。另外一个大卫穿着我的衣服坐着警车回来了，但他不是大卫。大卫被留在那个地窖里了。你懂我的意思吗？"

吉米点点头。当他再度抬起头来时，大卫看到他眼底蒙上了一层晶莹的雾气。他在那里看到了悲悯与同情，甚至爱。

"所以说一切就是因为那个梦？"吉米低语道。

"一切就是因为那个梦，是的。"大卫说道。然后他突然感觉到一阵冰冷，随着这个谎言而来的冰冷，自他的下腹缓缓地蔓延开来。那冰冷的感觉愈来愈严酷尖锐，他甚至开始以为那或许来自饥饿，毕竟他几分钟前才将胃里的东西全都倾进了神秘河。不过这冰冷的感觉有些不同，不同于他之前曾经体验过的任何感觉。这是某种刺骨的冰冷。冰得几乎像是热。等等，不，这确实是热。某种炙人的灼热，自下腹一路往阴部蔓延，一头又往上蹿进他的胸腔，迫得他几乎喘不过气来。

他从眼角瞄到威尔·萨维奇站在那里跳上跳下，频频大吼着："没错！就是要这样才对嘛！"

他看着吉米的脸。他的嘴唇以某种诡异的方式一开一合，既太快也太慢。"我们就在这里埋葬我们的一切罪恶，大卫。我们就在这里洗净一切罪恶。"

大卫跌坐在地上。他看着暗红色的鲜血自他体内某处汩汩涌出，滴落在他的裤子上。他伸手往自己下腹探去，摸到一道狭长的裂隙，自他身体一侧延伸到另一侧。

他说，你骗我。

吉米弯腰凑近他。"什么？"

你骗我。

"你看到没有？他嘴唇还在动哪！"威尔说道，"他妈的嘴唇还在动哪！"

"我不是没有眼睛，威尔。"

大卫感觉事实如潮水般冲刷过他全身，这是他面对过的最丑陋的一个事实。充满恶意、冷漠无情的事实。一个无比简单的事实：我要死了。

这是一个无法回头的过程。我无法取巧作弊，无法逃脱。我无法借着哀求脱身也无法躲藏在我的秘密后面。我无法期待基于同情的缓刑。来自何人的同情？没有人在乎。没有人在乎。除了我自己。我在乎。我在乎极了。这一点儿也不公平。我没有办法一个人面对那条黑暗漫长的隧道。求求你不要让我去那里。求求你叫醒我。我想要醒来。我想要感觉你，瑟莱丝。我想要感觉你的双臂。我还没有准备好。

他强迫自己的眼睛集中焦点。他看到威尔交给吉米什么东西，然后吉米便将那东西抵在他的额头上。冰冰的。冰冷的圆形，稍稍舒缓了那阵蔓延过他全身的灼热。

等等！不！不！吉米。我知道这是什么了。我看到扳机了。不要不要不要，不要。看着我，真正地看着我。不要。求求你不要。如果你现在就送我去医院，我还有救。我会好起来的。哦老天吉米不要这么做不要扣下扳机求求你不要我刚刚说的都不是真的我说谎了我说谎了求求你不要夺走这一切求求你我的脑袋挨不起一颗子弹。没有人挨得起。没有人挨得起。求求你不要！

吉米松开了手。

"谢谢你，"大卫说道，"谢谢你，谢谢你。"

大卫往后倒去，看到来自桥上的光束一道道划破墨黑的夜空，璀璨耀眼。谢谢你，吉米。我一定会变成一个好人的。你教会我好多东西。真的。等我这口气喘过来我会告诉你我从你那里学到了什么。我要当一个好父亲。我要当一个好丈夫。我发誓，我发誓……

威尔说道："好啦，就这样。事情解决啦。"

吉米低头看着大卫的尸体，他下腹那道深邃的峡谷，他额头上的弹孔。他踢掉脚上的鞋子，再脱下外套。接着，他脱下沾染到大卫的血的套头衫与咔叽裤，然后是底下的那套尼龙慢跑装。他把所有衣物全都堆在大卫尸体旁边的地上。他听到威尔将几块水泥空心砖和一段粗铁链搬进了修伊的小船，然后又拎着一个绿色的大型塑料垃圾袋往吉米这边走来。在尼龙慢跑装底下，吉米还穿了 T 恤和牛仔裤，威尔自塑料袋中翻出一双鞋，扔给吉米。吉米套上鞋子，再低头检查身上的 T 恤和牛仔裤是否曾沾上渗透进去的鲜血。没有。连慢跑装上都几乎没有任何血迹。

他跪在威尔脚边，将所有脱下的衣物全都塞进了塑料袋里。然后他拎着那把刀和枪往码头一角走去，一次一样抛进了神秘河。他大可以把它们同衣服一起装进塑料袋里，待会儿再和大卫的尸体一起用船载出去，一次解决掉。但为了某些理由，他就是想这么做，他想要感觉自己的手臂划过半空，想要看着沾了血的武器呈抛物线高高地飞起再沉沉地下坠，然后随着模糊的水花声没入水面。

然后他单膝落地，跪在水边。大卫的呕吐物早已随水流漂远了，而吉米两手伸进漆黑油腻的神秘河水里，开始洗去手上沾到的大卫的血。好几次，他曾经梦到自己跪在河边做着同样的事——用神秘河水洗去手上的鲜血——然后雷伊·哈里斯的头突然自水底冒出来，死盯着他看。

在他的梦中，雷伊总是会说出同样的一句话。"你跑不过火车的。"

梦中的吉米总是不解地回问道："没有人跑得过火车啊，雷伊。"

雷伊脸上露出微笑，开始缓缓下沉。"尤其是你哪。"

十三年了，这个梦反复出现了十三年了，吉米却始终参不透他这句话到底是什么意思。

第二十七章　你爱谁

布兰登回到家里的时候，他母亲已经出门玩宾果 ① 去了。她留了张字条给他："冰箱有鸡肉。很高兴你没事了。以后不要再玩这种花招了。"

布兰登到自己和雷伊的房间里看了下，但雷伊也出门去了。他踱回厨房，从桌边拖出一把椅子，搬到食物储藏柜前方。他站到椅子上，缺了一颗螺钉的椅脚应声往左边微微下陷。他仰头看着天花板，目光一下便锁定了那块灰尘上隐约印有指痕的角落。他眼前的空气中飘浮着无数微小的黑色斑点和游丝。他用右手手掌轻轻地推了一下那块天花板，将它稍微抬高了些。他放下手，在裤子上随意抹了几下，然后深深地吸了几口气。

有些事情是你怎么也不想知道答案的。布兰登懂事后就从来不希望在路上遇到他父亲，因为他不想从他眼中看到，抛家弃子对他来说竟是一件这么容易的事。又比如他从来不曾问过凯蒂她以前的男朋友的事，甚至连巴比·奥唐诺也不例外。因为他不愿想象她趴在其他男人身上，以亲吻他时的温柔去亲吻别的男人。

---

①原文为Bingo，意为"猜中了"，是一种老式的赌博游戏。

布兰登还知道所谓事实是怎样一回事。在大部分情况下，那只是一个决定——你要不就挺身面对，要不就掩耳遮眼，继续活在无知或是谎言的慰藉中。人们常常低估了无知与谎言的力量。布兰登认识的人中，绝大多数都得依赖一点点无知与谎言的作料才能勉强将日子吞咽下肚。

但这个事实他却无从闪躲。早在他还被关在州警队拘留室里的时候就已经太迟了。这个事实像一颗子弹，射进他体内，然后便牢牢地卡在他的肚腹中。于是他再没有机会闪躲，再不能告诉自己它并不存在。无知已无可能，谎言早非选择。

"妈的。"布兰登说道，然后将那块天花板往旁边一推，伸手进去在黑暗的夹层中摸索了一阵。他摸到灰尘，几片碎木块，再有就是更多的灰尘。没有枪。他又继续摸索了整整一分钟，虽然他早已明白枪已经不在那里了。他父亲的枪不在它原本应该在的地方。它离开了尘封多年的地方，并且杀死了凯蒂。

他将天花板推回原位，拿来扫帚畚箕将掉落在地板上的灰尘清理干净，最后又将椅子搬回厨房桌边。他不疾不徐地盘算着自己每一个动作。他觉得自己必须这么做。他必须保持完全的冷静。他打开冰箱，给自己倒了杯柳橙汁。他将柳橙汁放在小餐桌上，然后坐在那张少了颗螺钉的椅子上；他调整了椅子的方向和自己的坐姿，好让自己恰好面对着长方形公寓位于正中的大门。他举起杯子，啜饮了一小口，静静地等待着雷伊归来。

"你看，"西恩说道，一边从纸箱中抽出那份指纹档案，打开后递到怀迪面前，"这是他们在门把上采到的最完整的一枚指纹。很小，因为它根本就是小孩子的指纹。"

怀迪说道："老太太派尔说她听到两个小孩子在街上玩，之后不久凯蒂·马可斯就撞车了。拿着曲棍球棒在街上追着玩，她是这么说的。"

"她说她听到凯蒂说'嗨'。也许那根本不是凯蒂。也许那根本就是小男孩的声音。还有，我们当然找不到凶手的脚印。那两个小鬼能有多重——顶多一百磅？"

"你认得出来报案录音带里头那小鬼的声音吗？"

"听起来很像是钱宁·欧谢的声音。"

怀迪点点头。"录音带里头完全没有另外一个小鬼的声音。"

"因为他他妈的根本不会说话。"西恩说道。

"嘿，雷伊。"布兰登说道。两个男孩刚刚推开门走了进来。

雷伊点点头。钱宁·欧谢则挥了一下手。他俩随即转身直接往卧室走去。

"你过来一下，雷伊。"

雷伊看了钱宁一眼。

"一下就好了，雷伊。我有几个问题要问你。"

雷伊停住脚步，转过身来，而钱宁·欧谢则将手里的运动袋往地上一扔，一屁股坐在哈里斯太太的床上。雷伊穿过短短的走道，往厨房走去；他两手一摊，蹙眉看着他的哥哥，仿佛在问："又怎么了？"

布兰登用脚从桌底勾出一把椅子，然后朝椅子努努下巴。

雷伊歪着头，仿佛已经在空气中嗅到些什么，某种他并不特别喜欢的气味。他瞄了椅子一眼，然后将目光移到布兰登脸上。

他比画道："我做了什么事吗？"

"这要你自己来告诉我！"布兰登说道。

"我什么也没做啊。"

"那你就坐下啊。"

"我不想坐下。"

"为什么不想？"

雷伊耸耸肩。

布兰登说道："你恨谁，雷伊？"

雷伊瞪大眼睛看着他的哥哥，仿佛觉得他已经疯了。

"说啊，"布兰登说道，"你恨谁？"

雷伊比画了一个简短的手势。"谁也不恨。"

布兰登点点头。"好。那你爱谁？"

雷伊再度瞪大了眼睛。

布兰登身子往前一倾，两手撑在膝盖上。"你爱谁？"

雷伊低头看着自己的鞋子，然后再度抬头直视着布兰登。他举起手臂，指着他的哥哥。

"你爱我？"

雷伊点点头，开始有些不知所措。

"那妈呢？"

雷伊摇摇头。

"你不爱妈？"

雷伊比画："不爱也不恨。"

"所以说，我是你唯一爱的人？"

雷伊下巴一扬，皱着眉头，两手飞快地比画着。"没错。我可以走了吧？"

"还不行，"布兰登说道，"你坐下。"

雷伊看着那张椅子，因愤怒而涨红了脸。他再度扬起下巴，斜睨着布兰登。他对着他举起一只手，缓缓地竖起中指，然后转身离去。

在布兰登意识到之前，他整个人已经扑了过去，一把揪住雷伊的头发，扯得他几乎两脚离地。然后，他手臂猛地往后一抽，仿佛他正在对付的是一部老旧的割草机那冥顽不灵的电线似的。之后，他突然手一松，雷伊则顺势往厨房桌上飞扑而去。他整个人先是撞上墙壁，然后又给弹了开来，而反弹力道之猛烈，当他终于跌坐下来的时候，整张桌子也跟着一起翻倒在地。

"你爱我？"布兰登说道，他甚至不曾低头看他跌坐在地上的弟弟一眼。"你爱我，所以你他妈的杀了我的女朋友？是这样吗，雷伊？是吗？"

这句话一出口，钱宁·欧谢随即有了反应，一如布兰登预料的那般。他抄起地上的运动袋，转头就往门外冲，但布兰登早有准备。他一把掐住他的喉咙，推着他用力往门上一摔。

"我弟弟做什么事还少得了你吗，欧谢？不，从来不会！"

他抡起拳头，钱宁厉声尖叫道："不，布兰登，不要！"

布兰登对准他的脸，一拳打下去，他的鼻骨应声断裂。然后又是一拳。钱宁终于让第二拳扫倒在地，他的身子蜷曲成一团，不住地咯血。布兰登冷冷地丢下一句："我还会回来。我还会回来跟你把账算清楚，我他妈的可能会把你活活打死，我他妈的就打算这么做。"

雷伊勉强撑起一双腿，颤巍巍地站了起来；他的球鞋才刚踩上散了一地的碗盘碎片，布兰登便回到了厨房里，一巴掌打得他跌跌撞撞地冲向水槽，趴在那里动弹不得。布兰登大步往前一跨，一把揪住雷伊的衬衫，硬把他扯了起来。雷伊嘴角淌着血，豆大的泪珠不断从盛满恨意的眼底滚落。他狠狠地直视着布兰登的脸。布兰登两手一推，将雷伊推倒在地，然后他整个人也跟着扑上去，他扯开雷伊的两条手臂，分别用自己一边的膝盖压在地上。

"说话！"布兰登说道。"我知道你会说话。说啊，你这个天杀的怪胎，你说话啊，雷伊，不然我发誓我他妈的会宰了你。说！"布兰登嘶吼道，一掌又一掌甩向雷伊的两颊。"说！说她的名字！说啊！说'凯蒂'，雷伊。说'凯蒂'！"

雷伊的目光渐渐涣散开来，他的眼底呈现一片模糊的空白。他断断续续地咯血，和着血的唾液不断洒落在他脸上。

"说！"布兰登嘶吼道，"不然我他妈的宰了你！"

他抓住雷伊两鬓的头发往上一扯，死命地一阵摇晃，强逼他回过神来；然后布兰登便停止了动作，只是牢牢地捧着雷伊的头，定定地望进那一双灰色的瞳孔底部。他在那里看到了那么多的爱和恨，多得他无以负载。布兰登只想将弟弟的头拧下来，抛出窗外。

他再度开口了。"说！"他的嗓音已破碎得难以辨认。"说！"

他听到背后传来一阵咳嗽声，于是猛然转过头去。他看到钱宁·欧谢站在那里，嘴角不住地淌着血，而手里则握着一把枪——老雷伊·哈里斯的枪。

西恩和怀迪在楼梯间里就已经听到楼上传来的骚动了——怒吼声以及毫无疑问的搏斗声。当屋内传来那句"不然我他妈的宰了你"时，西恩一手按在他腰间的克拉克手枪上，另一只手则本能地往门把探去。

怀迪说道："等等。"但西恩已然转动门把。他一脚踏进公寓，赫然映入眼帘的是一把枪口离他胸口只有六英寸远的手枪。

"等一下！不要扣扳机！"

西恩定睛望向钱宁·欧谢那张鲜血淋漓的小脸，双眼所见让他吓得几乎要屁滚尿流。男孩脸上什么也没有。或许从来就是这样。他开枪不是因为愤怒，不是因为恐惧。他开枪只是因为西恩不过是一个六英尺两英寸高的电玩影像，而他手中的枪不过是根游戏杆。

"钱宁，听我说，把枪口对着地面。"

西恩听得到怀迪浓浊的呼吸声不断自门后传来。"钱宁！"

钱宁·欧谢说道："他妈的他扁我。两下。我鼻子被他打断了。"

"谁扁你？"

"布兰登。"

西恩头一转，看到布兰登就站在他左边的厨房门口，两手垂在身侧，僵住了。刚刚冲进来的时候，西恩意识到，钱宁·欧谢正打算要枪杀布兰登。他听得到布兰登的呼吸声，微弱而缓慢。

"如果你想的话，我们可以逮捕他。"

"我不想他被逮捕。我他妈的要他死。"

"死不是件小事，钱宁。死了就再也回不来了，你懂吗？"

"我当然懂，"男孩说道，"我他妈的当然知道。你打算用它吗？"男孩一脸狼狈，暗红色的鲜血不断自他的鼻孔里冒出来，沿着下巴滴落在地板上。

西恩说道："用什么？"

钱宁·欧谢朝着西恩的腰间挪挪下巴。"那把枪。那是把克拉克手枪，对不对？"

"克拉克，没错。"

"克拉克火力他妈的超强。我一直都想弄一把来玩玩。所以说，你打算要用它吗？"

"现在？"

"没错。你打算用它来对付我吗？"

西恩微笑道："没这回事，钱宁。"

钱宁说道："你他妈的笑个屁啊？来啊，你他妈的把克拉克掏出来啊！跟我对干一仗看看啊！"他猛地往前踏了一步，单手平举，枪口这会儿离西恩的胸口只剩不到一英寸。

西恩说道："嘿，好小子，杀我个措手不及啊？这下你赢定啦。"

"嘿，雷伊，"钱宁叫唤道，"看我把这死条子杀了个措手不及。酷吧？我咧！快看！"

西恩说道："嘿，钱宁，咱们不要把场面搞——"

"我看过一部电影，就一个死条子在屋顶追一个黑人。那黑鬼超酷，死条子就那样让他推下楼去了。条子跟条死猪一样，啊啊啊一路鬼叫，摔得脑浆喷了一地。黑鬼够酷，管那他妈的死条子有老婆有小孩。操！那黑鬼够酷！"

西恩对这一幕并不陌生。刚进州警队的时候，有一次，他被派到一个银行抢劫案现场维持秩序。劫匪挟持人质，和包围在银行外的重重警力对峙了足足有两小时之久。在那两小时里，劫匪的态度渐趋强硬，愈发感受到自己手中那把枪的威力，那种随之而来的权力与操控感；西恩从监视器里眼睁睁地看着那伙挥枪叫嚣，态度愈发猖獗狂妄。这场对峙刚开始的时候，劫匪一度像是让眼前失控的场面吓坏了，但他随即克服恐惧，爱上了那种一枪在握的感觉。

有那么一瞬间，西恩脑海里浮现出萝伦的脸，一只手放在脸颊与枕头之间，偏着头温柔地注视着他。他看到了他未曾谋面的女儿，还闻到了暖暖的婴儿奶香；然后他才猛然想起来，还没亲眼见过她们母女俩一面，就这样去了，是一件多么不爽的事。

他将注意力集中在眼前这张空洞的小脸上。他说道："你看到你左边那家伙了没，钱宁？那个站在门外的警察？"

钱宁迅速地往左边瞥了一眼。"嗯。"

"他也不希望开枪杀你。他真的不想。"

"我才不在乎呢。"钱宁说道，但西恩看得出来自己刚刚那句话已经奏效了。男孩的眼神开始有些飘忽，有些闪烁不定。

"可是如果你对我开了枪，他就别无选择了。"

"死就死，有什么好怕的。"

"我知道你不怕死。问题是，你知道吗？他不会对着你的头开枪。我们不杀小孩子的。他如果从他现在站的位置开枪，你知道他会射中你哪里吗？"

西恩两眼锁定了钱宁的脸，虽然他的目光像受到磁铁吸引似的，直往他手上的枪飘去；他想看清楚扳机的位置，想看清楚男孩手指的动向。西恩心里不住地想着，我不想死，我尤其不想让一个小孩子开枪打死。世上还有比这更可悲的死法吗？他感觉得到，一动不动地站在他左手边十英尺处的布兰登心里大约也在盘算着同样的事。

钱宁舔了舔自己的嘴唇。

"子弹八成会从你腋窝射进去，然后卡在你的脊椎里。这下你倒是死不了，但会落得全身瘫痪的下场。你会变得像吉米基金会的公益广告里的那些小孩子一样。你知道我在说什么吧？坐在轮椅上，全身动弹不得，脑袋嘴歪眼斜地挂在那里。你会变成众人取笑的对象，钱宁。到时候，你连喝口水都要人将杯子捧在你嘴边，拿吸管喂你。"

钱宁下定决心了。西恩看得出来，男孩的脑袋里仿佛有一盏灯突然熄掉了。强烈的恐惧霎时席卷过他全身。他知道男孩无论如何已经决定要扣下扳机了，哪怕只是为了听到子弹出膛的声响。

"你他妈打烂了我的鼻子！"钱宁吼道，接着一个转身，将枪口对准了布兰登。

西恩听到自己口中溢出一声惊呼，目光往下一落，眼睁睁看着钱宁手中的枪像给架在三脚架上似的转了九十度，自他的胸口移开了。在他意识到之前，他的手就已经往前探去，一把截住那把移动中的手枪，而就在同一刻，怀迪也夺门而入，手中的克拉克瞄准了男孩的胸口。男孩倒抽了一口气——带着浓浓的失望，仿佛他刚刚打开他的圣诞礼物，却赫然发现里头只有一只脏兮兮的臭袜子——西恩趁机用另一只手对准男孩额头往墙上猛地一推，顺势夺下了他手中的枪。

西恩诅咒道："操他妈的。"然后对着怀迪眨了眨几乎让汗水蒙住的眼睛。

钱宁开始嘤嘤啜泣，完完全全就像个十三岁的孩子，一个觉得全世界都对不起他的孩子。

西恩将他的身子压在墙上，再把他两条手臂往后一扳。他看到布兰登终于深深地吸了一口气，嘴唇与臂膀不住地颤抖着，而雷伊·哈里斯则站在他的身后，在那个仿佛刚刚遭到飓风袭击的小厨房里。

怀迪又往前踏了一步，一手搭上西恩的肩膀。"你还好吧？"

"这小子刚刚已经要开枪了。"西恩说道。他感觉自己全身的衣服，甚至包括他的袜子，都让汗水湿透了。

"才没有，我才没有要开枪咧。"钱宁一把鼻涕一把眼泪地抗议道，"我只是想吓吓你们而已。"

"你他妈的，"怀迪说道，然后把脸凑到男孩面前，"你的眼泪只有你亲爱的妈妈会在乎，你这没种的娘娘腔。听懂了没？还哭？你就省省吧。"

西恩掏出手铐，将钱宁·欧谢两只手铐在一起，然后拎着他的衬衫把他揪进厨房里，往椅子上一推。

怀迪说道："雷伊，你看起来像刚让人从卡车上推下来。"

雷伊看着他的哥哥。

布兰登倚着炉台勉强站着，依然不住地摇晃着的身子看似随时都会让随便一阵微风吹倒。

"我们知道了。"西恩说道。

"你们知道什么？"布兰登低声应道。

西恩扫视着眼前这两个男孩：一个坐在椅子上抽抽搭搭，另一个则一语不发站在那里，挑衅的目光表明他希望这伙人能赶快滚出去，他好回到他的房间里去打他的《毁灭战士》。西恩几乎能够确定，一旦他们找来手语翻译和社工到场协助问话，这两个男孩大概会说他们那么做只是因为"因为"。因为他们手里刚好有枪。因为他们刚好也在那条街上。也许因为雷伊从来就不喜欢凯蒂。因为这主意听起来蛮酷的。因为他们之前从没杀过人。因为如果你的手指都已经放在扳机上了却没机会扣下去，之后你的手指可能会痒上好几个星期。

"你们知道什么？"布兰登重复道，嗓音已然沙哑不堪。

西恩耸耸肩。他希望他能给布兰登一个答案。但他看着眼前这两个男孩，脑中却一片空白。什么也没有，只是一片沉默的空白。

吉米怀里揣着一瓶酒，往加农街走去。加农街尽头有一个退休老人公寓小区，全是六十年代风格的两层石灰石与花岗石建筑，从加农街尽头一直延伸到连接的海勒巷。吉米坐在公寓前方的白色石阶上，将整条加农街尽收眼底。他听说这地方不久也要改建了。尖顶区的房地产现在已经成了抢手货，他听说公寓主人已经决定将整块地卖给某家建筑公司，后者要将这里改建成以年轻夫妻为主要销售目标的小型公寓。尖顶区已经消失了，其实。它以前一直是这一区的势利眼，如今却根本已经不像同一家族的人了。照这样下去，很快，这些新来的雅痞居民就会提议改名，斩草除根地改写整个白金汉区的版图。

吉米从外套里层掏出一瓶一品脱装的波旁威士忌，啜饮了一口，定睛遥望着当年他们看着大卫·波以尔让那辆车带走的地方。他仿佛还看得到大卫的脸，隔着后车窗玻璃怔怔地看着他们，随着车子远去身影愈来愈模糊。

我希望不是你，大卫。我真的希望。

他微微举起酒瓶，遥敬凯蒂。爸爸帮你报仇了，亲爱的。爸爸帮你报仇了。

"自言自语啊？"

吉米应声转过头去，正好看到西恩下了车。他手里也拿着一罐啤酒。他对着吉米手中的威士忌酒瓶歪了歪嘴角，说道："你的借口又是什么？"

"又熬过了一晚。"吉米说道。

西恩点点头。"我也是。差点儿吃了颗子弹。"

吉米挪了挪身子，西恩顺势在他身旁坐下了。"你怎么知道要来这里找我？"

"你太太说你可能会在这里。"

"我太太？"吉米根本没跟她提过自己打算去哪里。老天，这女人果然不简单。

"嗯。吉米，我们逮到人了。"

吉米仰头连着灌下几口酒。"逮到人了？"

"嗯。我们逮到杀死你女儿的凶手了。两人都已经招了。"

"两人？"吉米说道，"凶手是两个人？"

西恩点点头。"两个小鬼，事实上。十三岁的小鬼。雷伊·哈里斯的儿子小雷伊，还有他一个叫钱宁·欧谢的朋友。半小时前他们把事情全都招了。"

吉米感觉仿佛有把刀从他一边耳朵狠狠地刺进了他脑袋里。一把滚烫的刀，将他的脑壳一切两半。

"毫无疑问就是他们干的？"他说道。

"毫无疑问。"西恩说道。

"为什么？"

"他们为什么要杀死凯蒂？理由连他们自己都不知道。他们带了把枪在街上玩。他们看到一辆车来了，其中一人跑到路中间躺着。车子一个急转弯撞上街边，熄了火，欧谢就拿着枪跑过去。他说他原本只是想吓吓她，结果枪却走火了。凯蒂于是用车门撞他，两个小鬼宣称他们被凯蒂一撞就急了。后来他们又怕她去跟别人说他们有枪，于是……"

"于是他们就一定要痛揍她一顿吗？"吉米说完又灌下一大口酒。

"手里拿着曲棍球杆的是小雷伊·哈里斯。他拒绝回答任何问题。他是个哑巴，这你知道吧？他就那样坐在那里。欧谢说他们打她是因为她一直跑，他说他们被她气着了。"他耸耸肩，仿佛这样无谓至极的糟蹋生命的理由连他听了都会感到惊讶。"两个小王八蛋，"他说道，"因为害怕会被禁足还是什么的，于是就杀了她。"

吉米站了起来。他张开嘴，大口大口地吸气，然而他的双脚却背叛了他。他跌坐回台阶上。西恩拍了拍他的胳膊。

"慢慢来，吉米。先喘口气再说。"

吉米看到大卫跪坐在地上，低头用手摸索着他在他下腹划出的那道长而深的峡谷。他听见他的声音：看着我，吉米。看着我。

然后西恩说道："我接到瑟莱丝·波以尔的电话。她说大卫失踪了。她说她过去几天有点儿反应过度。她说你可能会知道大卫的下落。"

吉米试着开口说话。他张开嘴，但他的气管却像突然被几团湿棉花堵死了似的。

西恩说道："没有其他人知道大卫可能会在哪里。我们一定得找到他，吉米。前几天晚上有个家伙在雷斯酒吧的停车场被人干掉了，而我们认为大卫可能知道一些内情。"

"有家伙被干掉了？"吉米设法在他的气管再度被封之前勉强挤出了几个字。

"没错。"西恩说道，声音中透出一丝寒意。"一个有三次恋童癖前科的人渣。目前队上的推论是，那人渣他妈的老毛病又犯了，这回却让人逮个正着，当场让他埋了单。总之，"西恩说道，"我们想找大卫来谈谈这件事。你知道他人在哪里吗，吉米？"

吉米摇摇头，他的目光僵硬，眼前仿佛突然出现了一条隧道，叫他看不清两旁的东西。

"不知道？"西恩说道，"瑟莱丝说她告诉你，她认为大卫杀死了凯蒂。她似乎认为你也有同样的看法。她说她觉得你打算采取行动。"

吉米眯眼凝视着眼前的隧道。

"你接下来也打算每个月寄五百块钱给瑟莱丝吗，吉米？"

吉米终于抬起头来，在那一瞬间，台阶上的两人同时在彼此脸上看到了答案——西恩看到了吉米做过的事，而吉米则在西恩眼中看到了这份领悟的倒影。

"你他妈的真的下手了，是不是？"西恩说道，"你杀了他？"

吉米再度起身，一手扶着栏杆。"我不知道你在说什么。"

"你杀了他们两个——雷伊·哈里斯和大卫·波以尔。老天，吉米，我在来这里的路上心里一直在想，我想我一定是疯了，才会有这个念头。但现在我却在你脸上看到了答案。你这个丧心病狂的王八蛋！你杀了他！你杀了大卫！你杀了大卫·波以尔，我们的朋友，吉米！"

吉米嗤之以鼻。"我们的朋友。是啊，是这样没错，尖顶男孩，他是你的好朋友好兄弟。你以前成天跟他混在一起嘛，对不对？"

西恩刷一声也站了起来，直视着吉米的脸。"他是我们的朋友，吉米。记得吗？"

吉米看着西恩的眼睛，怀疑他是否真会一拳挥过来。

"我上一次看到大卫，"他说道，"是昨晚在我家里。"他推开西恩，径自过了街，站在加农街上。"那是我最后一次看到大卫。"

"你这个满口谎言的王八蛋！"

他转过身去，两手一摊，又回过头来看着西恩。"那就逮捕我啊，如果你这么确定的话。"

"我会找到证据的，"西恩说道，"你知道我会的。"

"你会找到个屁，"吉米说道，"谢谢你逮到杀死我女儿的凶手，西恩。真的。但如果你当初动作再快一点儿的话……唉，谁知道呢？"吉米耸耸肩，转过头，沿着加农街往前走去。

西恩目不转睛地注视着他，直到他的身影终于在西恩旧家前方一盏坏掉的路灯下没入了黑暗之中。

你杀了大卫，西恩心想。你真的下手了，你这个冷血的禽兽。可恨的是我太清楚你有多聪明了。你不会留下任何证据。这是你的天性，你做事向来不放过任何细节，吉米。你这个天杀的王八蛋！

"你杀了他，"西恩大声说道，"就是你，对不对？"

他将空啤酒罐往路边一丢，朝车子走去。他掏出手机，按下萝伦的号码。

她接了电话。西恩说道："是我，西恩。"

电话彼端依然只有沉默。

他现在知道他始终不愿说出口的也是她需要听到的那句话是什么了。他已经逃避了一年多。什么都可以，他一直这么告诉自己，我什么都愿意说，除了那句话。

但他现在说出口了。在看到那个面无表情的男孩拿枪对准他胸口的那一刹那，他就已经说出口了。在看到大卫那张因为听到他提议改天一起去喝杯啤酒而为之一亮的面孔时，他就已经说出口了——可怜的大卫，他或许从来就没相信过，真心相信过，世上竟有人会想和他一起去喝杯啤酒。他说了，因为他在脊髓深处感觉到有一股需要，一股必须把这句话说出来的深沉的需要！为了萝伦，也为了他自己。

他说道："对不起。"

而萝伦终于开口了。"为什么对不起？"

"为了把一切都归罪在你身上。"

"嗯……"

"嘿——"

"嘿——"

"你先说。"他说道。

"我……"

"怎么了？"

"我……唉，西恩，我也对不起你。我不是有意要——"

"没事的，"他说道，"真的。"他深深地吸了一口气，吸进了一大口警车内特有的那种陈年汗臭。"我想看看你。我想看看我的女儿。"

萝伦说道："你怎么知道她是你的女儿？"

"她就是我的女儿。"

"但是血液检验——"

"她是我的女儿，"他说道，"我不需要检验报告来告诉我这个事实。你愿意回家吗，萝伦？你愿意吗？"

在眼前这条寂静的街道的某个角落里，有一台发电机正在嗡嗡作响。

"劳拉。"她说道。

"什么？"

"那是你女儿的名字，西恩。"

"劳拉。"他说道，这两个字卡在他的喉头，还未出口就已经湿成了一片。

吉米回到家的时候，安娜贝丝正坐在厨房桌边等着他。他拉开另一张椅子坐下，与她隔桌相望。她脸上露出一抹若有似无的神秘的微笑。她这种微笑让他受用；这微笑仿佛说明，她什么都已知道，都已了解，即便他这一生都不再开口了，她也依然能听懂他心底那些不曾说出口的话。吉米握住她放在桌上的手，用自己的拇指摩挲着她的拇指，试着在她脸上映出的自己的形象中找到力量。

他们之间的桌面上放着一个婴儿监听器。上个月娜汀喉咙严重发炎的时候，他们从餐厅柜子里把这套尘封多年的监听器搬了出来，用来监听娜汀睡着后喉底不断发出的呼噜呼噜的声响。吉米曾彻夜守在监听器旁，想象他的宝贝就要溺死了；他绷紧神经，一等机器彼端传来一阵稍微剧烈些的咳嗽声，就立刻从床上跳起来，穿着T恤与四角内裤直接抱着娜汀冲进急诊室。娜汀后来倒是恢复得很快，但安娜贝丝并没有随即将监听器收回盒子里。她常常在夜里打开它，静静地聆听小姊妹俩轻柔的鼾声。

娜汀和莎拉还没有睡。吉米听到监听器里不断传来她俩的耳语与咯咯的轻笑声；他心头一震，无法相信自己竟然一边想象着小女儿的模样，一边又想起了自己犯下的罪行。

我杀人了。我错杀了人了。

这个丑陋的事实像团焰火，在他体内熊熊地燃烧着，啃噬着他。

我杀了大卫·波以尔。

火团向下蔓延，沉淀在他的肚腹里。炙人的火星和烟灰流窜过他全身的血管。

我杀人了。我杀了一个无辜的人。

"哦，亲爱的。"安娜贝丝说道，两手攀上了他的脸颊。"亲爱的，怎么了？是凯蒂吗？亲爱的，你看起来好糟哪。"

她起身绕到桌子这一边，眼底盛满焦虑与爱意。她跨坐在吉米大腿上，两手紧紧地捧住他的脸，强迫他看着她。

"告诉我。告诉我是什么事。"

吉米只想逃。此刻的他负担不起她的爱。他只想消失在她温暖的掌间，找一个黑暗的洞穴一个人躲起来；他只想找到一个没有爱、没有光的地方，一个人静静地将一切悲恸、懊悔以及对自己的憎恨，缓缓化作声声呜咽，抛向无尽的黑暗。

"吉米。"她低声唤道。她亲吻他的眼皮。"吉米，告诉我。求求你告诉我。"

她的掌根紧贴着他两边的太阳穴，十指插入他的发间，牢牢地攫住他的头颅。她低下头来，双唇盖上了他的嘴。她的舌头在他口中急急地搜索着，搜索着他痛苦的根源，企图将其吸出他的体外；如果有必要，她的舌头甚至可以化成小刀，为他割去蓄积一切苦痛的毒瘤。

"告诉我。求求你，吉米。告诉我。"

他明白了，面对她这样强烈忠诚的爱，他终于明白了。他必须告诉她，否则他将陷入万劫不复的境地。他不知道自己是否能因此得救，但他无比清楚地知道，如果他此刻再不对她坦承一切，他下一秒就要死去了。

于是他告诉她了。

他将一切都告诉她了。他告诉她雷伊·哈里斯，告诉她那份在他十一岁那年便在他心底生了根的悲伤；他告诉她爱凯蒂是他这无谓的一生中唯一一件值得骄傲的事，那个五岁的凯蒂——那个需要他同时却又无法信任他的陌生的女儿——是他一生中面对过的最让他恐惧但他从来不曾转身逃避的责任。他告诉妻子，爱凯蒂，保护凯蒂是他生命的核心，失去了她，他便也无以为继了。

"所以，"他告诉妻子，感觉小厨房的四壁正朝着他俩节节逼近，"我杀了大卫。"

"我杀了他，然后把他的尸体沉入了神秘河。而现在我却发现，仿佛我手上的罪孽还不够深重似的，原来我错杀了无辜。"

"我做了这些事，安娜，通通是我亲手做的。而我无力回天。我认为我应该为此付出代价。我应该去坐牢。我该向警察招供大卫的死，我该回到牢里，那里才是我归属的地方。不，亲爱的，这就是事实。我不属于外头的世界。我不值得任何人信任。"

他的嗓音已经完全变了调。他听到自己口中源源吐出这个全然陌生的声音，不禁怀疑安娜贝丝是否也觉得自己眼前正坐着一个陌生人，一个复制的吉米，一个正渐渐没入大气中的吉米。

她的脸上没有泪，没有一丝恐慌；她只是一动不动，就像画架前的模特儿。她的下巴微扬，眼神清明却深不可测。

吉米再度听到监听器里传来的耳语声，轻轻柔柔，窸窸窣窣，像风声。

安娜贝丝两手攀上他的胸前，开始为他解开衬衫的纽扣；吉米注视着她手指灵巧的动作，身子却动弹不得。她将衬衫推落他的肩头，然后蹲下身去，歪着头，一边的耳朵紧贴在他的胸前。

他说道："我只是——"

"嘘，"她低声说道，"我想听听你的心跳。"

她的手滑过他的胸膛，往他背后攀去。她的脸颊微微施压，愈发紧贴在他的胸前。她闭上眼睛，嘴角缓缓泛开一抹微笑。

他们就这样一动不动地坐着，任由时间缓缓流逝。监听器里的耳语声渐渐退去，继之以同样甜蜜轻柔的鼾声。

当她终于松开时，吉米依然感觉得到她的脸颊，暖暖地印在他的胸口，像一个永恒的印记。她翻下身去，坐在他膝前的地板上，仰头注视着。

她偏着头，聆听着监听器里传来的微弱鼾声。

"你知道今晚送她俩上床睡觉的时候，我是怎么跟她们说的吗？"

吉米摇摇头。

安娜贝丝说道："我告诉她们，最近她们必须对你特别特别的好。因为不管我们有多爱凯蒂，你都爱她更多。你那么那么爱她，因为你创造了她，将她带到这世界上，因为你曾经亲手将还是小婴儿的她拥入怀中。而有时候，你对她的爱那么那么多，你的心膨胀得像个气球似的，几乎要因为那么多的爱而爆炸了。"

"老天。"吉米说道。

"我还告诉她们，爸爸对她们的爱也有这么多。我告诉她们爸爸有四颗心，每一颗心都像装满了爱的气球，装得好满好满，满得有时候爸爸几乎都要心痛起来了。而爸爸对她们的爱表示她们永远都不需要担心害怕。娜汀问我：'永远都不？'"

"求求你。"吉米感觉自己的心脏仿佛被一颗花岗巨石挤压得溃不成形了。"不要再说了。"

她坚决地摇了摇头，目光紧紧锁住他。"我告诉娜汀：'没错。永远都不。因为爸爸是一个国王，不是王子。而国王永远都知道什么是该做、必须做的事——不管那件事情有多么困难。爸爸是国王，所以他会——'"

"安娜——"

"'他会为所爱的人做一切事情。无论什么事。所有人都会犯错。所有人。伟大的人会尽力把事情做好做对。这才是真正的重点。这才是真正伟大的爱。这也是为什么爸爸是一个伟大的人。'"

吉米感觉眼前一片模糊。他说道："不！"

"瑟莱丝打过电话。"安娜贝丝说道，一个个字眼像一支支飞镖箭头。

"不——"

"她想知道你人在哪里。她告诉我，她把自己对大卫的怀疑全都告诉你了。"

吉米用手背擦过眼睛，定睛注视着眼前这个陌生的妻子。

"她这么告诉我，吉米，而我当时心里想的却是：什么样的妻子竟然会这样说自己的丈夫？一个人究竟要窝囊到什么地步才会把这些话放在心里，在背地里跟别人搬弄？还有，她为什么要告诉你？她为什么偏偏挑上你？"

吉米隐约知道——他一直都隐约知道瑟莱丝心里藏着什么，她有时看他的眼神——但他什么也没说。

安娜贝丝冷冷地笑了，仿佛她已经在他脸上看到了答案。"我其实可以打你的手机。我大可以这么做。她一告诉我她跟你说了什么，我立刻就想起了你和威尔一起出门时的神情。我猜得到你们的计划，吉米。我不蠢。"

她从来都不。

"但我没有打电话给你。我没有阻止你。"

吉米的声音粗嘎而破碎："为什么不？"

安娜贝丝下巴一扬，目光炯炯地看着他，仿佛他早该知道答案。她起身站定在他跟前，昂然注视着他，然后她踢掉了脚上的鞋子。她解开自己牛仔裤的拉链，将裤子褪至大腿处，然后弯腰一推。她两脚依次从地上那堆牛仔布料中抽出来，同时动手解开自己的衬衫与胸罩。她一把将吉米从椅子上拉起来。她拉着他，让他紧紧贴着自己赤裸的身体，然后她踮起脚亲吻他潮湿的脸颊。

"他们，"她说道，"是弱者。"

"他们是谁？"

"所有人，"她说道，"除了我们之外的所有人。"

她将吉米的衬衫扒落肩头，吉米仿佛看到了十多年前那晚在州监大沟旁的那个安娜贝丝的脸。她曾经问他他的血液里是否流淌着犯罪的因子，而他当场选择了否认，因为他以为那才是她想要听到的答案。直到此刻，十二年半后的此刻，他才终于了解到，她那晚想要从他嘴里听到的只是实话。她只想听到他心底的实话。而无论他的答案是什么，她总是会设法接受的。她无论如何都会支持他。她会按照他的答案为他俩打造出相应的生活。

"我们不是弱者。"她说道，吉米感到自己体内涌出一股无比深沉、无比强烈的古老欲望。如果他能够在不造成她的痛苦的情况下将她吞咽下肚，他会的。他会吞下她的五脏六腑，会噙住她的喉头，将自己的牙齿深陷在她的皮肉里。

"我们永远也不会是弱者。"她跳上餐桌，两腿垂在桌边，随意地晃荡着。

吉米注视着自己的妻子，自褪至地上的衣料堆中走出来。他知道这将只是暂时的解脱，他知道自己只是在妻子的血肉与力量中，暂时躲开了因大卫的死而来的痛苦。但这已经足以让他度过今晚。也许明天，也许再过几天，痛苦会再度找上他。但他至少过得了今晚了。至少。而所有的复原过程不都是这样开始的吗？一次一小步？

安娜贝丝两手攫住了他的臀部，指甲陷进了他脊椎两侧的皮肉里。

"待会儿，吉米？"

"待会儿怎样？"吉米感觉自己像喝醉了。

"待会儿不要忘了去和女孩们说声晚安。"

尾声：平顶吉米的星期天

第二十八章　我们会留个位子给你

　　吉米星期天早上是在阵阵遥远的鼓声中醒来的。

　　不是酒吧舞厅里头穿鼻环的摇滚乐团那种刺耳的铿铿锵锵，而是某种更低沉、更稳重的来自驻扎在远方的军营的隆隆鼓声。然后他突然听到一声法国号走调的哀鸣；依然来自远方，随着晨间的空气传送过十条十二条街，倏然出现，随即飘然消逝。在接下来的沉默中，他静静地躺在床上，聆听着窗外传来的周日早晨特有的那种宜人的窸窣声响。他瞅了一眼那扇小窗，拉上的窗帘几乎抵挡不住外头那灿烂耀眼的金光，明白这是一个万里无云的美好的周日早晨。他听到屋檐下传来鸽子的咕咕声以及几声来自街上的零星狗吠。一辆车的车门刷一声让人拉开了，再砰一声关上了；他等着听到接下来的引擎启动声，但那声响却迟迟不来。然后窗外再度传来一阵咚咚的鼓声，依然低沉依然遥远，却比刚才更坚定、更有自信了些。

　　他转头瞄了一眼床头小桌上的闹钟：十一点。他上回睡到这么晚是什么时候的事了？不，他甚至不记得了。好多年了吧，说不定十年都有了。然后他想起了过去几天的忙乱，那种深入骨髓的疲倦感。他想起了那种感觉。他感觉凯蒂的棺材像电梯似的，在他体内上上下下，上上下下。然后是昨晚，当他手里握着一把枪，醉倒在客厅沙发上的时候，老雷伊·哈里斯和大卫·波以尔竟然悄然来访。他俩坐在那辆弥漫着浓浓的苹果味的车子里，回过头隔着后窗玻璃频频对他挥手。就在那辆车沿着加农街往前加速离去时，凯蒂的后脑勺突然出现在两人中间；凯蒂始终不曾回头，而老雷伊和大卫则兴高采烈地拼命挥手，咧嘴笑得像两个傻子似的。他只是怔怔地看着他们，感觉掌心传来手枪沉甸甸的重量，感觉那重量不住搔弄着他。他闻到了机油的味道，脑子里突然浮现将枪管往嘴里一塞的念头。

守灵会是一场噩梦。晚上八点，前来吊唁的亲友差不多全都到齐了的时候，瑟莱丝突然冲进会场，扑在吉米身上，用拳头捶打他，嘴里不停地尖叫着"凶手"。"你至少还有她的尸体！"她厉声叫道，"而我呢？我有什么？他在哪里，吉米？他在哪里？"布鲁斯·瑞德和他几个儿子赶紧上前抓住她，七手八脚地把她抬出会场，瑟莱丝仍拼尽全身气力死命高喊着："凶手！他是凶手！他谋杀了我的丈夫！凶手！"

凶手。

然后是正式葬礼。然后是墓园里的下葬仪式。吉米站在那里，眼睁睁地看着工人把凯蒂的棺材缓缓地放进墓穴里，然后一铲一铲洒下沙土与砾石。沙土与砾石渐渐成堆，他的宝贝离他愈来愈远，渐渐消失，仿佛她从来不曾活过似的。

这一切一切的重量终于在昨晚袭上他的心头，深深地渗进了他的骨髓里，凯蒂的棺材一上一下一上一下一上一下；到了他把枪扔进抽屉里、拖着脚步把自己沉重的身躯往床上摔去时，他感觉自己动弹不得，仿佛死亡已然将他的骨髓吞噬殆尽，仿佛他全身的血液已然凝结成块。

老天，他想，我从来不曾感到如此疲倦过。他好累，好累好累，他感到无尽的悲伤，感到自己一无是处，感到彻骨的孤单。那些错误那些愤怒那些苦涩无比的哀伤。那些甩不掉、抛不开的沉重罪孽。他好累。老天，求你不要再插手，求你就让我静静地死去吧。然后我就不会再犯错不会再感到如此疲倦，然后我就不必再背负我的天性我的爱恨。拿去吧，通通都拿去吧，因为我已经疲倦得无以为继了。

安娜贝丝曾经试图了解这份沉沉地压在他心头的罪恶感与自我憎恨。但她不可能懂的。因为她不曾亲手扣下扳机。

而现在，他一觉睡到了十一点。足足十二小时的沉睡。他甚至不曾听到安娜贝丝起床的声音。

他曾经在哪里读过，严重的忧郁症最明显的病征就是持续的倦怠感，那种强迫性的嗜睡。但此刻，当他起身坐在床上，聆听那愈来愈近的鼓号合鸣的乐声时，他却只感到焕然一新。他感觉精力充沛，感觉头脑无比清醒，仿佛他这一生都不再需要睡眠了。

游行，他想到了。那些鼓声乐声来自准备在正午出发沿白金汉大道游行的鼓号乐队。他跳下床，走到窗边，拉开了窗帘。刚刚那辆车之所以不曾发动是因为整条白金汉大道从平顶区到罗马盆地都已经被封锁，不准车辆进出了。整整三十六条街。他隔着玻璃，眺望着窗外的街道。在金灿灿的阳光浸润下，整条白金汉大道蓝灰色的柏油路面看起来如此清新无瑕；吉米甚至不记得曾见过比眼前还要干净亮眼的白金汉大道。他放眼往两边看去，视线所及每一个路口、每一段街边都摆放着成排的蓝色拒马。

时间已近正午，附近的居民纷纷出门，在人行道上占定了位子。吉米看着他们搬出了饮料冰桶、收音机以及野餐篮，然后朝正忙着在翰尼西自助洗衣店前的路边架开折叠凉椅的丹恩与莫琳·戈登夫妻俩挥了挥手。当他们绽开一脸笑容，也朝他挥手时，吉米感觉自己被他俩脸上那种真心的关切打动了。莫琳两手拱在嘴边朝吉米大叫。吉米推开窗子，探头抵在纱窗上，沾染了一头温暖的阳光、清爽的空气以及纱窗上积了一整个春天的花粉。

"你刚刚说什么，莫琳？"

"我说：'你还好吧，亲爱的？'"莫琳大叫，"你还好吗？"

"我还好。"吉米说道——话一出口，他才赫然发现自己说的竟是实话。他真的觉得还好。他依然感觉得到凯蒂沉沉地压在他胸口，像他第二颗疯狂而愤怒地鼓动着的心脏；他甚至知道它永远都会在那里。这是毋庸置疑的。但这份哀恸毕竟已渐渐化为他体内的一部分，而非体外的一条伤肢。

或许，在这场漫长的沉睡中，他已经学会了接受。接受这份深沉的伤痛，接受它进入他的体内，让它缓缓沉淀下来，成为他身体的一部分。一旦学会了接受，他知道自己也终将学会如何去面对。所以说，他确实还好，比他任何的预期和想象都还要好。"我……我还好，"他对着丹恩与莫琳大声说道，"我还好。"

莫琳点点头，而丹恩问道："有什么我们帮得上忙的地方吗，吉米？"

"我们是说真的。真的。你尽管开口。"莫琳说道。

吉米感觉心头涌上一阵暖意，他突然对这对夫妇以及这个他自小成长的地方感到无比骄傲与热爱。他说道："不了，我真的还好。不过，嘿，谢啦。真的。真的很高兴听到你们这么说。"

"你待会儿也要下来看游行吗？"莫琳问道。

"嗯，应该会吧，"吉米说道，决定是话出口后才做的，"那待会儿就楼下见啰？"

"我们会留个位子给你。"丹恩说道。

他们再度挥挥手，吉米也朝他们挥挥手，然后缓缓踱离了窗边，胸口却仍满溢着那种骄傲与爱。他们是他的邻居，是永远与他站在同一边的人。这是他的人，他的地方，他的家。他们永远会为他保留一片天。永远。他是来自平顶区的吉米。

他们以前就是这样叫他的，在他被送进鹿岛之前。他们会带他走进北边王子街上那些著名的据点，说道："嘿，卡诺，他就是我一直跟你说的那个朋友。他叫吉米，来自平顶区的吉米。"

然后卡诺、吉诺还是其他哪一个诺就会睁大了眼睛，说道："妈的，真的？他就是平顶吉米本人？嘿，久仰久仰，吉米。你那些传奇故事我们可听了太多了，今天终于见到你本尊啦。"

然后就是一堆冲着他年纪来的玩笑——"怎么，听说你当年还夹尿布的时候就已经用尿布别针干开这辈子第一个保险箱啦？"——但玩笑归玩笑，吉米依然可以从这些道上人物的言谈间感受到那种敬意，甚至是某种程度的敬畏。

他就是平顶吉米。十七岁就出道带徒弟的平顶吉米。十七岁哪——你他妈的能相信吗？好家伙一个。没人敢跟他乱来。有种，够酷，口风紧，脑筋快，上道懂规矩——一个懂得有福同享的好家伙。

他曾经是平顶吉米，他现在依然是平顶吉米。而楼下那些聚集在人行道上等着看游行的人们——他们都爱他。他们为他担心，想尽可能为他多分担一点儿伤恸。这样的爱，他何以回报？他不禁低头思量了起来。到底他能为他们做些什么以为回报呢？

自从联邦调查局以《有组织犯罪控制法》为依据，一举把路易·杰洛那帮人逮走后，这些年来，平顶区如果勉强要说有所谓主要的黑势力的话，那大概就是——是谁？——巴比·奥唐诺吗？巴比·奥唐诺和罗曼·法洛。两个小虾级的小毒贩，近来甚至还干起了收保护费和放高利贷的勾当。吉米曾听到风声——他听说这两个家伙有模有样地跑去和罗马盆地那边的越南帮交涉，谈好条件，说好井水不犯河水；之后为了庆祝结盟还干脆放了把火，把康妮花店烧成平地，以示杀鸡儆猴，警告那些拒绝付他们保护费的人。

事情不该是这样的。你不该在自己的地方干这样的勾当；手脚怎么也不该动到你的邻居头上。生意要做就去外头做，你的邻居应该是你的人；你让他们安心过日子，养孩子，他们自会心怀感激，多少帮你看着，当你的耳目，任何风吹草动也才会有人自动跑来跟你禀报。偶尔，他们若真想用信封、蛋糕还是一辆新车来表示他们的感激，那也该是他们的选择，是你保护地方应得的回报。

敦亲睦邻才是真正的经营地盘之道。你有饭吃，大家也不会饿着。你绝对不能让巴比·奥唐诺或是那些斜眼歪嘴的黄种混混以为他们可以大摇大摆走进你的地盘，他妈的胡作非为一番——要来可以，问题是这里没人保证你可以四肢健全地走出去。

吉米走出卧室，发现家中空无一人。走道另一头的大门倒没关，他听到安娜贝丝的声音从楼上传来，两个小女儿追着威尔那只猫咪的细碎脚步声他也听得一清二楚。他走进浴室，拧开水龙头，等水变热了才一脚踩进浴缸，仰着脸迎向哗哗泼洒的水柱。

　　奥唐诺和法洛之所以至今不敢找上吉米的店，是因为他们知道吉米和萨维奇兄弟的关系。就像任何一个大脑功能还算正常的人一样，奥唐诺绝对不敢招惹萨维奇兄弟。所以说，如果奥唐诺和法洛还懂得要怕萨维奇兄弟，那么，理论上来讲，他们也就会怕吉米。

　　他们怕他。平顶吉米。因为，光说他一个人好了，老天为证，他绝对有那个头脑。而如果再加上萨维奇兄弟，那就是如虎添翼，办什么事，需要什么样的不知恐惧为何物的角色，他绝对一抓一大把。把吉米·马可斯和萨维奇兄弟凑在一起……

　　怎样？

　　他们就可以让他们的邻居安居乐业，享受他们应得的一切。

　　拿下全城的地盘，对他们来说不过是探囊取物。

　　囊中物，瓮中鳖。

　　"求求你，吉米。老天。我还想见到我老婆。我想把我的日子过下去。吉米？求求你，不要夺走这一切。看着我！"

　　吉米闭上眼睛，任由温热猛烈的水柱冲刷着他的头顶。

　　"看着我！"

　　我看着你，大卫。我正在看着你。

　　吉米看着大卫苦苦哀求的脸，他唇上的唾液与十三年前雷伊·哈里斯下唇与下巴上的唾液并无二致。

　　"看着我！"

　　我在看哪，大卫。我一直都在看哪。你既然上了那辆车就不该再回来。你知道吗？你去了就不该再回来。你回到这里，回到我们的地方，整个人却已经变了样。你走了，变了，就不再属于这里了，大卫。因为他们已经在你脑子里下了毒，那毒留在了你的脑子里，随时等着再被吐出来。

　　"我没有杀你的女儿，吉米。凯蒂不是我杀死的。不是我，真的不是我。"

　　也许真的不是你，大卫。我现在知道了。照现在的情况看来，你或许真的与凯蒂的死没有任何关系。没错，条子还是有那么一点儿可能逮错人了，但我承认，总的看来，你很可能确实与凯蒂的死毫无关联。

"所以呢？"

所以你还是杀了人哪，大卫。你确实杀了人了。这点瑟莱丝并没有说错。此外，你该知道那些受过性侵害的小孩的。

"不，吉米。我不知道。"

他们迟早会从被害人变成加害人。迟早罢了。你们全都被下了毒，迟早也会对别人下毒。我只是在保护你将来的那些被害人罢了，大卫，保护他们——很可能就是你的儿子——免受你的毒害。

"你不必把我的儿子扯进来。"

好。不是他也可能是他的同学、朋友。总之，大卫，这真的只是迟早的事，你迟早会露出你的真面目。

"你就是用这个来合理化你对我所做的事的吗？"

你一旦上了那辆车，大卫，就不该再回来。我就是这样告诉自己的，没错。你已经不属于这里了。你懂吗？这里，这个地方，这个由彼此互属的人们组成的地方。他妈的外人就省了吧。

大卫的声音穿透淙淙水声，一字一字敲进吉米的脑子里："我现在住在你心里了，吉米。你永远也躲不开逃不掉了。"

你错了，大卫。我可以。我办得到。

然后吉米拧紧了水龙头，踏出浴缸。他一边用毛巾拭干身体，一边深深地吸进几口饱满的水汽。他感觉自己的头脑愈发澄澈清明起来。他用手抹去浴室一角的小窗上的水汽，低头凝视着窗外的屋后小巷。老天，外头的天气何其美好。完美的周日。完美的游行天。他待会儿就要带着老婆女儿下楼去，一家人携手站在金色的阳光下，欣赏那些鱼贯通过的游行队伍，那些乐队花车和坐在敞篷车里的政客。他们还要吃热狗和棉花糖，然后他还要为女孩们买来印有"白金汉之光"字样的小旗和 T 恤。然后，在一阵阵鼓号齐鸣与喝彩声中，他们心底那个伤口将慢慢地愈合。他们会的，他万分确定，就在他们站在人行道上庆祝这个他们生于斯长于斯的地方的诞生的当儿。稍后，或许在夜色渐渐聚拢后，凯蒂的死会再度袭上他们的心头，他们的背脊、肩头将会因不堪重荷而颓然下垂，但至少他们还有这一下午的愉快回忆来稍稍平衡一下那份沉重的伤恸。这将会是一个开始。他们至少将享有这几小时的欢乐时光。至少。

他离开窗边，走到洗手台前，往脸上泼洒些许温水，然后在颊上喉咙上涂上一层厚厚的剃须膏。就在这一刻，他突然领悟到自己的邪恶。我是一个邪恶的人——好，这或许是事实。那又怎样呢？这领悟来得太突然，却不曾有过风云变色、天摇地动的时刻。不过是一个突然浮上他心头的想法，一个瞬间的领悟，充其量不过像只小手，轻轻地揪住了他的心脏。

邪恶就邪恶。

他注视着镜中的自己，心头一片坦荡。他深爱他的妻女。他的妻女也深爱着他。这样确切的情爱便是他生命中的磐石。任谁也撼动不了。很少人——男人女人皆然——能拥有这样的幸运。

他杀了一个很可能是无辜的人。而他并不真的感到后悔。更久以前，他还曾杀了另一个人。他将两人的尸体都沉进了神秘河。这两个人甚至都曾是他还算喜欢的人——他或许喜欢雷伊更胜大卫一点儿，但他确实喜欢过他们。但他还是杀了他们。这是原则问题。他曾站在神秘河边，看着雷伊那张惨白的脸缓缓消失在水面下，那一双生气尽失的眼睛始终无言地大睁着。这些年来，他从来不曾真正为此感到内疚，虽然他曾试图说服自己。但这份他自以为的内疚说穿了不过是恐惧，对因果报应的恐惧；他害怕自己的所作所为终究会招致报应，不论是报应在他自己身上，还是他所爱的人身上。而凯蒂的死，他想，或许就是天理轮回的终极结果——雷伊·哈里斯借由他妻子的子宫重回人世，毫无理由地杀死了凯蒂。毫无理由，除了因果。

那么大卫呢？他和威尔用铁链穿过空心砖，紧紧地捆绑在大卫身上，然后，他俩合力将绑了铁链与空心砖的沉重尸体推过九英寸高的船身，任由它翻滚入水。在尸体消失在漆黑的河水里的那一瞬间，吉米仿佛看到了童年的大卫。天知道他的尸身终将停留于何处。但他将会永远在那里，在神秘河底的某处，幽幽地往上窥视。留在那里吧，大卫。就留在那里吧。

事实就是，吉米从来不曾为自己做过的事感到内疚。没错，过去十三年来，他安排了一个住在纽约的兄弟按月寄出五百元现金到哈里斯家；但与其说是罪恶感作祟，还不如说是某种权衡得失后的安排——只要他们以为雷伊还活着，自然就不会找人四处探听他的下落。事实上，既然现在雷伊的儿子已经给关进了牢里，去他妈的，他也可以干脆省下这笔钱了。他大可以把这笔钱用在更值得的地方。

　　用在这里，用在他这些邻居身上；他决定了。他决定把这笔钱用在这里。他凝视着镜中的自己，下定了决心：是的，这里，他的地方。他的。从今天开始，平顶区就是他的了。他已经在谎言中活了十三年了。他花了整整十三年的时间企图说服自己，假装自己可以活得像个善良的市井小民，然而他却无法假装自己看不到那些硬生生被浪费掉的大好机会。打算在这里大兴土木盖球场是吗？也行。咱们来谈谈我旗下那帮工人弟兄的事吧。不要？哦，好吧。不过我劝你们可要多留心工地那些昂贵的机器哪。啧啧，这么贵重的大家伙让火烧掉了就可惜了。

　　他得找机会坐下来和威尔及卡文好好地计划一下他们的未来。眼前有这么多大好机会等着他们去开发。至于巴比·奥唐诺的未来，去他的巴比·奥唐诺。如果他真的打算继续在东白金汉混下去的话，他的未来，吉米决定了，恐怕就没那么乐观了。

　　他刮完胡子，临去前再度瞥了镜中的人影一眼。他是个邪恶的人？那好，他认了。他没有问题。他可以带着这份领悟活下去。因为他心中有他妻女那份稳如磐石的爱。这代价并没有想象中那么大。

　　他穿上衣服。他大步穿过厨房，感觉过去这些年来他执意假装的那个自己已经随着洗澡水被冲下了浴室的水管。他听到他女儿的尖叫笑声一阵阵自楼上传来；或许是威尔那只猫吧，把两个小女孩舔得尖叫连连却又乐不可支。他心想，老天，这声音多么美妙啊。

　　西恩与萝伦在奈特南西咖啡厅前方的人行道上找到一个位子；他们把婴儿推车停放在帆布篷的阴影下，劳拉躺在里面睡得正香甜。他俩斜倚在墙上，一口一口地舔着手中的冰激凌甜筒，而西恩看着他的妻子，心里想着，不知道他们是否真能破镜重圆，还是这一年的分离已经在他俩之间挖出一道无从填补的鸿沟，一笔勾销了这段婚姻在最后那两年之前的美好时光。萝伦握着他的手，微微用力，轻轻地挤压着他。西恩低头看着他的女儿：劳拉睡得正甜，小小的脸庞看上去是如此无辜，惹人爱怜。她或许真是个小天使，他想，喉头突然让某种暖暖的东西堵住了。

　　他的目光穿过前方鱼贯通过的游行队伍，落在对街。吉米与安娜贝丝·马可斯站在街边，他们那两个漂亮甜美的小女儿则分别坐在威尔与卡文·萨维奇的肩上，对着所有经过的花车和敞篷车队兴奋地挥着手。

　　两百一十六年前，西恩知道，今日的州监大沟旁建起了本区第一座监狱。白金汉区的第一批居民是那些携带家眷前来供职的狱卒以及狱中囚犯的妻儿老小。而那些终于刑满出狱的囚犯通常也已经衰老得无力再携带家眷迁离此地，于是白金汉区不久也就成了人人口中的人渣败类的聚居地。随之而来的是一间又一间沙龙酒吧，沿着今日的白金汉大道和两旁的泥沙小路如雨后春笋般冒了出来；狱卒与其家人于是纷纷迁居位于山丘上的尖顶区，居高临下地俯瞰着那些原本就活在他们眼皮底下的人们。到了十九世纪，白金汉区曾一度成为邻近地区的肉牛屠宰集散中心。在屠宰业方兴未艾的那几十年间，今日的高架快速路两旁举目净是待宰牛的临时围养场，运送牛的货运铁路沿雪梨街而建，在那里让牛下了车，再将它们驱赶到位于今日游行路线正中央的屠宰场区。经过几代人后，这些囚犯与屠宰场工人的子孙一步步拓展了平顶区的范围，直到货运铁轨终于成为本区的南界。之后，在某次改革运动风潮中，政府下令关闭监狱，不久屠宰业热潮也告终，只剩沙龙酒吧的盛况依旧不减当年。继意大利裔移民潮后，爱尔兰裔的新移民以两倍以上的人数蜂拥而至，高架铁路约莫兴建于同一时期。这批新来的居民于是搭乘地铁蜂拥进城工作，但一日终了总是会回到这里。因为这里才是他们亲手建造的家园，他们知道这里的危险潜伏于何处，也知道该如何享受这里所能提供的一切；更重要的是，这里发生的一切从来不会令他们感到惊讶。这里的贪污腐败，这里的街头血战酒吧斗殴，这里的棍球赛，周六早上的做爱——这里的一切背后其实都有逻辑可循，某种外人无从得知的逻辑。但这正是重点：这里并不欢迎外人。

萝伦身子微微往后斜倚在他身上，她的头顶着他的下巴，而西恩感觉得到她的怀疑，同时也感觉得到她的决心，她那必须重新建立起来的对他的信心。她说道："那个孩子拿枪指着你的时候，你到底有多害怕？"

"要听实话？"

"嗯。"

"当时我的膀胱已在失控边缘。"

她从他下巴底下钻了出来，仰头看着他。"真的？"

"真的。"他说道。

"那你有想到我吗？"

"有，"他说道，"你们母女俩我都想到了。"

"你想到什么？"

"我想到这个，"他说道，"我想到现在。"

"你想到我们一起来看游行？"

他点点头。

她在他颈子上轻轻一吻。"你根本在瞎说，亲爱的。可是我真的很高兴听你这样说。"

"我没有瞎说，"他说道，"我是说真的。"

她低头静静地凝望着推车里的劳拉。"她的眼睛像你。"

"鼻子像你。"

她再度开口说话，目光依然停在女儿脸上。"我希望我们真的能再回到从前。"

"我也是。"他低头吻了她。

他俩一起倚回墙边，一波波人潮自他们眼前的人行道上经过。突然间，瑟莱丝站定在他们面前。她脸色惨白，一头乱发上满是斑斑点点的头皮屑；她站在那里，不断捋着自己的手指，仿佛正试图把它们一根根全都扯到脱白似的。

她巴巴地望着西恩。她说道："嗨，狄文警官。"

西恩探出手去，因为他感觉自己再不出手扶着她，她随时都会随人潮漂走。"嗨，瑟莱丝。叫我西恩就可以了。"

她迎向他的手。她的掌心一片湿冷，手指却热乎乎的。她轻轻地握了下西恩的手，随即放开了。

西恩说道："这是萝伦，我太太。"

"嗨。"萝伦说道。

"嗨。"

有那么几秒钟的时间，三人站在那里面面相觑，没有人开口说话。然后，瑟莱丝的目光突然朝对街移去，西恩也转过头去。他看到吉米搂着安娜贝丝的肩膀，被亲友团团簇拥着，站在耀眼的阳光底下，一派意气风发。看起来就好像他们今生绝不可能再失去任何东西了。

吉米的目光掠过瑟莱丝，落在西恩脸上。他朝他点头示意，而西恩也轻轻地点了下下巴。

瑟莱丝说道："他杀了我的丈夫。"

西恩感觉萝伦的身体一下僵住了。

"我知道，"他说，"我还没有任何证据可以证实这件事。但是我知道。"

"你会吗？"

"什么？"

"你会找到证据吗？"她说道。

"我会尽我所能，瑟莱丝。我发誓我会。"

瑟莱丝终于移开了目光，她举起一只手，缓慢而用力地搔弄着自己的头皮。"我最近脑袋真的不太管用。"她笑了，"听起来怪怪的，对不对？可是我没有办法。我就是没有办法。"

西恩再度伸出手去，轻轻地拍拍她的手腕。她瞪眼瞅着他，一双棕色的眼睛看起来无比狂乱苍老。在那一瞬间，她似乎确定西恩就要出手赏她一巴掌了。

他说道："我知道一个医生，瑟莱丝。我可以给你他的名字。他治疗过很多暴力侵犯被害人的亲友。"

她点点头，虽然他的话似乎不曾为她带来任何慰藉。她抽回手，继续使劲地捋着每一根手指。她注意到萝伦正在注视着她，于是低头看着自己的手。她放开手，随即又再度抬起两条手臂交叉在胸前，两只手分别压在两条胳膊底下，仿佛不这么做的话她的手就要飞走了。西恩注意到萝伦对着瑟莱丝露出一抹浅浅的、甚至还带些迟疑的微笑，眼底却流露出某种至深至沉的同情与了解。然后，他意外地发现瑟莱丝脸上竟也绽开了一抹若有似无的微笑；她眨了眨眼，含蓄地传达出她的感激之情。

此刻的他爱他的妻子更胜以往。他深深地为她这种无须言语便能让这些受伤的灵魂感受到些许暖意的能力所折服。也就在这一刻，他确信自己才是造成他们婚姻破裂的元凶。是他任由警察那部分自我占领了自己，是他任由自己对人性的缺陷和脆弱愈来愈轻蔑。

他忍不住伸出手去，碰了碰萝伦的脸颊。这个动作逼得瑟莱丝移开了目光。

她望向游行队伍。一辆棒球手套造型的花车缓缓驶过，上头载着小联盟棒球队的小选手们，一个个笑逐颜开，兴奋地对着街边喝彩的人群猛挥着手。

但花车的某种东西却让西恩脊背一凉。也许是手套的模样，那五指不像是轻拥着那些孩子，而像是某种狰狞的怪物，将要把那些毫不知情、只是一个劲地微笑挥手的孩子们吞噬掉。

除了一个弱小的身影。小男孩低着头，只是一味瞅着脚边的防滑栓。西恩一下便认出来了。那是麦可，大卫的儿子。

"麦可！"瑟莱丝使劲地挥手，但男孩却不为所动。他始终低垂着头，即使瑟莱丝再三高声呼唤着他的名字。"麦可，亲爱的！宝贝，看这边！麦可！"

花车继续缓缓向前驶去，瑟莱丝不断地叫唤着儿子的名字，但她的儿子始终拒绝抬头看她一眼。西恩在小男孩颓然下垂的肩膀和下巴上清楚地看到了大卫的影子，他那精巧细致的俊美脸庞。

"麦可！"瑟莱丝唤道。她再度开始拉扯自己的手指，一步步追下了人行道。

花车已经从他们眼前过去了，但瑟莱丝却追了上去，她在人群中穿梭前行，不断地挥着手，不断地呼唤着儿子的名字。

西恩感觉萝伦木然地来回轻抚着他的手臂，而他的目光却紧紧地锁定在对街的吉米身上。即使花掉一生时间，他也一定要找出足够的证据，让他不得不俯首认罪。看着我啊，吉米。来啊，再转过头来看着我啊。

吉米的头慢慢地转过来了。他直视着西恩，脸上缓缓泛开一抹微笑。

西恩举起一只手，食指对准吉米，拇指则往上翘起作击锤状，然后他刷地弯下拇指，开了枪。

吉米的嘴角翘得更厉害了。

"那女人是谁？"萝伦问道。

西恩看着瑟莱丝踩着细碎的脚步在人群中跌跌撞撞地往前追去，身影渐渐模糊，外套迎风向后翻飞着。

"一个失去丈夫的女人。"西恩说道。

然后他想起了大卫·波以尔，他希望自己当初请他喝了那杯啤酒，那杯他在调查行动的第二天便承诺过他的啤酒。他希望自己当年对他再好一些，他希望大卫的父亲不曾离家出走，希望他的母亲不是那样一个疯疯傻傻的女人，他希望那么多不美好的事都不曾发生在他身上。带着妻女置身观看游行的汹涌人潮之中的他心中有好多希望，希望大卫·波以尔能多拥有些什么。他希望他的心最后能平静下来。一点点平和，一点点宁静。他希望大卫，无论他此刻置身何处，终于能够拥有一点点平和与宁静。他希望这个更胜一切。

图书在版编目(CIP)数据

神秘河 / (美)勒翰著；王娟娟译. -2版. -海口：
南海出版公司，2015.6
ISBN 978-7-5442-7734-1

Ⅰ.①神… Ⅱ.①勒…②王… Ⅲ.①侦探小说-美
国-现代 Ⅳ.①I712.45

中国版本图书馆CIP数据核字(2015)第069727号

著作权合同登记号 图字：30-2015-017
MYSTIC RIVER
Copyright © 2001 by Dennis Lehane
This edition published in agreement with Ann Rittenberg Literary Agency, Inc.,
through The Grayhawk Agency.
All Rights Reserved.

神秘河
〔美〕丹尼斯·勒翰 著
王娟娟 译

出　　版　南海出版公司　　(0898)66568511
　　　　　海口市海秀中路51号星华大厦五楼　　邮编 570206
发　　行　新经典发行有限公司
　　　　　电话(010)68423599　　邮箱 editor@readinglife.com
经　　销　新华书店

责任编辑　翟明明　许韩茹
装帧设计　金　山
内文制作　田晓波

印　　刷　河北鹏润印刷有限公司
开　　本　880毫米×1230毫米　1/32
印　　张　14
字　　数　378千
版　　次　2007年4月第1版　2015年6月第2版
印　　次　2020年10月第3次印刷
书　　号　ISBN 978-7-5442-7734-1
定　　价　68.00元